KB014530

2

블론드

20주년 기념판

2

Joyce

Carol

Oates

Blonde

블론드

조이스 캐럴 오츠 장편소설

엄일녀 옮김

복복서가

차례

1권

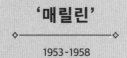

'매릴린'

1953-1958

'유명인'

머릿속으로 원을 그린다, 조명과 집중의 원.
그리고 집중력이 그 원을 벗어나지 않도록 한다.
만약 주의가 흐트러지면 재빨리 더 작은 원으로 후퇴한다.
— 스타니슬랍스키, 『배우수업』

경이로운 1953년 새해. '매릴린 먼로'가 스타가 되고 노마 진이
임부가 되는 해를 노마 진은 꿈에도 생각지 못했을 것이다.

"너무 행복해! 내 꿈이 전부 실현됐어."

어릴 적 샌타모니카 해변의 무자비하고 고약한 큰 파도처럼 불
쑥 들이닥쳤다. 마치 어제 일처럼 기억이 선연했다. 그러나 이제
곧 노마 진은 그 자신이 어머니가 될 것이고, 한은 풀렸다. 이제
곧 노마 진은 그 메트로놈 같은 목소리를 잠재울 것이다.

네가 어디 있든 그곳에 내가 있을 거야. 네가 목적지에 도착하기도
전에 난 이미 그곳에서 기다리고 있을 거야.

"그 역은 맡을 수 없어요. 미안…… 응, '일생에 단 한 번뿐'인
기회라는 거 알아. 하지만 안 그런 게 어딨겠어."

어니타 루스의 뮤지컬코미디 〈신사는 금발을 좋아해〉의 로렐라이 리 역. 영화사가 매릴린 먼로를 염두에 두고 판권을 구입한 브로드웨이 장기 흥행 뮤지컬이었고, 매릴린 먼로는 〈나이아가라〉 이후 영화사에서 가장 높은 수익을 내는 배우였다. "근데 그걸 거절하겠다고?" 에이전트가 믿을 수 없다는 듯 물었다. "매릴린. 설마."

매릴린. 설마. 노마 진은 그 점잖은 척하는 말을 소리 없이 입모양으로 따라 했다. 같이 폭소를 터뜨릴 캐스도 에디 G도 지금 옆에 없는 게 무척 아쉬웠다. 노마 진은 대답하지 않았다. 에이전트가 속사포처럼 말을 쏟아냈다. 여기 이 남자는 노마 진을 오직 매릴린으로만 알았다. 그리고 두려워하며 싫어했다. 그는 I. E. 신과 달리 노마 진을 사랑하지 않았다. 노마 진은 그의 등뒤에서 그를 '린 틴 틴'이라고 불렀다. 그는 털을 빳빳이 세우고 열심히 짖어대는 타입의 남자로, 애늙은이에다 지성 없이 잔머리만 굴리는 주제에 야망은 하늘을 뚫을 듯했으니까. 린 틴 틴은 권력을 쥔 우두머리에게는 노예처럼 굴었고, 딴사람들 즉 회사의 젊은 여자 사무원이나 점원, 웨이터, 택시기사에게는 황제처럼 굴었다. 그 가공할 I. E. 신이 세상을 떠나고 그의 자리를 꿰찬 사람이 어떻게 린 틴 틴이지? 내가 어떻게 당신을 믿겠어? 나를 사랑하지 않는데.

이제 매릴린 먼로는 소위 '유명인'이 되었으므로, 노마 진은 이전에 그녀를 몰랐고 그때의 그녀를 사랑하지 않았던 그 누구도 믿을 수 없었다. 캐스 채플린은 사람들이 머릿니처럼 우글우글 몰려들 거라고 경고했다. 캐스가 말했다. "우리 아버지가 제일 좋아하는 격언은 '수백만 달러가 생기면 수백만 명의 친구가 생긴다'는 거지." 노마 진은 수백만 달러는 구경도 못하겠지만 '명성'이야말로 내키는 대로 쓸 수 있는 부富의 일종임을 알아차렸다. '명성'은 누구도 통제할 수 없는 들불이었고, 그 몫을 가로채려는 영화사 임원들조차 어찌할 수 없었다. 그자들이 보낸 꽃다발! 점심식사와 저녁식사 초대. 그자들의 베벌리힐스 초호화주택에서 열리는 파티. 그래도 그자들은 여전히 나를 화냥년이라고 생각하지.

〈나이아가라〉 프리미어 직후 이어진 파티에서 노마 진은 분명 로즈가 아니었지만 샴페인을 몇 잔 마시고 나서 로즈의 낮게 깔린 음성으로 박쥐 얼굴의 Z에게 말했다. 1947년 9월의 그날 기억해요? 난 이름 없는 여자애였죠. 그리고 엄청 겁먹었지! 아직 예명을 받기도 전이었네. 당신이 박제된 죽은 새 컬렉션을 보여준답시고 나를 당신의 오피스텔로 불렀어―그 '조류관'으로. 나한테 상처입힌 거 기억해요, 미스터 Z? 당신 때문에 피가 났던 거 기억하나, 미스터 Z? 네 발로 엎드리게 했잖아? 그때 나한테 소리지른 거 기억해요, 미스터 Z? 몇 년 전에. 그런 다음 당신은 나를 영화사에서 잘랐고, 미스터 Z? 기억하시나?

Z는 노마 진을 물끄러미 바라보다가 어리둥절한 얼굴로 고개를 저었다. 아니. 그는 입술을 핥았고, 의치가 부자연스럽게 빛났다. 얼굴은 박쥐상이지만 묘하게 오돌토돌한 피부결은, 특히 쏠려서 벗겨진 듯한 두피는 도마뱀이다. 지금 그 머리를 흔들며 아니, 안 나는데, 한다. 야비하고 노리끼리한 눈은 불투명하다.

안 나요? 기억이 안 나?

죄송하지만 기억에 없습니다, 미스 먼로.

당신의 그 새하얀 모피 러그에 묻은 피가 기억이 안 난다고?

죄송하지만 기억에 없습니다, 미스 먼로. 난 하얀 모피 러그 같은 거 없어요.

당신이 데브라 메이도 죽였나? 죽이고 나서 시신을 토막냈나?

그러나 Z는 이미 돌아섰다. 그는 힘 있는 다른 도마뱀 남자에게 주의를 돌렸다. Z는 노마 진의 말을 로즈 루미스의 사납고 맹렬한 음성으로 듣지 않았다. 게다가 기념행사가 너무 축제 분위기였다. 말소리, 웃음소리, 흑인 재즈악단의 연주. 지금은 원수와 과거를 청산하기에 좋은 타이밍이 아니었다. 매릴린 먼로의 성공을 축하해주고 싶어 안달이 난 사람들이 근처에서 북적이고 있었다. 〈나이아가라〉는 휘리릭 찍어낸 저예산 B급 영화니까 투자 대비 엄청난 거액을 벌어다줄 테고, 지금은 원한을 집어삼키고 매릴린으로서 예쁘게 웃고 웃고 웃는 편이 현명했다.

그러나 Z의 턱시도 소매를 움켜쥐고 대거리하고 싶은 마음이 굴뚝같았다. 다만 이성적인 경고의 목소리가 개입했다.

안 돼! 하지 마. 그런 건 글래디스나 하는 짓이야. 이런 때에, 사람들이 다 보는 앞에서. 하지만 매릴린 먼로인 너는 그런 짓을 하지 않을 거야, 왜냐면 넌 나처럼 아프지 않으니까.

그렇게 고비가 지나갔다. 노마 진의 호흡이 좀더 차분해졌다. 훗날 노마 진은 글래디스가 자신에게 그런 현명한 조언을 해주었다는 걸 놀라움과 안도감으로 기억할 것이다. 확실히 이것이 두 사람 모두의 인생에서 터닝 포인트였다! 내가 잘되고 건강하기를 어머니가 기원했다는 사실을 아는 것. 나를 위해 기뻐했다는 사실을 아는 것.

노마 진 곁에는 린 틴 틴이 있었다. 마치 매릴린을 제가 만들어 내기라도 한 듯 털을 빳빳이 세우고 우쭐거리는.

린 틴 틴은 룸펠슈틸츠헨보다 키가 몇 센티 더 크고 등허리 기형이 아니었으며 기름을 발라 매끈하게 넘긴 머리는 일반적인 남자와 비슷해서 너무 크지도 않고 미묘하게 찌그러지지도 않았다. 눈은 일반적인 남자의 탐욕스러운 눈이었다. 심지어 변덕스러운 친절이 한줄기 비치기도 하고, 재채기처럼 느닷없이 소년다운 희망찬 미소가 스치기도 했다. 그래도 하룻밤 사이에 유명해진 듯한 이 블론드 배우에게 근본적인 두려움과 불신을 갖고 있었다. 갑자기 성공한 배우의 모든 업계 동료가 그렇듯, 린 틴 틴도 자기 배우를 자기 같은 부류지만 좀더 독한 딴사람에게 뺏길까봐 전전긍긍했다. 노마 진은 미스터 신이 그리웠다! 이런 공적인 자리에서 그의 부재는 부엌에서 몰래 내버린 음식물 쓰레기의 역한 냄새처럼 훅 끼쳐왔다. I. E. 신은 가고, 이런 다른 난쟁이들만 계속 존재한다는 게 있을 수 없는 일 같았다. 그리고 노마 진도 계속 존재한다는 게. 만약 아이작이 여기 있었다면, 노마 진이 점점 거북해하며 낯선 이들에게 웃어줘야 하는 상황을 불안해한다는 것을 알아차렸을 것이다. 노마 진은 초조한 탓에 너무 많이 마셨고, 이런 호들갑스러운 찬사와 축하가 당혹스럽기만 했으며, 오히려 능력치의 최대한을 뽑아내지 못한 데 대해 꾸중을 들어야 마땅했다.

숭배자를 두려워하라! 당신에게 진실을 말할 수 있는 사람과만 예술을 논하라. 위대한 스타니슬랍스키는 경고했다.

이제 노마 진은 숭배자들에게 둘러싸였다. 또는 숭배자인 척하는 사람들.

미스터 신이라면 노마 진과 함께 한쪽 구석으로 물러났을 테고, 눈치 빠르고 영리한 룸펠슈틸츠헨은 그 신랄한 비꼬기와 익살스러운 여담으로 노마 진을 웃겼을 것이다. 그는 노마 진의 임신 소식을 듣고 충격에 빠졌을 것이다─처음엔 미친듯이 화를 냈겠지, 그가 캐스 채플린보다 더 싫어하는 사람이 있다면 바로 에디 G. 로빈슨 주니어였으니까. 그는 제미니가 어떻게 노마 진을 살렸는지 전혀 모르니까─그래도 며칠 지나면 신은 자신을 위해 기뻐했을 거라고 노마 진은 확신했다. 어여쁜 공주님이 원하는 것, 그것은 어여쁜 왕자님을 얻는 것.

"─듣고 있어요? 매릴린?"

노마 진은 신경에 거슬리는 라디오 말소리에 몽롱한 상태에서 깨어났다. 아니, 전화 말소리였다. 노마 진은 소파에 반쯤 누워 있었고 수화기가 옆에 대롱대롱 매달려 있었다. 따뜻하고 축축한 두 손바닥은 배 오목한 곳, 아기가 남몰래 말없이 자고 있는 곳을 덮고 있었다.

노마 진은 비몽사몽 수화기를 들었다. "으─응? 뭘?"

린 틴 틴이었다. 까맣게 잊고 있었다. 언제 전화가 왔지? 이것 참 곤란한걸! 린 틴 틴은 무슨 문제라도 있는지 물었고, 마치 그럴 권리라도 있는 양 그녀를 매릴린이라고 불렀다. "아니. 아무 문제 없어요. 무슨 일인데?"

"좀 들어봐줄래요? 뮤지컬코미디는 처음이잖아, 그리고 이건 엄청난 기회라고요. 계약조건은—"

"뮤지컬코미디? 난 노래 못해, 춤도 못 추고."

린 틴 틴은 컹컹 짖듯 폭소를 터뜨렸다. 우리 배우가 이렇게 웃기네! 제2의 캐럴 롬바드야.

"계속 레슨 받아왔잖아요, 내가 얘기해본 영화사 사람들은 다들 당신더러"—린 틴 틴은 적절하고 그럴싸한 단어를 찾아 잠시 말을 끊었다—"발전 가능성이 아주 높다고 하던데요. 타고난 재주꾼이라고."

그건 사실이었다. 노마 진이 자신을 잊고 음악을 탈 때면 어린애 같은 흥겨운 에너지가 흘러넘치는 듯했다. 춤! 노래! 게다가 지금의 노마 진은 정말로 기뻐할 거리가 생기지 않았는가. "미안해요. 못하겠어. 지금은 안 되겠어."

격분해서 급히 집어삼키는 개의 숨. 헐떡임.

"지금은 안 된다고? 왜 지금 안 되지? 매릴린 먼로는 지금 박스오피스 최고의 신인 스타인데."

"내 사생활이야."

"매릴린, 뭐라고요? 잘 안 들렸어."

"내 사, 사생활이라고. 나도 내 삶이 있어! 난 영화만 나오는 그런—물건이 아니야."

린 틴 틴은 이 말을 안 들은 것으로 쳤다. 그건 룸펠슈틸츠헨의 요령이기도 했다. 린 틴 틴은 방금 전보로 따끈한 소식을 받은 것처럼 열과 성을 다해 얘기했다. "Z가 당신을 위해 〈신사는 금발을 좋아해〉 판권을 샀다고요. 그는 브로드웨이 출연진의 캐럴 채닝을 안 쓰려고 해요. 비록 캐럴이 그 뮤지컬을 히트시켰지만. Z는 그 영화를 당신을 위한 쇼케이스로 만들고 싶어해요, 매릴린."

쇼케이스라니! 뭐하러?

노마 진은 아기가 있음을 간신히 감지할 수 있을 만큼 탄탄하고 동그마한 자신의 배를 로즈가 그랬을 것처럼 어루만지며 태연히 물었다. "난 얼마를 받게 되지?"

린 틴 틴은 잠깐 말문이 막혔다. "계약 보수 그대로죠. 주급 1천 500달러."

"몇 주?"

"대략 십이 주 예상하고 있어요."

"그럼 제인 러셀은 얼마나 받는데?"

린 틴 틴은 다시 말문이 막혔다. 노마 진이, 그렇게 흐리멍덩하고 산만하고 맹해 보이는 여자가, 할리우드 업계 가십에 그렇게 무심해 보이는 여자가, 매릴린 먼로에 대한 떠들썩한 홍보물마저 거의 읽지 않겠다는 여자가, 제인 러셀이 영화의 공동 주연을 맡게 된다는 것을 알고 있을 뿐 아니라 에이전트에게는 뼈아픈 제인 러셀의 보수까지 궁금해하다니, 린 틴 틴은 분명 깜짝 놀랐을 것이다.

그는 말을 돌렸다. "그쪽 계약은 아직 얘기중이에요. 러셀은 다른 영화사에서 섭외해와야 해서."

"응, 그러니까 얼마냐고."

"금액은 아직 확정되지 않았어요."

"얼만데?"

"그쪽에서 10만을 요구하고 있어요."

"10만!" 노마 진은 복부 안쪽에서 칼로 찌르는 듯한 통증을 느꼈다. 아기 역시 모욕당했다. 그러나 아기가 수면을 방해받지는 않았을 것이다. 노마 진은 대체로 평계가 있어 다행이라는 기분이었다. 노마 진은 웃으며 말했다. "영화 촬영에 십이 주가 소요된다면 내 보수는 1만 8천이 되는 거네. 그리고 제인은 10만을 받고? '매릴린 먼로'라면 자존심이 있어야지, 안 그래? 이건 모욕이지. 나는 밴나이즈에서 제인 러셀과 같은 고등학교에 다녔어. 제인이 한 학년 위고 학교 연극에서 나보다 더 많은 배역을 맡았지만, 그래도 우린 늘 친구였다고. 내가 이런 대접을 받으면 제인도 난처해할걸!" 노마 진은 여기서 잠시 쉬었다. 너무 빠르게 말을 쏟아대고 있었다. 화가 난 건 아닌데 목소리가 화난 것처럼 들렸다. "난—이만 전화 끊을게. 그럼."

"매릴린, 잠깐—"

"매릴린은 무슨 얼어죽을. 그 여잔 여기 없네요."

레이크우드에서 긴급 전화가 온 아침이었다. 글래디스 모텐슨이 사라졌다!

간밤에 글래디스가 살그머니 방을 빠져나가 병원 건물에서 나갔고, 이어서(병원 사람들은 사방을 샅샅이 뒤져보고 나서 마뜩잖은 결론에 다다랐다) 병원 부지를 탈출했다. 최대한 빨리 와주실 수 있을까요? "오 그럼요. 오 가야죠."

노마 진은 아무에게도 말하지 않을 것이다. 에이전트에게도,

캐스 채플린에게도, 에디 G에게도. 그들을 보호하고 싶으니까. 이 애타는 마음은 온전히 나만의 것이니까. 아픈 아머니에 대해 넌지시 내비칠 때마다, 아무리 에둘러도 애인의 눈에 확연히 드러나는 무관심이 두려웠다. ("우린 모두 아픈 어머니가 있지." 캐스가 심드렁하게 한마디했다. "당신이 어머니 얘기를 꺼내지 않으면 나도 우리 어머니 얘긴 하지 않을게. 됐지?")

노마 진은 얼른 옷을 주워입고 에디 G의 밀짚 페도라와 짙은 선글라스를 썼다. 잠시 고민했지만 캐스가 욕실에 숨겨둔 청록색 벤제드린 알약은 결국 먹지 않았다. 노마 진은 의사가 단언한 대로 임신이 체질에 잘 맞아서 하루 여섯 시간씩 깊은 단잠을 잤고, 의사가 애아빠처럼 얼굴을 빛내며 장담하는 바람에 노마 진은 그가 자신을 알아본 건 아닌지 걱정하던 중이었다. 마취하고 애를 낳는 동안 의사가 내 사진을 찍으면 어떡하지?

노마 진은 아침 교통체증을 뚫고 레이크우드로 차를 몰았다. 글래디스 때문에 불안했다. 글래디스가 자해를 했으면 어쩌지? 어머니가 아기에 대해 알아낸 거야. 근데 그게 가능한가? 글래디스를 전지전능하다고 여기지 않도록 경계해야 한다는 건 알고 있었다. 노마 진은 더이상 꼬마 소녀가 아니었고, 글래디스도 모든 것을 다 아는 막강한 어머니가 아니었다. 그래도 어머니는 어떻게든 알아냈을 거야. 그래서 병원에서 탈출한 거고. 레이크우드로 가는 길에 〈나이아가라〉를 상영하는 하나, 둘, 세 곳의 영화관을 지나쳤다. 영화관마다 차양 위에 뽀얗게 빛나는 피부의 **매릴린 먼로**를, 부푼 젖가슴이 다 들어가지도 않는 깊게 파인 새빨간 드레스를 입은 **매**

릴린 **먼로**를 길게 펼쳐놨다. **매릴린 먼로**가 윤기 도는 섹시한 입술을 오므려 도발하듯 미소 짓고 있었고, 노마 진은 그 여자를 수줍게 힐긋 쳐다봤다.

어여쁜 공주님! 어여쁜 공주님이 어떻게 자신의 숭배자들을 고양하는 동시에 조롱하는지 전에는 미처 깨닫지 못했다. 어여쁜 공주님은 너무나 아름다웠고, 숭배자들은 너무나 평범했다. 어여쁜 공주님은 감정의 원천이었고, 숭배자들은 감정에 사로잡혔다. 어여쁜 공주님에게 걸맞은 카리스마 왕자님은 누구일까?

그래, 자랑스럽지! 나도 인정해. 난 정말 열심히 했고, 앞으로 더욱 열심히 할 거야.

포스터 속의 저 여자는 내가 아니야. 하지만 내가 만들어낸 결과물이지. 난 행복할 자격이 있어.

난 아기를 가질 자격이 있어. 이젠 내 세상이야!

노마 진이 레이크우드의 사립 정신병원에 도착했을 때, 요술을 부린 듯 글래디스는 이미 돌아와 있었다. 글래디스는 3마일도 채 떨어져 있지 않은 번잡한 벨플라워 블러바드의 한 성당 신도석에서 자다가 발견됐다. 자신이 어디에 있는지 갈피를 못 잡고 어리둥절하긴 했지만 별 저항 없이 레이크우드 경찰과 함께 병원으로 돌아왔다. 글래디스를 본 노마 진은 울음을 터뜨리며 어머니를 얼싸안았고, 어머니에게서 축축한 탄내와 젖은 옷과 소변 냄새가 났다.

"하지만 어머니는 가톨릭 신자도 아니잖아요. 도대체 거긴 왜 갔을까요?"

레이크우드 병원장이 노마 진에게 머리를 조아려 사과했다. 원장은 신중하게 노마 진을 '미스 베이커'라고 불렀다. (글래디스 모텐슨이 어떤 영화배우의 어머니라는 사실은 철저히 비밀에 붙여졌다. "외부에 알려지면 절대 안 돼요!" 노마 진이 애원했다.) 원장은 매일 저녁 아홉시에 환자들이 제 방에 있는지 확인한다고 강조했다. 창문과 문도 확인했다. 경비들이 상시 배치되어 있었다. 노마 진은 얼른 말했다. "오, 저는 화를 내는 게 아니에요. 어머니가 무사해서 그저 감사할 뿐이에요."

노마 진은 그날 내내 레이크우드에 있었다. 결과적으로 축복받은 날이었다! 노마 진은 글래디스에게 그 소식을 어떻게 전해야할지 고민했다. 어머니가 늘 딸에게 기쁜 소식을 들을 준비가 되어 있는 것은 아니다, 어머니는 딸에게 엄마 노릇을 할 때 가장 어머니다우니까. 하지만 지금은 노마 진이 글래디스에게 엄마 노릇을 했고, 몹시 허약해 보이고 머뭇머뭇 움직이는 글래디스는 저 여자가 누군가 미심쩍다는 듯 눈을 껌벅이며 노마 진을 실눈으로 쳐다보았다. 그리고 비난한다기보다 우려하는 투로 몇 번씩 물었다. "당신 머리가 너무 하얗네. 당신도 나처럼 늙었나?"

노마 진은 어머니가 목욕하는 걸 거들며 글래디스의 떡진 머리를 감기고 조심스럽게 빗어주었다. 어린애한테 하듯 허밍을 섞어 노래를 불러주며 쾌활하게 말을 걸었다. "다들 엄청 걱정했다고요, 어머니. 다시는 도망가지 않을 거죠, 네?" 새벽녘 어느 시간엔가 글래디스는 용케 한 곳도 아닌 여러 곳의 문을 여는 데 성공하여(그 문들을 제대로 잠그지 않은 게 아니라면, 직원들은 잘 잠갔다고 주장했지만) 병원 앞 잔디밭을 누구의 눈에도 띄지 않고 가로질렀다. 거리로 나온 후에는 용케 세인트엘리자베스 성당까지 2.5마일을 누구의 눈에도 띄지 않고 걸어가는 데 성공했고, 아침 일곱시 미사 시간에 맞춰 성당에 온 신도들에 의해 발견됐다. 글래디스는 치맛단이 늘어지고 허리띠도 없는 베이지색 면 드레스 차림이었고 속옷은 입지 않았다. 병원을 나갈 때는 실내용 코듀로이 슬리퍼를 신고 있었지만 도중에 어딘가에서 흘린 듯했다. 뼈만 앙상한 발이 얕게 베인 상처투성이였다. 노마 진은 어머니의 발을 가만가만 씻기고 상처에 아이오딘을 발랐다. "어머니, 어디 가는 중이었어요? 나한테 얘기해도 됐는데. 어딘가 가고 싶었던 거라면. 교회에 간다든가."

글래디스는 어깨를 으쓱했다. "난 내가 어디 가는 중이었는지 알아."

"다칠 수도 있었어요. 차에 치이거나—길을 잃거나."

"난 절대 길 안 잃어. 난 내가 어디 가는 중이었는지 알아."

"어딘데요?"

"집에."

그 말이 형광색 곤충처럼 이상하고 경이롭게 허공에서 맴돌았다. 한 대 얻어맞은 듯 충격에 빠진 노마 진은 뭐라고 대답해야 할지 알 수 없었다. 글래디스가 빙그레 웃는 모습이 보였다. 비밀을 지닌 여자. 오래전 다른 생에서 글래디스는 시인이었다. 노마 진의 아버지 같은 할리우드의 유력한 남자들을 포함해 뭇 남성의 마음을 사로잡은 젊고 아름다운 여자였다. 노마 진이 병원에 도착하기 전에 사람들은 글래디스에게 '신경을 가라앉히기' 위한 약을 투여했다. 글래디스는 그렇게 엄청난 소동을 벌여놓고 불안함은 커녕 당혹감의 징후도 거의 보이지 않았다. 딱딱한 목제 신도석에서 자고 옷에 오줌도 쌌지만 그 어느 쪽에 대해서도 쑥스러워하지 않았다. 어머니는 애야. 잔인한 어린애. 노마 진의 자리를 빼앗았어.

한때 아름다웠던 글래디스의 눈은 때꾼하니 돌처럼 윤기가 하나도 없고 피부는 누리끼리하니 거칠었다. 그런데 묘하게도, 밤새 맨발로 헤매다녔음에도 불구하고 노마 진이 기억하는 것보다 더 늙어 보이지는 않았다. 오래전에 어떤 주문에 걸린 것 같았다. 주위 모든 사람들이 나이들어도 글래디스는 아닐지어다. 노마 진은 가볍게 나무라는 투로 말했다. "어머니, 원하면 언제든 나하고 같이 집에 갈 수 있어요. 알잖아요." 잠시 침묵이 흘렀다. 글래디스는 재채기를 하더니 코를 닦았다. 노마 진은 어머니의 조소가 들리는 듯했다. 집이라니! 너하고? 어디로? 노마 진이 말했다. "어머니는 늙지 않았어요. 스스로 늙었다고 하면 안 되죠. 어머니는 겨우 쉰셋이에요." 노마 진은 능청스럽게 덧붙였다. "할머니가 되면 기분이 어떨 것 같아요?"

봐라. 말해버렸다. 할머니!

글래디스는 하품을 했다. 분화구 같은 하품. 노마 진은 시무룩해졌다. 다시 물어봐야 할까?

노마 진은 침대에 드는 어머니를 부축했고, 글래디스는 깨끗한 면 잠옷을 입고 깨끗한 면 이불 속에 들어가 누웠다. 그 시큼하고 서글픈 소변냄새는 글래디스의 몸에서 가셨지만 방안에는 메아리처럼 희미하게 남아 있었다. '미스 베이커'가 매달 거금을 지불하는 글래디스의 일인실은 커다란 벽장 크기였고, 주차장 쪽으로 지붕창이 하나 나 있었다. 침대맡 협탁 하나, 스탠드 하나, 일인용 비닐시트 의자 하나, 비좁은 병원 침대 하나. 알루미늄 화장대 위에는 세면도구와 옷가지 틈에 몇 년에 걸쳐 노마 진이 선물한 책 몇 권이 쌓여 있었다. 대부분 시집이었고, 거의 펼쳐보지 않은 듯 보이는 얇고 예쁜 책들이었다. 침대에 편안히 자리잡은 글래디스는 금방 꿈나라에 들 것처럼 보였다. 메탈릭브라운 머리카락은 말라서 뱀처럼 구불구불해졌다. 눈꺼풀은 아래로 늘어지고 핏기 없는 입술은 축 처졌다. 혈관이 밧줄처럼 울퉁불퉁 튀어나온 어머니의 손, 넬의 손, 한때 그렇게나 안달복달 성내며 자유의지를 지닌 듯 혈기왕성하던 두 손이 지금은 힘없이 늘어진 것을 보고 노마 진은 상실감에 마음이 아렸다. 노마 진은 그 손을 감싸쥐었다. "오, 어머니, 손가락이 너무 차네요. 따뜻하게 해야겠어요."

그러나 글래디스의 손가락은 따스함에 저항했다. 대신 노마 진이 덜덜 떨기 시작했다.

노마 진은 어째서 오늘은 글래디스에게 선물을 가져오지 않았는지 설명하려 애썼다. 왜 같이 시내에 가지 않는지, 왜 미용실에 데려가지도 않고 근사한 찻집에서 점심도 먹지 않는지. 노마 진은 왜 글래디스에게 용돈을 많이 줄 수 없는지 설명하려 애썼다— "지갑에 18달러밖에 없네요! 이걸 어쩌나. 계약상 주당 1천 500달러를 받는데 나가는 돈이 너무 많아서……" 이 말은 사실이었다. 노마 진은 종종 친구나 친구의 친구들에게 50달러씩, 100달러씩, 200달러씩 빌릴 수밖에 없었다. 매릴린 먼로에게 돈을 빌려주고 싶어 안달난 남자들이 있었다. 차용증 따윈 없었다. 보석 선물도 주었다—어디 쓸 데도 없건만, 딱히. 실용파 젊은이인 캐스 채플린과 에디 G는 기분 나빠하지 않았다. 예비 아버지로서 두 사람은 미래를 생각해야 했고, 돈 생각 없이 미래를 생각할 수는 없는 법이었다. 두 사람은 제각기 유명인 아버지로부터 상속권을 박탈당했고, 따라서 다른 나이든 남자들, 즉 다른 종류의 아버지들이 그들을 건사하는 게 논리적으로 타당하다고 생각하는 듯했다. 두 사람은 그게 노마 진에게도 해당되는 사실이라며 틈만 나면 노마 진을 설득하려 들었다. 노마 진 역시 당연히 물려받아야 할 재산을 사기당한 거라고. 노마 진의 임신 기간 동안 할리우드힐스로 이사가서 살아야 한다는 것도 두 사람의 아이디어였다. 매매로 나온 적당한 집을 찾을 수 없다면 임차료가 필요할 것이다. 셋이 각각 나머지 두 사람을 수익자로 하는 10만 달러—20만 달러는 못해도—짜리 생명보험에 가입하자는 것도 두 사람의 아이디어였다. "혹시 모르니까. 아무리 단단히 대비해도 지나치지 않아. 아기가 나올 테니까. 물론 제미니에겐 아무 일도 생기지 않을 거야!" 노마 진은 그 제안에 뭐라고 답해야 할지 알 수 없었다. 생명보험을 들어? 생각만으로 겁이 났다. 언젠가 자신이 죽을 거라는 사실을 명문화하는 거니까.

하지만 '매릴린'은 아니다. 그 여자는 영화와 사진 속에 있다. 어디에나 있다.

갑자기 글래디스가 눈을 번쩍 뜨더니 열심히 초점을 맞췄다. 노마 진은 어머니가 자신이 한 말에 반응한 것은 아닌 듯해서 불안했다. 글래디스가 흥분해서 말했다. "여긴 몇 년도야? 우리가 어느 시간대로 이동한 거지?"

노마 진이 달래듯 말했다. "어머니, 지금은 1953년 5월이에요. 저는 노마 진이고, 어머니를 돌보기 위해 왔어요."

글래디스는 의심스럽다는 듯 게슴츠레한 눈으로 노마 진을 노려보았다. "하지만 넌 머리가 너무 하얗잖아."

글래디스는 눈을 꼭 감았다. 글래디스의 힘없는 손가락을 주무르며 노마 진은 어머니의 심기를 거스르지 않고 좋은 소식을 전할 방법을 고민했다. 아기예요. 벌써 거의 육 주가 됐어요. 기뻐해주지 않을래요? 왠지 글래디스는 이미 알고 있는 것 같았다. 그래서 이렇게 대화를 피하고, 잠으로 도망치기로 작정한 것이다.

노마 진은 자신 없는 투로 말했다. "나를 가, 가졌을 때 말예요, 어머니, 결혼하지 않은 상태였겠지요? 어머니를 든든하게 받쳐줄 남자가 없었지요. 그래도 어머니는 아기를 낳았어요. 그건 정말 용감한 일이었다고요, 어머니! 다른 여자였다면—뭐, 네. 지워버렸을 거예요. 나를." 노마 진은 화들짝 놀란 것처럼 끽끽거리며 웃었다. "그럼 난 여기 없었겠죠, 아예. '매릴린'도 없었을 거고. 그 여자 이제 엄청 유명해졌어요. 팬레터! 전보! 낯선 사람들이 보내는 꽃! 되게…… 이상해요."

글래디스는 고집스레 눈을 뜨지 않았다. 얼굴이 녹은 왁스처럼 부드러웠다. 한쪽 입꼬리에서 침방울이 반짝였다. 노마 진은 무슨 말을 하는지도 모르면서 중얼거렸다. 마음 한편으로는 아기를 낳는다는 자신의 계획이 얼마나 말이 안 되는지, 얼마나 터무니없는지 잘 아는 듯했다. 아기라니, 남편도 없이? 미스터 신과 결혼했더라면. V가 노마 진을 조금만 더 사랑했더라면 두 사람은 결혼했을 텐데. 그랬다면 노마 진의 커리어는 거기서 끝났겠지. 무조건 끝이었다. 서둘러 제미니 중 한 명과 결혼한다고 하더라도 스캔들로 망가질 것이다. 매릴린 먼로, 유명 신인, 언론이 부풀린 풍선은 언론에 의해 신나게 터질 것이다.

"하지만 어머니는 용감했지요. 올바른 일을 했어요. 아기를 낳았잖아요. 나를…… 낳으셨지요."

그러나 글래디스의 눈은 감긴 채였다. 파리한 입술이 느슨히 벌어졌다. 글래디스는 노마 진이 뒤쫓을 수 없는 어둡고 기묘한 바닷속에 잠기듯 잠에 빠져들었다. 그래도 침대 바로 곁에서 찰싹이는 파도 소리는 들을 수 있었다.

레이크우드 정신병원에서 노마 진은 할리우드 지역번호로 전화를 딱 한 통 걸었다. 반대편 전화기가 울고 또 울었다. "살려줘, 제발! 난 도움이 필요해."

한참을 울어서 눈 주위 피부가 쓰라리고 빨개진 노마 진은 레이크우드 정신병원에서 당장 나가고 싶었을 것이다. 다른 이들 앞에서는 정상인 듯 행동해야 하는데 방향을 잃고 패닉에 빠진 넬이었으니까. 그러나 원장이 따로 얘기 좀 하자며 붙잡았다. 원장은 굴처럼 길쭉하고 둥근 얼굴에 두툼한 검정 플라스틱 테의 볼록렌즈 안경을 쓴 중년 남자였다. 목소리가 들뜬 것으로 보아 노마 진을 정신병 환자 글래디스 모텐슨의 딸이 아니라 영화배우로 보고 있음을 알 수 있었다. 아마도 '블론드 섹시 여배우'겠지. 그가 배짱 좋게 사인을 요청할까? 이런 때에? 만약 그런다면 고래고래 불경한 욕설을 퍼부을 테다. 눈물이 터질 거야. 도저히 참을 수 없어!

닥터 벤더는 글래디스 모텐슨의 상태를 논의했다. 레이크우드에 입원한 후 글래디스 모텐슨은 '전반적으로' 상태가 아주 좋았다. 하지만 그와 같은 상태의 환자가 거의 그렇듯 가끔 '탈선'하여—'악화'되어—예기치 못하게 위험한 행동을 했다. 망상형조현병은 미스터리한 질병이라고 닥터 벤더는 세심하고 친절한 녹음장치처럼 설명했다. "이 질환을 보면 늘 다발경화증이 생각나더군요. 정확히 이해하는 사람이 한 명도 없는 신비한 질병. 증상들로 이루어진 증후군이죠." 망상형조현병은 환자의 주변 환경과 다른 사람에 대한 반응 또는 반발로 설명될 수 있다고 믿는 이론가도 있다. 프로이트학파처럼 환자의 유년기로 설명할 수 있다고 믿는 이론가도 있다. 순전히 유기적인 생화학적 근거에서 비롯됐다고 생각하는 이론가도 있다. 노마 진은 경청하고 있음을 알리려 고개를 끄덕였다. 미소 지었다. 심지어 이런 때에도, 지치고 우울하고 자궁에서 아기가 쑤셔대고, 그날 영화사에서 지키지 못한 수많은 일정이 생각나기 시작한 이런 때에도, 약속을 완전히 까먹는 바람에 미루거나 해명하는 전화도 못했는데, 노마 진은 미소 지어야 한다는 것을 알았다. 미소는 모든 여자에게, 특히 매릴린에게 요구되는 것이었다.

노마 진은 서글프게 말했다. "어머니가 언제 퇴원할 수 있는지 더이상 묻지 않겠습니다. 앞으로 영영 못하시겠지요. 어머니가 무사하고 해, 행복하기만 하다면, 그게 우리가 기대할 수 있는 최선이겠지요?"

닥터 벤더가 엄숙하게 답했다. "우리 레이크우드는 절대 환자를 포기하지 않습니다. 절대! 하지만, 그래요—우린 현실주의자이기도 합니다."

"유전인가요?"

"네?"

"어머니의 병 말예요. 핏속에 가지고 태어나는 건가요?"

"핏속에 말입니까?" 닥터 벤더가 그런 말은 생전 처음 들어본다는 듯 되풀이하더니 이렇게 얼버무렸다. "어떤 가계는 일정 정도 그런 경향성을 보였어요, 맞아요, 하지만 다른 가계는 그런 일이 전혀 없었습니다."

노마 진은 희망에 차서 말했다. "제 아, 아버지는 아주 평범한 사람이었어요. 어느 모로 보나. 사진으로밖에 본 적 없지만. 얘기만 들었죠. 아버지는 1936년에 스페인에서 도, 돌아가셨어요. 그러니까 희생되셨죠. 전쟁에서."

노마 진이 가려고 일어서자 닥터 벤더가 사과의 말과 함께 사인을 요청했고, 자기는 이런 부탁을 하는 사람이 아니라고 얼른 해명하며 큰 실례가 되지 않는다면, 하고 덧붙였다—"제 딸 사샤 때문에요. 올해로 열세 살이 됐어요. 딸아이도 영화 스타가 되고 싶어하거든요!"

노마 진은 자신의 입이 훈련받은 대로 우아하게 미소 짓는 걸

느꼈다. 편두통이 시작되긴 했지만. 임신하면서 생리가 멈추자 온몸이 마비될 것 같은 생리통에서 해방되고 눈이 멀 것 같은 편두통에서도 해방됐는데, 지금 그게 다시 돌아온 것 같아 당혹감에 휩싸여 아기와 함께 어떻게 집으로 돌아갈지 걱정됐다. 그럼에도 노마 진은 영화사에서 '매릴린'을 위해 잡았던 〈포토플레이〉 표지에 가볍고 날렵한 글씨체로 상냥하게 사인했다. ('노마 진 베이커'라고 본인 서명을 왼쪽으로 기울어진 서체로 자그마하게 썼다.) 〈포토플레이〉 표지 사진은 로즈로 분한 매릴린을 보여주었다. 육감적이고, 섹시하고, 고개를 살짝 뒤로 젖히고, 꿈꾸듯 눈을 가늘게 뜨고, 입술을 오므려 도발적으로 내밀었다. 부푼 젖가슴이 노마 진이라면 절대 안 입겠다고 맹세할 법한 강청색 실크 홀터드레스에서 쏟아져나올 지경이었다. 사실 노마 진은 이 표지를 잊고 있었다. 사진 촬영을 했던 것도 잊고 있었다. 어쩌면 그런 일이 아예 없었던 게 아닐까?

하지만 떡하니 증거가 있었다. 〈포토플레이〉 1953년 4월호에.

내 아기에게

네 안에서,
세계는 새로 태어난다.

네 전에는—
아무것도 없었다.

동방박사

그들은 헤더 호퍼, P. 퍼컴('할리우드 애프터 다크'), G. 벨처, 맥스-더-맨 머서, 도러시 킬갤런, H. 샐럽, '키홀', 시드니 스콜스키(슈와브 드러그스토어의 중이층에 걸터앉아 따끈한 할리우드 가십을 건져올렸다), 글로리아 그레이엄, V. 베널, '벅' 홀스터, 스마일린 잭, 렉스 아이즈, 크램, 피즈, 코커, 크루들로, 개지, 가고이, 스커드, 슬라이 골드블랫, 페트, 트로트, 레비티커스, 〔버즈 야드〕, M. 머드, 윌 리즈, 월터 윈첼, 루엘라 파슨스 그리고 발군의 **할리우드 로빙 아이**였다. 그들의 설레발치는 칼럼이 〈로스앤젤레스 타임스〉〈로스앤젤레스 비컨〉〈로스앤젤레스 컨피덴셜〉〈버라이어티〉〈할리우드 리포터〉〈할리우드 태틀러〉〈할리우드 컨피덴셜〉〈할리우드 다이어리〉〈포토플레이〉〈포토라이프〉〈스크린 월드〉〈스크린 로맨스〉〈스크린 시크릿〉〈모던 스크린〉〈스크린랜드〉〈스크린 앨범〉〈무비 스토리〉〈무비랜드〉〈뉴욕 포스트〉〈필름랜드 텔-올〉〈스쿠프!〉 그 외 여러 발행물에 실렸다. 그들의 칼럼을 연합통신과 미국통신이 전국에 팔았다. 소문을 퍼뜨리는 것이 그들의 지칠 줄 모르는 과업이었다. 시트를 흔들고 불난 데 부채질을 했다. 그들은 불길이 번지는 것을 재촉하고자 미리 달려가 덤불 속에 기름 먹인 털실을 풀어놓았다. 그들은 과시하고, 예고하고, 북을 두들겼다. 성벽에서 나팔과 트럼펫과 튜바를 불어댔다. 종을 치고 알람을 울렸다. 다 함께 그리고 제각기, 합창으로 그리고 아리아로, 그들은 선언하고 환호하고 방송하고 예보했다. 그들은 야단법석을 떨었다. 밝혀내고 폭로했다. 칭찬하고 헐뜯고, 발표하고 유포했다. 그들은 말의 분화구였다. 말의 파도였다. 그들은 떠벌리고 선전하고 홍보하고 강타했다. 그들은 스포트라이트를 비췄다. 라임라이트를 비췄다. 소리치며 물건을 팔았다. 그들은 부풀리고 과장하고 대대적으로 광고하고 난리치고 환기시키고, 과하게 환기시켰다. 그들은 예측하고 반박했다. '일약 혜성처럼' 떠오른, '비극적으로' 추락한. 그들은 별의 궤적을 모의하는 천문학자였다. 그들은 쉬지 않고 샅샅이 밤하늘을 뒤졌다. 스타의 탄생에 그들이 있었고, 스타의 죽음에 그들이 있었다. 그들은 열광적으로 살을 뜯어먹고 뼈를 깨작거렸다. 아름다운 피부를 게걸스럽게 핥고 감미로운 척수를 쪽쪽 빨았다. 1950년대에 굵은 활자로 선언했다. **매릴린 먼로 매릴린 먼로 매릴린 먼로**. 〈포토플레이〉 1953년 최고의 신인 금메달. 〈플레이보이〉 1953년 11월 이달의 연인. 〈스크린 월드〉 1953년 미스 블론드 밤셸. 〈라이프〉〈콜리어스〉〈새터데이 이브닝 포스트〉〈에스콰이어〉 같은 고급 잡지에. 휠체어에 앉은 불구 아이가 똑바로 선 블론드 미인을 쳐다보는 포스터에. **잊지 말고 소아마비 퇴치 기금에 넉넉히 기부해주세요. 매릴린 먼로.**

노마 진은 불안한 웃음을 터뜨리며 캐스에게 말하곤 했다. "오─이 여자 제법 예쁘네. 이 사진 말이야. 이 드레스 봐. 세상에! 하지만 이건 내가 아니야, 안 그래? 사람들이 그걸 아, 알아내면 어떡하지?"

이상하게 반짝이는 인형 같은 새파란 눈의 불명료함을 캐스는 그저 회상 속에서만 읽어낼 수 있을 것이다. 그마저도 아주 확신할 수는 없지만. 사실 그는 별로 귀기울여 듣지 않았다. 노마와 있으면 거의 한 귀로 듣고 한 귀로 흘렸다. 노마는 혼잣말을 했고, 이런저런 생각이 머릿속에서 북적거리다 밖으로 흘러넘쳤다. 주먹을 움켜쥐고, 손가락을 풀고, 확인하려는 듯 입술을 무의식적으로 만지던 그 모습─무엇을 확인하려고? 입술이 있는지? 입술이 싱싱하고 도톰하고 탄탄한지? 캐스도 속으로 품고 있는 자신만의 생각이 있었다. 캐스가 건성으로 노마의 손을 어루만지면 보통 노마는 제 손을 풀고 그의 손을 잡았고, 그 놀랍도록 힘센 손가락이 그의 손가락을 움켜쥐었다. "젠장, 베이비. 우리가 당신을 찾아냈고 어쨌든 우린 당신을 사랑해. 알았지?"

캐스는 노마가 이러는 게 임신과 관련이 있다고 생각했고, 겁이 났다.

'폴란드 소시지는 아무리 먹어도
질리는 법이 없지!'

그 여자의 애인들! 출처는 일명 **매릴린 먼로로 알려진 노마 진 베이커**라는 라벨이 붙은 방대한 FBI 파일.

그네들은 영화사의 대여섯 명 중에서도 Z, D, S, T였다. 그네들은 공산주의자 사진사 오토 외즈, 공산주의자 각본가 돌턴 트럼보, 공산주의자 배우 로버트 미첨이었다. 그네들은 하워드 휴스, 조지 래프트, I. E. 신, 벤 헥트, 존 휴스턴, 루이스 캘헌, 팻 오브라이언, 미키 루니, 리처드 위드마크, 리카도 몬탈반, 조지 샌더스, 에디 피셔, 폴 로브슨, 찰리 채플린(시니어)과 찰리 채플린(주니어), 스튜어트 그레인저, 조지프 맹키위츠, 로이 베이커, 하워드 호크스, 조지프 코튼, 엘리샤 쿡 주니어, 스털링 헤이든, 험프리 보가트, 호기 카마이클, 로버트 테일러, 타이론 파워, 프레드 앨런, 호펄롱 캐시디, 톰 믹스, 오토 프레민저, 케리 그랜트, 클라크 게이블, 시드니 스콜스키, 새뮤얼 골드윈, 에드워드 G. 로빈슨(시니어), 에드워드 G. 로빈슨(주니어), 밴 헤플린, 밴 존슨, 톤토, 조니 '타잔' 와이즈뮬러, 진 오트리, 벨라 루고시, 보리스 칼로프, 론 체이니, 프레드 애스테어, 레비티커스, 로이 로저스와 트리거, 그라우초 마르크스, 하포 마르크스, 치코 마르크스, 버드 애벗과 루 코스텔로, 존 웨인, 찰스 코번, 로리 캘훈, 클리프턴 웨브, 로널드 레이건, 제임스 메이슨, 몬티 울리, W. C. 필즈, 레드 스켈턴, 지미 듀랜트, 에럴 플린, 키넌 윈, 월터 피전, 프레드릭 마치, 메이 웨스트, 글로리아 스완슨, 조앤 크로퍼드, 셜리 윈터스, 에이바 가드너, (버즈 야드), 래시, 지미 스튜어트, 데이나 앤드루스, 프랭크 시나트라, 피터 로퍼드, 세실 B. 드밀, 그 외 수없이 많았다. 그리고 이 명단은 여자가 스물일곱이던 1953년까지만 해당된다! 가장 무시무시한 스캔들은 아직 시작되지도 않았다.

전직 운동선수―목격

"나 이 여자하고 사귀고 싶어."

전직 운동선수는 거의 마흔이었다. 그가 메이저리그에서 마지막으로 방망이를 휘두르고, 마지막으로 홈런을 치고, 칠만 오천명의 팬이 광란의 도가니가 되어 찬사를 바칠 때 수줍게 미소 짓던 것도 벌써 오래전이다. 1922년까지 거슬러올라가는 전성기 시절에 전직 운동선수는 야구 신기록을 세웠다. 그는 베이브 루스에 비견됐다. 그는 미국의 전설이 되었다. 미국의 우상. 그는 결혼했고, 자식도 봤고, '잔학성'을 근거로 아내에게 이혼당했다. 뭐, 그가 성깔이 있기는 했다! 보통의 혈기왕성한 남자가 성깔 좀 있기로서니 탓할 수는 없지 않은가? 게다가 그는 '이탈리아인이며 질투가 심했다'. 그는 '이탈리아인이며 아주 사소한 것도 절대 잊지 않고 적을 잊는 법도 없었다'. 그는 이탈리아인의 코를 가졌고, 까무잡잡하니 이탈리아인답게 잘생겼다. 대중 앞에서 그는 말끔하게 잘 차려입은 모습이었다. 대중 앞에서 그는 조용하고 예의바른 사람이었다. 그는 수줍음이 많다는 평을 들었다. 그는 정중하다는 평을 들었다. 그는 평상복으로 스포츠웨어를 즐겨 입었고, 야회복으로 짙은 색 맞춤 정장을 즐겨 입었다. 그는 샌프란시스코에서 어부의 아들로 태어났다. 그는 가톨릭 신자였다. 그는 상남자였다. 기질로 봤을 때 그는 가정적인 남자였다. 그런데 그의 가정은 지금 어디 있는가? 그는 '모델'과 사귀었다. 그는 '신인 배우'와 사귀었다. 가끔 가십란에 그의 이름이 굵은 활자로 등장하기도 했다. 야구에서 은퇴할 무렵 그는 연봉 10만 달러를 받고 있었다. 그는 부모에게 돈을 주었고, 부동산을 사고 투자를 했다. 그는 샌프란시스코와 로스앤젤레스와 라스베이거스의 특정 이탈리아계 사업가들과 '유대관계'가 있다고 알려져 있었다. 과연 그는 이탈리안 레스토랑을 선호했다. 송아지고기 스캄피, 파스타, 가끔은 리소토. 그러나 세심하게 준비한 리소토여야 했다. 대체로 그는 통 크게 팁을 주었다. 대접이 시원찮으면 얼굴이 백지장처럼 하얘졌다. 고의든 아니든 이 남자를 모욕하지 않는 편이 좋다. 그는 명령하고 통제하는 남자였다. 여자들은 뒤에서 이 남자를 '양키 슬러거'라고 불렀다. 그는 술을 마셨다. 담배를 피웠다. 뒤끝이 길었다. 스포츠에 중독됐다. 그는 남성 친구가 많았고, 그중에는 그처럼 전직 운동선수도 있었고, 모두 스포츠에 중독됐다. 그래도 그는 외로웠다. 그는 '평범한 삶'을 원했다. 그는 텔레비전에서 야구와 축구와 권투를 시청했다. 야구 경기를 보러 가면 언제나 지목

되어 관심과 박수를 받았다. 관중은 그가 일어났다가—쑥스러운 미소, 손 흔들기—얼굴이 빨개져 얼른 다시 자리에 앉는 모습을 사랑했다. 그는 레스토랑과 나이트클럽에서 친구들을 만났다. 그들은 종종 음식과 서비스에 대해 야단스럽게 까탈스러웠고, 가게 영업이 끝날 때까지 남아 있었다. 그러나 그들은 팁이 무척 후했다. 공공장소에서 전직 운동선수는 기꺼이 사인을 해주었지만 사람들이 몰리거나 밀치는 것은 좋아하지 않았다. 그는 자기 옆에 예쁜 여자가 있는 것을 좋아했다. 싱글벙글 미소 지으며. 종종 사진기자들도 있었다. 그는 여자가 자기 팔에 매달리는 건 좋아했지만 자기에게 매달리는 건 좋아하지 않았다. 그는 '남자가 되려 하는' 여자를 싫어했다. 아이를 원하지 않는 '비정상적인' 여자는 생각만 해도 화가 치솟고 역겨웠다. 그는 임신중단에 반대했다. 피임을 했을 수는 있지만, 가톨릭교회는 타이밍을 제외한 그 어떤 방법도 금지했다. 그는 공산주의자와 그 동조자, '빨갱이'를 비난했다. 그는 책을 읽지 않았는데, 샌프란시스코에서 고등학교를 졸업한 후 단 한 권도 펼쳐보지 않았을 것이다. 학교에서 그의 성적은 중간쯤이었다. 열아홉의 나이에 그는 프로 야구선수가 되었다. 그는 영화를 즐겨 보았고 특히 코미디와 전쟁 영화를 좋아했다. 그는 거구의 사내였고 너무 오래 앉아 있어야 하면 좀이 쑤셨다. 교회는 이따금 생각나면 가는 정도였지만 부활절 미사만큼은 절대 빼먹지 않았다. 영성체 때 무릎을 꿇고 앉아서, 어릴 때 배운 대로 눈을 꼭 감았다. 어릴 때 배운 대로 제병을 씹지 않고 혀 위에서 녹도록 가만히 물고 있었다. 그가 미사 도중에 벌떡 일어나 사제에게 불경한 말이나 음란한 말을 하는 일은 없을 테고, 마찬가지로 고해성사 없이 영성체를 받는 일 또한 없을 것이다. 그는 신을 믿었지만, 자유의지도 믿었다. 그는 〈로스앤젤레스 타임스〉에 실린 '매릴린 먼로'의 홍보용 사진을 우연히 보았다. 블론드 할리우드 배우는 두 야구선수 사이에서 예쁘게 포즈를 취하고 있었다. 새 시즌 개막. 경기 시작!

전직 운동선수는 그 사진을 한참 동안 뚫어져라 응시했다. 야구공, 방망이, 밀로의 비너스처럼 조각 같은 몸매와 끝내주게 사랑스러운 얼굴로 눈부시게 환히 아름다운 미소를 짓고 있는 여자, 그리고 저 솜사탕 같은 머리카락. 여기 천사가 있다, 젖가슴과 엉덩이가 달린 천사. 전직 운동선수는 곧장 할리우드에 있는 친구, 즉 베벌리힐스의 유명 레스토랑 주인에게 전화를 걸었다. "이 블론드 말이야, 매릴린 먼로."

친구가 말했다. "근데? 그 여자가 왜?"

"나 이 여자하고 사귀고 싶어."

"그 여자하고?" 친구는 폭소했다. "걘 화냥년이야. 시작부터 화냥년이었어. 그 금발도 탈색한 거고. 그년은 속옷을 안 입고 다녀. 유대인과 어울리고 호모 쓰레기랑 살아. 그 여자는 시내에 있는 좆이란 좆은 다 빨았고 시외에서도 그랬을걸. 주말에는 남자들하고 교미하느라 라스베이거스에서 지내. 스위트룸에서 나오지도 않아. 폴란드 소시지는 아무리 먹어도 질리는 법이 없지."

침묵이 내려앉았다. 할리우드의 친구는 전직 운동선수가 조용히 전화를 끊었다고 생각했다, 가끔 그러기도 했으니까. 그러나 전직 운동선수가 말했다. "나 이 여자하고 사귀고 싶어. 약속 좀 잡아줘."

사이프러스

아기가 육 주 됐을 때였다. 노마 진의 생일 주간이었다.

스물일곱! 첫애를 낳기엔 너무 나이가 많다고들 했지.

느닷없는 계시의 시간이었다.

"야야야, 그거 알아? 방금 이런 생각이 났어."

제미니, 이 아름다운 삼인조는 임대용 저택을 보러 가는 길이었다. 할리우드힐스에 있는 '사이프러스'. 로럴캐니언 드라이브의 꼭대기. 그들의 '장대한 탐색'(이것은 캐스의 표현이었다, 캐스는 언어의 대가였다)이 시작된 후 제미니가 보러 간 여섯번째인가 일곱번째 '저택'이었다. 노마 진의 임신 기간 동안, 그리고 아이가 태어난 후 몇 달 동안 지낼 이상적인 환경을 물색하는 중이었다.

"우리는 시간과 공간의 산물이야." 캐스가 말했다. "우린 순수한 영혼이 아니야. 지구에서, 그리고 머나먼 별에서 온 귀금속에서 우리는 태어났어. 우린 역사를 넘어 떠오른 것처럼 스모그에 찌든 천사들의 도시를 넘어 떠올라야 해—어이, 너희 듣고 있어?" (응, 응! 사랑으로 눈이 반짝반짝 빛나는 노마 진은 언제나 듣고 있었다. 에디 G는 어깨를 으쓱하고 고개를 끄덕였다. 물론이지.) "각각의 탄생에서 세계는 새롭게 시작되는 거야. 이번 탄생에서 우린 그걸 확인할 거야! 문명의 미래는 단 하나의 탄생에 기인하는지도 몰라. 메시아. 메시아가 아닐 가능성도 있겠지만, 그럼 뭐 어때? 일단 주사위를 던지자고."

캐스 채플린이 이렇게나 열정을 담아 이렇게나 유창하게 말하는데, 노마 진과 에디 G가 감히 누구를 의심하겠는가?

노마 진은 열정적인 두 왕자님의 사랑을 받는 '거지 소녀'였다. 한 왕자님은 노마 진에게 책을, 자신에게 '아주 큰 의미가 있는' 책을 읽어보라고 주었고, 다른 왕자님은 꽃을, 꽃 한 송이를, 문득 영감이 떠올라 서둘러 끊어온 듯한 모양새의 꽃을, 줄기는 짧게 꺾이고 아름답고 섬세한 꽃잎은 이제 막 정점을 지났고 잎사귀에는 검은 반점이 점점이 생겨난 꽃을 주었다.

"아름다운 노마, 우리는 그대를 숭배하오."

너무 행복해. 그리고 내 몸이 이렇게 건강할 때가 없었지, 그래서 난 신앙이란 오직 주님의 힘으로 영혼이 건강해지는(또는 치유되는) 것임을 알게 됐어.

세상에 악마는 없어. 악마는 정신이 만들어낸 질병이야.

그날은 에디 G가 모는 차를 타고 스모그에 찌든 사악한 도시를 넘어 할리우드힐스로 올라가는 중이었다. 머리 위 하늘은 맑고 빛바랜 파랑이었다. 따뜻하고 건조한 바람이 대기를 휘저었다. 에디 G는 보통 폭력적으로 최후를 맞이하는 젊고 잘생기고 시건방진 역으로 영화에 캐스팅되었고, 그런 에디 G 특유의 파괴 행위를 간신히 자제하고 있다는 분위기와 평소 운전 실력이 맞물려 라임그린색 캐딜락의 네 바퀴 아래서 자갈포장도로가 으드득거렸다. 노마 진이 에디 G 옆에 앉았고, 노마 진의 옆자리는 캐스 채플린이었다. (가엾은 캐스! "오늘 아침은 정신을 차릴 수가 없네. 도대체 내가 누군지 나도 모르겠어.") 싱싱한 미모가 절정에 오른 노마 진은 제미니 연인들 사이에 앉아 생글거리며 오른손바닥을 오므려 보호하듯 자신의 배를 감쌌다. 따뜻하고 촉촉한 손, 이제 막 부풀기 시작한 배.

아기는 육 주가 됐다. 이게 가능하다니!

제미니, 이 아름다운 삼인조는 남부 캘리포니아의 맑고 화창한 이 아침, 그들의 장대한 탐색을 자기 일처럼 도맡아 해왔고 조만간 협상을 매듭지으려는 부동산중개인을 만나러 로럴캐니언 드라이브를 올라가는 중이었다. 세 사람은 자기들끼리 중개인을 '시다 버라'라고 불렀는데, 그 여자의 화장법이 한 시대 이전의 섹시-백치 스타일이었기 때문이다. 안타깝기도 했지만(뭐, 노마 진은 안타까웠다) 면전에서 웃음을 터뜨릴 뻔했다(캐스와 에디 G는). 그러다 느닷없이, 그게 지금 막 즉흥적으로 떠오른 생각이라고 맹세해도 좋을 정도로 너무나 자연스럽게 에디 G가 운전대를 탁 치며 소리쳤다. "야야야야, 그거 알아? 방금 이런 생각이 났어." 노마 진은 무슨 생각? 하고 물었고, 캐스는 뭔가 알아들을 수 없는 말을 웅얼거렸다. (오, 맙소사, 캐스의 뱃속이 노마 진도 느낄 수 있을 정도로 맹렬히 뒤틀리고 있었다. 그가 '동조 입덧'에 시달리고 있다고 말해서 노마 진은 묘하게 죄책감이 들었고, 막상 노마 진 본인은 사실상 전혀 입덧이 없었으므로 더욱 쩔렸다.) 에디 G가 흥분해서 말을 이었다. "이건 꼭 계시 같은데? 우리가 반드시 해야 하는 일은, 우리 셋이 말이야, 노마가 아기를 낳기 전에 유언장과 보험증서를 만들어놓는 거야. 우리 중 한 사람에게 무슨 일이 생기면 다른 두 사람과 아이가 수령하도록." 에디 G는 잠시 말을 끊었다. 그 소년 같은 열정적 자세, 즉흥적 에너지. "내가 아는 변호사가 있어. 그니까 믿을 만한 사람이. 무슨 말인지 알지? 어때? 너희 듣고 있어? 그럼 아기는 훨씬 잘 보호받을 거야."

심장이 두근두근 뛰었다. 노마 진은 꿈결처럼 몽롱한 상태였다. 전날 밤의 꿈에 젖어 있었다. 환각처럼 묘하게 선명한 꿈! 꿈의 함대. 임신하고 꾼 그 꿈을 노마 진은 캐스에게 자세히 얘기했다. 그런 꿈은 생전 처음 꾸었어, 오, 정말 처음이라니까! 불면증은 언제 그랬냐는 듯 싹 사라졌다. 집안에 있는 알약을 먹고 싶다는 생각은 단 한 번도 들지 않았다. 술을 마시고 싶다는 생각도 거의 들지 않았다. 머리가 베개에 닿자마자 잠에 빠져들었다. 아름다운 청년들이 애무하고 물고 빨고 쿡쿡 찔러도, 혼수상태로 잠든 여자의 몸을 타넘으며 혹은 깔아뭉개며 웃음을 터뜨리고 어린애처럼 서로 드잡이질을 해도. '잠자는 공주님'이라고 그들은 불렀다. 노마 진의 젖이 크림으로 채워지는 중이라고 그들은 확신했다. 아무렴! 그 와중에도 밤의 강은 노마 진을 품어 무해하게 띄워올렸고, 그 강이 노마 진에게 영양분을 공급했다.

이렇게 건강할 때가 없었어요, 어머니! 임신이 이럴 수도 있다는 걸 왜 말해주지 않았나요!

캐스가 목청을 가다듬고 아직 자기 차례가 오지 않은 배우처럼 약간 초조해하며 말했다. "이야. 기막힌 아이디어네, 에디. 맞아! 나도 가끔 아이가 걱정되긴 해. 이 샌앤드레이어스 단층 위에서." 캐스는 노마 진을 돌아보며 부드럽게 물었다. "당신은 어떤 것 같아, 꼬마 엄마?"

또다시, 두근두근. 노마 진은 이 대화에서 자신이 남자 제미니가 원하는 대로 반응하지 않고 있다는 느낌이 들었다. 훗날 노마 진은 이때 아주 묘한 기분이었다고 기억하게 된다. 촬영에 들어간 것처럼, 상대 배우가 다음 대사를 이어갈 교량 역할로 당신이 어떻게 반응하기를 바라는지 빤히 보이는데 당신은 그냥 잠자코 있는다, 배우로서 어떤 직감이 당신에게 가만있으라고, 저항하라고, 동조하지 말라고 촉구하는 것이다.

"노마? 여기에 대해 당신은 어떻게 생각해?"

에디 G가 캐딜락의 모터를 급가속시키기 시작했다. 그들은 좁은 협곡 도로를 날듯이 올라가는 중이었다. 에디 G가 화가 났다고 노마 진은 생각했다. 에디 G는 대시보드의 라디오를 조작했고, 운전중에는 위험한 습관이었다. 〈The Song from Moulin Rouge〉가 요란하게 흘러나왔다.

로럴캐니언 드라이브는 길고 구불구불했다. 노마 진은 로스앤젤레스 경찰의 바리케이드를 떠올리지 않기로 했다. 그리고 잠옷 차림의 글래디스도.

그때 난 아무것도 모르는 꼬마였어. 지금의 나를 보라고!

캐스가 노마 진의 손에 자신의 손을 포개어 눌렀다. 노마 진의 손은 자기 배를, 아기를 감싸고 있었다. 아기를. 두 남자 중 기분이 내킬 때면 더 다정한 건 캐스였다. 캐스는 채플린 시니어의 코믹 스타일이 아니라 여자들이 사족을 못 쓰는 근엄한 발렌티노 스타일로 낭만의 대가였다. 에디 G는 노마 진이 임신한 이후 신경질적으로 놀려대고 빈정대는 편이었고, 노마 진을 만지길 꺼렸다.

"가장 중대한 사안은, 자기야, 아기가 보호받아야 한다는 거야. 운명의 우여곡절로부터. 대공황이 또 온다면? 있을 수 있는 일이지! 처음엔 아무도 그에 대비하지 않았지만. 영화계가 망한다면? 있을 수 있는 일이잖아! 미국에서는 조만간 누구나 텔레비전을 갖게 될 거야. '망상을 공유하는 자들은 그것이 망상임을 절대 인식하지 못한다'고 프로이트가 말했어. 남부 캘리포니아에서 망상은 우리가 숨쉬는 공기 그 자체지. 그러니까 재정적으로 아기의 미래에 대비하는 건 좋은 생각일 수도 있어."

노마 진은 어물어물했다. 자신이 말할 차례였다. 이것은 연기 수업이었다. 즉석에서 대본을 읽어야 하는 장면이 갑자기 주어졌다. 보통 그런 수업에서는 일단 교실 밖으로 내보냈다가 다시 불러들여 이미 대본을 암기한 두서너 명의 배우와 함께 그 장면을 연기하게 한다.

캐스가 노마 진의 뺨에 제 뺨을 대고 비빈다. 그의 숨결에서 썩은 등나무처럼 시큼달큼한 냄새와 뒤섞인 아침의 쉰내가 난다. "그 어떤 일도 우리에게 일어나지 않을 거야, 꼬마 엄마. 우린 우리 자신의 행운의 별이거든."

노마 진은 이제야 기억났다! 그 꿈에서 아기에게 젖을 먹이려 갖은 애를 썼지만 아기는 입술을 꾹 다물고 젖을 빨려 하지 않았다. 갓난아기는 자동적으로 젖을 빨지 않나? 반사적으로? 그건 분명 본능이고 천성일 텐데, 새가 둥지를 짓고 벌이 집을 짓는 것처럼. 그리고 꿈에서 아기가 얼굴은 없고(아직은!) 빛이 일렁이는 후광만 있었던 게 몹시 묘했다. 노마 진이 말했다. "오, 어쩜, 이런 **생각** 해본 적 있어? 사람들이 신을 들먹이며 하는 말은 실은 그저 **본능**을 얘기하는 게 아닐까? 사람은 새로운 환경에서 무엇을 해야 할지 어떻게 아는 걸까? 자기가 이미 알고 있다는 것도 모르면서. 동물이 물속에 들어가면 헤엄치는 법을 이미 알고 있는 것과 같은 식일까? 심지어 갓난아기라도?"

남자 제미니는 앞에서 들이닥치는 협곡 도로를 뚫어져라 노려봤다.

시다 버라가 그들을 기다리고 있었다. 사이프러스의 활짝 열린 대문 앞에서. 짙은 립스틱을 발라 벌에 쏘인 듯한 입술로 억지 미소를 짓고 1920년대 왈가닥처럼 신나게 손을 흔들면서. 저 유혹적인 섹시함은 한 시대 이전의 것이다. 시다는 못해도 서른다섯에서 마흔다섯 사이 어디쯤이었다. 점토색 피부는 눈가에서 팽팽하게 당겨져 윤이 났다. 노마 진은 안타까우면서도 짜증이 났다. 나

잇값을 해야지. 포기할 건 포기하라고!

에디 G가 제법 진지한 말투로 외쳤다. "이야, 죄송합니다! 우리가 늦었지요?" 그는 워낙 덩치가 크고 잘생긴 청년이라, 주름진 카키색 바지에 면도도 안 하고 디오도런트 광고에서 체취라고 부를 법한 냄새를 풍겨도 뭐든 용서하고 봐줄 만했다. 거의. 그리고 캐스 채플린, 그 샐쭉한 소년 인형 같은 얼굴, 부스스한 리틀 트램프 스타일의 머리는 여자들이 손가락으로 쓸어보고 싶어 환장했다. 그리고 수줍음 많고 조용하고 주의가 산만한 블론드, 부동산중개인은 이 여자가 매릴린 먼로임을 대번에 알아보았다. 할리우드의 최신 돌풍, 하지만 사생활은 확실히 존중할 생각이다. 저 악명 높은 삼인조! 당연히 그들은 늦었고, 그것도 한 시간이 넘게 늦었고, 제미니는 언제나 늦었다. 세 사람이 어디든 어느 때고 나타나기만 해도 기적이었다.

요란한 눈화장에 적갈색 샤크스킨 정장을 입고 악어가죽 하이힐을 신은 시다 버라는 고객들을 향해 열렬히 손을 흔들었다. 이 젊고 매력적인 할리우드 사람들의 비위를 맞추려고 얼마나 신속하게 태세 전환을 하는지! "전혀 안 늦었어요! 그런 건 하나도 신경쓰지 마세요. 저는 여기 힐스에 올라와 있으면 기분이 참 좋더라고요. 사이프러스는 현재 제가 가장 좋아하는 저택이에요. 전망 하나만으로도. 맑은 날이면 아주 기가 막혀요. 저 이슬비인지 안개인지 뭔지만 아니었다면 샌타모니카와 바다까지 다 보였을 텐데."

캐스가 휘파람을 불었다. "알 것 같네요."

"저도 알 것 같네요, 완전히 취한 상태라." 에디 G가 말했다. 이건 농담이었다. 에디 G가 그렇게 일찍부터 완전히 취하는 일은 결코 없으니까.

전에 중개인에게 자신을 '노마 진 베이커'라고 소개했던 젊은 블론드 여자는 지금 꼬마애처럼 넋을 잃고 짙은 선글라스 너머로 프렌치 노르망디 스타일의 이 대저택을 엄숙하게 응시했다. 여자는 화장기가 거의 없는 듯한데도 피부에서 빛이 났다. 플래티넘블론드 머리칼은 1940년대에 베티 그레이블이 썼을 법한 선홍색 터번으로 거의 감췄다. 젖가슴은 헐렁한 흰색 실크 튜닉으로 가렸다. 사타구니 부분이 주름진 하얀 실크 슬랙스를 입었고, 맨발에 플랫힐 스트로 샌들을 신었다. 여자는 새근거리며 호기심 가득한 목소리로 말했다. "오!―아름다워요. 동화에 나오는 것 같아, 근데 어느 동화일까?"

시다 버라는 애매하게 미소를 머금었다. 대답해야 하는 질문은 아닐 거라고 판단했다.

중개인은 한 바퀴 돌아보며 집 구경을 하자고 말문을 열었다. "그래야 대충 감을 잡지요." 그러고는 자갈이 깔린 길로 그들을 안내했다. 판석이 깔린 테라스를 가로질러 콩팥처럼 생긴 수영장을 지나는데, 흔들리는 연녹색 물 위에 바싹 마른 야자수 이파리와 죽은 곤충과 작은 새의 사체가 둥둥 떠 있었다. "수영장은 매주 월요일 아침에 청소합니다." 중개인이 사과하듯 말했다. "분명이번주에도 청소를 했을 텐데." 노마 진은 수영장 바닥에서 귀신이 헤엄치듯 획획 스치는 그림자를 본 것 같았다. 너무 자세히 들여다보고 싶은 마음은 없었다. 에디 G는 다이빙보드로 기어올라가 금방이라도 뛰어들 것처럼 무릎을 굽혔다. 캐스가 느릿하니 끄는 말투로 여자들에게 말했다. "저 녀석을 부추기지 말아주세요. 쳐다보지도 말아요. 난 저 녀석을 구하려다 빠져 죽을 생각은 없으니까." "뒈져라, 유대인 자식." 에디 G가 말했다. 웃고 있었지만 정말로 성질이 난 것처럼 들렸다.

시다 버라가 얼른 다음 장소로 안내했다.

노마 진이 에디 G에게 속삭였다. "그건 무례한 짓이었어. 저 중개인이 유대인이면 어쩌려고?"

"저 사람은 그냥 농담이었다는 걸 알아. 너는 몰라도."

도시 위 아주 높은 곳이어서 바람이 끈질기게 불었다. 샌타애나의 계절 동안 여기서 살면 어떻게 될까, 노마 진은 생각하기도 무서웠다. 임부나 갓난아기에게 좋은 공기라고는 할 수 없을 것이다. 그래도 캐스와 에디 G는, 어릴 때 훌륭한 집에서 살았던 그들은 힐스에 있는 집을 바랐고, 뭔가 '이국적'이고 '특별한' 것을 원했다. 돈은 그들의 관심사가 아닌 듯했는데, 그럼 임차료는 과연 어디서 나오는 걸까? 게다가 이런 집은 일하는 사람도 여럿 고용해야 할 텐데. 〈나이아가라〉가 박스오피스 히트를 치긴 했지만 노마 진은 아무런 보너스도 받지 못할 것이다. 노마 진은 영화사의 전속계약 배우로 급여를 받았다. 캐스와 에디 G도 그건 알았다! 그리고 이제 임신을 했으니 일 년 동안은 영화에 출연할 수 없다. 혹은 더 오래. (어쩌면 커리어가 끝날지도.) 하지만 노마 진이 사이프러스의 월세가 얼마냐고 물었을 때 두 남자는 충분히 합리적인 가격이라고, 걱정하지 말라고 했다. "어떻게든 할 수 있어. 우리 셋이서."

노마 진은 지그재그로 난 균열을 또 발견해 자세히 살폈고, 이번 균열은 아름다운 멕시코 모자이크로 장식된 치장벽토에 난 것이었다. 거기에 조그맣고 까만 개미가 바글거렸다.

사이프러스는 집 주위에 야자수 대신 이탈리안 사이프러스를 심어놔서 그런 이름이 붙었다. 일부는 예전처럼 조각 같은 우아한 자태를 고스란히 유지했지만, 대부분은 쉴새없이 불어대는 바람에 잘 자라지 못하고 고문당한 생명체처럼 모양이 뒤틀렸다. 몸부림치는 모습이 보이는 것 같았다. 난쟁이, 엘프, 사악한 요정. 하지만 룸펠슈틸츠헨은 사악하지 않았다. 그는 노마 진의 유일한 친구였다. 노마 진을 조건 없이 사랑했다. 미스터 신과 결혼하기만 했어도!―그랬다면 그는 죽지 않았을 텐데. 지금쯤 I. E. 신의 아기를 낳았을 테고, 크고 아름다운 저택을 소유했을 테고, 온 할리우드가 노마 진을 존경했을 것이다. 영화사의 임원들까지. (그러나 아이작은 그렇게 사랑 얘기를 늘어놓고 노마 진을 배신했다. 그는 유언장에서 노마 진에게 아무것도 남기지 않았다. 동전 한 닢도! 영화사와 일곱 편의 영화 계약을 맺어 노마 진을 노예나 다름없이 만들었다.)

시다 버라가 그들을 집안으로 안내했다. 무척 크고 호화로운 전면 현관 안쪽으로. 꼭 미술관 같았다. 대리석 바닥, 황동과 크리스털로 이루어진 샹들리에, 실크 벽지, 거울로 된 벽면 패널, 활처럼 완만히 휘어진 계단통. 주위보다 움푹 내려간 거실은 너무 넓어서 반대편 벽을 보려면 눈을 가늘게 떠야 했다. 여기 가구들은 하얀 천에 덮여 있고 쪽모이 세공 마루에는 아무것도 깔려 있지 않았다. 거대한 석조 벽난로 위에 두 자루 검이 날을 교차한 채 걸려 있고, 옆에는 중세 갑옷 한 벌이 있었다. 캐스가 휘파람을 불었다. "D. W. 그리피스. 그의 괴상한 대작 중 하나군." 세금세공한 타원형 거울이 세금세공한 타원형 거울에 무한히 반사되어 노마 진은 심장이 파들거렸다.

이곳엔 광기가 있어. 들어가지 마!

하지만 이미 늦었고, 돌아가는 건 불가능했다. 캐스와 에디 G 가 미친듯이 화낼 테니까.

저택의 현 소유주는 서던캘리포니아 은행이었다. 단기임차인 몇 명을 제외하면 지난 몇 년 동안 이곳에는 사람이 살지 않았다. 전 주인은 1930년대 미모의 영화배우로, 전도유망한 어린 나이에 부유한 제작자와 결혼해 남편보다 몇십 년쯤 오래 살았다. 그 여인은 동네의 전설적 인물로 친자식은 없었지만 많은 수의 고아를 입양했고, 그중에는 멕시코 출신도 있었다. 입양아 중 한두 명은 '자연사'했고 다른 아이들은 행방불명되거나 도망쳤다. 여인은 자기 집으로 '친척'과 '도우미'를 불러들였고, 그 숫자는 매번 바뀌었으며, 그들은 차례로 여인의 물건을 훔치고 여인을 학대했다. 여인의 음주벽과 마약중독과 자살 시도에 대한 끔찍한 이야기가 돌았다. 그러나 여인은 지역의 여러 자선단체에 거액을 기부했고, 금식과 기도와 묵언을 극단적으로 행하는 '영원한 자비의 성모 수녀회'에도 기부했다. 노마 진은 그 이야기의 가장 나쁜 부분은 듣고 싶지 않았다. 그런 이야기가 얼마나 사람들을 호도할 수 있는지 잘 알았다. "진실로 시작할지라도 사람들이 하는 말은 거짓으로 흘러가게 마련이니까." 그 불공정함 때문에, 그 여인에 대해 사람들이 수군대는 잔인한 말 때문에 노마 진은 심장이 쿵쾅거렸다. 여인은 이 집에서 혼자 살다 침실에서 숨졌고, 시신은 가정부에 의해 발견되었다. 검시관은 여인의 죽음을 영양실조와 신경안정제와 알코올에 의한 '사고사'로 결론지었다. 노마 진이 작게 중얼거렸다. "불공평해. 남의 불행을 먹고 사는 저 콘도르들!"

저 앞에서 스파이크힐을 신은 시다 버라가 남자들과 함께 웃고 떠들고 있었다. 그들이 실제로 사이프러스를 임차할 것 같다고 마음대로 생각한 중개인이 노마 진에게 말했다. "상상 속에 나올 법한 집이죠, 안 그래요? 아주 독창적이고 창의적인 곳이에요. 당신 친구들이 그러는데 셋이서 은둔할 거라면서요? 그렇다면 장담하는데 여기만한 곳은 없어요."

1층을 돌아보는 데만 한참이 걸렸다. 노마 진은 피곤해지기 시작했다. 이런 집이라니! 그야말로 과대망상이다! 침실이 여덟 개, 화장실이 열 개, 거실도 여러 개, 으리으리한 식당에 달린 크리스털 샹들리에는 천장이 움직이기라도 하는 것처럼 흔들리며 떨리고, 아침식사용 거실은 손님 스물네 명이 와서 앉아도 될 만큼 넓다. 어딜 가나 몇 계단을 내려가거나 올라간다. 수영장이 내다보이는 성큰 라운지에는 길게 굽어진 바와 가죽 칸막이 자리, 댄스 플로어, 주크박스가 있었다. 노마 진은 곧장 주크박스 쪽으로 갔지만, 시커먼 기계는 전원 플러그가 뽑혀 있을 뿐 아니라 음반이 하나도 없었다. "젠장! 전원이 꽂히지 않은 주크박스보다 더 우울한 건 없는데." 노마 진은 부루퉁하니 입을 내밀고 삐쳤다. 노마 진은 음반을 틀어놓고 춤추는 것을 좋아했다. 지터버그! 지터버그를 춰본 지 한참 됐다. 훌라도. 노마 진은 훌라를 사랑했고, 열네 살 때는 끝내주는 훌라 댄서였다. 지금은 스물일곱 살에 아이를 임신했고 운동은 몸에 좋은 것이다. 춤추지 못할 이유가 뭐가 있을까? 만약 '매릴린'이 〈신사는 금발을 좋아해〉에 출연한다면—하지 않을 거지만—'매릴린'은 쇼걸처럼 화려하고 값비싼 의상을 입고, 프레드 애스테어와 공연하는 진저 로저스처럼 정교하게 안무를 짠 뮤지컬넘버에 맞춰 근사하게 꾸민 춤을 출 것이다, 노마 진이 진심으로 사랑하는 종류의 춤이 아니라.

"우리가 첫번째로 할 일이지, 노마. 주크박스의 전원을 꽂는다." 에디 G가 장담했다.

언제 그렇게 결정난 것일까? 노마 진의 동의도 없이?

시다 버라는 계속 그들을 데리고 돌았다. 남자들과 웃고 떠들고 시시덕거리며. 세련되지만 주름지고 깨끗하지 않은 옷을 입은 남자들은 딱 그들답게 보였다. 할리우드 왕족의 버림받은 아들. 뒤따라가려고 혼자 남은 노마 진은 아랫입술을 질겅였다. 오, 노마 진은 애인들을 믿지 않았다! 아기도 그들을 믿지 않았다.

배우는 직감이지.

직감이 없다면 배우는 존재하지 않아.

노마 진은 그날 아침 깨기 전에 꿨던 선명하고 불편한 꿈을 기억해내려 애쓰는 중이었다. 아기를 안아들어 부풀고 쓰라린 젖가

슴에 대고 젖을 먹이고 싶은데 누군가 나타나서 아기를 홱 잡아당
겼다…… 안 돼! 안 돼! 외쳤지만 그 사람은 계속 아기를 세게 끌
어당겼고, 노마 진은 억지로 잠에서 깨어나 겨우 그 상황을 모면
할 수 있었다.

"노마 진은," 중개인이 예의를 차리며 말했다. "어디가 안 좋은
가요? 이쪽을 마저 보여드리려 했는데……" 노마 진은 눈을 가리
고 있었다. 빌어먹을 거울이 너무 많았다! 타원형 거울, 직사각형
거울, 높고 길쭉한 거울, 이 집은 거의 모든 벽마다 거울이 둘러져
있었다. 1층 욕실 중 한 곳은 바닥부터 천장까지 전부 모서리를
함석으로 마감한 거울이었다! 어느 방이든 들어설 때마다 발을
들이는 자신의 모습이 비치고 얼굴이 풍선처럼 떠오르고 시선이
시선을 잡아챈다. 메이어 드러그스토어의 거울 속 여자가 여기까
지 온 거야! 선홍색 터번과 짙은 선글라스를 쓴 노마 진은 〈리오
로 가는 길〉에서 밥 호프가 추파를 던지던 가슴이 크고 다리가 늘
씬한 여자 단역배우처럼 보였다. 노마 진은 '마법 친구'의 핵심은
그 존재가 비밀이라는 것임을 깨닫는다. '마법 친구'와 계속 함께
산다면 그 특별함은 사라진다.

캐스가 노마 진의 머릿속을 읽었나보다. 그는 노마 진이 원한
다면 거울을 대부분 떼어버리겠다고 했다. "제미니는 거울 없이
도 살 수 있어. 왜냐면 우리는 서로를 비추는 '거울'이니까, 그
치?"

"캐스, 난 잘 모르겠어. 집에 가고 싶어."

노마 진은 캐스를 사랑했고, 캐스를 믿지 않았다. 자신이 사랑

하는 두 남자 중 누구도 믿지 않았다. 둘 중 한 명은 아기의 아버지였다. 아니 둘 다 아기의 아버지가 되는 게 가능한가? 그들이 보험 얘기를 꺼낸 게 오늘이 처음은 아니었는데, 이젠 유언장까지 넌지시 언급한다. 그들은 노마 진이 죽을 거라고 예상하나, 아마도 아이를 낳다가? 노마 진이 죽기를 바라나? (하지만 그들은 노마 진을 사랑했다. 노마 진은 알고 있었다!) 이 문제를 상의할 미스터 신만 있었더라면! 어쩌면. 노마 진과 '사귀고' 싶어한다는 전직 운동선수라면?

전날 밤 노마 진은 그 유명한 전직 야구선수가 자신을 만나고 싶어한다고 캐스에게 말했다. 캐스는 노마 진 본인이 놀랐던 것보다 더 놀란 눈치였고, 그 전직 운동선수는 수많은 미국인에게 영화 스타만큼, 아니 어쩌면 그보다 더 영웅이니까 당연히 그를 만나야 한다고 말했다. 노마 진은 야구에 대해 아무것도 모르고 좋아하지도 않으며 어쨌든 임신했으니까 만나기 싫다고 반박했다—"그 사람이 나랑 '사귀고' 싶다고 했다니까! 그게 무슨 뜻인지 알잖아." "열심히 연기하면 되지. 열심히 몰입하면. 매릴린에게 아주 좋은 역이네." "그 사람은 유명해. 분명 부자일 거야." "매릴린도 유명해. 부자는 아니고." "오, 하지만 난—그 사람만큼 유명하진 않아. 그는 은퇴하기 전까지 경력이 길었어. 모두가 그를 사랑해." "그럼 당신은 왜 사랑하지 않는데?" 노마 진은 캐스가 질투하는 건 아닌지 불안하게 힐끔거렸지만, 그런 것 같지는 않았다. 그렇지만 캐스는 에디 G와 달리 무슨 생각을 하는지 읽기 힘들었다.

노마 진은 이미 그 유명한 전직 운동선수를 퇴짜놨다는 사실을 캐스에게 말하지 않았다. 그 사람과 직접 얘기한 건 아니었다. 그가 직접 연락하지 않고 제삼자를 통해 에이전트에 말을 넣었으니까. 참 뻔뻔하다! '매릴린 먼로'가 상품인 줄 아나. 광고판을 보고 전화해서 오퍼를 넣는다. 매릴린은 값이 얼마야?

사이프러스 2층에서, 이 집의 올드한 프렌치 노르망디 스타일이 한층 뚜렷이 느껴지는 이 구역에서 황동과 크리스털로 된 물결 모양 상들리에는 더욱 존재감을 발했다. 태양이 아닌 다른 근원에서 나온 듯한 창백하고 불길한 금빛이 유리창으로 들어와 퍼졌다. 막힌 배수관과 살충제와 오래 묵은 향수 냄새가 감돌았다. 그리고 쉬지 않고 불어대는 바람…… 말소리가, 아이들의 숨죽인 웃음소리가 들리는 듯했다. 바람 아니면 흔들리는 창틀 아니면 상들리에에 소리였을 것이다. 노마 진은 캐스가 초조하게 주위를 흘깃거리는 걸 알아챘다. 그도 분명 이 소리를 들은 게 틀림없었다. 캐스는 그날 아침 숙취로 속이 메슥거리는 상태였고, 노마 진이 슬쩍 보니 불안할 정도로 나 여기 없소 하는 눈빛이었다. 시다 버라가 이 집의 복잡한 인터콤시스템을 설명하는 동안 캐스는 자리에 서서 눈을 비비고 입안에 뭔가 걸려 삼키지 못하는 것처럼 입을 오물거렸다. 노마 진이 살며시 팔을 두르려 하자 캐스는 당황해서 팔꿈치로 밀었다. "난 당신의 아기가 아니야. 좀 내버려둬."

왜 우리는 이런 소름끼치는 곳에 왔을까? 이건 우리가 원하던 그림이 아니야.

시다 버라는 시간을 들여 저택의 복잡한 경보기와 투광조명등, 감시시스템에 대해 상세히 설명했다. 아닌 게 아니라 설치비만 100만 달러는 족히 들었을 것이다. 중개인은 전 주인이 집에 몰래 침입한 괴한에게 살해당할까봐 '극심한 공포'에 떨었다고 말했다.

"꼭 우리 어머니 같군." 에디 G가 뚱하니 말했다. "그게 첫 증상이지. 하지만 마지막 증상은 아냐."

노마 진은 분위기를 가볍게 바꿀 겸 말했다. "누가 나를 살해하고 싶어하겠어? 내가 맨날 말하잖아. 왜냐면, 그잖아—그렇게까지 중요한 사람이 어디 있다고."

시다 버라가 차가운 미소를 띠며 말했다. "이 지역에 사는 많은 사람이 충분히 살해당할 만큼 중요한 인사예요. 부자들은 훨씬 더 그렇고."

노마 진에게 그 말은 자신에 대한 단호한 거부로 느껴졌다. 잘 이해되지는 않았지만. 노마 진은 미소를 지으며 속으로 생각했다. 그 유명한 전직 운동선수가 내가 임신했다는 걸 알면 어떻게 생각할까? 잘생기고 섹시한 청년과, 한 명도 아니고 두 명과 사랑에 빠졌다는 걸 알면?

난 화냥년이었을지도 몰라. 어휴, 증거가 잔뜩 있었잖아!

이상한 일이 벌어진 건 그때였다. 에디 G는 부동산중개인에게 몇 가지 질문을 하고 있었다. 노마 진은 건성으로 듣고 있었고, 캐스는 혼자 멀찍이 떨어져 하얗게 질린 채 안절부절못했다. 뭔가를 애써 삼키려는 듯 입을 오물거리며. 공기가 너무 건조해서 입안에 모래가 쌓인 느낌이었다. 노마 진은 두 팔로 캐스를 얼싸안고 키스하며 달래고 싶었다. 갑자기 시야 한끝에서 뭔가 허둥지둥 휙 지나가는 것이 보였다. 황급히 날아가는 그림자. 거울 중 하나를 가로질러서? 시다 버라도 에디 G도 알아차리지 못했지만, 캐스는 겁에 질려 그쪽을 노려봤다. 하지만 아무것도 없는 것 같았다. 시다 버라가 아직도 남은 욕실을 하나 더 보여주려고 했을 때, 양단으로 만든 휘장 뒤에서 뭔가가 불안하게 움직이는 듯했다. "오!—저거 봐." 노마 진이 무심결에 내뱉었다. 시다 버라가 머뭇거리며 말했다. "저건—아무것도 아닐 거예요, 분명." 중개인은 대담하게 성큼성큼 걸어가 확인하려 했지만 캐스가 잡았다. "아뇨. 젠장. 그냥 저 문이나 닫아요."

그들은 자리를 떴고, 문은 닫혔다.

노마 진과 에디 G는 걱정스러운 눈빛을 교환했다. 캐스가 왜 저러지? 삼인조에서 캐스 채플린은 리더여야 했다.

노마 진은 억눌린 소프라노 음성, 아이들의 외침과 웃음소리가 계속 들렸지만 당연히 바람이겠거니, 그냥 바람이겠거니, 들뜬 상상이겠거니, 하고 말았고, 시다 버라가 아기방으로 안내했을 때는 방이 빈 것을 보고 안도했다. 웅얼거리는 바람을 제외하곤 조용했다. 난 왜 이리 바보 같지? 아무도 여기서 아이를 죽이지 않았을 거야. "무, 무척 아름다운 방이야!" 노마 진은 말해야 할 것만 같았다. 하지만 아기방은 아름답지 않았고, 그저 넓기만 했다. 그리고 길었다. 외부로 향한 벽면은 대부분 불투명유리였고, 영원을 들여다보듯 빈 공간을 응시했다. 다른 벽은 플라밍고핑크색에 인간 어른 크기의 만화 캐릭터로 꾸며져 있었다. 예스러운 〈마더 구스〉 캐릭터와 미국 카툰 캐릭터. 미키 마우스, 도널드 덕, 벅스 버니, 구피. 생기 없이 멍한 눈. 즐거워하는 인간 같은 함박웃음. 동물의 앞발 대신 하얀 장갑을 낀 손. 하지만 왜 이렇게 크지? 노마 진은 구피와 눈을 마주하고 섰고, 결국 눈을 내리깐 것은 노마 진이었다. 노마 진은 농담삼아 말했다. "이 캐릭터한테는 가슴 큰 여자도 통하지 않나봐."

가끔 파티에서 캐스 채플린은 술 취한 마약쟁이 친구들이 애정을 담아 묘사하듯 고주망태가 되어 일장연설을 늘어놓았는데─토마스학파 철학에 대해, 혹은 로스앤젤레스 카운티 내 지질 단층선에 대해, 혹은 미국의 '비밀 런치 심장부'에 대해, 캐스가 보기에 그건 구세계에서 신세계로 수입된 게 아니라 실은 미국 청교도들이 이곳 황무지에 정착하러 왔을 때부터 그들을 기다리고 있었다─지금, 난데없이, 무아지경에서 깨어난 몽유병자처럼 동화책과 어린이영화에 나오는 동물 캐릭터에 대해 얘기하기 시작했다. "망할! 동물이 말할 수 있다면 섬뜩할 거야. 동물이 실은 우리와 같다면. 하지만 어린이 세계에서는 늘 그렇지. 왜일까?"

노마 진이 이렇게 답해서 캐스는 깜짝 놀랐다. "왜냐면 동물은 인간이니까! 동물은 우리처럼 말진진 못하지만 의사소통은 해, 당연히 하지. 우리처럼 감정이 있어─고통, 희망, 공포, 사랑. 어미 동물은─"

에디 G가 불쑥 끼어들었다. "만화 속 동물은 안 그래, 자기야. 걔네는 새끼를 안 낳아."

캐스가 뜻밖에도 원한을 품은 듯이 말했다. "우리 노마는 동물을 사랑해. 여자는 동물에 대해 아는 게 없으니까. 여자는 동물이 아무 조건 없이 사랑을 되돌려줄 거라고 생각하지."

상처받은 노마 진이 말했다. "이봐, 내가 듣고 있잖아, 나에 대해 그런 식으로 말하지 마. 그리고 내 앞에서 거들먹거리지 마."

두 남자는 웃음을 터뜨렸다. 아마도 그들은 이렇게 발끈하는 노마 진이, 멜로드라마에서 배신자와 맞닥뜨린 벳 데이비스나 조앤 크로퍼드처럼 선글라스까지 벗으며 성을 내는 노마 진이 뿌듯한가보다. "노마가 '거들먹거리지 말라'는군." "피시도 자존심은 있네." "특히 피시가 자존심을 세우지." 시다 버라는 한 명 또 한 명 다른 한 명을 번갈아 쳐다보며 벌에 쏘인 듯한 입술을 벌리고 아연해했다. 지금 무슨 일이 벌어지는 거야? 말을 함부로 하는 이 젊은이들은 누구야?

심장을 찌르는 것처럼 용의주도하다. 배를 노려 찌른다.

여자. 노마 진은 여자였다. 그냥 여자 외에 아무것도 될 수 없었다. 제미니의 세번째 꼭짓점. 캐스가 '죽음'이라고 묘사했던 영원한 삼각형의 저 머나먼 세번째 꼭짓점. 이 남자들에게는 아무런 차이가 없을 것이고—노마 진이 그들을 아무리 많이 사랑하든, 그들을 위해 아무리 많은 희생을 하든, 타인들에게 아무리 많은 축하와 찬사를 받든, 배우로서 아무리 재능이 많든—노마 진은 언제까지고 그냥 여자였다. 노마 진은 그들의 피시Fishie였고, 생선 Fish이었다.

남자들의 웃음소리가 잠잠해졌다. 바람을 제외하곤 아주 고요했다.

그들은 섬뜩한 핑크색 아기방을 나서려는 참이었다. 시다 버라가 마지막으로 긍정적인 말 몇 마디를 보태려고 목청을 가다듬는데, 갑자기 어디서 스르르 기어가는 소리가 났다. 그들의 발치 바로 옆에, 아기 놀이울에 반쯤 가려져 돌진하는 그림자가 있었다. "방울뱀!" 부동산중개인이 외쳤다.

겁에 질린 에디 G가 허둥지둥 테이블 위로 올라갔다. 인조 잔디와 미니어처 야자수로 이루어진 조그만 섬 위에 놓인 플라스틱 상판의 피크닉테이블이었다. 에디 G는 노마 진의 팔을 잡고 제옆으로 끌어올렸고, 시다 버라와 사색이 되어 부들부들 떨고 있는 가엾은 캐스를 부축해 올렸다. 네 명의 성인은 숨을 헐떡이며 움츠러들었다.

"저 뱀! 아까랑 똑같은 놈이야." 캐스가 말했다. 그의 피폐해진 소년 인형 같은 얼굴은 땀범벅이 되고 동공이 팽창했다. "내 잘못이야. 내 탓이라고. 너희를 여기로 데려오지 말았어야 했는데."

캐스가 뜻 모를 말만 하자 노마 진이 현실적인 얘기를 꺼냈다. "방울뱀이 진짜로 **공격할까**? 사람을? 뱀이 우리를 더 무서워하는 게 맞잖아."

시다 버라가 금방이라도 기절할 것처럼 "오 오 오" 하고 신음소리를 냈다. 에디 G가 시다 버라를 꼭 붙잡아야 했다. "저기요, 괜찮을 거예요. 내가 진짜로 그 망할 것을 본 건 아니거든요. 그거 본 사람 있어?"

노마 진이 말했다. "난 뱀이라곤 하나도 못 봤어. 근데 소리는 들은 것 같아."

캐스가 웅크린 채 부들부들 떨면서 말했다. "내 잘못이야. 이런 일들은. 욕실에서, 화장실에서 그것들이 보이기 시작했는데, 사라지질 않아. 이게 다 나 때문이야, 그것들이 여기 있는 건."

그럴지도 몰랐다. 아기방에 뱀은 없었다. 노마 진과 에디 G는 시다 버라가 안심하고 진정하도록 도왔고, 중개인은 엄청나게 겁에 질려 그저 사이프러스에서 나가고 싶은 마음뿐이었으며, 일종의 해리성 둔주에 접어든 캐스는 쇼크에 빠진 사람처럼 눈을 뜬 채 동공이 열리고 초점이 없었다. 그는 후회하는 투로 횡설수설했다. 이건 내 잘못이다. 어딜 가나 이런 일들이 나를 따라다닌다, 결국 이것들이 나를 죽일 거다, 어떻게 손쓸 방법이 없다. 노마 진은 캐스를 욕실로 데려가 찬물로 세수를 시키고 싶었지만, 에디 G가 그러지 말라고 충고하며 물도 안 나올 테고 나온다 하더라도 녹물에 피처럼 뜨끈할 거라고 했다―"괜히 더 겁먹게 만들 거야. 그냥 집으로 데려가자."

노마 진이 물었다. "알고 있었어, 에디? 캐스의 이런 '일들'에 대해?"

에디 G가 얼버무렸다. "난 그런 일들이 누구 때문인지 몰랐어, 알잖아? 캐스 때문인지 나 때문인지."

시내로 돌아오는 길, 술이 다 깬 에디 G가 운전대를 잡았고, 놀라고 겁에 질린 노마 진은 아기를 달래기 위해 두 손으로 배를 눌렀고, 숨을 쉴 수 있게 셔츠를 열어젖힌 캐스는 뒷좌석에 누워 부들부들 떨며 훌쩍거렸다. 노마 진은 에디 G에게 숨죽여 말했다.

"오, 맙소사. 캐스를 병원에 데려가야 해. 알코올진전섬망이잖아, 그렇지? 시더스오브레바논 병원에 가야 해. 응급실로." 에디 G가 고개를 저었다. 노마 진은 애원하듯 말했다. "캐스가 안 아픈 사람인 것처럼, 캐스한테 아무 문제 없는 것처럼 둘 순 없어." 에디 G가 말했다. "왜 안 되는데?"

일단 구불구불한 로럴캐니언 드라이브를 벗어나 큰길로 나와서 다시 선셋 블러바드로 접어들자, 놀랍게도 캐스는 일어나 앉더니 한숨을 내쉬고 양볼을 부풀린 다음 겸연쩍게 웃었다. "젠장. 미안. 도대체 무슨 일이 있었는지 하나도 기억나진 않지만 나한테 말해줄 필요는 없어, 알지?" 그는 에디 G의 목덜미를 꾹 누르고, 이어서 노마 진의 목덜미를 꾸욱 눌렀다. 그의 손길은 얼음처럼 차가웠지만 위로가 되었다. 에디 G와 노마 진은 둘 다 기묘한 욕망이 와락 솟아 몸을 떨었다. "내 생각엔 말이야, 그거지?ㅡ동정임신. 노마가 너무 건강하고 멀쩡하니까 제미니 중 한 사람이 힘들어하는 거 아닐까? 난 상관없어, 그 기간 동안엔, 그게 나여도."

너무 설득력 있고, 묘한 종류의 시 같으니, 믿을 수밖에 달리 어쩌겠는가?

그 꿈. 아름다운 블론드 여자가 노마 진 앞에 쭈그려앉아서 성마르게 노마 진의 손을 다짜고짜 잡아당겼다. 블론드 여자는 너무 아름다워서 얼굴을 볼 수가 없었다. 얼굴을 보기가 꺼려졌다. 여자가 거울에서 걸어나왔다. 다리는 가위고, 눈은 불이었다. 여자의 머리카락은 물결치듯 구불거리는 연한 덩굴손처럼 하늘을 향했다. 그거 이리 내놔! 이 징글맞은 년아. 여자는 점점 힘이 빠지는 노마 진의 손에서 우는 갓난아기를 홱 낚아채려 했다. 안 돼. 지금은 때가 아니야. 지금은 내 세상이야. 넌 나를 부정할 수 없어!

'사람은 사라지면 어디로 가지?'

삶과 꿈은 같은 책의 다른 페이지다.

— 아르투어 쇼펜하우어

어떻게 할 것인지 깨닫는 아침이 왔다.

사이프러스에 다녀온 이후 아침, 레이크우드에 다녀온 이후 아침이었다.

바윗덩이가 노마 진의 부드럽고 무력한 몸뚱이를 짓누르고 굴러간 것처럼 소란스러운 꿈에 시달리며 긴긴 밤을 보낸 후 맞이한 아침.

노마 진은 프리미어가 있던 날 저녁 이후 단 한 번도 얘기해본 적 없는 Z에게 전화를 걸었다. 지금 어떤 상황인지 Z에게 얘기했다. 울음이 터져나왔다. 어쩌면 이 울음을 미리 연습했을 거라고 그는 생각할 수도 있겠지만, 아마도 아닐 것이다. Z는 말없이 경청했다. 노마 진은 그것이 충격에 빠진 침묵이라고 생각하겠지만, 실은 실용적인 침묵이었으니, Z는 이런 상황을 겪어봤고, 이런 얘기를 들어봤고, 익명의 시나리오작가가 수차례 써먹은 진부한 각본이었다. "지금부터 나는, 매릴린, 당신을 이벳에게 넘길 거요." 그가 발음한 이름은 '이이-베이'로 들렸다. 노마 진이 한 번도 들어본 적 없는 이름이었다. "이벳을 알잖소. 이벳이 당신을 도울 거요."

이벳은 Z의 비서 겸 조수였다. 노마 진은 조류관에서 굴욕적인 아침에 봤던 그 여자가 기억났다. 그게 도대체 몇 년 전인지! 심지어 노마 진에게 이름이 생기기도 전이었다. 그 순수했던 시절은 이제 너무 아득해서 그때 자신이 어떤 사람이었는지 기억나지 않았고, 조류관의 그 뻣뻣한 박제 새들도 잠깐 스쳐간 듯했고, 자신은 그 새들을 보지 않았고, 목격하지 않았고, 그들의 고통과 공포 섞인 울음을 듣지 않았고, 그 경험은 다른 누군가에게 일어났던 일이든가, 아니면 캐스 채플린이라면 알 만한 어떤 영화—D. W. 그리피스의 작품?—에서 일어났던 일이 아닐까 싶었다.

시선을 피하던 이벳, 그 연민과 경멸의 눈빛. 밖에 나가면 바로 앞에 파우더룸이 있어요.

이벳이 전화를 받았고, 노마 진이 생각했던 것보다 호의적이고 사무적이고 연륜 있는 목소리였다. 이벳은 노마 진을 '매릴린'이라고 불렀다. 뭐, 안 될 거 없잖아? 영화사에서 노마 진은 매릴린이었다. 영화 크레디트에서 그녀는 매릴린이었다. 무변광대하게 반짝거리며 영원히 빛날 듯한 이 세계에서 노마 진은 매릴린이었다. 이벳이 얘기한다. "매릴린? 예약을 잡아놓을게요. 내가 당신과 함께 갈 거예요. 내일 아침 여덟시입니다. 내가 당신 집으로 데리러 갈게요. 월셔 외곽으로 몇 마일만 가면 돼요. 정식 병원이고, 뒷골목이나 위험한 데는 전혀 아닙니다. 존경받는 의사가 운영하는 곳이죠. 간호사도 있고. 오래 걸리지 않아요. 다만, 원한다면, 하루종일 있어도 됩니다. 푹 자고 쉬어요. 병원에서 약을 놔줄 거예요. 아무 느낌도, 음—아무런 느낌도 없을 거예요, 물론 뭔가 느껴지긴 하겠죠. 약기운이 떨어지면. 하지만 그건 그냥 신체적인 거고, 그게 사라지면 금방 괜찮아질 거예요. 내 말 믿어요. 듣고 있죠, 매릴린?"

"그, 그럼요."

"내일 아침 여덟시 정각에 집으로 데리러 갈게요. 다른 말이 없으면."

다른 말은 없었다.

전직 운동선수와 블론드 배우 — 데이트

연기를 하고 있다고 생각할 때,
불현듯 참다운 자아를 발견할 것이다.

—『연기의 역설』

첫 데이트 때 전직 운동선수는 블론드 배우를 베벌리힐스의 빌라스 스테이크하우스로 데려갔다.

그들은 그곳에서 오후 여덟시 십분부터 열한시까지 저녁을 먹었다.

희미하게 일렁이는 빛이 테이블 주위를 감쌌다.

이 매력적인 커플을, 베벌리힐스에서도 가장 고급스럽고 아무나 이용할 수 없는 레스토랑 중 하나인 빌라스에서, 품위 없이 빤히 쳐다보지 않을 만큼 분별 있는 손님들이 거울을 통해 지켜보았다. 이 전직 운동선수, 탁월한 야구 실력만큼이나 과묵함으로 잘 알려진 그는 처음엔 상대적으로 말이 적었지만 표정으로 대화하고 있음을 알 수 있었다. 그의 눈빛이 이글거린다. 이탈리아 사람답게 짙은 눈. 잘생긴 말상 얼굴은 깨끗이 면도했고 나이에 비해

젊다. 검정에 가까운 머리는 관자놀이께가 좀 벗겨졌지만 거울로 보면 숱이 많고 아직 흰머리는 없다. 변호사나 은행가처럼 네이비 블루 핀스트라이프 정장에 풀 먹인 하얀 셔츠를 입고 반짝반짝 광을 낸 검정 가죽 구두를 신었다. 넥타이는 미니어처 야구방망이가 무광 흰색으로 도드라지게 수놓인 진한 감청색의 실크 제품이다. 전직 운동선수는 묘하게 신중한 목소리로 웨이터에게 자신과 일행의 메뉴를 주문했다. 이분은 ……로 하고 나는 ……로 하고, 이분은 ……로 하고 나는 ……로 하고, 이분은 ……로 하고 나는 ……로. 블론드 배우는 몹시 아름다웠지만 안절부절못했다. 마치 첫 무대 공연에 나선 순진한 아가씨처럼. 그날 저녁 블론드 배우의 불안이 몹시 심해서 거울에 비친 여자의 모습이 안개나 증기가 낀 듯 뿌옇게 흐려져 보이지 않을 때도 있었다. 완전히 사라져버릴 때도 있었다! 한편으로는 배우가 웃을 때 그 빨갛게 윤기 도는 입이 눈부시게 빛나서 우리 눈에 오로지 그것만 보일 때도 있었다. 씹 같은 입. 그게 저 여자의 비법이지. 저 여자는 백치라서 모를걸? 빌라스에서 지켜보던 몇몇 이들에게 블론드 배우는 사진과 '정확히 똑같아' 보였다. 또다른 이들에게는 사진과 '완전히 달라' 보였다. 블론드 배우는, 분명 면밀히 계산된 의외성이겠지만, 자신의 트레이드마크인 목이 깊이 파인 새빨간 혹은 새하얀 혹은 새카만 드레스가 아니라 소녀 취향의 플리츠스커트와 진주 비즈가 달린 보디스로 구성된 파스텔핑크색 실크울 칵테일드레스를 입었고, 매니큐어를 바른 손톱으로 타이트한 하이넥을 무심결에 잡아당겼다. 왼쪽 가슴 위에는 우윳빛 치자꽃을 졸업파티용 코르사주처럼 꽂았고, 전직 운동선수를 향해 수줍은 미소를 살며시 띠며 종종 꽃향기를 맡았다.

정말 향기로워! 정말 고마워요! 치자꽃은 내가 제일 좋아하는 꽃인데.

전직 운동선수의 얼굴이 기쁨으로 상기되어 검붉어졌다. 그는 뭔가 말하려는 듯하다가 말았다. 미소를 짓다가 찡그렸다. 왼쪽 눈에 가벼운 틱이 있었다. 커플의 테이블에서 흘러나오는 빛이 윤슬처럼 어룽어룽 굽이쳤다. 전직 운동선수는 블론드 배우의 미모에 전율했고, 겁이 났다. 지켜보던 몇몇 이들의 눈에 전직 운동선수는 이미 블론드 배우의 미모에 기가 질려 화가 났고, 지켜보는 우리를 눈치챈 듯 가끔씩 촛불 아래 소곤거리는 레스토랑을 신경질적으로 둘러보았지만, 그럴 때 우리의 시선은 모두 다른 곳을 보고 있었다.

다만, 민간인 복장의 저격수. 레스토랑 안쪽의 밝고 북적이는 주방과 지배인 사무실 사이 그늘진 벽감 속에 느긋이 앉아 있는 그는 목표물에서 단 한 번도 눈길을 돌리거나 주의를 늦추지 않았다. 왜냐하면 저격수에게 지금은, 에이전시에 고용된 에이전트일 뿐인 그가 이름을 붙일 수도 없고 붙이고 싶지도 않은 이야기 안에서 지금은 단순한 전환이 아니라 중대 기로였으니까.

전직 운동선수가 방금 막 사랑에 빠졌어! 모든 건 미래에 있어.

아니. 미래는 지금이야. 모든 건 **현재**에서 튀어나오게 되어 있어.

그건 사실이었다. 몇 번이나, 수줍게 그러나 대담하게, 베이스를 훔치는 주자처럼, 전직 운동선수는 자신의 손을 블론드 배우의 손 위에 겹쳐놓았다.

촛불 아래 소곤거리는 레스토랑 안에 쫙 퍼지는 짜릿한 파문.

우리가 보기에 전직 운동선수의 손은 블론드 배우의 손보다 '두 배는 컸다'.

우리가 보기에 전직 운동선수는 반지를 끼고 있지 않았고 블론드 배우도 반지를 끼고 있지 않았다.

우리가 보기에 전직 운동선수의 손은 까무잡잡하게 그을렸고 블론드 배우의 손은 여성스럽게 창백하고 '로션처럼 부드러웠다'.

전직 운동선수는 다소 풀어지기 시작했다. 그는 스카치를 마시고, 식사 때 레드와인을 곁들인다. 전직 운동선수는 블론드 배우의 부추김을 받아 자기 얘기를 했다. 그는 야구와 관련된 일화를 몇 가지 얘기했고, 아마 전에도 누군가에게 했던 이야기일 것이다. 그러나 좋아하고 익숙한 일화를 다른 청자에게 얘기할 때 사실 그것은 다른 일화다. 이야기 속에서 우리는 다른 사람이 된다. 블론드 배우는 스릴을 느낀 것 같았다. 여자는 열심히 귀를 기울였고, 그저 음료를 홀짝일 뿐이었다. 긴 반투명 잔에 빨대가 꽂힌 학생용 과일맛 탄산음료를. 테이블 가장자리에 팔꿈치를 얹고 그 끝내주는 몸을 전직 운동선수를 겨냥해 기울였다. 배우는 자주 그 새파란 눈을 휘둥그렇게 떴다.

웃지 말아요, 나도 한때 소프트볼을 좋아했어요! 고등학교 때 가끔 남자애들하고 시합했죠, 걔들이 끼워주면.

포지션이 뭐였는데요?

음―타자? 남자애들이 하게 해주면.

전직 운동선수에게는 각기 다른 두 가지 웃음소리가 있었는데, 조용히 절제된 잔웃음과 뱃속에서 터져나오는 폭소였다. 전자에는 움찔하는 표정이 따라붙었다. 후자는 그를 놀라게 했을 때 나오는 순수한 즐거움이었다. 블론드 배우는 무척 우중충하고 과묵한 사람에게서 터져나오는 우렁찬 웃음소리에 즐거워했다. 오!─우리 아빠가 꼭 그렇게 웃곤 했는데. 아빠는 손 닿는 곳마다 웃음을 빚어냈어요.

전직 운동선수는 '아빠'에 대해 묻지 않았다. 연민과 후회와 내적 만족감의 표현으로 보아, 블론드 배우의 아버지가 이 세상 사람이 아님은 충분히 알 수 있었다.

블론드 배우가 종종 희미해지듯 혹은 일렁이는 불빛의 아우라에 가려 우리 시야에서 흐려지듯, 배우의 웃음소리 또한 잘 감지되지 않았다. 주의깊게 지켜보던 몇몇 이들에게는 '유리잔을 부딪는 것처럼 높게 짤랑거리는, 예쁘지만 불안한' 소리였다. 다른 이들에게는 '귀에 거슬리는, 손톱으로 칠판을 긁는 듯한' 소리였다. 그러나 어떤 이들에게는 '쥐를 잡을 때 나는 소리처럼 목 졸린 듯 서글프게 끽끽거리는 작은' 소리였다. 반면 또다른 이들에게는 '가르랑거리는 허스키하고 섹시한 신음' 소리였다.

야구복 차림일 때 우아했던 전직 운동선수는 일반인 복장일 때는 어색했다. 식사 중반쯤 그는 상의 단추를 풀었다. 값비싼 핀스트라이프 맞춤 정장은 어깨 주위가 꼭 꼈다. 은퇴 후 몸통과 허리 둘레가 10에서 15파운드 정도 붙었을지도? 블론드 배우도 어색해 보이기는 마찬가지였다. 영화에서 '매릴린 먼로'는 오해의 여지 없이 비견할 데 없는, 마치 음악처럼 스크린 속의 우아한 마법 같은 존재였는데, 소위 '실생활'(그 시대 가장 유명한 전직 야구선수와 빌라스 스테이크하우스에서 함께하는 저녁을 '실생활'이라고 지칭할 수 있다면)에서는 풍만하게 성숙한 여성의 몸속에 억지로 끼워넣은 어린 소녀였다. 커다란 젖가슴의 무게가 몸을 앞으로 잡아당기는 바람에 연신 허리를 뒤로 젖혀 기댈 수밖에 없었다. 척추 상부에 가해지는 압력이 분명 상당했을 것이다. 그런데 브래지어를 하고 있었나? 하지 않은 것처럼 보였는데, 정말로.

팬티도 안 입었고. 하지만 가터벨트와 함께 섹시한 검은 솔기가 있는 얇은 스타킹은 신었다.

전직 운동선수는 음식을 '게걸스럽게 먹어치웠다'. 블론드 배우는 음식을 '깨작거렸다'.

전직 운동선수는 12온스짜리 등심스테이크를 볶은 양파와 오븐에 구운 감자와 껍질콩과 함께 먹었다. 껍질콩만 빼고 접시를 깨끗이 비웠다. 버터를 바른 바삭한 프랑스빵도 대부분 그가 먹었다. 디저트로 초콜릿 피칸파이와 아이스크림을 먹었다. 블론드 배우는 연한 와인소스의 가자미 필레와 햇감자와 아스파라거스를 먹었다. 디저트로 배조림을 먹었다. 종종 포크를 입술까지 들었다 내려놓고 살짝 전율하듯 흥미를 내보이며 전직 운동선수가 들려주는 일화에 귀를 기울였다.

여자는 『연기의 역설』에서 이런 구절을 읽었다.

배우는 모두 매춘부다.

그들이 원하는 것은 오직 하나다―당신을 유혹하는 것.

여자는 생각했다. 내가 매춘부라면, 그걸로 설명이 되는군!

블론드 배우는 전직 운동선수의 일화를 들으며 열심히 생글거렸다. 상황이 그럴싸하면 되도록 자주 웃었다. 조금씩, 전직 운동선수가 의자를 여자 옆으로 바싹 붙였다. 그의 갈망하는 몸이 여자에게 바싹 붙었다. 그는 육즙이 흥건한 거대한 스테이크를 먹는 도중에 화장실에 다녀온다며 잠시 자리를 비웠다. 전직 운동선수가 촛불로 밝힌 레스토랑의 내부를 가로지를 때 그에게서 강한 향이, 위스키와 담배 냄새가 난다는 점에 우리는 주목했다. 그의 머리에서는 기름진 로션 냄새가 났다. 그의 숨결에서는 고기냄새가 났다. 그는 시가 애호가였다. 쿠바산 시가. 그의 상의 주머니에 셀로판지에 싸인 시가가 하나 있었다. 그의 금색 커프스단추는 야구공 모양이었고, 실크 넥타이와 마찬가지로 어느 팬이 준 선물이었다. 스포츠계에서 유명인이 되면 전 세계가 그의 팬이다. 하지만 오늘 저녁 전직 운동선수는 약간 제 컨디션이 아니다. 그는 묘하게 웃다가 찡그렸다. 이마에 주름이 잡히며 감정이 드러났다. 양쪽 관자놀이에서 맥이 울리며 욱신거렸다. 그는 사악한 태양을 억지로 노려보며 타자석에 서 있다. 똥오줌을 지릴 정도로 겁이 난다, 이 '매릴린 먼로'와 사랑에 빠지는 것이. 너무 빠르잖아! 게다가 폭주하는 공에 맞은 볼링핀처럼 볼썽사나운 이혼의 기억이 머릿속에서 덜거덕거린다.

전직 운동선수는 신사였다, 신사에게 걸맞은 여자에게는. 이탈리아 남자가 다 그렇듯. 그럴 가치가 없다고 행동으로 보여주는 여자에게는, 그 미친년, 그의 전부인처럼, 그가 이따금 이성을 잃었다고 해도 탓할 수는 없다.

쓸쓸하게 입술을 일그러뜨리며 전직 운동선수는 자신의 이른 결혼, 짧은 결혼생활, 이혼, 열 살짜리 아들에 관해 빠르게 얘기했다. 블론드 배우는 즉각 아들에 관해 물었고, 확실히 전직 운동선수는 양육권을 빼앗기고 법원이 지정한 때에만 자식을 볼 수 있는 이혼당한 아버지의 감상적이고 맹렬한 태도로 아들을 사랑했다.

눈치 빠른 블론드 배우는 전부인에 대해서는 아무것도 묻지 않았다. 이 남자가 전부인을 싫어한다면 다음 여자도 싫어하겠지. 내가 다음 여자인가? 하는 생각이 든다.

빛의 아우라가 은은히 아롱거리다 물결치고, 두 사람을 흐릿하게 지운다.

전직 운동선수가 블론드 배우에게 어떻게 시작하게 됐는지 물었다.

블론드 배우는 어리둥절한 표정이었다. 뭘 어떻게 시작해요?

영화요. 연기.

블론드 배우는 애써 미소 지었다. 이상하고 불안하게도 여자는 바로 그 순간 대본 없는 배우가 되었다.

글쎄요. 아마—'발굴'되었겠죠.

어떻게 발굴됐는데요?

여자는 움찔하며 경직된 미소를 지었다. 전직 운동선수보다 섬세한 사람이었다면 그 주제를 더이상 묻지 않았을 것이다.

블론드 배우는 처음에는 주저하며 천천히 말하더니, 이내 좀 더 확신에 찬 어조로 이어갔다. 고등학교 때 연극을 했어요. <우리 읍내>에서 에밀리를 맡았고, 스카우터가 나를 봤죠. 밴나이즈 고등학교에 훌륭한 연극 지도 선생님이 있었어요. 그분이 내게 스스로에 대한 믿음을 심어줬어요. 스스로를 믿는 법을 알려주셨죠. 전직 운동선수가 다른 질문을 하기도 전에 여자는 포르르 떨리는 새근새근한 목소리로 지금 자신이 생애 최초의 뮤지컬코미디이자 고예산 영화사 제작 영화 〈신사는 금발을 좋아해〉의 리허설에 참여중이라고 말했다. 오, 여자는 겁이 난다! ─온 세상의 이목이 자신을 향할 테니까. 세심하게 트레이닝을 받는 중이다, 춤과 노래를. 탁월한 안무가의 지도를 받고 있다. 이렇게 매력적인 영화에 참여하게 되어 몹시 기쁘다. 난 항상 음악을 사랑했어요. 춤을. 사람들 마음을 설레게 하는 것이랄까? 사람들이 인생을 즐겼으면 좋겠고, 살기를 원했으면 해서. 가끔 하느님이 나를 과학자?─철학자?─뭐 그런 게 아니라 예쁜 여자로 만드신 건 오직 그 이유 때문이 아닌가 하는 생각이 들어요.

전직 운동선수는 블론드 배우를 멀거니 바라본다. 그들에게 각본이 있다면, 지금 전직 운동선수에게는 대사가 없다. 그가 말문이 막혔다고 하면 아주 살짝 과장한 것에 불과할 것이다.

이제 블론드 배우는 입술을 뾰로통하게 내밀고 일주일에 엿새를 아침 열시부터 저녁 여섯시까지 춤 리허설을 하느라 얼얼하고 욱신거리는 발과 다리 근육에 대해 애처롭게 넋두리를 한다. 어린 애처럼 충동적으로 날씬한 다리를 쭉 뻗고 치마를 무릎까지 들어 올려 장단지를 주무른다. 자꾸 쥐가 난다니까요. 아!

빌라스의 모든 시선이 전직 운동선수의 손을, 마치 다친 동물을 만지듯 어색하게 블론드 배우의 다리를 그저 손끝으로 살짝 만지는 모습을 주목했다. 전직 운동선수가 약간 당혹스럽게 웅얼거리는 모습을 주시했다. 인대가 늘어났을지도 몰라요. 마사지를 해줘야 해요.

뜨거운 난로를 만지듯 여자의 저 살을 만졌다! 얇게 비치는 나일론 스타킹 위로.

떨리는 손으로 전직 운동선수는 시가에 불을 붙였다. 온통 하얀 옷차림의 웨이터가 나타나 지저분해진 접시를 치웠다. 술기운에 대담해진 전직 운동선수가 경기에서 은퇴한 일에 대해 얘기하기 시작했다. 그것이 자신에게 어떤 의미였는지. 삼십대 후반에. 블론드 배우는 아까처럼 주의를 기울여 경청했다. 말하는 것보다 듣는 게 더 편하고 자연스러웠다. 듣고 있을 때는 즉흥연기를 할 필요가 없으니까. 테이블에 팔꿈치를 대고 상체를 내민 채 앉아서, 진주 비즈가 달린 핑크색 보디스 속 유난히 도드라진 젖가슴이 긴박해진 호흡에 오르락내리락하고, 두 다리는 얌전히 테이블 아래로 돌아갔다.

전직 운동선수는 연기를 내뿜으며 소년 시절부터 계속된 야구에 대한 사랑을 얘기했다. 야구가 그에겐 구원이었고 일종의 종교였으며, 그의 팀은 똘똘 뭉친 가족이었고 팬들도 그랬다. 팬! 팬들은 변덕스럽지만 굉장하다. 그리고 야구는 그에게 가족을 돌려주었다. 아버지와 형들의 존중과 경의를. 야구에서 두각을 나타내기 전까지는 그런 존중을 받지 못했기 때문이다. 그들 눈에나 그 자신의 눈에나 그는 진정한 사나이가 아니었던 것이다. 그의 집안은 샌프란시스코에서 어업에 종사했는데, 그는 고기를 잡는 데 재능이 없었고 배와 바다와 죽어가며 몸부림치는 물고기가 싫었다. 다행히 그는 운동을 잘했고, 야구가 그에겐 출세를 위한 복권이었다. 그는 위대한 미국의 복권 당첨자 중 한 명이고, 자신도 그것을 잘 알고, 감사하고 있다. 그것을 당연하게 여긴 적은 한 번도 없다. 그리고 지금은—음, 은퇴했다. 경기장 밖의 사람이 됐지만 여전히 야구는 그의 삶이며, 언제까지고 그의 삶이자 정체성일 것이다. 그는 할일이 많다. 공개석상에 모습을 드러내고 제품을 홍보하고 라디오와 텔레비전과 자문위원회에 나가고, 하지만 제기랄, 그는 외롭다. 외롭다는 것을 인정해야겠다. 친구는 많다—끝내주는 친구들이다. 특히 뉴욕의 친구들은—그러나 마음이 허하다, 인정해야겠다. 마흔이 다 됐으니 정착해서 안정을 찾아야 한다. 이번엔 영구히.

블론드 배우는 눈가에서 눈물을 닦아냈다. 그의 진심어린 말과 여자 쪽으로 흘러온 매운 시가 연기의 합작 효과였다. 여자는 전직 운동선수의 손목에 가볍게 손을 올렸다. 그의 손목과 손등은 검고 굵은 털로 뒤덮였고, 눈부시게 하얀 소맷단과 금색 커프스링크에 대조되어 그녀를 전율하게 했다. 그가 털어놓은 얘기에 대한 적절한 반응으로, 그리고 달리 무슨 말을 해야 할지 몰라서, 여자는 이렇게 말했다. 오 하지만!—당신은 신문에 엄청 많이 나오잖아요! 은퇴한 것 같지 않아요.

전직 운동선수는 웃음을 터뜨렸다. 과찬이지만 기분은 좋았다.

에이, 당신만큼 많이 나오진 않지, 매릴린.

또 그 움찔하며 경직된 미소를 지으며, 블론드 배우는 고개를 푹 숙이고 무심결에 드레스의 타이트한 하이넥을 잡아당겼다.

오, 누구요?—나? 그건 영화사의 홍보일 뿐이죠. 아, 그거 정말 싫어! 게다가 그 잔뜩 꾸미고 나온 사진에 사인하는 것도—'사랑을 담아, 매릴린'이라니. '매릴린'이 받는 그 수많은 편지하며. 매주 천 통쯤—아니 더 많은가? 어쨌든 그것도 잠깐이에요, 내가 돈을 좀 모으고 나서 뭔가 진지한 역할을 할 수 있을 때까지, 음—연극무대에서? 아니면 진짜 극장에서? 진짜 연기 지도자와 함께 일할 수도 있고. 레퍼토리 극단에 들어갈 수도 있고, <우리 읍내>를 다시 할 수도 있고, <세 자매>에서 이리나 또는 마샤 역을 할 수도 있고. <나이아가라>에서 로즈를 할 때 내가 무슨 생각을 했는지 알아요? 비웃지 말아요, 언젠가 레이디 맥베스를 연기할 수 있을 거라고 생각했어요—

블론드 배우가 말을 뚝 끊었고, 전직 운동선수는 비웃지는 않았지만 거의 귀담아듣지도 않았다. 남자의 시선이 부드럽게 일렁이며 은밀해졌다, 마치 그들이 한 베개를 베고 나란히 누워 있는 것처럼. 남자는 쿠바산 시가를 쭉 빨았다.

블론드 배우는 금세 후회하며 끝을 맺었다. 하여간 영원히 가진 않을 거예요, 지금 하는 일은. 하지만 당신은, 모두가 사랑하는 최고의 선수잖아요—당신은 영원할 거예요.

전직 운동선수는 그 말에 대해 곰곰 생각했다. 크게 감동했지만 어떻게 반응해야 할지 갈피를 못 잡은 듯했다. 그는 근육질 어깨를 으쓱했다. 그쵸, 그가 말했다. 네, 그렇겠죠.

여기는 연기 수업의 즉흥연기 현장이다. 지금은 뭔가 더, 이를 테면 드라마틱한 전환이나 잠깐의 인터미션이 필요한 시점이라는 것을 본능적으로 깨닫는다. 블론드 배우가 숨을 크게 들이쉬더니 말한다. 아, 하지만 나도 대체로—아, 안정을 워, 원해요, 당신처럼. 어느 여자나 그렇듯. 가정을 꾸리고. 오, 난 아이들이 너무 좋아! 아기가 예뻐 죽겠다니까요.

그때였다. 난데없이, 무성영화에서 마루 밑 바닥문이 열리고 누군가 튀어나오듯, 유타 이글 블러프의 목장주이며 마흔세 살의 M. 클래슨으로 밝혀진 어떤 사람이 커플의 테이블로 다가왔다. 지켜보던 이들의 시선이 전부 쏠렸다. 레스토랑 안쪽의 저격수도 날을 바짝 세운 면도날처럼 예민한 감각으로 그들을 주시했다. 이건 뭐지? 저 사람은 누구야? 어안이 벙벙해서 그저 눈을 껌벅이며 올려다보기만 하는 전직 운동선수와 블론드 배우를 내려다보며 M. 클래슨은 지갑을 열어 자신의 열한 살짜리 아들 아이크의 컬러사진을 보여주었고, 빙그레 웃고 있는 밤색 머리의 주근깨투성이 소년은 십팔 개월 전까지 '타고난 야구선수'였는데 체중이 줄고 멍이 잘 들고 항상 피곤해서 솔트레이크시티에 있는 병원에 갔다가 백혈병이라는 진단을 받았다—"혈액암 말이야. 미국 정부의 핵실험 때문이지! 우린 알아! 다들 알지! 우리집 양과 소도 같은 식으로 중독됐어. 내 목장 부지 끝에 실험장이 있어—**미국 정부의 명령으로 출입을 금한다.** 나는 6천 에이커의 땅을 갖고 있고, 내 권리가 있어. 미국 정부는 아이크의 수혈 비용을 대려 하지 않아. 그 새끼들은 어떤 책임도 나 몰라라 하며 아는 척도 안

해. 난 공산당이 아니야! 백 퍼센트 미국인이고! 지난 전쟁 때 미육군에서 복무했지! 당신들이 나 대신 미국 정부에 말을 좀 넣어줄 수 있으면—"M. 클래슨은 나타났을 때와 마찬가지로 느닷없이 끌려나갔다. 커플의 테이블을 둘러싼 빛나는 아우라에 야단스럽게 불쑥 들어와 초점을 앗아갔던 엉뚱한 장면은 금세 끝나버렸다. 그 직후 얼굴이 벌게진 지배인이 돌아와 손이 발이 되도록 사죄했다.

뜻밖에 블론드 배우가 얼굴을 가리고 울었다. 눈물이 보석처럼 반짝이며 여자의 뺨을 타고 흘러내렸다. 놀라고 당황한 전직 운동선수는 여자를 멍하니 응시했다. 그가 얼마나 여자의 손을 꼭 잡고 여자를 위로하고 싶어하는지 우리에겐 훤히 다 보였지만, 수줍음이 그를 방해했다. (그리고 낯선 이들의 무수한 눈빛이! 우리 대부분은 수고스럽게 거울을 통해 보기를 관두고 저 유명인 커플의 테이블에서 일어나는 드라마를 대놓고 구경했다.) 전직 운동선수의 잘생긴 말상 얼굴이 상기되어 검붉어졌다. 그는 감정을 참지 못하고 화를 냈다. 어쩔 줄 몰라하는 지배인이 계속 사죄하자 전직 운동선수가 웅얼웅얼 욕설을 내뱉으며 지배인의 말을 잘랐다.

아니! 오, 제, 제발! 이건 누구의 잘못도 아니에요. 블론드 배우는 여전히 눈물을 줄줄 흘리며 티슈 한 장을 눈에 댄 채 전직 운동선수에게 호소했고, 화장실에 다녀오겠다고 양해를 구했다. 참으로 볼만했다. 놀란 지배인의 에스코트를 받으며 다급히 그러나 몽유병자 같은 걸음걸이로 블론드 배우가 레스토랑 안을 지나갈 때,

유유히 흩날리는 플래티넘블론드 머릿결, 파르르 떨리는 겹겹의 플리츠와 몸에 달라붙는 실크울 드레스 속 나긋하게 빚어진 여성적 몸매, 레스토랑 안의 모든 시선이 여자의 뒤태에, 하반신의 경이로운 움직임에 고정되고, 카메라가 적당한 거리를 두고 뒤따르는 롱트래킹신처럼 보이지 않는 익명의 관음적 시선이 뒤쫓는다. 지켜보던 이들 모두에게, 영화 스타나 최고의 운동선수도 본질적으로는 그저 사정거리 안에 있는 과녁에 불과한 노련한 저격수에게조차, 블론드 배우가 거의 뛰다시피 화장실로 들어가 우리의 면밀한 관찰을 벗어날 때까지, 커플의 테이블 주변을 맴돌던 신비한 아우라가 그 배우를 쫓아가는 것처럼 보였다.

거기서 블론드 배우는 눈물이 그렁그렁한 눈을 휴지로 닦고 엉망이 된 마스카라를 다시 그렸다. 뺨을 얻어맞은 것처럼 얼굴이 화끈거렸다. 이런 부자연스러운 장면이라니! 울 준비가 되어 있지 않을 때 울면 피해가 상당하다. 게다가 이 하이넥은 남자가 손으로 조르는 것처럼 목을 파고든다. 나를 찾아낼 수만 있다면 당장 달려들 캐스의 손가락 같아. 블론드 배우는 코를 훌쩍이며 초조해하다가 자신을 지켜보는 파우더룸 직원을 알아챘는데, 그 직원은 블론드 배우의 감정적인 상태 때문에 그들 특유의 무심함에서 깨어난 참이었다. 직원은 진한 올리브색 피부에 블론드 배우보다 몇 살 더 많았다. 언어 사용에 아주 살짝 장애를 보이며 직원이 물었다. "괜찮으신가요?" 블론드 배우는 단언했다. 네, 그럼요! 불안하고 흥분한 상태에서 그녀는 남들에게 면밀히 관찰당하고 싶지 않았다. 블론드 배우는 하얀 비즈 가방 속을 더듬었다. 휴지가 한 장 더 필요했고, 직원이 조심스럽게 휴지를 건넸다. "고마워요!" 파우더룸은 얼굴색이 뽀얗게 돋보이도록 하는 분홍색에 금빛이 잔잔히 들어간 인테리어였다. 조명은 부드러운 간접조명이었다. 블론드 배우는 거울로 직원의 시선이 자신에게 고정되어 있음을 보았다. 좁은 이마, 뒤로 팽팽히 당겨 뒷목 부근에서 하나로 묶은 검은 머리, 숱 적은 눈썹, 뭉툭한 무턱, 샐쭉 오므린 미소. 당신은 **아름답고 나는 못생겼지 난 당신이 싫어.** 아니, 그 젊은 직원은 진심으로 걱정하는 것 같았다. "뭐든 제가 도와드릴 일이 있을까요?" 블론드 배우는 거울 속의 직원을 응시한다. 저 젊은 여자는 내가 아는 사람인가? 블론드 배우는 이기지도 못하는 술을 너무 많이 마셨고, 샴페인이 곧장 머리로 가는 바람에 울고 싶기도 하고 웃고 싶기도 했다. 샴페인에는 너무 많은 기억이 얽혀 있지만 마시지 않을 수 없었고, 레드와인도 그랬고, 저녁 내내 전직 운동선수가 바로 옆에 있어서 더욱 정신이 없었는데, 여기 이 남자는 자신의 유명세로 여자의 유명세를 가려서 여자를 보호해줄 수 있었다. 여기 이 남자는 신사였고, 그 밖에 진짜 중요한 게 있을까?

바로 그때 블론드 배우는 올리브색 피부의 직원이 아는 사람임을 깨달았다. 주얼! 십오 년 전 보육원에서 노마 진과 같이 지냈던 고아 언니 중 한 명. 주얼은 발음이 웃겨서 야비한 남자애들의 놀림을 받았다. 그리고 플리스, 주얼이 너무나 좋아했던 플리스도 가끔 놀려댔다. 주얼은 거울로 블론드 배우를 응시한다. 넌 나랑 같이 여기 있는 게 맞아, 여기가 너한테 어울리는 곳이야. 블론드 배우는 미소를 띠며 이렇게 외치려는 참이었다. 오, 혹시―주얼? 나 모르겠어?

다만 어떤 목소리가 경고했다. 아니, 안 그러는 게 나을걸.

다른 여자가, 화려한 드레스 차림의 여자가 파우더룸에 들어왔다. 블론드 배우는 얼른 화장실 칸으로 들어갔다. 쪼르르 오줌 누는 소리를 가리려고, 수술 이후(여자 생각에는 그랬다) 화끈거리고 따갑고 아팠다. 여자는 변기 물을 한 번, 그리고 두 번 내렸다. 정말 곤혹스러웠다! 여자는 자신을 알아봤는지 궁금했다. 주얼이 '매릴린 먼로'를 알아보면서 자신도 알아봤는지. 한 사람은 다른 사람의 내부에 있었고, 자신을 위해 만들어진 배역을 연기하고 있었으니까.

캐스는 임신중단 사실을 알게 된 후 전화로 이렇게 말했다. 그 여자 탓으로 돌리지 마! 다 당신 잘못이야.

블론드 배우가 손을 씻기 위해 세면대로 나왔을 때, 천만다행히도 다른 여자는 화장실 칸에 들어간 후였다. 종이 타월이 없어서 블론드 배우는 직원이 핸드 타월을 줄 때까지 기다려야 했다. 블론드 배우는 직원에게 감사를 표하고 선반 위의 동전과 지폐가 담긴 그릇에 50센트짜리 동전을 떨어뜨렸다. 그리고 화장실에서 나가려고 몸을 돌리자 직원이 재빨리 말했다. "저기, 잠시만요." 블론드 배우는 영문을 몰라 어리둥절한 미소를 지었다. 내가 뭘 잊었나? 하지만 작은 비즈 가방은 손에 들고 있는데. "네? 왜요?" 직원은 묘한 웃음을 머금더니 핸드 타월로 감싼 무언가를 블론드 배우에게 내밀었다. 블론드 배우는 눈을 가늘게 뜨고 유심히 보았다. 서양배만한 크기의 짓이겨진 붉은 살덩이였다. 갓 흘린 피로 번들거렸다. 움직임은 없어 보였다. 하반신은 없고, 미니어처 같은 인간의 몸통뿐이었다. 얼굴은 없지만, 제대로 발달하지 못한 눈과 코 그리고 고통스럽게 벌어진 입.

"미스 먼로? 이걸 잊으셨어요."

전직 운동선수는 반짝거리는 새 가죽 지갑을 꺼내 테이블 위에 탁 내려놨어. 관자놀이 부근의 혈관이 불길하게 쿵쿵거렸지. 울고 있는 아름다운 여자, 여자의 눈물이 그를 책망하는 게 아니라면, 그저 그의 심장을 녹일 뿐이었어.

'엘리제를 위하여'

항상 자기 자신을 연기해야 한다.
그러나 무한히 다양하게.

—스타니슬랍스키, 『배우수업』

우연이었을 리 없다. 그곳은 노마 진이 블론드로 사는 동안 때때로 거의 살다시피 하던 곳이었으니까, 우연이 끼어들 여지는 없다. 그곳에서 난 모든 게 불가피한 일이라는 걸 깨달았지. 살 속 깊숙이 박힌 고슴도치의 가시처럼 사람들이 마구 상처 주고 괴롭힐 때도.

〈엘리제를 위하여〉—머릿속을 맴도는 아름다운 저 멜로디.
〈엘리제를 위하여〉—연주한 적이, 아니 연주하려고 노력한 적이 있었다. 한때 프레드릭 마치가 소유했던 글래디스의 은은하게 빛나는 새하얀 피아노로. 할리우드의 하일랜드 애비뉴에 살던 시절. 글래디스는 노마 진이 피아노 레슨과 보컬 레슨을 받을 수 있도록 공을 들였다. 언젠가 노마 진이 연기자가 될 것임을 알고. 언제나, 어머니는 나를 믿었어. 그런데 나는 아는 게 너무 없었지. 노마 진이 흠모하고 두려워한 피아노 선생님 미스터 피어스, 건반 위에서 노마 진의 손가락을 단호히 지도했던 사람.

"노마 진. 바보같이 굴지 마. 해봐."

그 음악을 들었을 때 노마 진은 혼자였다. 베벌리힐스의 불럭 백화점에서 멍하니 에스컬레이터를 타고 올라가는 중이었다. 분명 월요일이었을 것이다. 영화사에서 리허설이 없는 날이었으니까. 노마 진은 로렐라이 리('매릴린 먼로는 그 역을 맡기 위해 태어났다!')가 아니라 베벌리힐스의 쇼핑객 옷차림이었다. 아무도 자신을 알아보지 못할 거라고 노마 진은 확신했다. 불럭에는 그녀의 메이크업아티스트 화이티의 선물을 사러 왔다. 화이티는 정말 독특한 사람이었고 그녀를 웃음 짓게 했다. 그리고 이벳의 선물도. 미스터 Z의 비서인 이벳은 무척 친절하고 인내심이 강했으며 노마 진의 비밀을 지켜줄 터였다. 그리고 글래디스에게 줄 예쁜 잠옷을 사서 사랑을 담아, 딸 노마 진이라고 쓴 카드와 함께 레이크우드 정신병원으로 보낼 것이다. 노마 진은 가격표가 잘 안 보일 정도로 색이 아주 짙은 선글라스를 쓰고, 헐렁한 베이지색 리넨 재킷에 리넨 슬랙스를 입었다. 쑤시고 아픈 발에는 편하게 코르크 밑창을 댄 즈크화를 신었다. 자다 일어나 아직 좀 헝클어진 하늘하늘한 블론드 머리는 청록색 스카프로 묶었는데, 누가 준 선물이거나 아니면 영화 소품을 유용했을 가능성이 높았다. 노마 진의 삶에서 이 시기에는 사람들이 항상 이런저런 옷, 심지어 보석과 가보까지 갖다 안겼고, 예의를 차려서인지 아니면 사적인 질문을 미리 차단하기 위해 뭐든 일단 말하고 보는 습관적 필요에서인지 노마 진은 그런 물건에 대해 아주 순순히 감탄을 표했다.

매릴린, 입어봐요! 이야, 잘 어울리네! 받아요, 진심이라니까.

불럭 백화점 2층으로 올라가는 에스컬레이터에서 노마 진은 무슨 곡인지 알지도 못한 채 그 피아노곡을 듣기 시작했다. 그녀 자신의 머릿속이 정신없는 주크박스처럼 빠른 템포의 뮤지컬코미디 음악과 집요하게 당김음으로 구성된 댄스음악으로 가득차 있었기 때문이다. 야단법석 활기차고 통속적인 음악. 그러나 저 위층에서 아래로 솔솔 퍼지는 이 음악은 클래식이었다. 분명 테이프나 녹음한 것이 아닌 생음악이었다. 피아니스트가 연주중인가? 베토벤의 〈엘리제를 위하여〉를 치고 있다! 티 없이 맑고 투명한 유리조각처럼 노마 진의 심장을 찌른다.

〈엘리제를 위하여〉, 클라이브 피어스가 노마 진을 보육원으로 데려가기 전에 그 황홀한 새하얀 피아노 앞에서 노마 진을 위해 천천히, 부드럽게, 애잔하게 연주했던 곡.

클라이브 삼촌. "이번이 마지막이야. 나를 용서해주겠니?"

노마 진은 용서할 것이다! 용서했다.

백 번 천 번 노마 진은 그들을 모두 용서했다.

사실 매릴린 먼로는 사진하고 완전 딴판이에요. 더 어려 보이고, 예쁘고, 귀여운 상이죠. 미인은 아니에요. 요전날 불럭에서 쇼핑하는 걸 봤어요. 다른 사람들이랑 다를 바 없어 보였어요. 거의.

마법에 걸린 사람처럼 노마 진은 〈엘리제를 위하여〉의 선율을 좇아 맨 꼭대기인 5층까지 올라갔다. 벅찬 감정에 휩싸여 자신이 왜 여기 있는지, 왜 이 백화점에 왔는지도 모를 지경이었다. 사실 노마 진은 쇼핑을 싫어했다. 사람들 앞에 있으면 불안했다. 변장을 하고 있어도 눈치 빠르고 빈틈없는 시선이 꿰뚫어볼 가능성이 있었다. 제보자와 목격자의 시대였으니까. (V조차, 그렇게 유명한 전시 스타이자 백 퍼센트 애국자인 그조차 최근 연예계 내부의 공산주의자와 불순분자를 색출하는 캘리포니아주 위원회에서 심문을 받았다. 오, V가 내 이름을 그들에게 불었다면! 내가 공산주의를 옹호하는 발언을 V에게 한 적이 있었나? 하지만 V는 나를 배신하지 않을 거야. 그렇겠지? 우리가 서로에게 어떤 의미였는데.) 그러나 그 피아노곡은 노마 진을 끌어당겼고, 도저히 뿌리칠 수 없었다. 눈에 눈물이 그렁그렁해졌다. 노마 진은 무척 행복했다! 인생도 커리어도 잘 풀리고 있었고, 과거가 아니라 미래를 생각하게 됐고, 영화사에서는 마를레네 디트리히가 쓰던 넓은 분장실을 노마 진에게 배정했다. 이제 그런 생각만큼은 떠올리고 싶지 않았는데, 그런 생각을 하면 쉽게 흥분하고 불안해졌기 때문이다. 다시 불면증이 도졌기 때문이다. 지쳐 쓰러질 때까지 일하고, 일하고, 일하고, 연습하고 춤추고, 책을 읽고 일기를 쓰지 않으면.

하지만 불럭에서는 그 여자한테 옷을 입어보지 못하게 했죠. 모든 고급 상점에서요. 그 여자는 물건을 더럽혔거든요. 속옷을 안 입어요. 청결하지가 않아. 벤제드린 중독인데다가 땀을 엄청 흘려요.

불럭의 5층엔 명성이 자자한 품격 높은 상점들이 들어와 있었다. 값비싼 디자이너 의상실, 모피 전문점. 더스티로즈색의 고급 카펫류. 조명마저 이 세상 같지 않게 우아했다. 여기 5층에서 노마 진은 미스터 신 앞에서 이런저런 옷을 입었고, 신은 〈아스팔트 정글〉 개봉에 맞춰 노마 진에게 새하얀 칵테일드레스를 사주었다. 앤절라로서 노마 진의 삶은 정말 편하고 단순했다! 그때는 '매릴린 먼로'에게 가해지는 압력이 없었다. 삼 년 전 '매릴린 먼로'는 거의 존재하지도 않았다. 그 여자를 믿은 사람은 I. E. 신뿐이었다. "나의 아이-작. 나의 유대인." 그러나 노마 진은 그의 믿음을 저버렸다. 비탄에 잠겨 죽게 만들었다. 할리우드에는 노마 진을 꿍꿍이속이 있는 매춘부라며 경멸하는 사람들, 미스터 신의 가까운 친척들이 있었다—하지만 내가 무슨 짓을 했다고? 어떻게 나를 탓할 수 있어? "나는 신과 결혼하지도 않았고 돈을 받지도 않았어. 나는 오직 사랑을 위해서만 결혼할 수 있어."

노마 진은 캐스 채플린과 에디 G를 사랑했지만, 그들과 함께 쓰던 아파트에서 정신없이 빠져나왔다. 제미니. 제미니와 함께라면 미래는 없었다. 노마 진은 도망쳐야 했다. 시간이 없어서 기본적인 옷가지와 특별한 책만 챙겨나왔다. 나머지는 전부 놔두고 나왔다. 조그만 줄무늬 호랑이 인형도. 이 이사 때도 이벳이 두루 살펴주었다. 파운틴 애비뉴에 있는 다른 아파트의 임대차계약을 알아봐줬다. (물론 이벳은 Z의 지시하에 움직였다. 현재 영화사의 제작 총책임자인 Z는 노마 진의 인생에서 열광적인 공모자로 자신의 100만 달러짜리 투자물에 다정하고 호의적이었다.) 그리고 현재 전직 운동선수도 노마 진을 사랑한다고, 생애 그 어떤 여자도 그녀만큼 사랑한 적이 없다고 주장하며 청혼한 상태였다. 두번째 데이트 때 벌써, 두 사람이 연인이 되기도 전에. 그게 가능한가? 그렇게 유명하고 그렇게 친절하고 관대하고 신사적인 남자가 나하고 결혼하고 싶다는 게? 노마 진은 자신이 가엾은 버키 글레이저에게 얼마나 나쁜 아내였는지 전직 운동선수에게 고백하고 싶었다. 그러나 그의 사랑이 식을까 두려워 마음이 약해진 바람에 그만 저도 모르게 소녀 같은 목소리로 나도 당신을 사랑한다고, 네, 언젠가 당신과 결혼할 거예요, 하고 얘기하고 말았다.

이 좋은 남자 역시 실망시키게 될까? 심장을 부수게 될까?

난 아무래도 화냥년인가봐…… 나도 이러기 싫어!

천천히 조심스럽게 노마 진은 피아니스트 뒤편으로 다가갔다. 그의 주의를 흐트러뜨리고 싶지 않았다. 그는 내려가는 에스컬레이터 근처, 우아한 스타인웨이 그랜드피아노 앞에 앉아 있었다. 하얀 넥타이와 연미복을 입은 이 나이 지긋한 신사는 희미하게 빛나는 건반을 따라 단 한 번의 실수도 없이 손가락을 움직였다. 그의 앞에 놓인 악보는 없었다. 그는 암보로 연주했다. "그 사람이야! 미스터 피어스!" 당연히 클라이브 피어스는 상당히 나이를 먹었다. 그로부터 십팔 년이 흘렀으니까. 더 야위고 머리는 완전히 백발이 됐다. 지적인 눈 주변은 자글자글하게 변색됐고, 한때 잘생겼던 얼굴은 주름진 폐허가 되고 목살도 축 처졌다. 대부분 무관심하고 부유한 여성 쇼핑객을 위해 이렇게나 아름답게 피아노가 연주되고 있음에도 〈엘리제를 위하여〉의 잊을 수 없는 사랑스러움은 판매 직원과 고객의 수다 사이에서 무시당하고 있었다. 노마 진은 그들에게 소리치고 싶었다. 다들 어떻게 이다지 무례할 수 있어? 여기 아티스트가 있다고. **귀기울여 들어.** 그러나 그 층의 누구도 클라이브 피어스의 피아노를 듣지 않았다. 이젠 어른이 된 그의 전 제자 노마 진을 제외하고는. 노마 진은 입술을 깨물고 짙은 선글라스 안으로 눈시울을 훔쳤다.

매릴린은 확실히 피아노곡을 좋아하더군요! 불럭 백화점 위층에서 피아노를 치는 어떤 노인의 연주를 듣고 있는 매릴린을 봤어요. 듣는 척만 했을 수도 있지만 내 생각엔 아니에요. 눈물이 그렁그렁했는걸. 브래지어를 안 해서 그 얇고 하얀 옷 속에서 젖꼭지가 툭 튀어나온 게 다 비쳤지.

파운틴 애비뉴에 위치한 가구가 거의 없는 자신의 새 아파트에서 노마 진은 책과 잡지에서 오려낸 초상화로 '위대한 인물들의 판테온'을 침대 옆에 마련했다. 그중 독보적인 것은 어느 예술가가 해석한 베토벤이었다. 강렬한 이마, 험악한 표정, 제멋대로 뻗친 머리카락. 베토벤, 음악의 천재. 그에게 〈엘리제를 위하여〉는 하찮은 소품이었다.

또한 그 판테온에는 소크라테스, 셰익스피어, 에이브러햄 링컨, 바츨라프 니진스키, 클라크 게이블, 알베르트 슈바이처, 그리고 최근 드라마 부문 퓰리처상을 수상한 미국의 극작가가 있었다.

〈엘리제를 위하여〉 다음으로 피아니스트는 쇼팽의 프렐류드 몇 곡에 이어 호기 카마이클의 감미로운 〈Stardust〉를 연주했다. 이 또한 단순한 우연일 리 없는 것이 〈신사는 금발을 좋아해〉에서 유일하게 아름다운 노래가 카마이클의 〈When Love Goes Wrong, Nothing Goes Right〉였고, 그 곡을 로렐라이 리가 부르기 때문이었다. 노마 진은 경건하게 귀를 기울였다. 그날 오후 노마 진은 의상디자이너와의 중요한 미팅을 포함해 여러 건의 약속을 놓치게 된다. 지금 뉴욕에 가 있는 전직 운동선수에게 오후 네시까지는 집에 들어가서 그의 전화를 받겠다고 약속했는데. 노마 진은 최근에 클라이브 피어스를 영화에서 본 적이 있는지 기억해내려 애썼다. 그가 가진 재능에도 불구하고 그는 절벽 가장자리에서 떨어졌다. 영화사와의 계약은 오래전에 종료되었을 것이다. 이런 일을 해야 할 정도로 몰락한 것이다! 상점에서 피아노를 연주하다니. 할 수만 있다면 그를 도울 것이다. 〈신사는 금발을 좋아해〉에서 단역을 맡는다든가, 아니면 피아노를 칠 수 있을지도? "못해도 그 정도는 해야죠. 그 사람에게 갚아야 할 빚이 정말 많으니까."

피아니스트의 휴식 시간이었다. 노마 진은 열렬히 박수를 치며 앞으로 나가 자기소개를 했다. "피어스 선생님? 저 기억하세요? 노마 진이에요."

피아노 의자에서 일어난 클라이브 피어스는 놀라서 한동안 노마 진을 빤히 쳐다보았다.

"매릴린 먼로? 당신은—?"

"그, 그렇죠, 지금은. 하지만 전에는—노마 진이었어요. 기억해요? 하일랜드 애비뉴에서? 글래디스 모텐슨은? 우리 같은 건물에 살았잖아요?"

미스터 피어스의 한쪽 눈꺼풀이 내려와 감겼다. 축 늘어진 양볼에는 너무 미세해 거의 보이지 않는 그물 모양의 정맥이 있었다. 그러나 그는 활짝 웃었고, 눈부신 조명을 얼굴 정면에 받은 것처럼 눈을 껌벅였다. "매릴린 먼로. 이거 영광입니다."

하얀 넥타이와 연미복과 광을 낸 검은 구두까지 격식을 갖춘 차림의 클라이브 피어스는 반쯤 생명을 불어넣다가 만 마네킹처럼 보였다. 노마 진은 정답게 손을 내밀어 악수를 청했고, 손을 내미는 데 제법 자신감이 붙은 것이, 이제 노마 진은 사람들이 악수하고 싶어하고 잠시 그대로 손을 어루만지고 싶어하는 대상이었고, 미스터 피어스는 두 손으로 노마 진의 손을 꼭 잡고 감탄하며 바라보았다.

"정말 클라이브 피어스 맞지요, 그쵸?"

"이런, 예. 맞습니다. 나를 어떻게 아십니까?"

"저 실은 노마 진 베이커예요. 노마 진 모텐슨이라고 해야겠네요. 제 어머니 글래디스를 아시죠, 글래디스 모텐슨? 당신은 어머니의 친구였잖아요, 하일랜드 애비뉴에서. 1935년쯤이었나, 그때가."

클라이브 피어스가 웃음을 터뜨렸다. 그의 숨결에서 축축한 손바닥에 너무 오래 쥔 구리 동전 냄새가 났다. "그렇게 오래전에! 이런, 당신은 아직 태어나지도 않았겠어요, 미스 먼로."

"확실히 태어났는걸요, 피어스 선생님. 저는 아홉 살이었죠. 당신은 제 피아노 선생님이었고." 노마 진은 호소하지 않으려 애썼다. 적당한 거리를 두고 지켜보던 사람들이 조금씩 모여드는 걸 얼마간 의식하고 있었다. "저기, 기억 안 나세요? 난 그냥 꼬, 꼬마였어요. 선생님한테 〈엘리제를 위하여〉를 배웠는데."

"꼬마라고요, 〈엘리제를 위하여〉를 쳤던? 그럴 리가요."

미스터 피어스는 놀림을 당하는 게 아닌가 의심하는 사람처럼 보였다.

"제 어머니는—글래디스 모텐슨은요? 글래디스도 기억 안 나요?"

"글래디스—?"

"두 분이 연인인 줄 알았는데. 그러니까 당신이 제 어, 어머니를 사랑했다고요—어머니는 무척 아름다웠고—"

백발의 나이 지긋한 신사는 노마 진을 향해 윙크하듯 미소 지었다. 당신의 어머니? 여자? 설마. "나를 다른 사람하고 혼동한 모양이군요. 이 번쩍이는 도시에서 영국인은 거의 엇비슷해 보이죠."

"우린 같은 아파트에 살았어요, 피어스 선생님. 할리우드 하일랜드 애비뉴 828번지. 할리우드 볼까지 걸어서 오 분 거리였죠."

"할리우드 볼! 네, 그 건물은 기억나네요. 바퀴벌레가 우글거리는 다 쓰러져가는 곳이었죠. 나는 거기 아주 잠깐 있었습니다, 천만다행으로."

"어머니는 상태가 좋지 않아서 사람들이 데려가 입원시켰고요. 당신은 내게 클라이브 삼촌이었어요. 당신과 제스 이모가 나를 차에 태워 보, 보, 보육원으로 데려다줬잖아요?"

이제 미스터 피어스는 점점 불안에 휩싸였다. 표정이 까칠하고 음산해졌다. "제스 이모? 어떤 여자가 내 아내라고 주장합니까?"

"오, 아뇨. 그냥 내가 그때 당신을 그렇게 불렀다는 거죠. 그러니까—당신이 그렇게 불러달라고 했어요. 당신과 제스를, 하지만 그, 그렇게 부르진 못했죠. 정말 기억 안 나요?" 노마 진은 이제 솔직하게 호소하고 있었다. 둥글게 모여든 구경꾼들에게 잘 들리지 않도록 노인에게 바짝 붙어섰고, 노인의 키는 노마 진이 기억하는 것보다 몇 센티 작았다. "당신은 아이보리색 스타인웨이 스피넷으로 나한테 피아노를 가르쳤어요. 어머니는 그 피아노를 프레드릭 마치에게서 얻었는데—"

그 말에 클라이브 피어스가 손가락을 딱 튕겼다.

"스피넷! 물론이죠. 그 피아노는 저한테 있습니다."

"당신이 어, 어머니의 피아노를 갖고 있다고요?"

"그건 내 피아노입니다."

"하지만—어떻게 갖게 됐는데요?"

"그걸 어떻게 갖게 됐냐고요? 이런, 생각 좀 해보죠." 클라이브 피어스는 인상을 쓰며 입술을 잡아당겼다. 열심히 기억을 더듬느라 눈이 가늘어졌다. "그때 집주인이 당신 어머니의 소유물 중 일부를 가져갔던 것 같습니다. 당신 어머니가 갚아야 할 돈 대신에. 네, 그랬을 겁니다. 피아노는 화재 때 약간 손상됐고—화재가 기억나는 것 같군요—그래서 내가 그걸 사겠다고 제안했어요. 그걸 수리해서 그때 이후 쭉 갖고 있었습니다. 예쁘고 귀여운 피아노라 다른 사람에게 넘길 수가 없었지요. 도저히."

"아주 높은 금액—에도요?"

클라이브 피어스는 입술을 꾹 다문 채 그 말을 곰곰 생각해보더니 이윽고 노마 진이 기억하는 미소를 지었는데, 노마 진을 떨

게 했던 미소, 장난기 많고 음흉하고 믿어서는-안-되는 클라이
브 삼촌의 미소였다.

"아름다운 우리 매릴린, 당신에게라면 특별히 양보할 수도 있
을 것 같군요."

이 마술 같은 상황으로 클라이브 피어스는 〈신사는 금발을 좋아
해〉에 단역배우로 고용되어 대서양을 횡단하는 증기선의 호화로
운 라운지 장면에서 뒷배경으로 피아노를 연주했고, 한때 프레드
릭 마치의 소유였던 스타인웨이 스피넷을 노마 진에게 1천 600달
러에 넘겼으며, 노마 진은 그 돈을 전직 운동선수에게 빌렸다.

울음소리.
노랫소리.

한 공간을 두 개의 몸—실제 자신의 몸 그리고
자신이 맡은 캐릭터의 가상의 몸, 즉 머릿속으로
창조한 몸—이 점유한다고 생각하게 될 것이다.

—미하일 체호프, 『배우에게』

차는 왕족에 어울리게 날렵하고 새카만 영화사 차량이 아니라
거품이 가라앉은 설거지물처럼 칙칙한 색조에 혹등고래 모양의
못생긴 내시였으며, 제복을 입고 챙 달린 모자까지 갖춘 운전기사
는 거무스름한 피부에 반은 개구리고 반은 사람인 생물이었는데,
엄청 크고 유리처럼 빛나는 그 눈망울에 노마 진은 움츠러들었다.
"오, 나를 쳐다보지 말아요! 이건 내가 아니니까." 노마 진은 모
래를 삼켰고, 입안이 마르고 텁텁했다. 아니면 비명을 지르지 못
하게 그들이 입에 솜을 물렸나? 검은색 망사 장갑을 끼고 립스틱
바른 입술로 미소를 지으며 노마 진을 내시 뒷좌석에 밀어넣는 여
자에게 마음이 바뀌었다고 설명하려 했지만 여자는 들은 척도 하
지 않았다. 게다가 여자의 손은 몹시 힘이 세고 능숙하고 노련했
다. "아뇨. 제발. 나는 도, 돌아가고 싶어요. 이건—"겁에 질려

새근거리는 가냘픈 목소리. 미스 골든 드림스? 개구리 운전기사는 칭찬할 만한 기민함과 운전 실력으로 혹등고래 내시를 몰고 모래 도시의 화려한 거리를 내달렸다. 밤은 아니었지만, 태양이 너무 눈부셔 밤이나 마찬가지로 사물을 똑똑히 볼 수가 없었다. "오, 이봐요! —마음이 바뀌었다고요, 네? 내 마, 마음은 내 거고, 바꾸는 것도 내 맘이죠. 그렇잖아요!" 입안뿐 아니라 눈에도 모래가 자글자글했다. 검은색 망사 장갑의 여자는 찡그린 미소라고 묘사할 법한 표정을 지었다. 갑자기 덜커덕 멈췄다. 그 바람에 노마 진은 자신이 탄 차가 시간 여행을 했음을 깨달았다. 어떤 역할이든 배우에게는 시간 여행이다. 출발지는 언제나 이전의 자신이다. 갑자기 나타난 도로경계석! 콘크리트 계단과 복도! 버키 글레이저의 커다란 손에서 나던 것과 같은 의료용 화학약품의 자극적인 냄새. 그러나 놀랍게도(영화에서 음악이 확 커지며 느닷없이 문이 열리는 장면처럼) 우아한 가구가 놓인 실내 공간. 대기실. 벽면은 반짝반짝 광을 낸 목제 패널이고, 〈새터데이 이브닝 포스트〉에 실린 노먼 록웰 작품의 복제본이 걸려 있다. 다리가 금속관으로 된 '모던한' 의자도 있다. 넓고 반질반질한 책상 위에는—해골? 유약을 바른 것처럼 미세하게 금이 간 누런 해골은 정수리 부분이 신경쓰이게 움푹 들어갔고(부검의 결과일까? 그들이 당신 두개골의 둥근 꼭대기를 톱질로 잘라냈을까?) 그 속에 펜과 연필과 의사의 고급 파이프 담배가 꽂혀 있다. 오늘은 의사의 공식 휴무일이다. 의사는 오늘 아침 느지막이 월셔 컨트리클럽에서 친구 빙 크로즈비와 함께 골프를 치기로 되어 있다. 이제 눈부신 조명이 들어오고,

노마 진은 눈부신 거짓말에 혼란스럽다. 새벽녘 노마 진은 땀에 젖은 침대에서 기어나와 코데인을 한 알인가 두 알인가 세 알인가 삼켰다. "내 말 좀 들어주세요, 난 마음을 바꿨다고요." 그러나 바뀐 것은 노마 진의 마음이 아니었다. 노마 진은 힘을 내기 위해 혼잣속으로 중얼거렸다. 저 조명은 살균하는 거야. 세균 감염의 위험은 최소화되겠지. (이런 엉뚱하고 웃긴 생각이 세트장에서 종종 노마 진의 머릿속을 스쳤다. 모든 것을 과장하는 조명, 무표정하게 쳐다보는 카메라의 집요한 눈, 촬영이 시작되면 윙크하듯 자연스럽게 영화용 자아가 전면에 등장한다는 자각. 촬영이 지속되는 동안 나와 나의 마법 친구는 완벽한 안전과 더없는 행복 속에 하나다.) 그럼에도 노마 진은 자신이 실수했다고, 수술하고 싶지 않다고 열심히 해명한다. 그래, 하지만 노마 진은 '실력파의 손길'에 맡겨졌다. 미스터 Z는 장담했다. 100만 달러짜리 투자물을 위태롭게 할 수는 없다. 위험이 전혀 없다는 건 명백했다. 노마 진이 '매릴린 먼로'인 한, 영화사가 미연에 방지할 수 있는 한 절대 위험에 처할 리 없다. 노마 진에게 확신을 심어주려고 이벳은 노래를 부른다. 당신의 우울함을 치료할 실력파예요, 당신의 구두를 반짝반짝하게 닦아줄 실력파예요, 아침부터 밤까지 실력파만 모셨어요. 아무리 애원해도 그들이 귓등으로도 안 듣자, 이제 노마 진은 어린애처럼 새근거리는 섹시하고 코믹한 로렐라이 리의 목소리로 말한다.

오 이런!—그거 알아요, 여러분?—여러분 모두가 지금부터 춤추고 노래할 것 같은데?

그 말에 웃은 건 아니었지만, 의사는 정말 빙그레 웃었다. 버섯 모양 얼굴에 코는 뒤룩뒤룩하고 콧털이 삐죽 나온 그는 노마 진을 '우리 환자분'이라고 불렀는데, 자신은 환자의 이름을 모르며 절대 환자의 이름을 입에 올리지 않을 거라는 믿음을 주기 위해서였을 것이다. 그래서 의사가 이 유명한 환자를 알아보지 못한다는 안도감은 있었다. 그들 중 아무도 **그녀를** 알지 못했다. 노마 진은 얇고 헐렁한 원피스만 걸친 채 나체로 부들부들 떨고 있었다. 버키는 노마 진에게 절대 시신을 보여주지 않았지만, 아무튼 그녀는 본 적 있었고 그래서 알았다. 회색빛 피부, 안와에서 푹 꺼진 안구. 검지로 스펀지 같은 살을 꾹 누르면 도로 튕겨나오지 않는다. 노마 진은 발작적으로 웃지 않으려 온몸에 힘을 주고 입술을 깨문다. 그들은 노마 진을 들어 수술대 위에 올려놓고, 수술대에 깔아놓은 티슈페이퍼가 몸 아래서 바스락거리며 구겨지고, 노마 진은 겁에 질려 오줌을 지리고, 그들은 말없이 닦아내고 노마 진의 다리를 등자에 올린다. 맨발을! 발바닥은 정말 취약한데! "제발 쳐다보지 말아요. 사진 찍으면 안 돼요." 엘시 이모가 충고했었다, 그냥 방해가 되지 않게 있는 거야, 아주 간단하지. 그것이 대체로 노마 진이 사랑을 나눈 방식이었다. 꼼짝 않고 누운 채 기대에 부풀어 행복하게 미소 짓고, 사랑스럽고 수동적이면서도 희망찬 표정으로 연인에게 자신을 열어주고, 연인에게 자신을 선물로 주었다. 그게 남자들이 진심으로 원하는 것 아닌가? 놀라운 건, 전직 운동선수는 정력적이면서도 부드러운 연인이었고, V처럼 사려 깊은 연인이었고, 헐떡이고 땀을 흘리면서 고마워했으며, 전직 운동선수는 신사니까 절대 노마 진을 비웃지 않을 터였다. 제미니처럼 참을 수 없을 만큼 노마 진을 괴롭히지 않을 터였다.

"〈태틀러〉 헤드라인감이지. **충격 폭로. 섹스 심벌 매릴린이 묻다 '씨발이 동사야???'**" 낄낄, 깔깔.

뭐, 노마 진도 웃기는 웃었다. 의사가 장갑 낀 손가락으로 노마 진을 간지럼 태운다. 굼뜬 손가락이 안쪽을 쑤신다. 옆구리를 타고 오르내리다 노마 진의 귀여운 엉덩이 골 사이로 짓궂은 생쥐처럼 쑥 들어왔던 피어스 삼촌의 손가락처럼. 그러나 눈 깜짝할 새 다시 빠져나가 조그만 생쥐가 들어온 줄도 몰랐다. 코데인 때문에 감각이 없어 통증을 멀찍이서 느끼는 그런 상태였다. 옆방에서 들리는 비명소리처럼. 의사가 말한다, 몸부림치지 마세요. 통증은 아주 적을 겁니다. 이 주사를 맞으면 살짝 몽롱한 잠에 빠집니다. 저흰 환자분을 묶고 싶지 않아요. "잠깐만요. 아뇨. 뭔가 오해가 있어요. 나는—" 노마 진은 손길을 밀쳤다. 고무 손이었다. 얼굴은 전혀 보이지 않았다. 머리 위에서 눈부신 빛이 작렬했다. 어쩌면 아득히 먼 미래로 이동해서 태양이 팽창해 온 하늘을 채웠을 가능성도 있었다. "안 돼! 이건 내가 아냐!" 노마 진은 어찌어찌 수술대에서 내려왔다, 천만다행으로. 사람들이 소리를 지르며 쫓아왔지만 노마 진은 빠져나왔다. 숨을 헐떡이며 맨발로 달렸다. 오, 도망칠 수 있잖아! 너무 늦은 건 아니었네. 노마 진은 복도를 따라 달렸다. 연기냄새가 났다. 그래도, 너무 늦은 건 아니었다. 계단을 한 층 올라갔고, 방문이 잠겨 있지 않기에 확 열었다. 그곳엔 메리 픽퍼드, 루 에어스, 찰리 채플린의 낯익은 얼굴이 있었다. 오, 리틀 트램프! 찰리는 노마 진의 진짜 아빠였다. 저 눈! 옆방에서 약하게 소리가 났다. 그렇다, 글래디스의 침실. 금지된 장소일 때도 있었지만 지금 글래디스는 없었다. 노마 진은 안으로 뛰어들었고, 서랍장이 보였다. 그리고 거기서, 그 서랍을 반드시 열어야 했다. 서랍을 잡아당기고, 잡아당기고, 잡아당겼다. 안에서 걸렸나? 힘이 없어서 서랍을 못 여나? 마침내 서랍이 열렸고, 아기가 그 조그만 손발을 버둥거리며 숨을 찾아 헐떡거렸다. 쌕쌕거리면서 울음을 터뜨리려 숨을 들이마셨다. 바로 그때 차가운 철제 검경이 노마 진의 가랑이 안쪽으로 쑥 들어왔다. 바로 그때 그들이 생선의 내장을 따듯 노마 진의 속을 파냈다. 파낸 가장자리를 따라 노마 진의 속이 흘러내린다. 노마 진은 목구멍 힘줄이 말을 듣지 않을 때까지 고개를 좌우로 저으며 비명을 지른다.

아기가 울었다. 딱 한 번.

"미스 먼로? 저기요. 시간 다 됐습니다."

사실 시간은 진작에 다 됐다. 사람들이 언제부터 불렀을까? 분장실 문을 조심스럽게 두드리며. 사십 분 동안 노마 진은 완벽히 세팅한 머리와 완벽히 분장한 얼굴로, 화려한 핫핑크색 실크 드레스를 입고 팔꿈치까지 오는 장갑을 끼고, 훌륭한 젖가슴의 윗부분을 드러내고, 반짝이는 모조보석을 사랑스러운 목과 귀에 걸고, 멍하니 넋이 나간 채 앉아 있었다. 그리고 윤기 흐르는 씹-입의 완벽함. 〈Diamonds Are a Girl's Best Friend〉를 공연할 시간이다.

먼로는 흠잡을 데가 없었죠. 진정한 프로였어요. 일단 모든 대사와 모든 음절과 모든 음정과 모든 박자를 암기하고 나면, 먼로는 시계태엽처럼 정확했어요. 먼로는 '캐릭터'가 아니었습니다―'배역'이 아니었죠. 분명 먼로는 이미 영화 속에 있는 자신을 마치 움직이는 영상처럼 보는 능력이 있었어요. 그 영상을 자기 내부에서 컨트롤할 수 있었어요. 어두운 상영관에서 그 영상이 사람들에게 어떻게 보일지 컨트롤하는 거죠.

그건 순전히 매릴린 먼로였어요, 영화 속에 있는 건. 나중에 사람들이 보면서 감탄하게 될 움직이는 이미지.

한번은 먼로를 불러오라기에 가서 분장실 문을 두드리고 문에 귀를 댔는데, 안에서 아기 울음소리가 들렸어요, 진짜로. 큰소리도 아니었고, 안에 아기가 있는 것 같지도 않았지만, 확실히 아기 울음소리를 들었어요. 딱 한 번.

전직 운동선수와 블론드 배우—청혼

1

주변에서 지켜본 사람 중에는 시체를 해부하듯 그 불운한 결혼을 곱씹어보며 그게 청혼이긴 했는지, 오히려 강압적인 사실 표명에 가까운 건 아니었는지 의문을 제기하는 이들도 있을 것이다.

전직 운동선수는 블론드 배우에게 나지막이 말한다. 우리는 서로 사랑하고, 이제 결혼할 때가 됐어.

이어지는 정적. 침묵을 두려워하는 블론드 배우가 나지막이 말한다. 오, 그렇지! 그래, 자기야! 그리고 당황하며 불안하게 끽끽거리는 웃음을 보탠다. 아, 아마도!

(블론드 배우가 우물거린 이 마지막 말을 전직 운동선수가 들었을까? 증거는 듣지 않았음을 시사한다. 우물거렸든 아니든 블론

드 배우의 입에서 그의 자존심을 건드리는 말이 나왔을 때 한마디라도 듣기는 했을까? 증거는 **듣지 않았음**을 시사한다.)

그러고 나서 두 사람은 키스한다. 그리고 샴페인병을 비운다. 그리고 다시 한번 사랑을 나눈다. 다정하고 부드럽게, 유치한 기대를 품고. (이름도 그럴싸한 베벌리윌셔 호텔의 임페리얼 스위트룸에서. 영화사에서 〈신사는 금발을 좋아해〉의 프리미어를 기념하여 오백 명을 초대한 갈라 파티의 밤에 매릴린 먼로를 위해 예약한 방이었다. 오, 정말 굉장한 밤이었다!) 그러다 느닷없이 블론드 배우가 울음을 터뜨린다. 전직 운동선수는 몹시 감동해서 신파 로맨스 또는 1940년대 영화에서 연인이 할 법한 짓을 한다. 그는 사랑하는 이의 눈물을 키스로 닦아준다.

난 그저 당신을 너무 사랑할 뿐이야라면서.

난 그저 당신을 저 자칼 무리로부터 보호하고 싶을 뿐이야라면서.

팔꿈치를 대고 상체를 일으켜, 위험천만한 지역을 조사하듯 자기 아래 깔린 블론드 배우를 내려다보며, 이 위험한 지역을 횡단하는 일이 가능할 뿐 아니라 제법 가슴 설레는 모험일 거라는 빛좋은 망상에 빠져, 소년처럼 호전적인 투로 말한다. 난 그저 당신을 여기서 구해내고 싶을 뿐이야. 난 당신이 행복하면 좋겠어.

2

결정적인 순간에 필름 포커스가 나가버렸다. 이것은 세상에 존재하는 유일무이한 프린트다. 수집가들 사이에서 값이 얼마나 나 갈지 상상이 가지 않는가. 물론 사운드트랙은 형편없었다. 우리 중 독화술(팬에게는 요긴한 기술이다)을 할 줄 아는 이가 확실히 유리하긴 하겠지만 아주 유리할 것도 없는 게, 전직 운동선수는 과묵한 남자일 뿐 아니라 말하는 게 영 어색한지 벌컥 화가 나면 제어가 안 되는 본인의 감정처럼 기묘하게 입술을 움직였으며, 블론드 배우는 의도를 가지고 카메라를 향해 똑똑히 발음할 때가 아니면(이 배우는 혼령과 대화하듯 카메라와 '의사소통할' 수 있었다) 말을 우물거리며 삼키는 아주 짜증나는 버릇이 있었다.

매릴린, 우리는 외치고 싶다. 우릴 봐요. 웃어요. 진짜 웃음을. 행복하세요. 당신은 **당신**이라고요.

전직 운동선수가 '자칼 무리' 운운하며 블론드 배우를 '여기서 구해내고' 싶다고 했을 때, 그는 영화사를(전직 운동선수는 임원진이 이 여자를 어떻게 이용해먹는지, 여자가 그들에게 수백만 달러를 벌어다주는 데 비해 여자에게 지급하는 대가가 얼마나 적은지 알고 있었다) 또는 할리우드 전체와 그 배후의 거대한 세계를 언급했다고도 볼 수 있는데, 그의 직감에 따르면 전직 운동선수 본인의 명성에도 불구하고 저들은 이 여자가 행복하길 바라지 않았다. (아니 두 사람 어느 쪽의 행복도 바라지 않았다. 그가 골극 때문에 절룩거리며 야구팬들의 기대에 부응하지 못했을 때 팬들은 야유를 보내지 않았던가?) 그의 지배적이고 남성다운 성향에는 아마도 바로 그 순간 특대형 비닐 커버 사인북과 싸구려 코닥 카메라를 들고 세찬 비가 내리는 윌셔 블러바드의 호텔 맞은편에서(호텔의 웅장한 정문에서 도어맨한테 쫓겨났기 때문에) 지치지도 않고 이 유명인 커플이 나타나길 기다리는 열두엇 남짓의 죽도록 끈질긴 오합지졸 팬들 또한 역겹게 거슬렸을 것이다. 그 숭배자들에게는 보이지도 않고 그들로서는 무슨 수를 써도 접근이 불가능할 테지만, 여기 이 까무잡잡하고 잘생긴 전직 운동선수와 아름다운 블론드 배우가 바로 그 순간 시바와 샤크티처럼 세계를 파괴했다 구축했다 하며 결합하고 있을 거라는 상상을 만끽하는 것만으로도 충분하지 않았으려나?

이것만큼은 명백하다. 전직 운동선수가 열정적으로 **당신이 행복하면 좋겠어**라고 말한 뒤에 블론드 배우가 당혹스러운 미소를 지으며 뭐라뭐라 하는데, 그 말은 잡음에 묻혀 들리지 않는다. 지칠 줄 모르는 한 독화술사가 이 장면을 면밀히 반복 분석하여 블론드 배우가 **오!—하지만 난 행복한걸, 나는 펴, 평생 동안 행복했어**라고 말했음을 알아냈다. 이어서 전직 운동선수와 블론드 배우는 파라오 사이즈 침대의 뒤엉킨 실크 시트에서 서로를 절박하게 부둥켜안고 폭발하는 초신성처럼 이글이글 타올라 실체 없는 빛이 된다—필름 자체가 녹아내리듯.

이것은 역사적 사실이다. 모순적일지 몰라도 터무니없지는 않다. 돌이킬 수 없는 역사적 사실의 경우 그저 안고 살아갈 수밖에 없듯 우리도 이 사실을 감수하고 사는 법을 배웠다. 우리의 본능은 즉각 필름을 뒤로 돌려 그 장면을 다시 재생하라고 하고, 이번에는 다르게 나오기를, 블론드 배우가 더듬거리며 하는 말을 좀더 확실히 듣게 되기를 기대하지만……

아니, 우리는 결코 듣지 못할 것이다.

3

할리우드 블러바드의 재단장한 그로먼스 이집션 극장에서 열린 〈신사는 금발을 좋아해〉의 떠들썩한 프리미어, 강렬한 조명과 카메라 플래시와 휘파람과 폭소와 박수갈채 사이로 암사자처럼 소리 없이 미스터 Z의 복심 이벳이 다가와 블론드 배우의 귓가에 유유히 속삭인다. "매릴린. 방금 알게 된 소식이에요. 오늘밤 호텔 스위트룸에는 반드시 혼자 가세요. 특별한 사람이 당신을 기다리고 있을 거예요."

블론드 배우는 한 손을 나팔처럼 오므려 다이아몬드를 잔뜩 매단 귀에 대고 들었다.

"트, 특별한 사람? 오. 아!"

심장에 박히는 유리조각. 파르르 기분좋게 벤제드린이 혈관을 타고 질주하면 사람들이 건네는 거의 모든 말이 운명을 암시하고, 달콤하고 고통스럽게 심장을 찌르는 칼날이 된다. 게다가 벤제드린과 샴페인이라니, 이 무슨 엄청난 조합이란 말인가! 블론드 배우는 할리우드의 모두가 아는 사실을 이제야 발견한다.

"혹시—아, 아버지?"

"누구요?"

영화 사운드트랙이 귀청이 터질 듯 울린다—〈A Little Girl

From Little Rock〉. 아우성치는 사람들과 아나운서의 증폭된 말소리에 이벳은 듣지 못했고, 블론드 배우도 들으라고 말한 건 아니었다. (벤제드린에 푹 절은 논리로 추론하길 만약 의문의 방문객이 정말로 노마 진 베이커/매릴린 먼로의 아버지라면 그는 자신의 정체를 다른 사람들에게 숨길 것이다. 그의 정체는 오로지 은밀하게 딸에게만 밝힐 것이다.) 품위 있는 검정 벨벳 차림에 진주를 한 줄 두르고 백랍 같은 머리를 한 이벳의 물끄러미 바라보는 백랍 같은 눈이 블론드 배우의 영혼을 꿰뚫었다. 난 당신을 알아. 당신의 피 묻은 씹을 봤거든. 생선 내장을 따듯 당신 속을 파냈지. 내가 바로 그걸 아는 사람이야. 이벳은 검지를 들어 입술 앞에 세웠다. 비밀이에요! 말하면 안 돼요. 블론드 배우—겁이 날 만큼 환희에 도취된 십대 소녀처럼 자신이 이 중년 여인의 손목을 꽉 틀어쥐고 있음을 깨닫지 못한다—는 이 경고를 모욕으로 받아들이지 않고 로렐라이 리처럼 단순하게 감사를 표하기로 했다. "고마워요!"

그러니까 나더러 남자를 데리고 들어가지 말란 거지. 술에 취해 누군가를 골라 데려가는 여자. 사람들이 매릴린을 그렇게 생각한단 말이지.

전직 운동선수는 영화사 홍보진에게는 대단히 실망스럽게도 이 프리미어에 블론드 배우와 같이 오지 않는다. 매릴린은 눈부신 금빛 보석과 의상으로 치장하고 영화사 임원이자 멘토인 미스터 Z와 미스터 D의 에스코트를 받을 것이다. 전직 운동선수는 야구 명예의 전당에 헌액되어 저멀리 동부 해안 지역에 있었다. 아니면 슬러거의 열렬한 팬인 파파 헤밍웨이와 함께 키웨스트에서 청새치 낚시를 하는 중이었나? 아니면 본인이 제일 사랑하는 뉴욕시티, 누구나 익명이 될 수 있는 그곳에서 월터 윈첼과 사디에서 저녁을 먹거나, 아니면 프랭크 시나트라와 스토크 클럽에서 저녁을 먹거나, 아니면 타임스스퀘어에 있는 잭 뎀프시의 레스토랑에서 전 헤비급 챔피언의 테이블에 앉아 전설적인 뎀프시 본인 옆에서 술을 마시고 시가를 피우고 사인을 해주고 했을지도.

"자네 '명성'이 뭔지 아나? 남은 평생 동안 헛소리나 지껄이며 돈을 버는 거지."

1919년 헤비급 타이틀을 따자마자 뎀프시는 권투에 대한 굶주림을 잃었다. 링에 대한 굶주림. 팬에 대한 굶주림. 심지어 승리에 대한 굶주림도. "얼간이나 승리를 따지지." 전직 운동선수는 야구보다 더 사내답고 위험하고 그러므로 더욱 심오한 스포츠에서 우승을 거머쥔 이 전 챔피언을 어마어마하게 존경했고, 코끼리처럼 거친 피부와 과체중인 뎀프시는 윙크를 날리며 웃었다—야야, 내가 해냈어. 이 위대한 뎀프시가!

블론드 배우는 전직 운동선수가 소년처럼 마초 사내들에게 형제애를 갈구하는 것을 질투하지 않았다. 그러한 갈망에는 여자 본인도 동참할 수 있었다.

이 축제의 밤을 위해 블론드 배우를 단장시키는 데 얼마나 고되고 지루한 시간이 소요됐는지! 블론드 배우는 플랫힐 즈크화에 슬랙스와 재킷 차림으로 오후 두시에 영화사에 도착했는데, 이미 한 시간 지각이었다. 여자는 화장기 전혀 없이 립스틱 하나만 바르고 왔다. 눈썹은 아예 없었다! 처방해준 벤제드린을 먹기 전이라 말짱하고 신랄한 기분이었다. 플래티넘블론드를 포니테일로 묶어 열여섯으로도 보였다. 예쁘긴 하지만 특별할 것 없는 남부 캘리포니아의 유독 가슴이 잘 발달한 고등학교 치어리더. "도대체 그냥 나 자신이면 왜 안 돼?" 여자는 투덜거렸다. "이번 한 번만이라도." 여자는 영화사의 보조 스태프들을 웃기고 싶어했다. 그들의 웃음소리가 즐거웠고, 그들이 좋아해주는 게 즐거웠다. 매릴린은 우리의 친구지. 매릴린은 멋있어. 헤어드레서와 메이크업아티스트와 코디네이터와 카메라맨과 조명 기사와 그 외 영화사에 고용된 사람들, '디디', '트레이시', '화이티', '패츠'처럼 성 없이 이름으로만 불리는 사람들의 애정을 얻고 싶다는 욕망이 가끔씩 여자 안에서 불끈불끈 솟았다. 진짜 매릴린 먼로가 어떤지 알아?—끝내주게 멋져! 여자는 그들에게 선물을 주었다. 누가 여자에게 가져다 안긴 선물도 있었고, 새로 산 선물도 있었다. 여자는 그들에게 초대권을 주었다. 그들 어머니의 병세에 대해, 매복 사랑니에 대해, 코커스패니얼 강아지에 대해, 여자 본인의 연애담보다 훨씬 더 흡인력 있어 보이는 다사다난한 그들의 사랑 얘기에 대해 잊지 않고 물었다.

매릴린에 대한 어떠한 악담도 내 귀에 들어오지 않도록 해, 안 그럼 네놈의 이빨을 몽땅 뽑아서 염병할 목구멍에 쑤셔넣어버릴 테니까. 매릴린은 그놈들 중 유일하게 사람이라고 할 수 있지.

〈신사는 금발을 좋아해〉의 프리미어 당일, 닭털 뽑는 사람들이 닭의 사체에 덤벼들듯 전문가 대여섯의 손길이 블론드 배우에게 덤벼들었다. 여자의 머리를 감기고 파마를 하고 색이 진한 뿌리 부분을 과산화수소수로 탈색하고, 너무 독해서 블론드 배우가 기절하지 않도록 선풍기를 틀어주고, 그다음에 또 한번 머리를 헹구고 핑크색 구르프를 어마어마하게 감고 전기충격기처럼 생긴 시끄러운 드라이어로 머리를 말렸다. 얼굴과 목에 스팀을 쐬고 식히고 크림을 발랐다. 목욕을 시키고 몸에 오일을 바르고 보기 흉한 털을 뽑았다. 파우더를 바르고 향수를 뿌리고 색조화장을 하고 말리기 시작했다. 손톱과 발톱은 네온사인처럼 붉은 입술에 어울리게 선명한 선홍빛으로 칠했다. 메이크업아티스트 화이티는 한 시간 넘게 공을 들였는데 안타깝게도 블론드 배우의 짙게 칠한 눈썹이 미묘하게 비대칭이라는 것을 알고 다 지운 뒤 처음부터 다시 했다. 애교점은 10분의 1인치쯤 옆으로 옮겨졌다가 다시 원위치로 신중히 복귀했다. 인조 속눈썹을 풀로 붙였다. 사제처럼 과장된 억양으로 화이티가 읊조렸다. "미스 먼로, 눈을 위로 치뜨라고요. 제발 움찔거리지 마세요. 내가 언제 당신 눈 찌르는 거 봤어요?" 아이라이너 펜슬이 블론드 배우의 눈가에서 아슬아슬하게 움직였지만 실제로 안으로 들어가지는 않았다. 이쯤 되면 블론드 배우는 신경을 안정시키기 위해 넴뷰탈을 복용했고, 그날 저녁 프리미어 때문에 불안해서가 아니라(이미 〈신사는 금발을 좋아해〉는 숱한 심사와 비공개 시사회를 거쳤고, 초기 리뷰에서 이 영화는 틀림없는 히트작이며 매릴린 먼로는 완벽한 로렐라이 리라고 선언했다) 묘하게 화가 나고 조바심이 나서였다. 아니면 전직 운동선수가 보고 싶어서? 블론드 배우는 그가 프리미어 때 멀리가버린 이유가 여자에게 너무 많은 관심이 집중되어 분했던 게 아닐까 우려했다.

전직 운동선수가 곁에 없는 지금, 블론드 배우는 그의 부재를 뼈저리게 실감했다. 전직 운동선수가 곁에 있을 때 블론드 배우는 종종 그에게 할말이 거의 없었고, 그 또한 여자에게 할말이 별로 없었다.

"하지만 결혼생활이란 원래 그런 게 아닐까요? 두 개의 영혼. 고요함."

전직 운동선수는 블론드 배우와 팔짱을 끼고 사람들 앞에 모습을 보이는 것을 굉장히 뿌듯해했다. 그는 얼추 마흔이었다. 여자는 훨씬 어렸고, 실제보다 더 어려 보였다. 그렇게 나갔다 돌아오면 전직 운동선수는 제 나이 절반쯤 되는 사내의 정력으로 사랑을 나눌 준비가 되어 있었다. 그럼에도 전직 운동선수는 다른 남자들이 너무 티나게 블론드 배우를 빤히 쳐다보면 버럭 화를 냈다. 혹은 그가 듣는 데서 외설적인 발언을 하면. 대체로 그는 블론드 배우의 공연과 매릴린으로서의 자아를 탐탁지 않게 여겼다. 자기를 위해서는 도발적으로 입기를 원했지만 남들 앞에서는 아니었다. 그는 〈나이아가라〉에 충격을 받고 역겨워했는데, 영화 자체와 어디서나 눈에 띄는 선정적인 포스터 둘 다에 대해 그랬다. 영화사에서 여자를 마케팅하는 방식에 대해 역겨워했다. 여자에게는 계약상 간섭할 권한이 전혀 없나? 고깃덩이처럼 광고하는데 신경쓰이지 않나? '미스 골든 드림스' 건이 다시 터져 〈플레이보이〉 창간호에 펼침면 화보로 실렸을 때 전직 운동선수는 걷잡을 수 없는 분노에 휩싸였다. 블론드 배우는 그 누드사진은 자신이 컨트롤할 수 있는 영역이 아니었다고 해명하려 애썼다. 그 사진은 여자의 허락 없이, 여자에게 비용도 지불하지 않고 캘린더 회사에 넘겨졌다. 전직 운동선수는 그 새끼들 다 죽이겠다고, 한 놈도 남김없이 싸그리 다 죽여버리겠다고 길길이 날뛰었다.

블론드 배우는 거울 속 자신을 똑바로 응시했다. "결혼생활이란 원래 그런 게 아닐까? 나에게 마음을 쓰는 남자, 절대 나를 이용해먹지 않을 사람."

극장으로 출발하기 전에 블론드 배우는 넴뷰탈의 효과를 상쇄하기 위해 벤제드린을 한 알 혹은 두 알 삼켰다. 심장이 느려지는 느낌이었다. 오, 어쩌나 잠이 간절했는지, 그저 바닥에 웅크리고 누워 자고 싶은 마음뿐이었다. 인생에서 가장 행복하고 가장 성공적인 이날 밤, 잠, 잠, 죽음 같은 잠보다 더 갖고 싶은 건 없었다.

벤제드린이 바꿔줄 것이다. 오, 그래! 심박을 빠르게 하고 혈관과 두뇌에 아찔한 기포를 일으켜줄 거라는 점에서 벤제드린은 믿어도 좋다. 사랑스럽고 뜨겁게 날벼락처럼 두뇌를 덮친다. 그러면서도 위험성은 없다, 블론드 배우의 약은 완전히 합법적이니까. 진 이글스와 노마 탤머지, 에이미 셈플 맥퍼슨의 초라한 전철을 밟는 일 따윈 없을 것이다. 의사의 지시를 어기는 일 따윈 없을 것이다. 블론드 배우는 총명하고 눈치 빠른 젊은 여자였고, 전형적인 할리우드 여배우들과는 달랐다. 블론드 배우를 잘 아는 사람들은 여자를 노마 진 베이커로 알고 있었다. 개천에서 자기 힘으로 힘겹게 올라온 로스앤젤레스 태생 여자애. 영화사에 고용된 의사 닥터 밥은 블론드 배우에게 적절한 약만 제공했다. 영화사에서 100만 달러짜리 투자물을 위태롭게 할 리 없으므로 의사는 믿을 만했다. 벤제드린, 소량. '우울한 기분을 가볍게 해주는' 용도로, '소중한 에너지를 빠르게 공급하는' 용도로 지친 여배우들에게 절실함. 넴뷰탈, 소량. '신경을 진정시키는' 용도로, '원기를 회복하고 꿈 없는 잠을 자는' 용도로 지치고 불면증에 빠진 여배우들에게 절실함. 블론드 배우는 닥터 밥에게 이 약에 중독성이 있는 건 아닌지 걱정스럽게 물었고, 닥터 밥은 여자의 보조개 팬 무릎에 아버지처럼 손을 얹고 말했다. "우리 아가씨! 사는 게 중독이야. 그래도 우린 살아야 하지."

4

블론드 배우를 〈신사는 금발을 좋아해〉의 로렐라이 리로 복제하는 데 다섯 시간하고 사십 분의 고되고 지루한 시간이 소요됐다. 그러나 할리우드 블러바드를 따라 환호하는 저 군중! "매릴린! 매릴린!"을 연호하는 저 외침! 그만한 공을 들일 값어치가 있음을 인정해야지, 안 그래?

드레스는 몸에 맞춰 꿰맸다. 그 절묘한 재봉에만 한 시간 넘게 소요됐다. 로렐라이 리의 어깨끈이 없는 핫핑크색 실크 드레스는 목이 깊숙이 파여 크림색 젖가슴의 윗부분을 드러냈고, 구속복처럼 몸에 딱 맞았다. 조심해서 작게 숨을 쉬라는 주의를 받았다. 팔에는 팔꿈치까지 오는 압박대처럼 타이트한 장갑을 꼈다. 부드러운 귀와 파우더를 바른 목과 팔에는 반짝이는 다이아몬드를 달고 (사실은 지르콘, 영화사의 소품이다) 플래티넘 솜사탕 머리에는 영화에서 잠깐 썼던 '다이아몬드' 티아라를 얹었다. 맨살을 드러낸 어깨에는 영화사에서 빌린 새하얀 여우털 스톨을 두르고, 이미 욱신거리는 발에는 꽉 조이는 핫핑크색 새틴 스파이크힐을 신었는데 너무 휘청거려서 블론드 배우는 종종거리는 아기 걸음만 가능했고, 장의사처럼 위엄을 차린 미스터 Z와 미스터 D의 턱시도 입은 팔에 기대어 미소를 지으며 걸었다. 할리우드 블러바드는 교통이 통제되어 일반 차량은 몇 블록씩 우회해야 했고, 블러바드 맞은편 옥외관람석에 앉은 수천—수만? 수백만?—관객은 경찰 바리케이드 너머에서 소란스럽게 압박했다. 영화사의 리무진 행렬이 지나가자 사람들은 갓 딴 장미꽃 봉오리를 던졌다. 군중의 격렬한 연호—"매릴린! 매릴린!"—얼마든 공을 들일 값어치가 있음을 인정해야지, 안 그래?

스포트라이트 때문에 눈이 부셨고, 함성과 휘파람과 마이크가 코앞까지 마구 들이닥쳤다. "매릴린! 저희 라디오 청취자에게 한 말씀 해주시죠. 오늘밤 외로우신가요? 두 분은 언제 결혼할 예정입니까?"

블론드 배우는 재치 있게 받아쳤다. "제 마음이 정해지면 당신에게 제일 먼저 알려드리죠." 윙크. "그가 알기 전에."

폭소, 환호성, 휘파람, 박수갈채! 붉은 장미꽃 봉오리가 미친 작은 새처럼 사방에서 날아들었다.

공동 주연인 매혹적인 브루넷 제인 러셀과 함께 키스를 날리고 조명을 향해 손을 흔드는 블론드 배우, 두 눈에는 이제 생기가 돌고 볼연지를 칠한 뺨은 발갛게 타오른다. 오, 나는 행복해! 나는 **행복해!** 〔제미니〕(영화)에 그 행복이 영원히 보존된다. 만약 캐스 채플린과 에디 G가 저 군중 속 어딘가에 있다면, 블론드 배우—그들의 노마, 그들의 꼬마 엄마, 그들의 애완 피시—를 바라보며 죽도록 미워하고 있다면—저년이 우릴 배신했어, 우리한테 아버지가 될 거라고 믿게 해놓고, 처음엔 가당찮은 정도는 아니어도 어이가 없었고 결국 어쩔 수 없는 놀라운 운명으로 받아들이게 됐는데, 우릴 속였어—제미니의 아름다운 소년들도 이 블론드 배우가 행복해한다는 것을, 그렇게나-수줍음-많은-여자가 생애 처음으로 거대한 군중을 대면하고 있다는 것을 부인할 수 없었으리라. 팬! 벤제드린이 가장 순수한 형태로 쇄도한다. 할리우드는 〈신사는 금발을 좋아해〉 세트장에서 브루넷 제인 러셀과 블론드 매릴린 먼로가 라이벌이 아니라 친구였다는 사실을 좋아했다(혹은 그렇다고들 했다). 두 여자가 같은 고등학교에 다녔대! "놀라운 우연이지 않나요. 생각해보세요. 미국에서만 가능한 일이죠." 제인 러셀 앞에서 블론드 배우는 냉소적인 재기발랄함을 드러내며 슬몃 짓궂게 구는 편인 반면, 독실한 기독교도인 제인은 순진하고 쉽게 충격을 받는 편이었다. 영화와 정반대였다. 호화롭게 차려입은 두 매력적인 아가씨가, 둘 다 목이 깊게 파인 구속복 드레스에 페어맞춰진 상태로, 둘 다 조심조심 숨을 작게 쉬면서, 단상에 서서 군중을 향해 환히 웃으며 손을 흔들 때 블론드 배우가 립스틱을 칠한 입술의 한끝으로 말했다. "제인! 우리 둘이 폭동을 일으킬 수도 있겠는데, 어때?" 제인이 킥킥거렸다. "벗을까?" 블론드 배우가 곁눈질로 슬쩍 시시덕거리는 표정을 지으며 제인의 거대하게 돌출된 젖가슴 바로 아래를 살짝 찔렀다. "아니지, 자기야. 키스해."

제인 러셀의 얼굴에 떠오른 그 표정이라니!

그런 유쾌한 순간은 전기 작가에게도 할리우드 역사가에게도 알려지지 않았고, 〔제미니〕(영화)에 보존되어 있다.

5

"내가 죽기라도 했대? 이게 다 뭐야?"

꽃으로 장식된 온갖 물건이 이제 블론드 배우에게는 너무 좁아져버린 분장실을 꽉 메웠다. 전보와 편지 무더기. '팬'이 서툰 솜씨로 포장해 보낸 선물. 이들은 얼굴 없는, 익명의, 헌신적인 개개인이었고, 광대한 북미 대륙에 걸쳐 영화표를 구매한 사람들이었고, 영화사와 블론드 배우를 있게 한 사람들이었다. 처음에 블론드 배우는 당연히 무척 기분이 좋았다, 인기가 하늘을 찌르며 정신없이 아찔했던 초기의 몇 주간은. 팬레터를 읽고 울었다. 오, 정성과 진심이 잔뜩 묻어나는 편지! 가슴 저릿한 편지! 스타에게 열광했던 십대 사춘기 소녀 시절 노마 진 자신이 썼을 법한 편지. 신체장애가 있는 이에게서 온 편지도 있었고, 원인을 알 수 없는 병으로 재향군인병원에 장기간 무력하게 입원한 환자, 노인 혹은 노인처럼 보이는 이들, 자기 이름을 시인처럼 써 보낸 이들도 있었다. '심장에 상처입은 사람', '매릴린에게 영원한 사랑을 바치며', 'La Belle Dame Sans Merci(무정한 미인)의 영원한 심복'. 이 편지들에 블론드 배우는 보조 스태프의 도움을 받아가며 일일이 개인적으로 답장했다. "내가 할 수 있는 일이 그나마 이것밖에 없잖아요. 이 가엾고 불쌍한 사람들은—성모마리아께 편지를 쓰듯 매릴린에게 편지를 쓰는 거예요." (〈신사는 금발을 좋아해〉가 성공하기 훨씬 전부터 이미 '매릴린 먼로'는 전성기의 베티 그레이블만큼이나 많은 팬레터를 받았고, 이제는 나이든 그레이블보다 훨씬 더 많이 받았다.) 그 모든 관심에 신이 나면서도 부담스러웠다. 그 모든 관심에는 책임이 수반됐다. 블론드 배우는 엄숙하게 다짐했다. 이게 바로 내가 배우인 이유야, 이런 마음들을 어루만지기 위해 배우가 된 거지. 블론드 배우는 매릴린의 영화사 이미지용 고급 광택사진 수백 장에(짧고 귀여운 스웨터를 입고 머리를 양 갈래로 땋은 소녀, 베로니카 레이크 헤어스타일의 관능적이고 고혹적인 여자, 넌지시 자신의 맨어깨를 어루만지는 치명적으로 섹시한 로즈, 앳된 얼굴의 쇼걸 로렐라이 리) 무선조종항공기 회사에서 불평 한마디 없이 녹초가 되도록 여덟 시간 동안 꼬박 일했던 여자의 미소를 잃지 않는 근면성실함을 발휘해 사인했다. 이것 또한 일종의 애국심 아닌가? 이것 또한 희생정신이 필요한 일 아닌가? 어릴 적 그로먼스 극장에서 처음 영화를 보고 어여쁜 공주님과 카리스마 왕자님에게 푹 빠진 이후로, 여자는 영화가 미국인의 종교임을 알게 됐다. 오, 여자는 성모마리아가 아니다! 여자는 성모마리아를 믿지 않았다. 그러나 매릴린은 믿을 수 있었다—어느 정도는. 팬들을 향한 상냥함이 우러나왔다. 키스 마크가 인쇄된 사진에 일필휘지로 판박이처럼 쓰는 법을 익힌 사인을,

손목이 시큰거리고 눈앞이 빙빙 돌 때까지 계속 쓰기도 했다. 그러다 패닉을 맛보고, 이윽고 깨달았다. 타인들의 갈망은 한도 끝도 없고 결코 채워지지 않는다.

경이로운 1953년의 막바지에 이르러 블론드 배우는 회의적이 됐다. 회의적이라 함은 울적하다는 것이다. 울적하다는 것은 사람들 앞에서 재미있어진다는 거다. 블론드 배우는 스탠드업 코미디언처럼 농담 시리즈를 개발해 스태프들을 웃겼다. "저 꽃 좀 봐! 나는 시체인가, 여긴 장례식장이고? 시체는 메이크업이 필요하지! 화이티!" 사람들이 웃을수록 블론드 배우는 더욱 광대짓을 했다. 루 코스텔로가 "애버어엇!" 하고 길게 끌며 소리치는 식으로 "화이티이이"라고 불렀다. 무대에서 고뇌하듯 두 팔을 휘두르며 투덜거렸다. "난 이 매릴린 먼로의 노예야. 로렐라이 리처럼 호화 크루즈에 등록했는데 삼등칸에서 존나 노만 젓고 있잖아." 코미디 모드가 되면 블론드 배우는 어디서도 안 하던 식으로 말했

다. 놀라운 악마의 불길이 블론드 배우를 휘감았다. 신성모독적인 말도, 상스러운 욕설도 할 수 있었다. 영화사 스태프들은 아연실색할 때도 있었지만 웃음을 터뜨렸고, 눈물이 볼을 타고 줄줄 흐를 때까지 웃었다. 화이티가 나이 지긋한 삼촌처럼 야단쳤다. "이런, 미스 먼로. 진심으로 한 말은 아니겠지요. 당신이 매릴린이 아니면 누구란 말예요?" 디디가 눈가를 훔치며 말했다. "미스 먼로! 당신 참 잔인하네요. 우리 중 누구라도, 온 세상 누구라도 당신이 될 수 있다면 기꺼이 오른팔을 내놓을걸. 잘 알면서 그런다."

시무룩해진 블론드 배우는 말을 더듬었다. "오!─내가 아, 알던가?"

매릴린은 기분이 이랬다 저랬다 확확 바뀌곤 했어요. 도무지 종잡을 수 없었죠. 나비나 벌새처럼.

약 때문은 아니었어요! 하여간, 처음엔 아니었어요.

매릴린 먼로에게 온 편지 중에는 그리 다정하다고 할 수 없는 것도 있었다. 공격적인, 심지어 좀 야비하고 음란하다고도 볼 수 있는, 배우의 신체적 특징을 들먹이는 내용이었다. 일부는 정신적으로 문제가 있는 사람이 쓴 편지였다. 그런 것은 스태프들이 미리 걸러냈다. 블론드 배우는 편지가 중간에 걸러진다는 것을 알기는 했지만, 그런 게 바로 배우가 보고 싶어한 편지였다. "그 사람들이 나한테 얘기하고 싶은 게 있는 건 아닐까? 내가 아는 편이 낫지 않을까?" "아뇨, 미스 먼로." 디디가 현명하게 말했다. "그런 편지는 당신에 대한 게 아니에요. 제멋대로 당신이라고 생각한 누군가에 대한 거죠." 그래도 잡년, 창녀, 블론드 화낭년이라고 불리는 데는 기분좋은 **현실감**이 있었다. 너무 많은 것이 꿈결처럼 몽롱한 때에 **현실감**을 보장하는 건 무엇이든 든든하고 상쾌했다. 그러나 생각보다 빠르게, 혐오 편지조차 예측 가능하게 정형화되어버렸다. 디디가 봤듯이, 블론드 배우를 욕하는 사람들은 가상의 존재에게 자신의 혐오를 뿜어내고 있었다. "영화 평론가처럼 말이죠. 개중엔 매릴린을 사랑하는 사람도 있고, 혐오하는 사람도 있어요. 근데 그게 나랑 무슨 상관이 있을까요?" 다만 아무에게도 하지 않은 얘기가 있는데, 전직 운동선수가 여자의 연인이자 제일 친한 친구(라고 생각하고 싶었다)가 된 후 블론드 배우는 그에게만 말했다. 그는 이해하니까. 낯선 이들에게 받은 산더미 같은 편지를 계속 뒤적인 이유는 혹시 낯익은 이름이 보이지 않을까 하는 희망 때문이었다. 과거에서 튀어나온 이름, 과거와 자신을 이어줄 이름. 물론 몇몇은 정말로 블론드 배우에게 편지를 썼고, 주로 여자였는데, 같은 고등학교를 다녔거나 엘센트로 애비뉴에서 같은 중학교를 다녔거나 심지어 하일랜드 초등학교를 같이 다닌 적이 있는, 지금은 성인이 된 여자들이었다. ("넌 항상 옷을 무척 잘 입고 다녔지, 네 어머니가 영화 쪽에 계셨으니 언젠가 너도 배우가 될 줄 알았어.") 버두고 가든스의 옛 이웃(그러나 오래전에 사라진 해리엇의 편지는 없었다), 노마 진과 버키 글레이저가 결혼하기 전에 더블데이트를 한 적이 있다고 얘기하는 여자, 그런데 그들의 이름은 봐도 기억나지 않았다("그때 당신은 노마 진이었을 거예요. 당신과 버키 글레이저는 정말 서로를 헌신적으로 사랑하는 커플이어서 둘이 이혼했을 때 우린 엄청 놀랐어요. 전쟁 때문이었겠지요???"). 엘시 피리그도 편지를 보냈는데, 한 번이 아니라 여러 번 보냈다.

노마 진에게, 나를 기억하겠지? 나한테 화나지 않았기를 바란다만. 하지만 넌 내가 사는 곳도 알고 내 전화번호도 그대로인데 이렇게 오랫동안 소식을 듣지 못했다는 건 분명 네가 화가 나 있어서겠지.

블론드 배우는 그 편지를 조각조각 찢어버렸다. 자신이 엘시 이모를 얼마나 미워하는지 그때까지 알지 못했다. 두번째 편지가 오고, 세번째 편지가 왔을 때, 블론드 배우는 거만하게 편지를 구겨 바닥에 집어던졌다. 어리둥절해진 디디가 말했다. "어머나, 미스 먼로. 대체 누구한테 온 편지길래 그렇게까지 화가 났어요?" 블론드 배우는 무의식적인 버릇대로, 관찰자들이 얘기하듯 자기 입술이 제대로 있는지 확인하려는 사람처럼 입을 만졌다. 블론드 배우는 두 눈을 깜박여 눈물을 삼켰다. "내 수양어머니. 어렸을 때. 고아였을 때. 그 여자는 나를 시기해서 내 인생을 망가뜨리려 했어. 나를 집에서 내쫓으려고 열다섯 살에 결혼을 시켜 치워버렸지. 왜냐면 그 여자의 나, 남편이 나를 사랑했고 그 여자는 지, 지, 질투를 했거든." "오, 미스 먼로! 마음 아픈 얘기네요." "그랬지. 하지만 지금은 아냐."

워런 피리그는 편지하지 않았다, 당연히. 프랭크 위도스 형사도. 밴나이즈 시절 데이트했던 숱한 남자 중 조 샌토스, 버드 스코키, 그리고 기억나지 않는 마틴 풀머라는 사람에게서만 소식을 들었다. 해링 선생님의 편지도 없었다. 블론드 배우가 흠모했던 영어 선생님, 그도 그녀를 좋아하는 것 같았는데. "선생님은 나를 역겨워할 거야. 선생님이 내게 가르쳤던 것과 이렇게 멀어졌으니."

노마 진은 보육원을 나온 후 일이 년 동안은 닥터 미틀스탯과 편지를 주고받았다. 그 여인은 노마 진에게 크리스천사이언스 서적과 생일 선물을 보냈다. 그러나 어찌어찌하다가 편지가 끊겼다. 노마 진은 그게 자기 잘못이라고 생각했다, 결혼 후에는―"하지만 지금은 왜 나한테 편지를 안 쓰시는 걸까? 영화는 안 보신다 해도 매릴린은 봤을 텐데. 나를 못 알아볼 리 없잖아? 원장님도 나한테 화가 난 거야? 역겨워서? 오, 나도 싫어!―원장님도 나를 홀로 버려두고 떠난 사람 중 하나야."

글레이저 부인이 한 번도 편지를 쓰지 않은 것에 대해서도 상처를 받았다.

그리고 당연히 분장실에 들어가 수북한 팬레터를 마주하고 이런 생각을 하지 않은 날이 단 하루도 없었다. 아버지한테서 편지가 왔을지도 몰라! 아버지는 분명 나를 알고 계셔. 내 커리어를.

노마 진의 아버지가 어떻게 딸의 커리어를 알았는지, 또는 아버지가 알리라는 걸 노마 진이 어떻게 알 수 있었는지는 확실치 않다.

이 경이로운 해의 몇 주가 지나고, 몇 달이 흘렀다. 그러나 노마 진의 아버지는 편지하지 않았다. 매릴린 먼로가 그렇게 유명세를 타고 있는데, 어디를 봐도 먼로의 사진과 먼로의 이름을 피할 수 없는데. 신문, 가십 칼럼, 영화 광고판, 극장 입구의 대형 펼침막. 〈신사는 금발을 좋아해〉의 사전 홍보! 선셋 블러바드의 거대한 광고판! '미스 골든 드림스 1949'의 누드사진이 저 대담하고 선정적인 신생 남성잡지 〈플레이보이〉 창간호에 펼침면 화보로 등장한 후에는 편지가 산사태처럼 쏟아지고 언론의 관심도 어마어마해졌다. 블론드 배우는 기자들에게 제법 진지하게 항변했다. 나는 〈플레이보이〉든 어디든 '미스 골든 드림스'의 중판을 허락한 적이 없다. 하지만 내가 뭘 어쩔 수 있겠는가? 나한테는 사진 원판도 없다. 판권은 이미 양도해버렸다. 고작 50달러에, 절망적으로 가난했던 1949년에. 〈할리우드 컨피덴셜〉에서 잔혹한 위트와 추잡한 폭로로 이름높은 가십 칼럼니스트 레비티커스는 칼럼 한 회를 통째로 공개서한에 할애하여 독자들을 놀라게 했고, 그 서한은 이렇게 시작한다.

친애하는 '미스 골든 드림스 1949'께

실로 당신은 '이달의 연인'입니다. 아니 모든 달의.

실로 당신은 돈을 목적으로 여성의 순진함을 착취하는 우리 문화의 피해자입니다.

당신은 행운아 중 한 명입니다. 당신은 영화계에서 아주 잘나갈 겁니다. 축하해요!

그래도 명심하세요. 당신은 '미스 매릴린 먼로'보다 훨씬 더 아름답고 섹시합니다―이게 바로 내가 하고 싶은 말이죠!

블론드 배우는 레비티커스의 다정하고 정중한 관심에 무척 감동하여 충동적으로 그 논란의 누드사진에 **당신의 영원한 친구, 모나/매릴린 먼로**라고 사인한 뒤 직접 칼럼니스트에게 보냈다.

영화사에서는 그런 용도로 '미스 골든 드림스' 사진을 다시 인쇄해놓았다. "뭐 어때? 이건 나잖아, 어쨌든. 캘린더 회사에서 고소하거나 말거나."

어느 날, 〈신사는 금발을 좋아해〉의 프리미어가 있기 일주일 전, 디디가 묘하게 군은 표정으로 블론드 배우에게 팬레터 하나를 건넸다. "미스 먼로? 이건 당신 혼자 봐야 하는 편지 같아요."

블론드 배우는 (타자기로 쓴) 그 편지가 무엇인지 직감하고 얼른 낚아채 읽어내려갔다.

노마 진에게

이건 내가 지금까지 쓴 편지 중 가장 어려운 편지구나.

정말로 내가 왜 지금 너에게 연락하는지 나도 모르겠다. 그렇게 오랜 세월이 지났는데.

'매릴린 먼로'의 현재 위상 때문은 아니야. 나도 온전히 내 삶을 살고 있으니까. 나의 커리어(최근에 무탈히 은퇴했다) & 나의 가정이 있으니.

나는 너의 아버지란다, 노마 진.

나중에 우리가 대면하게 되면 너와 나의 관계를 둘러싼 상황에 대해 설명하마. ~~그때까지는~~

오랜 세월 함께한 나의 사랑하는 아내는 현재 와병중이며 내가 이 글을 쓰고 있다는 사실을 모른다. 아내는 무척 속상해할 테고 ~~크러프로~~

나는 '매릴린 먼로'의 영화를 한 편도 보지 않았다 & 아마도 보지 않을 거다. 내가 영화를 보지 않는다는 사실을 설명해야겠군. 내 취향은 라디오 쪽이다 & 나는 '상상'하는 편을 선호한다. '남자 주연배우'로 영화사에서 잠깐 일했던 경험이 그 세계의 어리석음과 우둔함에 눈을 뜨게 했지. 그걸로 충분해!

솔직히 말해서, 노마 진, 나는 할리우드의 그 호색함ranchiness*이

---

* raunchiness에서 'u'를 빠뜨렸다.

못마땅하기 때문에 네 영화를 보지 않을 거다. 나는 교양 있는 남자 & 민주적인 남자라고 생각한다. 나는 공산주의에 대항하는 조 매카시 상원의원의 십자군운동에 백 퍼센트 찬성한다. 나는 백 퍼센트 기독교인이고, 내 아내의 부모도 모두 기독교인이다.

유대인 소굴로 알려진 할리우드가 '찰리 채플린' 같은 반역자를 그렇게 오랫동안 숨겨주고 용인해왔다는 것은 무슨 말로도 정당화될 수 없어, 수치스럽게도 그의 영화를 한 번 돈을 내고 본 적이 있다는 사실은 인정해야겠지만, ~~그러고 그곳에는~~

내가 왜 너한테 연락하는지 궁금하겠지, 노마 진, 이십칠 년이 지난 지금에서야. 사실대로 말하자면, 나는 심장마비로 쓰러진 적이 있어 & 내 인생을 엄중하게 돌아보았다 & 나의 행동에 긍지를 느낄 수 없는 경우도 있었다. ~~내 아내는 이런 사실을 모르~~

네 생일은 6월 1일이겠지 & 내 생일은 6월 8일이니 우린 쌍둥이자리야. 기독교인으로서 그런 낡은 미신을 심각하게 받아들이는 건 아니지만 우리 같은 사람들을 연결시키는 어떤 기질적 경향성은 있을 거야. 나는 여성잡지 따위는 읽지 않으니 그것에 대해 많이 안다고 하지는 않겠다.

지금 내 앞에 〈패전트〉 최신호에 실린 '매릴린 먼로' 인터뷰가 있다. 이걸 읽으니 눈에 눈물이 차오르기 시작하는구나. 너는 인터뷰에서 네 어머니는 입원중이며 아버지는 누군지 모르지만 '매시간 아버지를 기다린다'고 얘기했어. 내 가엾은 딸, 나는 몰랐다. 나는 멀찍이서 너를 알고 있었다. 까다로운 네 어머니가 우리를 만나지 못하게 했어. 세월이 흘렀다 & 극복하기엔 너무 멀어져버렸다. 나는 양육비로 네 어머니에게 수표 & 우편환을 보냈다. 그 작은 선물에 대한 감사는 기대하지도 않았고, 받지도 못했다. 아, 전혀!!!

네 어머니가 아픈 여자라는 사실을 안다. 그러나 아프기 전에도, 노마 진, 네 어머니는 마음속에서부터 사악했다.

네 어머니는 나를 네 인생에서 쫓아냈다. 그 여자의 악랄함은 〔지금은 아주 잘 알고 있다〕 내가 어머니를 쫓아냈다고 네가 믿도록 만들었지.

말이 너무 길었구나. 늙은이를 용서해다오. 나는 이제 아프지 않고, 의사 말로는 완전히 회복했다는구나. 의사는 놀랍다면서 ~~발병의 위중함을 고려하면~~

노마 진, 조만간 다시 연락할 수 있기를 바라마, 개인적으로 직접. 나의 소중한 딸, 아비와 딸 모두에게 길었던 못다 한 사랑을 기릴 수 있도록, 네 인생의 어느 특별한 날에 나를 기대하렴.

눈물 가득한 너의 아버지가

발신인 주소는 없었다. 그러나 우체국 소인은 로스앤젤레스였다.

블론드 배우는 의기양양하게 중얼거렸다. "그분이야." 블론드 배우는 타자기로 서툴게 작성한 편지지를 테이블 위에 내려놓고 접힌 부분을 강박적으로 문질러 폈다. 그 긴장된 몇 분 동안 디디가 은밀히 관찰한 바에 따르면, 블론드 배우는 계속 그렇게 문지르다 편지를 또 읽고 다시 말했다. 디디에게 한 얘기는 아니지만 들으란 듯 큰소리로. "아, 그분이야. 나는 알고 있었어. 한 번도 의심한 적 없었지. 바로 여기에, 아주 가까이에. 그 세월 동안. 나를 지켜보고 있었어. 난 느꼈지. 난 알고 있었어."

그 아름다운 얼굴 한가득 행복이 우러나서—디디는 훗날 감탄하게 된다—순간 누군지 알아보지 못할 정도였지요.

6

이벳이 블론드 배우의 귓가에 그들만의 비밀을 속삭인 후, 프리미어의 저녁은 벤제드린과 샴페인으로 따끈하게 데워져 정신없이 달리는 안개 속에서, 이를테면 롤러코스터에서 흘깃 바라본 활기찬 총천연색 풍경 속에서 흘러갔다. 오늘밤 호텔 스위트룸에는 반드시 혼자 가세요. 특별한 사람이 당신을 기다리고 있을 거예요. 아버지는 취향이 '라디오 쪽'이며 할리우드를 경멸한다고 했지만,

블론드 배우는 아버지가 분명 〈신사는 금발을 좋아해〉의 프리미어에 참석했을 거라고 확신했다. 아버지는 영화사에 인맥이 있으니까 초대권을 손에 넣을 수 있다. "아버지가 나한테 이름만 말해줬어도 나랑 나란히 앉을 수 있게 자리를 마련했을 텐데." 아버지는 이 부유한 초대 손님들 사이 어딘가에 있어. 오, 난 알아! 난 알아. 좀 늙은 남자이긴 할 거다, 확실히. 그러나 심하게 늙진 않았다, 육십을 넘기진 않았을 것이다. 육십은 늙은 나이가 아니다, 남자한테는! 저 악명 높은 미스터 Z를 봐라. 아버지는 잘생긴 백발의 신사일 것이다. 홀로 참석한 품격 있는 신사. 이런 가식적인 행사가 달갑지 않으므로 그는 턱시도가 마냥 불편할 것이다. 그럼에도 아버지는 왔다. 딸을 위해서. 오늘이야말로 진정 딸의 인생에서 '특별한 날'이니까.

온 사방에서 블론드 배우를 유심히 뜯어보고 있었고, 최상급 포유류 신체의 사랑스럽게 부푼 곡선과 육감적인 돌출 부위를 낱낱이 드러내는 핫핑크색 실크 스트랩리스 이브닝드레스에 전략적으로 꿰어맞춰진 그녀는 전력량이 높은 전구처럼 환히 미소 지으며 눈을 가늘게 뜨고 군중 틈에서 그를 찾아보았다. 두 사람의 눈이 마주치면, 여자는 알아볼 것이다! 그의 눈은 여자의 눈과 닮았을 것이다. 여자는 어머니보다 아버지를 더 많이 닮았다. 늘 그랬다. 오, 아버지가 딸을 부끄러워하지 않기를, 한껏 치장하고 화장한, 살아 있는 커다란 인형처럼 전시된 딸을. "영화사로서는 베티 그레이블의 매혹적인 대체제였죠. 딱 타이밍 좋게." 블론드 배우는 아버지가 마음이 바뀌어 역겨워하며 돌아가지 않았기를 빌었다. 아버지는 딸의 영화를 하나도 보지 않았고, 아마도 보지 않을 거라고 말하지 않았던가―"아버지는 '호색함'이 못마땅하대요." 블론드 배우는 샴페인을 한 모금 벌컥 마시며 호탕하게 웃었고, 탄산 액체가 콧속에서 공기가 되어 사라졌다. "오, '호색함'이라니―캐스가 있다면 좋을 텐데, 같이 떠들어대게." 캐스는 할리우드에서 블론드 배우가 비밀을 털어놓을 만한 유일한 사람이었다. 캐스는 그의 말마따나 노마 진의 '타블로이드 신문이 환장할 지저분한 과거'를 잘 알고 있었다. 최소한 노마 진이 그에게 알려주고 싶어했던 정도는.

블론드 배우가 제미니와의 관계를 청산하고 수술을 받고 자신이 받게 될 아주 소박한 급여(제인 러셀의 10분의 1보다 약간 많은 정도)에도 불구하고 〈신사는 금발을 좋아해〉의 로렐라이 리 역할에 계약하기로 결정했을 때, 에이전트는 장미 열두 송이와 축하 메시지를 보내왔다.

매릴린. 아이작이 정말 자랑스러워할 거예요.

뭐, 그야 그렇지. 사실 다들 매릴린을 자랑으로 여겼다. 저 산전수전 다 겪은 할리우드 사람들이―영화사 임원, 제작자, 투자자와 그들의 눈썰미 예리한 아내들―드디어 자신과 동류로 인정하겠다는 듯 여자를 보며 미소 지었다.

〈신사는 금발을 좋아해〉가 상영되는 동안 블론드 배우는 영화에 집중하기 어려웠다. 이미 전편을 몇 번씩 봤고 부분적으로는 그보다 훨씬 더 많이 봤다('로렐라이 리'로서도 여자는 세트장에서 감독뿐 아니라 동료 배우들까지 몹시 짜증나게 만드는 완벽주의자였으니까). 오, 따스한 피가 미친듯이 질주한다! 심장에서 행복이 두근거린다! 특별한 사람이 당신을 기다리고 있을 거예요. 전직운동선수가 곁에 없어서 다행이었다. 혹은 V가(그는 새로운 여자친구 알린 달과 함께 프리미어에 참석했다). 혹은 미스터 신이. 혼자여서 다행이었다. 그래야 밤에도 자연스럽게 혼자 있을 수 있으니까. **특별한 사람.** 호텔 스위트룸에. 분명 영화사에서 성사시켰을 것이다. 영화사에서 스위트룸 비용을 내니까. 미스터 Z나 그의 사무실에서, 매릴린 먼로 앞으로 예약된 스위트룸에 방문객을 들이라고 베벌리윌셔에 직접 지시할 권한이 있는 누군가가. 미스터 Z가, 아주 최근까지만 해도 적이었던 그가, 다 같이 쓰는 화냥년이라고 노골적으로 말했던 그가 자신의 아버지를 알고, 곧 있을 재회도 알고, 자신과 아버지 모두 잘되기를 바란다고 생각하니 너무나 기뻤다. "해피 엔딩 같죠, 길고 복잡한 영화의." 영화관의 불이 꺼지고 첫 음악이 쾅쾅 울리기 직전에 블론드 배우는 옆자리에 앉은 미스터 Z에게 말했다. "파티 후에 호텔 스위트룸에서 특별한 만남이 있다는 거 알아요." 그리고 눈치 빠른 박쥐 얼굴 미스터 Z는 은밀한 미소를 지으며 이벳이 그랬듯 자신의 두툼한 입술 앞에 검지를 세웠다. 영화사의 모든 사람이 아는 걸까? 할리우드의 모든 사람이?

사람들이 내가 잘되기를 바라고 있어. 그들의 매릴린이. 난 그들을 사랑해!

기분이 묘했다, 그로먼스 이집션 극장에 다시 오다니. 이 자체로 영화의 한 장면이나 다름없었다. 블론드 배우, 외로운 어린 시절 자신과 같은 블론드 배우를 숭배했던 바로 그 극장으로 돌아오다. 대공황 이후 그로먼스 극장은 거금을 들여 재단장했다. 지금은 다른 시대고, 전후 번영의 시대니까. 유럽의 폐허와 파괴된 히로시마와 나가사키의 잔해를 딛고, 급속한 호황으로 가슴 뛰는 새 시대였다.

매릴린 먼로로 알려진 블론드 배우는 이런 새 시대의 산물이었다. 블론드 배우는 영원히 미소 짓는다, 따스함이나 감성, '깊이'라 불리는 정신의 복잡성 같은 건 결여됐지만.

그로먼스 극장 안은 열띤 축제 분위기였다. 〈신사는 금발을 좋아해〉는 성공작으로 알려졌다. 〈아스팔트 정글〉이나 〈돈 보더 투노크〉 또는 〈나이아가라〉의 개봉 때와는 달랐다. 그 영화들은 일부 관객의 심기를 건드릴 수 있었고, 실제로도 그랬다. 〈신사는 금발을 좋아해〉는 시끄럽고 현란하고 과도하게 힘을 준 종합선물세트이자 요란한 천박함의 승리요, 성공과 미국 스타일에 관한 총천연색 만화였으니 당연히 성공작이었고, 벌써 미국 전역의 극장 수천 곳에서 즉시 개봉이 예정됐으며, 국내와 해외에서 수백만 달러를 벌어들일 터였다. "오, 저런!—저게 나란 말이야?" 블론드 배우는 새된 소리를 질렀고, 관객들을 위에서 굽어보는 거대하고 매력적인 인형 같은 여자를 쳐다보며 어린애처럼 신이 나서 미스터 Z와 미스터 D의 손을 꽉 쥐었다. 오, 핏속에서 요동치는 마법의 묘약. 사실 블론드 배우는 지금 어떤 느낌인지, 아니 뭘 느끼기

나 하는 건지 전혀 알 수 없었다.

브로드웨이에서 〈신사는 금발을 좋아해〉는 뮤지컬넘버를 모아놓은 가벼운 풍자극일 뿐 뮤지컬코미디는 아니었다. 거기엔 이렇다 할 '스토리'가 없었고 '캐릭터'도 없었다. 영화가 그나마 좀더 개연성이 있긴 했지만 개연성은 중요하지 않았다. 대본을 받은 노마 진은 아무 생각 없이 그려진 밋밋한 캐릭터에 충격을 받았다. 그녀는 로렐라이 리의 대사가 좀더 많기를 원했고, 로렐라이의 캐릭터에 변화나 반전이 있기를 바랐고, 약간의 배경, 약간의 깊이를 더하길 바랐지만 당연히 거부당했다. 좀더 어른스럽고 좀더 영리한 도러시 역이 부러웠지만 이런 소리만 들었다. "이봐, 당신은 블론드잖아, 매릴린. 당신은 로렐라이지."

영화를 보면서 블론드 배우의 미소는 점차 희미해졌다. 행복감이 잦아들었다. 아버지가 여기 이 군중 속에 있다면 생각할 만한 것에 대해 생각하고 싶지 않았다. 스펀지고무 인형 로렐라이 리와 그 쌍둥이 포유류 친구 도러시가 우습고 의미 없는 가사를 떠들어대며 도발적으로 몸을 흔들어댄다. 〈A Little Girl from Little Rock〉. 오, 아빠가 나한테 말도 안 하고 극장을 빠져나가버리면 어떡하지? 역겨워져서(이유는 누구나 짐작할 수 있다) 당신의 딸을, 노마 진을 결국 보지 않기로 하면 어떡하지?

"오, 아빠. 스크린 속의 저것, 저건 내가 아니야."

정말 기분이 묘했다! 관객들은 로렐라이 리를 사랑했다. 그들은 도러시도 좋아했다―제인 러셀은 기막히게 인간미 넘치고 매력적이고 동정심 있고 재미있었다―그러나 확실히 관객들은 로렐라이 리를 더 좋아했다. 왜일까? 완전히 넋이 나가서 헤벌쭉거리는 저 표정이라니. 매릴린 먼로는 성공한 사람이었고, 누구나 성공한 사람을 사랑했다.

오, 아이러니였다. 저들도 분명 다 알고 있었다, 매릴린은 존재하지 않는다는 것을.

난 실패할 수 없어. 실패하면 난 죽어야 해. 이것은 아무도 모르는 매릴린의 비밀이었다. 수술 후에. 아기를 보내버린 후에. 그 벌은 욱신거리는 자궁통증이었다. 처음엔 과다출혈이었다가(노마 진은 불평하지 않았다, 당해도 쌌다) 그다음엔 자궁에서 흐르는 눈물처럼 피가 섞여 서서히 빠져나오는 뜨겁고 축축한 수분이었다. 아무도 볼 수 없는 곳에서. 나의 형벌. 누군가가 준 값비싼 프랑스 향수를 뿌렸다. 이렇게 피를 흘리다 죽을까봐 세트장에서 비틀거리며 빠져나와 분장실에 숨었다. 사람들이 자신을 괴팍하다고 생각하기를 바랐고, 아마도 그랬을 것이다. 매력적인 스타는 다 그랬으니까, 여자든 남자든. 그건 이것만큼 겁나지 않았다. 그리고 한밤중에 깨어나(혼자서, 전직 운동선수는 가고) 코데인의 약효가 가셨을 때는 정말. 나는 이 아픔에서 로렐라이 리를 만들어낼 거야. 로렐라이 리는 노마 진의 위대한 성취였다. 다만 프리미어 관객들은 아무도 그 사실을 몰랐고, 짐작도 못했고, 알기를 바라지도 않을 것이다.

닥터 밥, 환자의 수술 후 히스테리 상태를 포함해 수술의 모든 사항을 상세히 알고 있는 의사는 친절하게도 '진짜든 가짜든' 있을 통증에 대비해 코데인 알약을, '빠른 에너지 공급'을 위해 벤제드린을, '꿈 없는(그리고 양심의 가책 없는) 깊은 잠'을 위해 넴뷰탈을 처방해주었다. 지미 스튜어트 스타일로 이렇게 말하면서. "나를 당신의 가장 가까운 친구로 생각해줘요, 매릴린. 이 세상에서나 다음 세상에서나."

그는 나를 알아. 내 안을.

그럼에도 불구하고, 아름다운 맨어깨를 도발적으로 움직이고, 로봇처럼 완벽해질 때까지 연습했던 대로 고개를 살짝 갸웃하고, 애교 넘치는 섹시한 목소리로 달콤하게 속삭이는 성공적인 로렐라이 리가 스크린에 있었다.

남자들은 나이를 먹어   여자들이 나이를 먹듯
우리 모두 매력을 잃고 말지   결국에는

저 신랄한 가사를 로렐라이 리는 어쩜 저렇게 예쁘게 부르는지! 미소는 또 얼마나 환히 빛나는지! 로렐라이가 노래를 부른다. 목소리랄 게 없지만, 그 목소리는 뜻밖에 사랑스럽고 자신만만하다. 로렐라이가 춤을 춘다. 댄서의 몸은 아니지만, 너무 늦은 나이에 훈련을 받았지만, 뜻밖에 유연하다. 그 연습 시간, 시간, 시간을 누가 짐작할 수 있을까? 피나는 발톱, 자궁 속 욱신거리는 아픔. 로렐라이 리는 페기 리의 여동생처럼 노래했다. 하지만 물론 페기 리보다 훨씬 아름다웠다.

"난 내가 대견한 것 같아. 그럼 안 되나?"

여자의 옆자리에 있어야 할, 여자의 손을 꽉 쥐고 있어야 할 미스터 신에게 속삭인다. 오, 노마 진은 그를 신뢰했다!

드디어 영화가 끝났다. 성공적인 합동결혼식. 저 눈부시게 빛나는 아름다운 쇼걸 신부, 로렐라이 리와 도러시, 새하얀 드레스를 입은 순결한 두 여자. (그들이 처녀였나? 충격적이지만 그랬다.) 곧장 터져나온 박수갈채. 관객들은 영화를 아주 좋아했고, 번드르르하고 매끈하게 날조된 그 모든 순간을 사랑했다. 양쪽에서 턱시도를 입은 팔이 블론드 배우를 붙잡고 얼른 일어나라고 재촉했고, 배우는 울고 있었다. 봐라! 매릴린 먼로가 진짜 눈물을 흘리고 있다! 깊이 감동한 사람들. 휘파람, 환호성, 열렬한 기립 박수.

이걸 위해서 넌 네 아기를 죽인 거야.

7

임페리얼 스위트룸은 베벌리윌셔의 펜트하우스 층에 있었다. 어지럽고 흥분한 블론드 배우는 호화로운 축하연에서 한 시간도 채 되지 않아 핑계를 대고 빠져나왔다. 특별한 사람. 혼자 가세요! 블론드 배우가 마침내 호텔에 도착한 시각은 열한시가 지나서였다. 심장이 새처럼 쿵쾅거리며 너무 빨리 뛰어서 기절하지 않을까 걱정됐다. 매릴린 먼로와 제인 러셀에게 쏟아진 따스하고 경이롭고 떠들썩한 기립 박수 후, 블론드 배우는 너무 빨리 피곤에 지쳐 고꾸라지지 않기 위해 닥터 밥이 준 알약을 또다시 몰래 삼켜야 했다. 로렐라이 리를 단단한 스펀지고무 인형으로 유지하기 위해서, 쓰임이 다한 후 지저분한 발에 밟힌 풍선처럼 바람 빠진 인형이 되지 않기 위해서. "이번 딱 한 번만. 오늘밤에만." 속으로 다짐했다!

블론드 배우는 떨리는 손으로 더듬더듬 열쇠를 꽂았다. 손가락이 얼음처럼 차고 힘이 없었다. 목소리는 겁에 질렸다—"저, 저기요? 누가 있나요?"

남자는 남의 눈을 의식하는 느긋한 자세로 이인용 벨벳 안락의자에 앉아 있었다. 프레드 애스테어처럼 앉았지만 턱시도 차림은 아니고 프레드 애스테어의 균형감도 없었다. 남자 앞의 낮은 탁자에는 긴 줄기의 붉은 장미 열두 송이가 담긴 컷글라스 화병과 은제 아이스버킷, 그리고 샴페인 한 병이 놓여 있었다. 남자도 여자 못지않게 흥분한 상태였다. 여자는 남자의 빨라진 숨소리를 들을 수 있었다. 어쩌면 여자를 기다리면서 술을 마셨을지도. 하얀 여우털 스톨이 여자의 어깨에서 스르르 미끄러져내렸다. 여자는 어린애처럼 겁이 났고, 옷을 입다 만 것처럼 헐벗은 모습을 남자에게 들켰을 터였다. 남자가 엉거주춤 일어났고, 훤칠한 근육질 체격에 놀랍도록 머리색이 짙었다. 남자가 "매릴린?"했을 때 블론드 배우는 "아, 아빠Daddy?" 말했다. 두 사람은 허겁지겁 서로에게 달려갔다. 여자의 눈은 눈물이 가득해 앞이 보이지 않았다. 여자의 스파이크힐이 카펫에 걸려 넘어질 뻔했는데 남자가 곧장 여자를 잡았다. 여자는 두 손을 앞으로 내밀었다. 남자가 그 손을 단단히 잡았다. 남자의 손가락이 어찌나 힘이 센지, 어찌나 따스한지. 남자는 여자의 북받친 감정에 놀라 웃음을 터뜨린다. 남자가 여자에게 키스하기 시작했다, 입술에 거세게.

물론 남자는 전직 운동선수였다. 물론 이 남자는 여자의 연인이었다. 여자가 울면서 웃는다. "나 너무 해, 행복해, 자기야. 결국 와줬구나." 두 사람은 열렬히 키스하며 서로의 팔을 어루만졌다. 오, 꿈이 현실이 됐다. 남자는 원래 하루 일찍 날아오려 했다고 얘기한다. 프리미어에 맞춰 돌아오고 싶었는데 제때 비행기를 타지 못했다고. 보고 싶었다고. 여자가 말했다. "오, 자기야. 나도 당신이 보고 싶었어. 다들 당신에 관해 물었다고."

두 사람은 샴페인을 마시며 늦은 저녁을 먹었다. 전직 운동선수는 점심 이후로 아무것도 못 먹었다며 엄청 배고파했다. 블론드 배우는 건성으로 깨작거렸다. 아까 축하연에서는 다음에 이어질 일을 기대하느라 거의 먹지 못했다. 지금은 전직 운동선수 곁에서 행복감으로 아찔해 식욕이 없었다. 모든 방의 불을 훤히 밝히고 블라인드를 창문 맨 위까지 한껏 끌어올린 집처럼 머릿속이 하얬다. 전직 운동선수는 여자를 위해 브랜디에 졸인 배와 시나몬과 정향을 주문해놓았다. 빌라스에서 처음 데이트한 이후 그는 블론드 배우가 가장 좋아하는 디저트는 브랜디에 졸인 배라고 믿게 되었다. 제일 좋아하는 술은 샴페인이고 제일 좋아하는 꽃은 피처럼 붉은 장미라고.

블론드 배우는 전직 운동선수를 "대디" 하고 사랑스럽게 불렀다. 처음 연인이 된 그날 이후 몇 달간 단둘이 있을 때면 그를 "대디"라고 불렀다.

그리고 전직 운동선수는 여자를 "베이비" 하고 불렀다.

또 놀랄 일은, 남자가 반지를 가져왔다는 것이었다. 미리 계획했던 걸까? 작은 다이아몬드에 빙 둘러싸인 커다란 다이아몬드. 남자가 여자의 손가락에 반지를 끼워줄 때 여자는 초조하게 웃었다. 언제 이렇게 결정된 거지? 남자는 마치 둘이 말다툼이라도 했던 것처럼 긴장된 어조로 낮게 말했다. "우리는 서로 사랑하고, 이제 결혼할 때가 됐어." 그에 여자도 동의했음에 틀림없다. 여자는 소곤소곤 맞장구치는 겁먹은 제 목소리를 들었다. "오, 그치! 그래, 자기야." 여자는 충동적으로 남자의 두 손을 들어 자신의 얼굴에 댔다. "이 손! ─당신의 강인하고 아름다운 두 손. 나는 당신을 사랑해." 저도 모르게 암기했던 대본임에 틀림없었다.

전직 운동선수는 자고 있다. 코를 곤다. 침을 흘리며 저 혼자 킥킥거린다. 복서쇼츠 차림으로(섹스 후 화장실을 쓰면서 입었다) 웃통을 벗은 채 벌러덩 누워 있다. 그는 자면서 땀을 흘리고 몸을 뒤치락거리고 이를 가는 남자였다. 지금은 헬멧도 안 쓴 자신의 머리를 노리고 누가 몰래 던진 환영 공을 피하는 중이다. 그럴 때 가끔 블론드 배우는 연인을 편안하게 해주기도 했지만, 지금은 침대에서 빠져나와 카펫을 가로질러 나체로 거닌다. 화장실에 들어가 문을 꼭 닫았는지 확인하고 불을 켠다. 눈이 시리도록 새하얀 타일, 거울을 비추는 거울. 여자 모르게 여자를 빤히 바라보는 마법 친구. 눈에 보이는 흉터는 하나도 남지 않았지. 맹장수술이나 제왕절개하곤 다르니까. 이어서 여자는 바로 옆에 붙은 거실로 들어갔다. 아주 널찍하고 가구가 제대로 갖춰진 스위트룸의 거실, 이곳에서 두 사람은 로맨틱한 늦은 저녁을 먹고 샴페인에 취하고 키스하고 키스하고 서약을 맺었다. **그저 당신을 보호하고 싶을 뿐이야. 저 자칼 무리로부터. 난 당신이 행복하면 좋겠어.** 여자는 그렇게 될 거라 믿었다. 여기 여자 자신보다 더 여자를 사랑하는 남자가 있다. 여자는 자신에게보다 그 남자에게 더 의미가 있었다. 행복으로 가는 열쇠는 결국 자신이 아니라 딴사람이 쥐고 있을지도. 마찬가지로 그 남자에게 여자는 행복으로 가는 열쇠일 것이다. 전직 운동선수와 블론드 배우. "난 할 수 있어! 해낼 거야."

기쁨에 숨이 막혀 블론드 배우는 창가로 가서 섰다. 꿈속에서 본 복도처럼 세로로 긴 창문이었다. 커튼은 가늘고 고와서 비치는 재질이었다. 월셔 호텔 6층 창가에 선 나체의 여자. 어쩌나 마음이 놓이는지, **이제 내 인생은 안정적으로 자리잡았어!** 두 사람은 결혼할 것이다. 그건 이미 결정된 일이었다. 두 사람은 1954년 1월 결혼할 것이고, 1954년 10월 이혼할 것이다. 두 사람은 서로를 깊이 그러나 맹목적으로 혼란스럽게 사랑할 것이고, 발톱과 이빨을 필사적으로 내두르는 상처입은 짐승처럼 서로에게 상처를 입힐 것이다. 아마 여자는 그것을 사전에 알았을 것이다. 대본을 미리 암기하고 있었을 것이다.

월셔 호텔 맞은편 대로변에는 죽도록 끈질긴 오합지졸 팬들이 여전히 기다리고 있었다. 무엇을, 누구를? 새벽 두시가 다 된 시각이었다. 대략 열둘에서 열다섯 명 정도였고, 대부분 남자였다. 한두 명은 성별을 확실히 가늠할 수 없었다. 6층 창가에서 갑작스러운 움직임이 보이자 그들은 멍한 상태에서 깨어났다. 어린애 같은 호기심에 블론드 배우는 꿈에 나온 얼굴처럼 낯익기도 하고 낯설기도 한 저 열광적인 얼굴들을 내려다보았다. 자신의 꿈이 아니라 아기 때 어머니 품에 안겨 떠돌면서 어쩔 수 없이 마음을 빼앗긴 꿈결 같은 풍경이라고 믿을 만한 이유가 충분한 그런 꿈. 무기력하게 떠도는 어머니가 데리고 가는 곳이라면 가야지 어쩌겠는가. 블론드 배우는 키가 크고 뚱뚱한 알비노 남자를 봤고, 전날 저녁 그로먼스 극장 근처 옥외관람석에 서 있던 남자임을 알아보았다. 길쭉한 머리에 니트 모자를 쓰고 얼굴은 완전히 넋 나간 숭배자의 표정이었다. 턱수염 없는 앳된 얼굴에 사팔눈을 안경으로 가린 좀더 키가 작고 소화전 같은 몸매의 남자도 보였다. 그는 가슴께에 뭔가를 소중히 들고 있었다―플래시전구 카메라인가? 주걱턱과 앙상한 손, 길고 가느다란 다리에 카우보이 부츠를 신고 청바지를 입고 챙이 늘어진 모자를 쓴 홀쭉한 여자도 있었다. 여자는 불룩한 더플백을 메고 있었다. (저 여자가 플리스일까? 하지만 플리스는 죽었다.) 이들도, 다른 사람들도, 비닐 커버 사인북과 카메라를 들고 있었다. 그들은 자기 눈을 믿지 못하겠다는 듯 머뭇머뭇 앞으로 나왔다. 필름처럼 얇은 커튼을 열어젖힌 6층 창가를 올려다보았다. "매릴린! 매릴린!" 몇 명이 미친듯이 싸구려 카메라의 셔터를 누르는 동안 몇 명은 블론드 배우를 향해 팔을 뻗었다. 젊은 남자가 들고 있던 비디오카메라를 머리 위로 높이 들었다.

그러나 무슨 카메라든 어떤 이미지를 찍을 수 있었을까, 이렇게 어둡고 먼 거리에서? 그리고 그들은 뭘 보고 있었을까? 조용히 눈부시게 빛나며 동상처럼 꼼짝도 하지 않는 나체의 여인? 간밤에 나눈 사랑으로 헝클어진 플래티넘블론드 머리칼. 살짝 벌어진 촉촉한 입술. 잘못 볼 리가 없는 저 입술. 벌거벗은 파리한 젖가슴, 거뭇한 젖꼭지. 눈알 같은 젖꼭지. 그리고 가랑이 사이의 거뭇한 틈. "매릴린!"

이렇게, 그 긴긴밤이 가까스로 지나갔다.

결혼식 후―몽타주

여자는 무언극을 공부한다. 몸의 최정점이자 몸이 타고난 지능이 발현되는 최정점. 여자는 요가를 공부한다. 호흡 수련. 여자는 『요가난다, 영혼의 자서전』을 읽는다. 『선종의 길』과 『노자』를 읽고, 일기를 쓴다. 나는 새 삶을 사는 새사람이다! 매일매일이 내 인생에서 가장 행복한 날이다. 여자는 하이쿠를 쓴다.

밤의 강
자꾸자꾸 끝없이.
나는 본다. 눈을 뜬다.

(사실 불면증은 아니었다, 그다지. 요즘은.) 여자는 독학으로 피아노를 배운다. 오래오래 꿈결처럼 한참을, 클라이브 피어스한

테 구입해 수리하고 조율해서 집으로 가져온 새하얀 스타인웨이 스피넷 앞에 앉아 있다. 솔직히 이 스피넷은 더이상 새하얗지 않고 미묘하게 탈색된 아이보리색이다. 음정은 건반의 어느 부분을 누르느냐에 따라 반음이 올라가거나 내려간다. 미스터 피어스의 말이 옳았다. 여자는 베토벤의 〈엘리제를 위하여〉를 쳐본 적이 없었고, 치지 않을 것이다. 꼭 〈엘리제를 위하여〉를 쳐야 하는 건 아니니까. 어쨌든 피아노 앞에 앉아 있는 게 좋았고, 살며시 건반을 누르며 손가락으로 고음부를 쓸었다가 저음부로 내려오는 게 좋았다. 저음부를 힘차게 치면 물속 저 깊은 곳에서 올라오는 남자의 묵직한 바리톤 음성이 들렸다. 고음부에서는 논쟁에서 목소리를 높이는 여성의 소프라노 음성이 들렸다. 네가 나한테 아기가 있다고 했니. 네가 나한테 그 아기가 있다고 했니. 그리고 글래디스의 말, 들을 때마다 소름이 돋았던 그 말. 내 새끼는 아무도 입양 못해, 내가 살아 있는 동안은 어림없어. 여자는 자주 남편에게 안겼다. 아내를 열렬히 사랑하는 남편. 여자는 남편의 두 팔에 안겼다. 힘센 근육질 팔. 남편의 두 손에, 힘센 근육질 손. 여자는 남편을 그리는 것을 좋아했을 것이다, 이 잘생긴 근육질 남자를! 이 다정한 아빠 같은 남자. 여자는 남편을 '조각'하는 것도 좋아했을 것이다. 그러나 여자가 배우는 것은 인체 드로잉이었다, 매주 목요일 저녁 웨스트할리우드 예술원에서, 남편의 동의를 전적으로 얻은 건 아니지만. 그리고 이탈리아 요리도 배우는 중이다. 부부가 샌프란시스코의 남편 본가에 방문하면, 자주 가는 편이었는데, 시어머니는 며느리에게 전직 운동선수가 가장 좋아하는 요리와 이탈리아 소스와 리소토 만드는 법을 가르쳤다. 여자는 일간지를 읽지 않았다, 그다지. 업계 신문과 연예계 잡지도 읽지 않았다. 쓰레기 타블로이드 신문도 읽지 않았다. 여자는 할리우드 사람들을 거의 만나지 않았다. 여자는 전화번호와 주소를 바꿨다. 에이전트에게는 샴페인 한 병과 이런 쪽지를 보냈다.

매릴린은 영원히 신혼여행을 떠났습니다.
쫓아오지 마 & 방해하지 마!

여자는 『노스트라다무스의 예언』을 읽는다. 메리 베이커 에디의 『성서에 비추어 본 과학과 건강』을 읽는다. 여자는 완벽히 건강하고 잠도 푹 잘 자고 생애 처음으로 임신하길 바라고 있다, 남편이자 대디이자 자신을 열렬히 사랑하는 전직 운동선수에게 말한 것처럼. 전직 운동선수는 아내를 위해 벨에어 북쪽과 스톤캐니언레저브와 남쪽 사이에 드넓은 아시엔다 스타일 저택을 빌렸다. 그 집은 부겐빌레아로 뒤덮인 담장 안쪽에 자리잡았다. 밤이면 가끔 지붕과 유리창에서 파다닥거리며 긁는 소리가 나서 거미원숭이다! 하는 생각이 들었는데, 분명 이곳에는 거미원숭이가 없다는 것을 알면서도 그랬다. 남편은 곤히 잠들어 그 소리든 다른 소리든 하여간 듣지 못했다. 복서쇼츠만 입고 자는 남편은 구불구불-곱슬곱슬-희어진 가슴털과 배털과 사타구니털이 밤사이 축축해졌고, 피부의 땀구멍에서 기름이 미세하게 흘러나왔다. 그게 '대디 냄새'였고, 여자는 그 냄새를 좋아했다. 그의 향기! 남자의 향기. 여자 본인은 엄청 꼼꼼하게 샤워를 하고 머리를 감고 길게 치유하는 목욕을 했다. 여자는 보육원에서였나 아니면 피리그 집안에서였나, 이미 다른 사람들이 사용한 물로 목욕해야 했던 때, 가끔은 다섯인가 여섯 명이 쓰고 난 물을 써야 했던 때가 기억난 듯했지만, 지금은 자기만 쓰는 목욕물에 윈터그린 목욕 소금을 풀어 꿈처럼 긴 시간 동안 요가를 하고 호흡법을 수련하며 목욕할 수 있었다.

깊이 숨을 들이마십니다. 그대로 멈춥니다. 천천히 내쉬며 가만히 숨을 바라보세요. 스스로에게 말합니다. **나는 숨이다. 나는 숨이다.**

여자는 로렐라이 리가 아니었고, 로렐라이 리가 잘 기억나지도 않았다. 영화는 이미 영화사에 수백만 달러를 벌어다주었고 앞으로 수백만을 더 벌어다주겠지만 여자는 그 노력을 다하고도 2만 달러가 안 되는 금액을 받았고, 그래도 여자는 돈과 다이아몬드로만 사는 로렐라이 리가 아니었으므로 분하지 않았다. 여자는 사랑하는 남편을 죽이려 음모를 꾸몄던 로즈가 아니었고, 가엾은 꼬마 여자애를 죽이려 했던 넬이 아니었다. 만약 다시 연기를 한다면 오로지 진지한 역할만 할 것이다. 만약 다시 연기를 한다면 아마도 연극배우가 될 것이다. 여자는 연극배우를 가장 존경했다. 그들은 '진짜' 연기자니까. 여자는 자주 저수지를 따라 달리거나 산길을 걸었다. 가끔 자신을 바라보는 사람들을 의식할 때도 있었다. 여자와 전직 운동선수의 정체를 아는 이웃들은 사생활을 침해하지 않을 것이다. 대체로는! 그러나 다른 사람들, 개를 산책시키는 사람과 집을 봐주는 사람과 몰래 카메라를 가지고 다니는 남자들이 있었다. 보이기도 하고 안 보이기도 하는 사람들이 있었다. 오토 외즈가 아직 살아 있다고 여자는 믿었다. 오토 외즈는 여자가 전직 운동선수와 결혼한 것을 경멸한다고 여자는 믿었다. 제미니 애인들도 여자를 경멸했고, 복수를 맹세했다. (오, 난 알아!) 마치 자기들은 아기가 죽기를 바라지 않았다는 듯. 자기들은 제미니 유언장을 여자에게 강요하지 않았다는 듯. 이 행복의 계절에 여자는 산다는 것은 숨쉬는 것임을 믿게 되었다. 하나의 숨이 다른 숨으로 이어진다. 아주 간단하잖아! 여자는 행복했다! 니진스키, 미쳐버린 그 남자처럼 불행하지 않았다. 모두의 열렬한 사랑을 받았던 위대한 댄서 니진스키. 미쳐버리는 것이 자신의 운명이었던 것처럼 춤이 자신의 운명이었기에 춤을 췄던 니진스키. 그가 말했다.

나는 비통함에 흐느낀다. 나는 너무나 행복하여 흐느낀다. 왜냐하면 나는 신이니까.

여자는 텔레비전 스포츠 중계에 중독된 남편과 함께 텔레비전을 시청하려 노력했지만, 정신이 딴 데로 흘러가서 몸에 꼭 맞게 재단된 보라색 스팽글 드레스를 입고 비행선에 매달린 동상처럼 하늘을 훨훨 나는 제 모습이 눈에 보였고, 바람에 마구 휘날려 하얗게 보이는 머리카락과 높이 쳐든 두 팔이 보였다. 그러면 여자는 재빨리 텔레비전에 나오는 선수들의 움직임에 대해 뭐라고 한 마디하거나 무슨 일이 벌어졌는지 남편에게 물어봤다. 그럴 때 여자는 자신의 질문을 이런 형식으로 다듬었다. 오, 저게 다 어떻게 된 거야? 내가 중요한 장면을 놓쳤나봐. 남편은 중간광고가 나오는 동안 설명해주었다. 하지만 여자는 혼자 있을 땐 험한 세상사에 우울해질까봐 텔레비전 뉴스를 거의 보지 않았다. 유럽의 홀로코스트는 끝났으나 이제 홀로코스트는 전 세계로 보이지 않게 퍼졌다. 나치들이 이민을 갔으니까, 여자는 알고 있었다. 히틀러 본인을 포함해(소문이 그랬다) 많은 수가 중남미로 옮겨왔다. 유명한 나치 인사들이 신분을 숨기고 아르헨티나, 멕시코, 캘리포니아 오렌지 카운티에 살았다. 나치 고위급 인물이 성형수술과 모발이식을 받고 신원을 깨끗이 세탁한 뒤 현재 로스앤젤레스 금융업과 '국제 무역'에 종사하고 있다는 소문이 돌았다, 아니 그렇게 알려졌다. 가장 유명한 히틀러의 연설 원고 작성자 중 한 명은 정체를 숨기고 어느 캘리포니아 상원의원실에 들어가 열성적인 반공 캠페인을 펼쳐 종종 뉴스에 나왔다. 글래디스가 프레드릭 마치에게 받은 새하얀 스타인웨이 스피넷 앞에서 여자는 노마 진이었고, 어린이를 위한 연습곡을 천천히, 나직이 연주했다. 미스터 피어스는 여자에게 벨러 버르토크의 〈Evenings in the Country〉를 주었다. 전직 운동선수는 변호사에게서 전화를 받았다. 여자가 소환장을 받게 될 거라는 경고였다. 여자는 그것에 대해 생각하지 않았다. 여자는 X, Y, Z가 공산주의자 색출을 위한 위원회의 신문을 받았다는 것을 알았고, 그들이 '몇몇 이름을 불었으며' 피해를 입은 남자 중 한 명이 극작가 클리퍼드 오데츠라는 것을 알았지만 미스터 오데츠는 여자의 극작가가 아니었다. 여자는 정치가 아니라 호흡법에 대해 생각하고, 그것은 정신에 대해 생각하는 방법이며, 정치에 대해서든 자궁에서 긁어내 양동이에 쓰레기처럼 버린 아기에 대해서든 생각하지 않는 방법이며, 여자는 아기가 자궁 밖에서 심장이 한 번 뛰었는지 혹은 두 번 뛰었는지 아니면 즉각 숨이 끊어졌는지 생각하지 않는다(이벳이 장담했다―항상 즉각적이고 그래서 다행이죠, 이건 북유럽 같은 문명국가에서는 완벽히 합법이에요). 평소에 여자는 일간지를 읽지 않고 텔레비전 뉴스를 보지 않듯 그런 일들을 생각하지 않는다. 세계 반대편 한국에서는 혼란에 빠져 초토화된 영토를 유엔군이 점령하는 중이었지만, 여자는 그 고통스러운 세세한 내용을 알고 싶지 않았다. 네바다와 유타 동쪽 몇백 마일 밖에서 이루어지는 정부의 핵실험을 알고 싶지 않았다. 여자는 정부 정보원에게 감시당하고 있음을, 자신의 직업적 자아인 먼로가 '리스트에 올라가' 있음을 알았을 것이다. 그러나 여자는 그것에 대해 생각하고 싶지 않았고, 어쨌든 1954년에는 수많은 리스트가 있었고 그 리스트에 오른 수많은 이름이 있었다.

우리가 영향을 끼칠 수 없는 일, 저 소용돌이치는 천체처럼 침묵속에 지나쳐야 하는 일.

노스트라다무스가 그렇게 말했다. 여자는 도스토옙스키의 『카라마조프가의 형제들』을 읽는다. 여자는 그루셴카 캐릭터에 깊은 감동을 받는다. 어린애처럼 잔인하고 부드럽고-달콤하고-풍만한 스물두 살 그루셴카의 시골 처녀다운 미모는 꽃처럼 생명이 짧을 테지만 그 쓰라림은 평생 갈 것이다. 오, 다른 생에서 노마 진은 그루셴카였다! 여자는 며칠씩 밤새워 열광적으로 안톤 체호프의 단편을 읽었고, 그럴 땐 자신이 어디 있고 누구인지 잘 모르는 것 같았고, 누가(가령 짜증난 남편이) 건드리면 움찔하며 껍데기가 벗겨진 달팽이처럼 움츠러들었다. 여자는「귀여운 여인」을 읽었다—여자는 올렌카였다!「개를 데리고 다니는 여인」을 읽고 울었다—여자는 유부남과 사랑에 빠져 인생이 영영 틀어져버린 젊은 유부녀였다!「두 명의 볼로댜」를 읽었다—여자는 유혹자인 남편을 열렬히 사랑했다가 사랑이 식어버린 젊은 아내였다! 그러나「6호실」은 차마 끝까지 읽을 수 없었다.

"오늘은 내 생애 가장 행복한 날이에요."

여자는 도쿄에 갈 때 스파게티 같은 어깨끈이 달리고 라인스톤 브로치가 오른쪽 젖가슴 위에 젖꼭지처럼 올려진 보라색 스팽글 드레스를 챙겨갈 것이다. 여자의 남편인 전직 운동선수는 여자가 그 옷을 입은 모습을 좋아했다. 소시지 껍질처럼 꽉 조이는 드레스는 무릎 바로 아래까지 내려왔고, 사실 싸구려 드레스는 아닌데 아무래도 싸구려처럼 보였으며, 그 속에 몸을 구겨넣으면 여자는 적당히 값비싼 매춘부처럼 싸게 보였고, 남편은 가끔 둘만 있을 때는 그 모습을 좋아했지만 다른 때엔 좋아하지 않았다. 여자는 그 드레스를 몰래 도쿄에 가져가겠지만, 그 옷을 입는 곳은 도쿄가 아닐 것이다.

인체 드로잉 수업 때 남자 모델도 있나? 남편이 농담을 했고, 곁눈질하는 폼으로 보아 농담이 아니었다. 성급하고 부주의한 대답으로 무덤 파지 마. 여자의 대답은 완벽히 로렐라이 리다웠고, 남자는 충분히 알아들을 수 있었다. 어쨌든 전직 운동선수는 뱃속에서 터져나오는 우렁찬 폭소를 터뜨렸다—"아이쿠, 대디! 내가 그걸 몰랐네."

여자를 매혹하고 또 두렵게 한 건 여성 모델이었다.

종종 여자는 그리는 걸 잊고 멀거니 바라보았다. 목탄이 멈칫하며 깃털 같은 움직임을 멈췄다. 여자의 손가락 사이에서 그 무르고 작은 토막이 부러져 동강난 게 한두 번이 아니었다! 모델은 젊은 사람일 때도 있었지만 그렇지 않을 때가 더 많았다. 한 여성 모델은 분명 사십대 후반이었다. 하나같이 전혀 아름답지 않았다. 하나같이 전혀 예쁘다고 할 수 없었다. 모델은 화장을 하지 않았다. 머리 모양에 신경쓰지 않았고 종종 빗질도 안 한 산발이었다. 그들은 멍한 눈빛으로 교실에 있는 열두 명의 학생에게 무심했는데, 이 '학생들'의 나이는 십대 후반부터 중장년층까지 다양했고, 모델을 둥그렇게 에워싸고 재능 없는 사람 나름의 열과 성을 다해 응시했다. "마치 우리가 그 자리에 없는 것처럼 굴었어요. 있다고 해도 대수롭지 않은 것처럼." 어떤 모델은 늘어진 젖가슴에 배가 볼록 나오고 알이 밴 다리는 털도 밀지 않았다. 또 어떤 모델은 핼러윈 호박처럼 얼굴이 온통 억세게 각지고 주름이 자글자글했고, 아픈 사람처럼 피부에 붉은 기가 돌았으며, 겨드랑이 밑과 사타구니에 굵은 털이 돋았다. 못생긴 발에 발톱이 청결하지 않은 모델도 있었다. 왼쪽 허벅지에 8인치쯤 되는 끔찍한 흉터가 낫 모양으로 길게 난 모델도 있었다(노마 진은 보육원에 있던 린다라는 성질 사나운 여자애가 떠올랐다). 저렇게 볼품없는 여성들이 모르는 사람들 앞에서 당당하게 옷을 벗을 뿐 아니라 자신을 지켜보는 시선에 조금도 불편함을 내비치지 않는다는 사실에 여자는 매혹됐다. 여자는 그들을 존경했다. 정말이지 존경했다! 그러나 모델이 교실에 남아 누군가와 얘기하는 일은 거의 없었다, 강사 이외에는. 그들은 늘 눈을 맞추지 않고 시선을 피했다. 시계를 보지 않고도 휴식과 끽연 시간이 언제인지 정확히 알았고, 곧장 누더기 같은 가운을 걸치고 걸레 같은 샌들을 꿰신고 신속하고 사납게 교실을 빠져나갔다. 모델 중 한 명이라도, 다른 학생들처럼, 강사가 콕 집어 '노마 진'이라고 소개한 수줍음 많고 지극히 성실한 젊은 블론드 여자가 실은 '매릴린 먼로'라는 사실을 알았는지 모르겠지만, 어쨌든 태연히 아무 내색도 하지 않았다. 그들은 아무 감흥이 없었다! (아, 하지만 가끔 여자 쪽을 힐끔거리기는 했다. 여자는 그 눈길과 마주쳤다. 이리저리 휙휙 던지는 낚싯바늘 같은 시선, 적어도 여자에게 걸리지는 않았지만. 그 차가운 시선을 받고 노마 진은 감히 미소 짓지 못했다.)

어느 날 저녁 수업이 끝난 후 노마 진은 용기를 내어 흉터 있는 젊은 여자(이름은 린다가 아니었다)에게 다가가 물었다. 커피 한 잔 하실래요? "고맙지만 집에 가야 해요." 모델은 노마 진과 눈도 마주치지 않고 우물거렸다. 모델은 어느샌가 불붙인 담배를 손에 들고 문을 향해 주춤거렸다. 그럼 집까지 태워드릴까요? "고맙지만 데리러 올 사람이 있어요." 노마 진은 관심을 끄는 데 실패한 적이 거의 없는 눈부신 매릴린의 미소를 지었지만 여기서는 완전히 실패했다. 노마 진은 생각했다. 사실 이 사람은 린다야. 이 사람은 내가 누군지 아주 잘 아는 거야. 지금의 내가 누군지, 그리고 예전의 내가 누구였는지. 노마 진은 화난 투라든가 애걸하는 투로 들리지 않도록 주의하며 말했다. "그냥 이 말을 하고 싶었어요, 정말 존경한다고. 당신처럼 모, 모델이 되는 일을." 모델은 담배 연기를 뿜어냈다. 감정을 전혀 내보이지 않는 못생긴 얼굴에 비꼬는 기색은 없었지만, 모델이 뿜어낸 것이 완전한 비꼼이라는 것을 누구라도 알 수 있었다. "에? 그거 좋은 말이네." "왜냐면 당신은 무척 용감하니까요." "용감하다, 왜요?" 노마 진은 머뭇거렸다. 여전히 미소를 머금은 채로. 양쪽 입꼬리를 귀엽게 관능적으로 끌어올리는 매릴린식 반사작용은 워낙 본능적인 것이었다. 사실 이것은(얼마 전에 책에서 읽었는데) 영유아에게 유전적으로 프로그래밍된 최초의 사회적 반사작용에 지나지 않았다. 귀엽고 기대에 찬 미소, 사랑할 수밖에 없는 미소. "당신은 예쁘지 않으니까요. 전혀. 당신은 못생겼어요. 그런데도 당신은 타인 앞에서 옷을 벗죠." 모델이 웃음을 터뜨렸다. 설마 노마 진이 이 말을 소리 내어 말했을까? 어쩌면 이 사람은 린다가 아니고 운 나쁜 동료 배우인데, 혹시 마약 상습범이고 애인한테 두들겨맞으며 사는 걸까? 노마 진이 말했다. "왜냐면—오, 잘 모르겠지만—나는 못했을 것 같아서요. 내가 당신이라면."

모델은 웃으며 문을 나섰다. "당신도 돈이 필요하면 했을 거야, 노마 진. 당신의 그 귀여운 엉덩이를 걸고 내기하지."

"오늘은 내 생애 가장 행복한 날이에요."

신혼여행에서 여자는 이 진심어린 감탄사를 웨이터에게, 호텔 도어맨에게, 판매 직원에게, 심지어 멕시코인 객실 청소부에게 외쳐대 남편을 당황하게 만들었고, 청소부는 이 아름다운 블론드의 '그링가'*가 무슨 말을 하는지도 모르면서 그냥 웃었다. "오늘은 내 생애 가장 행복한 날이에요." 여자의 말이 진심이라는 데는 의심의 여지가 없었다. 성서에 적힌 진리 중 하나는 매일매일이 축복받은 날이며, 매일매일이 우리 삶에서 가장 행복한 날이라는 것이니까. 여자는 남편의 얼굴을 어루만졌고, 면도하지 않은 얼굴도 여자에게는 아름답게 보였다. 여자는 황홀하게 응시했다. 어린 아내처럼 여자는 남자의 가슴과 팔뚝에 난 희어져가는 굵은 털을 간질이고 허리께의 물렁한 살을 장난스럽게 쥐었는데, 그게 운동깨나 했던 사내의 자만심을 건드려 남자를 당황하게 만들었다. 여자는 남자의 두 손에 키스했고, 그것도 남자를 당황스럽게 만들었다. 가끔은 남자의 사타구니에 얼굴을 묻기도 했는데, 그건 남자

---

* 중남미나 스페인에서 외국 여성, 특히 미국 여성을 경멸조로 일컫는 말.

를 미치도록 흥분하게 만들었다. 참한 여자는 남자의 그 부분에 키스하지 않거든, 여자도 그걸 알고 있었지. 근데 여자가 안다는 걸 남자가 몰랐을까? 어쩌면 여자가 너무 순진해빠졌을지도! 이른 아침 청록빛 바닷가 모래사장에서 여자는 남자와 함께 달렸고, 여성도 그렇게 격렬하게 몇십 분을 잘 달릴 수 있다는 데 전직 운동선수는 놀라고 말했다―"자기야, 나는 댄서잖아, 몰랐어?" 그러나 여자는 늘 남자보다 먼저 지쳐서 뜀박질을 멈추고 남자가 계속 달려가는 모습을 응시했다.

그러나 여자는 남편과 구강성교를 하지 않았다. 남자도 하지 않았다. 이제 법적으로 아내가 된 여자와는. 샌프란시스코 시청에서 막 약식 결혼식을 마친 여자가 복도에서 자신의 친구 레비티커스에게 수줍게 전화를 걸어 알린 도저히 인쇄할 수 없는 뉴스 속보는 몇 세대에 걸쳐 두고두고 회자되는 할리우드의 전설이 된다. "매릴린 먼로가 인생의 마지막 좆을 빨았어."

그 말에 깜짝 놀란 칼럼니스트는 블론드 배우와 전직 운동선수가 몇 달에 걸친 언론의 열띤 추측을 뒤로하고 조용히 결혼식을 올렸음을 알아차렸다.

레비티커스로서는 또하나의 특종이었다!

남편을 위해 노래를 부른다. 〈I Wanna Be Loved by You〉.

오늘은 내 생애 가장 행복한 날이라고 거듭 말하고, 남자는 너무나 감동한 나머지 이렇게 중얼거릴 수밖에 없다, 거의 알아들을 수 없는 목소리로. "나도."

여자는 새크라멘토의 반국가활동통제위원회에 소환됐다. 전직
운동선수는 아내에게 사실대로 말하라고 종용했다. 난 그 사람들
한테 진실을 얘기할 필요가 없어, 여자가 말했다. 당신이 공산주
의자를 알면 이름을 대, 남자가 말했다. 싫어, 여자가 말했다. 당
신 뭐 숨기는 거 없지? 그치? 남자가 깜짝 놀라 말했다. 내가 뭘
숨기고 뭘 폭로하고 싶어하는지는 내 개인적인 문제야, 여자가 말
했다. 여자는 남편이 자신을 때리고 싶어한다는 걸 알았지만 남자
는 때리지 않았다, 남자는 여자를 사랑하니까. 남자는 자기보다
약한 사람을, 특히 여자를, 그것도 자신이 사랑하는 여자를 때리
는 사내가 아니었다. 전직 운동선수가 첫 아내를 때렸다는 흉흉한
얘기가 있었지만 그건 오래전 일이었고, 그때 전직 운동선수는 젊
었고, 성미가 급했고, 그의 아내가 '약을 올렸다'. 난 이해가 안
돼, 마음에 안 들어, 남자는 이제 침착하게 말했다. 나도 마음에
안 들긴 마찬가지야, 여자가 말했다. 여자는 남자를 대디라고 불
렀을 것이다. 여자는 남자에게 키스했을 것이다. 남자는 아내의
키스를 품위 있는 침묵으로 버텨냈을 것이다. 어쨌든 결국 영화사
변호사들이 협상한 결과, '통제위원회'와의 미팅 유형은 캘리포니
아 의회 회의실에서 이루어지는 공개 신문에서 비공개 청문회로
바뀌었고, 청문회는 의회 건물 안 비공개 만찬장에서 하는 우아한
오찬이 되었다. 신문은 없었다. 대립도 없었다. 언론도 기자도 참
석하지 않았다. 세 시간에 걸친 오찬은 위원회 위원들이 요청하는

수만큼 블론드 배우의 친필 사인과 영화사의 매릴린 먼로 사진집을 나눠주는 것으로 끝을 맺었다.

순수한 영혼. 무언극 수업에서 우리는 몸은 타고난 언어를 갖고 있다고, 절묘하고 음악적인 언술을 갖고 있다고 배웠어요. 몸이 말보다 먼저라고. 그리고 종종 말보다 오래 남는다고. 우리는 무언극이 우리의 가장 내밀한 자아라고 배웠습니다.

그 젊은 블론드 여자는 처음엔 우리의 시선을 피해 움츠러들었어요. 무릎을 세워 끌어안고 웅크렸죠. 종아리까지 내려오는 타이트한 면바지와 남성용 셔츠를 입고, 빛바랜 뼈다귀 색깔의 탈색한 머리칼을 스카프로 아무렇게나 묶었어요. 얼굴은 화장기가 거의 없었죠(하지만 우리는 그 얼굴을 알아봤어요). 여자는 한구석에 웅크린 채 시선을 보이지 않는 지평선에 고정하고 있었어요. 여자가 엉거주춤 앞으로 나왔습니다. 빛줄기처럼 천천히 몸을 일으켰어요. 양팔을 쭉 뻗고 몸이 부들부들 떨릴 때까지 발끝으로 서 있었어요. 그러다 보이지 않는 지평선을 노려보며 교실을 천천히 거닐었습니다. 소리 없이 춤추기 시작했죠. 무아지경에 빠진 것처럼 제자리에서 느릿느릿 돌며 고통스럽게 선회했어요. 자신이 뭘 하는 줄도 모르고 셔츠를 벗더군요. 그리고 늘어진 맨가슴 위로 팔짱을 끼었습니다. 여자는 마법에 걸린 듯 바닥에 누워 어린애처럼 몸을 웅크리고 곧장 잠이 들었어요. 혹은 잠이 든 것 같았죠. 마법처럼 기나긴 일 분이 흘렀습니다. 아직도 무언극을 하는 중인지 아니면 돌연 진짜로 잠든 것인지 판단할 수 없었어요. 물론 둘 다

일 수도 있지만. 또 일 분이 흘렀고, 무언극 강사가 여자 앞에 무릎을 꿇고 앉아 그 여자가 우리에게 알려준 이름을 걱정스럽게 불렀어요. "노마 진?"

젊은 블론드 여자 '노마 진'은 깊이 잠들어 있었습니다. 깨우느라 애를 좀 먹었어요. 물론 우리는 그 여자가 누군지 알고 있었어요. 여자의 영화사/할리우드 이름을. 그러나 여자의 가장 내밀한 자아가 빛을 발했거든요. 순수한 영혼. 그것은 아름다웠고, 거기엔 이름이 없었습니다.

그건 단지 남자가 여자를 너무나 사랑하기 때문이었다. 남자는 여자가 스스로를 낮추는 꼴을 도저히 두고 볼 수 없었다. 스스로를 비하하고 훼손하는 꼴을. 여자의 이름과 남자의 이름을. 저 사진과 영화 스틸. 저 자칼 무리. 그런 계약조건을 걸고, 그렇게 적게 주다니. 할리우드가 공개된 사창가라는 것은 공공연한 사실이다. 다 같이 쓰는 화냥년처럼 거리에 전시하게 두었다. 거리의 매춘부처럼. 이제 두 사람은 결혼했고, 여자는 그의 아내다. 샌프란시스코에 있는 그의 가족과 친척은 뭐가 되나? 그의 당혹스러움은 어떡하나? 그의 팬들은? 사랑해서 여자와 결혼했는데 그가 교회에서 파문당했다는 치욕스러운 사실이 온 신문에 도배됐다. 그의 예전 이혼. 교회는 이혼을 금한다. 사랑해서! 당신을 사랑해서! 그런데 당신은 자신을 고깃덩이처럼 전시하잖아. 드레스에 몸을 꿰어맞추고. 걸으면서 엉덩이를 흔들어대고. 농담이라고 하지 마. 그게 농담이라면 추잡한 농담이지. 젖가슴이 옷 밖으로 넘처흐르고. 〈포토플레이〉 시상식 만찬에서. 오스카 시상식에서. 안 갈 거라고 해놓고 갔잖아. 당신이 그거야? 고깃덩이야? 할리우드가 어떤 곳인지 모르는 사람은 없어. 당신 이름이 신문에 오르잖아. 내 이름도. 신혼의 부부싸움? 남들 다 보는 앞에서? 추잡한 거짓말. 빌어먹을 거짓말쟁이. 난 어떤 여자도 때리지 않을 거야. 아무리 약올려도.

여자는 나체였고, 졸렸다. 오후가 됐는데도 도무지 잠이 깨질 않았다. 어제(며칠 전이 아니었다면) 무언극 수업에서 여자는 깊이 곯아떨어졌고 그 잠의 영향에서 벗어날 수가 없었다. 혹시 닥터 밥의 각성제를 먹었나—아니, 먹지 않았다. 여자의 화난 남편이 여자의 손에서 각성제를 낚아채 변기에 넣고 물을 흘려보냈다.

당신이 그거야? 고깃덩이야?

대디, 아니야! 난 그렇게 되고 싶지 않아.

영화사에 안 하겠다고 해. 그 새 영화. 두말하게 하지 마.

대디, 난 일해야 해. 그건 내 삶이야.

영화사에 좋은 역할을 원한다고 해. 진지한 역을. 영화사에 그만둘 거라고 해. 남편이 그만두라고 한다고.

알았어. 알았어, 그렇게 말할게.

여자는 울기 시작했다. 그러나 아무 일도 일어나지 않았다. 여자는 겁이 났다, 눈물이 나오지 않아서. 아직 서른도 채 안 됐는데 눈물이 말라버렸다! 난 내 아기를 죽였어. 눈물 한두 방울이 간신히 비어져나왔다. 내 아기를? 어째서? 그럼에도 여자는 울 수가 없었다. 누가 여자의 눈에 모래를 비벼넣고 여자의 입안에 모래를 발라버렸다. 여자의 심장이 있던 곳에서 모래시계가 모래를 조금씩 아래로 흘려보냈다.

실제로 여자는 병이 났다. 급성 맹장염이었다.

여자는 패닉에 빠져 그게 분만 진통이라고 생각했다. 어쨌든 결국 애를 낳는 거라고. 성난 악령 아기가 으르렁거리고 그 큰 머리를 돌려대며 여자의 가랑이를 찢어버릴 것이다. 그리고 여자의 남편은 아이의 아버지가 아니니 힘세고 아름다운 두 손으로 여자의 목을 졸라버릴 것이다. 죄책감과 공포에 짓눌리고 통증에 시달리고 피부는 불타는 것 같다. 깜짝 놀라 잠에서 깬 남자가, 새하얀 자기 욕조 끄트머리에 걸터앉아 고통에 몸부림치며 맨엉덩이를 좌우로 마구 흔들고 벌거벗은 채 땀을 흘리며 물리적 공포에 사로잡혀 코를 찌르는 짐승의 악취를 풍기는 여자를 화장실에서 발견했다. 전직 운동선수는 그 증상을 알았다. 실은 그 증상을 알아보고 안도했다. 그 자신이 젊은 시절 맹장이 파열될 뻔한 경험이 있었다. 남자는 구급차를 불렀고, 여자는 시더스오브레바논 병원 응급실로 실려갔으며, 그 정신없는 혼란과 혼돈의 시간 와중에 몇 세대에 걸쳐 두고두고 탐욕스럽게 회자되는 할리우드의 전설이 생겨나게 된다. 무슨 얘기인고 하니, 외과 전공의가 수술실에 들어가 이 유명한 환자의 정체를 막 알아본 순간, 떨리는 글씨체로 마구 갈겨쓴 쪽지가 여자의 몸통에 붙어 있는 것을 발견했던 것이다.

반드시 **수술 전에** 읽을 것.

의사 선생님께,

최대한 작게 째주세요. 허영심으로 보이겠지만 실은 그런 게 아닙니다—내가 여자라는 사실은 내게 매우 중요하고 큰 의미가 있어요. 선생님께 아이가 있다면 무슨 뜻인지 아시겠지요—**제발 선생님**—어떻게든 그렇게 해주시리라 믿습니다! 감사합니다—아무쪼록 의사 선생님. 난소는 절대 제거하지 마세요—다시 부탁드리는데 수단과 방법을 가리지 말고 큰 **흉터가 남지 않도록** 해주세요. 진심으로 감사드립니다.

매릴린 먼로

〈신사는 금발을 좋아해〉의 프리미어가 있던 날 저녁 이후로, 그날은 여자가 전직 운동선수와 결혼하기로 결심한 날이기도 한데, 여자는 자신의 친부라는 사람에게서 아무 소식도 듣지 못했다.

눈물 가득한 너의 아버지가.

여자는 아무에게도 말하지 않았다. 여자는 기다리고 있었다.

여자는 레이크우드 정신병원으로 글래디스를 만나러 갔다. 혼자서 갔다. 화이트월 타이어를 장착한 매끈한 자두색 스튜드베이커 컨버터블을 타고 갔다. 새 영화를 거절해서 정직 상태였기 때문에 어차피 영화사 차량은 이용할 수 없었다. 전직 운동선수가 같이 가주겠다고 했으나 여자는 거절했다.

"어머니를 보면 속상하기만 할 거야. 아픈 분이잖아."

전직 운동선수는 글래디스 모텐슨을 한 번도 본 적이 없었고, 앞으로도 볼 일은 없을 것이다.

다만 여자는 남편에게 1926년 12월에 찍은 사진을 한 장 보여 주었다. 아기 노마 진을 품에 안은 글래디스. 요정처럼 여리여리 해 보이고 가르보의 눈매에 눈썹을 다 뽑고 가늘게 그린 수척한 얼굴의 젊은 여인, 조그만 싸구려 장난감을 안아든 것처럼 팔 안쪽 오목한 곳에 정수리에서 다크블론드 곱슬머리가 물음표처럼 뽕 튀어나온 포동포동하고 입술이 촉촉한 아기를 안은 글래디스 를 전직 운동선수는 물끄러미 응시했다. 블론드 배우는 수줍게 남 편을 바라보았다. 여자는 여러 면에서 남편을 알지 못했다. 남자 를 사랑하는 게 남자를 아는 것은 아니며, 오히려 모르는 것에 가 까웠으니까. 그리고 남자에게 사랑받는다는 것은 남자가 사랑하 는 대상을 만들어내는 데 성공했다는 것이며, 그렇다면 그 대상을 위태롭게 하는 짓은 하지 말아야 한다.

"자! 어머니와 나야. 오래전 사진이지."

전직 운동선수는 움찔했다, 하지만 왜? 그는 세피아색 사진을 한참 동안 유심히 들여다보았다. 연민이든 공감이든 혼란스러운 사랑이든, 아니면 아픔과 상처든, 무슨 말이 하고 싶었던 것이든 그는 제대로 표현할 재주가 없었다.

레이크우드에서 블론드 배우는 노마 진 베이커가 되었고, 병원 에서는 평소처럼 조용하고 예의바른 설렘으로 여자의 도착을 맞이했다. 여자는 미디엄힐에 고상한 연보라-회색 개버딘 정장과 헐렁하고 박시한 재킷 차림이었다. 여자는 '매릴린 먼로'가 아니었다—첫눈에 알 수 있었다. 그래도 은은히 감도는 향수처럼 매릴린의 블론드 아우라 같은 것이 여자를 따라다녔다. 여자는 병원 직원에게 줄 선물을 가져왔다. 갖가지 스위스 초콜릿이 든 10파운드짜리 밸런타인데이 상자였다. "오, 미스 베이커! 고마워요." "미스 베이커! 이러지 않으셔도 되는데!" 생글거리는 시선이 여자의 약지에 내려앉았다. 마지막으로 레이크우드를 방문한 이후 세계적으로 유명한 전직 운동선수와 결혼했으니까. "날이 참 좋지 않아요? 오후에 어머님과 함께 외출하실 거죠?" "이쪽으로 오세요, 미스 베이커. 어머님은 일어나 계시고 따님을 무척 보고 싶어하세요." 사실 글래디스 모텐슨은 노마 진을 그다지 보고 싶어하는 것 같지 않았고 노마 진이 올 줄도 몰랐던 듯했다. 얘기를 들었어도 까먹었다. 노마 진은 글래디스에게도 선물을 가져왔는데, 초콜릿이 아니라 과일이었다. 감귤과 윤기 흐르는 보라색 포도 한 바구니, 〈내셔널 지오그래픽〉 한 부, 글래디스가 좋아할 만한 아름다운 사진이 실린 고급 잡지니까, 그리고 우아하고 차분한 포즈의 블론드 배우가 **매릴린 먼로의 신혼**이라는 캡션과 함께 표지에 실린 〈스크린랜드〉 최신호. 글래디스는 그것을 힐긋 보고 콧잔등에 주름을 잡았다. 어머니가 기대한 건 초콜릿이었나?

노마 진은 어머니를 살며시 안았다. 마음 같아선 따뜻하게 안고 싶었지만, 힘껏 껴안으면 글래디스가 뻣뻣해질 것임을 알고 있었다. 노마 진은 늙은 여인의 볼에 가볍게 키스했다. 오늘은 글래디스의 상태가 좋은 날이다, 보다시피. 노마 진이 이전에 전화했을 때는 글래디스가 최근 '안 좋은 시기'를 보냈으며 지금은 '거의 백 퍼센트 회복했다'는 얘기를 들었다. 그날 아침에는 머리도 누가 감겨줬고, 노마 진이 불럭에서 사다준 예쁜 핑크색 퀼트 가운을 입고 있었다. 얼룩이 좀 묻었지만 노마 진은 눈치채지 못했다. 가운과 어울리는 핑크색 슬리퍼가 글래디스의 침대 밑에 가지런히 놓였다. 화장대 옆 벽면에 뭔가 새로운 게 생겼다. 활활 타오르는 심장을 노출한 예수그리스도의 그림인데, 영화배우처럼 잘생긴 얼굴을 원광이 둘러쌌다. 가톨릭 그림인가? 병원의 다른 환자가 글래디스에게 준 게 틀림없었다. 노마 진은 한숨을 내쉬었고, 심연을 들여다보니 그 밑바닥에 조그만 형체가, 어머니라고 주장하는 무언가가 서 있는 느낌이었다.

노마 진은 거울 앞에 세워진 액자를 보고 놀라면서도 기뻤는데, 그녀가 보낸 전직 운동선수와의 결혼사진이었다. 회백색 드레스를 입고 행복하게 미소 짓는 신부. 눈썹에 윤곽선을 너무 진하게 넣어 배우 눈썹이 된, 키 크고 잘생긴 신랑. 노마 진은 생각했다. 어머니가 저걸 버리지 않았어! 분명 나를 사랑하는 거야.

글래디스가 포도를 씹으며 키득거렸다. "저 남자가 네 남편이야? 저 남자가 너에 대해 알아?"

"아뇨."

"그렇담 다행이고." 글래디스가 진지하게 고개를 끄덕였다.

노마 진은 어머니가 아직 정지된 시간 속에 있다는 것을 알고 안심했다. 어쨌든 글래디스는 젊어 보였다. 소녀처럼 장난스럽고 짓궂은 기운이 감돌았다. 포옹했을 때 느낀 어머니의 뼈는 부러질 듯 연약한 새의 뼈 같았다. 글래디스의 얼굴뼈가 어찌나 가늘고 여린지. 저 미스터리한 가르보의 눈매. 그 옛날 카메라에 포착되었던 여리여리한 표정. 1926년의 글래디스를, 지금의 노마 진보다 어린 글래디스를 들여다보며 전직 운동선수가 글래디스의 마법에 잠시나마 걸려들었다는 점이 노마 진은 기뻤다.

꼼꼼하게 뽑아내고 세심하게 연필로 다시 그렸던 글래디스의 눈썹 중 남은 것은 몇 가닥의 길 잃은 잿빛 털뿐이었다.

날씨가 좋으면 글래디스는 병원 마당까지 '쉬지 않고' 걸어가며 운동했다고 병원 직원이 노마 진에게 알렸다. 나이 많은 환자 중 가장 활동적인 축에 속한다고. 신체 건강 상태는 전반적으로 양호하다고. 얘기를 나누면서 노마 진은 어머니의 명랑한 모습에 감탄했다. 잠시 보이는 아무 생각 없는 피상적인 모습일지 몰라도, 적어도 가끔씩 그랬던 것처럼 음울한 모습은 아니었다. 노마 진은 새로 생긴 시어머니와 글래디스를 어쩔 수 없이 비교하게 됐다. 우뚝 솟은 코와 거뭇한 콧수염, 납작해진 거대한 젖가슴, 통실통실한 귀여운 배에 키가 작고 몸집이 단단한 이탈리아 여인. 시어머니는 '모마'라고 불러달라고 했다. 모마!

글래디스는 새처럼 침대 끄트머리에 걸터앉아 맨발을 대롱거렸다. 요란하게 포도를 먹고 씨를 손에 뱉었다. 노마 진은 이따금 휴지를 든 손바닥을 말없이 내밀어 어머니에게서 포도씨를 받았다. 가끔 얼굴에 경련이 일고 시선이 묘하게 휙휙 움직이는 점만 빼면 글래디스는 별로 정신병 환자처럼 보이지 않았다. 글래디스의 태도는 유쾌했고, 단연 너그럽고 친절했다. 닥터 밥의 벤제드린에 힘입은 노마 진의 태도가 유쾌하고 단연 너그럽고 친절했듯. 글래디스가 '세상 소식'에 대해 언급했다―'더욱 악화되는 한국의 전황.' 글래디스가 신문을 읽나? 근래 노마 진보다 더 많이 알았다. 이 여인은 나만큼이나 멀쩡해. 하지만 숨어 있지. 세상이 자신을 무너뜨리게 놔뒀거든.

노마 진은 그런 식으로 당하지 않을 것이다.

글래디스가 슬랙스와 셔츠로 갈아입자 노마 진은 어머니를 데리고 밖으로 산책을 나갔다. 안개가 옅게 낀 좀 쌀쌀한 날이었다. 전직 운동선수는 이런 날을 두고 '언제인지 어딘지 모를' 날이라고 했다. 그런 날에는 아무 일도 일어나지 않는 법이다. 야구 경기도 없고, 관심의 대상도 되지 않는다. 삶의 대부분이, 만약 당신이 은퇴했거나 정직중이거나 실업 상태거나 정신적으로 아프다면, 언제인지 어딘지 모를 날들이다.

"영화를 그만둘지도 모르겠어요. '최전성기에' 말이죠. 남편이 그만두길 바라거든요. 남편은 아내를 원하고, 어머니를 원해요. 그러니까―그이 아이들의 어머니요. 그건 나도 마찬가지긴 하고요."

글래디스가 듣고 있는지 모르겠지만 하여간 대답은 없었다. 글래디스는 혼자 걷고 싶어하는 조급한 아이처럼 노마 진에게서 떨어졌다. "이쪽이 지름길이야. 여기로 가는 게." 글래디스가 앞장서서 연보라-회색 개버딘 정장을 입고 숙녀다운 새 구두를 신은 노마 진을 벽돌이 여기저기 흩어져 있고 너무 좁아서 골목이라고도 할 수 없는 병원 건물 사이 통로로 이끌었다. 머리 위에서 환풍기가 웅웅거렸다. 뜨거운 기름의 유독한 냄새가 따귀를 때리듯 훅 끼쳐왔다. 모녀는 넓은 자갈길 옆 비탈진 풀숲으로 나왔다. 노마 진은 공연히 주변을 의식하며 웃었고, 누가 보고 있지나 않을지 걱정했다. 병원 직원 중 몇 명이, 심지어 의사까지 합세해 가끔 그녀가 모르는 사이에 사진을 찍을까봐 두려웠다. 그들을 달래기 위해 노마 진은 원장실에서 원장이나 다른 사람들과 함께 있을 때 포즈를 취하고 매릴린의 미소를 지었다. 이제 됐죠? 제발 좀. 그렇지만 주변에 카메라를 든 사람이 보이지 않을 때, 아무도 지켜보지 않는 듯할 때, 드넓은 텅 빈 하늘이 머리 위에 펼쳐져 있고 태양마저 관심을 보이지 않을 때, 그런 순간들은 유실되는 게 아닐까? 삶의 귀중한 심장박동이 사라지는 게 아닐까? 언제인지 어딘지 모를 삶의 대부분은, 기록하고 보존할 카메라가 없다면 두 번다시 돌아오지 못하고 사라져버리는 게 아닐까?

"영화사에서는 나한테 도색영화만 제안해요. 까놓고 말하면 그래요! 순 그런 것. 제목부터─〈7년 만의 외출〉이라나. 남편 말로는 구역질나고 모욕적이래요. 그들이 나한테 바라는 '매릴린 먼로'는 스펀지고무 섹스 인형이고, 단물이 다 빠질 때까지 그 여자를 이용하려 들어요. 그다음엔 쓰레기통에 던져버리겠죠. 하지만 남편은 그 사람들 속을 훤히 알아요. 숱한 사람들이 남편을 이용하려 들었으니까. 남편도 몇 번 실수를 저질렀대요. 내가 그이의 실수에서 배울 수 있을 거래요. 그이에게 할리우드 사람들은 자칼무리예요. 거기엔 내 에이전트와 영화사에 맞서 내 편을 들겠다는 사람들도 포함되죠. '그놈들은 몽땅 당신을 이용하고 싶어해'라고 그이는 말해요. '난 그저 당신을 사랑하고 싶어.'"

이 말은 찌그러진 풍령처럼 허공에서 묘하게 흔들렸다. 노마 진은 글래디스가 반박이라도 한 것처럼 계속 말을 잇는 제 목소리를 들었다.

"저는 무언극을 공부하는 중이에요. 다시 시작하고 싶어요. 처음부터. 연기 공부를 하러 뉴욕에 갈지도 모르겠어요. 진지한 연기요. 영화가 아니라 연극무대에서. 남편도 그건 반대하지 않을 거예요, 아마도. 다른 세상에서 살고 싶어요. 할리우드가 아닌 곳. 내가 살고 싶은 곳은─오, 체호프! 오닐. 『애나 크리스티』. 『인형의 집』의 노라를 연기할 수도 있지 않을까요. '매릴린'은 완벽한 노라가 될지도 몰라요! 단 하나의 진정한 연기는 삶이죠. 살아가는 것. 영화에서는 다 이어붙여요, 수백 장의 조각난 장면을. 영화는 직소 퍼즐인데, 사람은 조각들을 한데 이어붙인 존재가 아니잖아요."

글래디스가 불쑥 말했다. "저 벤치 보이지? 내가 저기 종종 앉았지. 근데 누가 저기서 살해됐어."

"살해돼요?"

"그들의 말을 듣지 않으면 해코지하는 거야. 그들이 주는 독을 먹지 않으면. 입안에 물고만 있고 삼키지 않으면. 그건 금지거든."

글래디스의 목소리가 흥분으로 들떠 높아졌다. 오 안 돼. 노마 진은 생각했다. 제발 그만.

눈을 가리고 칭얼거리며 글래디스는 허겁지겁 벤치를 지나쳤다. 딸과 어머니가 얕은 개울을 바라보며 몇 번씩 앉았던 바로 그 벤치였다. 이제 글래디스는 지진에 대해 말한다. 샌앤드레이어스 단층에 대해. 사실 최근 로스앤젤레스 일대에서 땅울림이 몇 번 있긴 했지만, 지진은 아니었다. 글래디스는 사람들이 밤에 자기 방에 와서 자신을 필름에 담았다고 얘기한다. 그리고 외과 기구로 자신에게 무슨 짓을 했다고. 글래디스의 물건을 훔치라고 다른 환자들을 부추겼다고. 지진이 일어날 때 그런 일이 몇 번 있었다고, 감독하는 사람이 없으니까. 하지만 글래디스는 운이 좋았다. 아무도 그녀를 죽이지 않았다. 아무도 베개로 그녀를 질식시키지 않았다. "그놈들은 가족 있는 환자들을 무시 못하거든, 나처럼 말이야. 난 여기서 VIP야. 간호사들이 맨날 알랑거려, '오, 매릴린이 언제 보러 온대요, 글래디스?' 그럼 내가 말하지. '내가 그걸 어찌 알아? 난 그애 엄마일 뿐인데.' 사람들이 그 야구선수에 대해 엄청 물어봐, 매릴린이 그 남자와 결혼하는지. 결국 난 이렇게 말했어. '가서 본인한테 직접 물어봐요, 그게 당신한테 그렇게 중요하면. 걔가 당신들 전부 다 신부 들러리를 시켜줄지도.'" 노마 진은 힘없이 웃었다. 어머니는 다급하게 점점 빨라지는 어투로 나직이 말했고, 말썽을 예고하는 목소리였다. 하일랜드 애비뉴에서 델 것 같이 뜨거운 물이 콸콸 쏟아지는 와중에 들었던 목소리였다.

냄새나는 좁은 통로에서 나오니 병원 관리자의 영향권에서 벗어난 기분이었다.

"어머니, 좀 같이 앉아요. 여기 근사한 벤치가 있네요."

"근사한 벤치라니!" 글래디스가 코웃음쳤다. "가끔 보면 말이야, 노마 진, 넌 정말 말하는 게 바보 같아. 딴 놈들하고 똑같아."

"그냥 마, 말하는 방식일 뿐이잖아요, 어머니."

"그럼 더 영리한 방식을 배워. 넌 바보가 아니잖아."

희미하게 유황냄새가 나는 안개 낀 쌀쌀한 날에 두 사람은 레이크우드 부지의 가장 먼 구석까지, 12피트 높이의 철망이 그들을 내려다보고 쥐똥나무 생울타리로 막힌 곳까지 걸어갔다. 글래디스가 철망 사이에 손가락을 넣고 거칠게 흔들어댔다. 이것이 글래디스가 날래게 걸어온 목적이었음을 알 수 있었다. 노마 진은 자신과 글래디스가 둘 다 레이크우드의 환자라는 패닉에 빠졌다. 함정에 빠져 이곳에 들어왔고 이젠 너무 늦은 것이다.

동시에 그 미련한 생각에서 벗어났다. 캘리포니아 법에 의하면 남편이 아내를 수용시켜야 했다. 전직 운동선수는 노마 진을 사랑했고, 그런 짓은 절대 하지 않을 것이다.

그가 나를 죽일지도 모른다! 그 힘세고 아름다운 두 손으로. 하지만 그는 그런 잔인한 배신행위는 결코 하지 않을 것이다.

"지금 나에겐 나를 사랑하는 남편이 있어요, 어머니. 덕분에 세상이 완전히 달라졌어요. 오, 언젠가 어머니가 그이를 만나볼 수 있다면 좋겠네요! 그이는 멋지고 따뜻한 남자고, 여자를 존중해요……"

글래디스는 빠르게 숨을 쉬었고, 활발한 걸음걸이에 기운이 넘쳤다. 지난 몇 년간 글래디스는 노마 진보다 3~4센티미터쯤 작아졌지만, 그래도 생각에 잠긴 어머니의 강철 같은 눈빛을 마주하려면 올려다봐야 할 것만 같았다. 목에 잔뜩 힘이 들어갔다.

글래디스가 말했다. "애를 낳은 건 아니지, 그치? 그게 죽는 꿈을 꿨는데." "죽었어요, 어머니." "여자애였어? 병원에서 말해주더냐?" "유산이었어요, 어머니. 육 주 만에. 죽을 만큼 아팠어요." 글래디스는 진지하게 고개를 끄덕였다. 이 새로운 고백에 전혀 놀라지 않는 것 같았다, 비록 하나도 믿지 않는 눈치였지만. 글래디스가 말했다. "그건 불가피한 결정이었어." 노마 진이 단호히 말했다. "그건 유산이었어요, 어머니." 글래디스가 말했다. "델라는 내 어머니였고, 델라는 네 할머니였고, 결국 그게 델라에겐 보상이었지. 델라는 힘든 인생을 살았고 난 어머니에게 끔찍한 시련을 안겨줬어. 하지만 결국 어머니는 행복했어." 글래디스의 눈빛에 교활한 마녀 같은 번득임이 어렸다. "하지만 네가 나한테 그런 짓을 한다면, 노마 진, 난 보장 못한다." 노마 진은 어리둥절했다. "뭘 보장 못해요? 이해가 안 가요." "난 그런 사람이 못 돼. 할머니는 못해. 델라처럼. 그게 내가 받은 벌이지." "오, 어머니, 무슨 말을 하는 거예요? 무엇에 대한 벌이라는 건가요?" "내 예쁜 딸들을 버린 것에 대한. 그애들을 죽게 내버려둔 것에 대한."

노마 진은 벽을 밀듯 손바닥으로 허공을 밀어내며 어머니에게서 물러났다. 이건 말도 안 돼! 정신병 환자와 대화하는 건 불가능했다. 망상형조현병 환자와는. 마치 불안한 즉흥연기의 한 장면처럼, 강사가 어떤 사실을 한쪽 연기자에게만 알려주고 상대 연기자는 전혀 모르는 상황에서 모든 것은 뭣도 모르고 그 장면에 던져진 연기자에게 달려 있다.

노마 진은 새로운 장면을 만들어낼 것이다.

한 공간에서 다른 무대로 옮겨가기만 하면 새로운 장면을 만들어낼 수 있다. 의지의 힘으로.

노마 진은 글래디스의 철사처럼 뻣뻣하게 저항하는 앙상한 팔을 붙잡아 끌며 다시 자갈길 쪽으로 갔다. 이제 그만! 결정권자는 노마 진이었다. 레이크우드 정신병원의 터무니없이 비싼 요금을 내는 사람은 노마 진이었고, 글래디스 모텐슨의 보호자이자 가장 가까운 친족으로 지정된 사람도 노마 진이었다. 딸들이라니! 딸은 오직 하나뿐이고, 그 딸은 노마 진이다.

노마 진이 말했다. "어머니, 난 어머니를 사랑하지만 어머니는 내게 너무 많은 상처를 줘요! 제발 내게 상처 주지 말아요, 어머니. 어머니 건강이 좋지 않다는 건 알지만 그래도 노력은 해볼 수 있잖아요? 상냥하게 대하려고? 만약 나한테 아기가 생기면 절대 상처 주지 않을 거예요. 그애들을 사랑하고 살릴 거예요. 어머니는 자기 집에 갇힌 거미 같아요. 그 조그만 갈색은둔거미요. 가장 위험한 종류! 다들 '매릴린 먼로'는 돈이 많을 거라고 생각하지만 실은 없어요, 맨날 빌린다고요. 어머니가 여기서 살도록, 이 병원에서 살 수 있도록 나는 돈을 내는데, 어머니는 나한테 독을 먹이네요. 어머니는 내 심장을 먹어요. 남편과 나는 아기를 잔뜩 낳을 생각이에요. 그이는 대가족을 원하고, 나도 그래요. 난 여섯을 낳을 거예요!"

능글맞은 글래디스가 빈정거렸다. "애 여섯을 네가 무슨 수로 다 키워? 제아무리 매릴린이라도?"

노마 진은 웃음을 터뜨렸다, 아니 그러려고 애썼다. 그 말은 정말 웃겼다!

노마 진은 핸드백에서 아버지가 보낸 소중한 편지를 꺼냈다. "앉아봐요, 어머니. 깜짝선물이 있어요. 어머니한테 읽어드릴 게 있는데, 중간에 끊지 말아주세요."

전직 운동선수는 출장중이었다. 블론드 배우는 패서디나 극장에 어느 현대 미국 극작가가 쓴 연극을 보러 갔다.

블론드 배우는 친구들과 시간을 보냈다. 전직 운동선수는 매일 저녁 집을 비웠고, 블론드 배우는 지역 극장에 연극을 보러 갔다. 삶의 이 시기에 블론드 배우는 중복되지 않는 여러 그룹의 수많은 친구와 어울렸고, 친구들은 전직 운동선수가 잘 모르는 젊은 사람들이었다. 작가, 연기자, 무용수. 그중에는 블론드 배우의 무언극 강사도 있었다.

패서디나 극장에서 관객들은 저녁 내내 블론드 배우를 은근슬쩍 훔쳐보았다. 블론드 배우는 이 연극에 진심으로 감동한 것 같았다. 화려하게 차려입지도 않고 관심을 받으려 하지도 않았다. 친구들이 보호하듯 블론드 배우 양쪽에 앉았다.

연극이 끝나고 다른 관객들이 뿔뿔이 흩어지는 동안 블론드 배우는 망연자실하여 그대로 앉아 있었다고 전해질 것이다. 블론드 배우는 들릴 듯 말 듯 말했다. "저건 진정한 비극이야. 가슴을 도려내." 나중에 한잔하면서는 이렇게 말했다. "그거 알아? 난 저 극작가와 결혼할 거야."

"그 여자는 유머 감각이 진짜 엉뚱했어요! 진지한 꼬마애 같은 얼굴로 완전 터무니없는 얘기를 해요. W. C. 필즈처럼 못생긴 고주망태 퍼그라면, 냉소적일 거라고 짐작할 수 있어요. 그라우초 마르크스의 눈썹과 콧수염이라면, 아주 비현실적인 것을 기대하게 되고. 근데 매릴린은 그냥 그런 게 아무렇지도 않게 툭 튀어나와요. 그 여자 내부에 뭔가 이렇게 부추기는 게 있나봐. '저 개자식들을 깜짝 놀라게 해. 흔들어 뒤엎어.' 그리고 그렇게 하는 거예요. 그러면서 도리어 자기 말에 자기가 홀려버려, 아니면 상처받거나. 아마 자기도 미리 알았을 텐데. 뭐 아무렴 어때? 하고 지르는 거죠."

레이크우드의 병실로 돌아온 글래디스는 침대 속으로 힘없이 기어들어갔다. 노마 진의 도움은 필요 없었다. 노마 진이 차분하게 은방울 같은 목소리로 비난하는 투 없이 편지를 읽어내려간 뒤 글래디스는 말이 없었고, 지금도 말이 없다. 노마 진은 어머니의 볼에 키스하고 조용히 말했다. "안녕히 계세요, 어머니. 사랑해요." 글래디스는 여전히 답이 없었다. 노마 진 쪽을 쳐다보지도 않았다. 방문을 나서며 노마 진이 잠시 걸음을 멈추고 돌아보니, 어머니는 벽을 향해 돌아누워 있었다. 예수성심 그림의 요란하게 밝은 색상을 올려다보며.

부활절과 관련된 일이었다.

블론드 배우는 푹신한 관처럼 내부가 안락하고 호화로운 검은색 리무진을 타고 로스앤젤레스 보육원협회에 도착했다. 운전대 앞에는 제복을 입고 챙 달린 모자를 쓴 개구리 기사가 앉아 있었다.

블론드 배우는 신이 나서 며칠 동안 마냥 들떠 있었다. 일종의 데뷔무대 같았다. 오래전부터 블론드 배우는 자신의 인생행로에 엄청난 변화를 가져다준 닥터 미틀스탯을 만나러 보육원에 가볼 생각이었다. "'감사합니다'라는 말을 하려고요."

어쩌면 닥터 미틀스탯의 원장실에서 단둘이 기도를 올릴지도 모른다(블론드 배우는 마음에서 우러나 자연스럽게 그렇게 되길 바랐다). 카펫 위에서 나란히 무릎을 꿇고!

전직 운동선수는 대체로 블론드 배우가 대중 앞에 얼굴을 내미는 것에 반대했다. 남편으로서 정당한 이유로, 전직 운동선수는 아내가 대중 앞에 모습을 보이는 것이 '천박'하다고—'착취적'이라고—'내 아내로서 당신의 위신에 적절하지 않다'고 생각했다. 그러나 이번만큼은 전직 운동선수도 찬성이었다. 전직 운동선수는 은퇴를 전후하여 수년간 보육원과 병원, 시설 등을 종종 방문했다. 아이들은, 특히 병들고 다친 아이들은 가슴을 아프게 할 수도 있다고 그는 아내에게 경고했다. 하지만 아주 신나는 일이기도 하다. 좋은 일을 한다는 기분이 든다. 뭔가 영향을 주는 일. 긍정적인 추억을 만드는 일.

과거에는 왕과 여왕이 그런 곳에 찾아와 병자와 불구자와 버림받은 자에게 성유를 발라주었지만 미합중국에는 전직 운동선수나 블론드 배우 같은 사람뿐이고, 우리가 '제 역할'을 해야 한다.

다만 미디어가 벌떼처럼 들이닥치는 일은 없도록 하라고 전직 운동선수는 경고했다.

오, 그렇지, 블론드 배우는 수긍했다.

그 일에 수많은 할리우드 유명 인사가 자원했다. 블론드 배우도, 비록 공식적으로는 계약 위반으로 영화사에서 정직이라는 오명을 쓴 처지지만, 자원한 사람 중 하나였다. 블론드 배우는 엘센트로 애비뉴에 있는 로스앤젤레스 보육원협회에 가달라는 부탁을 받았다—"내가 살던 곳이죠. 너무 많은 추억이 있는 곳."

대부분 좋은 기억이었다. 당연히.

블론드 배우는 좋은 추억이 있다고 믿었다. 분명 블론드 배우는 고아였고—"수많은 사람이 그랬어요!"—그래, 블론드 배우의 어머니는 딸을 포기할 수밖에 없었지만—"대공황 시절이었어요. 수많은 사람이 영향을 받았죠!"—그래도 블론드 배우는 보육원에서 좋은 보살핌을 받았다. 블론드 배우는 풍요의 땅에서 고아였던 어린 시절에 대해 어떤 한도 품지 않았다—"에이, 적어도 난 살아 있잖아요. 갓난 여자애들이 새끼 고양이처럼 익사당하는 중국 같은 잔인한 나라와는 다르죠."

온 신문의 헤드라인. 루엘라 파슨스, 월터 윈첼, 시드니 스콜스키 그리고 레비티커스의 특집 칼럼. 〈할리우드 리포터〉와 〈로스앤젤레스 타임스 일요 매거진〉의 커버스토리. 전국에 팔린 좀더 작은 규모의 특집 기사와 〈타임〉 〈뉴스위크〉 〈라이프〉의 기사. 사진기자 한 부대와 방송국 촬영팀. 네트워크TV 저녁 뉴스의 간략

한 보도.

매릴린 먼로, 오랜만에 보육원을 다시 찾다
매릴린 먼로, 고아였던 과거를 '재발견'하다
매릴린 먼로, 부활절에 고아들과 친구가 되다

블론드 배우는 전직 운동선수에게 그렇게 많은 기사가 나올 줄은 '꿈에도 몰랐다'고 말할 것이다. 다른 보육원과 병원과 시설을 방문하는 다른 할리우드 유명 인사들은 별로 기사화되지 않았다!

블론드 배우는 소녀처럼 떨리고 걱정이 앞선다. 시간이 얼마나 흘렀지? 십육 년이다! "하지만 난 그때 이후 생의 여러 장⸱을 살았는걸요." 개구리 기사가 반짝거리는 검은색 리무진을 부드럽게 몰며 부유한 베벌리힐스를 나와 할리우드를 지나 남으로 달려 로스앤젤레스 시내에 진입했고, 블론드 배우는 평정심을 잃고 안절부절못하기 시작했다. 경미하게 지끈거리던 미간의 통증이 점점 심해졌다. (남몰래 부끄럽게도) 닥터 밥이 처방해준 '기적의 진정제' 데메롤을 정량을 어기고 과다 복용한 전력 때문에 지금은 아스피린을 먹었고. 더이상 신경안정제는 먹지 않기로 결심한 터였다. 닥터 미틀스탯의 강력한 존재감에 가까워지면서, 따스한 치유의 햇살에 가까워지면서, 블론드 배우는 치유란 오직 내부로부터 가능한 것임을 깨달았다. 통증은 실제로 존재하지 않으며, 따라서 어떤 의미에서는 '치유'도 존재하지 않는다. 주님의 사랑은 모든 인간의 요구에 항상 응해왔으며, 항상 응할 것이다.

블론드 배우와 함께, 차는 따로 타고 왔지만, 도와줄 사람들도 도착했다. 초콜릿 토끼와 마시멜로 병아리와 온갖 색깔의 젤리빈이 가득 든 화사한 포장의 부활절 바구니 몇백 개를 실은 배달 차량. 버지니아산 구운 햄과 하와이에서 갓 날아온 파인애플. 블론드 배우는 '개인적인 성의 표시'로 닥터 미틀스탯에게 수표를 건네려고 제 돈으로(전직 운동선수의 돈이었나?) 500달러를 따로 마련해왔다.

사실 따지고 보면 보육원 원장이 노마 진을 배신하지 않았나? 편지도 한두 해인가 쓰다 말지 않았나? 블론드 배우는 어깨를 으쓱하고 일축했다. "그분은 바쁜 전문직 여성이잖아요. 나도 그렇고."

개구리 기사가 리무진의 앞머리를 꺾어 보육원 부지로 들어갔고, 블론드 배우는 떨기 시작했다. 오, 근데 설마 여긴 아니겠지—진짜 여기야? 음울한 붉은 벽돌의 전면부가 깨끗이 날아가 살갗이 벗겨진 것처럼 허해 보였다. 공터였던 곳에는 추레한 퀸셋식 임시 건물이 들어섰다. 빈약한 운동장이었던 곳은 아스팔트 주차장이 됐다. 개구리 기사가 소리 없이 리무진을 입구에 세웠고, 이미 기자와 사진기자와 카메라맨이 무질서하게 운집해 있었다. 블론드 배우는 나중에 따로 기자회견을 하기로 되어 있었고, 이 사람들도 그 얘기를 들어 알고는 있었지만 당연히 지금 당장 물어볼 질문이 있었고, 그래서 에스코트를 받으며 건물 안으로 허겁지겁 들어가는 블론드 배우의 뒤에 대고 소리쳤고, 카메라도 블론드 배우의 자취를 따라 기관총처럼 찰칵찰칵거렸다. 안에서는 처음

보는 사람들이 블론드 배우의 손을 잡고 흔들었다. 닥터 미틀스탯은 어디서도 보이지 않았다. 로비는 어떻게 된 거지? 여긴 또 뭐야? 갓 면도한 포키 피그 얼굴의 중년 남자가 기쁜 목소리로 빠르게 얘기하며 블론드 배우를 면회실로 안내했다.

"그런데 미, 미틀스탯 박사님은 어디 계신가요?" 블론드 배우가 물었다. 아무도 듣지 못한 것 같았다. 도우미들은 부활절 바구니와 햄과 파인애플 궤짝을 안으로 날랐다. 누군가가 앰프와 스피커를 시험했다. 블론드 배우는 짙은 선글라스 때문에 잘 보이지 않았지만, 이 열성적인 낯선 사람들한테 제 눈빛에 어린 패닉을 들킬까봐 선글라스를 벗고 싶지 않았다. 블론드 배우는 몇 번이나 매릴린의 아찔한 미소를 지으며 외쳤다. "오, 어머나!—여기 오게 되어 정말 영광이에요. 부활절은 정말 특별한 날이죠! 진심으로 여기 오게 되어 기뻐요! 이렇게 초대해주신 여러분 모두에게 감사드립니다."

그날의 행사는 흐릿하게 흘러갔다. 그러나 순식간에 흘러가서 흐릿한 건 아니었다. 행사가 시작되기에 앞서 보육원의 '기록보관용'으로 사진을 찍는 시간이 있었다. 사진 촬영을 위해 다초점 안경을 벗고 한껏 싱글거리는 포키 피그와 사진을 찍고, 직원들과 사진을 찍고, 마지막으로 몇몇 아이들과 함께 사진을 찍었다. 여자애 중 한 명이 열한 살 열두 살의 데브라 메이와 너무 닮았다…… 블론드 배우는 아이의 제멋대로 뻗친 당근색 머리를 쓰다듬고 싶었다. "이름이 뭐니, 얘야?" 블론드 배우가 물었다. 아이는 내키지 않는다는 듯 한두 음절을 웅얼거렸다. 블론드 배우는 잘 알아들을 수 없었다. (몰리인가? 아니면 모나?—"몰라.")

　행사는 식당에서 열렸다. 이 광활하고 기분 나쁜 공간을 블론드 배우는 기억해냈다. 아이들이 줄 맞춰 걸어들어왔고, 마치 블론드 배우가 디즈니 애니메이션 캐릭터라도 되는 것처럼 그녀를 바라보도록 식탁 앞에 앉았다. 블론드 배우는 마이크 앞에서 미리 준비한 연설을 읊으면서 눈으로는 낯익은 얼굴을 찾아 홀을 이리저리 훑었다. 데브라 메이는 어디 있지? 노마 진은 어디 있지? 저 애가 플리스인가?—저 껑충하고 뚱한 아이, 근데 아쉽게도 남자애다.

　블론드 배우는 보육원 직원 대부분의 예상과 달리 '사랑스럽고 상냥하고 진지해 보이는' 여자였다고 전해질 것이다. 많은 사람들 눈에 블론드 배우는 '거의 숙녀 같았다'. '홍보물처럼 화려하진 않지만 아주 예뻤다. 그리고 **몸매가 좋았다.**' 블론드 배우는 '약간 긴장해서' 가끔 말을 더듬기까지 한 걸로 여겨졌다. (몇몇 아이들이 흉내를 좀 냈는데 그분이 못 들었기를!) 아이들에 대한 블론드 배우의 인내심은 감탄과 존경을 자아냈는데, 너무 흥분한 아이들이 부활절 바구니에 신이 나서 야단법석 소란을 피웠고, '특히 영어를 모르는 히스패닉 아이들'이 그랬다. 나이가 좀 찬 남자애 중에는 버릇없이 음흉하게 입안에서 도발적으로 혀를 움직이는 놈들도 있었지만 블론드 배우는 '현명하게 무시했다. 아니면 좋아했을지도, 누가 알겠는가' 하고 여겨졌다.

　지끈거리는 두통에도 불구하고 블론드 배우는 즐겁게 아이들에게 부활절 바구니를 나눠주었고, 아이들은 한 명씩 한 명씩 한 명씩 차례로 블론드 배우 앞을 지나갔다. 무한의 고아들. 영원의 고아들. 오, 나는 영원히 이 일을 할 수 있어! 닥터 밥이 처방한 마법의 약을 먹으면 무슨 일이든 영원히 할 수 있다! 섹스보다 낫네. (하긴, 뭐든 섹스보다 낫다. 이봐, 농담 좀 한 것 같고!) 오, 유쾌하고 보람찬 폭넓은 경험이라고 세상에 대고 대답할 것이다. 만약 질문을 받는다면. 그리고 그녀는 질문을 받을 것이다. 인터뷰도 할 것이다. 말 한마디 한마디가 뉴스 가치가 있었다. 하지만 남자 고아보다 여자 고아가 훨씬 더 흥미를 끌었다고 말하진 말아야지. 남자애들한테는 그녀가 필요 없었다. 여자면 아무나 좋았고, 어느 여성의 몸이든, 자기를 남자로 정의하고 싶어서, 그렇게 우월감을 느끼고 싶어서 이 몸이나 저 몸이나 걔들에겐 똑같았다. 하지만 여자 고아들은 **그녀를 응시하고, 그녀를 머릿속에 넣고, 그녀를 오래도록 기억할 것이다.** 노마 진처럼 상처입은 여자애들. 블론드 배우는 알았다. 머리를 한번 슥 쓰다듬고, 뺨을 한번 어루만지고, 심지어 깃털처럼 가벼운 키스까지, 단 한 번의 손길을 필요로 하는 여자애들. "정말 귀엽구나! 땋은 머리가 참 마음에 들어"—"이름이 뭐니? 멋진 이름이네!" 몰래 비밀을 털어놓듯 여자애들에게 말했다. "여기 살았을 때 내 이름은 '노마 진'이었어." 여자애 한 명이 말했다. "'노마 진'—오, 내 이름도 그랬음 좋겠어요." 블론드 배우가 두 손으로 아이의 양볼을 감싸쥐고 눈물을 터뜨리는 바람에 보고 있던 사람 모두가 깜짝 놀랐다.

나중에 블론드 배우는 물을 것이다. 아까 그 아이의 풀 네임이 뭐예요?

그 여자애를 위해 '특별한 옷과 책을 살 용돈'으로 보육원에 수표를 보낼 것이다.

그 수표가, 200달러짜리였는데, 실제로 그 목적으로 쓰였는지, 그보다는 보육원 예산에 녹아들어갔는지 블론드 배우는 알지 못할 것이다. 자기가 그랬다는 것을 까먹을 테니까.

명성의 약점이자 또한 강점이기도 했다. 너무 많이 까먹는다.

그리고 충동적으로 닥터 미틀스탯 앞으로 발행했던 500달러짜리 수표는? 핸드백에서 꺼내지도 않는다.

로스앤젤레스 보육원협회의 새로운 원장은 포키 피그 얼굴의 그 중년 남자가 맞았다. 말이 좀 많고 자만심 강한 사람일지 몰라도 좋은 사람이었다. 블론드 배우는 참을성 있게 몇 분 동안 그의 말을 경청하다가 중간에, 이번엔 단호하게 닥터 미틀스탯은 어떻게 되었는지 물었다―그리고 파르르 떨리는 눈썹과 샐쭉 내민 입술을 마주했다. "미틀스탯 원장은 제 선임자였습니다." 포키 피그가 중립적인 어조로 말했다. "나는 그분과 아무런 관련이 없어요. 나는 선임자들에 대해 절대 언급하지 않습니다. 우린 모두 각자 최선을 다하고 있다고 생각합니다. 지난 일을 이러쿵저러쿵하는 것은 제 방침이 아닙니다."

블론드 배우는 좀더 나이가 지긋한 보건교사를, 낯익은 얼굴을 찾아냈다. 한때 젊었지만 지금은 불도그 같은 턱살의 뚱뚱한 중년이 됐고, 그래도 미소는 여전히 따뜻했다. "노마 진. 당연히 기억하고말고! 제일 숫기 없고 제일 귀여운 꼬마애. 네가 아마 알레르기가 있었던가? 천식이었나? 아냐. 소아마비였어. 그래서 약간

절었나? 아니라고? (뭐, 지금은 확실히 전혀 절지 않는구나. 지난 번 영화에서 네가 춤추는 거 봤어. 진저 로저스처럼 잘 추던데!) 그 성깔 있는 여자애 플리스하고 친구였지? 맞지? 그리고 미틀스 탯 원장이 너를 참 많이 좋아했어. 넌 원장이 따로 아끼는 아이 중 하나였지." 보건교사가 고개를 절레절레하며 키득거렸다. 이것 은 영화의 한 장면이다. 어린 시절의 대부분을 갇혀 지냈던 보육 원에 돌아와 카드 게임을 하듯 새로운 패를 계속 받는 블론드 배 우. 그러나 어떤 분위기의 음악이 흐를지는 아직 정하지 못했다. 부활절 바구니 행사 동안 식당 안에는 빙 크로즈비가 부드럽게 노 래하는 〈Easter Parade〉가 흘렀다. 그러나 지금은 아무 배경음악 도 없었다.

"그럼 미틀스탯 박사님은요? 은퇴하셨나봐요?"

"응. 은퇴했지."

보건교사의 눈빛이 은밀해졌다. 묻지 않는 게 좋아.

"지금은 어, 어디 계신데요?"

비통한 표정. "안타깝게도 가엾은 이디스는 죽었어."

"죽었다고요?"

"이디스는 내 친구였어. 이디스 미틀스탯. 나는 이디스하고 이 십육 년을 같이 일했는데, 지금까지 그 사람보다 더 존경스러운 인물을 만나지 못했단다. 단 한 번도 나한테 자신의 종교를 강요 하지 않았지. 이디스는 선량하고 배려심 많은 사람이었어." 부루 퉁하게 다문 입꼬리가 비틀리며 아래로 향했다. "'새로운 혈통'의 누군가하곤 다르지. '경비에 연연하는' 사람하곤. 게슈타포처럼 이래라저래라 명령이나 하고."

"미틀스탯 박사님이 어떻게 도, 돌아가셨는데요?"

"유방암. 그렇다고 들었지." 보건교사의 눈이 촉촉해졌다. 만약 이것이 영화의 한 장면이라면, 확실히 영화 속 한 장면이었는데, 그러면서도 아주 생생한 현실이었다. 마음이 아픈 블론드 배우는 개구리 기사에게 엘센트로의 약국 앞에 차를 세우라 하고 급히 달려들어가 약사에게 닥터 밥의 응급 전화번호로 연락해달라고 애원해 응급 데메롤 캡슐을 받아 그 자리에서 삼킬 수밖에 없을 것이다. 어찌나 생생하던지, 배경음악이 있든 없든 간에.

블론드 배우는 움찔했다. "오. 너무 안타까워요. 유방암이라니. 오. 세상에."

블론드 배우는 저도 모르게 양팔로 자신의 젖가슴을 눌렀다. '매릴린 먼로'의 그 유명한 툭 튀어나온 젖가슴. 오늘, 보육원에서, 부활절 방문객으로서, 블론드 배우는 자신의 젖가슴을 전혀 드러내지 않았고 어떤 식으로도 눈에 띄지 않도록 했다. 복장은 고상하고 얌전했다. 수레국화를 한 줄로 꽂고 베일을 늘어뜨린 부활절 모자까지 썼다. 옷깃에는 은방울꽃 잔가지를 꽂았다. 닥터 미틀스탯의 유방은 블론드 배우보다 컸지만 당연히 같은 장르는 아니었다. 블론드 배우의 젖가슴은 예술 작품이었다. 아니 예술 작품이 되었다. 블론드 배우는 우스갯소리로 자신의 묘비에는 가슴-허리-엉덩이 치수만 새겨야겠다고 했다. 38-24-38.

"가엾은 이디스! 우린 이디스가 아프다는 걸 알고 있었어. 체중이 빠졌거든. 생각해봐, 미틀스탯 원장이 말랐다니. 오. 그 가엾은 여인은 바로 여기서 우리와 같이 있으면서 분명 50파운드쯤 빠졌어. 피부는 왁스처럼 되어가지고. 눈은 때꾼해지고. 우린 얼른 병원에 가보라고 재촉했어. 하지만 이디스가 얼마나 고집이 센지 너도 알지, 그리고 얼마나 용감한지. '난 병원에 갈 이유가 없어'라면서. 이디스는 겁이 났던 거야. 하지만 절대 인정하지 않았지. 너도 알 거야. 크리스천사이언스 신자는 아플 때 기도해주는 사람이 따로 있다는 거. 그들이 어떤 사람들인지는 몰라도, 그 사람들은 '병들지' 않나봐. 그 사람들이 기도해주고, 자기도 기도하는 거야. 만약 제 신앙이 독실하면 낫는다는 거지. 그게 이디스가 암을 다룬 방식이었어, 너도 알지. 우리가 상황을 깨달았을 땐, 실제로 뭐가 문제였는지 알았을 땐, 이디스가 이미 병가를 낸 후였어. 최후의 최후까지 병원에 가기를 거부했어. 마지막까지도 의사를 원하지 않았던 거야. 그런데 정작 비극은, 이디스가 자신의 신앙이 부족하다고 느꼈다는 거지. 암이 몸뚱이를 모두 잡아먹는데, 뼈까지 먹히면서도 저 가엾은 고집 센 여인은 그게 제 잘못이라고 믿었어. '암'이라는 말은 결코 입에 올리지 않았지." 보건교사는 깊이 숨을 들이마시고 티슈로 눈가를 닦았다. "그 사람들은 '죽음'을 믿지 않아, 너도 알지. 크리스천사이언스 신자는. 그래서 죽음이 자신에게 닥치면, 분명 자기가 뭘 잘못했겠거니 하는 거야."

블론드 배우가 용기를 내어 물었다. "그럼 플리스는요, 플리스는 어떻게 됐어요?"

보건교사가 미소를 지었다. "오, 그 플리스. 우리가 마지막으로 듣기론 WACS에 입대했다더구나. 못해도 지금쯤 병장은 달았을 걸."

"오, 대디, 나 좀 안아줘."

당신의 따스한 근육질 두 팔로. 남자는 놀랐고, 약간 불안했지만, 분명 여자를 사랑했다. 미치도록 사랑했다. 처음에 그랬던 것보다 지금 훨씬 더.

"그냥 좀…… 너무 기운 빠진 느낌이라. 오, 대디!"

남자는 당황해서 무슨 말을 해야 할지 알 수 없었다. 그가 우물우물 말했다. "무슨 문제 있어, 매릴린? 알 수가 없네."

여자는 몸을 떨며 남자의 품을 파고들었다. 남자는 여자의 심장이 새처럼 빠르게 뛰는 것을 느낄 수 있었다. 남자가 어떻게 알겠는가? 이 고혹적이고 섹시한 여자는 대중 앞에서 자기보다 더 말을 잘하고, 아무리 생각해봐도, 미합중국에서 그리고 어쩌면 전세계에서 가장 유명한 여자인데, 그런 여자가…… 남편의 품속에 숨는다고?

남자는 여자를 사랑했고, 그 사실엔 변함이 없었다. 남자는 여자를 아끼고 챙겼다. 아무렴.

이런 행동이 당황스러웠고, 그 빈도가 점점 잦아지긴 했지만.

"자기야, 대체 무슨 일이야? 알 수가 없네."

여자는 그에게 성경 구절을 읽어주었다. 진지하고 열띤 어조로. 남자는 그것이 여자의 소녀 시절 목소리라고 생각했다, 거의 들어본 적 없는 목소리.

"'예수께서 땅에 침을 뱉어 진흙을 이겨 그의 눈에 바르셨고, 그리하여 맹인의 눈이 떠졌다.'" 여자는 남편을 올려다봤고, 여자의 눈이 기묘하게 반짝였다.

그가 뭐라고 하겠는가? 대체 무슨 말을?

여자는 그에게 자신이 썼던 시를 읽어주었다. 당신을 위해서, 여자가 말했다.

진지하고 열띤 소녀의 목소리로. 찬 기운에 콧등이 빨개졌고 코를 훌쩍였다. 어린애처럼 주변 눈치 보지 않고 손가락으로 코를 닦았고, 벼랑 끝에 발을 걸친 사람처럼 묘하게 숨이 가빴다.

네 안에서
세계는 새로 태어난다.
둘로.
네 전에는―
하나밖에 없었다.

그가 뭐라고 하겠는가? 대체 무슨 말을?

여자는 소스 만드는 법을 배운다. 소스! 푸타네스카(안초비를 넣고), 카르보나라(베이컨과 달걀, 되직한 크림을 넣고), 볼로네제 (다진 소고기, 다진 돼지고기, 버섯, 크림을 넣고), 고르곤졸라(치즈, 육두구, 크림). 여자는 파스타 만드는 법을 배우고, 마치 시 같은 요리 용어에 빙그레 미소 짓는다. 라비올리, 펜네, 페투치니, 링귀니, 푸실리, 콘킬리에, 부카티니, 탈리아텔레. 오, 여자는 행복했다! 이게 꿈인가? 만약 꿈이라면, 좋은 꿈일까 별로-안-좋은 꿈일까? 슬며시 악몽으로 바뀔 수도 있는 그런 종류의 꿈? 문이 잠겨 있지 않기에 열고 들어갔더니 텅 빈 엘리베이터 통로로 떨어지는 꿈?

낯설고 몹시 더운 부엌에서 정신이 든다. 끈적한 땀줄기가 얼굴에, 젖가슴 사이에 흐른다. 어설프게 양파를 썰고 있는데 누군가 여자를 향해 맹렬히 얘기를 건다. 양파 때문에 눈이 따갑고 눈물이 핑 돈다. 선반에서 커다란 스튜용 철제 냄비를 간신히 끌어내린다. 아이들이 소리지르며 부엌 안팎으로 뛰어다닌다. 남편의 어린 조카들이었다. 여자는 아이들의 얼굴을 기억하지 못했고 이름은 정말 기억하지 못했다. 다진 마늘과 올리브오일이 냄비에서 연기를 낸다. 여자가 불을 너무 세게 높여놓았다. 아니면 이런저런 생각이 창밖 하늘 높이 날아오르는 바람에 가스레인지를 보고 있지 않았다.

마늘! 마늘이 너무 많았다. 이들의 음식은 온통 마늘투성이였다. 시집 식구들의 숨결에서 느껴지는 마늘냄새. 시어머니의 숨결에서. 그리고 나쁜 치아 상태. 바싹 다가서는 모마. 피하면 안 되는 모마. 키가 작고 수선스러운 조그만 소시지 같은 여인. 마녀 같은 매부리코와 뾰족한 턱. 복부로 내려앉은 가슴. 그런데도 목깃이 있는 검정 드레스를 입었다. 귀를 뚫었고 항상 귀걸이를 하고 있다. 살진 목에 건 금사슬과 금십자가. 항상 스타킹을 신고 있다.

외할머니 델라의 것과 같은 면직 스타킹. 블론드 배우는 시어머니가 이탈리아에 살던 때의 젊은 시절 사진을 봤다. 예쁘진 않지만 보기 좋고 집시처럼 섹시했다. 젊을 때도 이 여인은 체구가 단단했다. 저 고무 같은 작은 몸집에서 얼마나 많은 아기가 나왔을까? 그리고 지금은 음식이었다. 모든 게 음식이었다. 먹어치울 남자들을 위해서. 그리고 진짜로 다 먹어치웠다! 여인은 음식이 되었고, 스스로도 먹는 것을 좋아했다.

오래전 글레이저 부인의 부엌에서 여자는 행복했다. 노마 진 글레이저. 미시즈 버키 글레이저. 글레이저 집안은 여자를 딸처럼 생각했다. 여자는 버키의 어머니를 무척 좋아했고, 남편과 어머니를 얻으려고 버키와 결혼했다. 아, 정말 오래전 일이다! 여자는 심장이 부서졌지만 살아남았다. 그리고 이제 여자는 성인이고 어머니가 필요하지 않다. 이 어머니는 아니다! 여자는 곧 스물여덟이고 더이상 고아 여자애가 아니다. 남편은 여자가 아내가 되기를 바랐고, 자기 부모에게 며느리가 되길 바랐다. 남편은 아내가 자기와 같이 있을 때 대중 앞에서 매력적인 여자이길 바랐다. 그러나 오직 자기와 같이 있을 때만, 자신의 면밀한 감시하에서만. 하지만 여자는 성인이었다. 본인의 커리어가 있었다. 정체성까진 아닐지라도. '매릴린 먼로' 되기가 커리어의 전부가 아닌 한. 게다가 이 커리어는 아마도 오래가지 못할 것이다. 고문처럼 느릿느릿 흘러가는 날도 있었지만(가령 샌프란시스코의 남편 본가에서 보내는 이런 날들처럼), 세월은 질주하는 차에서 흘깃 보는 풍경처럼 빠르게 지나갔다. 여자와 결혼했다고 여자를 바꿀 권리는 어느 남자에게도 없다! 마치 나는 당신을 사랑해라는 주장이 나는 당신을 바꿀 권리가 있어라는 주장과 동일한 것처럼. "내가 그이와 다를 게 뭐가 있어, 전성기 때의 그이와? 운동선수랑 말이야. 우리한테 주어진 시간은 한정되어 있잖아." 여자는 젖은 손가락에서 칼이 스르륵 빠져나가 바닥에 튕기는 것을 보았다. "오!—죄송해요, 모마." 부엌의 여자들이 그녀를 빤히 바라보았다. 무슨 생각을 하는 걸까, 여자가 자기들 발을 찌르려 했다고? 자기네 통통한 발목을? 여자는 얼른 식칼을 집어 싱크대에서 흐르는 물에 씻고 타월로 닦은 후 양파 써는 일로 돌아갔다. 오, 하지만 여자는 지루했다! 여자의 그루센카 심장이 지루함에 미친듯이 화를 냈다.

닭 간을 튀길 차례다. 구역질나는 저 기름진 누린내.

미국의 모든 아가씨와 여인이 블론드 배우를 부러워했다! 모든 남자가 양키 슬러거를 부러워했듯.

패서디나 극장에서 여자는 위대한 재능이 눈앞에 있음을 알았다. 그 극작가, 그의 시가 여자의 심장을 파고들었다. 그의 시는 바로-곁에-있는 비극적 고통의 장면이었다. '일상적' 삶. 당신의 심장을 세상에 내민다, 당신이 지닌 유일한 것을. 그리고 그것은 사라진다. 연극 맨 마지막에 이 구절이 한 남자의 무덤 앞에서 낭송되면서 스산하고 푸르스름한 불빛이 번지다 서서히 어두워졌고, 이 장면은 몇 주 동안 블론드 배우의 뇌리에서 사라지지 않았다.

"나도 그 사람의 연극에서 연기할 수 있는데. 다만 '매릴린'에게 맞는 배역이 없더군요." 여자는 미소 지었다. 여자는 웃음을 터뜨렸다. "괜찮아요. 그 사람을 위해 다른 역을 하면 되지, 뭐."

사람들이 닭 간을 튀기는 여자를 지켜본다. 지난번에 여자는 정말로 부엌에 불을 낼 뻔했다. 혼잣말을 하나? 웃으면서? 이야기를 지어내는 세 살배기처럼? 방해하고 싶은 생각은 없었다. 여자를 놀라게 했다간 당신의 발 위에 튀김 포크를 떨어뜨릴 테니까.

닥터 밥의 처방약을 포기한 이후 여자는 자주 열이 오르고 팔다리가 무거웠다. 아스피린보다 센 것은 두 번 다시 먹지 않겠다고 맹세했다. 열다섯 시간 동안 혼수상태 같은 잠에서 깨지 않아서, 깨울 수도 없어서 절망에 빠진 남편이 구급차를 막 부르려 할 때까지 아슬아슬한 상황이 이어졌고, 남자는 여자에게 다짐을 받았으며, 다신 안 돼! 여자는 약속했고, 정말 그 약속을 지킬 생각이었다. 그리하여 전직 운동선수는 여자가 얼마나 진지한지 알게 된다. 여자는 매릴린의 도색영화는 더이상 찍지 않겠다고 영화사에 거부 의사를 밝혔을 뿐 아니라, 헌신적인 아내이자 귀감이 되었다. 전직 운동선수는 이번 주말에 여자가 정말 좋은 사람이라는 것을 알게 된다. 심지어 친척들과 미사에도 참석했다. 집안 여자들과. 오, 예수성심! 향냄새 나는 휑뎅그렁한 낡은 교회의 측면 제단에. 보지 말아야 할 신체의 한 부분처럼 야단스럽게 드러낸 심장. 내 심장을 가져가 먹으렴.

유명 야구선수인 전직 운동선수는 블론드 배우와 결혼해 파문을 당했지만, 그래도 샌프란시스코 대주교는 집안 친구이자 야구팬이니 '아마도, 어떻게든' 일이 잘 풀릴 것이다. (어떻게? 이번 결혼은 무효?) 블론드 배우는 집안 여자들과 함께 미사에 갔다. 여자들은 예쁜 매릴린을 데려가게 되어 기쁜 듯했다. 다갈색 머리와 올리브색 피부 사이의 유일한 블론드. 모마보다 머리 하나만큼 키가 크다. 적당한 모자를 가져오지 않아서 모마가 머리를 덮으라며 검정 레이스 만틸라를 주었다. 여자는 전혀 도발적으로 입지 않고 수녀처럼 칙칙한 복장이었지만, 뜨겁고 까만 이탈리아인의 눈이 온통 여자 쪽으로 흘러가 걸린다. 오 어쨌든 성당은 엄청나게 지루했다! 라틴어 미사, 사제의 새되고 웅얼거리는 목소리, 중간중간 종소리가 끼어들고(잠을 깨우려고?), 무엇보다 엄청나게 길다. 그러나 여자는 좋은 사람이었고, 남편도 그 진가를 인정하고 감사한다. 그리고 여자는 부엌에서 엄청난 양의 식사를 준비하고 식후에 치우는 동안 남편은 형제들과 배를 타고 나가거나 동네 사내들과 예전에 다니던 학교에서 야구공을 던지며 여전히 친구인 척해야 했다. 수줍고 놀란 듯한 미소, 다들 반하고 마는 그 미소, 그러나 점점 익숙한 것이 되어가는 미소, 보기보다 그렇게 자발적이지는 않은 미소를 띠고 꼬마들이나 꼬마들의 아버지에게 사인을 해준다. 영화에서 혹은 연극에서 전직 운동선수는 이렇게 말할지도 모른다. 당신이 힘들다는 거 알아, 자기야. 우리 식구들이 좀 고압적이긴 하지. 우리 어머니가. 아니면 단순히 이렇게 말할지도 모른다. 고마워. 사랑해! 그러나 여자의 남편인 그 남자가 그런 얘기를 하길 기대하는 건 현실성이 없다. 남자는 말이 없었고, 앞으로도 통 말이 없을 터였고, 여자는 감히 말을 얹지 못했다.

나한테 잘난 척하지 마! 한번은 그가 여자에게 발광하듯 격분한 얼굴을 들이댔고, 여자는 남자 앞에서 움츠러들었다. 발끈 성내는 그가 어찌나 섹시한지.

오, 하지만 여자는 남편을 사랑했다! 여자는 그를 향한 사랑으로 견딜 수 없을 지경이었다. 그의 아기를 낳고 싶었다. 그와 행복하고 싶었다―그를 위해서. 남자는 여자를 행복하게 해주겠노라 약속했다. 여자는 그를 믿어야 했다. 여자의 행복을 위한 열쇠는 여자가 아니라 남자가 쥐고 있었다. 만약 그가 더이상 여자를 사랑하지 않는다면? 튀긴 간의 악취와 기름 자욱한 연기 때문에 머릿속이 빙글빙글 돈다. 여자는 땀범벅인 얼굴에 방해가 되지 않게 머리카락을 꼭뒤에서 하나로 묶었다. 여자는 시어머니와 다른 친척 아주머니가 자신을 인정해주겠다는 듯 지켜보고 있음을 감지했다. 애가 배우고 있어! 그들은 이탈리아어로 얘기한다. 애가 착해, 이번 며느리는. 거침없이 해피 엔딩으로 치닫는 유의 영화 속 한 장면이었다. 여자는 그런 영화를 수도 없이 봤다. 이 집안에서, 남편의 소란스러운 대가족 사이에서 여자는 더이상 블론드 배우가 아니었으며 확실히 매릴린 먼로가 아니었다, 여자를 기록할 카메라가 없다면 아무도 '매릴린'이 될 수 없으니까. 그리고 여자는 노마 진도 아니었다. 그저 전직 운동선수의 아내일 뿐이었다.

여자가 도쿄로 가면서 보라색 스팽글 드레스를 짐에 챙겨넣은 건 딱히 비밀도 아니었다, 남편이 그 때문에 여자를 비난하기는 했지만. 오, 여자는 맹세했다! 아니 비밀로 했다 쳐도, 일부러 남편에게 숨겼다 해도, 그건 남편을 기쁘게 해주려고 숨긴 것이었다. 은색 오픈토 앵클스트랩 스파이크힐 샌들처럼. 그리고 남편이 여자에게 사준 검정 레이스 란제리 같은 몇몇 아이템처럼. 여자는 블론드 가발도 챙겼고, 자신의 플래티넘블론드 솜사탕 머리칼과 거의 똑같은 복제품인데, 이 가발은 도쿄에 도착한 당일 저녁에 쓰임을 다한다.

오, 여자가 한국에 있는 '장병의 사기를 진작하기 위해' 미육군 대령의 초청을 받을 줄 어떻게 알았겠는가? 그 당시에는 그 비극적 나라가 어디에 '위치하는지'도 몰랐다고 여자는 맹세한다.

누군가 준 고전 『연기의 역설』 페이퍼백에 여자는 빨간색으로 밑줄을 쳤다.

영원은 그 중심이 어디에나 있고 그 둘레는 어디에도 없는 구체球體이므로, 참된 연기자는 자신의 무대가 어디에나 있는 동시에 어디에도 없음을 알게 된다.

그게, 두 사람이 일본으로 떠나기 전날이었다.

전직 운동선수는 워낙 말수가 없는 남자였고, 어떻게 보면 그 또한 무언극이었다.

마지막 무언극 수업 때(블론드 배우 외엔 아무도 그게 여자의 마지막 수업임을 몰랐다) 여자는 임종을 맞는 늙은 여인을 묘사했다. 동료 학생들은 여자의 고통스럽게 사실적인 연기에, 자기들의 가볍고 양식화된 마임 연기와 너무나도 다른 그 연기에 넋을 놓았다. 블론드 배우는 발목까지 오는 검정 시스드레스 차림으로 바닥에 등을 대고 누웠고, 맨발이었다. 고뇌와 의심과 절망을 거쳐 아주 조금씩 몸을 일으키더니, 이윽고 체념하고 운명을 받아들이며 기쁘게 자각했다—죽음을? 블론드 배우는 무용수처럼 조금씩 조금씩 몸을 일으켜 마지막에는 떨리는 발끝으로 중심을 잡고 서서 두 팔을 머리 위로 치켜들었다. 무아지경으로 그 자세를 한참 유지했고, 여자의 몸이 부들부들 떨렸다.

여자의 심장이 뛰는 게 보였어요. 흉골에 닿은 심장이. 생명이 여자의 내부에서 진동하는 게 보였어요, 터지기 직전이었죠. 우리 중에는 그때 여자의 피부가 반투명했다고 단언하는 사람도 있다니까요!

내가 그 여자를 사랑했기 때문은 아니었어요, 사랑한 적이 있기나 했는지 모르겠으니까.

말하지 않았던 것은, 남자는 여자가 자신의 가족을 지루해했기 때문에 여자를 용서할 수 없었다는 사실이다. 우리 가족을!

남자는 그 때문에 숨이 막혔다. 말은 하지 않았다. 말하지 않고, 용서되지도 않았다. 그의 아내는 그의 가족과 함께 있으면 지루해했고, 그와 함께 있으면 지루해했다.

이 여잔 자기가 우리에 비해 우월하다고 생각하나? 제까짓 게?

크리스마스 때 두 사람은 샌프란시스코에 갔다. 여자는 조용하고 주위를 세심히 살피고 사랑스럽게 웃고 깍듯했다. 거의 한마디도 하지 않았다. 딴사람들이 웃을 때 웃었다. 앳된 얼굴의 여자는 남자든 여자든 제 얘기를 털어놓게 만드는 타입의 사람이었고, 눈을 동그랗게 뜨고 경청하며 감동하는 것 같았지만, 남자는, 남편인 그는, 그들 중 유일하게 여자를 제대로 아는 그는 여자의 관심이 얼마나 억지스러운지, 어떻게 여자의 미소가 입 주변의 선만 남긴 채 점점 사라지는지 다 볼 수 있었다. 여자는 시아버지와 다른 남자 친척 어른들의 의견에 따르는 법을 알았다. 시어머니와 다른 여자 친척 어른들의 의견에 따르는 법을 알았다. 아기들과 꼬마들을 보고 호들갑을 떨며 애들 어머니에게 찬사를 보내는 법을 알았다―"정말 행복하시겠어요! 진짜 대견해요." 여자의 연기는 흠잡을 데 없었지만, 남편은 그게 연기라는 것을 알았고 그래서 화가 났다. 가령 닭 간과 송아지 췌장과 얇게 썰어 양념에 재운 연어와 안초비 페이스트를 몇 입 먹고 정말 눈물이 그렁그렁해서 엄청 맛있다고 말하지만, 지금 여자는 별로 배고프지 않다. 온통 소리치고, 떠들썩하니 웃고, 북적북적 몰려서 서로를 밀치고, 애들은 이 방 저 방 고함치며 뛰어다니고, 귀가 어두운 남자들을 위해 텔레비전 축구 경기를 시끄럽게 틀어놓고, 여자의 표정은 패닉에 가까웠다. 나중에 여자는 남편에게 용서를 구했다. 미안하다는 듯 남자에게 힘없이 기대어, 자신의 뺨을 남자의 뺨에 부비며, 어릴 때 크리스마스를 제대로 지내본 적이 한 번도 없다면서.

"난 배워야 할 게 잔뜩인가봐, 대디. 그치?"

결혼식 이후, 시집 식구들이 좀더 편해지고 시집을 방문하는 게 좀더 즐거워질 거라고 다들 예상할 때에도 여자는 그렇지 못했다. 오, 겉으로는 그런 인상을 주었고, 아니 주려고 노력했다. 그러나 남자는, 남편은―상대의 무표정한 속내를 읽어내는 훈련을 한 운동선수, 투수의 씰룩임 하나하나의 뉘앙스를 읽어낼 뿐 아니라 누상의 동료들(나가 있다면)과 자신과 관계된 필드의 모든 상대 선수의 정확한 포지션을 염두에 두는 데 능한 노련한 타자—알 수 있었다. 이 여잔 내가 눈이 없는 줄 아나? 중학교 때 이후 '데이트'했던 여러 멍청이 중 하나에 불과하다고 생각하나? 내가 자기처럼 무신경한 줄 아나, 모마의 마라톤처럼 이어지는 풍성한 음식을 먹고 나서 밤새 토해놓고 그걸 그냥 농담거리로 치부하는 자기처럼? 여자는 시집 식구들이 남자가 교회에서 파문당한 게 자기 때문이라고 생각한다는 것을 알았고, 늘 그에게 확인했다. "나를 탓하시잖아, 조금은." 물론 남자는 이혼했고, 교회는 그 이혼을 인정하지 않았고, 그러다 남자가 (이혼한 여자와!) 재혼한 후에야 교회법을 어겼다며 파문했다. 그들이 여자를 의심한다면, 여자가 알아서 만회해야 했다. 여자의 진심을 의심한다면. 여자의 진정성을. 삶과 종교에 대한 진지함을. "내가 개종할까? 가톨릭으로? 그렇게 해줄래, 대디? 내 어, 어머니도 가톨릭인데, 나름."

그래서 여자는 시집 식구들과 함께 미사에 참석했다. 여자들과 시어머니, 연로한 할머니, 고모와 숙모. 그리고 아이들. 모마와 숙모는 여자가 '항상 고개를 빳빳이 들고 있다'며—'미소 짓고 있다'며 입을 모아 투덜거렸다. 교회에선 그러면 안 되지. 뭐가 그렇게 재밌는데? 교회에 들어갈 때 여자가 측면 제단의 조각상을 가리키며 속삭였다. "심장이 왜 몸 밖에 있어요?" 그리고 그 미소, 세상 모든 게 농담이라는 듯한. "신부님이 그러시대요, 신성한 미소라고. 신성한 작은 새라고. 매릴린이 불안해하냐고요? 사람들이 쳐다보니까. 사람들이 보니까요. 매릴린이 누구의 아내인지 알고, 누군지도 아니까. 그리고 만틸라가 자꾸 미끄러져서, 실수한 것처럼, 자꾸 머리 위로 끌어올렸고, 미사 도중에 너무 하품을 해서 우린 매릴린 턱이 빠지는 줄 알았다니까요. 그다음이 영성체인데, 매릴린이 우리랑 같이 나가려고 해요! '난 안 되나요?' 매릴린이 물었죠. 우린 안 된다고 했어요. 당신은 가톨릭이 아니니까. 가톨릭이에요, 매릴린? 하니까 삐친 아기처럼 입술을 삐죽 내밀고 말했어요. '오. 아니라는 거 아시면서.' 당연히 매릴린은 자기를 쳐다보고 자기 걸음걸이를 쳐다보는 남자들을 의식하죠. 고개는 숙이고 있지만 눈으로 온 사방을 훑어요. 집으로 돌아오는 차 안에서 예배가 아주 흥미로웠다고 말해요. '예배'라는 단어를 마치 우리가 알 거라는 듯이. '구교'를 누구나 아는 단어인 것처럼 말하고. 그 새근거리는 웃음을 터뜨리며 말해요. '오, 참 길더군요, 안 그런가요!' 그럼 차에 같이 탄 꼬마들이 비웃어요. '길어요? 그래서 우리가 아홉시 미사에 가는 건데, 저 신부님은 그래도 빠른 편이거든요.' '길어요? 우리가 장엄미사에 데려갈 때까지 기다려봐요.' '아님 위령미사에!' 그렇게 다들 비웃고, 머리에 쓴 만틸라가 스르르 떨어지는데 머리가 너무 매끈하고 백화점의 마네킹 머리처럼 반짝거려요. 그래서 만틸라가 제자리에 있지 못하는 거야.

부엌에서 매릴린이 열심히 노력한 건 사실이에요. 잘하려고 했지만 서툴렀죠. 그냥 그 일을 뺏어서 내가 하는 게 속 편해. 그래서인지 누가 다가가면 화들짝 놀라면서 불안해하더라고요. 일일이 지켜보지 않으면 파스타가 곤죽이 될 때까지 끓게 놔뒀고, 항상 뭔가를, 이를테면 커다란 식칼 같은 것을 떨어뜨렸어요. 늘 정신이 딴 데 팔려 있어서 리소토는 못 만들어. 맛을 봐도 간을 어떻게 해야 하는지 모르고. '너무 짠가요? 소금이 필요할까요?' 양파와 마늘이 똑같은 건 줄 안다니까! 올리브오일이랑 녹은 마가린이 똑같은 건 줄 알아! 매릴린이 말하대요. '사람들이 파스타를 만들어요? 그니까―그냥 가게에 있는 게 아니고?' 숙모가 양념에 재운 완숙 달걀을 냉장고에서 꺼내주면 이래요. '오 이걸 먹으라고요? 그니까―농담이시죠?'"

전직 운동선수는, 여자의 남편은 자기 어머니의 장황한 불평을 예의바르게 경청했다. 그 긴 넋두리 구절구절마다 뭐, 내 알 바 아니지 하는 후렴구가 따라붙었다. 그는 가만히 듣고, 아무 말도 하지 않는다. 상기되어 검붉어진 얼굴로 바닥을 노려보다가 모마의 말이 끝나자 방에서 걸어나오고, 그의 뒤를 따라 언짢은 투의 이탈리아어가 다양한 변주로 들려온다. 봤지? 쟨 나를 탓한다니까.

그의 아내가 머물던 방은 어디든 엉망이 되고, 남편이 흘린 걸 줍기는커녕 자기가 흘린 것도 챙기지 못한다는 사실은 신랑 된 사람으로서 그의 예법 기준에서 더욱 불쾌했다. 심지어 시집에서도 그랬다. 분명 결혼 전에는 이렇게 정신없지 않았고, 무척 단정하고 깔끔하며 남편 앞에서 옷을 벗는 것도 매우 수줍어했다. 그런데 지금 남자는 아내의 옷가지에, 최근에 입은 기억은 고사하고 갖고 있는 줄도 몰랐던 옷들에 발이 걸려 넘어질 지경이다. 화장품이 덕지덕지 묻은 티슈! 시집의 욕실 세면대에 묻은 지저분한 화장품 얼룩, 뚜껑이 사라진 치약, 빗과 헤어브러시와 욕조 거품에다 남자가 직접 치우지 않으면 나중에 모마가 발견하게 될 블론드 머리카락. 젠장.

변기에 물 내리는 것을 까먹을 때도 있었다.

약 때문은 아니라고 남자는 확신했다. 남자는 여자의 약품 은닉처를 때려부수며 엄중히 경고했고, 여자는 절대로, 앞으론 절대 약을 입에 대지 않겠다고 맹세했다―"오, 대디! 나를 믿어줘." 그는 이해할 수 없었다. 영화를 안 찍는데 왜 빠른 에너지 공급이나 용기가 필요하지? 아내를 당황스럽게 만드는 것은 일상생활 그 자체인 듯했다. 그의 팀 동료 중 하나가 그랬다. 접전을 벌이며 한창 달아오를 때만 멋진 플레이를 펼치고, 평소에는 고질적인 구멍이었다. 아내는 더없이 진지하게 말했다. "대디, 너무 겁이 나는 거야. 왜 실제 사람들이 나오는 장면은 끝도 없이 계속되는 거야? 버스에 탄 것처럼? 이거 멈추려면 어떻게 해야 해?" 또 그 생각에 잠긴 꼬마 소녀의 표정으로, "이런 생각 해본 적 있어, 대디? 사람들은 아마 무심코 하는 행동일 텐데 거기에 무슨 의도가 있는지 일일이 파악하는 게 얼마나 힘든지? 대본이 있는 게 아니잖아. 아무 의미 없이 그냥 '일어나는' 일인데, 날씨처럼, 그 일의 의미가 뭔지 파악하려는 거야." 남자는 고개를 저었다. 당최 무슨 말을 해야 할지 몰라서. 그는 수많은 배우와 모델과 파티걸을 사귀어봤고, 그 성격 유형을 다 안다고 자부했지만, 매릴린은 차원이 달랐다. 친구들이 넌지시 얘기했듯, 남자의 얼굴이 빨개지게 옆구리를 쿡 찌르며. 매릴린은 차원이 다르지, 안 그래? 그놈들은 쥐뿔도 몰랐다.

가끔 여자는 남자를 식겁하게 했다. 어느 정도는. 진짜 인형 같은 여자가 파란 유리 눈을 뜨면 혀짤배기 유아나 하겠거니 싶지만, 여자는 선종의 화두처럼 아주 희한하고 심오해서 도무지 이해할 수 없는 말을 했다. 그것도 열 살짜리의 어휘력으로. 남자는 열심히 호언장담한다, 그럼, 이해하지, 대충은. "봐봐, 매릴린, 당신은 십 년 동안 영화판에서 쉬지 않고 일했어, 거의 나랑 똑같이, 진짜 프로로서. 이제 당신은 쉬는 중이야, 오프시즌인 거지, 내가 은퇴한 것처럼, 그치?"―그러나 이쯤 되면 남자는 자기가 무슨 말을 하고 있는지 갈피를 잡지 못했다. 남자는 거짓말이 서툴렀다. 다만 두 사람 사이의 유사성은 인식할 수 있었다. 프로로서 정점에 서면 세상의 눈이 자신에게 집중되고, 플레이오프와 월드시리즈를 포함해 빡빡한 시즌이 되면 생각할 거리를 찾아다닐 필요가 아예 없다. 생각 자체를 할 필요가 없다. 시합이 있으면 그날의 시간을 다 잡아먹는다. 그렇게 시간을 소진할 수 있는 것은 없다. 아마도 전쟁터에서 싸우는 것 혹은 죽어가는 것 정도나 비슷할까. "권투에서는 이러지. '주의력이 흐트러졌군.' 선수가 세게 맞으면." 남자는 공감한다는 뜻으로 여자에게 그렇게 말했지만, 여자는 마치 외국어라도 들은 것처럼 남편을 보며 어리둥절한 미소를 지었다. "주의력에 관한 거야." 남자가 자신 없이 말했다. "집중력 말이야. 그걸 잃으면―" 남자의 말이 중력을 잃고 어린애의 풍선처럼 떠갔다.

한번은, 그들의 벨에어 집에서, 남자가 우연히 침실에 들어갔는데 여자가 서둘러 옷가지가 널린 방을 치우고 있었다. 몇 시간

후 메이드(남자가 직접 고용한)가 오기로 되어 있는데. 여자는 샤워를 하고 나서 완전히 알몸으로 머리에 터번처럼 수건만 둘렀다. 여자는 남편을 보고 죄지은 사람처럼 더듬거리며 말했다. "바, 방이 어떻게 이 꼴이 됐는지 모르겠네. 내가 아팠나봐." 남자는 여자가 두 사람일지도 모른다는 생각에 이르렀다. 가는 곳마다 엉망진창을 만들어놓고 나 몰라라 하며 완전히 자기밖에 모르는 여자와 총명하고 기민하며 고민이 많은 여자, 아니 실은 소녀. 여자의 시선이 남자의 시선과 부딪히고, 두 사람은 곤경에 빠진 두 아이 같다, 열다섯 살쯤 먹은 두 아이, 어쩌다 정신을 차리고 보니 결혼한 두 아이. 그 순간 남자에게 아내의 몸은 성숙한 여인의 아름답고 풍만한 몸이 아니라 두 사람이 함께 짊어져야 할 책임으로 느껴졌다, 몸만 큰 아기.

그러나 샌프란시스코 비치 스트리트의 부모 집에서는 아내와 멀어진 기분이었다. 아내가 죄지은 듯한 표정으로 아련히 자신을 바라볼 때도. 식구들이 안 보는 데서 자신을 휙 잡아당길 때도. 살려줘! 난 지금 물에 빠져 허우적대고 있다고. 그러면 왠지 그의 심장은 더욱 단단히 굳었다. 첫 아내는 우리 식구와 잘 지냈는데, 적당히 그럭저럭. 게다가 매릴린은 모두가 사랑할 준비가 되어 있는 꿈속의 이상형이었다. 그런데도 여자는 누가 '영화 스타'가 된 기분에 대해 물어보면 난생처음 듣는 질문이라는 듯 조개처럼 입을 다물었다. 누가 여자의 영화를 봤다고 얘기하면 얼굴이 빨개져서 말을 더듬는 것이 자신의 영화를 부끄러워하는 것 같았고, 아마도 그랬을 것이다. 전직 운동선수의 조카가 천진하게 "그 머리 진짜예요?"라고 물었을 때 여자는 당황해서 할말을 잃었다. 그리고 잠시 후 남자는 아내의 얼굴에 떠오른 잔인한 표정을 보게 된다. 그건 미친년 로즈였다. 거만한 눈빛. 경멸하는 표정. 뭐, 로즈는 그 쓰레기 같은 영화의 웨이트리스일 뿐이었고, 잡년이었다. 그리고 매릴린 먼로는—핀업 걸, 사진 모델, 신예 배우, 그리고 또 무엇인지는 신만이 아시겠지.

남자는 여자를 후려치고 싶었다. 제까짓 게 뭔데, 우리 식구를 그딴 눈으로 봐?

남자는 결코 여자에게 얘기하지 않았다, 당연히. 한 친구가 전화를 걸어와 먼로가 저 악명 높은 코카인 상습범이자 공산주의자로 의심되는 밥 미첨과 그렇고 그런 사이였다고 알렸을 때 남자는 그들의 첫 데이트를 거의 취소할 뻔했다. 얘기인즉, 먼로가 임신하자 격분한 미첨이 먼로를 패서 유산시켰다는 것이었다.

(이중 하나라도 사실일까? 남자는 소문이 어떻게 퍼지는지, 사람들이 어떤 식으로 거짓말을 하는지 잘 알았다. 그는 친구인 프랭크 시나트라가 추천해준 사설탐정을 고용했고, 시나트라는 그 탐정에게 당시 미친듯이 좋아하던 에이바 가드너의 뒷조사를 시켰었다. 하여간 600달러의 요금을 낸 결과는 '증거 불충분으로 결론 없음'이었다.)

이것 한 가지는 확실했다. 남자가 여자를 알기 훨씬 전에, 여자는 누드사진을 찍은 적이 있다. 먼로가 십대 후반에 포르노 영화를 몇 편 찍었다는 얘기도 할리우드에 꾸준히 돌았지만, 어느 하나 수면 위로 떠오른 적은 없었다. 두 사람이 결혼한 후, 소위 사진 중개인이라는 작자가 '미스 먼로의 남편이라면 손에 넣고 싶어 할' 사진 원판을 몇 장 갖고 있다며 사업 동료를 통해 전직 운동선수에게 접촉해왔다. 전직 운동선수는 그 남자에게 전화를 걸어 퉁명스럽게 물었다. 이거 협박인가? 갈취야? 중개인은 그저 비즈니스 거래일 뿐이라고 항변했다. "슬러거, 당신이 지불하면, 나는 물건을 배달합니다."

전직 운동선수가 값을 물었다. 중개인이 액수를 말했다.

"그만한 값어치가 있는 건 없어."

"부인을 사랑하신다면, 이건 확실히 제값을 합니다."

전직 운동선수가 조용히 말했다. "너 나한테 다칠 수도 있어. 이 좆같은 새끼야."

"어허, 이봐. 그건 합당한 태도가 아니지."

전직 운동선수는 대답하지 않았다.

중개인이 얼른 말을 이었다. "나는 당신 편입니다. 오래전부터 당신 팬이에요, 진짜로. 그리고 부인의 팬이기도 하고요. 부인은 진짜 품격 있는 분이시죠, 실제로. 지조가 조금이라도 있는 경우가 어디 흔한가요. 여자들 말입니다, 제 말은." 그는 잠시 말을 끊었다. 전직 운동선수의 귀에 그의 숨소리가 들렸다. "이건 아주 강하게 드는 감인데, 이 원판은 반드시 시장에서 사라져야 합니다, 오용되지 않도록."

약속이 정해졌다. 전직 운동선수는 혼자 나갔다. 그는 여러 장의 사진을 한참 동안 살폈다. 사진 속 여자는 정말 어렸다! 갓 십대를 벗어났을까. 캘린더 누드사진이었고, 〈플레이보이〉에서 봤던 '미스 골든 드림스 1949'와 같은 시리즈였다. 몇 장은 좀더 노골적인 정면 사진이었다. 갈색이 섞인 금발 음모 한 줌, 맨발의 부드러운 발바닥. 여자의 발! 남자는 그 발에 키스하고 싶었다. 이것이 지금의 여자가 되기 전 남자가 사랑한 사람이었다. 소녀는 아직 매릴린이 아니었다. 소녀의 머리는 플래티넘블론드보다 허니브라운에 가까웠고, 구불구불한 곱슬머리가 어깨까지 내려왔다. 사람을 쉽게 믿는 사랑스러운 얼굴의 소녀. 심지어 젖가슴마저 다르게 보였다. 코. 눈. 비스듬히 기울인 머리. 아직 매릴린이 되는 법을 익히기 전이었다. 남자는 이 소녀가 자신이 진정 사랑하는 여자임을 깨달았다. 다른 쪽은, 매릴린은, 남자도 홀딱 빠졌고 미칠 듯이 사랑했지만, 그 여자는 믿을 수 없었다.

그리하여 전직 운동선수는 사진과 원판을 '사진 중개인'에게 현금을 주고 구매했고, 이 거래에 역겨움이 치밀어 억지로라도 중개인과 눈을 마주칠 수 없었다. 단순히 전직 운동선수가 이 소녀의 남편이기 때문만은 아니었다. 그는 지조 있는 남자였다. 세상이 그에 대해 아는 것, 즉 남자다움, 긍지, 심지어 과묵함까지, 그모든 게 진실이었다. "고맙소이다, 슬러거. 당신은 합당한 일을 했어요." 시합을 리드하기보다 카운터펀치를 날리도록 훈련받은 권투선수처럼, 전직 운동선수는 이 빈정대는 말에 고개를 획 들어 자신을 괴롭히는 남자를 정면으로 쳐다봤고, 나이를 특정하기 힘든 연체동물 얼굴의 백인, 기름진 머리, 짧은 구레나룻, 보철한 치아를 쭉 드러낸 미소, 전직 운동선수는 아무 말 없이 주먹을 말아 쥐고 그놈의 치열을 향해 펀치를 날렸고, 어깨부터 쭉 뺀 펀치였는데, 최고의 컨디션도 아니고 기본적으로 싸움꾼도 아닌 다정한 성정의 나이 마흔에 가까운 남자치곤 매우 훌륭한 펀치였다. 중개인은 비틀거리다 쓰러졌다. 홈런처럼 빠르고 깔끔했다. 가격음까지 아름다웠다, 퍽! 전직 운동선수는 여전히 말 한마디 없이 숨을 헐떡이며 쓰라린 손마디를 어루만지다 그 자리를 휙 떠났다.

전직 운동선수는 그 증거물을 없앨 것이다. 사진도, 원판도. 연기 속으로 훨훨.

"'미스 골든 드림스 1949.' 내가 그때 당신을 만났더라면."

이 에피소드를 전직 운동선수는 영화를 보듯 보고 또 볼 것이다. 남들은 아무도 모르는 그만의 영화. 블론드 배우에게는 결코 얘기하지 않았다. 자신의 가족과 함께 있는 여자를 주의깊게 지켜보면서, 희미해져가는 억지 미소와 그 눈빛에 떠오른 지루함을 보면서, 남자는 자신의 너그러움과 용서와 가족에 대한 애정, 어머니의 노력을 아내가 알아봐주지 않는다는 사실을 인정할 수밖에 없었다. 아마도 여자는 약에 취하진 않았겠지만, 지독히 자기밖에 모르고 이기적이었다. 일요일 저녁식사가 끝나갈 무렵 아내가 또 사라졌다. 대체 어딜 간 거야? 전직 운동선수는 쿵쿵거리며 아내를 찾으러 가면서 친척들의 눈초리를 느꼈다. 방을 나설 때 그들이 이탈리아어로 뭐라고 수군댈지 알고 있었다. 자기들끼리 알아서 하겠지. 누가 참견할 일은 아니잖아. 매릴린이 임신한 것 같아?

그들이 묵고 있는 손님방에서 여자는 춤추기 전에 하는 워밍업을 하고 있었다. 다리를 들어올리고 발가락을 잡아당긴다. 남자가 뉴욕에서 사준 진주황색 실크 드레스를 입었는데 운동하기엔 적절하지 않은 복장이었고, 스타킹을 신었는데 여기저기 찢어지고 올이 나간 상태였다. 이불이 흐트러진 침대와 의자와 심지어 카펫 위에도 여자와 남자의 옷가지가 널려 있고, 축축한 수건과 책—젠장, 남자는 여자의 책이 지긋지긋했다. 여자의 여행가방 중 하나는 대부분 책이었고, 그 망할 것을 남자가 옮겨야 했는데 그게 아주 화가 났다. 할리우드에서는 매릴린 먼로가, 고등학교도 졸업 못하고 두 마디마다 한 단어씩 발음을 틀리는 주제에 자신이 지식인인 줄 안다는 것이 공공연한 농담거리였다. "어디로 그렇게 휙 사라졌나 했더니. 뭐하는 거야?" 여자는 남편에게 배우의 가식적인 환한 미소를 지어 보였고, 남자의 손이 튀어나가 여자의 턱을 때렸다.

주먹은 아니었다. 펼친 손, 손바닥이었다.

"오!—오, 제발."

여자는 몸을 웅크리고 비틀비틀 물러나다 침대에 털썩 주저앉았다. 붉은 립스틱을 칠한 입과 백지장처럼 창백한 얼굴이 산산조각나기 직전의 도자기처럼 보였다. 눈물 한 방울이 또르르 뺨을 타고 흘러내렸다. 남자는 여자 곁에서 여자를 꼭 안았다. "아냐, 대디. 내 잘못이야. 오, 대디, 미안해." 여자는 울기 시작했고, 남자는 여자를 꼭 안았고, 잠시 후 두 사람은 사랑을 나눴고, 아니 나누려고 했는데, 창문 밖에서, 닫힌 문 밖에서, 파도가 찰싹찰싹 치듯 나직이 수군거리는 말소리가 들렸다. 결국 두 사람은 포기하고 그저 가만히 서로를 껴안았다. "대디, 용서해줄래? 두 번 다시 안 그럴게."

1954년 일본 프로야구 시즌 개막에 맞춰 일본으로 공식 초청을 받은 사람은 전직 운동선수였지만, 기자와 사진기자와 방송국 촬영팀이 보려고 혈안이 된 것은 블론드 배우였다. 운집한 군중이 힐긋이라도 보려고 혈안이 된 것은 블론드 배우였다. 도쿄 공항에서, 뚫어져라 쳐다보긴 하는데 묘하게 표정이 없고 조용한 일본인 수백 명을 경찰이 막았다. 몇 명만 으스스하게, 천편일률적인 어조로 블론드 배우를 향해 연신 외쳤다―"몬짱! 몬짱!" 좀더 어린 팬들이 용기를 내어 꽃을 던졌고, 꽃은 지저분한 콘크리트 도로에 총 맞은 새처럼 떨어졌다. 외국은 처음인데다 집에서 가장 먼 지구 반대편이라니, 블론드 배우는 전직 운동선수의 팔에 매달렸다. 안전요원들이 무뚝뚝하게 그들을 리무진까지 에스코트했다. 전직 운동선수에게는 명백하게 굴욕적으로 보였지만 블론드 배우는 미처 생각지도 못한 것이, 그 군중이 남자가 아니라 여자를 보러 나왔다는 사실이었다. "'몬-짱'이 뭐예요?" 블론드 배우가 머뭇머뭇 질문하자 에스코트하던 요원이 떨리는 웃음을 지으며 말했다. "당신요." "나? 하지만 당신네 나라에서 초청한 건 남편인데요, 내가 아니라." 블론드 배우는 남편 대신 화를 냈다. 분해서 남편의 손을 꼭 잡았다. 리무진 밖, 공항 출입로 양쪽에, 몬짱을 보기 위해 더 많은 일본인이 몰려들었고, 몬짱은 짙게 선팅한 보호유리 안쪽 리무진 뒷좌석에 뻣뻣하게 앉아 있었다. 이 사람들은 터미널 안에서 나름 용기를 내 손을 흔들던 사람들보다 훨씬 열광적으로 손을 흔들었고, 훨씬 열광적으로 꽃을 던졌고, 더 크고 더 많은 꽃이 리무진 앞유리와 지붕에 가볍게 흩어지며 통통 내려앉았다. 사람들이 으스스한 합창을 하듯 로봇처럼 외쳤다. "몬-짱! 몬-짱! 몬-짱!"

블론드 배우는 불안하게 웃었다. 저 사람들이 '매릴린'이라고 말하려는 걸까? 일본에서는 '매릴린'이 저렇게 들리나?

격조 높은 제국호텔 앞 거리에 더 많은 군중이 기다리고 있었다. 도로는 일찌감치 통행이 차단됐다. 경찰 헬리콥터가 웅웅거리며 머리 위를 날아다녔다. "오! 저 사람들이 뭘 바라는 거야?" 블론드 배우가 소곤거렸다. 이건 찰리 채플린 영화에서나 볼 법한 말도 안 되는 장면이었다. 코미디 무성영화에서나. 다만 여기 군중은 조용하지 않았고, 극성스럽게 아우성쳤다. 블론드 배우는 항의하고 싶었다. 일본인은 차분한 민족 아닌가요? 전통에 얽매이고 아주 정교하게 예의를 지키는? 다만 전시에는, 블론드 배우는 오싹해하며 기억해냈다. 오, 진주만이 기억난다! 일본 포로수용소가 기억난다! 일본의 잔혹 행위가! 콘솔형 라디오 위에 있던 히로히토 영감의 해골도 생각난다. 어쩌다 주의를 게을리하면 거슬리게 자신을 쏘아보던 그 빈 안구. "몬-짱! 몬-짱!" 우레와 같은 합창이 들려왔다. 블론드 배우와 전직 운동선수 둘 다 눈에 띄게 충격을 받았고, 도쿄 경찰 수백 명이 몰려드는 군중을 막느라 고생하는 동안 에스코트를 받으며 호텔로 들어갔다. "오, 저 사람들이 나한테 원하는 게 뭐지? 난 여기 사회가 우리보다 더 우월한 줄 알았어. 그러길 바랐는데." 블론드 배우가 진지하게 말했지만 듣는 사람은 없었다. 아무도 듣지 않았다. 전직 운동선수는 상기되어 우울하고 기분 나쁜 표정이었다. 두 사람은 너무 오래 날아왔고, 남자의 턱에 수염이 거뭇거뭇하게 자랐다.

호텔 로비에서, 그리고 전직 운동선수 부부를 위해 마련된 8층의 호화로운 스위트룸에서 형식상의 절차가 서둘러 진행됐다. 주최측 한 무리의 의례적인 환영 인사가 있었고, 그다음에 다른 한 무리의 의례적인 환영 인사가 있었다. 그동안 내내 창문 밖 아래쪽 거리에서는 몬-쨩! 몬-쨩! 몬-쨩! 연호하는 소리가 들려왔다. 돌풍에 거세게 일어난 파도처럼 점점 더 집요해졌다. 블론드 배우가 주최측 일본인 중 한 사람에게 선시Zen poetry와 '혼돈 속 고요'에 대해 얘기하려 했지만, 일본인은 연신 머리를 조아리며 웅얼웅얼 맞장구를 치고 미소를 짓고 열심히 고개를 끄덕일 뿐이어서 이내 포기하고 말았다. 창밖을 내다보고 싶은 마음이 들었지만 용기를 내진 못했다. 전직 운동선수는 거리의 군중을 모르는 척했고, 아내에 대해서도 모르는 척했다. 이제 우린 호텔에 갇힌 신세인가? 저길 어떻게 뚫고 거리로 나가지? 이건 벌이야, 올 게 온 거지, 블론드 배우는 생각했다. 나는 저들이 내 아기를 죽이게 놔뒀어. 그래서 여기까지 쫓아온 거야. 날 먹어치우려고.

블론드 배우는 그 자리에 있는 유일한 여자였다. 여자는 갑자기 웃음을 터뜨리더니 화장실로 달려들어가 문을 잠갔다.

잠시 후 토사물냄새를 살짝 풍기며 나타났고, 강렬한 붉은 립스틱을 바른 입술을 제외하곤 창백해져서 바들바들 떨었다. 전직 운동선수는 둘만 있을 때는 대디였지만 지금은 아니었고, 그는 한 팔을 아내의 허리에 두르고 조용히 말했다. 일본 주최측이 통역을 통해 얘기하길, 당신이 몇 초만 발코니에 나가서 모습을 보여주고 사람들의 존재를 알아봐주고 그들의 호의를 받아주면, 저 군중은 만족해서 흩어질 거라고. 블론드 배우는 진저리를 쳤다. "난 모, 못해." 전직 운동선수는 무척 당황해서 아내의 허리를 안은 손에 힘을 주었다. 그는 머뭇머뭇 자신도 옆에 있겠다고 말했다. 도쿄 경찰청장이 먼저 발코니에 나가 군중에게 확성기로 설명할 것이다. 미스 매릴린 먼로는 오랜 비행으로 무척 지쳐 있고 지금 당장 뭔가 보여주는 건 불가능하지만 자신을 보러 와줘서 고마워한다고. 경찰청장은 미스 매릴린 먼로가 그들 나라에 초청되어 '크나큰 영광'으로 생각한다고 말할 것이다. 그다음에 여자가 점잖게 그들에게 모습을 보이고, 몇 마디 하고, 미소 지으며 다정하게 그러나 격식을 갖춰 손을 흔든다. 그러면 끝이다. "오, 대디, 나한테 그러지 마." 블론드 배우는 훌쩍이며 말했다. "나더러 저기 나가라고 하지 마." 전직 운동선수는 옆에 꼭 붙어 있겠다고 단단히 약속했다. 일 분도 안 걸릴 거라고. "이건 저 사람들한테 '체면을 차리는' 일이야. 그래야 저들도 집에 갈 수 있고 우리도 저녁을 먹을 수 있어. 당신도 무슨 말인지 알지, '체면을 차린다'는 게?" 블론드 배우는 전직 운동선수의 팔에서 빠져나왔다. "누구 체면을?" 전직 운동선수는 그 말을 이해했다는 듯, 그리고 재미있다는 듯 웃음을 터뜨렸다. 그는 일본 주최측의 제안을 아내에게 신중히 거듭 얘기했고, 블론드 배우가 듣지 않고 빤히 자신을 바라보자 다시, 이번에는 좀더 강하게 얘기했다. "봐. 내가 당신 바로 곁에 서 있을 거야. 그냥 일본의 의전이 원래 그렇대. '매릴린 먼로'가 저 사람들을 여기 데려왔으니, '매릴린 먼로'만이 저들을 놓아줄 수 있다는 거지." 드디어 말이 먹힌 듯했다.

마침내 블론드 배우가 요청에 응하기로 했다. 전직 운동선수는 굴욕감에 울그락불그락해진 얼굴로 아내에게 감사를 표했다. 옷을 갈아입으려고 침실로 사라진 여자는 엄청 빠르게 짙은 색 맞춤 모직 정장에 목에는 붉은 스카프를 두른 차림으로 다시 나타나 전직 운동선수를 깜짝 놀라게 했다. 두 뺨에 볼연지도 바르고 얼굴에 파우더도 두드리고 조금 전까지만 해도 오랜 비행 탓에 납작하고 부스스했던 머리도 어떻게 했는지 더욱 밝고 풍성한 금발이 됐다. 그러는 내내 군중은 장송곡 같은 합창을 계속했다. "몬-짱! 몬-짱!" 사이렌이 울렸다. 헬리콥터 몇 대가 웅웅대며 머리 위를 날았다. 스위트룸 앞 복도에서 발자국소리와 명령을 외치는 남자들의 소리가 높아졌다. 일본 제국군이 호텔을 점령했나? 근데 일본군은 이제 없지 않나, 연합군에 격파되어서?

블론드 배우는 에스코트를 기다리지 않고 발코니로 곧장 나갔고, 전직 운동선수가 뒤따랐다. 8층 아래, 거리에서, 특권적 지위로 제국호텔 앞에 진을 치고 있다가 인도로 쏟아져나온 이들은 후대를 위해 현장을 기록하는 소규모 무리의 사진기자와 방송국 촬영팀이었다. 스포트라이트가 미친 달처럼 빛을 쏘아대며 밤을 밝혔다. 도쿄 경찰청장이 확성기로 군중을 향해 말했고, 사람들은 이제 자제하며 진정했다. 이어서 블론드 배우가 전직 운동선수의 에스코트를 받아 앞으로 나왔다. 여자는 수줍게 한 손을 들었다. 아래에 있는 어마어마한 군중이 술렁거렸다. 연호가 다시 시작됐고, 이번엔 좀더 음악적이고 감각적이었다―"몬-짱. 몬-짱." 미소를 짓다가 갑자기 강렬한 행복감이 퍼지며, 블론드 배우는 두 손으로 발코니 난간을 붙잡고 군중을 내려다보았다. 보이지 않는 얼굴들이 있는 곳에 신이 있다. 눈길이 닿는 저 끝까지 군중이 펼쳐져 있고, 무시무시한 다두多頭의 괴수는 넋이 나간 채 기대에 차 있다.

"나는―'몬-짱'입니다. 여러분 사랑해요." 바람이 여자의 말을 날려버렸지만, 군중은 숨죽인 채 귀를 기울였다. "나는―'몬-짱'이에요. 우리를 용서해주세요, 나가사키! 히로시마! 사랑합니다." 확성기에 대고 말한 게 아니어서 여자가 허스키하게 속삭인 말은 잘 들리지 않았다. 호텔 지붕 위 고작 몇 야드 위에서 헬리콥터 한 대가 귀청을 찢으며 미끄러지듯 선회했다. 블론드 배우는 현란한 몸짓으로 두 손을 머리로 올려 풍성한 플래티넘블론드 가발을 원래 머리(납작하게 뒤로 빗어넘겨 헤어핀으로 고정했다)에서 휙 벗겨내 허공으로 던졌다. "'몬-짱'은―당신을 사랑해요! 당신도! 당신도!"

저 아래서 열광하던 일본인들은 그 장난스러운 몇 초간 바람을―차가운 북풍이었다―타고 날아가는 빛나는 블론드 머리채에 할말을 잃었고, 그렇게 멀어지던 가발은 공중에서 휙 뒤집히더니 떨어지기 시작했고, 매처럼 비스듬히 활공하다 위로 번쩍 치켜든 열광적인 손들의 소용돌이 속으로 마침내 사라졌다.

그날 밤, 드디어 단둘이 있게 됐을 때, 블론드 배우는 전직 운동선수가 손을 뻗자 그 손길을 거부했다. 여자는 매몰차게 말했다. "나한테 대답하지 않았잖아―'누구의 체면'을?"

여자의 도쿄 일기 중 짤막한 기록.

일본인이 내게 준 이름.
몬짱은 그들이 지은 내 이름.
'소중한 작은 소녀'는 그들이 지은 내 이름.
영혼이 내게서 빠져나갔을 때.

남자는 여자를 보내고 싶지 않았다. 이런 때에 그건 '좋은 생각' 같지 않았다.

여자는 '이런 때'가 무슨 뜻이냐고 물었다. '이런 때'와 다른 때가 무슨 차이냐고.

남자는 대답하지 않았다. 그의 침울한 표정은 멍들고 쓰라린 손마디와 닮았다.

나중에 블론드 배우는 애걸하게 된다. 이건 순전히 우연이야, 안 그래? 이게 어떻게 내 잘못이야?

도쿄에서, 미국 대사관에서 열린 파티에서, 여자는 미육군 대령을 만나게 된다. 대단히 정중했다! 그렇게 많은 훈장이라니! 대령은 그곳에 있던 다른 모든 남자와 마찬가지로 블론드 배우에게 빠져들었고, 한국에 주둔해 있는 미군을 위해 위문공연을 가줄 생각이 있는지 물었다.

병사들의 '사기 진작'을 위한 유서 깊은 미국의 전통. 수많은 미군 병사 앞에서 할리우드 스타들이 무료 공연을 펼치고, 〈라이프〉에 그 사진이 실리는 유서 깊은 미국의 전통.

블론드 배우가 어떻게 그럼요라고 말하지 않을 수 있겠는가? 설레는 마음으로 1940년대 뉴스영화를 떠올린다. 매력적인 리타 헤이워스, 베티 그레이블, 마를레네 디트리히, 밥 호프, 빙 크로즈비, 도러시 래머, 해외 파병 군인 앞에서 위문공연을 하는 스타들.

블론드 배우는 꼬마 소녀의 새근거리는 목소리로 말했다. 오, 네, 대령님, 감사합니다! 그나마 제가 할 수 있는 일이죠.

다만 블론드 배우는 왜 한국에 미군 병력이 주둔해 있는지 잘 알지 못했다. 작년에 휴전하지 않았나? (근데 '휴전'이 정확히 무슨 뜻이지?) 블론드 배우는 외국에 대한 미제국주의의 군사 간섭에는 반대하지만 고향에서 멀리 떠나온 미국 병사들이, 가족과 연인을 두고 온 병사들이 틀림없이 무척 외로울 거라는 점은 이해한다고 대령에게 말했다.

정치는 그들 잘못이 아니죠. 내 잘못도 아니고!

다행히 블론드 배우는 전직 운동선수가 좋아하는 목이 깊게 파인 보라색 스팽글 드레스를 가져왔다. 은색 앵클스트랩 스파이크힐 샌들도.

다행히도 블론드 배우는 〈신사는 금발을 좋아해〉에 나온 노래들을 살아 있는 커다란 인형처럼 기계적으로 부를 수 있었다. 〈Diamonds Are a Girl's Best Friend〉〈When Love Goes Wrong〉〈A Little Girl from Little Rock〉은 몇 번을 불렀는지.

〈나이아가라〉에 나오는 심란하고 뭉근히 섹시한 〈Kiss〉도 있었다. 그리고 〈I Wanna Be Loved by You〉와 〈My Heart Belongs to Daddy〉도. 여자가 매릴린 먼로로서 힘들게 녹음한 노래들이었고, 각각 스물다섯 번씩 녹음한 다음 영화사의 솜씨 좋은 보컬 코치가 테이프를 한 소절 한 소절 분해해서 하나의 완벽하고 매끄러운 음반으로 재조립하는 과정도 있었다.

그 모든 일이 대령이 얘기하는 그 짧은 시간 동안 블론드 배우의 머릿속을 스쳐지나갔다. 지금이 그녀와 전직 운동선수의 신혼여행이긴 하지만, 여자가 항상 벤치를 지키고 있는 건 아니라는 것을 남편이 알면 자신을 더욱 사랑할 거라는 생각도 있었다.

여자는 짐짓 진지한 표정으로 대령에게 말했다. 오, 그거 아세요?—저 셰익스피어의 독백도 좀 할 줄 아는데. 무언극도 할 줄 알아요! 지난달에 임종을 맞이하는 늙은 여인을 연기했는데. 어떠세요?

대령의 얼굴에 떠오른 표정이란. 블론드 배우는 대령의 손을 꾹 잡아줬었다. 여자는 그에게 키스하고 싶을 지경이었다. 오, 이런. 농담 좀 한 것 같고.

일이 그렇게 되어, 전직 운동선수는 홀로 일본에 남게 된다. 지금이 그와 블론드 배우의 신혼여행이긴 하지만 프로로서 지켜야 할 의무가 있다—전직 운동선수는 어디를 가나 자신을 쫓아다니는 빌어먹을 기자들에게 해명했다. 그는 일본 전역을 다니며 시범 경기를 참관했고, 블론드 배우 아내는 옆에 없지만 수행단이 동행했으며, 어디를 가나 키 크고 품위 있는 위대한 미국 야구선수로서 존경과 환영을 받았다. 날이면 날마다 오찬으로, 그리고 끝없이 계속되는 갖가지 코스의 저녁 만찬으로 접대를 받았다. (가끔은 그가 먹어야 하는 그 지역의 메스꺼운 별미에서 분명 뭔가 움직이는 걸 봤고, 젠장, 치즈버거와 감자칩과 스파게티와 미트볼과 심지어 끈적한 리소토라도 먹고 싶어 미칠 지경이었다!) 술에 취해 게이샤들과 보내는 밤? 못해도 사내가 그 정도는 누려야지, 일본에서. 아내 없이 여행하는 남자, 기질적으로 혼자 사는 것을 즐기는 남자, 다들 끈질기게 매릴 - 린은 어디 있어요? 하고 물어보는 통에 아내에게 미칠 듯이 화가 난 남자.

애초에 일본에 초청받은 사람은 이 남자, 전직 운동선수였는데.

전직 운동선수는 아내에게 화가 났고, 생각하면 생각할수록 열받았다. 남편을 놔두고 달아나버리다니. 게다가 결혼 전에 여자는 야구를 좋아하는 척한 것이었다! 그는 아내가 어느 일본 기자에게 하는 말을 우연히 듣고 아연해졌다. 야구 경기는 그 경기가 그 경기 같아요, 매번 좀 다르긴 해도. 날씨 같달까? 그냥 하루하루 조금씩 달라지는?

절대, 남자는 여자를 용서하지 않을 것이다. 여자는 만회해야 할 일이 쌓이게 된다. 나중에는 남자도 마찬가지지만.

사진기자와 방송국 촬영팀의 광란 속에 블론드 배우는 군부대 사람들의 에스코트를 받으며 남한의 수도 서울까지 덜컹대는 비행기를 타고 갔고, 이어서 지방에 있는 해병과 육군의 야영지까지 더욱 덜컹대는 헬리콥터를 타고 날아갔다. 블론드 배우는 군에서 보급한 칙칙한 올리브색 내복과 바지, 셔츠, 윈드브레이커를 입고 무거운 전투화를 신었다. 군모를 쓰고 턱밑에서 버클을 채워 얼음 장 같은 바람에서 머리를 보호했다. (4월이었지만 이곳의 4월은 로스앤젤레스의 4월이 아니었다!) 어쩌나 열두 살 언저리의 소녀 처럼 보이던지, 매혹적인 긴 속눈썹의 휘둥그런 파란 눈과 붉은 립스틱만 빼면.

매릴린이 무서워했냐고요? 나 원, 아니요. 하나도 무서워하지 않던 데요. 헬리콥터 사고가 나기도 한다는 걸 몰랐을 수도 있죠, 특히 그때 우리처럼 강풍을 만나면. 이렇게 생각했을 수도 있겠네, 매릴린이 헬리 콥터에 타고 있는데 추락할 리가 없다고. 아니면 그 끝내주는 꼬마 소 녀 목소리로 우리한테 얘기했던 것처럼—내 운이 다하면 끝난 거죠. 아 님 다행이고.

〈스타스 앤드 스트라이프스〉의 기자로 일하는 한 상병이 블론 드 배우와 캠프까지 동행하는 임무를 맡았다. 상병은 표지 기사로 블론드 배우가 당시 헬리콥터에 탄 모든 사람을—특히 조종사 를!—얼마나 놀라게 했는지 보도하게 되는데, 배우는 착륙 전에 캠프 위로 저공비행할 수 있는지 물었다. 병사들한테 손을 흔들어 인사할 수 있게. 그래서 조종사는 캠프 위로 낮게 날고, 블론드 배 우는 유리창에 얼굴을 대고 그때 우연히 여기저기 밖에 나와 있던 몇몇 남자에게 꼬마애처럼 신나게 손을 흔들고, 남자들은 고개를 들고 배우를 알아본다. (물론 캠프 사람들은 다들 매릴린 먼로가 온다는 얘기를 들었지만, 정확히 언제 오는지는 몰랐다.)

다시 해주세요, 부탁이에요. 블론드 배우가 달콤하게 속삭이고,

조종사는 아이처럼 깔깔 웃으며 헬기를 빙 돌려 진자처럼 캠프 위로 다시 날고, 바람이 우리를 뒤흔들고, 블론드 배우는 또 사람들한테 손을 흔드는데, 이미 사람들은 훨씬 더 많아졌고, 이번에는 그들도 마주 손을 흔들며 소리치고, 미친 애들마냥 헬리콥터를 따라 달리죠. 우린 이제 착륙하겠구나 했는데, 블론드 배우가 그다음에 이런 얘기를 하는 바람에 우린 완전 놀라 자빠졌어요. 우리 저 사람들을 깜짝 놀라게 해줍시다, 어때요? 문을 열고 나를 꽉 붙잡아줄래요? 우린 그 매력적인 여자가 하고 싶다는 미친 짓이 믿기지 않았지만, 매릴린은 거기에 필요한 것을 이미 생각하고 있더라고요, 꼭 영화의 한 장면처럼. 매릴린은 그 모습이 지상에서 어떻게 보일지 직접 본 것처럼 알아요. 공중에서 본 화면과 지상에서 본 화면이 교차하는 거죠. 아주 짜릿한 장면이기도 하고. 그래서 매릴린은 헬기 바닥에 엎드려 우리한테 자기 다리를 잡으라고 지시하고, 그렇게 난데없이 우리 모두 그 영화에 동참하게 된 거죠. 우린 문을 반쯤 밀어서 열고, 바람이 진짜로 우릴 뒤집을 정도인데 매릴린은 아주 단호하고 심지어 군모도 벗어요─그래야 사람들이 내가 누군지 알죠! 그러더니 문밖으로 몸을 내밀고, 거의 떨어질 뻔하는데, 겁먹기는커녕 우릴 보고 웃어요, 왜냐면 우린 똥줄 빠지게 겁이 나서 매릴린의 다리를 꽉 잡고 있으니까, 너무 세게 잡아서 우리 손가락 때문에 멍이 들었을 거야, 틀림없이 아팠을 텐데, 그 매서운 찬바람은 말할 것도 없고, 머리카락이 채찍처럼 휘날리고, 근데 조종사는 매릴린이 요구한 대로 하고, 이번엔 그도 아는 거지, 매릴린처럼, 우리 모두처럼, 누구든 운이 다하면 끝난 거고 아님 아닌 거고.

그렇게 우린 헬기에 매릴린 먼로를 매달고 캠프 위를 다시 돌고, 매릴린은 사람들한테 손을 흔들고 키스를 날리며 외쳐요. 오! 사랑해요! 미국 병사 여러분! 한 번도 아니고 두 번도 아니고 세 번을. 무려 세 바퀴나! 이쯤 되니 캠프 전체가 쏟아져나와요. 장교, 지휘관, 전부 다. 취사실에 있는 놈들, 의무실에 있던 놈들은 파자마 차림이고, 변소에 있던 놈들은 우당탕 뛰쳐나와 바지를 추켜올리고. "매릴린! 매릴린!" 다들 소리질러요. 지붕 위로 물탱크 위로 기어오르고, 몇 놈은 굴러떨어져서 뼈가 부러지고, 불쌍한 새끼들. 의무실에서 나온 어떤 놈은 우르르 몰리는 와중에 미끄러져 넘어져서 밟혀요. 군중 장면이죠. 동물원의 먹이 주는 시간, 침팬지와 원숭이. 제일 무모한 놈들을 헌병이 두들겨패서 가설활주로에서 끌어내고.

헬기가 착륙하고, 매릴린이 우리의 호위를 받으며 헬기에서 내리고, 우린 꼭 전기충격을 받은 것처럼 보였는데, 뭐, 그것도 괜찮았죠. 매릴린은 동상에 걸린 것처럼 시퍼런 볼과 코에 그 커다랗고 유리처럼 맑은 파란 눈에 긴 속눈썹에 산발한 머리에, 그런 머리색을 우린 영화에서밖에 못 봤는데, 가짜라고들 생각하겠지만 진짜더라고요. 눈물이 그렁그렁해가지고 오! 오! 오늘은 내 생애 가장 해, 행복한 날이에요 외쳤고, 우리가 막지 않았다면 손을 뻗친 병사들에게 곧장 튀어나가 놈들 손을 잡았을 테고, 고향에서 기다리는 모두의 애인처럼 포옹하고 키스하고 그랬을 거예요. 그놈들은 매릴린을 너무 사랑해서 팔다리를 하나씩 찢었을걸요. 분명 놈들은 바람에 엉망이 된 블론드를 뿌리째 잡아뽑았을 거야, 매릴린을 미치도록 사랑하니까. 그래서 우린 매릴린이 못 가게 잡아야 했는데. 매릴린은 우리와 다투며 고집을 피우진 않았어요. 다만 심오한 선종의 진리를 퍼뜩 깨달은 것처럼 말하더군요. 오늘은 내 생애 가장 행복한 날이에요, 오, 고마워요!

진짜, 딱 진심이라는 게 보였죠.

지하철 환풍구 위 미국의 사랑의 여신

뉴욕시 1954

"오오오오."

육체의 아름다움이 정점에 달한 멋진 몸매의 여자. 물결치듯 부드럽게 여러 겹 접힌 옷감이 젖가슴을 하나로 모아올린 아이보리색 조젯크레이프 홀터넥 선드레스. 여자는 뉴욕 지하철 환풍구 위에 맨다리를 벌리고 서 있다. 상향통풍이 여자의 풍성한 플레어 스커트 자락을 들어올려 하얀 면 팬티가 드러날 때 여자의 블론드 머릿결은 황홀하게 뒤로 날린다. 하얀 면! 아이보리색 크레이프 선드레스는 마법처럼 팔랑이며 얇게 비친다. 드레스가 마법이다. 드레스가 없으면 여성은 살덩이고, 다 드러난 날것의 고깃덩이다.

여자는 그런 생각을 하지 않는다! 그건 여자의 생각이 아니다.

여자는 건강하고 반창고처럼 청결한 미국 아가씨다. 지저분하거나 음침한 생각은 단 한 번도 해본 적이 없다. 청승맞은 생각은 단 한 번도 해본 적이 없다. 반미국적인 생각은 단 한 번도 해본 적이 없다. 종잇장처럼 얇은 선드레스 차림의 여자는 상냥한 손길의 간호사다. 감미로운 입술의 간호사. 단단한 허벅지, 풍만한 젖가슴, 젖살이 아직 안 빠진 겨드랑이의 자잘한 주름. 또 한번 상향 통풍이 치마를 들추자 여자는 네 살배기처럼 꺄악거리며 깔깔 웃는다. 이 건강하고 섹시한 아가씨. 어깨와 팔과 젖가슴은 완전히 성숙한 여인의 것인데 얼굴은 소녀의 얼굴이다. 한여름의 뉴욕시에서 지하철 증기가 연인의 가쁜 숨처럼 치맛자락을 들어올리자 바르르 몸을 떤다.

"오! 오오오오."

맨해튼의 야심한 밤, 51번가 렉싱턴 애비뉴. 그러나 새하얀 조명이 한낮의 열기를 내뿜는다. 사랑의 여신은 그렇게 다리를 벌리고, 너무 높고 너무 조여서 새끼발가락을 영구히 손상시킨 하얀 스파이크힐 샌들을 신고 몇 시간째 서 있는 중이다. 입이 아프도록 꺄악 비명을 지르고 깔깔 웃는 중이다. 여자의 뒤통수에 먹물처럼 새카만 어둠이 고여 있다. 여자의 두피와 불두덩은 그날 아침 과산화수소수 처치를 받아 데었다. '이름 없는 여자.' '지하철 환풍구 위의 여자.' '당신 꿈속의 여자.' 새벽 두시 사십분, 눈부신 하얀 조명이 여자에게, 오직 여자에게만 집중되고, 블론드의 비명, 블론드의 웃음, 블론드의 비너스, 블론드의 불면증, 매끈하게 털을 밀고 벌리고 선 블론드의 다리, 치맛자락이 날리지 않게 막으려는 헛된 노력으로 떨리는 블론드의 손, 치마가 올라가 미국 아가씨의 하얀 면 팬티가 드러나고 탈색한 가랑이의 음영이, 음영만 아주 살짝 보인다.

"오오오오오."

이제 여자는 그 크고 풍만한 젖가슴을 받치듯 팔짱을 낀다. 파르르 떨리는 눈꺼풀. 여자의 가랑이 사이는 청결하다는 것을 믿을 수 있다. 더러운 여자가 아니다, 외국이나 열대의 것이 아니다. 여자는 미국의 버자이너 자체다. 그 텅 빈 곳. 품질보증. 여자는 속을 파내고 물로 깨끗이 세척했고, 당신의 즐거움을 방해할 만한 어떤 흉터도 남지 않았으며 냄새도 없다. 특히 냄새는 전혀 없다. '이름 없는 여자', 과거 없는 여자. 여자는 오래 살지 않았고, 오래 살지 않을 것이다.

나를 사랑해줘! 나를 때리지 마.

촬영이 시작된 오후 열시 삼십분부터, 부유하는 새하얀 조명 끄트머리가 예의의 끄트머리인 것처럼 뉴욕 경찰의 바리케이드 뒤로 사람들이 모여 있고, 대부분 남자이며, 무리에서 떨어져나와 사나워진 코끼리처럼 들썩이며 흥분한다. 차량은 일찌감치 통제됐고, 이게 공무인가 싶기도 하다—어, 뭐라고? 영화를 찍어? 매릴린 먼로가?

그리고 그곳에, 남자들 사이에, 익명의 사람들 사이에 역시 익명으로 전직 운동선수가, 남편이 있다. 다른 사람들과 함께 지켜본다. 신이 나고 흥분되어 빤히 바라보는 남자들. 한패의 남자들. 빽빽하게 서 있는 남자들 사이로 성적 욕구가 요동치는 물결처럼 퍼진다. 부글부글 끓어오르는 분위기가 있다. 성난 분위기가 있다. 사고를 치고 싶은 분위기가 있다. 잡아뜯고 찢어발기고 학대하고 싶은 분위기가 있다. 축제 분위기가 있다. 축하하는 분위기. 다들 마시는 중이다! 그 남자, 남편도 한패다. 그의 뇌에 불이 붙었다. 그의 좆에 불이 붙었다. 분노로 타오르는 파란 불길. 저 여자가 저 손가락으로 어떻게 만지고 키스하고 어루만지는지 안다. 가냘프게 새근거리는 죄지은 듯한 목소리. 오오오 대디 아휴 너무 오래 기다렸지 미안해 왜 호텔에서 기다리지 않고 아휴 왜 그랬어? 하얀 조명이 꺼지고 얼굴-없는-남자들이 사라지고 난 후, 영화에서 장면이 휙 바뀌듯 머리 위에 흔들리는 크리스털 샹들리에가 있고 프라이버시가 확실히 보장된 월도프-애스토리아 호텔 스위트룸에 두 사람은 단둘이 있고, 그때 여자는 남자에게서 뒷걸음치며 빌 것이다. 그 아기같이 새근거리는 목소리. 공포로 빛나는 인형 같은 눈. 싫어. 대디, 안 돼. 알지, 나 일하는 거? 내일도? 다들 알아볼 거야 만약 — 그러나 그의 손은, 남편의 손은 휙 올라갈 것이다. 양손 모두. 주먹을 쥐고. 커다란 손, 운동선수의 손, 단련된 손, 손등에 가느다란 까만 털이 난 손. 왜냐하면 여자가 남자에게 반항하니까. 남자를 약올리니까. 남자의 정의의 주먹에 맞서 얼굴을 보호하다니 — 이 화냥년! 자랑스럽냐? 가랑이를 그렇게 다 까보이고, 길거리에서! 내 아내가! — 남자가 날린 마지막 한 방의 서슬에 '이름 없는 여자'는 실크 벽지를 바른 벽에 부딪혀 비틀거린다. 여느 홈런처럼 상쾌한 한 방.

'잃어버린 내 아름다운 딸'

여자는 카드를 열어보기 전에 잠시 떨리는 손으로 들고 있는다. 표지에 붉은 장미 한 송이가 돋을새김되어 있고 **생일 축하한다 딸**이라고 인쇄된 홀마크 카드. 안에는 타자기로 쓴 편지 한 장.

1955년 6월 1일

내 딸 노마 진에게

네 생일에 '생일 축하한다'고 전하고 싶다 & 그동안 내가 아팠지만 그래도 종종 네 생각을 했다고 얘기하고 싶어 이 글을 쓴다.

오늘이 너의 스물아홉번째 생일이구나! 이제 넌 성인 여성이다 & 정말 더이상 여자애가 아니야. '매릴린 먼로'라는 커리어는 서른

난 너의 '새 영화'를 보지 않았다―천박한 제목 & 매스컴의 주목, 거대한 광고판 & 포스터 & 세상 사람들한테 네 은밀한 부위가 다 보이게 치마가 올라간 포즈를 조잡하게 모사한 그림 때문에 표를 구매할 마음이 들지 않았어.

하지만 나는 널 비난하지 않겠다 노마 진, 넌 너대로의 인생이 있으니까. 이제는 전후 세대지. 너는 네 아픈 어미의 저주를 극복하고 스스로 커리어를 일구었어, 그것만으로도 넌 칭찬받을 만해.

이제야 하는 말인데, 나는 네 남편을 만나보고 싶었다! 나는 수십 년 동안 그의 팬이었어. 누구처럼 죽고 못 사는 야구팬은 아니었지만. 노마 진, 그 스타 운동선수와 너의 결혼이 이혼 & 꼬치꼬치 캐는 언론의 비루한 보도로 끝나버려 나는 매우 실망했다(~~딱히 놀라지는 않았지만~~). 그나마 그 수모를 뒤집어쓸 아이가 없어서 다행이지.

그래도 나는 손주를 보기를 희망한다. 언젠가는! 너무 늦기 전에.

'매릴린 먼로'가 공산주의자 & 그 동조자들과 내통한 혐의로 조사를 받았다는 소문이 있어. 나의 소중한 딸, 네 과거에 어떠한 범

죄행위도 없었기를 나는 신께 빈다. 너의 할리우드 인생에는 대낮의 태양빛이 닿지 않는 틈이 아주 많겠지. '미합중국 정부 타도'는 엄중한 위협이다. 만약 우리가 무기를 배치하기 전에 빨갱이들이 핵 공격을 하면 우리 문명사회가 어떻게 살아남겠느냐? 로젠버그 부부 같은 유대인 스파이가 우리를 적에게 팔아넘길 것이다 & 전기의자 사형은 마땅하다. 생의 잔혹한 진실에 대해서는 아무것도 모르면서 네가 한 것처럼 '언론의 자유'를 옹호하는 것은 잘못된 일이다. 한때 '위대한 사람'으로 알려졌던 반역자들이—가령 찰리 채플린 & 검둥이 폴 로브슨—그와 관련해 어떤 식으로 처신했는지는 다들 잘 알고 있지. 하지만 더이상은 용납할 수 없어! 딸아, 내가 너와 직접 만나 얘기하게 되면, 네가 어리석은 짓을 하지 않도록 설득할 수 있기를 바란다.

곧 너에게 연락하마, 약속한다. 너무 많은 세월이 흘러버렸구나. 심지어 네 어머니마저 이젠 내 기억 속에서 악랄한 사람이기보다 아픈 사람으로 떠오른다. 요즘 아프고 보니 네 어머니를 용서해야 한다는 것을 알게 되었다. 그리고 너를 만나야 한다는 것도, 잃어버린 내 아름다운 딸 노마. 내가 강 건너 '긴 여행을 떠나기' 전에 말이다.

눈물 가득한 너의 아버지가

이혼 후

"한 장요."

밴나이즈 세풀베다 극장의 매표원, 머리통을 잡고 함부로 흔들어댄 인형처럼 한쪽 눈에는 안대를 하고 과산화수소수로 머리를 탈색한 땅딸막한 여자가 부스에서 스피어민트 껌을 씹으며 두 번 보지도 않고 노마 진에게 티켓을 내밀었다.

"이 영화 꽤 잘나가지 않나요?"

매표원은 스피어민트 껌을 씹으며 고개를 까닥했다.

"누가 그러던데 매릴린 먼로가 밴나이즈 출신이라면서요? 밴나이즈 고등학교에 다녔다고."

매표원은 스피어민트 껌을 씹으며 어깨를 으쓱하고는 따분하다는 듯 말했다. "네, 그럴 거예요. 난 1953년에 졸업해서요. 그 여자는 나이가 훨씬 많고."

1955년 7월의 어느 저녁. 십사 년 전, 잃어버린 소녀 시절에 여자와 버키 글레이저라는 청년은 이 평범한 근교 번화가의 영화관에서 첫 '데이트'를 했다. 땀으로 끈적이는 손을 꼭 붙잡고 영화관 뒷줄에 앉아 기름진 팝콘 냄새와 남자들의 머릿기름 냄새와 여자들의 헤어스프레이 냄새 속에서 서로를 '물고 빨았다'. 노마 진과 엘시 피리그가 추첨에 뽑혀 우아한 백합 문양이 그려진 연두색 플라스틱 디너 접시와 샐러드 접시 열두 종 세트를 받은 곳. 내 표가 추첨에서 뽑혔다는 놀라움! 무대 위로 불려올라가고, 모두가 박수갈채를 보낸다! 거봐, 내가 뭐랬니? 오늘은 우리의 행운의 밤이야. 엘시 이모는 너무 짜릿하고 신나서 노마 진을 얼싸안고 노마 진의 볼에 립스틱 자국을 남겼지만, 그때가 두 사람이 세풀베다 극장에 함께 간 마지막 날이 되고 말았다.

당신은 내 심장을 부쉈어. 나를 그렇게까지 다치게 한 남편은 없었어.

몇 번이나 이 영화관에서 혼자 또는 친구들과 같이, 어여쁜 공주님과 카리스마 왕자님에게 매혹되어 넋을 잃고 보았는지. 여자의 두근거리는 심장은 하늘이 정해준 그 아름다운 운명의 커플을 동경한다. 그들이 되기를 열망한다. 또 어떻게든 그들에게 사랑받기를 열망한다. 그들의 완벽한 세계로 함께 가기를, 그들의 아름다움과 사랑을 한껏 누리기를 열망한다. 그 세계에는 적막이 존재하지 않으며 언제나 음악이 있었다, 배경음악이. 파도가 거센 바다에 빠져 죽을까봐 팔다리를 마구 허우적댈 위험은 전혀 없었다.

지금 영화관 전면의 차양 위에는 10피트짜리 석고보드에 〈7년 만의 외출〉의 그 악명 높은 포즈를 취한 매릴린 먼로의 확대 사진이 붙어 있다. 다리를 벌리고 서서 웃는 매릴린, 아이보리색 플레어스커트가 휘날리며 다리와 허벅지와 꼭 맞는 하얀 면 팬티가 드러난다.

네 꼴을 봐! 징글맞은 년. 젖통과 씹을 여봐란 듯 다 보여주고.

심지어 노마 진마저 그 포스터를 올려다본다. 보는 동시에 보지 않는다. 내 아내는 안 돼. 알아들어? 여자는 알아들었다. 남자에게 맞아서 귀가 울렸고, 그 울림이 지금도 어렴풋이 들렸다. 여자 자신의 빨라진 고동소리와 섞여서.

"하지만 그는 두 번 다시 나를 때리지 못해. 아무도 나를 못 건드려."

지금은 여자에게 좋은 때였다. 이번 달은. 지난달은 별로 좋지 못했다. 앞선 몇 개월도. 10월에 갈라선 후로. 여자는 여러 번 이사했다. 전화번호는 훨씬 더 자주 바꿨다. 전남편은 여자를 위협했다. 전남편은 여자를 따라다녔다. 전화를 했다. 여자는 아무에게도 얘기하지 않았다. 여기서 더 신의를 저버릴 수는 없었다. **구개월 결혼생활의 아픔. 매릴린의 진짜 속 이야기.** 여자는 그 누구에게도 진짜 속내를 말한 적이 없었다. 얘기할 진짜 속내 따위는 있지도 않았다. **NYC 병원에서 '심하게 두들겨맞은' 매릴린을 본 목격자의 상세 증언.** 목격자 따위는 없었다. 운명의 한 쌍 따위는 더더욱 없었다. 여자는 뉴욕이든 어디든 병원에 간 적이 없었다. 호텔 의사가 여자를 치료했다. 구십 분 후 새벽 다섯시에 화이티가 전직 운동선수가 나가버린 호화로운 스위트룸에 조용히 들어와 마법의 손길로 멍자국과 왼쪽 눈 위의 부푼 자국까지 감쪽같이 가렸다. 여자는 감사의 뜻으로 화이티의 손에 키스했다. 복원된 블론드 미인을 거울 속에서 보면서.

가슴속에서는 복원되지 못했을지라도, 적어도 거울 속에서는. 그리고 여기 여자의 마법 친구 블론드 미인이 세풀베다 극장의 차양 위에서 어떤 꼴사나운 일도 자기에겐 없었다는 듯, 앞으로도 없을 거라는 듯 깔깔 웃으며 거만하게 내려다본다.

"……밴나이즈 고등학교에 다녔대. 1947년도 졸업생."

"진짜? 나는 더 나중이라고 들었는데."

하지만 졸업은 못했지. 결혼하느라.

로비를 지나가면서, 여자 쪽을 홀끔거리는 시선은 있었을지 몰라도―어쨌거나 여자는 이방인이었고 밴나이즈는 좁은 동네니까―아무도 여자를 알아보진 못했다. 그리고 알아보지 못할 것이다. 사람들에게 배우로서 눈에 띄고 싶어하지 않을 때의 노마 진을 알아보는 사람은 아무도 없었고, 가끔은 가발을 쓰는 수고를 들이지도 않았다. 노마 진이 매릴린이 아닐 때는 매릴린이 아니었으니까. 오늘 저녁에는 짧고 곱슬거리는 짙은 브루넷 가발과 빨간 플라스틱 할리퀸 선글라스를 쓰고, 립스틱조차 바르지 않은 노 메이크업에 천 벨트와 싸개단추가 달린 남색 레이온 셔츠웨이스트 드레스를 입고, 맨발에 저렴한 스트로 발레리나 플랫슈즈를 신었다. 엉덩이에 노보카인 주사를 맞은 것처럼 궁둥이를 꼭 붙여 조이고 걸었다. 로비에 붙은 포스터와 영화 스틸 속 매릴린 먼로를 쳐다보는 이 관람객들도 여자를 알아보지 못했고, 그들은 1940년 대 중반에 밴나이즈 고등학교를 다닌 소녀에 대해 얘기하는 중이었다. 그래, 하지만 그땐 이름이 '매릴린 먼로'가 아니었어, 뭐였더라?—"이 동네에 사는 부부가 저 여자를 입양했어, 저기 리시더에서 고물상을 하는 그 사람. 피시그라던가? 근데 그 집에서 도망쳤대. 아마 피시그한테 강간당했을 거야, 다들 쉬쉬했겠지."

노마 진은 처음 보는 그 사람들에게 대놓고 따지고 싶었다. 나나 피리그 아저씨에 대해 쥐뿔도 모르면서. 우릴 좀 가만 놔두라고!

사실 딴사람들이 무슨 말을 하든 노마 진이 상관할 바는 아니었다. 그들이 누구에 대해 무슨 얘기를 하든 신경쓸 일은 아니었고, 자신에 대해 하는 얘기도 마찬가지였다.

세풀베다 극장의 로비는 별로 바뀌지 않았다. 붉은 인조 벨벳 벽, 금박 프레임 거울과 붉은 플러시 카펫, 매표소 부스부터 입구까지 때에 찌든 플라스틱 깔개. '상영중'과 '개봉 예정'인 포스터와 스틸이 전과 똑같은 벽면에 붙어 있었다. 가끔 그저 영화 스틸 사진과 개봉 예정작을 살펴보려고 로비에 슬그머니 들어온 적도 있었는데. 세상에는 볼 것이 이렇게나 많다! 어김없이 새 영화가 있고, 어김없이 동시상영이 있다. 다만 영화가 엄청난 히트작일 경우(〈7년 만의 외출〉처럼) 동시상영 요금이 매주 화요일마다 바뀌었다. 사람들이 손꼽아 기다리는 굉장한 영화. 절대 자살하고 싶어질 리가 없지, 안 그래!

안내원 유니폼을 입은 십대 남자애가 표를 확인했고, 쓸쓸한 눈망울에 뺨에는 덜 익은 여드름이 한가득이었다. 노마 진은 남자애가 안됐다는 생각이 들었다. 그애한테 키스하고 싶어하는 여자애는 없을 것이다. "오늘 저녁은 붐비네요. 평일치고는?" 노마 진이 생긋 웃으며 말했다. 남자애는 어깨를 으쓱하고 노마 진의 표를 반으로 찢은 다음 토막난 반쪽을 내밀었다. 뭐라고 중얼거리는데 대충 이런 말인 듯했다. "네. 그런 것 같네요."

남자애는 이 영화관에서 일하는 좌석 안내원이었다. 그애는 〈7년 만의 외출〉을 수십 번쯤 봤다. 영화는 6월 중순부터 계속 상영중이었다. 노마 진을 힐긋 보고 제 어머니 또래 여자라고 생각했을 것이다. 내가 왜 저애의 무관심에 마음 상해야 하지? 상하지 않았다.

노마 진은 행복했다! 마음이 놓였다. 아무도 자신을 알아보지 못해서. 이렇게 세상에 혼자 나올 수 있어서. 결혼하지 않은 여자. 혼자인 여자. 노마 진의 왼손에는 반지가 없었다. 중지의 약혼반지와 결혼반지 자국은 이제 희미해졌다. 그날 밤 월도프-애스토리아 호텔에서 콜드크림으로 반지를 뺐다. 반지가 손가락 마디뼈를 지나 빠질 때까지 어거지로 비틀어 잡아당겼다. 손가락도 얼굴처럼 부어올라서 신기했다. 마치 알레르기 반응을 일으킨 것처럼.

그날 여자가 히스테리 상태로 발광하며 자해하겠다는 통에 호텔 의사는 여자의 '신경을 안정시키기' 위해 세코날 주사를 놓았다. 이튿날 낮에 닥터 밥이 세심한 배려로 세코날 주사를 한 대 더 놔주었다.

그게 몇 달 전 일이었다. 지난 11월 이후로는 혈관에 세코날 주사를 맞지 않았다.

약은 필요 없었다! 가끔 잠이 안 올 때만 빼고. 하지만 지금은 여자에게 좋은 때였다. 인생에는 나쁜 때와 균형을 맞추기 위해 좋은 때도 반드시 있어야 한다는 사실을 알게 되었다. 그리고 지금은 좋은 때였다. 드디어 웨스트우드의 남동쪽 끄트머리에 위치한 셋집에 자리를 잡았고, 여자를 아껴주는 믿을 수 있는 친구들(영화와 관련 없는)이 생겼으니까. 오, 여자는 그렇게 믿어 의심치 않았다! 그리고 영화사 임원들은 다시 여자를 사랑했다. 여자를 용서했다. 새 영화가 〈신사는 금발을 좋아해〉보다 훨씬 더 많은 돈을 그들에게 벌어다주고 있었으니까. 여자의 급여는 1천 500달러에서 동결됐다. 그러나 여자는 현재로선 그것을 받아들였다. 현재로선 살아 있음에 감사했다. 그때 내가 너를 죽이고 나도 죽었어야 했어. 우리에겐 그게 더 나았을 거야. 그러나 남자는 여자를 죽이지 않았고, 죽이지 않을 것이다. 이제 여자는 남자에게서 자유로웠다. 남자를 사랑했지만, 남자에게서 자유로웠다. 남자의 아이를 가진 적은 없었다. 남자는 여자의 첫 아기에 관해 전혀 알지 못했다. 여자가 자다가 울어도 남자는 전혀 알지 못했다. 여자를 두 팔로 꼭 안고, 자신을 대디라고 부르는 여자를 위로하면서도 남자는 전혀 알지 못했다. 10월에 마침내 남자가 이혼 조건에 동의하고 여자를 괴롭히지 않겠다고 약속했지만, 여자는 남자가 이따금 자신을 따라다닌다고 생각할 만한 근거가 있었다. 남자는 웨스트우드의 여자 집을 감시했다. 혹은 사람을 고용했다. 적어도 한 명 이상. 여자가 상상으로 지어낸 것이 아니라면! 하지만 메탈릭그레이 쉐보레 쿠페를 몰고 여자가 사는 웨스트우드부터 다른 차량을 사이에 두고 여자의 뒤를 천천히 따라온 얼굴-없는-남자는 확실히 상상이 아니었고, 놈은 윌셔 블러바드에서 여자를 시야에서 놓치지 않기 위해 속도를 냈고, 여자는 호흡수를 세며 심호흡을 하고 침착하려 애쓰면서 차량 틈으로 요리조리 차를 몰다 기회를 봐서 잽싸게 드라이브인 은행으로 꺾어들어간 다음 몇 초 후 유턴하여 옆길로 들어갔고, 백미러로 메탈릭그레이 쉐보레가 보이지 않자 가속페달을 밟아 노란불에서 빨간불로 바뀌는 신호등을 획 통과한 다음 깔깔 웃으며 꼬마애처럼 들떠서 샌디에이고 고속도로를 타고 북쪽으로 속도를 높여 밴나이즈로 향했다. "너흰 날 못 잡아! 절대!"

노마 진은 신바람이 나서 밴나이즈로 차를 몰았다. 고속도로를 빠져나와 전쟁 이후 확장된 밴나이즈 고등학교 앞을 지나쳤고, 아무 느낌도 감정도 없었지만, 학교를 그만둔 후 해링 선생이 한 번도 연락하지 않았다는 사실에 약간 마음이 아프긴 했고, 꿈에서 자주 본 것처럼 영어 선생님이 집으로 찾아와 초인종을 누르고 어안이 벙벙한 엘시 피리그에게 노마 진과 얘기 좀 할 수 있겠냐고 묻고는 노마 진을 엄하게 꾸짖으며 이렇게 나무라는 상상을 했다. 어째서 내게 한마디도 없이 학교를 그만뒀지? 이렇게 어린데? 이렇게 가능성이 많은데—"내 교직생활을 통틀어 가장 훌륭한 학생 중 한 명인데." 그러나 해링 선생은 노마 진을 구하러 오지 않았다. 매릴린 먼로가 된 후에도 편지하지 않았다. 선생님은 내가 자랑스럽지 않은 걸까? 아니면 선생님은 전남편처럼 내가 창피한 걸까? "난 당신을 사랑했어요, 해링 선생님. 하지만 선생님은 나를 사랑하지 않았나보네요!" 그것은 영화의 한 장면이었지만 독창적이지도 않고 설득력도 없고 적절한 대사 한마디 없었다, 왜냐면 사춘기 절망 속에서 노마 진은 적절한 대사를 찾을 능력이 없었으니까.

노마 진은 계속 차를 몰았다. 눈가의 눈물을 훔치고, 심장이 쿵쿵 날뛴다. 전쟁 때보다 훨씬 발전한 모습의 밴나이즈 시내를 가로질렀고, 늘어난 주택, 늘어난 가게, 밴나이즈 블러바드와 버뱅크, 매끄러운 하얀 타일로 전면부를 새로 단장한 메이어 드러그스토어(그 아름다운 빗각 모서리 거울이 지금도 있을까?)가 있었고, 노마 진은 신나고 겁나서 리시더로 차를 몰아 피리그 부부의 집—저 집!—앞을 지났고, 그 집은 붉은 벽돌 무늬의 아스팔트 자재로 외장을 다시 했지만 그 외에는 변한 게 없었다. 저기 있다, 노마 진의 다락방 창문! 피리그 부부가 지금도 위탁아동을 거두고 있을까 궁금했다. 콧잔등을 찡그렸다. 바람결에 고무 탄내가 났다. 뿌옇게 변색된 공기. 노마 진은 워런 피리그의 사업 밑천이 옆마당으로 넘쳐나온 것을 보고 빙그레 웃었다. **판매용** 폐기 차량, 픽업트럭, 오토바이 세 대. 노마 진은 피리그 부부도 다른 사람들처럼 자신을 버렸다고 생각했는데, 사실 엘시 피리그는 영화사 앞으로 그녀에게 편지를 보냈고, 노마 진은 속상하고 화가 나서 그 편지들을 찢어버렸다. 어찌나 시원한지, 나의 복수다!—"난 지금 차를 타고 이모의 너절한 집 앞을 지나가고 있어요. 이제 난 '매릴린 먼로'예요. 저녁 시간이니 이모는 집에 있겠지만 난 차를 세우지 않을 거고 이모를 찾아가지도 않을 거예요. 이모는 이제 내가 아주 보고 싶을 테죠, 안 그런가요! 워런 아저씨, 지금 나를 보고 있겠죠, 안 그런가요! 아이스 캐비닛에서 맥주를 꺼내 나한테 권하겠죠, 성인답게. 아저씨는 나를 정중히 대하겠죠. 앉으라고 자리를 권하면서 나를 빤히 바라보고 또 바라보면 나는 말하겠죠. '나를 사랑하지 않았나요, 조금쯤은? 그때 아저씨는 내가 아저씨를 사랑한다는 걸 분명 알았죠.' 난 엘시 이모에게도 깍듯이 예의를 지킬 거예요. 오, 품위 있게 굴어야지! 〈7년 만의 외출〉의 '윗집 아가씨'처럼 사랑스럽게. 우리 사이에 아무 일도 없었던 것처럼. 오래 머물진 않을 거예요, 밴나이즈에서 다른 약속이 있다고 하면서. 나는 할리우드의 다음 프리미어 때 초대권을 보내겠다고 약속하고 집을 나오지만, 이모는 내게서 두 번 다시 소식을 듣지 못할 거예요. 나의 복수죠!"

그러기는커녕 노마 진은 눈물을 터뜨렸다. 남색 레이온 셔츠웨이스트드레스 앞섶을 다 적시면서.

배우는 자신이 살아온 삶을 모조리 이용해. 전 생애를. 특히 유년 시절. 유년 시절을 기억하지 못한다 해도. 기억한다고 생각하지만 사실은 기억하지 못해! 심지어 나이를 좀더 먹은 사춘기 시절도. 기억은 대부분 꿈이야, 내 생각엔. 즉흥적으로 지어내지. 과거로 돌아가는 거야, 과거를 바꾸기 위해.

하지만, 맞아! 난 행복했어. 사람들은 내게 잘해줬어. 병들어서 어머니 노릇을 하지 못한 어머니도, 밴나이즈의 수양어머니도. 언젠가 내가 진지한 배우가 되어 클리퍼드 오데츠, 테너시 윌리엄스, 아서 밀러의 희곡을 연기하게 되면 그 사람들에게 경의를 표할 거야. 그들이 보여준 인간적 도리에.

"오. 저게 나야?"

뜻밖에도 〈7년 만의 외출〉은 아주 재미있었다. 톰 이웰의 여름-한철-판타지 '윗집 아가씨'는 재미있었다. 노마 진은 마음이 놓이기 시작했다. 손등을 입에 대고 깔깔 웃었다. 아니 이런, 그동안 몹시 두려워했고, 자신의 모습을 보는 것이 두려웠는데, 노마 진으로서는 놀라운 발견이었다. 할리우드 사람들과 평론가들 얘기는 사실이었다.

매릴린 먼로는 타고난 희극인이다. 관능미를 과시하는 배역의 진 할로처럼. 아역 시절 메이 웨스트처럼.

이번이 6월의 할리우드 프리미어 이후 처음 보는 〈7년 만의 외출〉이었고, 프리미어 때 노마 진은 영화가 시작되기도 전에 공황 상태에 빠져 정신을 놓아버렸고, 혹은 이혼으로 인한 긴장과 넘뷰탈과 샴페인의 삼중주로 기운을 처량히 소진한 것일지도 몰랐고, 거대한 총천연색 스크린을 물속에서 보듯 아스라이 보는데 주변의 웃음소리가 귓속에서 웅웅거렸고, 몸에 맞춰 꿰맨 매혹적인 스트랩리스 이브닝드레스를 입은 채 쏟아지는 잠과 싸워야 했는데 가슴이 너무 꽉 죄어 숨도 못 쉴 정도였고, 뇌에서는 산소가 빠져나갔고, 메이크업아티스트 화이티가 매릴린의 혈색 나쁜 병든 피부와 멍든 영혼을 덮고 빚어낸 도자기 탈바가지 속에서 두 눈은 게슴츠레하게 풀렸다. 영화가 끝났을 때 공동 주연인 톰 이웰과 함께 억지로 일어나 시린 눈을 깜박이며 환호하는 관객들에게 미소를 지었고, 간신히 기절하지 않았을 뿐이고, 나중에 그날 저녁에 대해서는 버텨냈다는 것 이외에는 거의 기억나지 않을 것이다. 그전에 뉴욕시에서 영화를 촬영하는 동안에는 여자의 결혼생활이 물에 젖은 디슈처럼 분해되는 중이었고, 할리우드로 돌아와 영화사에서는 촬영을 지속할 수 없게 만드는 무언가를 보게 될까봐 매일 하는 러시프린트 시사에 참석하지 않았다. 전직 운동선수의 무자비한 비난이 여자의 귓속에서 울려댔기 때문이다. 너 자신을 그런 식으로 보여주고. 네 몸뚱이를. 이 영화는 다를 거라며. 역겨워.

아냐! '윗집 아가씨'는 역겹지 않아. 톰 이웰은 역겹지 않아. 그들의 가짜 사랑 이야기는 그저…… 희극이야. 눈물이 아니라 웃음으로 보여지는 삶이 희극이 아니라면 뭐란 말인가? 울기를 거부하고 오히려 웃어버리는 게 희극이 아니라면 무엇이 희극이란 말인가? 웃음은 늘 눈물보다 못한가? 희극은 늘 비극보다 못한가? 어떤 희극이든, 어떤 비극이든? "나는 이미 배우일지도 모르잖아? 희극인일지도?" 이 거품 같은 영화에서 매릴린 먼로는 아기처럼 새근거리는 목소리와 그 풍만한 몸을 흔드는 움직임과 꼬마 소녀의 순진무구한 얼굴로 대부분의 장면에서 시선을 빼앗고, 스크린 속의 그런 매릴린을 보면 여자가 완벽한 통제력을 갖춘 완성된 배우임을 깨달을 수밖에 없다. 관객들은 톰 이웰의 갈망하는 시선을 통해 '윗집 아가씨'를 인지하고, 너무 가까워 쉽게 손에 잡힐 듯하지만 아직 멀기만 한 여자에 대해 어설픈 사춘기 소년의 판타지에 빠진 톰을 비웃게 된다. 겉보기엔 아주 쉬운 섹스 상대 같은데 요리조리 잘도 빠져나간다. 그게 재미있었다! 성인 남성, 유부남, 바람피우고 싶은 남자의 좌절된 욕망이 재미있었다. 세풀베다 극장의 관객들은 웃음을 터뜨리고, 노마 진도 웃음을 터뜨린다. 다른 사람들과 함께 웃으니 어찌나 좋은지. 우리 인간을 하나로 만들잖아. 난 혼자이기 싫어.

자부심으로 전율이 느껴질 정도였다. 저기 스크린 속 노마 진의 블론드 배우 자아는 사람들을 편안하게 만들고, 웃게 만들고, 인간의 어리석음과 그들 자신의 어리석음을 바라보며 유쾌해하게 만들었다. 어째서 전남편은 여자의 재능을 경멸했을까? 그리고 여자를? 그가 틀렸어. 난 역겹지 않아. 이건 희극이야. 이건 예술이야.

그러나 영화관의 모두가 웃는 건 아니었다. 줄마다 여기저기 혼자 앉은 남자들, 내내 인상을 쓰고 히죽거리며 스크린을 빤히 쳐다보는 남자들. 한 남자, 목덜미에 턱이 잘못 붙은 것처럼 살이 밀려나온 뚱뚱한 중년 남자가 슬쩍 노마 진과 가까운 자리에 앉았고, 스크린 속 매릴린 먼로에게 온 정신을 쏟고 있으면서도 노마 진을 흘끔거렸다. 노마 진을 알아본 것도 아니었고, 제대로 보지도 않았겠지만, 그저 어두운 영화관에서 겨우 몇 피트 떨어진 곳에 혼자 앉아 있는 젊은 여자를 노린 거였다. 자신의 매릴린 판타지에 날 끌어들이는 거지. 자기가 손으로 하는 짓을 내가 보길 바라는 거야.

노마 진은 얼른 자리에서 일어나 그 남자와 대각선 뒤로 몇 줄 떨어진 좌석으로 옮겼다. 영화를 보며 웃고 있는 젊은 부부 근처로. 오, 기분 잡쳤다! 이것이야말로 실로 역겨웠다. 아니 그저 한심했다. 목이 뒤룩뒤룩한 그 남자는 노마 진을 돌아보지도 않고 제가 하던 짓을, 뭘 하는진 몰라도, 남몰래, 은밀히, 의자에 구부정하니 앉아서 계속했다. 노마 진은 그 남자를 무시하고 영화에 집중했다. 자신이 느꼈던 감정을 다시 소환하려 애썼다—자부심이었나? 성취감이었나? 긍정적인 평가들이 허풍은 아니었을지도, 매릴린 먼로는 정말 재능 있는 희극인이 아닐까? 난 실패작이 아닐지도 몰라. 포기할 이유가 없어. 스스로를 벌할 이유가 없어. 그런데 여름 한철만 독거남이면서 섹스에 굶주린 톰 이웰이 바라보는 '윗집 아가씨'에 빙그레 웃다가도, 문득 어릴 적 혼자 영화를 보러 갔다 영화관에서 자리를 옮겨야 했던 때가 몇 번이나 있었다는 생각이 들어 영화에 집중할 수 없었다. 넋을 잃고 어여쁜 공주님과 카리스마 왕자님을 바라보다가도 딴사람들, 혼자 온 남자들, 자신을 빤히 주시하는 남자들을 알아챌 수밖에 없었다. 여기 세풀베다 극장에서든 다른 어느 극장에서든. 오, 할리우드 블러바드의 그로먼스 극장이 최악이었지! 하일랜드 애비뉴에 살던 꼬마 시절에. 늦은 오후 영화관의 외로운 남자들, 어둠 속에서 탐욕스럽게 노마 진을 향해 눈알을 굴리던. 어린 여자애가 동행도 없이 혼자 영화관에 오다니, 자기네 행운이 믿기지 않는다는 듯. 글래디스는 영화관에서 남자 옆에 '너무 가까이' 앉지 말라고 경고했지만, 문제가 있었다. 남자들이 노마 진 가까이로 자리를 옮겼다. 어린 노마 진이 몇 번이나 자리를 옮길 수 있겠는가? 한번은 그로먼스 극장에서 좌석 안내원이 노마 진에게 손전등을 비추며 야단친 적도 있었다. 글래디스는 남자에게 절대 말을 걸지 말라고 노마 진에게 경고했지만, 남자가 말을 걸면 어쩌겠는가? 글래디스는 노마 진에게 집에 올 때는 항상 도롯가에 붙어서 걸으라고 가르쳤다. 가로등 불빛에 드러난 곳으로. 그래야 내가 보일 테니까. 만약 누가 날 잡으려 하면. 그래서였겠지?

노마 진은 새로 자리를 잡고 다른 사람들과 함께 웃다가, 왼쪽으로 고작 두 좌석 떨어진 자리에 혼자 온 남자가 또 있는 것을 알아차렸다. 앉기 전에 왜 눈치채지 못했지? 그 남자가 별안간 상체를 내밀더니 노마 진을 빤히 보았다. 뭉툭한 무턱에 한쪽이 약간 찌그러진 동그란 안경을 쓴 젊은 중년 남자의 비교적 청년 같은 이목구비에 누군가가 떠올랐다—해링 선생님? 영어 선생님? 하지만 이 남자는 색이 옅고 가느다란 머리카락이 거의 벗겨졌다. 노마 진은 감히 더 자세히 쳐다보지 못했다. 만약 이 사람이 해링 선생님이라면 영화가 끝난 후 서로를 알아볼 것이다. 아니라면 아닐 테고. 노마 진은 다음 장면에 대비해 스크린으로 눈을 돌리고 미소 지었다. 이 영화에서 가장 유명한 장면이었다. 몸에 꼭 맞는 아이보리색 크레이프 홀터넥 선드레스를 입고 밖에 나온 '윗집 아가씨'는 맨다리에 하이힐을 신고 지하철 환풍구 위에 서고, 솟구친 바람이 여자의 치맛자락을 들어올릴 때 렉싱턴 애비뉴의 차량 흐름이 사실상 멎는다. 그러나 영화 속 장면은, 노마 진도 알고 있지만, 홍보용 스틸과는 아주 달랐다. 윤리위원회의 비난을 피하기 위해 영화사는 이 장면을 상당 부분 삭제했다. 여자의 치마는 무릎까지만 들리고, 그 악명 높은 흰 팬티는 조금도 보이지 않는다. 이것이 전 세계로 퍼진 선풍적인 사진을 본 관객들이 기다려온 유일한 장면이었다. 휘날리는 하얀 치마, 뒤로 넘어간 블론드 머리, 꿈꾸듯 행복한 황홀경의 미소, 마치 환풍구 바람이 여자와 사랑을 나누는 듯, 혹은 왠지 뒤집힌 치맛자락에 가려진 두 손이 여자 자신과 사랑을 나누는 듯. 앞에서, 옆에서, 뒤에서 본 포즈, 고개를 살짝 돌린 옆모습. 여자를 보는 시선만큼이나 카메라 앵글도 참 다양하다는 생각이 들 것이다. 노마 진은 가까이에 혼자 앉아 있는 남자를 의식하며 이 장면을 기다렸다. 저 사람이 해링 선생님 일 수도 있을까? 하지만 해링 선생님은 결혼했잖아. (어쩌면 이혼하고 밴나이즈에서 혼자 살지도?) 선생님이 나를 알아볼까? 영화 속 '매릴린'이 예전 자신의 제자라는 건 당연히 알아보겠지만, 나를 알아볼까? 너무 오랜 세월이 흘렀다. 노마 진은 이제 소녀가 아니었다.

정말 신기했다! '윗집 아가씨'는 그 캐릭터를 묘사한 지독히 걱정 많고 불안에 떠는 배우와는 별개의 존재로 보였다. 노마 진은 넴뷰탈을 먹고도 불면증에 시달리던 밤이 기억났다. 거기다 닥터 밥은 여자가 정신을 차리도록 벤제드린을 처방했다. 여자는 자신의 결혼생활에 대한 걱정으로 계속 앓고 있었다. 전직 운동선수는 영화제작 과정을 싫어하면서도 세트장에 오겠다고 고집을 부렸다. 그는 촬영 과정의 지루함을 싫어했고, 아주 고루한 표현을 빌려 '모든 게 다 가짜'라며 싫어했다. 그럼 영화가 **진짜**인 줄 알았나? 배우가 대본을 따르지 않고 자기 멋대로 대사를 말하고? 노마진은 무지한 남자와 결혼했다고, 아는 게 없고 무식할 뿐 아니라 멍청한 남자와 결혼했다고 생각하고 싶지는 않았다. 아니, 여자는 진심으로 남편을 사랑했고, 남자도 분명 여자를 사랑했다. 여자는 남자의 정서생활의 핵심이었다. 남자의 그 사내다움은 여자에게 달려 있었다. 그래서 여자는 남편이 세트장 가장자리에 서서 도끼눈을 뜨고 말없이 노려보는 와중에 '윗집 아가씨'를 연기해야 했고, 거품 같은 희극을, 변화무쌍한 희극을 연기해야 했다. 전직 운동선수는 야구 기획자이자 스포츠용품 제작사의 이른바 컨설턴트로서 전문직에 종사하니 할일이 잔뜩 있을 텐데도 거의 하루도 빼먹지 않고 제작 현장에 나와 모든 이를 불편하게 만들었다. 남편의 존재에 신경이 곤두선 매릴린은 연달아 재촬영을 요구했다. "제대로 하고 싶어요. 나는 더 잘해낼 수 있다는 걸 알아요." 감독은 그 때문에 짜증과 분노가 솟구쳤지만 매번 매릴린에게 백기를 들었다. 장면이 아무리 훌륭했더라도 더 나아질 수 있지 않을까? 나아질 수 있다!

전직 운동선수는 콘솔형 라디오 위의 히로히토 영감처럼 잔뜩 불만을 품은 으스스한 얼굴로 지켜보았다. 샌프란시스코의 자기 가족들이, 사랑하는 모마가 이걸 본다고 생각하니 이가 갈렸다. 이 버러지! 섹스에 미친 버러지! 영화는 이걸로 끝이야, 알아들어?

그가 열받은 건, 매릴린이 공동 주연을 맡은 이웰과 허물없이 편하게 어울렸기 때문이다. 저 둘, 함께 웃음을 터뜨리는 저 두 사람! 그와 단둘이 있을 때 매릴린은 전혀 웃지 않았다. 여자는 거의 웃지 않았다. 남자도 거의 웃지 않았다. 가령 저녁 식탁 앞에 앉아서 여자는 그에게 말을 걸어보려다 포기하고 묵묵히 먹기만 했다. 가끔은 대본이나 책을 읽어도 되냐고 물어보기도 했다! 스포츠 경기나 뉴스가 나오면 남자에게 텔레비전을 보라고 했다. 오, 전직 운동선수는 여자가 일본에서 자신을 남겨두고 한국에 주둔한 병사들의 '사기 진작'을 위해 혼자 가버린 것을 절대 용서하지 않았다. 전 세계 매스컴이 여자를 뒤따르며 일본에 있는 전직 운동선수를 지워버렸고, 일본에서 그도 수많은 팬의 환영을 받았지만 매릴린 먼로에게 환호한 군중에 비하면 아무것도 아니었다. 총 십만 명이 넘는 미군 장병이 목이 깊이 파인 보라색 스팽글 드레스를 입고 오픈토 스파이크힐 샌들을 신고 영하의 날씨에 야외에서 입김을 뿜으며 ⟨Diamonds Are a Girl's Best Friend⟩와 ⟨I Wanna Be Loved by You⟩를 부르는 매릴린의 공연을 보았다. 남자는 한국에서 여자를 에스코트했던, 여자를 흠모하는 ⟨스타스 앤드 스트라이프스⟩의 젊은 상병과 여자가 짧게 바람을 피운 게 아닌지 의심했다. 남자는 자신에게는 똑바로 선 장어처럼 보였던 도쿄대 출신의 젊은 일본인 통역사와 여자가 더 짧게 바람을 피운 게 아닌지, 딱 한 번 재빨리 정사를 치른 게 아닌지도 의심했다. 뉴욕에서, 영화 세트장에서, 매릴린과 톰 이웰이 휴식 시간에 몰래 빠져나가 이웰의 분장실에서 섹스를 했다고 믿을 만한 확실한 근거도 있었다. 저 두 사람 사이에 뜨끈한 성적 농담이 오갔다! 전직 운동선수가 질투해서 그런 게 아니라 세트장의 모두가, 아마도 할리우드의 모두가 알고 있었다. 그들은 남자를 비웃고 있었다, 엿먹은 남편을!

전직 운동선수의 아버지와 형제들은 그에게 터놓고 말했다. 넌 마누라 관리 좀 잘할 수 없냐? 무슨 결혼이 그러냐, 너하고 그 여자는?

결국 남자는 여자를 사랑할 수 없었다. 여자와 섹스할 수 없었다. 사내로서. 예전 같은 사내—양키 슬러거로서. 그런 이유로도 남자는 여자를 미워했다. 대체로 그 이유였다. 당신은 남자를 쪽쪽 빨아서 말려버려. 당신은 속이 죽어 있어. 정상적인 여자가 아니야. 당신이 평생 아기를 낳지 못하길 신에게 빈다.

노마 진은 남자에게 전에는 매릴린을 사랑했으면서 왜 매릴린을 싫어하는지 따진다. 왜 '윗집 아가씨'를 싫어해? 아주 사랑스럽고 다정하고 사려 깊고 멋진데. 물론 남성의 섹스 판타지, 섹스 천사이긴 하지만 그건 웃기려는 거잖아, 안 그래? 섹스는 웃기잖아? 그 때문에 죽지 않는 한은? '윗집 아가씨'는 자신을 비웃으라고, 함께 웃자고 당신을 불러, 하지만 잔인한 웃음은 아니야. "사람들은 내가 모순적이지 않아서 나를 좋아해요. 나는 다친 적이 없고, 그래서 사람들을 다치게 할 수 없어요." 성인은 상처와 좌절과 수모를 겪으며 모순을 배우고, '윗집 아가씨'는 그렇게 알게 된 것들을 지워줄 수 있다.

1950년대 중반 뉴욕의 전문직 여성인 어여쁜 공주님.

카리스마 왕자님 없는 어여쁜 공주님. 어떤 남자도 공주님을 당해내지 못하니까.

치약과 샴푸와 소비재를 광고하는 어여쁜 공주님. 예쁜 여자가 상품 판매에 이용되는 것은 웃긴 일이지 비극이 아니다. 오토 외즈는 어째서 그 안에 담긴 유머를 보지 못했을까? "세상만사가 다 홀로코스트인 건 아니죠." 〈7년 만의 외출〉의 '매릴린 먼로'가 창조한 인물을 통해 노마 진이 어릴 때 겪었던 어떤 모멸과 수치를 비극이 아니라 희극으로 다시 체험할 기회가 있었다는 건 사실(노마 진이 와일더 감독에게 얘기했듯) 오묘하고 신기한 반전이었다.

이제 치마가 날리는 장면이 나왔다! 뉴욕에서 네 시간 남짓 촬영했건만, 그사이 매릴린의 결혼이 끝장났는데, 그 장면은 단 일초도 쓰이지 않았다. 마지막 장면은 영화사가 할리우드의 사설 방음스테이지에서 촬영했다. 치마가 날리는 장면은 그저 장난스러울 뿐이고 짧았다. 충격적일 것은 하나도 없었다. 흥분할 것도 별로 없었다. 전직 운동선수는 실제 영화에서 이 장면을 보지 않았다. 여자는 꺄악 소리를 지르고 깔깔 웃으며 치마를 퍽퍽 쳐서 내리고, 팬티는 보이지 않는다—그걸로 끝이다.

"아가씨! 아가씨!" 노마 진 가까이에 혼자 앉은 남자가 자기 자리에서 음흉하게 깊숙이 허리를 숙인 채 소곤거렸다. 노마 진은 그 남자를 모른 척해야 한다는 걸 알았지만, 어쨌든 남자가 해링 선생님이고 선생님이 자신을 알아본 거라고 반쯤 생각하며 별수 없이 그쪽을 힐긋 돌아보았고, 남자가 전혀 모르는 사람임을 깨닫고서도 동그란 안경알 너머로 껌벅이는 축축한 눈과 기름기 도는 땀이 밴 이마를, 남자의 미성숙하면서도 묘하게 삭은 이목구비를 응시했다. "아가씨—아가씨—아가씨!" 남자는 헐떡였다. 흥분했다. 앉은 자리에서 허리 아래쪽을 꿈틀거리며 캔버스 가방인지 롤업재킷인지에 일부 가려진 사타구니에 두 손을 대고 열심히 작업중이었고, 노마 진이 충격과 혐오감에 빤히 쳐다보자 남자는 눈을 까뒤집으며 낮게 신음했고, 누가 뒤에서 발로 찬 것처럼 좌석 줄 전체가 덜커덕거렸다. 노마 진은 혼란스러움에 꼼짝 못하고 앉아 있었다. 이런 일이 오래전에도 한 번 있지 않았던가? 아니 한 번 이상인가? 그리고 생각한다, 그 사람인가? 해링 선생님? 오, 그럴 수도 있나? 땅속에 사는 난쟁이처럼 웅크린 채 남자는 과감히 한 손을 스윽 들어 노마 진에게 보여줬고, 아주 낮게 들어 딴사람들에게는 보이지 않았고, 남자의 떨리는 손바닥과 손가락에 반짝이는 액체가 끈적하게 달라붙어 있었다. 노마 진은 역겹고 불쾌해 작게 비명을 질렀다. 벌떡 일어나 통로를 걸어가는데 해링-선생님-닮은-남자가 나직이 흘린 웃음이 노마 진의 뒤를 따라왔고, 자갈 흔드는 듯한 그 소리가 다른 관객들의 더 크고 더 요란한 웃음소리와 섞였다.

뺨이 여드름투성이인 좌석 안내원이 맨 뒤에서 어슬렁거리다가, 통로를 따라 성큼성큼 올라오는 노마 진을 보고 그 표정에 놀라 물었다. "손님? 무슨 문제가 있나요?"

노마 진은 곁눈질도 하지 않고 그대로 좌석 안내원을 지나쳤다. "아니. 이미 늦었어."

물에 빠진 여자

베니스 비치까지 온 건가? 여자는 보지 않고도 알았다.

눈에 뭔가 문제가 있었다. 아까부터 계속 주먹으로 비벼서 눈이 따가웠다. 모래가 들어갔다. 머리 위에서 새벽하늘이 직소 퍼즐처럼 조각조각 부서진다. 한번 흩어지면 다시는 하나로 맞출 수 없다. 피가 왜 돌고 있지! 두근두근! 심장이 왜 뛰고 있지! 겁에 질린 여자는 심장을 벌새처럼 손에 쥘 수도 있었다.

난 죽고 싶지 않았어, 그건 죽음에 저항하는 일이었어. 음독한 게 아냐. 신은 사랑받지 못하면 죽지만, 난 사랑받지 못했고 난 죽지 않았어.

베니스 비치, 이랑진 채 딱딱하게 군은 모래, 베일처럼 희부옇게 날리는 안개, 나긋나긋한 장어 같은 해초, 바다 괴물처럼 물을 줄줄 흘리며 말없이 여자를 바라보는 한 무리의 서퍼. 누가 여자의 선홍색 시폰 드레스 앞섶을 찢어놨는지 헐겁게 늘어진 젖가슴.

살구씨처럼 단단한 젖꼭지. 엉겨붙은 머리칼과 웃는 것처럼 부어오른 입술과 여자의 몸을 막처럼 덮고 있는 미끈거리는 벤제드린 성분의 땀.

안녕 거기, 이름이 뭐지? 난 미스 골든 드림스야. 내가 아름답다고 생각해? 섹시해? 사랑스러워? 나를 사랑하면 기분이 어떨 것 같아? 내가 당신을 사랑할 수도 있다는 걸 난 아는데.

처음에 여자는 샌타모니카 부두로 차를 몰았다. 몇 시간 전이었다. 시폰 드레스와 맨다리로, 팬티도 안 입고. 여자는 대관람차를 탔고, 어린이 표도 같이 사서 꼬마 여자애를 데리고 탔고, 아이 부모는 여자를 알 것도 같았지만 전적으로 확실하지는 않아서(할리우드에 블론드는 널리고 널렸으니) 미소를 띤 채 어리둥절했고, 여자가 관람차를 마구 흔들어서 여자의 품에 안긴 아이는 와! 와! 와! 비명을 지르며 하늘로 날아올랐다. 여자는 술에 취하지 않았다. 숨냄새를 맡아보라! 감귤류처럼 달콤하다. 여자의 팔에, 팔꿈치 안쪽 보드라운 살에 주삿바늘 자국이 쭉 나 있다 하더라도, 제 스스로 찌른 것은 아니었다. 여자의 몸은 감각 없이 그저 둥둥 떠내려갔다. 여자의 건장한 전남편이 힘주어 누른 손목과 팔과 목. 힘세고 아름다운 손가락. 오래전 그들 중 한 명은 여자의 젖가슴만 사랑을 나눌 수 있었고, 뜨겁게 부푼 페니스를 젖가슴 사이에 집어넣고 떨리는 손으로 여자의 젖가슴을 감싸쥔 채 애타는 흐느낌과 함께 사정할 때까지 스스로를 눌러댔고, 정액이 몸에 묻었지만 노마 진은 거기 있지 않았고, 초점 없는 눈은 돌덩이처럼 아무것도 보지 않았다. 아프지 않아. 금방 끝나. 곧바로, 잊히게 돼.

여자는 그 예쁘장한 꼬마 여자애한테 자기랑 같이 잠깐 살지 않겠냐고 물었다. 대관람차에서 내린 후 화를 내는 아이 부모한테 그들도 같이 와도 된다고 설명하려 애썼다. 근데 대관람차 운전사가 왜 화를 내지? 아무도 안 다쳤잖아. 그냥 장난 좀 친 것 같고! 여자가 20달러짜리 지폐를 주자 운전사의 소란은 멎었다. 꼬마 여자애는 무사했고, 예쁜 블론드 여자의 손을 꼭 붙잡고 놓으려 하지 않았다. 전에 어떤 꼬마 여자애가 여자의 손을 꼭 붙잡았던 것처럼. 내가 이리나에게 만들어준 호랑이 인형. 이리나와 함께 사라졌어. 어디로 갔을까? 로스앤젤레스 카운티에서 일어난 그 살인사건, 지난달에도 한 건 있었고, '빨간 머리 모델'이라고 언론에서 묘사했는데, 겨우 열일곱 살이었다. 살인자는 소녀를 '얕은 구덩이'에 묻었는데 비가 내리면서 모래 섞인 흙이 씻겨내려가 시신이, 아니 시신 중 남은 일부가 드러났다. 그러나 노마 진에게는 그동안 어떠한 피해도 없었다. 여덟인가 아홉인가 열 명의 강간당하고−훼손된 소녀 하나하나가 아는 사람이거나 알 만한 사람이었고, 영화사의 동료 신인 배우 혹은 프린 에이전시의 동료 모델 혹은 오토 외즈의 사진 모델이었지만, 여자는 결코 아니었다. 그게 무엇을 의미할까? 여자는 좀더 길게 살 운명이라고? 서른 넘어 살고, 매릴린을 넘어 살고?

여자는 벨에어의 호화주택가에서 샌타모니카로 차를 몰았다. 벨에어 골프클럽 근처 언덕 위의 동화 속 저택. 남자는 여자가 전직 운동선수와 이혼하면 그 비용을 대겠다고 제안했다. '정신적 학대.' '불화.' 진녹색 벤틀리는 전면 좌측 펜더를 따라 가늘게 긁힌 자국이 있었는데, 여자가 샌타모니카 고속도로에서 가드레일을 옆으로 들이받은 자국이었다. 글래디스가 충격요법을 받고 있을 때였을까? 여자 본인의 머리도 쪼개질 듯 아팠기 때문이다. 여자 본인의 생각도 종종 길에서 벗어났다. 사람들은 '윗집 아가씨'를 보며 웃지만 '윗집 아가씨'에게는 대본이 있었고 절대 거기서 벗어나지 않았다. 웃음은 대체로 '윗집 아가씨'의 몫이었다. 전기 충격요법이라고 했다. 병원에서 노마 진에게, 가장 가까운 친족이자 환자의 법적 보호자에게 뇌엽절리술에 대한 동의를 구했다. 여자는, 환자의 딸은, 거부했다. 뇌엽절리술은 환각성 정신이상 환자에게 때때로 놀라운 효과가 있다며 의사가 여자를 설득했다. 아뇨, 하지만 내 어머니는 아니에요. 어머니의 뇌에는 해당되지 않아요. 어머니는 시인이고, 복잡하게 뒤얽힌 지적인 여성이에요. 맞아요, 어머니는 안타까운 사람이죠. 하지만 나도 그래요! 그래서 병원에서는 글래디스에게 단순히 '충격'만 줬다. 오, 하지만 그것도 노워크에서였고, 오래전 일이었다. 현재 글래디스가 있는 좀 더 품위 있는 레이크우드 정신병원에서는 안 그랬다.

어머니, 아버지가 나를 보고 싶어해요! 조만간. 아버지는 어머니를 용서할 거라고 했어요. 우리 둘 다 사랑할 거라고.

분명 어떤 의미가 있었다, 아버지가 '노마'라고 부른 것은. 처음에는 '노마 진'이라고 했다가 편지 끝에서 '노마'라고 불렀다. 따라서 부녀가 만나면 그것이 아버지가 딸을 부르는 이름이 될 테고, 이후로 쭉 그럴 것이다. '노마.' '노마 진'이 아니라, '매릴린'이 아니라. 그리고 물론 '딸'도 있다. 결국 여자는 벤틀리의 열쇠를 손에 넣었다, 달아나야 했다. 남자는 여자를 경찰에 신고하지 않을 것이다. 그의 약점은 여자를 숭배한다는 것이었다. 여자의 발치에서 꿀꿀대며 굽신거리는 포키 피그 남자. 매릴린의 맨발. 그는 여자의 더러운 발가락을 빨았다! 여자는 새된 비명을 질렀다, 너무 간지러웠다. 그는 좋은 남자였고, 점잖은 남자였고, 부유한 남자였다. 그는 20세기 폭스의 주식을 보유하고 있었다. 여자의 이혼 비용을 대려고 했을 뿐 아니라 손이 거친 사설탐정(실제로는 인사 기록에 다수의 '정당방위 살인'이 기재된 로스앤젤레스 강력반 형사의 야간 부업)을 고용해 전직 운동선수의 사설탐정을 겁줘서 쫓아버리려고 했다. 변호사 친구를 소개해주고 여자 본인의 프로덕션 설립을 도와주고 싶어했다. 매릴린 먼로 프로덕션 주식회사. 여자는 영화사를 탈출할 것이고 목을 조이는 계약을 깰 것이다. 몇 해 전 올리비아 드 하빌랜드가 다른 영화사에서 계약을 깨기 위해 소송을 걸어 승소했던 것처럼. 그는 여자에게 마드리드산 사파이어 귀걸이 한 쌍을 주었다. 여자는 절대 값비싼 장신구를 하지 않는다고 얘기했다! 오클라호마 촌뜨기라서요. 여자는 사파이어 귀걸이가 자신이 죽은 뒤 먼지뭉치 속에서 발견되도록 다른 고가의 장신구와 함께 옷장 안 덧신과 신발 앞코에 넣어두었다. 그러나 아직 멀었다. 여자는 오래도록 죽을 생각이 없었다! 몇십 년은.

나는 미스 골든 드림스야. 내게 키스하면 어떤 기분일 것 같아? 내 온몸에? 난 여기 있어, 기다리고 있다고. 난 이미 수백 수천 남자의 사랑을 받았어. 그리고 나의 시대는 이제 막 시작됐어!

세풀베다 극장에서 〈7년 만의 외출〉을 관람한 날 저녁이었다. 버키라면 이 영화를 정말 좋아했을 테고, 웃음을 터뜨리며 노마 진의 손을 꽉 잡았을 것이다. 그후에 노마 진에게 섹시한 레이스 잠옷을 입히고 현실에서 섹스를 했을 것이다. 미칠 듯이 흥분한 건강한 젊은 유부남. 그러나 여자는 내가 아닌 저 스크린 위의 것과 관계를 끊었다. 여자는 사라지기로 결심했다. 해리엇이 이리나를 데리고 사라졌듯이. 한 시간 내에 실행에 옮길 수도 있다. 지금 바로 사라질 수도 있다! 할리우드에서, 전직 운동선수의 감시에서 탈출해 뉴욕시로 이주하여 아파트에서 혼자 살 것이다. 연기를 공부할 것이다. 아직 너무 늦지는 않았다! 여자는 익명의 누군가가 될 것이다. 소박하게 학생으로 다시 시작할 것이다. 무대연기를 공부할 것이다. 살아 있는 연극무대. 체호프, 입센, 오닐의 희곡을 연기할 것이다. 영화는 오로지 관객을 위해서만 살아 있는 죽은 매체. 어여쁜 공주님과 카리스마 왕자님은 오로지 관객을 위해서만 살아 있다. 오로지 관객에게만, 그들의 무지와 욕구를 틈타 사랑받는다. 하지만 어여쁜 공주님은 세상에 없잖아? 당신을 구해줄 카리스마 왕자님은 존재하지 않는다.

그후, 여자는 베니스 비치로 차를 몰았다. 맨발로 가속페달을 밟은 게 기억나고, 브레이크를 찾던 게 기억난다. 그런데 클러치는 어디 있지? 여자는 긁히고 과열된 벤틀리를 시동을 끄지 않은 채 베니스 블러바드에 버렸다. 그다음엔 걸었다. 맨발로. 달렸다. 여자는 달리면서 무섭기는커녕 아주 신나고 유쾌했다. 여자의 아름다운 드레스 앞섶이 찢겼다. 수염난 부랑자의 난폭한 손. 이제 새벽녘이고, 이쪽 해변은 여자의 집이었다. 외할머니 델라가 근처에 살았으니까. 외할머니 델라의 무덤이 근처에 있으니까. 눈부시게 빛나는 윤슬에 눈이 부셔 손차양을 하고 델라와 노마 진은 해변을 따라 걸었다. 외할머니 델라는 당연히 노마 진을 자랑스러워할 것이다. 그래도 델라는 이렇게 말해줄 것이다. 네가 **알아서 결정하렴, 아가야.** 삶이 싫어지면. 갈매기, 해변에 사는 새. 새들이 머리 위에서 소리를 지르며 맴돌았다. 여자는 높은 파도 속으로, 첫 물결 속으로 뛰어들었고, 파도의 힘에, 물결의 냉기에 언제나처럼 깜짝 놀랐다. 물은 아주 얇고 손가락 사이로 빠져나가는데, 파도는 어떻게 이렇게 강하고 아플 수 있지? 정말 신기했다! 여자는 그 파도 속에서, 저멀리에, 뭔가 살아 있는 것을, 무력하게 물속으로 빠져드는 생명체를 보았고, 그것을 구하는 것이 여자의 과업이었다. 알긴 했다, 오, 이건 말이 안 돼, 꿈이거나 환각이거나 사악한 누군가가 걸어놓은 주문이야, 알긴 했지만 왠지 자신이 **안다는** 느낌에 확신을 가질 수 없었고, 그래서 재빨리 행동에 나서야 했다. 저건 뭐지—내 아기? 아니면 다른 여자의 아기? 살아 있는 생명체, 무력한 생명체, 게다가 오직 노마 진만 보았고, 오직 노마 진만 구할 수 있었다. 여자는 휘청휘청 비틀거리며 물속을 달려나갔고, 파도가 종아리를, 허벅지를, 복부를 강타했다. 다정한 애무는 온데간데없고 강력한 난타만 있었다. 가랑이 사이의 깊은 상처속으로 사정없이 밀려들었다. 여자는 두들겨맞고, 쓰러지고, 일어나기 위해 팔다리를 마구 휘둘렀다. 몸부림치는 작은 생명체가 보였다. 하얗게 부서지는 물마루에 실려 높이 솟구쳤다 곤두박질쳤고, 다시 들어올려졌다 떨어졌다. 그것의 자그마한 팔다리가 허우적거렸다! 여자는 과호흡하기 시작했다. 산소가 부족했다. 물이 꿀떡꿀떡 넘어갔다. 콧속에 물이 들어갔다. 손 하나가 여자의 목을 잡는다. 힘세고 아름다운 손. 차라리 우리 둘 다 죽자. 그래놓고 남자는 여자를 놔주었다―왜? 매번 남자는 여자를 놔주었다. 그게 남자의 약점이었다. 남자는 여자를 사랑했다.

서퍼들이 익사할 뻔한 여자를 구했어요.

그리고 여자가 애원한 대로 비밀을 지켰죠.

그 여자가 운이 좋았을 뿐이에요. 베니스 비치의 그쪽은 서퍼 대여섯이 항상 죽치고 있는 곳이거든요. 날씨가 괜찮으면 밤에 해변에서 자기도 했으니까. 그 새벽에 우린 완전히 잠에서 깨서 바다에 들어가 꽤 위험하고 거센 파도를 타고 있었어요. 그리고 제정신이 아닌 듯한 블론드 여자가 찢어진 파티 드레스 차림으로 휘청거리며 거기 해변에 나타났어요. 맨발로, 머리는 바람에 산발이 돼서.

처음에 우린 누가 여자를 뒤따라오겠거니 했는데, 혼자더라고요. 근데 갑자기 높은 파도 속으로 걸어들어가는 거예요! 그 거센 물살로. 여자는 기진맥진한 금발 인형 같았고, 파도에 계속 두들겨맞더니 몇 분 만에 물에 빠졌는데, 서퍼 중 한 명이 늦지 않게 여자한테 가서 서핑보드에서 뛰어내린 뒤 여자를 해변으로 끌고나와 축 늘어진 몸통 위에 올라타고 스카우트에서 배운 대로 인공호흡을 했고, 여자는 금방 콜록거리고 켁켁거리고 토하더니 호흡이 정상으로 돌아와서 정신을 차렸어요. 물을 많이 마시지는 않았고, 폐로 들어가지 않아서 다행이었죠.

영화처럼 굉장한 순간이었어요, 평생 잊지 못할 거예요. 그 블론드 미인은 놀란 눈을 뜨고―말갛고 파란, 충혈된 눈이었어요―자신을 둘러싸고 빤히 내려다보며 자기가 누군지 알아본, 아니 누구일 거라고 추측한 우리 대여섯 명을 봤어요. 오 어째서? 그게 가냘픈 목소리로 내뱉은 첫마디였죠. 근데 또 웃으려는 거예요. 그러다 또 토하고, 여자를 구한 녀석이, 매끈하게 수염을 민 옥스너드 출신의 대학생이었는데, 얼른 손등으로 여자의 입가를 닦아줘요, 그런 난데없는 다정한 행동은 그 녀석의 열아홉 평생 처음이었을걸요. 그랬더니 그 익사할 뻔한 여자가, 그 유명한 블론드 배우가 녀석의 손을 잡고 더듬더듬 그 손에 키스하는 거예요, 걔는 그거 평생 못 잊을 거야, 여자가 **고마워요!**라고도 한 것 같지만 너무 꺽꺽 울어대는데다 파도가 시끄러워서 확실하진 않고요, 여자 옆에서 젖은 모래에 무릎을 꿇고 앉아 있던 그 옥스너드 녀석은 혹시 본인이 잘못한 걸까 고민해야 했죠.

그 여자는 죽고 싶었던 게 아닐까. 거기에 내가 끼어든 거고. 하지만 내가 아니었더라도 다른 녀석이 구했겠지, 안 그래? 그러니 내 탓은 아니잖아?

극작가와 블론드 배우—유혹

창작 과정에는 아버지, 즉 극의 작가가 있고, 어머니,
즉 배역을 품은 배우가 있으며, 자식, 즉 태어나는
캐릭터가 있다.

—스타니슬랍스키, 『성격 구축』

1

당신은 나에 대해 절대 쓰지 않을 거지, 그치? 우리에 대해.

내 사랑! 당연하지.

우린 특별하니까, 그치? 우린 서로를 깊이 사랑하잖아. 당신이 어떻게 쓰든 아무도 이해하지 못할 거야…… 우리 사이가 어떤지.

내 사랑, 난 시도조차 하지 않을 거야.

2

남자는 극을 썼고, 극은 남자의 삶이 되었다.

그건 바람직한 일이 아니었다. 극작가도 알고 있었다. 말로 이루어진 작업, 그저 언어일 뿐인 줄기가 무슨 영문인지 남자의 내장에 똘똘 말리고 살아 있는 몸뚱이의 동맥에 뒤엉켰다. 남자는 그 새로운 작업, 몇 년 만의 첫 작업에 대해 무덤덤한 어조로 입을 열었다. "희망이 있습니다. 아직 끝나지 않았어요."

희망이 있다. 끝나지 않았다.

남자는 알고 있었다! 소설가의 삶이 소설이 아니듯, 극작가의 삶은 극이 아니다. 소설이나 극은 인생의 막간에 불과하며, 하나의 잔물결이, 하나의 파도가, 한 번의 격심한 진동이 제 본령인 물을 뚫고 나아가듯, 휘젓기는 해도 바꿀 힘은 없다. 그도 알고 있었다. 알면서도 아주 오랫동안 〈아마빛 머리의 소녀〉에 사력을 다해왔다. 대학 때부터 쓰기 시작했고, 아주 초기에는 몹시 조악한 '서사시' 버전이었다. 그는 첫사랑의 희열과 절망에 그 원고를 제쳐둔 채 다른 희곡을 여럿 썼고—전후 1940년대에 그는 극작가가 되었다!—동안의 중년이 된 후 〈아마빛 머리의 소녀〉를 다시 꺼내 품고 다녔다—손으로 쓴 메모, 어설프게 타이핑한 초고, 무산된 장면과 질질 끈 장면과 장황한 캐릭터 묘사와 점점 노랗게 바래고 귀퉁이가 말린 1920년대의 스냅사진, 그리고 무엇보다 터무니없는 희망을 품고 다녔다—이 삶에서 저 삶으로, 뉴브런즈윅과 뉴저지와 브루클린과 뉴욕시의 원룸과 비좁은 아파트에서 지금의 센트럴파크 근처 웨스트 72번가에 자리한 방 여섯 개짜리 브라운스톤 아파트로, 애디론댁산맥과 메인 해안가의 여름 피서지로, 심지어 로마, 파리, 암스테르담, 모로코까지. 그는 그 원고를 품고 다녔다. 독신생활부터 결혼과 자식들로 예기치 못하게 복잡해진 삶에 이르기까지. 처음에는 머릿속의 강박적 세상에 대한 해독제로서 대단히 반겼던 가정생활이었지만. 그는 그 원고를 품고 다녔다. 젊은 사내의 놀랍고 열정적인 성생활부터 불확실하고 시들시들한 마흔 줄의 성생활에 이르기까지. 〈아마빛 머리의 소녀〉의 그 소녀는 남자의 첫사랑이었고, 같이 잔 적도 없었다. 심지어 고백한 적도 없었다.

이제 그는 마흔여덟이다. 소녀는 아마, 살아 있다면, 오십대 중반일 것이다. 아름다운 마그다, 중년이 되다니! 마그다를 보지 못한 지 이십 년이 넘었다.

남자는 극을 썼고, 극은 남자의 삶이 되었다.

3

사라졌다! 여자는 로스앤젤레스의 은행 세 곳에 저축해두었던 돈을 인출했다. 셋집을 정리하고 몇몇 사람에게만 메시지를 남겼다. 난 할리우드에서 사라질 테니 그리워하지 말아요! 그리고 자신을 찾지 말라고. 당황한 에이전트에게도 다음 주소지를 알리지 않았다. 비행기를 탈 때까지도 정해둔 거처가 없었으니까. 전화번호도 알리지 않았다. 전화가 없었으니까. 책과 종이와 옷 몇 벌만 급히 상자에 싸서 소포로 부쳤다. 뉴욕주, 뉴욕시, 우체국 수령, 노마진 베이커 앞.

외할머니 델라는 삶이 싫어지면 내가 알아서 결정하라고 했지. 하지만 내가 싫어진 건 삶이 아니었어.

4

'그곳으로 돌아간' 꿈. 1955년 초겨울, 뉴욕시에서 극작가와 블론드 배우가 만나기 전날 밤, 극작가는 되풀이해서 등장하는 그 굴욕적인 꿈 중 하나를 꾸었다.

이른 사춘기 때부터 꾼 그 꿈들에 대해 그는 아무에게도 말하지 않았다. 잠에서 깨자마자 바로 지워버리려 애쓰는 꿈!

극작가는 생각한다. 예술작품에서 꿈은 심오하고 삶을 변화시킬 힘이 있으며 종종 아름답기도 하다. 그러나 현실에서는 배기가스를 내뿜으며 1번 국도를 달리는 그레이하운드 버스에서 빗물에 얼룩진 유리창으로 내다보는 뉴저지 로웨이의 흐릿한 풍경처럼 아무 의미 없다.

사실 극작가는 뉴저지 북동부 노동자계급의 도시 로웨이에서 태어났다. 1908년 12월에. 그의 부모는 1890년대 후반에 미국에 동화되리라는 기대를 안고 베를린에서 이민해 온 독일계 유대인이었고, 특이한 유대계 성을 미국식으로 바꾸고 그들의 불쾌한 유대계 뿌리를 없애버렸다. 그들은 대부분 자기보다 못났다고 생각하는 비유대인에게 멸시의 대상이 되는 것을 분해하면서도 자신이 유대인이라는 것에 짜증이 난 유대인이었다. 미국에서 극작가의 아버지는 다른 이민자들과 함께 동부 뉴욕의 기계공장에 일자리를 얻고, 호보컨의 정육점에 일자리를 얻고, 로웨이에서 신발 영업직을 얻고, 드디어, 성인이 된 이후 가장 담대한 모험으로 로웨이 메인 스트리트에 켈비네이터 세탁기와 건조기를 파는 대리점을 열게 된다. 가게는 1925년 그의 손에 들어와 1931년 초에 망할 때까지 꾸준히 수입이 올랐는데, 가게가 망할 때 극작가는 뉴브런즈윅 근처 러트거스 대학에서 학업을 거의 마쳐가는 중이었다. 파산! 고난! 극작가의 가족은 녹음이 우거진 주택가의 빅토리아풍 박공지붕 집을 잃고 아무도 매입하려 하지 않는 로웨이의 침체된 지역에 있는, 세탁기와 건조기를 팔던 바로 그 건물 위층으로 이사한다. 극작가의 아버지는 한을 품고 긴 여생을 살아가며 고혈압과 대장염, 심장병 그리고 '신경증'으로 고생하게 된다(그는 1961년까지 버틴다). 극작가의 어머니는 카페테리아에 취직하여 결국 로웨이 공립고등학교의 영양사로 일하다가, 기적의 1949년, 극작가의 아들이 브로드웨이에서 첫 성공을 거두고 첫 퓰리처상을 타면서 로웨이를 영원히 벗어나게 된다. 해피 엔딩으로 끝난 동화.

극작가의 '그곳으로 돌아간' 꿈은 그 시절의 로웨이가 무대였다. 눈을 뜨고 자신이 메인 스트리트에 있는 대리점 위층의 비좁은 단칸방 부엌에 있다는 것을 알고 경악한다. 어찌된 일인지 부엌이 가게와 붙어 있다. 부엌에 세탁기들이 있다. 시간은 아리송하다. 집안의 수치를 간신히 느낄 만한 나이의 소년인지, 아니면 제2의 유진 오닐을 꿈꾸는 러트거스 대학생인지, 아니면 젊음은 연기처럼 사라지고 거의 십 년 동안 열광할 만한 강력한 희곡 하나 없이 나이 쉰이 될까봐 두려운 마흔여덟의 중년인지 확실치 않다. 꿈에서, 부엌에서, 극작가는 한 줄로 놓여 한꺼번에 시끄럽게 돌아가는 세탁기를 응시한다. 세탁기마다 안에서 더러운 비눗물이 소용돌이친다. 모를 수가 없는 저 꿀렁거리는 보조 하수관 냄새. 극작가는 구역질이 났다. 이건 꿈이고 그도 이것이 꿈이라는 걸 아는 것 같지만 동시에 너무 또렷하고 생생해서 이건 분명 현실이라고 납득당해 동요하고 만다. 왠지 모르지만 아버지의 가게 장부와 극작가 본인의 글감이 아무렇게나 섞여 기계 옆 바닥에 분별없이 놓였고, 물이 종이 위로 지저분하게 넘쳤다. 극작가는 그 종이를 회수해야 한다. 그 단순한 과업에 당면한 그는 공포와 역겨움을 느낀다. 그럼에도 거기에는 삐딱한 자부심이 있었다, 힘없고 병든 아버지를 돕는 것은 아들의 몫이니까. 그는 욕지기를 멈추려고 허리를 숙인다. 숨쉬는 것을 멈추려고. 종이뭉치와 마닐라 봉투를 더듬더듬 집어드는 제 손이 보인다. 종이를 들어 불빛에 비춰보지 않아도 완전히 젖어 잉크가 번지고 원고가 다 망가졌음을 알 수 있다. 이중에 〈아마빛 머리의 소녀〉가 있나? "오 주여, 우리를 도우소서." 이것은 기도가 아니라—극작가는 신을 믿지 않는다—저주다.

극작가는 퍼뜩 잠에서 깬다. 그가 듣고 있던 것은 자신의 목쉰 숨소리다. 입안이 마르고 텁텁한데, 슬픔과 좌절 속에 이를 갈며 잤던 탓이다. 웨스트 72번가 브라운스톤 아파트의 침대에서 혼자 자고 있어 다행이다, 뉴저지 로웨이를 영원히 벗어나서.

그의 아내는 연로한 친지들을 만나러 마이애미에 갔다.

그날 하루종일 '그곳으로 돌아간' 꿈이 극작가의 뇌리에서 떠나지 않을 것이다. 소화되지 않는 형편없는 식사처럼.

5

난 그 여자를 알고 있었어! 마그다. 그 여자는 내가 아니지만 내 안에 있었어. 넬처럼, 다만 넬보다 더 강했지. 넬보다 훨씬 더 강력했어. 마그다는 아기를 낳을 거야, 아무도 마그다에게서 아기를 빼앗을 수 없을걸. 마그다는 낡은 수건으로 신음을 틀어막고 불도 안 땐 방에서 맨바닥에 누워 아기를 낳을 거야.

낡은 수건으로 출혈을 막겠지.

그다음에 아기에게 젖을 먹여. 암소처럼 크게 부푼 젖가슴, 줄줄 흘러나오는 따뜻한 모유.

6

극작가는 책상 앞으로 가서 원고를 확인했다. 당연히 〈아마빛 머리의 소녀〉는 그가 놔둔 곳에 있었다. 삼백 페이지가 넘는 대본, 수정본, 메모. 원고뭉치를 드니 누르스레한 사진 한 장이 떨어졌다. 마그다, 1930년 6월. 양미간이 넓고 숱 많은 머리칼을 땋아서 둥글게 두른 매력적인 금발 아가씨가 햇볕 아래서 실눈을 뜨고 있는 흑백사진.

마그다는 아기를 낳았지만 극작가의 아이는 아니었다. 다만 그의 희곡에서는 그의 아이였다.

7

젊은 연인처럼 열정에 차서, 비록 더이상 젊지는 않지만, 극작가는 페인트로 얼룩진 가파른 철제 계단을 4층까지 헐레벌떡 올라가 11번가와 51번가 사이의 외풍 센 로프트 연습실에 도착했다. 몹시 들떴다! 숨이 찼다! 아주 긴장했다. 로프트의 와자지껄한 말소리와 아른아른한 얼굴들 사이로 들어서면서 그는 심장을 진정시키기 위해 걸음을 멈춰야 했다. 마음을 가라앉히기 위해.

예전처럼 이런 계단을 한달음에 오를 만한 몸 상태가 아니었다.

8

난 겁이 났어. 마음의 준비가 되어 있지 않았거든. 밤을 거의 지새웠지. 자꾸 오줌이 마려웠다니까! 약은 입에 대지도 않았어, 아스피린만 좀 먹었지. 미스터 펄먼의 조수가 목 아플 때 좋다며 준 항히스타민제랑. 극작가가 나를 한번 슥 보고 미스터 펄먼과 얘기할 때 난 그걸로 끝인 줄 알았어, 배역에서 밀려나는 줄 알았지. 왜냐면 나는 거기 있을 자격이 없었거든, 나도 알고 있었어. 나도 이미 알고 있었던 것 같아. 그 계단을 내려가는 내 모습이 보이는 듯했지. 대본을 들고 미리 빨간 밑줄을 쳐놓은 대사를 읽으려는데, 난생처음 보는 글자 같은 거야. 딱 한 가지 똑똑히 생각난 건 이거였어. 만약 내가 지금 실패하면, 여긴 겨울이니까 얼어죽을 듯 춥겠지. 죽기 어렵진 않을 거야, 그치?

9

극작가가 분개할 것임을 다들 알고 있었다. 본인만 빼고. 대본 리딩에서 그의 마그다로 캐스팅된 블론드 배우의 정체에.

그래, 그에게 이름은 말해줬다. 우물우물 말해준 이름. 전화로. 예술감독 맥스 펄먼은 평소처럼 몹시 곤란하고 다급한 말투로 출연진은 모두 극작가가 아는 사람일 거다. 다만 "아마 마그다 역의 배우만 빼고. 앙상블에 처음 온 사람이야. 뉴욕도 처음이고. 몇 주 전에 그 여자가 내 사무실로 찾아오기 전까진 나도 만난 적 없어. 그 여자는 영화 몇 편에 출연했고, 할리우드의 헛소리에 질려서 진짜 연기를 배우고 싶어 안달이 났더군, 우리와 공부하러 왔대"라고 하고는 잠시 말을 끊었다. 그 역시 연극계 사람이었고, 그 잠깐의 침묵은 작가가 찍는 구두점처럼 의미심장했다. "솔직히, 나쁘지 않아."

극작가는 머리가 너무 복잡하고 '그곳으로 돌아간' 그 굴욕적인 꿈이 뱃속에 묵직하게 얹혀서 그 여자 이름을 다시 말해달라거나 여자의 배경에 대해 좀더 알려달라거나 하지 않았다. 이건 뉴욕 앙상블 오브 시어터 아티스트 내부에서 하는 대본 리딩에 불과했고, 그 앙상블은 극작가가 이십 년 동안 인연을 맺어온 집단이었다. 대중에게 공개되거나 무대 위에서 하는 리딩이 아니었다. 앙상블 단원만 참석했다. 박수는 허용되지 않았다. 극작가가 자신의 오랜 친구인 펄먼에게 무명이나 다름없는 배우의 이름을 굳이 다시 물어야 할 이유가 있을까? 펄먼에게 개인적인 정은 거의 없었지만 무대와 관련된 모든 면에서 그를 전적으로 신뢰했다. 더군다나 그 여자는 뉴욕 출신 배우도 아닌데? 극작가는 뉴욕밖에 아는 게 없었다.

머릿속이 너무 복잡했다! 극작가의 머리 주위에서 끊임없이 웅웅거리는 각다귀떼, 각다귀 같은 생각, 깨어 있을 때도, 자고 있을 때도 드물지 않게. 그는 꿈에서도 대체로 일을 계속했다. 일, 일! 일과 겨룰 수 있는 여자는 여태껏 없었다. 소수의 여자가 그의 몸을 얻었지만, 그의 영혼은 끝내 얻지 못했다. 오랫동안 시샘해온 그의 아내는 더이상 시샘하지 않았다. 극작가는 아내가 종종 친척들을 만나러 가버리는 것을 대충 무심히 넘겼고, 마찬가지로 아내의 정서적 포기와 철수도 거의 알아차리지 못했다. 강박이 된 일하는 꿈에서 극작가의 손가락은 아직 올리베티 포터블 타자기에 입력되지 않은 단어들을 낚아챘다. 그는 앞서가는 미의 대화를 들으려, 아직 실제 소리로 표현되지 않은 것을 느끼려 안간힘을 썼다. 그의 삶은 일이었고, 오직 일만이 그의 존재를 정당화했다. 매시간이 작업의 완성에 도움이 됐고, 종종 도움이 되지 않기도 했다.

20세기 중엽 미국의 죄책감. 상업소비국가 미국. 비극적인 미국. 저렴하고 신속한 희극의 해결책보다 비극의 역습이 더 깊은 타격을 주니까.

10

외풍 센 로프트 공간에서 대본 리딩이 시작됐다. 단상에 오른 여섯 명의 배우가 알전구 아래 반원형으로 접의자를 놓고 앉았다. 근처 화장실에서 쉬지 않고 떨어지는 물소리. 점점 자욱해지는 담배 연기, 배우 중 몇 명과 마흔 명쯤 되는 단원 중 다수가 담배를 피웠으니까.

여섯 배우는, 앙상블의 베테랑이자 이 극작가의 극을 수없이 연기해온 최연장자 두 사람을 제외하고, 눈에 띄게 긴장했다. 학구적인 랍비처럼 내성적인 성격에도 불구하고 극작가는 연기자에게 혹독한 비평가라는 평판이 있었고 배우들의 한계에 몹시 짜증을 냈다. 나를 너무 빨리 이해하려 들지 마십시오. 극작가는 이렇게 말한 것으로 악명 높았고, 그것도 한두 번이 아니었다.

극작가는 배우들에게서 겨우 몇 야드 떨어진 첫 줄에 앉았고, 곧장 블론드 배우를 빤히 쳐다보기 시작했다. 제법 긴 첫 장면 내내 마그다 역의 블론드 배우는 대사가 없었는데, 극작가는 여자를 응시했고, 이제야 여자를 알아보았고, 얼굴에 피가 확 몰려 거무스름하게 상기됐다. 매릴린 먼로? 여기, 뉴욕 앙상블에? 약삭빠르고 자기 홍보에 능한 펄먼 휘하에? 대본 리딩이 시작되기 전 단원들 사이에 술렁거리던 흥분과 설렘이 설명됐다. 자신과 관련이 있을 거라고는 감히 생각지도 않았던 들뜬 분위기. 사실 극작가는 얼마 전에 힐긋 본 월터 윈첼의 칼럼 중 한 꼭지가 이제야 기억났는데, 새 영화 촬영에 들어가야 하는 블론드 배우가 영화사와의 계약을 위반하고 할리우드에서 '불가사의하게 실종'됐다는 기사였다. 그 밑에는 **뉴욕시로 이사?**라는 캡션과 함께 먼로의 사진이 실렸다. 먼로의 전형적인 홍보용 사진들과 비슷했다, 널리 알려진 이목구비, 즉 에로틱하게 애원하듯 반쯤 감은 눈과 섹시하게 벌린 입으로 축소된 한 인간의 얼굴.

"나의 마그다. 저 여자가?"

그러나 떨리는 손으로 극작가의 대본을 들고 있는 저 블론드 배우는 매릴린 먼로와 별로 닮지 않았다. 최초의 웅성거림과 흥미 이후 신기함은 빠르게 사그라들었다. 앙상블 단원들은 배우와 연극 전문 관계자로, 이들에게 유명인은 제법 흔한 편이었다. 재능 있는 사람, 심지어 천재도 자주 봤다. 이들의 평가는 공정하며 감상에 치우치지 않을 터였다.

블론드 배우는 반원의 가운데에 앉아 있었고, 펄먼이 여자를 보호하려 그 자리에 앉힌 듯했다. 다른 사람들, 좀더 경험 많은 무대 연기자들과 달리 블론드 배우는 부자연스럽게 꼿꼿이 앉아서

어깨를 쫙 펴고 호리호리한 몸매에 비해 아주 약간 크다는 느낌을
주는 머리를 앞으로 내밀고 있었다. 블론드 배우는 강박적으로 입
술을 핥으며 초조해했다. 눈물을 꾹 참고 있어 눈이 반짝였다. 앳
된 소녀의 얼굴에 피부는 유난히 해쓱하고, 눈 아래 그늘이 머리
위 조명 때문에 과장되어 보였다. 블론드 배우의 케이블 니트 스
웨터는 무자비한 조명 때문에 색이 전부 날아갔고, 짙은 색 모직
슬랙스의 바짓단은 앵클부츠 속에 집어넣었다. 블론드 머리는 하
나로 짧게 땋아 목덜미로 내렸다. 장신구도 화장도 전혀 하지 않
았다. 아무도 그 여자를 알아보지 못했을걸요. 그냥 흔하고 평범했어
요. 극작가는 펄먼이 자신과 좀더 구체적으로 상의하지 않고 자신
의 극에 감히 블론드 배우를 캐스팅한 데에 더럭 화가 치밀었다.
내 연극에! 내 심장의 한 조각에. 그리고 블론드 배우는, 좋든 싫
든, 모든 관객의 주목을 끌 것이다.

　그러나 두번째 장면 첫머리에서 마침내 마그다의 목소리로 입
을 열었을 때 블론드 배우는 조심스럽게 주위를 살피며 자신 없이
머뭇거렸고, 그 즉시 목소리가 공간에 비해 너무 작다는 점이 명
백해졌다. 이곳은 마이크와 앰프와 근접촬영 장비가 구비된 할리
우드 방음스테이지가 아니었다. 블론드 배우의 흥분 혹은 공포가
단원들을 사로잡았고, 그 여자가 단원들 앞에서 벌거벗기라도 한
것 같았다. 미스캐스팅이군, 극작가는 생각했다. 나의 마그다가 아
니야. 그는 펄먼에게 몹시 분개했고, 펄먼은 근처 벽에 기대어 불
을 붙이지 않은 시가를 잘근잘근 씹으며 완전히 몰입한 표정으로
극중 장면을 바라보고 있었다. 저 여자와 사랑에 빠졌군. 저 개자식.

그럼에도 블론드 배우는 무척 호소력 있는 마그다였다! 그 목소리에는, 그 불분명한 몸짓에는 사람들이 그녀에게 깊이 공감하게 만드는 불꽃 같은 떨림이 있었다. 마그다로서 그 여자의 시련, 대략 1925년경 뉴저지 교외의 한 유대인 가정에 고용된 열아홉 살 먹은 헝가리 이민자의 딸, 그리고 블론드 배우로서 그 여자의 시련, 가차없이 노출된 환경에서 뉴욕의 무대 배우들과 용감하게 맞붙은 할리우드의 혼종이자 전 국민의 웃음거리.

"아, 저기요, 미스터 펄먼? 다, 다시 한번 해도 될까요? 부탁드립니다."

이 요청은 순진함과 간절함으로 빚어졌다. 블론드 배우의 목소리가 떨렸다. 연극계의 오랜 금욕주의자인 극작가마저 움찔했다. 앙상블에서는 감히 그 어떤 배우도 펄먼에게든 누구에게든 말을 걸어 장면을 끊고 끼어들지 못했기 때문이다. 오직 감독에게만 끼어들 권한이 있었고, 절제된 왕권처럼 행사되는 권한이었다. 그러나 블론드 배우는 그런 관례에 대해 전혀 아는 바가 없었다. 여자의 뉴욕 전우들은 마치 동물원 관광객들이 희귀하고 매력적인 원시 유인원 종, 말은 할 줄 알지만 똑바로 말하는 지능은 부족한 유인원 조상을 구경하듯이 여자를 주시했다. 부자연스러운 적막 속에서 블론드 배우는 눈을 가늘게 뜨고 펄먼을 바라보았고, 찡그린 미소와 파르르 떨리는 눈꺼풀은 아마도 유혹적으로 보이려는 의도였을 텐데, 다시 한번 그 허스키하고 새근거리는 목소리로 말했다. "오, 난 알아요, 난 더 잘할 수 있어요. 오, 제발!" 이 호소는 너무 노골적이어서 마그다 본인이 말하는 것일지도 몰랐다. 단원 중 여자들, 펄면과 연기를 공부하고 아무리 짧고 우발적이었던들 어리석게도 그와 사랑에 빠지고 또 그에게 '사랑받는' 것을 허용했던 여자들은 그 순간 블론드 배우에게 맹렬한 라이벌 의식이 아니라 자매와 같은 공감과 두려움을 느꼈고, 이 블론드 배우는 너무나 무방비 상태로 사람들의 심기를 들쑤시고 있었다. 남자들은 당황해서 뻣뻣하게 굴었다. 펄면은 시가를 입속에 쑤셔넣고 꽉 깨물었다. 다른 배우들은 대본을 빤히 응시했다. 펄면이 그 간결하고 차가운 말투로 파충류처럼 빠르게 혀를 놀려 블론드 배우의 기를 죽이는 말을 하려는 참이라는 것을 알 수 있었다(누가 봐도 그렇게 생각했을 것이다!). 그러나 펄면은 그저 이렇게 우물거렸다. "그러시죠."

11

펄면! 극작가는 이 논란 많은 뉴욕 앙상블 오브 시어터 아티스트의 설립자를 사반세기 동안 알고 지냈고, 내심 언제나 그를 경외했다. 왜냐면 펄면은 그날의, 그 주의, 그 시즌의 흥행작이 뭐가 됐든 지금은 죽고 없는 '고전' 극작가들에 대한 깊은 존경심을 마음에 간직한 사람이었으니까. 펄면은 과감히 틈새를 노려 전후 뉴욕에 정치적으로 논쟁거리가 될 만한 작품, 즉 가르시아 로르카의 〈베르나르다 알바의 집〉, 칼데론의 〈인생은 꿈입니다〉, 입센의 〈훌륭한 건축가〉와 〈우리 죽은 자들이 깨어날 때〉를 도입한 장본인이었다. 그는 감독 활동뿐 아니라 직접 체호프를 번역하여 장송곡 분위기의 비극이 아니라 원작자의 바람대로 달콤쌉싸래한 희극으로 대담하게 선보였다. 펄먼은, 두 사람이 동일한 세대이고 동일한 독일계 유대인 이민가정 출신임에도, 자신이 극작가를 '발굴했다'고 주장하곤 했다.

여러 인터뷰에서 펄먼은 유일무이한 예술품을 빚어내기 위해 '각 분야의 재능'이 모여 다윈의 진화론에서처럼 수정과 조절을 거치며 어우러지고, 모색하고, 더듬더듬 나아가는 무대의 '불가사의하고 신비한' 협업 과정을 언급했는데, 그게 극작가의 가슴에 응어리가 되었다. "마치 내가 자기 없이는 희곡을 쓰지 못했을 것처럼." 그래도 극작가의 초기 희곡이 그 앙상블에서 발전했고, 펄먼이 극작가의 가장 야심찬 희곡, 즉 그를 유명하게 만들고 그의 이름이 영원히 따라다닐 희곡을 처음 무대에 올린 감독이라는 점은 사실이었다. 펄먼은 자신이 극작가의 라이벌이 아니라 정신적 형제라고 주장했다. 그는 극작가가 받은 모든 상과 모든 영예를 축하했는데, 극작가가 듣는 데서 암호처럼 알쏭달쏭한 말을 하긴 했다. "천재성은 명성이 사그라든 후에 남는 것이지."

하지만, 뜻밖에도, 스스로는 그저 그런 배우였던 펄먼은 배우들의 교육자로서 가장 눈부시게 빛났다. 뉴욕 앙상블 오브 시어터 아티스트는 펄먼의 조예 깊은 개별지도와 워크숍으로 국제적인 명성을 얻었다. 그는 재능 있는 초보 연기자든 이미 프로로 활동하고 있는 기성 배우든 가리지 않고 누구나 가르쳤다. 원래 뿌리로 돌아가길 갈망하거나 뿌리를 새로 얻기를 열망하는 성공한 브로드웨이 및 텔레비전 배우에게 앙상블은 금세 안식처가 되어갔다. 집세가 저렴한 앙상블의 미드타운 근거지는 종교 수행지와 별반 다르지 않은 피난처였다. 펄먼과의 만남은 수많은 배우의 삶을 바꾸었고, 상업적으로 늘 성공한 건 아니었지만 그래도 커리어의 활기를 되찾아주었다. 펄먼은 약속했다. "여기 내 극장에서는 '성공한 사람'도 실패해도 됩니다. '성공한 사람'이 코를 박고 넘어져도 되고, 뒤로 자빠져도 됩니다. 어느 평론가도 그를 주목하지 않을 거예요. '성공한 사람'이 자신의 직업에 대해 쥐뿔도 모름을 인정하게 될 수도 있지요. 제로에서 다시 시작해도 됩니다. 열두 살이어도 되고, 네 살이어도 상관없어요. 심지어 젖먹이일 수도 있죠. 벗이여, 기는 법을 모르면 걸을 수 없다오. 걸을 줄 모르면 뛸수 없어요. 뛸 줄 모르면 날아오를 수 없습니다. 기본부터 시작해야죠. 연극의 목표는 심장을 부수는 겁니다. 즐거움을 주는 게 아니라. 텔레비전과 선정적 오락거리는 순 쓰레기예요. 연극의 목표는 관중을 변화시키는 겁니다. 관중을 변화시킬 수 없다면, 포기해요. 연극의 목표는—아리스토텔레스가 제일 먼저 말했고, 아리스토텔레스가 제일 정확히 말했죠—관객 내면에 어마어마한 감정을 불러일으키는 것이고, 그것을 통해 영혼의 카타르시스를 느끼게 하는 겁니다. 카타르시스가 없으면, 연극은 없어요. 우리 앙상블은 당신의 응석을 받아주진 않지만 당신을 존중할 겁니다. 당신이 혈관을 열어젖힐 수 있다는 것을 우리에게 보여주면 우리는 당신을 존중할 겁니다. 당신이 원하는 게 저 멍청한 비평가와 평론가에게서 얼빠진 칭찬을 더 많이 듣는 거라면, 번지수를 잘못 찾아왔어요. 나는 우리 배우들에게 많은 걸 요구하지 않습니다. 그저 혈관 속에 쌓인 노폐물을 깨끗이 청소하라는 거죠." 펄먼에게 배우 중 가장 안타까운 경우는, 위대한 니진스키처럼, 사춘기 때 천재성의 정점에 도달한 후 올라갔을 때와 똑같이 급격한 속도로 쇠락할 운명에 처한 영재였다.

"진정한 배우는," 펄먼은 말했다. "숨이 멎는 그날까지 계속 성장합니다. 죽음은 그저 마지막 막의 맨 끝장면일 뿐이죠. 우리는 리허설중입니다!"

종종 우울한 자기회의에 빠지곤 하는 극작가는 펄먼과 전혀 다른 허영심으로 괴로워했고, 펄먼에게 감탄할 수밖에 없었다. 저 엄청난 에너지! 저 대단한 자기확신! 펄먼을 보면 극작가는 투우사가 생각났다. 펄먼은 키가 170센티미터가 채 되지 않는 단신이었다. 잘생기진 않았지만 멋쟁이였고, 차림새가 멀끔하고 옷을 잘 입었다. 거친 피부에서 땀내와 열기가 줄줄 흘렀다. 숱이 점점 줄어드는 머리칼을 불그스름한 두피 너머로 매끈하게 빗어넘겼다. 사십대 초반에 갑자기 누런 앞니에 보철물을 씌운 탓에 이제 그의 미소는 반사판처럼 번쩍였다. 펄먼은 자정 넘어서까지 배우들이 녹초가 되도록 밀어붙이는 리허설로 악명 높았다. 배우조합이 생기기 전까지의 일이지만. 그래도 그는 존경받았고, 아니 적어도 신망은 있었는데, 다른 누구에게도 스스로에게 요구하는 것보다 더 많은 것을 요구하지 않았기 때문이다. 그는 하루에 열두 시간, 열다섯 시간씩 일했다. 그는 자신이 강박주의자라는 것을 거리낌 없이 인정했다. 자신이 '선택적 사이코'임을 자랑스럽게 여겼다.

그는 세 번 결혼했고 다섯 아이를 두었다. 연애 상대는 셀 수 없이 많았고, 그중에는 젊은 남자도 몇 명 있었다(는 소문이 돌았다). 그는 사람의 외모와 상관없이 '그 안의 불꽃'에 매료됐다. (그래서 그는 몇몇 인터뷰에서, 블론드 배우와 같이 일하는 데 관심을 가지게 된 건 여자의 미모와 아무런 관련이 없으며 다만 여자의 '영적 재능'에 흥미가 있다고 주장했다.) 펄면의 호평을 받은 배우 중 몇 명은 '색다르다'고 할 수밖에 없는 얼굴이었다. 미국의 연극 감독 중 오직 그만이, 덩치가 있는 남녀라도 능력만 된다면 작품에 과감히 기용했다. 180센티미터가 넘는 건장한 체구의 헤다 가블러를 앙상블의 입센 공연에 캐스팅했을 때 일부에서는 찬사를 받았지만 대체로는 조롱이 쏟아졌다―"내가 말하고 싶은 건, 헤다가 피그미 남자들의 세계에서 유일한 아마존이라는 겁니다." 웃음거리가 될지언정, 펄면은 한 번도 틀린 적이 없었다.

"그건 사실입니다. 내가 신세를 많이 졌죠. 하지만 모든 게 펄면 덕분은 아닙니다."

극작가는 황새처럼 흐느적거리고 키가 큰 남자였다. 신중하고 조심스러운 태도에 눈은 경계심이 강하고 입은 한 박자 느리게 미소를 지었다. 뉴욕 연극계에서 그는 '캐릭터'가 아니라 '일반 시민'이었다. 근면한 일꾼, 성실하고 책임감 있는 사람. 시인(그의 라이벌 테너시 윌리엄스 같은)은 못 될지라도 장인이라 할 만했다. 몇 안 되는 그의 기벽 중 하나는, 로웨이 켈비네이터 대리점에서 일했던 자신의 영업직 아버지처럼 연극 리허설 날에는 그게 아홉시부터 다섯시까지 일하는 회사 일이라도 되는 듯 흰색 와이셔츠와 넥타이 차림으로 나오는 것이었다. 그와 반대로 맥스 펄먼은 작은 키와 드럼통 같은 몸매에 수다스러웠고, 리허설에는 단정치 못한 스웨터와 고무줄 바지 차림에 그리스 어부의 모자나 발랄한 페도라를 쓰고 왔고, 겨울에는 그의 트레이드마크이자 키를 몇 센티쯤 키워주는 검정 아스트라한 양모 모자를 쓰고 왔다. 극작가가 리허설이나 뒤따르는 대본 리딩 시간에 세심하고 꼼꼼하게 적은 메모를 배우들에게 준다면, 펄먼은 한 시간 내내 혼자 떠들어대며 듣는 이를 매료시키는 동시에 기진맥진하게 만들었다. 극작가가 몇몇 여자들이 잘생겼다고 생각할 만한 갸름하고 진지한 얼굴이라면, 세월의 흔적이 느껴지는 로마인의 흉상처럼 말이다. 펄먼은 그의 애인들마저 차마 잘생겼다고는 말 못할, 펑퍼짐한 입술과 주먹코가 한데 어우러진 면상이었다. 그래도 저 눈은 얼마나 밝고 초롱초롱한지! 극작가가 웃음이 금지된 어떤 공간(학교? 유대교 회당?)에서 웬 웃음소리에 놀란 소년의 분위기로 나직이 웃는다면, 펄먼은 웃음이 재채기처럼 긴장완화에 도움이 되는 좋은 치유제라는 듯 껄껄 웃어젖혔다. 펄먼의 웃음이란! 벽을 사이에 두고도 들렸다. 극장 바깥의 시끄러운 거리에서도 들렸다. 수십 번도 넘게 들었을 코믹한 대사에 유쾌하게 웃어젖히는 펄먼을 배우들은 열렬히 숭배했다. 극이 공연되는 동안 펄먼은 습관처럼 극장 맨 뒤에 서서 극의 흐름에 빠져들었고, 헌신적이고 편집광적인 감독이 다 그렇듯 배우의 연기에 완전히 몰입해서 배우들과 공감하며 얼굴과 몸을 씰룩거리고 폭소를 터뜨리는데, 극장 안에서 가장 요란하고 가장 전염성 높은 웃음이었다.

펄먼은 사람들이 신을 이야기하듯 극을 이야기했다. 아니 신보다 더한 것이, 극은 거기에 참여할 수 있고 그 안에서 살 수 있다. "죽도록 하는 거야! 재능을 쏟아내! 뱃속의 묵은 때를 벗겨내! 스스로에게 엄격해지라고, 그럼 할 수 있어. 벗이여, 저 무대 위에 있는 것은 삶과 죽음이라네. 삶과 죽음을 빼면, 저기엔 아무것도 없지."

그래서 내가 그를 숭배했던 거지. 오, 그 사람은 곧장 와닿을 수……

하지만 펄먼은 당신을 이용했잖아, 안 그래? 여자로.

여자? 여자라고 내가 뭘 신경써야 하는데? 난 한 번도 그런 적 없어…… 난 연기를 배우러 뉴욕에 온 거야.

펄먼을 왜 그렇게 신임하는데? 난 싫어, 당신이 여기저기 인터뷰하면서 당신 인생에서 그 자식 역할을 부풀리는 게. 그 자식은 신나게 털어먹지, 엄청난 홍보가 되니까.

오, 하지만 사실이잖아…… 안 그래?

당신은 사람들의 관심을 자신이 아닌 다른 데로 돌리고 싶은 것뿐이야. 여자들이 그렇지. 나쁜 놈들이 시키는 대로 하고. 당신은 연기하는 법을 알고 있었어, 내 사랑, 여기 왔을 때 이미.

내가? 아냐.

분명 알고 있었다고. 나는 그것도 싫어, 당신이 스스로를 잘못 해석하는 그런 태도.

내가? 이런……

당신은 뉴욕에 왔을 때부터 기똥차게 훌륭한 배우였어. 펄먼이 당신을 만들어낸 게 아니야.

당신이 나를 만들었지.

아무도 당신을 만들지 않았어, 당신은 항상 당신 자신이었어.

뭐, 그랬을 것 같긴 해…… 뭔가. 영화를 했을 때. 실은 스타니슬랍스키를 읽고 있었거든. 그리고 일기도…… 니진스키의.

니진스키.

니진스키. 하지만 난 내가 연기하는 법을 안다는 걸 몰랐어. 정말로. 그냥…… 내가 연기를 해야 했을 때 저절로 그렇게 된 거야. 즉흥적으로. 성냥을 켜는 것처럼……

젠장, 그런 게 무슨 상관이야. 당신은 처음부터 타고난 배우였어.

오, 이런! 왜 화를 내고 그래, 대디? 난 이해가 안 돼.

내 말은 그저, 내 사랑, 당신이 재능을 타고났다는 거야. 당신은 일종의 천재라고. 당신에겐 이론이 필요 없어. 스타니슬랍스키는 잊어버려! 그리고 그 자식도.

난 그 사람 생각한 적 없어.

그 자식이 당신을 망가뜨리고 있어…… 당신의 정신을, 당신의 재능을…… 거대한 엄지로 나비를 잡아 짓이겨 날개를 부수듯.

에이, 난 나비가 아니야. 내 근육 만져볼래? 여기 내 다리 말이야. 난 댄서야.

허튼 이론 따윈 그 자식한테나 필요한 거지. 연기도 못하고. 희곡도 못 쓰고.

쪽-쪽, 대디? 이제 그만.

저기, 들어봐. 미스터 펄먼은 내 연인이 아니었어, 사실.

그게 무슨 소리야—'사실'은 뭔데?

오, 그 사람이 뭔가 했을 텐데 그게 아주 그렇게…… 그런 눈으로 보지 마, 대디. 무섭잖아.

그 자식이 무슨 짓을 했는데?

별로 그다지.

그 자식이…… 당신을 만졌어?

아마도. 근데 무슨 뜻으로 하는 말이야?

남자가 여자를 만지듯.

으으으으음! 이렇게?

아마도 이렇게?…… 이렇게?

하지만 대디, 아까도 말했지만, 별것 아니었어, 알지?

별것 아니라 함은……?

그냥 그 사람 사무실에서 좀? 뭐랄까…… 그 사람한테 주는 선물 같은? 나더러 인터뷰 좀 하자더라고. 나한테 말이야! 자긴 회의적이라고 하더라. 왜 유명 영화 스타가 자기 극장에서 공부하고 싶어하는지? 그 사람은 그게…… 일종의 홍보 전략이라고 생각하던데? 내가 어디에 있고 뭘 하는지 신경쓸 사람이 있기라도 할까? 난 이제 영화는 완전히 끝냈잖아? 그 사람이 나한테 막 그런 질문을 퍼붓더라고. 의심이 많던데, 그 사람 잘못은 아니지. 내가 좀 울었나봐. '매릴린 먼로'가 실존 인물이 아니라는 걸 그 사람이 어떻게 알았겠어? 자긴 매릴린을 기대했는데, 걸어들어온 건 나였으니.

펄먼이 당신에게 어떤 질문을 했는데?

내…… 동기.

당신의 동기는?

죽지…… 않기 위해서.

뭐?

죽지 않으려고. 계속 살기 위해서……

난 싫어, 당신이 그런 식으로 말하는 거. 가슴이 미어져.

오, 미안해! 안 그럴게.

그리고 그 자식은 당신과 사랑을 나눴지. 몇 번이나?

사, 사랑이 아니었어! 모르겠어. 대디, 어휴, 이러는 거 기분 별로야. 당신 나한테 화내고 있잖아.

내 사랑, 난 당신에게 화내는 게 아냐. 난 그저 이해하려고 노력중이야.

뭘 이해하려고? 그때 난 당신을 몰랐어. 난…… 이혼한 상태였고.

펄먼하곤 어디서 만났어? 맨날 그 냄새나는 사무실에서 만난 건 아닐 테고.

오, 주로 그 사무실이었어! 늦게, 수업이 끝난 후에. 내 생각엔……
음, 내가 좀 들떴나봐. 그렇게 많은 책이라니! 그중엔, 제목을 보니까,
독일어 책도 있더라? 러시아어 책인가? 미스터 펄먼이 유진 오닐과 함
께 찍은 사진도 있고. 그 엄청난 배우들하고도. 말런 브랜도, 로드 스타
이거…… 독일어로 된 책을 봤는데, 내가 영어식으로 읽었어—그니까
그 이름을 알아봤거든, '스코픈호어 Schopenhauer'—그걸 빼서 읽는 척했
지. 내가 그랬어, "'스코픈호어'가 영어로 쓴다면 분명 이것보다 더 잘
읽을 수 있는데."

펄먼이 뭐랬어?

내 발음을 교정해줬어—'쇼펜하우어'라고. 내가 그 책을 읽었다는 걸
안 믿더라. 어떤 언어로든. 난 그 책을 읽었거든. 전에 알던 사진사한테
한 권 얻어서. "이것이 세계의 진실이다, 『의지와 표상으로서의 세계』."
난 그 책을 엄청 서러워질 때까지 읽곤 했어.

펄먼은 자신이 당신한테 얼마나 놀랐는지 늘 말하고 다녔지. 당신이
진짜로 어떤 사람인지.

하지만…… 그게 뭔데? 내가 진짜로 어떤 사람인데?

그저 당신 자신.

하지만 그걸로는 충분하지 않잖아?

당연히 충분하지.

아냐. 절대 그렇지 않아.

그게 무슨 뜻이야?

당신은 작가잖아, 그저 당신 자신으로는 충분하지 않으니까. 나는 배
우가 되어야 해, 그저 나 자신으로는 충분하지 않으니까. 아, 사람들한

테 말하지 않을 거지, 그치?

어디서도 당신 얘기는 절대 안 해, 내 사랑. 그건 나 자신의 거죽을 벗기는 셈이야.

나에 대해 절대 쓰지도 않을 거지…… 그치, 대디?

당연하지!

그건…… 미스터 펄먼과 있었던 일은…… 그냥 그때 있었던 일이야. 뭐랄까…… 그 사람한테 준 선물, 아니면 감사의 뜻? 뭐랄까…… '매릴린 먼로'? 잠시 동안?

당신은 펄먼이 '매릴린 먼로'와 하게 해줬군.

그 사람은 그걸 그렇게 부르겠지…… 오, 미스터 펄먼이 안 좋아할 텐데! 내가 당신에게 얘기하는 거.

정확히 그 자식이 무슨 짓을 했어?

오, 주로 그냥…… 나한테 키스했어. 여기저기에.

당신 옷은 입은 채로 아님 벗은 채로?

대체로 입은 채로. 모르겠어.

그 자식 옷은?

대디, 잘 모르겠어. 안 봐서.

그럼 당신은…… 성적인 반응을 했어?

안 했겠지. 안 하거든, 거의…… 내가 사랑하는 사람하고 할 때가 아니면. 당신처럼.

나는 빼줘! 지금 이건 당신과 그 돼지새끼 얘기야.

그 사람은 돼지가 아니었어. 그냥 남자였지.

여러 남자 중 하나라 이거지, 어?

'매릴린'의 여러 남자 중 하나.

저기, 미안해. 나도 그 문제는 넘어가려고 나름 애쓰는 중이야.

대디, 나 방금 생각났어! 난 마그다를 생각하고 있었어…… 당신 희곡에 나오는. 미스터 펄먼이 내게 준 선물이었어. 당신의 최신 희곡을 읽는 것…… 진짜 연극배우들과 함께. 당신이 내게 준 선물이었지.

그 자식은 나와 상의도 없이 당신을 캐스팅했어. 난 전혀 몰랐어. 펄먼은 자기가 연출하는 작품은 전부 직접 배우를 선정해.

미스터 펄먼은 나에 대해 당신에게 알리지 않았지, 나도 알아! 난 너무 겁나서…… 난 당신을 엄청 존경했거든.

그 자식이 그러더군. "나만 믿어. 당신의 마그다를 찾았어."

당신은 그 사람을 믿었고?

응.

왜 기억이 잘 나지 않을까, 정신이 온통 지금 내가 맡은 배역에 쏠려서, 그리고 나…… 꼭 동시에 두 장소에 있는 느낌? 다른 사람들과 같이 있지만…… 같이 있지 않아. 내가 연기를 사랑하는 이유지. 혼자 있을 때도 난 혼자가 아니야.

당신의 재능은 너무나 자연스러워서, 당신은 '연기하지' 않아. 당신에겐 그 어떤 테크닉도 필요 없어. 그래, 불이 당겨진 성냥 같지. 갑자기

확 일어난 불길……

하지만 난 책 읽는 걸 좋아해, 대디! 학교에서 성적도 좋았어. 난…… 생각하는 걸 좋아해. 누군가와 대화하는 느낌이거든. 할리우드에선, 세트장에서는 책을 읽다가도 숨겨야 했어…… 사람들이 날 이상하게 봐서.

정신이 혼란스러워질 수도 있겠지. 당신은 쉽게 영향을 받으니까.

내가 신뢰하는 사람한테만.

난 그 자식 사무실을 수도 없이 봐왔어. 그 소파…… 지저분하지, 그렇지 않아? 그 자식 머릿기름 냄새에, 시가 연기에, 오래된 파스트라미…… 누추함은 펄먼이 즐기는 분위기지, 그게 놈의 이미지야. 브로드웨이의 고지식한 시장에서. '타협하지 않는.' '강직한.'

오…… 그래? 난 당신이 그 사람과 치, 친구인 줄 알았는데.

우리가 소환장을 받았을 때―1953년에 반미활동조사위원회에서―그 자식은 비싼 하버드 출신 변호사를 고용했어. 유대인도 아닌. 난, 여기 맨해튼 출신의 변호사를 썼지. '빨갱이 변호사'라고 불리던 친구였는데…… 난 이상주의자였어. 펄먼은 실용주의자였고. 내가 감옥에 끌려가지 않은 건 기막히게 운이 좋아서였지.

오, 대디! 그런 일은 다시는 없을 거야. 지금은 1956년인걸. 지금 우린 좀더 나아졌어.

그 자식은 성적인 반응이 있었겠지, 응?

본인한테 직접 물어보지 그래? 아주 옛날부터 당신 친구잖아.

펄먼은 내 친구가 아냐. 그 자식은 시작부터 날 시샘했어.

난 미스터 펄먼이 당신에게 그 시, 시작을 선사한 줄 알았는데.

그 자식이 아니었으면 내가 커리어를 쌓지 못했을 거라고? 그거 놈이 한 말이지? 헛소리.

그 사람이 한 말은 몰라. 난 미스터 펄먼을 잘 몰라, 사실. 그 사람은 뉴욕에 친구가 백 명쯤 되고…… 당신이 나보다 훨씬 더 잘 알겠지.

지금도 만나?

뭐? 오, 대디.

당신과 그 자식, 둘이 함께…… 그 자식은 당신을 바라보지. 내가 쭉 봤어. 그리고 당신도 그놈을 봐.

내가?

그 눈길로.

어떤 눈길?

그 '매릴린'의 눈길.

그건 그냥…… 신경과민일지도.

나한테 얘기할 필요는 없어, 내 사랑, 너무 괴로우면.

무슨…… 얘기?

몇 번 했는지…… 당신하고 그 자식이.

대디, 나도 모르겠어. 내 머리는…… 계산기가 아니라서.

당신은 펄먼에게 감사를 표해야 했던 거지.

그게 그런 거였을까? 그러게.

당신과 내가 만나기 전에.

오, 대디! 맞아.

그래서 그게, 몇 번? 대여섯 번? 스무 번? 쉰 번?

뭐라고?

들었잖아.

그저…… 네다섯 번쯤. 난 마그다가 됐어. 난 거기 없었어.

그 자식은 결혼했어.

그러게.

근데, 젠장. 나도 결혼했지. 응?

좋았던 적 있어?

응?

느낀 적 있어, 오르가슴을? 그 자식하고?

느낀 적…… 오, 이런. 대디, 난 그때 당신을 몰랐어. 그니까, 현실에 있는 사람으로는. 당신 작품은 알고 있었지. 난 당신을 숭배했어.

펄먼하고 오르가슴을 느낀 적 있어? 그 자식이 당신에게 '키스할' 때.

오, 대디, 내가 만약 오, 오…… 느꼈다면, 그건 그냥 그 장면에서만 그런 거야, 당신도 알지? 그리고 그 장면은 끝났어.

지금 나한테 화났지? 나를 사랑하지 않지?

사랑해.

아니면서! 나를 사랑하지 않잖아.

당연히 당신을 사랑해. 난 당신 자신에게서 당신을 구하고 싶어, 그게 다야. 당신은 스스로에게 너무 낮은 가치를 매겨.

오, 하지만 난 이미 구원받았어. 이미, 당신과 함께하는 이 새로운 삶에서…… 오, 대디, 나에 대해 쓰진 않을 거지, 응? 우리가 이렇게 얘기했다고? 나중에—어쩌면 당신이 나를 더이상 사랑하지 않게 됐을 때?

내 사랑, 그런 얘기 하지 마. 지금쯤은 알아야지. 난 언제까지나 당신을 사랑할 거야.

12

그의 삶이 된 이 연극. 그런데 블론드 배우가, 새근거리는 가늘고 간절한 목소리로 마그다를 읽으며 이 연극과 그의 삶에 들어왔다. 블론드 배우는 자신의 두려움을 마그다에게 옮겨넣어 마그다를 살아 숨쉬게 만들었다.

마그다가 아이작의 부모와 얘기할 때 블론드 배우는 떨리는 음성으로 말을 더듬고 그 가늘게 끊기는 목소리도 거의 들리지 않아서, 사람들은 당황하며 블론드 배우가 영 적응하지 못하고 금방 포기하겠구나 했다. 그랬는데, 다음 장면에서, 마그다가 좀더 자신 있게 말하자 사람들은 블론드 배우가 연기를 하고 있었음을 깨달았고, 타고난 '연기'란 게 이런 거구나 알게 됐다—삶의 모방이 너무나 강렬해서 사람들은 그것을 본능적으로 느꼈다. 마치 삶처럼. 아이작과 함께 있는 장면에서 마그다는 점점 생동감을 얻고 심지어 활기마저 띤다. 갑자기 블론드 배우는 단원들과 다른 배우들이 깜짝 놀랄 정도로 성적인 에너지를 물씬 풍겼고, 그것은 이 칙칙한 연습실에서는 매우 드문 일이었으며, 앙상블 공연에서도 대체로 드문 일이었다. 아이작은 확실히 충격을 받았다. 극작가가 아끼는 젊은 배우, 학구적인 유대인으로 캐스팅된 재능 있고 명민하고 잘생기고 안경 쓴 올리브색 피부의 청년은 처음엔 블론드 배우의 마그다에게 맞춰 어떻게 연기해야 할지 몰라 갈팡질팡했다. 그러더니 금세 반응하기 시작했고, 아이작이 그랬음직하게 멋쩍어하다가, 그런 상황에서 사춘기 소년이 그랬음직하게 설렜다. 두 사람 사이의 전류가 느껴졌다. 정규교육을 거의 받지 못한 순박한 헝가리계 시골 소녀와 장학금을 타서 곧 대학으로 떠날 연하의 따분한 유대인 소년.

단원들은 느긋해져 웃음을 터뜨리기 시작했는데, 진중함으로 추앙받는 극작가가 처음 시도해본 온화한 코믹 모드 장면이었다. 그 장면은 마그다의 '꿀 같은 웃음소리'로 끝을 맺었다.

극작가도 웃었는데, 화들짝 놀란 인정의 웃음이었다. 그는 대본에 메모를 끄적이던 펜을 놓았다. 이 극을, 그의 극을, 강제로 탈취당하는 느낌이었다. 저 마그다가, 블론드 배우의 마그다가, 연극을 그의 식이 아닌 자기 식대로 끌고 가고 있었다. 아니, 그의 식이려나?

대본 리딩은 연극의 3막으로 넘어갔고, 아이작과 마그다는 극 중에서 훌쩍 성인이 되어 온전히 각자의 삶을 살아간다. 극작가는 생각한다. 이 얼마나 아이러니한가! 그럼에도 얼마나 잘 어울리는지! 기억 속 아마빛 머리의 건장한 헝가리계 소녀가 플래티넘

블론드를 땋아내리고 넘쳐흐를 듯한 푸른 눈에 정서적으로 연약한 마그다로 대체된다. 여기 이 마그다는 너무 무방비 상태로 열려 있어, 사람들은 마그다가 상처입을까봐 몹시 두려워했다. 마그다가 이용당할까봐 두려워했다. 아이작과 그의 부모, 뉴저지 교외의 유대인. 마그다의 궁핍한 배경과 대조적으로 부유층이며 특권층인 그들은 극작가가 의도한 것처럼 공감을 얻지 못했다. 그리고극작가가 아이작의 세계와 마그다의 세계의 간극을 표현하기 위해 만든 동화 같은 플롯—마그다가 아이작의 아이를 갖는다, 마그다는 아이작과 그의 부모에게 비밀로 한다. 아이작은 대학과 밝은 미래를 향해 떠난다. 마그다는 농부와 결혼하고 아이작의 아이와 그다음 아이들을 낳는다. 아이작은 이십대에 벌써 성공한 작가가 된다. 아이작과 마그다는 어쩌다 가끔 만나고, 마지막에 아이작 아버지의 장례식에서 만난다. 그렇게나 총명하다지만 아이작은 관객이 아는 것, 그가 알지 못하게 마그다가 숨긴 것을 절대 알지 못한다—이런 플롯은 지금 보니 불만족스럽고 불완전한 느낌이었다.

극의 마지막 대사는 아이작의 것으로, 그는 묘지에 서 있고 마그다가 그의 아버지 무덤 건너편에서 그를 마주하고 있다. "나는 언제까지나 당신을 기억할 거야, 마그다." 인물들의 움직임이 멎고, 조명이 점점 어두워지다 꺼진다. 그토록 적절해 보였던 결말은 지금 보니 부적절하고 불완전하다. 아이작이 마그다를 기억하건 말건 무슨 상관인가? 마그다는? 마그다의 마지막 말은 뭘까?

대본 리딩이 끝났다. 모두에게 감정적으로 진이 빠지는 경험이었다. 이런 비공식 무대에 대한 앙상블의 관례를 깨고 단원 중 상당수가 박수갈채를 보냈다. 몇몇은 기립 박수를 쳤다. 극작가는 축하를 받았다. 이 무슨 바보 같은 짓인가! 극작가는 안경을 벗고 소맷단으로 눈을 비비며 긴장되고 어지러워 어리둥절한 미소를 지었고 살짝 패닉이 왔다. 이건 실패작이야. 사람들이 왜 박수를 치지? 조롱하는 건가? 안경을 벗으니 로프트 내부가 초신성 같은 조명과 흐릿한 움직임과 어둠이 맥박치는 소용돌이로 보였다. 아무 얼굴도 보이지 않았고, 누구의 얼굴도 알아볼 수 없었다.

극작가는 자신의 이름을 부르는 펄먼의 목소리를 들었다. 그는 몸을 돌렸다. 여기서 빠져나가야 한다! 그는 감사인지 사죄인지 모를 몇 마디를 중얼거렸다. 그 누구와의 대화도 견딜 수 없었다. 배우들에게 감사를 표하는 것조차. 그 여자에게 감사를 표하는 것조차.

그는 도망쳤다. 연습실을 빠져나와 가파른 철제 계단을 내려갔다. 51번가에서 그는 망치로 머리를 후려치는 듯한 견고한 추위 속으로 걸음을 내디뎠다. 그는 지하철을 타기 위해 11번가로 달려갔다. 도망쳐야 한다! 집에 가야 한다. 아니 어디라도, 아무도 그의 이름을 알지 못하는 곳으로.

"하지만 나는 그 여자를 진정 사랑했습니다. 그 여자에 대한 기억. 나의 마그다!"

13

당신은 내게서 달아났지! 내가 이미 당신을 사랑하는데.

내가 이렇게 멀리까지 왔는데, 당신을 위해.

내 삶은 이미 당신 것인데. 당신이 원하기만 하면.

그러니 내가 어떻게 당신을 믿겠어? 그래도 난 당신을 사랑했지.

그때 이미 난 당신을 미워하기 시작했어.

14

이튿날 저녁, 두 사람은 만나기로 했다. 웨스트 70번가와 브로드웨이 사이에 있는 레스토랑에서. 애가 닳은 쪽은 블론드 배우였다.

그는 알고 있었다! 유부남. 그러나 행복한 유부남은 아니었다, 꽤 오랫동안. 그리고 이미(이렇게 생각하면 그에게 망신이겠지만, 사실이 그랬다) 그는 그 여자를 사랑하기 시작했다. 나의 마그다.

그는 전날 저녁의 충격에서 회복된 상태였다. 무감한 어조로 그가 말했다. "그 연극. 그건 내게 아주 중요한 연극이 되었습니다. 나의 삶이 되었어요. 예술가에게 그건 치명적이죠."

블론드 배우는 귀기울여 들었다. 여자의 표정은 엄숙하고 진지했다. 비축해둔 눈부신 미소를 머금었던가? 여자는 우울한 극작가를 위로하러 왔다. 거기엔 블론드가 약속하는 무한한 위안이 있었다. 다만 그는 유부남이었다, 나이든 유부남. 그는 만신창이였다! 머리숱은 줄어들고, 눈 주위는 해진 양말 같고, 뺨은 칼로 그은 것처럼 주름이 푹 패었다. 그의 수치스러운 비밀은, 마그다가 한 번도 그 뺨을 어루만진 적이 없다는 사실이었다. 마그다는 그에게 키스한 적이 없었다. 마그다는 그에게 손가락 하나 대지 않았다. 마그다가 그를 유혹한 적은 더더군다나 없었다. 마그다가 금발의 활력과 기운이 넘쳐흐르는 열일곱의 나이에 그의 집에 일하러 왔을 때 그는 열두 살이었다. 그가 러트거스 대학으로 떠날 무렵 마그다는 이미 일을 그만두고 결혼해서 멀리 이사갔다. 극작가 자신이나 그의 가족과 완전히 다른, 전혀 별개의 종에 속한 듯한 아마빛 머리의 소녀에 대한 모든 것이 극작가의 사춘기 판타지였다. 그로부터 삼십 년도 넘게 흐른 지금 맨해튼의 한 레스토랑 테이블에서, 블론드 배우로서의 마그다가 맞은편에 앉아 진지한 얼굴로 열심히 말한다. "그런 말 말아요! 당신의 아름다운 희곡에 대해서. 사람들이 우는 거 못 봤어요? 그건 당신의 삶이어야 해요. 봐요, 안 그랬다면 당신은 그렇게까지 사랑하지 못했을 거예요. 그게 당신을 죽인다 해도—" 블론드 배우는 말을 멈추었다. 말을 너무 많이 했다! 극작가는 여자의 머리가 빠르게 돌아가는 것을 보았다. 이 남자도 여자가 똑똑하게 말하면 분개하는 남자 중 하나일까? 말을 많이 하긴 했나?

그가 말했다. "그냥 현재로서는 내가 이걸 마무리할 수 있을지 모르겠다는 겁니다. 어떤 장면들은 원래 사반세기 전에 쓴 것이거든요. 거의 당신이 태어나기 전에." 가볍게 한 얘기였고, 분명 비난은 아니었다. 그러나 블론드 배우는 정말이지 당혹스럽게 어려 보였다. 여자의 심리, 태도, 자의식도 어렸고, 심지어 어린아이 같았다. 그렇지 않으면 세상은 이 여자를 해쳤겠지, 그런 만큼 세상은 이 여자를 해치지 않을 거야. 극작가는 재빨리 자신이 이 여자보다 이십 년 연상임을 계산했고, 또 실제로 그렇게 보였다. "마그다는 내게 생생한 캐릭터입니다, 하지만 관객에게는 일관성이 없어 보이겠죠. 그리고 아이작은 당연히 너무 나 자신으로 보여요. 하지만 나의 아주 작은 일부분일 뿐입니다. 글감이 너무 자전적이에요. 그리고 그 부모는……" 극작가는 따가운 눈을 비볐다. 엊저녁에 잠을 별로 못 잤다. 오래 공을 들인 결과의 어리석음, 그보다 더 뼈아픈 근래 자신의 성공에 휩쓸린 어리석음.

나는 재능도 소질도 없어. 그저 숨가쁘게 일하는 짐수레말 같은 열정이 있을 뿐이야. 하지만 때가 되면 제아무리 짐수레말이라도 지쳐 나가떨어지지.

극작가는 연습실에서 도망치려고 일어설 때 자신에게 꽂히는 블론드 배우의 간절한 눈빛을 보았다. 그는 소리지르고 싶었다, 날 좀 가만 내버려둬! 하지만 너무 늦었다.

블론드 배우가 머뭇거리며 말한다. "저한테 몇 가지 아이디어가 있거든요, 마, 마그다에 대해서. 혹시 관심 있다면 들어보실래요?"

아이디어? 여배우한테서?

극작가는 웃음을 터뜨렸다. 그의 웃음은 놀라움이고 고마움이었다.

"물론 들어보고 싶습니다. 신경써주시다니 무척 친절하시군요."

극작가가 이 만남을 청하지는 않았을 것이다. 이것은 로맨틱한 만남이었고, 양측 모두에게 설레고 긴장되고 약간 두렵기도 한 만남이었다. 어둑한 조명의 담배 연기 자욱한 레스토랑 바에서, 안쪽의 오붓한 자리에서. 흑인 재즈 콤보가 연주하는 〈Mood Indigo〉. 극작가의 기분이 그랬다―인디고. 블론드 배우를 만나러 집을 나서기 직전 마이애미에서 아내에게 전화가 왔다. 머리칼은 샤워 후 젖은 상태였고, 방금 면도한 턱은 개운하게 따끔거렸다. 그는 수화기를 들며 조마조마했는데, 무엇을 예상했기에? 블론드 배우가 데이트를 취소하려는 걸까? 겨우 몇 시간 전에 만나자고 해놓고? 극작가의 아내는 아주 멀리 있는 것처럼 들렸고, 말소리가 잡음으로 지직거렸다. 누군지 못 알아들을 뻔했다. 게다가 그 목소리는, 끊임없이 비난의 날이 서 있는 그 목소리는 자신과 무슨 관련이 있는 걸까?

블론드 배우는 여전히 하나로 땋은 짧은 머리를 목덜미에 늘어뜨렸다. 그는 어떤 사진에서도 블론드 배우가 머리를 땋은 모습을 보지 못했다. 그러니 이 모습은 마그다였다! 이 여자의 마그다. 그의 마그다는 머리가 훨씬 길고 땋은 머리를 옛날식으로 둥글게 둘러 실제보다 나이들어 보이고 무척 새침해 보였다. 그의 마그다는 머릿결이 말갈기보다 굵고 거칠었다. 이 마그다의 머릿결은 합성섬유처럼 가늘고, 인형 머리카락처럼 이상적인 미색 블론드였다. 남자라면 자연스럽게 그 속에 얼굴을 묻고 싶어지고, 이 여자의 목에 얼굴을 묻고 여자를 꼭 안고서—여자를 지켜주고 싶어지는? 하지만 누구로부터? 남자 자신에게서? 여자는 너무나 무방비 상태였고, 쉽게 상처받을 것 같았다. 여자는 극작가의 퇴짜를 각오한다. 엊저녁에 사람들 앞에서 기분 상할 수도 있는 펄먼의 퇴짜를 각오했던 것처럼. 극작가는 블론드 배우가 뉴욕에서 '온 사방을 혼자 쏘다녔다'는 얘기를 풍문으로 들었고, 위험을 각오한 것까진 아니더라도 별나다는 평이었다. 머리카락을 감추고, 짙은 선글라스를 쓰고, 눈에 잘 띄는 화려한 옷을 입지 않은 블론드 배우를 사람들이 알아볼 것 같지는 않았지만. 오늘 저녁 블론드 배우는 헐렁한 앙고라 스웨터와 맞춤 슬랙스를 입고 미디엄힐을 신었다. 챙이 비스듬한 남성용 페도라가 호기심 많은 사람들의 시선에서 여자의 얼굴을 거의 다 가려주었다. 극작가는 붐비는 레스토랑 바 안으로 들어오는 여자를 보았고, 여자가 안쪽에 있는 자신을 보자마자 미소를 지으며 뿔테 선글라스를 벗어 핸드백에 대충 쑤셔넣는 모습을 보았다. 페도라는 웨이터가 주문을 받아갈 때까지 벗지 않았다. 여자의 표정은 생기 있고 기대감에 차 있었다. 이 블론드 아가씨가 '매릴린 먼로'라고? 아니면 단순히 그 유명한/악명 높은 할리우드 배우를 닮은 걸까? 그 배우의 어리고 미숙한 여동생인가?

블론드 배우를 좀더 잘 알게 된 후 극작가는 이 여자가 눈에 띄고 싶어하지 않을 때는 거의 들키지 않는다는 사실에 감탄하게 된다. 왜냐면 '매릴린 먼로'는 여자의 배역 중 하나에 불과하고, 그나마 가장 몰입하는 역도 아니었으니까.

반면에 그는, 극작가는, 언제까지고 영원히 그 자신이었다.

그래, 그는 이 만남을 청하지 않았을 것이다. 블론드 배우가 극작가의 전화번호를 알아내 그에게 전화했을 때, 극작가는 블론드 배우의 전화번호를 얻으려 하지 않았을 것이다. 극작가는 여자와 전직 운동선수의 결혼생활을 알고 있었다. 온 세상이 알았다. 적어도 기본적인 것은. 일 년도 채 지속되지 않은 동화 같은 결혼, 언론에서 열심히 기록한 그 파국. 극작가는 시사지에서 봤던 놀라운 사진이 기억났다. 어느 빌딩 지붕에서 찍은 도쿄의 군중 장면이었는데, 수천 명의 '팬'이 블론드 배우를 잠깐이라도 보려고 몰려들었다. 그는 일본인이 '매릴린 먼로'를 잘 알거나 좋아하리라곤 생각지도 못했다. 그것이 인류 역사에서 모종의 새롭고 놀라운 발전상인가? 유명하다고 알려진 사람이 나타났을 때의 집단 히스테리? 마르크스는 종교를 인민의 아편이라며 비난한 것으로 유명한데, 이제 인민의 아편은 '명성'이었다. 다만 '명성이라는 종교'는 구원과 천국이라는 장사치의 약속을 전하지 않았다. 그 종교의 성인들을 모신 사원은 왜곡된 거울의 전당이었다.

블론드 배우는 수줍게 미소 지었다. 오, 여자는 예뻤다! 심장을 비트는 미국 아가씨의 미모. 게다가 여자는 극작가에서 아주 열성적으로 얘기한다, 자신이 얼마나 그의 작품을 '숭배'하는지. 그를 만나다니, 또 마그다 역으로 대본 리딩을 하다니 얼마나 '영광'인지. 로스앤젤레스에서 관람한 그의 연극. 지금까지 읽은 그의 희곡. 극작가는 기분좋았지만 불편했다. 그러나 기분좋았다. 스카치를 마시며 귀를 기울였다. 바의 흥거운 분위기를 반영하는 거울 앞을 지나갈 때 거기에 비친 극작가는 키다리 망령 같았다. 어딘가를 다친 듯 피폐한 표정의 고귀한 인물. 어깨가 축 처져선 휘청휘청. 뉴저지에서 태어나 인생 대부분을 뉴욕시 언저리에서 보냈음에도 극작가는 서부의 분위기를 물씬 풍겼다. 가족이 없는, 부모가 없는 사람처럼 보였다. 적지 않은 나이에 마르고 뾰족한 얼굴의 남자, 주름진 뺨과 점점 올라가는 이마선과 주위를 경계하는 태도. 그가 미소를 지으면 그것은 뜻밖의 사건이었다. 그는 소년이 됐다! 좋게 봐주자면. 음울한 상상력을 지닌 남자지만 신뢰할 수 있는 남자.

아마도.

블론드 배우는 지나치게 큰 핸드백에서 〈아마빛 머리의 소녀〉 대본을 꺼내 두 사람 사이의 테이블 위에 부적처럼 올려놓았다. "이 마그다라는 소녀 말인데요. 〈세 자매〉에 나오는 그 여자 같아요. 그 집 아들과 결혼한 여자." 극작가가 빤히 바라보자 블론드 배우는 소심하게 말했다. "사람들이 그 여자를 비웃잖아요? 드레스의 장식띠 색깔이 우스꽝스럽다고? 다만, 마그다의 경우에는 영어 발음이 비웃음을 사죠."

"당신에게 누가 얘기해줬습니까?"

"네?"

"〈세 자매〉와 내 희곡에 대해서."

"아무도요."

"펄먼이 그러던가요? 내가 그 영향을 받았다고?"

"오, 아뇨, 그 희곡을 이, 읽었어요, 내가, 체호프의 희곡을. 오래전에. 처음엔 연극배우가 되고 싶었거든요, 근데 돈이 필요해서 영화로 갔죠. 나는 늘 나타샤를 연기할 수 있다고 생각했어요. 그니까, 나 같은 사람이 나타샤를 연기할 수 있다고. 왜냐면 나타샤는 좋은 집안 출신도 아니고 사람들은 나타샤를 비웃으니까."

극작가는 아무 말이 없었다. 그의 언짢은 심장이 빠르게 뛰었다.

그가 화가 난 것을 알고 여자는 실수를 만회하려 재빨리 여고생 같은 열의를 담아 말했다. "내 생각엔, 체호프가 나타샤를 묘사한 방식에 당신은 경악한 거예요. 알고 보니 나타샤가 아주 강하고 기만적인 여자여서. 잔인하기도 하고. 그런데 마그다는 알다시피—음, 마그다는 늘 너무 착해요. 현실에서는 그럴 리 없잖아요? 그니까, 항상 착할 수는? 제 말은"—극작가는 블론드 배우가 장면을 전환했다는 것을 알 수 있었다. 활기 띤 표정, 가늘게 뜬 눈—"만약 나였다면, 내가 하녀였다면—나도 그런 일을 했어요, 빨래, 설거지, 대걸레질, 변기 청소, 로스앤젤레스의 보육원과 위탁가정에 있을 때—상처받고 화냈을 거예요. 딴사람들 인생은 어쩜 그렇게 다를 수 있는지. 하지만 당신의 마그다는…… 별로 변하지 않아요. 착해요."

"네. 마그다는 착하죠. 착했지요. 실제로. 마그다는 화를 낸다는 생각을 할 리가 없었습니다." 그게 진실일까? 극작가는 무뚝뚝하게 말했지만, 스스로도 의심이 일었다. "마그다와 그녀의 가족은 일자리를 반겼어요. 급여가 많지는 않았지만, 받긴 받았으니까."

힐난조 대꾸에 블론드 배우는 고개를 끄덕일 수밖에 없었다. 오, 지금 깨달았다! 마그다는 여자보다 더 우월했고, 여자의 더 나은 형태였다! 오, 그랬다.

극작가는 웨이터를 손짓으로 불러 두 잔을 더 주문했다. 자신이 마실 스카치와 블론드 배우가 마실 소다수를. 그는 궁금했다, 이 여자는 술을 안 마시는 걸까? 아니면 감히 입에 못 대는 걸까? 그도 소문은 들었다…… 어색한 침묵 속에서 극작가가 말을 꺼냈다. 말투에서 비아냥을 싹 걷어내려 애쓰면서. "마그다에 대해 또 생각해본 게 있습니까?"

블론드 배우는 입술을 만지작거리며 수줍게 앉아 있었다. 입을 열려는 듯하다가 주저했다. 여자는 극작가가 자신에게 화가 나 있고 언제라도 자신을 싫어하기로 마음먹을 수 있음을 알았다. 그가 여자에게 아무리 성적 매력을 느꼈다 한들 그것은 이제 그의 내부에서 분노로 솟구쳤다. 여자는 알았다! 남자들의 관심과 욕망의 급격한 변화에 민감한 거리의 창녀처럼 블론드 배우는 노련한 여성이었다(극작가는 감지했다). 왜냐면 거기에 여자의 삶이 달려 있으니까. 여자의 여성으로서의 삶이.

"그게…… 내가 뭘 잘못 말했나요? 나타샤에 대해서?"

"전혀요. 도움이 됐습니다."

"당신의 희곡은 전혀…… 달라요."

"네, 다르죠. 나는 체호프에게 끌린 적이 거의 없거든요."

극작가는 신중하게 말을 골랐다. 일부러 미소를 지었다. 그가 웃는다. 여자들의 고집에 부딪힐 때, 그의 아내에게 그랬듯, 오래전 그의 어머니에게 그랬듯. 그가 아는 여자들은 뇌에 돌이 박힌 것처럼 한 가지 단순한 아이디어에 꽂히면 논쟁과 상식과 논리가 통하지 않았다. 나는 시인 체호프와는 전혀 달라. 나는 입센파 장인이야. 내 발은 굳건히 땅을 딛고 있어. 그리고 내 발밑의 땅은 단단하지.

블론드 배우는 얘기할 게 한 가지 더 있었다. 감히 얘기해도 될까? 블론드 배우는 초조한 웃음을 터뜨리고 비밀을 얘기하듯 극작가 쪽으로 몸을 기울였다. 그는 여자의 입을 물끄러미 바라보았다. 어떤 필사적이고 어리석은 얘기가 저 입에서 나올지 궁금해하며. "한 가지 생각한 게 있거든요? 마그다는 글을 읽을 줄 몰랐겠지요? 아이작은 그 시를 마, 마그다에게 보여주고, 마그다를 위해 쓴 시요, 그리고 마그다는 읽을 줄 아는 척한 거겠지요?"

극작가는 관자놀이가 쿵쿵대는 느낌이었다.

바로 그랬다! 마그다는 문맹이었다.

진짜 마그다는 문맹이었을 것이다. 당연히.

극작가는 재빨리 미소를 머금으며 말했다. "내 희곡에 대해서는 이쯤 해두기로 하지요, 매릴린. 당신 자신에 대해 들어볼까요."

블론드 배우는 어리둥절한 미소를 지었다. 마치 어느 쪽 나? 하고 생각하듯.

극작가가 말했다. "매릴린이라고 불러야겠지요? 아니면 그건 그냥 예명입니까?"

"노마라고 불러주세요. 그게 내 진짜 이름이에요."

극작가는 가만히 생각에 잠겼다. "왠지, 노마는 당신에게 어울리지 않는 것 같은데요."

블론드 배우는 상처받은 표정이었다. "그런가요?"

"노마. 지나간 시절의, 더 나이든 여성의 이름이죠. 노마 탤머지. 노마 시어러."

블론드 배우의 얼굴이 환해졌다. "노마 시어러가 나의 대모였어요! 어머니는 그분과 절친한 친구였지요. 아버지는 미스터 솔버그와 친한 사이였고요. 미스터 솔버그가 돌아가셨을 때 난 아주 어린 꼬마였지만 그 장례식은 기억나요! 우리는 그쪽 집안사람들과 함께 리무진을 탔어요. 할리우드 역사상 가장 규모가 큰 장례식이었죠."

극작가는 블론드 배우의 배경에 대해 아는 게 거의 없었지만 이건 좀 앞뒤가 맞지 않았다. 조금 전에 자신은 고아였고 위탁가정에서 살았다고 하지 않았나?

극작가는 묻지 않기로 했다. 여자는 아주 우쭐한 미소를 짓고 있었다.

"어빙 솔버그! 뉴욕의 천재 유대인 소년."

블론드 배우는 애매한 미소를 지었다. 농담인가? 유대인은 다른 유대인에 대해 경멸조라도 스스럼없이 애정을 담아 말할 수 있는 건가, 비유대인은 감히 할 수 없는 방식으로?

극작가는 블론드 배우가 혼란스러워하는 모습을 보고 말했다. "솔버그는 전설이었죠. 신동. 죽을 때도 젊은 나이였고."

"오, 그래요? 주, 죽을 때도?"

"어린아이에게는 젊은 나이로 보이지 않았겠지요. 하지만, 네,

세상이 보기엔 요절이었습니다."

블론드 배우가 열의를 띠고 말했다. "장례식은 윌셔 블러바드의 아름다운 시너고그—유대교회당—에서 치러졌어요. 나는 너무 어려서 많은 걸 이해하진 못했지만. 그 언어는 히브리어였나?—정말 묘하고 신기했어요. 난 그게 신의 목소리라고 생각했던 것 같아요. 하지만 그때 이후 한 번도 가본 적은 없네요. 그러니까, 시너고그라는 곳에."

극작가는 시큰둥하게 어깨를 으쓱했다. 그에게 종교는 조상에 대한 공경 외엔 별 의미가 없었고, 그마저도 회의적이었다. 그는 홀로코스트가 역사의 끝 또는 역사의 시작이라고, 심지어 홀로코스트가 유대인을 '정의한다'고 믿는 유대인이 아니었다. 그는 자유주의자이자 사회주의자이자 합리주의자였다. 시온주의자가 아니었다. 싸움박질 좋아하는 세상 사람들 가운데 유대인이 가장 개화되고 대체로 가장 재능 있고 가장 교양 있고 목적의식이 뚜렷한 민족이라고 내심 생각하긴 했지만, 이 신념에 딱히 특별한 감상이나 경건함을 부여하진 않았다. 그냥 상식일 뿐이었다. "신비주의는 별로라서. 히브리어는, 내 귀에는, 신의 목소리가 아닙니다."

"오—그래요?"

"신의 목소리는 천둥이죠, 어쩌면. 지진, 해일. 구문론에 구애되지 않는 신의 말."

블론드 배우는 휘둥그레진 눈으로 극작가를 응시했다.

끝없이 빨려들어갈 듯 아름다운 긴 속눈썹의 눈.

극작가는 한 잔 더 달라고 손짓했다. 자신의 잔을. 그는 배우들이 대개 그렇지만 이 블론드 배우도 사진보다 참 많이 어려 보인다는 생각을 한다. 키도 작다. 그리고 저 머리, 아름답고 모양 좋은 머리는 너무 크다. 이렇게 별나게 생긴 사람이 사진은 잘 나오니까. 스크린에서 그들은 신처럼 보이기도 하는데, 그 이유를 누가 알까? 아름다움은 광학의 문제다. 모든 상像은 착각이다. 극작가는 이 여자를 사랑하고 싶지 않았다. 그는 혼잣속으로 배우와 연루되는 일은 있을 수 없다고 중얼거렸다. 여배우! 그것도 할리우드 여배우! 세심하게 기술을 연마하고 반드시 대사를 암기해야 하는 연극배우와 달리 영화배우는 실제로 별 노력 없이도 대충 해나갈 수 있다—짧은 리허설, 한없이 너그러운 감독이 대사 몇 마디를 어떻게 발화해야 하는지 일일이 가르쳐주고, 다시 찍고 다시 찍고 다시 찍고—카메라의 시야 밖 펼침막에 적힌 대사를 읽는 가소로운 '연기'. 그리고 그런 '배우' 중에 오스카상 수상자가 나온다. 연기라는 예술을 흉내낸 엉터리! 또 그들의 사생활. 극작가는 블론드 배우에 대해 들었던 소문을 떠올렸다. 그 말 많고 탈 많은 결혼 이전의(결혼생활 중에도?) 문란한 생활, 마약 복용, 자살 시도(혹은 시도들), 할리우드 언저리의 거칠고 퇴폐적인 군상들과의 복잡한 관계, 그중 한 명은 블랙리스트에 오른 찰리 채플린의 알코올 및 헤로인 중독자 아들.

지금 블론드 배우를 만나보니, 그 소문 중 어느 하나도 잠깐조차 믿을 수 없었다.

지금 그의 마그다를 만나보니, 그 자신이 발견한 사실 외에 이 여자에 대한 어떤 얘기도 믿지 않을 것이다.

여자는 비밀을 공유하는 여학생처럼 수줍게 말한다. "마그다에게 존경스러운 점은, 마그다가 아기를 사랑해서 결국 낳았다는 거예요. 아기가 태어나기 전부터 마그다는 아기를 사랑했어요! 중요한 장면은 아니지만, 마그다가 아기에게 말을 걸었을 때, 독백으로…… 근데 아이작은 모르죠, 아무도 몰라요. 마그다는 결혼할 남자를 찾아요, 아기가 태어날 수 있도록…… 버려지지 않고 멸시받지 않도록. 다른 여자였다면 몰래 아기를 낳고 죽였겠죠. 알겠지만, 옛날에는 다들 그렇게 했잖아요. 가난하고 결혼하지 않은 여자들이. 고아원에서 저랑 가장 친했던 친구는 어머니가 그애를 죽이려고 했대요…… 물에 빠뜨려서. 델 것처럼 뜨거운 물에. 그애 팔뚝 여기저기에 레이스나 비늘 같은 흉터가 있었죠." 블론드 배우의 눈에서 눈물이 넘쳤다. 극작가는 본능적으로 팔을 뻗어 여자의 손을, 손등을 가볍게 쓸었다.

난 이 여자의 이야기를 다시 쓰려고 했어. 나에겐 그럴 힘이 있었으니까.

블론드 배우는 눈물을 훔치고 코를 푼 다음 말했다. "사실 어머니가 내게 지어준 이름은 노마 진이에요. 그니까, 부모님이 지어준 이름은. 노마보다는 나은가요?"

극작가는 싱긋 웃었다. "좀 낫군요."

그는 블론드 배우의 손을 놔주었다. 그 손을 다시 잡고 싶었고, 테이블 위로 상체를 내밀어 여자에게 키스하고 싶었다.

이것은 영화의 한 장면이었다. 독창적이진 않지만 그래도 눈을 뗄 수 없는 장면! 만약 남자가 테이블 위로 상체를 내밀었다면 젊은 블론드 여자는 기대에 찬 눈을 동그랗게 뜨며 고개를 들었을 테고, 그러면 남자는, 연인은, 여자의 얼굴을 두 손으로 감싸며 자신의 입술을 여자의 입술에 대고 눌렀을 것이다.

모든 것의 시작. 남자의 긴 결혼생활의 끝.

블론드 배우가 사과하듯 말했다. "매릴린을 별로 안 좋아해서요. 하지만 부르면 대답은 할 수 있어요. 이젠 그게 대부분의 사람들이 나를 부르는 이름이죠. 나를 모르는 사람들이."

"노마 진이라고 불러드리죠, 당신이 그게 더 좋다면. 또 이렇게 부를 수도 있습니다"─여기서 극작가의 목소리는 자기가 하는 말의 뻔뻔함에 흔들렸다─"나의 '마그다'."

"오. 그거 맘에 들어요."

"나의 비밀 마그다."

"좋아요!"

"하지만 주변에 다른 사람들이 있을 때는 매릴린으로 하는 게 어떨까요. 그래야 오해가 없을 테니."

"주변에 다른 사람들이 있을 때는 당신이 날 뭐라 부르든 상관없어요. 휘파람으로 불러도 되고. '거기 당신!'이라고 해도 돼요." 블론드 배우는 아름다운 하얀 이를 내보이며 깔깔 웃었다.

극작가는 심장이 덜컹했다. 이 여자는 아주 금세 행복해지고 즐거워했다.

극작가 또한 아주 금세 행복해지고 즐거워졌다.

"거기 당신."

"거기 당신."

두 사람은 신난 어린애마냥 동시에 웃음을 터뜨렸다. 그러고 문득 서로 서먹해하고 겁을 냈다. 아직 손도 잡아보지 못했으니까. 아까 살짝 손등을 쓸었을 뿐이니까. 아직 키스도 안 했으니까. 두 사람은 자정에 바에서 나오고, 극작가는 택시에 타는 블론드 배우를 바라보고, 그때 키스를 하고, 재빨리, 탐욕스럽게 그러나 순수하게, 두 사람은 손을 꼭 쥐고, 서로를 간절히 바라보고, 그걸로 끝이다. 그날 밤은.

감정의 망상에 빠져 극작가는 몇 블록을 걸어 어두운 아파트로 돌아간다. 사랑에 빠져 행복하고, 혼자 남아 행복하다.

15

나의 마그다처럼, 민중의 소녀.

아무 흉터 없는 팔. 아무 흉터 없는 몸.

내 삶은 마그다와 함께 다시 시작된다. 아이작으로서! 다시 소년으로, 세상이 새롭기만 한 소년. 역사와 홀로코스트 이전, 새로운 세상.

사실 두 사람이 연인이 된 후에도 극작가는 사람들 앞에서 블론드 배우를 매릴린이라고 부르는 일이 거의 없는데, 온 세상이 여자를 그 이름으로 알기 때문이다. 그는, 여자의 연인은, 여자의 보호자는, 세상이 아니었다. 사적으로 마그다 혹은 나의 마그다라고 부르는 일도 없을 것이다. 대신 그는 여자를 내 사랑, 소중한 사람, 사랑스러운 사람, 가장 사랑스러운 사람이라고 부르게 된다. 세상은 이 다정한 이름들로 여자를 부를 권한이 없으니.

오직 그만이.

단둘이 있을 때 여자는 그를 대디라고 부를 것이다. 처음엔 장난스럽게, 짓궂게 놀리면서(좋다, 그래, 그는 여자보다 거의 스무 살이 많으니, 그걸로 놀려댄들 어떤가), 다음엔 간절히, 사랑을 담아, 숭배와 존경으로 눈을 빛내면서. 다른 사람들과 함께 있을 때는 내 사랑, 또 가끔은 자기라고 부른다. 이름으로 부르는 일은 거의 없고, 그 이름의 약칭으로 부르는 일 또한 절대 없을 것이다. 그것 역시 세상이 그를 아는 이름이었으니.

은어를 만드는 거야, 우리가 사랑할 때마다. 연인들의 성문화된 어법.

오, 하지만 대디!─어디 가서 절대 내 얘긴 하지 않을 거지? 아무에게도.

안 할 거야.

나에 대해 쓰는 일도 없지? 대디?

내 사랑, 그런 일은 절대 없어. 내가 얘기했잖아?

16

미국적 대서사시. 결국 펄먼이 전화를 했다. 뭔가 잘못됐음을 눈치챘지만(오랜 친구인 극작가가 대본 리딩 이후 그를 피하고 있었으니까) 내색은 하지 않기로 했다. 펄먼은 한 시간 내내 〈아마빛 머리의 소녀〉를 칭찬하고 분석하며 다음 시즌에 앙상블에서 이 작품을 공연하기를 바란다고 떠든 다음, 목소리를 낮추고(극작가가 이 장면에서 정확히 예상했던 대로) 말했다. "나의 마그다는—어떻게 생각해? 나쁘지 않지, 응?"

극작가는 분노로 몸이 떨려왔다. 가까스로 예의를 차려 동의의 말을 중얼거렸다.

펄먼은 신이 나서 말했다. "할리우드 여배우치고는 말이야. 연극무대 경험이 전혀 없는 전형적인 백치 블론드치고는. 훌륭하더군, 내 보기엔."

"그래. 훌륭해."

잠시 침묵. 이것은 즉석에서 급조된 장면이었고, 극작가는 제 역할을 다하지 않고 있었다. 펄먼은 둘이 논쟁이라도 하고 있던 것처럼 말을 이었다. "벗이여, 이건 자네의 걸작이 될 걸세. 우리가 함께 공을 들인다면." 또 침묵. 서먹한 적막. "만약—매릴린이 마그다를 연기한다면." 펄먼은 '매릴린'을 애정을 담아 조심스레 발음했다. "매릴린이 얼마나 겁먹었는지 자네도 봤지. '살아 있는 연기', 그 여자는 그렇게 부르더군. 대사를 까먹을까봐 무섭다고 하더라니까. 무대에 '노출'되는 것도. 매릴린에겐 모든 게 죽느냐 사느냐야. 그 여잔 실패할 수가 없어. 실패는 곧 죽음이니까. 그 점은 존경스러워, 나도 딱 그런 식이니까, 진짜 그랬을 거야, 다만 난 내가 아는 사람 중 가장 분별 있는 사람이라서 말이지.

실수에서 배우는 겁니다, 매릴린, 내가 그랬지. '하지만 사람들은 내가 실수하기를 기다려요, 내가 실패하기를 기다리죠, 나를 비웃으려고' 하더라니까. 대본 리딩 전에, 그날 오후에 리허설을 하는데 엄청 쫄아서 걸핏하면 화장실에 가더라고. 내가 그랬지, 매릴린, 당신 의자 바로 밑에 요강을 갖다둘까. 그랬더니 깔깔 웃었어. 그뒤론 좀 긴장을 풀더군. 우린 리허설을 두 번 했어. 고작 두 번! 우리한텐 아무것도 아닌데 매릴린은 버거웠을 거야. '나는 더 잘해야 해요.' 자꾸 그러더라. '목소리에 좀더 힘이 들어가야 해요.' 그건 사실이지, 목소리가 작으니까. 백오십 석 이상 규모의 극장에서는 뒤쪽까지 소리가 들리지 않을 거야. 하지만 우린 그 목소릴 키울 수 있어. 그 여자를 키울 수 있어.

그게 내가 하는 일이라고 매릴린에게 말했지. 내게 재능을 맡기시죠, 난 헤라클레스니까. 내게 희귀한 재능을 보여봐요, 난 여호와니까. '하지만 극작가님이 오시겠죠, 그분이 내 목소리를 들을 거잖아요.' 자꾸 걱정하는 거야. 내가 그랬지. 바로 그거죠, 그게 바로 현대연극의 의미입니다. 극작가가 당신과 함께 일하는 것.

우리와 함께 일하면, 그 여자는 자신의 진정한 재능을 깨달을 수 있어. 자네의 연극에서, 그 배역에서. 그 역은 딱 매릴린 거야, 매릴린은 마그다처럼 '민중의 여자'잖아. 봐봐, 매릴린은 단순히 영화 스타가 아냐. 타고난 연극배우지. 내가 지금까지 함께 일해본 어느 누구와도 달라, 어쩌면 말런 브랜도 정도가 비슷할까, 그 둘은 닮은 영혼이지. 우리의 마그다, 그치? 굉장한 우연의 일치잖아, 안 그래? 어때?"

극작가는 듣고 있지 않았다. 그는 3층 서재 창밖으로 구름이 점점이 깔린 겨울 하늘을 바라보고 있었다. 평일이었다. 미적대고 있던 하루. 그래, 하지만 그는 결심했다, 안 그런가? 그는 아내에게 상처를 줄 수 없었고 치욕을 안길 수 없었다. 자신의 가족에게. 그는 간통자가 될 수 없었다. 나 혼자 행복하겠다고 그럴 수는 없어. 그 여자의 행복을 위해서도. 오 년 전에도 그랬는데, 극작가는 반미활동조사위원회에서 공산주의자와 그 동조자와 위원회의 정적을 제거하는 데 도움을 주기를 조용히 거부한 사람 중 하나였다. 극작가는 무모한 지인, 자기파괴적인 지인, 피의 재앙이 곧 불어닥치리라 으스대며 스탈린주의에 동조하는 지인의 이름을 밝힐 수 없었다. 사실 내심 그들의 말에 찬성하지는 않았지만. 만약 처지가 뒤바뀌었다면 자신을 밀고할지도 모르는 지인(오, 그는 생각하고 싶지 않았다!)이라도 이름을 알릴 순 없었다. 그의 비타협적 태도는 금욕주의자, 수도승, 고집불통, 순교자의 그것이었다.

펄먼 또한 반미활동조사위원회와 관련해 자신의 뜻을 굽히지 않았다. 펄먼 또한 지조 있고 용기 있게 행동했다. 인정할 건 인정하자.

그 여자와 섹스했나, 맥스? 아님 할 계획인가? 여기 행간에 숨겨진 뜻이 그건가?

"우리가 극을 무대에 올리면 매릴린은 세상을 놀라게 할 거야. 내가 개인적으로 몇 달간 매릴린과 함께 작업하면 돼. 매릴린은 이미 연기 수업에서 반응을 보이고 있거든. 그 여자에겐—우리 모두 그렇긴 하지만—뚫고 들어가야 할 외피가 있어. 그 속은 녹아 흘러내리는 용암이고. 브로드웨이 사람들 전부 위험 부담이 크다고 할 거야, 우리 극장에, 펄먼의 평판에, 그럼 이 펄먼이 그들에게 보여주는 거지, 매릴린이 보여줄 거야, 이건 세기의 연극 데뷔가 될 수 있어."

"쿠데타구먼." 극작가는 비아냥거렸다.

"물론," 펄먼은 큰소리로 우려를 표했다. "매릴린이 할리우드로 돌아가버릴 수도 있지. 매릴린을 고소할 거래, 영화사에서. 매릴린이 그 얘기를 꺼리기에 내가 그쪽에 있는 에이전트에게 전화했어, 에이전트는 제법 솔직하고 우호적이더군. 그 사람이 설명해준 상황은 이래. 매릴린은 계약을 위반했고, 영화사와 계약한 영화가 네다섯 편쯤 남아 있고, 급여도 못 받고 정직 상태인데 저축해둔 돈도 없다는군. 그래서 내가 그랬지, 그런데 매릴린이 나와 일하는 건 자유냐고, 그러자 웃으면서 '값을 치르고 싶다면 뭐든 자유지요, 아니면 당신이 그 값에 부응할 수 있거나'라고 하기에 내가 그랬지, 지금 그게 얼마를 얘기하는 거요? 10만? 20만? 그랬더니 에이전트가 '100만은 가뿐히 넘어요, 여긴 할리우드입니다, 그레이트 화이트 웨이가 아니라' 그러더군, 그 망할 자식이. 젊은 놈 같은데, 나보다 어린 게, 나를 비웃더라고. 그래서 전화를 끊어버렸지."

다시, 극작가는 침묵을 지켰다. 경멸감에 살짝 진저리가 났다.

첫날 저녁 이후 극작가와 블론드 배우는 두 번 만났다. 열정적으로 대화를 나눴다. 극작가는 아직 나는 당신을 사랑합니다, 그대를 사모합니다라고 말하지 못했다. 당신과 더는 만날 수 없습니다라고도 말하지 못했다. 블론드 배우는 얘깃거리가 무궁무진했지만 과거 자신의 할리우드 생활이나 현재의 재정적 어려움에 대해서는 일절 언급하지 않았다. 그래도 극작가는 듣고 읽은 바가 있어서 매릴린 먼로가 영화사에 고소당할 거라는 사실은 알고 있었다.

그 인물, 그 존재가 지금 이 여자와 얼마나 동떨어져 있는지. 혹은 우리와.

맥스 펄먼은 그뒤로도 십 분은 족히 떠들었고, 그의 기분은 황홀함에서 갑자기 방향을 홱 틀어 불안과 의심으로 경직됐다. 극작가는 자신의 오랜 친구가 고풍스러운 회전의자에 몸을 파묻은 채 살진 근육질 팔을 뻗어 지저분한 스웨터가 몸통 위로 말려올라간 자리의 털 많은 배를 긁는 모습, 어수선하고 냄새나는 사무실 벽에 붙어 있는 앙상블 관련 배우들의 사진, 가령 말런 브랜도와 로드 스타이거와 제럴딘 페이지와 킴 스탠리와 줄리 해리스와 몽고메리 클리프트와 제임스 딘과 폴 뉴먼과 셸리 윈터스와 비베카 린드포르스와 일라이 월락이 그들의 맥스 펄먼을 향해 다정하게 미소 짓는 사진들이 눈에 선히 보였다. 머지않아 매릴린 먼로의 아름다운 얼굴도 그 옆에 추가되겠지, 가장 우쭐한 트로피가 되어. 마침내 펄먼이 말했다. "자네 그 희곡을 다른 극단에 가져갈 속셈이지, 응? 그렇지?" 극작가가 말했다. "아니야, 맥스. 전혀. 다만 아직 마무리가 덜 된 것 같아서, 공연에 올리기엔 준비가 덜 된 것 같아서, 그뿐이야." 그러자 펄먼이 폭발했다. "망할! 그럼 어서 같이 마무리하자고, 자네랑 나랑, 열심히 해보는 거야, 내년을 위해 구체화해보자고. 그 여자를 위해." 그예 극작가는 점잖게 말했다. "맥스. 잘 자."

그러고 나서 재빨리 전화를 끊었다. 그리고 수화기를 내려놨다.
펄먼은 금방 또 전화해서 밤새도록 전화기를 울릴 위인이었다.

17

기만. 여자도 그에게 전화를 걸었다. 심장을 파고드는 칼날 같
은, 낯익은 전화벨소리.

안녕! 나예요. 당신의 마그다?

자신을 밝힐 필요가 있기라도 한 듯.

어느 날 오후 수화기를 드니 들려오는 허스키하고 새근거리는
사랑스러운 저음, 다짜고짜 시작되는 여자의 노래.

"당신은 우울하지 않았어
아니, 아냐. 아냐
당신은 우울하지 않았어
지독히 암울해지기 전까진."

그의 아내 에스터가 어딘가에서 집으로 돌아왔다. 마이애미
였나.

그의 표정에서, 구슬프고 가책을 느끼는 눈빛에서, 아내는 보
았다.

즉석에서 급조된 어색한 장면. 그의 귓가에서, 사타구니에서, 영혼에서 고동치는 블론드 배우의 음성, 기억나는 여자의 향기, 여자의 약속, 여자의 신비가 찌푸린 에스터와 희극적 충돌을 빚고, 현관홀에 쿵 내려놓은 에스터의 여행가방, 이 낡고 답답한 브라운스톤의 현관홀, 이 현관홀이 끔찍하게 좁은 건 극작가의 책이 곧 무너질 듯한 소나무 책장에서 온 집안 구석구석으로 넘쳐흘렀기 때문이며, 욕실도 예외는 아니었고, 여기서 극작가는 여행가방을 들기 위해 허리를 숙였고, 어찌된 일인지 니먼마커스 쇼핑백이 그의 발치에서 엎어져 안에 들어 있던 내용물이 다 쏟아졌다. "오, 칠칠치 못하게! 오, 이 꼴 좀 봐."

사실이었다! 극작가는 칠칠치 못했다. 품위 있는 남자가 아니었다. 로맨틱한 남자가 아니었다. 연인감이 아니었다.

그는 여자를 소중한 사람, 사랑스러운 사람이라고 부르기 시작한 참이었다. 아직 내 사랑은 아니었다. 오, 내 사랑은 아직이었다!

손을 맞잡고, 손을 꼬옥 붙잡고. 어스레한 재즈클럽에서의 만남. 아무도 그들을 알아보지 못하는 곳에서. (진짜 아무도 그들을 못 알아봤을까? 안경 쓴 황새 같은 중년 남자와 어둠 속에서 빛을 발하며 흠모의 눈길로 남자를 지그시 쳐다보는 젊은 여자를?) 몇 번의 키스. 하지만 아직 정열적인 딥키스는 아니었다. 섹스의 전주곡에 해당하는 키스는 아니었다.

부디 이해해주십시오. 내 삶은 나의 것이 아닙니다. 나는 아내가 있고 자식이 있고 가정이 있어요. 당신을 사랑함으로써 그들에게 상처를 줄지도 모릅니다. 난 다른 이들을 아프게 할 수 없어요! 차라리 나 자신이 아픈 게 낫지.

블론드 배우는 미소를 짓고, 한숨을 쉬고, 그리하여 이 이인극에서 자신이 맡은 역할을 아름답게 즉흥적으로 해냈다. 오 저런. 이해해요, 그렇겠지요!

그의 아내가 밝게 말한다. "나 보고 싶었어?"

"당연하지."

"그래." 아내가 웃었다. "그래 보이네."

대본 리딩의 밤 이후, 자신의 어리석음이 다 드러나고 자신의 노고가 헛수고였음이 밝혀진 극작가는 작업에 집중할 수가 없었다. 가만히 앉아 있을 수가 없었다. 아침마다 공원 저 끝까지 찬바람을 맞으며 긴 산책을 나갔다가 돌아왔다. 추위는 그의 과열된 상태를 다스리는 약이었다. 자연사박물관의 외풍이 센 복도를 거닐었고, 그곳에서 아이작 같은 소년처럼 꿈을 꾸고 생각에 잠기고 과거의 절제된 비인간성에 넋이 나갔다. 얼마나 놀라운가, 우리를 앞서간 세계, 우리를 낳은 세계가 잠시나마 우리를 소중히 여기는 듯하더니 이내 탈피하듯 우리를 벗어버린다. 사라져버린다! 여기 나의 족적이 영원히 기억되길 바란다. 기억될 가치가 있기를 바란다.

극작가는 블론드 배우가 왜 자신과 대등한 사람이 되려 하지 않는지 깨달았다. 그는 여자가 한때 연기했던 역을 재연하고 있음을 눈치 빠르게 알아차렸다. 적어도 한 번 이상 해본 역할, 그걸로 보상을 받았던 역. 여자는 어린 소녀였고, 그는 나이 많은 남자 멘토였다. 하지만 그는 이 여자의 멘토/아버지가 되고 싶었던 걸까 아니면 연인이 되고 싶었던 걸까? 블론드 배우에게 그 둘은 아마 별 차이가 없을 것이다. 극작가에게 그 둘을 겸하는 것은, 아니면 겸하는 것처럼 보이는 것은 뭔가 변태적인 면이 있었다. 그 여자는 자기보다 우월하다고 생각되는 남자만 사랑할 수 있어. 내가 그런 남자인가? 그는 자신의 온갖 실패를 알고 있었다! 그의 작품을 논한 평론가 중 극작가 본인이 가장 엄격하고 혹독한 비평가였다. 그는 작품을 쓸 때 자신이 얼마나 머뭇거리고 고심하는지 잘 알고 있었다. 마법 같은, 의도하지 않은, 변덕스러운 시적 재능이 얼마나 결핍됐는지. 허공에서 느닷없이 나타나 아무렇지 않게 번득이는 체호프적 순간. 갑작스럽게 터지는 웃음소리, 노인의 코 고는 소리, 솔료늬의 손에서 풍기는 죽음의 악취. **구슬프게 잦아드는 현을 통기는 소리.**

그는 체호프의 나타샤를 창조할 수 없었다. 그는 자신의 '민중의 소녀'가 너무 번듯해서 현실감이 없다는 것조차 깨닫지 못했다, 블론드 배우는 본능적으로 알아차렸는데. 그가 악착같이 매달려 빚어낸 희곡에는 체호프처럼 번득이는 장면이 없었다. 극작가는 상상력이 부족하고 때론 칠칠치 못했으므로. 그렇다, 그는 자신의 칠칠치 못함을 인정했고, 그것은 일종의 정직함이었다. 극작가는 예술을 대할 때도 진실을 굽히지 않을 것이다! 그래도 그는 작품에 대한 보상을 받았고, 퓰리처상과 그 외 여러 상을 수상했다(이것은 그의 아내가 그를 자랑스러워하는 동시에 원망하는 예기치 못한 결과를 낳았다). 그는 미국의 주요 극작가로 추앙받을 것이다. 그의 작품은 체호프의 작품 못지않게 심장을 쥐어짤 테니까. 오닐, 윌리엄스, 입센 못지않게. 모르긴 해도 그 간소함이 더욱 강력히 미국인의 심장을 쥐어짤 것이다. 낙관적인 기분이 들 때 그는 스스로를 견고한 항해용 배를 만드는 성실한 장인이라고 생각했다. 시적인 극작가가 만든 더 가볍고 더 날렵하고 더 반짝이는 배가 더 빨리 나아가겠지만, 그의 배도 결국 같은 항구에 닿을 것이다.

그는 그렇게 믿었다. 믿고 싶었다!

당신의 놀라운 작품. 당신의 아름다운 작품. 나는 당신을 정말 존경해요!

젊고 아름다운 여자가 그에게 이런 말을 한다. 진지하게 얘기한다. 명백한 진리를 알려준다는 분위기로. 여자는 이전 삶에서 미처 읽지 못했는데 절판된 그의 희곡을 사기 위해 스트랜드 중고 서점에 갔었다.

여자는 그리니치빌리지에 산다. 맥스 펄먼의 극단 친구에게서 이스트 11번가에 있는 아파트를 전대했다. 여자는 '이전 삶'에 대해 일언반구도 없었다. 극작가는 물어보고 싶었다. 결혼생활이 무너졌을 때 상처받았습니까? 사랑이 무너졌을 때는요? 아니면 사랑은 결코 '무너지는' 법이 없고, 다만 점점 희미하게 사라질 뿐일까요?

나는 결혼생활을 존중합니다. 남자와 여자 사이의 깊은 인연. 그것은 신성시되어야 한다고 믿습니다. 그러한 인연을 나는 결코 깨지 않을 겁니다.

미소를 머금고 사랑에 애타는 눈빛으로 남자를 말끄러미 바라본다.

남자는 길 잃은 아이에게 그러듯 여자에게 깊은 정서적 울림을 느꼈다. 버려진 아이. 저 육감적인 풍만한 몸 안에. 여자의 몸! 노마 진을 알고 나면(극작가는 여자를 노마 진으로 생각할 것이다, 비록 그 이름으로 부른 적은 거의 없지만, 왠지 그 특권은 그의 몫이 아니었다) 이 여자에게 스스로의 몸은 호기심의 대상이라는 사실을 알게 된다. 가끔은 묘하게도 극작가를 자신의 음모에 끌어들여 어떤 암묵적 합의에 이르고 싶어하는 것처럼 보였다. 다른 남자들은 여자에게 성적으로 끌렸다, 그들에게 보이는 건 여자의 몸뿐이니까, 하지만 그는, 극작가는, 우월한 남자는, 노마 진을 다르게 이해할 것이며 절대 그런 식으로 속지 않을 것이다.

이 여자가 진심일까? 극작가는 점잖게 여자를 놀렸다.

"당신은 자신이 사랑스러운 여인임을 분명 잘 알고 있군요. 그리고 그건 단행短行이 아니지요."

"단 뭐요?"

"단행. 단점, 손실."

블론드 배우는 남자의 팔을 팔꿈치로 툭 쳤다. "에이. 나한테 아부할 필요 없어요."

"전적으로 솔직하게 당신이 아름다운 여자라고 한 것이 아부라는 겁니까? 그리고 그게 약점이 아니라고 한 것이?" 극작가는 웃음을 터뜨렸고, 여자의 팔을, 손목을 움켜쥐고 싶었다. 여자를 아주 살짝 움찔하게 만들어 자신이 한 말의 단순한 진리를 알아듣게 해주고 싶었다. 남자에게 사내가 되지 말라고 할 수는 없다! 여자가 남자 앞에서 지금처럼 아이같이 갈망하고 동경하고 유혹하는 바로 이 순간, 여자는 너무나 분명하게 남자의 성적 욕구를 불러 일으켰다.

그가 저 혼자 상상한 게 아니라면. 남자가 자신을 사랑하도록 만드는 여자의 작전이었다. 아내를 버리고 자신을 사랑하도록. 자신과 결혼하도록.

블론드 배우는 일을 위해 산다고, 사랑을 위해 산다고 하지 않았나. 그리고 지금은 일이 없다. 지금은 사랑하는 사람이 없다. (내리깐 시선, 파르르 떨리는 눈꺼풀. 오, 하지만 여자는 사랑에 빠지고 싶었다!) 심금을 울리는 진심을 담아 블론드 배우는 극작가에게 말했다. "삶의 유일한 의미는 자기 자신이 아닌 그 이상의 어, 어떤 것 아닐까요? 자신의 머릿속에? 자신의 뼛속에? 자신의 역사에? 작품을 통해서 당신은 자신의 어떤 것을 후대에 남기잖아요. 그리고 우리는 사랑을 통해서 좀더 높은 레벨의 존재로 승화하는 거예요, 그건 자기 자신을 넘어선 거죠." 블론드 배우는 아주 열정적으로 이야기했고, 극작가는 그 말이 여자가 어디서 보고 외운 문장이 아닐까 반쯤 의심했다. 저 천진함, 저 이상주의—체호프의 격정적이고 지적이지만 불운하게도 속임수에 넘어간 젊은 여자 캐릭터의 대사를 그대로 읊고 있는 건 아닐까? 〈갈매기〉의 니나, 아니면 〈세 자매〉의 이리나? 아니면 허를 찔러 극작가 본인이 오래전에 쓴 대화에서 인용한 게 아닐까? 그러나 여자의 진정성에는 의심의 여지가 없었다. 그들은 웨스트빌리지의 6번가 재즈클럽 안쪽 어스레한 부스 자리에 함께 있었고, 손을 맞잡고 있었고, 극작가는 약간 술에 취하고 블론드 배우는 레드와인 두 잔을 마셨고, 거의 술을 마시지 않는 여자는 모종의 위기가 닥쳐온 것처럼 두 눈에 눈물이 그렁그렁했는데, 내일이면 극작가의 아내가 집으로 돌아오기 때문이었다. "그리고 당신이 여자라면, 그리고 한 남자를 사랑한다면, 그 남자의 아기를 낳고 싶은 거죠. 아기는…… 오, 당신은 아버지죠, 아기가 무엇을 뜻하는지 알겠네요! 그건 자기 자신을 넘어선 거죠."

"네. 하지만 아기는 **별개의** 존재입니다."

블론드 배우는 몹시 얼떨떨한 얼굴이었고, 마치 힐난이라도 들은 것처럼 무척 묘하게 상처받은 표정이었고, 극작가는 한 팔을 살며시 여자의 어깨에 둘러 여자를 안았다. 그들은 부스 한쪽에 나란히 웅크리고 앉아 있었고, 더이상 담백하게 테이블을 사이에 두고 만나지 않았다. 극작가는 블론드 배우를 품에 꼭 안고 싶었고, 그러면 여자는 그의 가슴에 머리를 기대거나 눈물 젖은 따스한 얼굴을 그의 목 우묵한 곳과 어깨에 묻을 것이고, 그러면 그는 여자를 위로하고 보호할 것이다. 여자 본인의 망상으로부터 여자를 보호할 것이다. 망상이라는 것은 다름 아닌 상처의 서곡이니까. 그리고 상처라는 것은 다름 아닌 분노의 서곡이니까. 부모로서 그는, 아이가 삶에 들어오면 삶이 오롯해지는 게 아니라 둘로 쪼개진다는 것을 잘 알고 있었다. 남자로서 그는, 아이가 일견 행복해 보이는 결혼생활에 난입할 수 있다는 것을, 남녀 간의 사랑을 돌이킬 수 없이 파괴하진 않을지라도 크게 변화시킬 수 있다는 것을 알고 있었다. 수십 년간 성숙한 시민으로 살아온 자로서 그는, 부모가 되는 것은 낭만적인 일이 아니라는 것을, 아니 일단 어머니가 되는 것은 단지 삶의 긴장이 고조되는 일일 뿐이라는 것을 알고 있었다. 부모가 되어도, 나는 여전히 그대로 나였다—이젠 부모가 되었다는 새롭고 무시무시한 부담이 더해질 뿐. 그에겐 너무나 마법 같은, 너무나 종잡을 수 없는 이 여자, 그는 이 아름답고 젊은 여자의 파르르 떨리는 눈꺼풀에 입맞추고 싶었고, 이렇게 말하고 싶었다. 물론 나는 당신을 사랑합니다. 나의 마그다. 나의 노마 진. 남자가 어떻게 당신을 사랑하지 않을 수 있겠습니까? 하지만 나는 못합니다……

나는 당신이 필요로 하는 것을 줄 수 없어요. 나는 당신이 찾는 남자가 아닙니다. 난 흠결 있는 남자고, 불완전한 남자고, 아비가 되어서도 눈에 띄게 바뀐 것이 없는 남자고, 아내에게 상처 주고 창피 주고 화나게 하는 것을 두려워하는 남자입니다. 난 당신이 꿈에 그리는 구세주가 아니에요, 나는 왕자님이 아니에요.

블론드 배우가 반박했다. "어머니와 나는, 내가 아기였을 때, 한사람 같았어요…… 또 내가 어렸을 때도. 우린 심지어 서로 대화할 필요조차 없었죠. 어머니가 자신의 생각을 나한테 보낼 수 있을 정도였어요. 나는 한 번도 혼자인 적이 없었어요. 그런 게 내가 말한 사랑이에요. 어머니와 아기 사이의. 자기 자신에게서 벗어나게 돼요. 진짜로. 난 내가 좋은 어, 어머니가 될 거라는 걸 알아요, 왜냐면—비웃지 않을 거죠, 네?—유아차에 탄 아기만 보면 손 내밀어 만지고 뽀뽀하고 싶은 마음을 안간힘을 써서 억눌러야 해요! '오, 세상에!' 맨날 이렇게 말해요, '오, 한 번만 안아봐도 돼요? 오, 정말 예쁘네요!' 울음이 터지는데, 어쩔 수가 없어요. 지금 날 비웃는 거죠! 하지만 원래 그렇게 생겨먹었는걸, 난 항상 아이들이 좋았어요. 어렸을 때, 위탁가정에서, 아기들을 돌보는 사람은 나였어요. 그냥 아기들에게 노래를 불러주며 어르고, 알죠? 애들이 잠들 때까지. 요만한 꼬맹이 여자애가 있었는데, 걔 어머니가 아이를 사랑하지 않아서 내가 그애를 아주 많이 챙기고 돌봤어요. 아이를 유아차에 태워 공원에 갔고—이건 나중에 내가 열여섯쯤이었을 때예요—싸구려 잡화점에서 재료를 사서 귀여운 호랑이 인형도 만들어줬어요, 그 여자애를 정말 사랑했죠. 하지만 내가 낳고 싶은 아이는 남자애예요, 왠 줄 알아요?"

극작가는 왜냐고 묻는 제 목소리를 들었다.

"사내애라면 자기 아버지를 닮을 테니까, 그래서예요. 그리고 아이 아버지는 내가 미치도록 사랑한 사람일 테고, 분명 아주 멋진 남자일 테니까. 난 그냥 아무에게나 빠지지 않거든요, 무슨 말인지 알죠?" 블론드 배우는 숨가쁘게 웃었다. "대부분의 남자들을, 난 좋아하지 않아요. 그리고 당신이 여자였다면, 당신도 그랬을걸요."

두 사람은 함께 웃었다. 극작가는 욕망으로 병들었다. 이렇게 말하는 자신의 목소리가 들렸다. "당신은 아주 멋진 어머니가 될 거예요. 타고난 어머니지."

어째서, 어째서 이런 말을 하고 있는 거냐! 급조된 장면, 통제를 벗어나 위태롭게 질주하는 차량, 운전대를 잡은 사람은 아무도 없다.

음주운전!

가볍게 그러나 요염하게 블론드 배우가 극작가의 입술에 키스했다. 병중의 파도가 사타구니 속의 욕망을, 뱃속 깊은 곳의 욕망을 짜릿하게 뒤흔들며 온몸으로 번졌다.

생경하고 부드러운 말씨로 이렇게 말하는 자신의 목소리가 들린다. "고마워요. 내 사랑."

18

간음한 남편. 그는 블론드 배우를 이용하고 싶지 않았다. 그 여자는 어린애였고, 사람을 너무 쉽게 믿었다. 그는 여자에게 주의를 주고 싶었다. 우리를 조심해! 나를 사랑하지 마.

'우리'라는 말은 그 자신과 맥스 펄먼을 뜻했다. 뉴욕 연극계의 모든 사람. 블론드 배우는 성지순례를 오듯 예술적으로 자신을 보완하기 위해 이곳을 찾아왔다.

예술에 온몸을 던지기 위해.

극작가는 여자가 자신에게 온몸을 던지기 위해 이곳을 찾아온 게 아니길 바랐다.

난처한 것은, 그가 아내에 대한 사랑을 놓지 않았다는 사실이다. 그는 주위의 숱한 남자 지인들과 달리, 결혼을 대수롭지 않게 여기는 남자가 아니었다. 그와 마찬가지로 가족을 중시하는 유대계 리버럴 성향 집안에서 나고 자란 또래 남자들조차 결혼을 대수롭게 여기지 않았다. 그는 호색가 펄먼의 경박한 사랑 놀이가 싫었다. 펄먼이 부당하게 대우했던 여자들에게, 한때는 매력적이었으나 이제는 중년이 된 아내에게 그토록 쉽게 용서받는 것이 싫었다.

극작가는 단 한 번도 에스터에게 불성실했던 적이 없었다.

심지어 벼락출세하여 제법 괜찮은 명성을 거머쥔 1948년 이후에도. 그때, 충격이자 유감이자 당혹이게도, 그는 자신에 대한 여성들의 관심이 급격히 활발해지는 것을 경험했다. 지적인 여자, 맨해튼의 사교계 명사, 이혼녀, 심지어 극단 친구들의 아내까지. 초청 강연을 하게 된 대학에, 그의 극을 상연중인 지역 극장에 어김없이 여자들이 있었고, 총명하고 생기 넘치고 매력적이고 교양 있는 유대계 또는 비유대계 여자, 학계 여자, 여성 문인, 부유한 사업가의 아내, 대부분 이 남자 천재에게 촉촉한 눈길을 보내는 중년 여자들이었다. 따분함과 외로움과 작업에 대한 일상적 좌절에서 그런 여자 중 몇몇에게 호감을 느낀 적이 없진 않겠지만, 에스터에게 불성실했던 적은 단 한 번도 없었다. 그에게는 이런 엄숙한 회계사 같은 면모가, 현실에 전념하는 면이 있었다. 그가 에스터에게 불성실했던 적이 없었으니, 당연히 그것이 에스터에게 어떤 의미가 있어야 하지 않을까?

나의 귀중한 정절. 이 얼마나 위선인가!

그는 에스터에 대한 사랑을 놓지 않았고, 아내가 분노와 원한에도 불구하고 남편에 대한 사랑을 놓지 않았다고 믿었다. 하지만 둘 다 서로에 대한 욕망이 되살아나지는 않았다. 오, 관심조차 동하지 않았다! 수년 동안. 극작가는 너무 오랜 시간을 자신의 머릿속에서 보내서 종종 다른 사람들이 비현실적으로 느껴졌다. 사적으로 친밀한 사이일수록 현실감이 옅어졌다. 아내, 아이들. 이젠 다 커버린 아이들. 다 커서 멀어진 아이들. 그리고—말 그대로!—종종 대화할 때조차 눈을 맞추지 않게 된 아내. ("나 보고 싶었어?" "당연하지." "그래, 그래 보이네.") 극작가의 삶은 언어였고, 어렵사리 공들여 선택한 언어였고, 올리베티 포터블 타자기 위로 날아다니는 두 개의 검지에서 한 단어씩 타이핑되어 나오는 언어가 아닐 때 그의 삶은 제작자와 감독과 배우와의 미팅, 오디션과 대본 리딩과 워크숍과 리허설(드레스 리허설과 '첨단기술 효과'로 정점을 찍는)과 시사회와 개막식과 좋은 평과 그저 그런 평과 좋은 흥행 성적과 그저 그런 흥행 성적과 수상과 절망으로 이루어진, 눈 속 여기저기 바위가 도사리고 있는 낯선 지형을 내리닫는 스키선수의 위태로운 코스와 별반 다르지 않게 위기가 끊임없이 이어지는 그래프였고, 이런 미쳐 날뛰는 생에서는 녹초가 되더라도 신나게 즐기는 체질로 태어나거나, 그런 체질로 태어나지 않는다면 느껴지는 거라곤 피로감뿐이니 결국 아무것도 느끼지 않기를 바라게 되거나 둘 중 하나였다. 극작가는 배우나 작가나 예술적 야심을 가진 여자와 결혼하고 싶지 않았고, 그래서 자신과 엇비슷한 배경에 컬럼비아 사범대학을 졸업하고 에너지 넘치며 원만한 성품의 인물 반반한 젊은 여자와 결혼했다. 에스터는 결혼 초에 잠깐 중학교에서 수학을 가르쳤고, 유능했으나 열정은 없었다. 에스터는 결혼이 너무 하고 싶고 아이를 낳고 싶었다. 그 모든 게 1930년대 초였고, 멀고 먼 옛날이었다. 이제 극작가는 성공한 남자였고, 에스터는 일반 사람들에게 왜? 저 남자가 저 여자에게서 뭘 본 거야?라는 소리를 듣는 성공한 남자들의 배우자 중 하나였다. 사교 모임에서 만났더라면 극작가와 에스터는 자연스럽게 서로에게 끌리진 않았을 것이고, 자연스럽게 대화에 빠져들지 않았을 것이며, 그저 멀뚱멀뚱 서로를 쳐다보다 싱긋 웃은 다음 제 갈 길을 갔을 것이다. 두 사람 공통의 친구가 있어도 결코 서로 소개시켜주지 않았을 것이다.

비극은 아니었다! 그저 평범한 삶에 지나지 않는다고 극작가는 믿었다. 무대 위에서 극적으로 각색되지 않은 삶.

극작가는 에스터와 감정을 나누며 섹스하거나 키스라도 한 게 언제였는지 생각하고 싶지 않았다. 에로스가 떠난 자리에서 입맞춤은 기묘하기 이를 데 없는 행위였다. 감각 없는 두 입술이 닿고, 누른다. 왜? 극작가는 알고 있었다, 만약 그가 에스터를 포옹하면 아내는 뻣뻣하게 굳으며 빈정댈 것이다. "왜? 왜 이제 와서?"

남편은 이렇게 말할 수 없다. 왜냐면 다른 여자와 사랑에 빠졌으니까. 도와줘!

그래도 그는 그들이 사랑을 놓지 않았다고, 다만 사랑이 바랬을 뿐이라고 믿었다. 극작가의 첫 책 표지처럼, 그가 스물네 살 때 출간한, 칭찬과 격려가 담긴 호평을 받으며 육백사십 부가 판매된 얇은 시집. 그의 기억에서 『해방』의 표지는 아름다운 코발트블루 바탕에 글자는 노란 카나리아색이었는데, 실제로 가끔 우연히 보면 매번 놀라듯, 앞표지는 햇빛에 변색되어 거의 하얘졌고, 한때 노란색이었던 글자는 거의 알아볼 수 없었다.

기억 속의 책표지가 있고, 극작가의 책상에서 몇 발짝 떨어진 곳에 책표지가 있다. 둘 다 현실이라고 주장해도 된다. 다만 별개의 시간대에 존재할 뿐.

웨스트 72번가의 고풍스럽고 아름다운 브라운스톤 아파트에서, 흘러넘치는 책장 가운데서 그와 함께 사는 여자에게 극작가는 우물쭈물 말했다.

"우리 얘기 많이 안 나눈 지 오래됐잖아, 여보. 난 우리가 좀—"

"우리가 언제 얘기를 많이 했다고? 당신 혼자 얘기했지."

이건 억울했다. 사실, 부정확했다. 하지만 극작가는 잠자코 넘어가기로 했다.

또 어느 날에는 이렇게 말했다. "세인트피터즈버그는 어땠어?"

에스터는 남편이 무슨 암호라도 말한 것처럼 빤히 쳐다보았다.

무대 위에서, 언어는 암호다. 텍스트의 참된 의미는 행간에 숨어 있다. 그런데 삶에서는?

극작가는 죄책감에 괴로웠고, 블론드 배우에게 전화해 그날 오후 약속을 취소하자고 말했다. 그리니치빌리지에 있는 여자의 집으로 찾아가는 그의 첫 방문이 될 예정이었는데.

〈나이아가라〉의 충격적인 소프트 포르노 장면이 생각난다. 블론드 여자의 놀랍게 벌린 다리, 젖가슴까지 끌어올린 이불 아래로 거의 보일 듯한 가랑이 사이의 V. 어떻게 저런 장면이 심의에 안 걸리고 통과됐지? 윤리위원회를 통과했지? 극작가는 〈나이아가라〉를 타임스스퀘어 영화관에서 혼자 관람했다. 단지 호기심을 충족하기 위해서.

〈신사는 금발을 좋아해〉와 〈7년 만의 외출〉은 보지 않았다. 코믹한 역의 매릴린 먼로는 보고 싶지 않았을 것이다. 〈나이아가라〉를 본 후로는.

극작가는 블론드 배우에게 당분간 만나기는 좀 힘들겠다고 조심스럽게 얘기했다. 아마도 일주일에 한두 번 정도. 부디 이해를 구한다고.

허스키하고 생기발랄한 마그다의 말씨로 블론드 배우는 알겠다고, 이해한다고 말했다.

19

〈유령 소나타〉. 극작가는 아내 에스터와 함께 블리커 스트리트의 서클 인 더 스퀘어 극장으로 스트린드베리의 〈유령 소나타〉개막 공연을 보러 갔다. 관객 중 다수가 친구, 지인, 극작가의 연극 관계자였다. 이번 작품의 감독은 오랜 친구였다. 이백 석밖에 없는 극장이었다. 조명이 어두워지기 직전 관객들 사이에서 들뜬 술렁거림이 일었고, 극작가가 고개를 돌리니 중앙 통로를 내려오는 블론드 배우가 보였다. 처음엔 여자가 혼자인 줄 알았는데, 왜냐면 그에게는 여자가 늘 혼자 있는 것 같았으니까, 그의 기억 속에서는 늘 홀로, 정말 이상하게도, 달콤하고 안타까운 엷은 미소, 파르르 떨리는 눈꺼풀, 어딘가를 헤매다 우연히 찾아들어온 듯한 분위기로 홀로 환히 빛났으니까. 다음 순간 그는 여자 옆에 맥스 펄먼과 펄먼의 아내와 그들의 친구 말런 브랜도가 있는 것을 보았다. 브랜도가 블론드 배우의 에스코트를 맡았고, 둘째 줄 좌석에 앉으면서 여자와 함께 얘기하며 웃음을 터뜨렸다. 둘 다 캐주얼한 차림이었다. 브랜도는 거뭇거뭇 수염이 자란 턱과 귀밑까지 내려온 텁수룩한 머리에 낡은 가죽 재킷과 카키색 바지를 입었다. 블론드 배우는 브로드웨이의 육해군 불하품점에서 구한 짙은 색 모직 코트로 몸을 감쌌다. 머리에는 아무것도 쓰지 않았다. 뿌리 쪽만 어두운 플래티넘블론드가 은은하게 반짝였다.

키 190센티미터의 극작가는 눈에 띄지 않기를 바라며 좌석에서 웅크렸다. 그의 아내가 팔꿈치로 그를 쿡 찌르며 말했다. "저기 매릴린 먼로 아냐? 이따가 나도 인사시켜줄 거지?"

특사

제미니는 그들의 노마가 그립다고 말했다, 그리고 아기도.

반짝이는 놋쇠 발로 고정된 이동식 욕조 안, 알몸의 카리스마 왕자님. 여자는 목욕의 신을 맞이할 준비라도 하듯 향기로운 목욕 소금을 수도꼭지에서 흘러나오는 목욕물에 넉넉히 뿌렸다. 카리스마 왕자님을 환영하기 위해. 카리스마 왕자님에게 경의를 표하기 위해. 나 사랑하는 남자가 생겼어. 여자는 뜬금없이 그에게 고백했다. 생전 처음 아주 깊은 사랑에 빠져서, 가끔은 죽고 싶어! 아니, 살고 싶어. 카리스마 왕자님은 여자의 이마에 담백하게 키스했다. 연인의 키스가 아니었다. 카리스마 왕자님은 이 여자를 사랑할 수 없었으니까. 너무 많은 여자를 사랑해서 여자들의 사랑에 질렸고 여자들의 손이 닿기만 해도 신물이 났다. 여자는 카리스마 왕자님이 그 나름의 방식으로 자신을 축복한다고 믿었다. 그저 살아가고, 그 사람도 살아가고 있다는 걸 알고. 그러다 언젠가 부부가 되어 서로 사랑할 수 있기를 바랄 뿐이야. 카리스마 왕자님은 백인 여성을 경멸하게 되어버렸지만, 그래도 여자를 에인절이라고 불렀다. 처음부터 그는 에인절이라고 불렀다. 여자의 다른 이름들로는 한 번도 부르지 않고 오로지 에인절이라고만. 지금도 그렇게 불렀다. 능글능글하게 뭉개진 발음으로, 그 아름답고 잔인한 눈을 여자의 눈 가까이에 대고. 에인절, 당신 지금 사랑을 믿는다는 얘긴 아니겠지? 내세를 믿는 것처럼? 당황한 여자는 냉큼 대꾸했다. 오 유대인은 기독교인과 달리 내세를 믿지 않는다는 거 알아? 나도 오늘 처음 알았어. 카리스마 왕자님이 말했다. 당신 연인이 유대인이라 이거지? 거기에 여자는 냉큼 대꾸했다. 우린 연인이 아냐. 거리를 지키며 서로를 사랑할 뿐이지. 카리스마 왕자님은 웃음을 터뜨리며 말했다. 그 거리 계속 지켜, 에인절. 그럼 그 사랑을 지킬 수 있어. 여자가 말했다. 난 위대한 배우가 되고 싶어, 그 사람을 위해서. 그 사람이 날 자랑스러워하게 만들고 싶어. 카리스마 왕자님은 비틀거리며 서 있었다. 셔츠 목깃을 잡아당겼고, 그의 셔츠는 땀으로 흠뻑 젖어 있었다. 지저분한 가죽 재킷은 아까 벗어서 이스트 11번가에 있는 여자가 빌린 아파트의 바닥 카펫 위에 떨궈놨다. 지금 카리스마 왕자님은 자기가 정확히 어디 있는지도 모를 것이다. 그는 딴사람들이 돌봐주는, 하녀와 하인의 시중을 받는 사람 중 하나였다. 카리스마 왕자님은 더듬더듬 허리띠와 지퍼를 푸는 중이었고, 지퍼는 이미 조금 열린 상태였다. 나 목욕 좀 해야겠어. 카리스마 왕자님이 선언했다. 씻어야겠어. 예기치 못한 갑작스러운 요구였지만, 여자는 남자들의 예기치 못한 갑작스러운 요구에 익숙했다.

이 남자를 부축해 집 안쪽에 있는 욕실로 데려가 반짝이는 놋쇠 수도꼭지를 틀고 콸콸 쏟아지는 물과 욕조에 신나게 목욕 소금을 뿌려 그를 환영하고 그에게 경의를 표했다. 카리스마 왕자님은 여자의 과거에서 온 특사였고, 여자는 그가 가져왔을 메시지에 겁이 났다. 왜냐면 여자는 그를 오래전에, 제미니와 함께 사는 노마였을 때, 〈나이아가라〉를 찍기 전에, '매릴린 먼로'가 되기 전에 처음 만났고, 그 시절은 생각하고 싶지도 않고 똑똑히 기억하지도 못할 터였다. 흔히 여자들이 적막의 공포를 떨치기 위해 영화 배경음악과 다름없는 수다를 떠들어대는 것처럼 여자는 이 카리스마 왕자님과 이야기를 나눴다. 여자는 뒤로 돌아섰고, 카리스마 왕자님을 보고 깜짝 놀랐다. 그는 어설프게 옷을 거의 다 벗었다. 양말만 빼고. 옷을 벗는 그 단순한 움직임에도 고군분투하느라 숨을 씩씩거렸다. 그는 몇 시간째 술을 마셨고, 황산지에 만 가느다란 담배를 독성이 강한 달콤한 연기와 함께 피워댔고, 그것을 여자에게도 권했고(사양했다), 지금은 벌게진 얼굴로 숨을 헐떡이는데 두 눈이 뿌옇게 흐려졌다. 그의 발치께에는 발로 차서 한쪽으로 밀어놓은 바지와 지저분한 팬티와 땀에 젖은 셔츠가 뒤엉켜 있었다.

여자는 미소 지었고, 겁에 질렸다. 이런 건 생각지도 못했다. 카리스마 왕자님의 몸은 너무—엄청났다! 이 카리스마 왕자님을 이 시대 가장 존경받는 영화배우로 만든 여덟 편의 걸출한 영화에서 아주 일부만 약올리듯 노출했던 몸이다. 아름답게 조형된 남성의 몸, 뚜렷이 드러난 가슴 근육, 완벽한 모양의 남성적 젖가슴과 미니어처 포도알 같은 젖꼭지, 짐승의 생가죽처럼 가슴을 덮은 회오리 모양의 짙은 털과 그 털이 더욱 빽빽해지는 사타구니. 카리스마 왕자님은 서른두 살이었고, 바야흐로 그 남성적 아름다움이 절정에 오른 때였다. 몇 년 안에 그의 피부는 금세 이 오만한 반짝임을 잃을 것이고, 그의 몸은 점점 탄력을 잃을 것이다. 십 년 안에 그는 눈에 띄게 과체중이 되어 배불뚝이에 이중턱이 될 것이다. 이십 년 안에 그는 노골적인 뚱보가 될 것이다. 그러다 때가 되면 카리스마 왕자님은 이 젊을 때 모습을 엉터리로 본뜬 풍선인형에 자전거펌프로 바람을 넣은 것 같은 비만인이 될 것이다. 그를 바라보며 여자는 생각했다. 내가 이 남자를 사랑할 수만 있다면! 이 남자가 나를 사랑한다면. 우린 자유롭게 사랑해도 되고 서로를 구원해도 되는데. 카리스마 왕자님의 부푼 성기는 보풀보풀하고 무성한 음모 사이에, 반쯤 발기된 채 대롱대롱 늘어졌다. 끝에 매달린 촉촉한 진주 한 방울이 반짝였다. 여자는 비틀비틀 뒤로 물러나다 수건걸이에 부딪혔다. 수도꼭지는 물을 콸콸 쏟아냈고, 향기로운 수증기가 피어올랐다. 여자는 당혹스러워하면서도 여전히 미소를 머금고 있었다. 왜냐면 이 장면에는 대본이 있었으니까. 그는 내가 키스로 저걸 닦아주길 원하는 거야. 그게 남자들이 요구하는 거니까. 내 목덜미를 붙잡고 끌어당기겠지. 왜냐면, 어머니는 어디 있는 거지? 다른 방에. 침대에. 잠들었고, 끙끙거리며 자고 있으니까. 노마 진과 술에 취해 휘청이는 알몸의 남자 단둘이었고,

발기된 채 깐닥거리는 성기, 다정하게 주름진 눈, 키스하고 싶게 만드는 입술, 글래디스는 씁쓸하게 인정했다. 남자가 원하는 것을 얻는 한, 오 당연히 그는 왕자님이지.

그러나 카리스마 왕자님은 노마 진을 옆으로 밀치고 욕조로 향했고, 엉덩이를 내리다 욕조 가장자리에 세게 찧었다. 향기롭게 피어오르는 수증기 속에서 꼬마애처럼 무력하게 성질을 부렸다. 에인절 이것 좀 도와줘, 이 망할―

그는 양말을 말한 것이었고, 혼자서 허리를 굽혀 양말을 벗을 수가 없었다.

(이런 안쓰러운 에피소드들이 저격수에 의해 기록될 것이다. 저격수는 자신의 꼼꼼한 보고서에 도덕적 판단을 일절 내비치지 않는데, 판단은 그의 업무가 아니기 때문이다. 정보부의 활동. 미심쩍은 체제 전복 활동이나 미국의 국가안보 위협 같은 문제들. 무고한 시민이라면 숨길 게 없을 것이다. 죄책감이 없을 것이다. 모든 시민이 제보자가 될 때 전문 저격수는 필요하지 않게 될 것이다.)

여자는 그의 마그다였다. 그의! 여자는 연인에게 전화할 것이다. 전화기에 대고 울면서 얘기할 것이다. 사랑해, 지금 나한테 와 줘! 오늘밤에. 유대인은 아주 오래된 민족이며, 신에게 축복받고 저주받은 유목민족이다. 그들의 역사는 또한 종교 지도자의 역사다. 아담, 노아, 모든 이의 조상 아브라함. 남자들의 혈통. 여자들의 약점을 이해하고 여자들을 용서할 수 있는 남자들. 나는 그대를 사하노라! 비겁자가 된 것에 대해. 내가 그대를 사랑하듯 용기내어 나를 사랑하지 못한 것에 대해.

오, 그렇다, 여자는 블리커 스트리트의 극장에서 극작가를 보았다. 똑똑히 보았다. 사실 여자는 그가 그곳에 있으리란 것을 알았다. 여자는 이 도시에 새로 온 사람치고는 많은 것을 알고 있었다. 여자에게는 이런저런 얘기를 들려주는 새로운 친구가 많았다. 얼마나 많은 낯선 사람들이 여자와 친구가 되기를 갈망하는지, 평판 좋은 남자들과 여자들이 사람들 앞에서 '매릴린 먼로'와 나란히 걷고 '매릴린 먼로'와 사진을 찍고 싶어 안달이었다.

응, 난 당신을 봤어. 당신이 고개를 돌리며 당신의 마그다를 부정하는 것을 봤어.

블리커 스트리트의 곰팡내나는 조그만 극장에서 뻣뻣하게 굳어 제 아내 옆에서 움츠러든 남자. 저 여자, 그의 아내!

난 미스 골든 드림스야. 남자들이 우쭐해할 만한 애인이지.

여자는 결코 연인에게 전화하지 않을 것이다! 수많은 남자 중에서도 특히 여자가 존경하는 극작가에게는. 그는 여자의 아브라함이었다. 그는 여자를 약속의 땅으로 인도할 것이다. 여자는 기독교 세례를 받았지만 개종하여 유대인이 될 것이다. 영혼 깊은 곳에서 나는 유대인이야. 진정한 고향을 찾는 방랑자. 그는 여자가 얼마나 진지한지, 얼마나 자기 직업에 헌신적인지 알아줄 것이다. 연기는 기술인 동시에 예술이고, 여자는 둘 다 완벽히 해낼 생각이었다. 여자는 영리한 젊은 여성이고, 긍지와 명예와 기민한 판단력과 상식이 있는 여성이었다. 그렇지 않다면 극작가 같은 남자는 여자를 사랑할 수 없을 것이다. 그렇지 않다면 극작가 같은 남자는 여자에게서 달아날 것이다. 얼마나 침착한지 봐, 당신의 마그다가. 여자는 괴로워하거나 히스테리를 부리는 대신 퀼트 가운으로 갈아입고, 카리스마 왕자님이 여자가 빌린 아파트 안쪽 욕실에서 반짝이는 놋쇠 발로 고정된 고풍스러운 이동식 자기 욕조에 들어가 목욕을 하는 사이, 소파에 몸을 말고 앉아 아가서에 나오는 구절을 일기장에 옮겨 적었다. 여자는 스트랜드 중고서점에서 히브리어 성경을 한 부 샀고, 그저 이름만 다른 구약성서라는 것을 알고는 뜻밖이었지만 한편으론 마음이 놓였다.

그 입술로 내게 입맞추기를 원하니, 그대의 사랑은 와인보다 달콤하다.

보라, 내 사랑, 그대는 얼마나 아름다운지. 보라, 그대가 얼마나 아름다운지. 그대의 눈은 비둘기와 같구나.

내가 사랑하는 자의 목소리! 보라, 그가 산을 넘고 언덕을 건너오는구나.

겨울이 지나고 내리던 비도 그쳤으니
땅 위에 꽃이 피고 새가 노래하는 때가 이르렀다.

나는 잘지라도 마음은 깨었는데 내 사랑하는 자가 문을 두드리며 이르기를, 나의 누이여, 나의 사랑이여, 나의 비둘기여, 나의 완전한 자여, 문을 열어다오.

내 사랑하는 자에게 문을 열었으나 내 사랑하는 자는 이미 떠나갔으니, 그가 말할 때 내 혼이 나갔구나, 내가 그를 찾아도 찾지 못하고 내가 그를 불러도 응답이 없음이라.

깜박 잠이 들었던 모양이다. 머리가 너무 무거웠다! 여자 앞에 놓인 것은 남은 생 동안 분투하는 일뿐이었다.

그렇다, 여자는 할리우드로 돌아갈 것이다. 또다른 영화를 계약할 것이다. 어떻게 피할 수 있겠는가, 돈이 없는데. 극작가의 이혼에 대비해, 그리고 둘이 함께할 삶에 대비해, 여자는 돈이 필요할 것이다. 여자는 못하더라도 매릴린 먼로는 돈을 구할 수 있었다. 매릴린이 되어 여자는 모래 도시로 돌아갈 것이다. 난 전부터 알고 있었어. 내가 알고 있다는 사실은 몰랐지만.

그래도 과거보다 연기에 대해 훨씬 더 많은 것을 알고 돌아갈 것이다. 까다로운 스승 맥스 펄먼과 함께 공부할 몇 달. 자신을 낮추고 열정을 다해서 읽기와 쓰기와 말하기의 기초를 배우는 영리한 아이처럼 공부할 몇 달.

당신은 위대한 배우가 될 가능성이 있어, 펄먼이 말했다.

그게 사실이 아닐지라도, 여자가 사실로 만들 것이다!

카리스마 왕자님은, 로런스 올리비에가 당대 가장 위대한 영국 배우였듯, 당대 가장 위대한 미국 배우였다. 카리스마 왕자님에게 그의 천재성은 별 의미가 없는 듯했다. 성공은 그에게 감사가 아니라 경멸을 불지폈다. 난 저렇게 되지 않겠어. 내가 축복받는 곳에서 **축복을 빌어줄 거야.**

퍼뜩 정신이 든 걸 보니 깜박 잠이 들었던 모양이다. 병적인 두려움이 와락 덮쳤다. 새벽 세시 사십분. 뭔가 잘못됐다. 카리스마 왕자님! 그가 몇 시간째 욕실에 있었다.

이동식 욕조의 미지근한 목욕물 속에 그가 누워 있었다. 뒤통수를 맥없이 자기 욕조 가장자리에 대고 입을 헤벌린 카리스마 왕자님, 턱은 침투성이고 반쯤 감은 눈은 점액처럼 희부연 흰자위만 보인다. 머리칼은 축축하고 머리통은 물개처럼 매끈하다. 몇 시간 전까지만 해도 너무나 아름다운 조각처럼 보였던 몸이 지금은 이상하게 휘었고, 어깨는 구부정하고 가슴은 주저앉고, 허리께에 지방이 울퉁불퉁하고, 성기는 몽땅한 토막으로 쪼그라들어 더껑이 낀 물속에서 힘없이 부유했다. 오, 물속에다 토했잖아! 토사물에 에워싸인 카리스마 왕자님. 그래도 숨은 쉬고 있었어. 살아 있었지. 나한테 중요한 건 그것밖에 없었어. 여자는 간신히 그를 깨웠다. 그는 여자의 손을 뿌리치며 욕설을 내뱉었다. 그는 가까스로 일어나 섰고, 물이 찰랑거리며 타일 바닥으로 넘쳤다. 그가 다시 욕을 했고, 균형을 잃으며 미끄러운 자기 욕조 안으로 쓰러질 뻔했다. 그가 쓰러져 머리를 깰까봐 여자는 그를 붙잡아야 했고, 그를 끌어안은 두 팔에 너무 힘을 주어 팔이 부들부들 떨렸다. 카리스마 왕자님은 무거운 남자였으니까, 키가 크진 않았지만 단단히 다져진 근육질이었다. 여자는 그에게 조심하라고 간청하며 애원했고, 그는 여자한테 **씨발년!** 하면서도(여자를 알아보지 못하는 상태였고, 모욕하려는 건 아니었다) 여자를 힘주어 붙잡았고, 여자는 몇 분의 사투 끝에 겨우 그를 욕조 밖으로 끌어내 욕조 가장자리에 앉혔으며, 그는 눈을 감은 채 상체를 휘청이며 중얼거렸고, 여자는 찬물에 수건을 적셔 남자의 얼굴을 부드럽게 닦아주며 힘닿는 대로 그 몸에서 토사물을 씻어냈고, 그 와중에도 남자가 다시 토할까봐, 쓰러져 죽을까봐 걱정스러웠는데, 남자의 호흡은 불규칙했고, 입은 벌어져 턱이 떨어졌고, 자기가 어디 있는지도 모르는 것 같았고, 그래도 몇 번 수건으로 닦아주고 나니 약간 되살아나 제 발로 섰으며, 여자는 그에게 목욕 타월을 둘러주고 한 팔로 허리를 감아 부축하여 침실로 데려갔고, 그의 털 많고 창백한 다리와 맨발에서 물이 뚝뚝 떨어졌고, 여자는 웃음을 터뜨리며 살살 달래듯 괜찮다고, 자신과 같이 있으면 안전하다고, 자신이 챙겨주겠다고 안심시켰다. 그는 발이 걸려 비틀거리더니 또다시 **씨발년! 무식한 쌍년!** 욕을 했고, 침대에 무겁게 모로 쓰러지면서 그 서슬에 스프링이 요란하게 삐걱거리자 여자는 제 것도 아닌 침대를 남자가 부술까봐 겁에 질렸는데, 이 아름다운 앤티크 황동 침대는 맥스 펄먼의 친구이며 지금 파리에 사는 어느 부유한 여인의 것이었다. 다음으로 여자는 남자의 발을 들어 침대 위로 올렸고, 그 발은 시멘트블록처럼 무거웠으며, 남자의 축축한 머리를 베개 위에 제대로 눕혔고, 그러는 내내 위로의 말을 소곤거렸다. 전직 운동선수에게 이따금씩 그랬던 것처럼, 모래 도시의 다른 시민들에게 그랬던 것처럼. 이제 여자는 기분이 한결 나아지고 좀더 낙관적이 됐다. 노마 진 베이커는 타고나기를 낙천적인 소녀였고, 보육원 지붕 위에 웅크리고 앉아 몇 마일 떨어진 할리우드의 불 켜진 RKO 송신탑을 바라보며 영원한 낙관주의를 다짐하지 않았던가. 약속할게! 다짐할게! 꼭이야! 난 절대 포기하지 않아! 문득 두 사람의 이 꼴사납고 창피한 장면이 실은 영화 속 한 장면일지도 모른다는 생각이 들었다. 세세한 그림은 다를지라도 대략의 윤곽은 익숙했고, 어떻게 보면 로맨틱하기도 했다. 여자는 클로뎃 콜버트고 남자는 클라크 게이블이었다. 아니다, 여자는 캐럴 롬바드고 남자는 클라크 게이블이었다. 이 상황에 대한 대본이 있었고, 둘 다 대본을 알지 못한다 해도 그들은 타고난 배우이니 즉흥연기가 가능할 것이다.

내 침대 위의 카리스마 왕자님. 오, 그는 친한 친구였어, 자기를 카를로라고 불러달라던데. 하지만 우리가 연인이었을까? 아닐걸. 우리가?

남자는 곧장 코를 골기 시작했다. 여자는 그에게 이불을 덮어주고 자신은 새우처럼 몸을 말고 그 옆에 살며시 누웠다. 이 악몽 같은 밤의 나머지 시간은 신속한 장면전환으로 휙휙 건너뛰었다. 여자는 뉴욕 생활에 대한 희망과 부담으로 몹시 피곤했다. 스스로를 보완하기 위한 생활. 매주 며칠씩 다섯 시간 동안 진행되는 앙상블 워크숍, 맥스 펄먼 또는 그의 성질 사나운 젊은 동료 중 한 명에게 받는 몇 시간의 집중 개인교습. 극작가를 향한 사랑과 그가 자신에게서 달아나버릴 거라는 불안, 그러면 여자는 분명 죽을 것이다. 여성으로서 그런 실패는 여자에게 죽음을 선고할 것이다,

외할머니 델라가 글래디스를 비웃으며 말하지 않았던가. 남편을 붙잡아두는 능력이 그렇게 없냐, 하다못해 돈 많은 중년 남자 하나 못 잡아? 델라가 숨을 씨근덕거리며 웃음을 터뜨린다. 나이 서른에 빈털터리면 타락한 계집이고 헤픈 년이고 무슨 소용이야? 그리고 몇 달 후면 노마 진은 서른이 된다.

여자는 카리스마 왕자님의 어깻죽지에 조심스럽게 머리를 기댔다. 그는 여자를 밀어내지 않았다. 그는 남자들이 으레 그렇듯 자꾸 뒤척이면서도 깊이 잤다. 이를 갈고 움찔거리고 발로 차고 땀을 흘리고, 새벽녘까지 이불이 축축해지도록 땀을 흘리며 하나도 안 씻은 것처럼 냄새를 풍겼는데, 그 냄새에 노마 진은 빙그레 웃으며 버키 글레이저를 떠올렸다. 그의 축축한 겨드랑이와 지저분하게 때가 낀 발. 이번엔, 새로운 남편과는, 과거에 저질렀던 실수를 반복하지 않을 것이다. 극작가가 배우로서 자신을 자랑스러워하게 만들 것이고, 아내로서 자신을 더욱 사랑하게 만들 것이다. 그들은 함께 아이를 가질 것이다. 여자는 벌써부터 임신한 자신을 상상할 수 있을 정도였다. 그날 밤의 평화로움 속에서, 새벽이 밝아올 때, 아기가 다시 내 곁에 와줬어, 그리고 나를 용서했어.

오토 외즈는 표독스럽게 여자에게 할리우드 마약중독자의 죽음을 예언했지만, 그건 여자의 운명이 아닐 것이었다.

아침나절에 잠에서 깬 여자는 카리스마 왕자님이 계속 자는 동안 재빨리 옷을 갈아입은 다음 5번가의 슈퍼마켓에 가서 신선한 달걀과 시리얼과 과일과 자바 원두를 사왔고, 집에 와보니 카리스마 왕자님은 일어나는 중이었으며, 충혈된 눈을 때리는 햇빛에 움츠러들긴 했지만 그 외엔 상당히 컨디션이 좋았고, 유머와 재치로 여자를 놀라게 했다. 그는 자기 몸에서 나는 악취가 역겹다며 샤워를 해야겠다고 말했고, 비칠비칠 욕실로 다시 들어가면서 여자의 걱정을 비웃었고, 여자는 문가에 서서 또다른 재앙을 두려워하며 귀를 기울였다. 탁! 하고 카리스마 왕자님이 칠칠치 못하게 자꾸 비누를 떨어뜨리는 소리 외에 별다른 소리는 나지 않았다. 그러고 나서 카리스마 왕자님은 수건으로 머리를 말리면서 여자의 옷장과 서랍장을 뒤지며 남자 옷을 찾았고, 최소한 갈아입을 팬티와 양말은 있겠지 했지만 하나도 발견하지 못했다. 그리고 부엌에서는 얼음물 한 잔 외엔 전부 거절했고, 그 물도 안전망 없이 줄타기하는 사람처럼 조심조심 마셨다. 노마 진은 그가 아무것도 먹고 싶어하지 않아서 실망했다. 도대체가 기회를 안 주잖아! 버키 글레이저와 전직 운동선수는 둘 다 엄청난 아침 대식가였는데. 여자 자신은 정신을 차리는 용도로 블랙커피만 마셨다. 이 카리스마 왕자님은 어찌나 잘생겼는지, 심지어 눈은 충혈되고 두통으로 움찔거리고 그의 말마따나 '설사 감기'에 시달리는 중인데도. 어제 입었던 지저분한 옷에 면도도 안 하고 축축한 머리를 아무렇게나 빗었는데도. 그는 여자를 에인절이라고 부르며 여자에게 고마워한다. 그가 오데츠의 극에 나오는 캐릭터처럼 수상하게 힘을 준 말씨로 언젠가 펄먼의 후원을 받아 둘이 같이 연극을 하자고, 아니면 적당한 시나리오를 찾을 수 있다면 함께 영화를 찍자고(그 또한 할리우드를 경멸하면서도 할리우드의 돈을 필요로 했다) 얘기할 때, 여자는 서글픈 미소를 띠며 그의 손을 가볍게 토닥였다. 이 얼마나 얄궂은 일인가. 여자는 생각한다. 두 사람 중 어느 쪽도 어젯밤 일을 똑똑히 기억하지 못할 텐데, 다만 그들 사이에 약간의 다정함이 흘렀다는 사실만 남을 뿐. 여자는 그의 목숨을 구한 것일지도 모른다. 아니면 그가 여자의 목숨을 구했을지도? 그리하여 두 사람은 하나로 묶였다. 그저 남매로서였지만, 평생 동안.

내가 죽은 다음에 브랜도는 나에 대한 인터뷰를 전부 거절할 거야. 할리우드의 자칼 무리 중 오직 그만이.

카리스마 왕자님이 부탁받은 전갈을 기억해낸 것은 나갈 채비를 다 마친 후였다.

"에인절, 들어봐. 내가 얼마 전에 캐스 채플린하고 우연히 마주쳤거든?"

노마 진은 엷게 미소를 띠었다. 대답은 하지 않았다. 몸이 부들부들 떨렸고, 그가 눈치채지 못하기를 바랐다.

"그 녀석하고 에디 G를 한 일 년쯤 못 보다가 마주친 거야. 그 녀석들 얘긴 알지? 그러다 누구네 집에서 캐스와 우연히 만났는데, 다음에 당신을 만나면 말을 좀 전해달라더라고."

노마 진은 이렇게 대꾸할 만도 했지만 여전히 아무 말도 하지 않았다. 캐스가 나한테 할말이 있다면 왜 본인이 직접 하지 않는 건데?

"캐스가 그러더군. '노마한테 전해줘, 제미니는 그들의 노마가 그립다고, 그리고 아기도.'"

카리스마 왕자님은 여자의 얼굴에 떠오른 표정을 보았다. "전하지 말았어야 했나? 그 망할 자식."

노마 진은 잘 가라고 인사하고는 허둥지둥 다른 방으로 들어갔다.

어젯밤의 벗이 자신의 등뒤에 대고 머뭇머뭇 외치는 소리가 들렸다. "저기, 에인절?" 그러나 쫓아오지는 않았다. 노마 진이 알 듯 그도 알았다, 그 장면이 끝났음을. 둘이 함께한 밤이 끝났음을.

브랜도와 나는 함께 찍은 영화가 하나도 없었지. 그는 먼로에겐 지나치게 강력한 배우였어. 그는 먼로를 부숴버렸을 거야, 싸구려 인형처럼.

하지만 카리스마 왕자님과의 장면이 완전히 끝난 건 아니었다.

그날 오후 늦게 연기 워크숍에서 돌아와 거실에 들어선 순간, 여자는 처음엔 깜짝 놀라고 그다음엔 망연자실했다. 마치 꽃들의 무덤 같았다. 몇 종의 꽃이 흐드러지게 펼쳐져 있었는데, 특히 흰 꽃이 지배적이었다. 백합, 장미, 카네이션, 치자꽃.

너무나 아름다웠다! 하지만 너무 많았다.

치자꽃 향기에 숨이 넘어갈 것 같았다. 눈이 따가워 눈물이 났다. 생목이 치밀었다.

이 꽃은 극작가가 보낸 거라고, 연인이 용서해달라고 애걸하는 거라고 생각하고 싶었다. 그러나 아니라는 것을 잘 알았다.

이 꽃은 당연히 카리스마 왕자님이 보냈다. 노마 진을 사랑할 수 없는 노마 진의 연인.

카리스마 왕자님은 세심하게 신경써서 하트 모양 카드에 붉은 잉크로 프린트한 메시지를 보냈다.

에인절
만약 우리 둘 중 한 명이 해낼 수 있다면
그게 당신이기를

당신의 친구 카를로

'어둠 속의 춤'

막대기에 다 해진 외투를 걸어놓은 듯한 중년. 맙소사, 그는 자신을 비하하기 시작했다!

그럼에도 불구하고. 장갑 낀 두 손을 주먹 쥐고 갓 내린 고운 눈이 쌓인 너른 광장 저편을 노려본다. 저기 저곳에, 소리와 색깔과 움직임이 강조된 뮤지컬코미디처럼, 뉴욕 앙상블의 젊은 배우와 함께 스케이트를 타는 블론드 배우가 있다. 누군가 했더니 그의 아이작을 연기한 배우였다. 그의 아이작이 그의 마그다와 스케이트를 타고 있다. 이건 정말이지 극작가가 견딜 수 있는 한계를 넘어섰다.

저 둘이 키스한다면? 그가 보는 앞에서?

블론드 배우와 말런 브랜도의 소문도 있었다. 거기에 대해서는 아예 생각을 말기로 했다.

여자에겐 남자가 아주 많았다. 아주 많은 남자가 여자를 가졌다.

블론드 배우가 조만간 뉴욕을 떠나 로스앤젤레스로 갈 거라는 얘기가 두 사람 공통의 친구들을 통해 극작가에게 전해졌다. 앙상블에서 받은 몇 달간의 집중 훈련으로 더욱 강해져서, 영화배우로서 자신의 커리어를 재개할 것이다. 그러나 이전 계약조건대로는 아니었다. 영화사는 단순히 매릴린 먼로의 계약위반을 용서한 게 아니라 오히려 먼로의 수많은 요구를 수용하며 백기 투항했다. 이것은 할리우드의 역사가 될 터였다. 매릴린 먼로, 영화계에서 그토록 오랫동안 업신여김당하던 여자가 영화사에 항복을 받아냈다! 이제 여자는 프로젝트 승인권과 각본 승인권, 감독 승인권을 가지게 될 것이다. 여자의 급여는 영화 한 편당 10만 달러로 올랐다. 왜냐고? 먼로를 대체할 블론드를 만들어낼 수 없었으니까. 그들에게 수백 수천만 달러를 벌어다준 블론드였지, 그것도 아주 헐값에.

극작가는 블론드 배우를 질투하지 않았다. 그는 여자가 잘되기를 바랐다. 여자의 눈에 깃든 저 깊은 슬픔. 삼십 년 전 그의 마그다의 눈처럼. 그때는 사춘기 열병에 눈이 멀어 이해하지 못했었다.

센트럴파크 아이스링크에서, 색색깔 옷을 입은 온갖 연령대의 스케이터 수십 명 사이에서, 블론드 배우는 짙은 선글라스를 쓰고 새하얀 앙고라 모자를 귀밑까지 푹 눌러써 머리칼을 숨기고 모자와 세트인 목도리를 두르고 스케이트를 타고 있었다! 얼음 위에서 스케이트를 타본 적이 한 번도 없다던, 남부 캘리포니아에서 롤러스케이트만 타봤다던 여자.

블론드 배우는 윙크하며 말했다. 내 고향에는 얼음이 얼지 않거든. 절대.

스케이트화를 신은 여자가 머뭇거리는 모습이 보인다. 다른 사람들, 좀더 숙련된 스케이터들이 그 옆을 거침없이 지나갔다. 여자는 발목이 약했다. 걸핏하면 균형을 잃으려 했다. 팔을 휘두르며 깔깔거리고 위태롭게 넘어질 듯 말 듯하면 여자의 동료가 한 팔을 여자의 허리에 감아 솜씨 좋게 여자를 붙잡았다. 한 번인가 두 번, 동료의 의리에도 불구하고 여자는 얼음판에 엉덩방아를 찧었는데 그래도 깔깔거리기만 했고 동료의 도움으로 다시 잽싸게 일어났다. 여자는 엉덩이를 툭툭 털고 계속 얼음을 지쳤다. 스케이터들이 여자 주위로, 여자를 지나쳐 유유히 나아갔다. 누가 여자를 힐긋 본다면, 아주 짙은 선글라스에 화장기가 거의 없는 혹은 전혀 화장을 하지 않은 우윳빛 피부의 예쁜 아가씨를 보게 될 뿐이었다. 여자는 연보라색 케이블 니트 스웨터와 극작가가 전에 보지 못한 따뜻한 플러시 소재의 짙은 색 슬랙스를 입었고, 발목까지 오는 하얀 가죽 스케이트화를 빌려 신었다. 정말 아이스스케이트가 처음이라면, 이 아가씨는 확실히 타고난 운동선수거나 댄서일 것이다. 저 탄력 있는 몸. 저 에너지! 처음엔 어설픔을 숨기려 광대짓을 하다가, 금방 동료와 손을 맞잡고 우아하게 스케이트를 타기 시작했다. 청년은 길고 탄탄한 다리와 확실한 균형감각을 지닌 노련한 스케이터였다. 청년은 금속테 안경을 쓰고 있었고, 그래서 극작가가 그 나이였을 때처럼 앳되고 학구적인 유대인의 분위기를 풍기며 음울하게 매력적이었다. 머리에는 귀마개 외엔 아무것도 쓰지 않았다.

3월 중순인데도 뉴욕시는 아직 매섭게 추웠다. 시리게 푸른 하늘에서 북동풍이 불었다.

　슬픔에 애달프고 사랑에 애태우며 극작가는 그들을 지켜보았다. 그는 여자를 멀리할 수가 없었다. 서재를, 책상을 지킬 수가 없었다. 간절한 열망으로 끙끙 앓았다. (하지만 자신의 삶에 블론드 배우를 끌어들일 권리가 그에게 있던가? 그는 다시 반미활동 조사위원회의 조사를 받는 중이었다. 조사라기보다 박해, 괴롭힘에 가까웠다. 변호사를 고용해야 했고, 벌금에 버금가는 변호사 비용을 내야 했다. 새로 취임한 위원장은 '미국 사회와 자본주의에 비판적'이라는 그의 연극을 보고 나서 극작가를 유난히 미워했다. 극작가의 FBI 파일은 '없는 죄도 만들어내는' 중이라는 설이 파다했다. 극작가는 '뉴욕 태생 좌파 성향 지식인의 핵심' 중 한 명이었다.)

　블론드 배우는 스케이트를 탔고, 극작가는 지켜보았다. (자기 딴에는) 장하게도 숨으려는 노력을 아예 하지 않았다. 그는 숨는 남자가 아니었다. 그리고 숨어봤자 어쩌겠는가? 72번가는 공원에서 지척이라 그는 이곳을 자주 걸어다녔다. 맨날 머리를 식히러 나왔고, 센트럴파크에 인적이 거의 없는 날에도 터벅터벅 눈을 밟고 걸어다녔다. 스케이트 타는 사람들을 보면 절로 미소가 떠올랐다. 그도 어릴 때 스케이트를 무척 좋아했다. 그리고 뜻밖에도 제법 잘 탔다. 도시에 사는 젊은 아버지답게, 오래전 바로 이 링크에서 아이들에게 스케이트 타는 법을 가르쳤다. 문득, 그게 아주 오래전 일은 아닌 것 같았다.

반짝이는 얼음 위의 블론드 배우, 깔깔 웃으며 햇빛 아래서 빛나는 여자.

세상에 그런 식으로 그를 사랑해준 여자는 없었다. 세상에 그런 식으로 그가 사랑해본 여자는 없었다.

먼로! 그 호색광.

누가 그래? 돈 때문에 그런다고 들었는데. 구제불능이라더군.

그 여잔 불감증이야, 남자를 싫어하지. 레즈비언이고. 하지만 그래, 돈 때문에 하는 거야, 제값을 톡톡히 받아낼 수 있을 때.

극작가는 얼음 위 그의 마그다와 그녀의 손을 잡은 그의 아이작을 응시하며 빙그레 웃었다. 심장이 모종의 자부심으로 쿵쿵 뛰었다.

극작가는 다른 스케이터들이나 저 많은 구경꾼이 여자를 알아보지 못한다는 게 신기했다. 쳐다보고 가리키고 박수치는 사람들이.

그는 손을 들어 박수를 치고 싶은 충동을 느꼈다.

마그다가 아직 나를 못 알아챈 걸까? 아이작은 나를 알아챘을까? 극작가는 훤히 보이는 곳에 서 있었고, 두 사람 모두에게 낯익은 모습이었다. 극작가는 그 둘을 창조했다. 그의 마그다, 그의 아이작. 마그다는 민중의 소녀였다. 그는 '민중'의 소년이 되고 싶은, 미국인이 되고 싶은, '그곳으로 돌아간' 꿈을 싹 없애고 싶은 유럽계 유대인 소년이었다.

어쩌면 사실 극작가는 홀로코스트 생존자였을 것이다. 살아 있는 유대인은 전부 그랬을 것이다. 그러나 늦겨울 오후 센트럴파크의 맑고 시린 햇빛 아래서 극작가가 머릿속에 떠올리고 싶어한 사실은 그런 게 아니었다.

그는 판석으로 된 계단식 관람석 끄트머리에 토템처럼 우뚝 서 있었고, 스케이터들은 그 앞을 지나쳐 길쭉한 타원을 그리며 링크를 돌고 돌았다. 활기찬 모습의 뮤직박스였다! 맨해튼 사람들에게 극작가는 툭하면 길에서 마주치는 낯익은 사람이었다. 짙은 색 트렌치코트에 짙은 색 모직 아스트라한 모자. 알이 두꺼운 안경. 블론드 배우와 그 동료가 손을 맞잡고 스케이트를 타며 그 앞을 웃고 떠들며 지나갈 때, 극작가는 옆으로 돌아서지도 시선을 내리깔지도 않았다. 이쪽 관람석에는 따뜻한 날이면 극작가가 작업중 잠깐 쉴 겸 오후에 자주 들르는 인기 노천카페가 있었다. 겨울에는 연철 테이블과 의자만 남아 있었다. 의자 하나를 관람석 끄트머리로 끌고 와서 앉아도 좋으련만, 지금의 그는 너무 초조하고 불안했다. 저 음악! 〈The Skater's Waltz〉.

그는 결국 여자와 결혼할 것이다, 여자가 승낙한다면. 그는 여자를 떠나보낼 수 없었다.

그는 아내와 이혼할 것이다. 이미 마음속에서는 이혼한 상태였다. 두 번 다시 아내를 만지지 않을 것이며, 두 번 다시 아내에게 키스하지도 않을 것이다. 그 여인의 늙고 지친 피부는 생각만 해도 역겨웠다. 아내의 성난 눈초리, 아내의 기분 상한 입꼬리. 그의 남성성은 아내와 함께 죽었지만 이제 곧 부활할 것이다.

그는 블론드 배우를 위해 자신의 삶을 둘로 찢을 것이다.

나는 우리 둘 모두의 삶을 새로 쓸 생각이었어. 비극이 아닌 미국적 대서사시로!

나에게 그런 힘이 있다고 믿었지.

그는 스케이트를 빌렸다! 별것 아니었다. 발을 신발에 쑤셔넣고, 신발끈을 단단히 묶었다. 그리고 빙판 위에 섰고, 처음엔 발목이 시큰했지만, 처음엔 무릎이 뻣뻣했지만, 금방 예전 기량이 돌아왔다. 이 단순하고도 격렬한 신체 활동에서 어릴 적 스릴이 느껴졌다. 그는 활주하는 스케이터들과 역방향으로 대담하게 스케이트를 탔다. 그는 균형을 잡으려고 팔을 휘젓는 얼빠진 늙은 남자가 아니라 원숙한 전문 스케이터로 보였다. 스피커에서 증폭되어 흘러나오는 음악은 이제 〈Dancing in the Dark〉였다. 유대인이 작곡한 곡이지만 어찌나 완벽하게 미국적으로 들리는지, 틴 팬 앨리의 위대한 곡이 전부 그러했다. 가사를 유심히 들어보면 낭만적이면서도 알쏭달쏭한 곡.

스케이트를 타고 블론드 배우를 향해 가면서 그는 행복하게 웃었다. 그는 한 치도 의심하지 않았다. 이것은 극작가 본인은 쓰지 못할 장면이었다. 아이러니도 없고 교묘함도 부족했으니까. 여자는 72번가의 아늑하고 답답한 서재 밖으로 그를 끌어냈다. 여자가 그를 자신에게로 끌어당겼다. 그에게는 선택의 여지가 없었다. 그는 어둠 속에서 잠들었다가 햇빛에 깨어난 남자처럼 빙그레 웃었다.

"오, 이런! 오, 봐봐."

블론드 배우는 이제야 그를 봤고, 행복감으로 환히 빛나며 그를 향해 얼음을 지쳤다. 그가 젊은 아버지였을 때 아이들이 이렇게 멋지고 예기치 못한 사람은 처음 본다는 듯 기쁨과 행복에 달뜬 표정으로 그를 맞이하던 시절 이후로, 이렇게 특별하고 이렇게 행복한 기분은 처음이었다. 블론드 배우는 극작가가 붙잡지 않았다면 그와 충돌했을 것이다. 두 사람은 반짝이는 빙판 위에서 함께 휘청거렸다. 두 사람은 함께 술 취한 연인이었다. 서로의 손을 꼭 잡고 기쁨에 겨워 웃음을 터뜨렸다. 아이작을 연기했던 젊은 배우는 분별 있게 뒤로 물러났고, 유감스러웠지만 그 역시 싱긋 웃었는데, 그는 자신이 이 만남을 목도하는 특권을 가졌음을, 이 상황을 남들에게 묘사할 특권을 가졌음을, 3월의 그날 센트럴파크 아이스링크에서 극작가와 블론드 배우가 공개적으로 사랑을 확인한 이 역사적 사건을 얘기하고 또 얘기할 특권을 가졌음을 잘 알고 있었다.

"오! 사랑해."

"내 사랑, 나도 당신을 사랑해."

블론드 배우는 대담하고 무모하게 스케이트화를 신은 채 발돋움하여 극작가의 입에 똑바로 키스했다.

그리고 그날 밤 이스트 11번가에 있는 여자의 빌린 아파트에서, 블론드 배우는 알몸으로 사랑을 나눈 후 감정에 북받쳐 몸서리를 쳤고, 두 뺨을 반짝이는 눈물로 물들인 채 극작가의 두 손을 잡고 그의 손가락을 어루만지다 자신의 입술로 가져가 키스를 퍼부었다. "당신의 아름다운 손." 블론드 배우는 속삭였다. "당신의 아름답고 아름다운 손."

극작가는 절절히 감동했다. 가슴 밑바닥까지 송두리째 흔들렸다.

두 사람은 6월에 결혼할 것이다. 극작가가 아내와 이혼한 직후, 그리고 블론드 배우의 서른번째 생일이 지난 후.

수수께끼.
음란성.

개인의 병리와 자본주의 소비문화의 끝없는 탐욕이 교차하는 지점.
그 수수께끼를 어떻게 이해할 수 있을까? 그 음란성을.

비통한 극작가는 언젠가 그렇게 쓸 것이다.

십 년 안에는 아니지만.

셰리 1956

난 셰리를 사랑해! 셰리는 진짜 용감해.

셰리는 결코 무섭다고 술을 마시지 않아. 알약을 삼키지 않아. 왜냐면 셰리는 일단 손을 댔다간 어떻게 끝나게 될지 아니까. 어디서 끝나게 될지.

셰리가 온 곳, 돌아갈까봐 두려워하는 곳. 눈을 꼭 감으면 모래톱이, 얕은 진흙탕 개울이, 새끼줄 같은 뿌리가 드러나고 꼬챙이처럼 키만 큰 나무 한 그루가 보여. 그 집 사람들은 녹슨 캔이 무더기로 쌓여 있고 넝쿨에 휘감긴 낡은 트레일러에 살아. 남동생과 여동생이 수두룩한 셰리. 셰리는 '꼬마 엄마'였어. 동생들에게 노래를 불러주고, 동생들과 놀아줬어. 열다섯 살 때 집안일을 돕기 위해 학교를 중퇴해야 했지. 남자친구도 있었을 거야, 연상의 이십대 남자. 그는 셰리의 심장을 부쉈지만 자긍심을 부수진 못했어. 셰리의 정신을 부수진 못했지. 셰리는 동생들을 위해 헝겊 인형을 만들고 식구들 옷을 수선했어. 셰리의 '여가수' 의상을 보면 마음이 아플 거야, 너무 어설프게 여기저기 꿰매서. 심지어 검정 망사스타킹도 꿰매어 신었지! 셰리는 플래티넘블론드는 아니었어, 구정물 같은 금발이었지. 그땐 건강한 혈색이었는데, 바깥에 하도 오래 있어서, 근데 지금은 해쓱하니 병색이 완연해. 달처럼 파리해. 빈혈이 아닐까? 그 '보'라는 카우보이는 셰리를 딱 보고 첫눈에 셰리가 자신의 천사Angel임을 알아봐. 보의 에인절! 셰리는 아마 만성빈혈이었을 거야, 셰리의 동생들도. 비타민 부족으로. 남동생 중 한 명은 발달장애였어. 여동생 중 한 명은 구순구개열로 태어났는데 고칠 돈이 없었지. 셰리는 여자애답게 라디오를 엄청 들었어. 라디오에서 나오는 노래를 따라 불렀지. 거의 서부 컨트리음악이었어. 가끔은 울기도 했어, 자기 노래에 가슴이 찢어져서는. 나는 셰리가 기저귀가 다 젖은 아기를 안고 기저귀를 갈아주러 트레일러로 가는 모습을 봤어. 걔네 어머니는 텔레비전이 나올 때면 줄창 텔레비전만 봤어. 걔네 어머니는 누리끼리한 피부의 육중한 사십대 여자였고, 생반죽처럼 잔주름이 자글자글한 술주정뱅이였지. 걔네 아버지는 집을 나갔어. 어디 있는지는 아무도 몰라. 셰리는 멤피스까지 히치하이크를 해. 셰리가 즐겨 듣는 라디오방송국이 거기 있고, 라디오 디제이 중 한 명을 만나고 싶었거든. 셰리는 200마일을 여행했어. 장거리 트럭을 얻어 타고 버스 값을 아꼈다고 생각했지. 너 예쁘구나, 트럭 운전사가 말했어. 그 트럭에 올라탄 가장 예쁜 여자애라고. 셰리는 안 들리고 말을 못하는 척, 발달장애인인 척했어. 성경책을 움켜쥐고.

운전사가 웃기다는 듯 쳐다보자, 셰리는 겁이 나서 찬송가를 부르기 시작했어. 그 바람에 운전사는 정신이 들었지, 아주 번쩍.

어쩌다 셰리가 나이 서른에 애리조나의 술집에서 제 목소리를 듣지도 않는 술 취한 카우보이들을 상대로 〈Old Black Magic〉을 음정 박자 다 틀려가며 부르게 됐는지, 누가 알겠어!

카우보이 하나가 셰리에게 홀딱 반해서 쫓아다녔지. 자신의 에인절이라면서. 걸핏하면 소리를 지르고, 어린 황소처럼 어리숙했어. 셰리는 그를 무서워했지만 결국 그를 사랑하게 되고, 그와 결혼하게 돼.

노래를 불러주고 놀아줄 아기를 여럿 낳을 거야. 그리고 조그만 헝겊 인형과 옷도 만들겠지.

대디, 보고 싶어! 여긴 너무 멀어.

내 사랑, 다음주에 당신을 보러 날아갈게. 난 당신이 거기 있는 걸 좋아하는 줄 알았는데. 산이—

산 때문에 무서워.

산이 멋지다고 한 걸로 기억하는데.

일이 좀 생겼어, 대디.

내 사랑, 뭐라고? 무슨 일이 생겼는데?

……모르겠어.

세트장에 일이 생겼어? 감독한테, 아님 다른 배우들한테?

아니.

내 사랑, 당신이 그러니까 겁나잖아. 당신―어디가 안 좋아?

모르겠어. 기억이 안 나…… '좋은' 게 뭔지.

내 사랑 노마, 가장 사랑스러운 아가씨, 뭐가 문제인지 내게 말해줘.

내 사랑, 당신 우는 거야? 무슨 일이야?

……적당한 말을 못 찾겠어, 대디. 당신이 여기 있으면 좋을 텐데.

누가 당신한테 못되게 굴어? 무슨 일이야?

우리가 결혼한 사이라면 좋을 텐데. 당신이 여기 있으면 좋을 텐데.

금방 갈게, 내 사랑. 뭐가 문제인지 나한테 말해줄 수 없을까?

……무서운 것 같아.

무섭다니…… 뭐가?

내 사랑, 대단히 속상하군. 난 당신을 정말 사랑해. 내가 당신을 도울 수 있다면 좋겠는데.

도움이 돼, 대디. 거기 있어주는 것만으로.

당신…… 약을 너무 많이 먹는 건 아니지, 그치?

아냐.

잠이 좀 안 오더라도 그게 더 나으니까, 그―

나도 알아! 대디가 다 얘기했잖아.

당신을 괴롭히는 사람이 없는 건 확실해? 당신 기분을 상하게 하는 사람이?

난 그냥…… 무서워서 그래. 가끔은 심장이 너무 세게 뛰어.

흥분해서 그런 거야, 내 사랑. 그래서 당신이 뛰어난 배우라는 거야. 배역에 완전히 빠져드니까.

지금 우리가 결혼한 사이라면 좋을 텐데! 당신이 나를 안아줄 수 있으면 좋을 텐데.

내 사랑, 당신이 그러면 내 마음이 찢어지잖아. 내가 어떻게 하면 좋을까?

내 사랑, 뭐가 무서운 거야? 뭔가 특별한 게 있어?

당신은 나에 대해 절대 쓰지 않을 거지, 그치?

내 사랑, 당연하지. 내가 뭐하러 그런 짓을 하겠어?

사람들이 하는 일이 그거잖아. 그러기도 하잖아. 작가들은.

나는 다른 사람들과 달라. 당신과 나는 다른 사람들과 달라.

우리가 다르다는 건 나도 알지, 대디. 하지만 가끔은 그냥 너무 무서워. 잠들고 싶지 않아……

당신 술 마시는 건 아니지, 응?

아냐.

당신은 알코올에 내성이 없으니까, 내 사랑. 당신은 너무 예민해. 신진대사도 그렇고, 신경도—

나 술 안 마셔. 샴페인만 조금, 축하할 때.

금방 축하할 일이 생길 거야, 내 사랑. 축하할 일이 아주 많을 거야.

지금 우리가 결혼한 사이라면 좋을 텐데. 그럼 무섭지 않을 것 같아.

근데 뭐가 무서운 거야, 내 사랑? 한번 말해봐요.

잘 안 들려, 내 사랑. 다시 말해줘.

난…… 셰리가 무서운가봐.

셰리? 무슨 소리야?

난 그 여자가 무서워.

내 사랑, 난 당신이 그 역을 아주 좋아하는 줄 알았는데.

좋아하지! 난 셰리를 사랑해. 셰리는…… 나 자신이야.

내 사랑, 셰리가 당신의 일부일 수는 있어, 하지만 그저 일부일 뿐이야. 당신은 셰리보다 훨씬 대단한 사람이야!

내가? 아닌 것 같은데.

바보 같은 소리 말고. 셰리는 웃기고 처량한 여자야. 셰리는 귀엽고 순진한 오자크 촌뜨기 아가씨고 아무런 재능도 없어. 가수인데 노래를 못하고, 댄서인데 춤을 못 추지.

셰리는 나보다 훨씬 용감해, 대디. 셰리는 절망하지 않아.

내 사랑, 무슨 소릴 하는 거야? 당신은 절망하지 않아! 당신은 내가 아는 가장 행복한 사람이야.

내가, 대디?

암, 당연하지.

난 당신을 많이 웃게 해, 그치? 그리고 딴사람들도.

그럼, 당연하지. 언젠가 세상은 당신을 놀라운 희극인으로 인정하게 될 거야.

그럴까?

암, 당연하지.

당신은 나를 마그다로서 좋아했잖아? 난 당신을 웃게 하고, 아마 울게도 했겠지? 나는 그 역을 망치지 않았어.

내 사랑, 당신은 마그다로서 아주 훌륭했어. 내가 창작한 마그다보다 훨씬 풍성한 마그다였어. 그리고 셰리는 훨씬 더 눈부신 연기력을 선보일 거야.

가끔은 사람들이 무슨 말을 하는지 모르겠어. '연기력'이 뭔지.

당신은 뛰어난 배우야, 당신은 '연기'를 하지. 댄서가 무대에서 춤을 추듯, 그리고 무대를 벗어나 현실로 돌아오는 거야. 피아니스트가 연주하듯, 연설가가 대중 앞에서 연설하듯. 언제나 당신은 당신의 배역보다 더 대단해.

사람들이 셰리를 비웃어. 사람들은 이해를 못해.

그들은 당신이 재미있어서 웃는 거야. 당신이 셰리를 재밌는 인물로 만드니까. 웃음은 잔인하지 않아, 그건 공감의 표현이지. 사람들은 당신에게서 자기 자신을 보는 거야.

웃음이 잔인하지 않다고? 그럴지도.

연기자가 통제할 때는. 당신은 연기자고, 당신은 통제하고 있어.

하지만 셰리는 자기가 웃기다는 걸 몰라. 셰리는 자기가 스타가 될 거라고 생각해.

그게 바로 셰리가 웃기는 이유지. 셰리는…… 도무지 자각이 없으니까.

셰리는 '자각이 없으니까' 사람들이 셰리를 비웃어도 된다는 거야?

내 사랑, 우리가 무엇 때문에 실랑이를 하고 있지? 왜 그렇게 흥분하는 거야? 물론 셰리는 웃겨, 그리고 감동적이기도 하지. <버스 정류장>은 아주 재미있는 연극이야, 동시에 감동적이고. 그건 희극이야, 비극이 아니라.

결말은……

뭐, 해피 엔딩이잖아? 둘이 결혼했으니.

그밖에 셰리에겐 아무도 없어. 그밖엔 셰리를 사랑해줄 사람이 아무도 없어.

내 사랑, 셰리는 희곡에 나오는 캐릭터야! 윌리엄 인지의 희곡에!

아냐.

아니라니, 그게 무슨 말이야?

셰리, 마그다…… 또다른 인물들. 그들은 단순히 배역이 아니야.

당연히 배역이지.

그들은 내 안에 있어. 내가 그들이야. 그들도 이 세상에 실재하는 사람이야.

이해가 안 돼, 내 사랑. 당신 자신도 그런 건 믿지 않잖아.

그들이 이 세상 어딘가에 실재하지 않는다면, 당신은 그들에 대해 쓰지 못할 거야. 아무도 그들을 인지하지 못할 거야. 생김새가 다르다 해도 그들은 실재해.

가장 사랑스러운 사람, 알겠어. 당신이 무슨 말을 하는지 알 것 같아. 당신은 시인의 섬세함을 지녔군.

그게 무슨 뜻이야, 내가 백치 블론드라고? 바보 같은 계집애라고?

내 사랑, 제발!

멍청한 씨발년, 난 그런 말을 듣고 살았어.

내 사랑—

난 셰리를 사랑해! 난 '매릴린'을 좋아하지 않아.

내 사랑, 그 얘기를 지금까지 우리가 쭉 해온 거잖아. 혼자 속상해하지 말고.

하지만 사람들은 마치 그럴 권리가 있는 것처럼 셰리를 비웃어. 셰리는 실패자니까. '노래도 못하고, 춤도 못 추고.'

셰리가 실패자라서가 아니야. 셰리가 허세를 부려서지.

셰리는 포부가 있어!

내 사랑, 우리가 이런 식으로 대화하는 건 좋은 생각이 아닌 것 같아. 서로 이렇게 멀리 떨어져서. 내가 거기 있다면—

당신은 셰리를 비웃어, 당신 같은 사람들은. 셰리가 포부는 있는데 재능은 없다는 이유로. 셰리는 실패자야.

—내가 더 잘 설명해볼게. 난 당신을 정말 사랑하는데, 우리가 이렇게 서로를 오해하는 건 견딜 수 없어.

그냥 난 셰리를 사랑하니까, 셰리를 보호하고 싶어서 그래. 셰리가 비교당할 '매릴린' 같은 여자들한테서, 알지? 그럴 때 사람들이 웃으니까.

내 사랑, '매릴린'은 당신의 예명이야, 당신의 직업상 이름이라고, 사람이 아니라. 당신은 그걸 꼭―

가끔 밤에 잠이 안 올 때 똑똑히 알게 되는 거야. 어디서 내가 첫 실수를 저질렀는지.

무슨 실수? 언제?

여긴 달이 너무 밝아서 눈이 아파. 공기도 너무 차. 블라인드를 내리고 눈을 가려도, 내가 이상한 풍경 속에 들어와 있다는 걸 알 수 있어, 밤에도.

내가 좀더 빨리 가면 좋겠어, 내 사랑? 그렇게 해볼게.

내가 얘기했나, 저번에 세도나에 갔었다고? 피닉스 북쪽이야. 꼭 세상의 시작 같았어. 그 붉은 산. 진짜 아무것도 없어. 고요하고. 아니 어쩌면 세상의 끝이었을 거야. 우린 시간 여행자고, 너무 멀리 와버려서 되돌아갈 수 없는 거지.

난 당신이 아름다웠다고 하기에―

아름다웠을 거야, 세상의 끝에서는. 태양이 온통 시뻘게져서 하늘을 거의 덮어버린다고 사람들이 그러더라.

당신이 좀전에 말한 실수라는 게―

그건 신경쓰지 마, 대디. 내가 당신을 몰랐을 때니까.

어떤 커리어에든 실수는 있기 마련이야, 내 사랑. 중요한 건 우리가 제대로 해낸 일들이지. 내 말 믿어, 내 사랑, 당신은 지금까지 정말 많은 일을 제대로 해냈어.

내가, 대디?

당연하지. 당신은 유명인이야. 그게 의미하는 바가 분명 있지.

그게 의미하는 바가 뭘까, 대디? 내가 좋은 배우라는 의미일까?

그럴 거야, 응.

하지만 난 지금 더 나은 배우인데. 뉴욕 이후로.

그래. 그렇지.

내가 나 자신을 자랑스러워해야 한다는 의미일까?

당신은 자신을 자랑스러워해야 한다고 생각해, 응.

당신은 자신이 자랑스러워, 대디? 당신의 희곡이?

응. 가끔은. 노력하니까.

나도 노력해, 대디. 노력한다고!

나도 당신이 노력하는 거 알아, 내 사랑. 그건 올바르고 건강한 일이지.

그냥 지금 다들 나를 지켜봐서 그래, 다들 내가 삐끗하길 기대하는 거야. 전엔 안 그랬거든. 그땐 내가 아무것도 아니었으니까. 지금 나는 '매릴린'이고 사람들은 기대해. 뉴욕에서처럼······

내 사랑, 당신은 뉴욕에서 나무랄 데 없었어. 관객 앞에서 실제로 연기하는 건 처음이었는데 다들 감동하고 열광했지. 당신도 알잖아.

하지만 난 너무 무서웠어. 오, 세상에, 난 너무 무서웠다고.

그게 무대공포증이라고 하는 거야, 가장 사랑스러운 사람. 우리 모두 그럴 때가 있지.

난 그런 식으로는 살 수 없을 것 같아. 완전히 녹초가 되는걸.

무대에서 연기하게 되면 몇 주씩 리허설을 할 거야. 최소 육 주는. 그때의 대본 리딩과는 다르지.

대디, 밤에 잠을 잘 수 있으면 좋겠어······ 근데 꿈꾸는 게 무서워. 달이 너무 밝아, 별도 그렇고. 난 도시에 익숙해졌어. 당신이 여기 있다면,

대디, 난 분명 잘 수 있을 거야! 당신을 사랑하고 사랑하고 사랑할 수 있을 테고 그러면 뿅! 잠이 들겠지.

금방이야, 내 사랑. 금방 갈게.

어쩌면 다시 깨어나지 않을지도 모르겠어. 아주 깊이 잠들어서.

그럴 작정은 아니지, 내 사랑.

아냐, 아니야, 난 당신을 떠날 수 없거든. 우리가 결혼하고 나면, 당신과 떨어져서 단 하룻밤도 보내고 싶지 않아.

떨어져 있을 일은 없을 거야. 내가 보장하지.

대디, 이 영화에 로데오 장면이 있다고 내가 얘기했나? 셰리가 거기 나와, 야외 스탠드에서. 셰리는 하이힐과 타이트한 스커트 차림으로 힘겹게 계단을 올라. 피부가 완전 파리해. 백묵처럼 하얀 특수분장을 해서 파리하게 만들었지, 얼굴뿐 아니라 눈에 보이는 곳은 전부. 셰리는 군중 가운데 유일하게…… 묘하게 달빛처럼 파리해 보이는 물체야. 여성이지. 다른 여자들은 슬랙스와 진을 입었어, 남자처럼. 그들은 신나게 즐기고 있어.

셰리는 즐기지 않고?

셰리는 별종이니까, 셰리는 즐길 수가 없어. 나는 야외 스탠드의 계단을 오르다가 태양이 너무 쨍해서 현기증이 났고 토했어. 카메라에다 토한 건 아니고!

속이 안 좋았어? 내 사랑, 혹시 어디 아픈 거야?

셰리가 그랬다고, 걔가 어찌나 긴장했는지. 셰리는 알고 있거든, 당신이 말한 것처럼, 셰리 본인은 '자각이 없어도' 사람들이 자기를 비웃을 거란 걸.

내가 '자각이 없다'고 한 데에는 어떤 악의적 의미도 없었어, 내 사랑. 난 그저 설명을 하려고—

나는 평생 모멸당하고 싶지 않아. 날 비웃는 사람들이 있어……

지옥에나 가라지. 그 사람들이 누구야?

할리우드 사람들. 어디에나 있어.

봐봐, <타임>에서 매릴린 먼로를 커버스토리로 다룬다니까, 세상에. 여배우 중 몇 명이나, 남배우 중 몇 명이나 <타임> 표지에 나왔을까?

대디, 그런 얘길 왜 해!

왜? 뭐가 문제인데?

오, 난 그 사람들한테 너무 이르다고 얘기했어! 난 얘기했다고, 아직 그러고 싶지 않다고. 난 그렇게 나이들지 않았—

물론 당신은 나이들지 않았지. 전혀 나이들지 않았어.

—내가 준비가 됐을 때 해야 해. 내가 그럴 만한 자격이 있을 때.

내 사랑, 이건 영광이지. 너무 심각하게 받아들이지 마. 언론이 어떤지 잘 알잖아. 이건 <버스 정류장>을 위한 홍보야. 당신의 '할리우드 복귀'에 대한 거지. 도움이 됐으면 됐지, 해가 될 건 없어.

대디, 그 얘길 왜 꺼낸 거야? 난 지금 그건 생각하고 싶지 않은데.

당신이 보기 전에 내가 먼저 그 기사를 읽을게, 약속해. 당신이 싫다면 표지도 볼 필요 없어.

하지만 사람들이 볼 텐데. 전 세계 사람들이 다. 표지에 나온 내 얼굴을! 어머니도 보겠지. 오, 기자들이 나에 대해 끔찍한 소리를 늘어놓으면 어쩌지? 내 가족에 대해서? 당신에…… 대해서?

내 사랑, 그럴 일은 전혀 없어. 이건 축하하고 기념하는 기사가 될 거야, '매릴린 먼로, 할리우드로 돌아오다'.

대디, 난 그냥 지금 너무 무서워! 대디가 그 얘길 안 꺼냈으면 좋았을 텐데.

내 사랑, 미안해. 정말로. 내가 당신을 숭배한다는 거 알지.

난 이제 잠들긴 글렀어. 너무 무서워.

내 사랑, 내가 최대한 빨리 날아갈게. 내일 아침에 바로 비행기를 알 아볼게.

이젠 더 나빠졌어. 아까보다 더 나빠졌다고. 여섯 시간을 꼬박 새우 게 생겼네, 다시 셰리가 될 때까지. 이만 끊을게, 대디. 오, 사랑해!

내 사랑, 잠깐만—

닥터 펠을 자신의 모텔방으로 부른다. 밤 몇시든 상관없다. 닥터 펠은 응급의료 키트를 들고 웃으며 나타난다.

붉은 사막 풍경. 낮에는 과다 노출된 인화지. 밤에는 머나먼 비명 같은 빛으로 구멍난 하늘. 눈을 가리는 것뿐 아니라 두 손으로 귀도 막고 싶어진다.

애리조나의 〈버스 정류장〉 로케이션에서 있었던 일, 로스앤젤 레스에서 있었던 일, 여자가 연인에게 말할 수 없었던 일은, 정확히 뭐라 규정할 수 없어 이름을 붙일 수도 없을 만큼 기묘했다.

그것은 서부로 가는 긴 비행에서 시작됐다. 라과디아 공항에서 극작가와 작별인사를 하고 둘 다 입술이 부르틀 때까지 키스하고

키스하고 키스한 후에.

극작가 앞에 놓인 임무는 이혼이었다. 여자 앞에 놓인 임무는 '매릴린 먼로'로 돌아가는 것이었다.

그래, 그것은 서부로 가는 긴 비행에서 시작됐다. 태양을 앞서 가는 비행기. 몇 번이나 여자는 객실 승무원(음료를 나눠주고 있었다)에게 로스앤젤레스는 지금 몇시인지, 언제 도착하는지, 시계를 몇시로 맞춰야 하는지 물었다. 여자는 이 비행기가 미래로 시간 여행을 하는지 아니면 과거로 시간 여행을 하는지 계산을 못 하는 것 같았다.

〈버스 정류장〉 시나리오는 수정과 보완을 무수히 거친 탓에 X 자로 삭제한 구절들로 가득했다. 여자는 킴 스탠리가 주연한 브로드웨이 연극을 보았고, 내심 자신이 훨씬 설득력 있는 셰리가 되리라 믿었다. 하지만 실패하면. 사람들은 기다리고 있어. 여자는 찰스 다윈의 『그림으로 보는 종의 기원』특대 사이즈 중고책도 가져왔다. 그 책에는 심오한 진실이 있었다! 여자는 간절히 배움을 원했다. 극작가는 여자의 책에 대한 지식에 깊은 인상을 받은 듯했지만 가끔 여자가 뭘 잘못 말하거나 단어를 잘못 발음하면 지적하는 듯한 미소를 흘렸다. 하지만 단어를 어떻게 발음하는지 책만 보고 어떻게 알겠는가? 도스토옙스키의 소설에 나오는 이름! 체호프의 소설에 나오는 이름! 한 자도 빠짐없이 발음했을 때 그런 이름에는 어떤 웅장함이 있었다.

여자는 자신을 추방한 잔인한 왕국으로 돌아가는 어여쁜 공주님이었다. 그러나 어여쁜 공주님으로서 여자는 당연히 너그러웠다.

"너무 행복하죠. 너무 감사하고. '매릴린'이 복귀할 시간이에요!"

"불화라뇨? 오 불화 같은 건 없어요! 나는 할리우드를 사랑하고, 할리우드도 나를 사랑하길 바라죠."

"한 개인은, 하나의 종과 마찬가지로, 적응하지 못하면 소멸해요. 변화하는 환경에. 그리고 환경은 언제나 변해요! 우리 같은 민주사회에서는…… 과학 분야만 보더라도 무수한 발견이 있었어요. 조만간 언젠가 인류는 달에 가겠죠." 여자는 숨가쁘게 웃었고, 모든 상황이 한눈에 들어왔다. 저마다 앞다퉈 여자의 얼굴에 마이크를 들이밀었다. "언젠가는 수수께끼 중의 수수께끼인 생의 기원도 밝혀지겠죠. 그래서 난 천생 낙관주의자예요."

"오, 맞아요, 나의 영화 캐릭터 셰리처럼. 거친 서부에서 오도 가도 못하게 된 귀엽고 사랑스러운 싸구려 술집 가수. 하지만 타고난 낙관주의자죠. 난 셰리를 사랑해요!"

하지만 로스앤젤레스 국제공항에 내릴 때만 해도! 여자는 어쩌면 패닉에 빠져 비행기에서 내리기를 거부했을지 모른다. 영화사에서 보낸 특사들이 비행기로 올라왔다. 수많은 사람들이 매릴린 먼로의 도착을 기다리고 있었다. 사진사, 기자, 방송국 촬영팀, 팬. 여자의 귓속에서 울리는 폭포수 같은 굉음. 이곳은 호놀룰루였고, 이곳은 도쿄였다. 블론드 배우는 두 시간 사십 분 후에나 에스코트를 받으며 리무진에 올라 신속히 공항을 빠져나갈 터였다. 웅성대는 군중과 경찰 바리케이드 틈에서 겁먹은 일반 승객들의 얼굴이 배경에 잡혔다. 지진인가? 비행기가 추락했나? 로스앤젤레스에서 원자탄이라도 터졌나? 조롱하려고 이러는 거야, 여자는 생각했다. 이튿날 조간신문 1면에 사진과 기사가 실렸다.

매릴린 먼로, 할리우드로 돌아오다

공항에 몰린 군중

매릴린 먼로, 다시 영화를 시작하다

매릴린 "돌아와서 행복해요"

사진에는 여러 거울에 비친 모습처럼 복제된 수많은 블론드 배우가 있었다. 정면, 옆얼굴, 좌측면, 우측면, 미소, 더욱 환한 미소, 여기저기 던진 키스, 연신 키스를 날리는 입술. 품에 안은 엄청난 꽃다발. 그와 함께 〈로스앤젤레스 타임스〉 1면에는 앤서니 이든 영국 수상과 니콜라이 불가닌 소련 총리의 정상회담, 아이젠하워 대통령과 얼마 전 수립된 독일연방공화국* 대표의 만남에 관한 기사가 실렸다. 최근 남태평양 비키니환초에서 실시된 수소폭탄(천만 톤의 TNT에 맞먹는!) 실험에 참여한 '일급 기밀' 과학자들의 집안에 대한 흥미 위주의 기사도 있었다. 인명 셋을 '앗아간' 말리부의 산사태. 패서디나에서 마틴 루서 킹 목사가 이끈 '평화로운' NAACP** 시위.

---

* 독일 통일 이전 서독의 공식 국가명.

** 전미유색인지위향상협회.

나를 조롱하는 거야, 여자는 생각했다. 나라는 인간을.

스완슨 에이전시에서 매릴린 먼로에게 빅스 홀리로드라는 새 에이전트를 붙여주었다. 변호사 팀도 생겼다. '자산관리사'도 생겼다. 〈버스 정류장〉 계약서에 서명하면서 지급받은 선급금으로 어머니 글래디스 모텐슨을 위한 총액 10만 달러짜리 신탁기금의 첫 회분을 납입했다. 영화사에서는 홍보 담당자를 붙여주었다. 메이크업아티스트와 헤어드레서, 미조사, UCLA 학위를 가진 피부-모발-건강 전문가, 안마사, 의상 담당, 운전기사, '총괄 비서'도 생겼다. 여자의 임시 숙소는 베벌리 블러바드 인근 초호화 벨에어 타워스 아파트였고, B동 입구가 어디 있는지 몰라 자꾸 길을 잃고 헤맸다. 열쇠도 문제였는데, 자꾸 제자리에 두지 않아서 어디 있는지 찾지를 못했다. 이 가구 딸린 아파트에는 경건하고 나직하게 여자를 '미스 먼로'라고 칭하는 파트타임 요리사와 가사도우미도 있었다. 향기로운 꽃향기 속에(아파트 여기저기에 항상 꽃이 가득 놓여 있었다) 살균제의 미묘한 향이 스몄다. 여자는 침실엔 꽃을 두지 않았는데, 그것이 산소를 다 없애버릴 것 같았다. 아파트에는 대여섯 대의 내선전화가 있었지만 전화기가 울리는 일은 아주 드물었다. 여자에게 걸려온 전화는 매릴린을 위해 전부 걸려졌다. 외부로 전화를 걸기 위해 수화기를 들면 종종 아예 먹통이거나, 도청되고 있음을 뜻하는(극작가가 알려주었다) 잡음이 지글거렸다. 여자는 모든 창문의 베니션블라인드를 반드시 내려놓았다. 아파트는 3층이었고 보안에 취약했다. 그리고 가사도우미에게 자신의 모든 옷가지에 일일이 태그를 달고 세탁물 목록을 신경써서 관리해달라고 했는데, 매릴린 먼로의 속옷이 꽤 짭짤한 암시장 거래품이라는 얘기를 들었기 때문이다(빅스 홀리로드가 웃긴다면서 해준 얘기였다). 여자는 환영 오찬과 만찬에 참석했다. 행사 중간에 잠깐 실례한다며 빠져나와 뉴욕시에 있는 극작가에게, 그의 새로운 거처인 스프링 스트리트의 엘리베이터도 없는 조그만 아파트에 전화를 걸었다. 매릴린을 위한 가장 성대한 만찬은 미스터 Z가 주최했고, 이제 그는 벨에어에 웅장한 지중해풍 신축 대저택을 소유하고 구릿빛 머리칼에 갑옷 같은 젖가슴을 지닌 젊은 새 아내와 살았다. 미스터 Z는 놀랍도록 늙지 않았다. 실제로 여자의 기억보다 더 젊어 보였다. 여자('나의 주요 자산, 매릴린')보다 키는 몇 센티 작고 견갑골 사이에 작은 혹도 생겼지만, 이제 미스터 Z는 위풍당당하게 휘날리는 사자 갈기 같은 백발과 '지혜로운 노인'의 눈빛을 지닌 할리우드의 선구자였고, 살아 있는 '역사의 한 부분'이었다.

언제나처럼 미스터 Z와 매릴린 먼로는 말장난으로 치고받았고, 사람들은 부러워하며 귀를 기울였다.

"그 조류관 아직도 있어요, 미스터 Z? 그 불쌍한 죽은 새들!"

"나는 골동품 수집가요. 나를 다른 멘토와 헷갈린 모양인데."

"당신은 박제사였지, 미스터 Z. 우리 중 많은 사람이 당신 솜씨에 경외심을 가졌다고."

"내가 가장 고심해서 고른 개인 수집품은 로마의 흉상과 두상이오. 구경시켜드릴까?"

리무진은 여자를 로스앤젤레스 시내가 내려다보이는 언덕의 부유한 주택지구에서 열리는 만찬에, 또 평일 낮의 약속 장소에 데려다주었다. 인터뷰, 사진 촬영, 영화사의 사전제작 미팅. 여자는 리무진의 운전사가 그 개구리 운전기사임을 알고 깜짝 놀랐다. 그러니까 결국 난 그를 상상으로 만들어낸 게 아니었어. 그중 어느 것도, 상상이 아니었어. 개구리 운전기사 역시 통 나이를 먹지 않은 듯했다. 꼿꼿하고 완벽한 자세, 잔주름과 반점이 있는 매끄럽고 까무잡잡한 피부, 반짝이는 퉁방울눈. 그러나 속을 알 수 없는 눈. 챙 달린 모자, 조니 필립 모리스처럼 황동 단추가 달린 암녹색 제복. 그러나 거의 20세기 내내 니코틴에 중독된 수천 수억 미국인의 피를 팔세토 음성으로 외치며 요구한 악당 조니와 달리 개구리 운전기사는 과묵했다. 블론드 배우는 그에게 거짓 없는 미소를 보냈다. "이야, 안녕하세요! 나 기억나요?" 몹시 떨렸지만 명랑하고 솔직해지기로 마음먹었다. 우린 누구나 죽은 다음에 개구리 운전기사 같은 사람들이 좋게 얘기해주기를 바라니까. "전에 나를 로스앤젤레스 보육원까지 태워다줬지요. 정말 즐거운 시간이었는데! 또다른 곳에도 태워다주고." 블론드 배우는 리무진 뒷좌석의 짙게 선팅된 유리창 뒤에 숨어 모래 도시를 달리면서 생각했다. 내 심장은 뉴욕에 있어, 곧 나의 남편이 될 연인과 함께, 그는 내 삶에 대한 진실된 이야기를 쓰겠지, 거기서 난 미국 민중의 소녀이자 영웅이야. 그와 동시에, 몹시 지치고 약간 술에 취한 상태로('매릴린 먼로'는 샴페인만 마셨고, 그중에서도 돔페리뇽만 마셨다) 여자는 피식 웃으며 생각했다. 옛날에 못된 주문에 걸려 개구리가 된 젊고 잘생긴 왕자님이 있었습니다. 젊고 어여쁜 공주님이 그에게 키스해야 주문이 풀려 젊고 잘생긴 왕자님과 젊고 어여쁜 공주님이 결혼해서 그뒤로 쭉 행복하게 잘살 텐데.

그 멋진 동화 중간에 여자는 까무룩 잠이 들었다. 목적지에 도착한 개구리 운전기사는 여자를 깨우기 위해 유리 칸막이를 톡톡 두드렸고, 이런 때에도 그는 마지못해 입을 열었다.

"미스 먼로? 다 왔습니다."

여자를 태운 차가 다다르는 곳은 대체로 영화사였다. 담장으로 둘러싸인 거대한 제국. 보초가 경비를 서는 정문. 이곳에서 '매릴린 먼로'가 태어난 지 십 년도 채 되지 않았다. '매릴린 먼로'의 운명이 구축된 곳. 수십 년 전 '매릴린 먼로'의 부모가 되는 숙명적 연인이 만났으리라 추정되는 곳. 여자의 이름은 글래디스 모텐슨, 필름 편집 기술자이며 몹시 매력적인 젊은 여성이었다. 남자는— (베일에 싸인 아버지에 대해 집요하게 캐묻는 인터뷰어들에게 블론드 배우는 성심성의껏 대답했다. 그분은 아직 살아 있다. 그렇다, 그분과 연락이 닿는다. 그렇다, 그분이 내게 자신을 알렸다, 그렇다, 하지만 세상에는 알려지지 않기를 바라신다. "난 그분의 바람을 존중해요.")

여자의 분장실, 전에 마를레네 디트리히가 쓰던 분장실이 여자를 위해 준비되었다. 꽃 장식이 기다리고 있었고, 편지와 전보와 가슴 찡한 작은 선물이 쌓여 있었다. 여자는 문을 열었다가 생목이 울컥 치밀어 그대로 닫아버렸다.

닥터 밥은 영화사를 떠났고, 언제 있었느냐는 듯 사라져버렸다. 그가 살인죄로 샌퀜틴 주립교도소에서 복역중이라는 소문이 돌았다. ("어떤 여자가 그의 눈앞에서 죽었는데, 시체를 갖다버리라는 윗선의 지시를 거부했거든.") 새로 온 닥터 펠이 닥터 밥의 사무실을 넘겨받았다. 닥터 펠은 키가 크고 우락부락한 눈썹에 케리 그랜트처럼 잘생기고 환자를 대하는 태도가 단호했다. 그는 프로이트에 관한 지식으로 환자에게 깊은 인상을 주었다. 그는 리비도, 유아기 때 억압된 공격성, 문명에 대한 불만—"우린 모두 문명에 공헌하고, 문명으로 인해 고통받습니다"—에 관해 거침없이 얘기했다. 닥터 펠은 〈버스 정류장〉 세트장에서 대기하고 나중에는 애리조나 로케이션까지 동행하게 된다. 잠 못 드는 달 밝은 밤이면 셰리는 필사적으로 잠들기 위해 자꾸 닥터 펠을 호출하고, 그는 파자마와 케리 그랜트의 가운 차림으로 셰리의 모텔방에 온다. 이번 한 번만. 한 번만 더. 절대 상습적으로 하지 않을게요, 약속한다니까! 닥터 펠은 응급시에 액상 넴뷰탈을 혈관에 직접 주사할 권한을 지닌 사제였다. 닥터 펠의 손길만으로, 보드라운 팔목 안쪽에서 정맥을 찾는 그의 엄지만으로도 셰리는 이미 안도한다. 오, 세상에! 고마워요.

초기 〈버스 정류장〉 세트장은 마법처럼 특별하고 호의적인 분위기였다. 여자는 누가 봐도 '셰리'인 '매릴린 먼로'인 노마 진이었다. 여자는 뉴욕 앙상블에서 메소드 연기를 훈련한 배우였다. 여자는 스타니슬랍스키의 연출 기법과 지식을 체화한 전형이었다. 늘 자기 자신을 연기해야 한다. 기억의 용광로에 녹아든 자아. 여자는 셰리의 애처롭고 화려한 가수 의상에서 제일 조그맣게 기운 자국과 찢어진 부분까지 다 꿰고 있을 정도로 속속들이 셰리를 알았다. 일당 10달러에 사랑받기 위해 열심히 생글대고 방글대던 1945년 미스 알루미늄, 1945년 미스 남부 캘리포니아 유제품, 미스 하스피털리티, 그 시절 프린 에이전시의 노마 진 베이커를 상세히 알듯 여자는 셰리를 아주 잘 알았다. 오, 나를 봐주세요! 나를 써주세요. 그때는 영화에서 어떤 역할을 맡든 그저 역만 주어진다면 행복하기 그지없었다. 사실 지금까지 단 한 번도 자신이 배역을 선택하지 못했다. 손님이 누구든 무조건 받아야 하는, 안 그러면 두들겨맞는 성매매업소 여자처럼 영화사에서 맡기는 역은 무엇이든 무조건 수락해야 했다. 지금까지는. 난 당신들이 셰리를 사랑하게 만들 거야. 셰리와 함께 당신들의 굳은 심장을 깨부술 거야. 여자는 스스로를 믿을 수 있었고, 그 어느 때보다 집중할 수 있었다. 펄먼의 호통이 여호와의 말씀처럼 귓가에 울렸다. 더 깊이! 더 깊숙이 내려가는 거야. 유발된 동인motivation의 저 뿌리까지. 보물처럼 묻힌 저 기억 속으로. 극작가의 다정하고 단호한 아버지 같은 음성이 귓가에 울렸다. 당신의 재능을 의심하지 마, 내 사랑. 당신의 눈부신 재능을. 당신을 향한 나의 사랑을 의심하지 마. 오, 여자는 의심하지 않았다!

〈버스 정류장〉의 감독은 매릴린 먼로의 요청으로 영화사가 고용한 유명한 사람이었다. 그는 영화사에 몸바치는 일꾼이 아니었다. 극작가가 극찬한 연극예술가였고, 유별나고 독립심 강한 사람이었다. 그는 여자 주연배우의 제안을 귀담아들었고, 여자가 아주 상세히 자신의 캐릭터 셰리에 관해 논할 때 그 지성과 심리적 통찰력과 연기 경험에 확실히 깊은 감명을 받았다. 셰리가 어떤 의상을 입고 어떻게 조명을 받고 화장을 하고 어떤 머리를 하고 피부 톤은 어때야 하는지. ("펠라그라 환자 같은 모습이면 좋겠어요, 달처럼 푸르스름한 톤으로. 그냥 제안하는 것뿐이에요. 아무래도 시처럼 미묘한 거니까.") 감독은 이 여자 주연배우 덕에 일자리를 얻었으니 당연히 성질을 누그러뜨렸을 것이다. 그는 다른 감독들처럼 히죽거리며 곁눈질하지도 않았고, 티나게 여자의 비위를 맞추지도 않았다. 그러나 바로 그 경청과 배려에서 뭔가 신경 쓰이는 점이 있었다. 감독은 여자에게 너무 빈틈없이 정중했다. 여자를 너무 경외했다. 심지어 조심스러워했다. 젖가슴 윗부분을 드러내고 검정 망사스타킹을 신은 쇼걸 복장의 셰리로 세트장에 나올 때, 꿈속의 이상형을 본 사내처럼 여자를 응시하는 감독의 모습이란. 블론드 배우는 저 남자가 자신에게 반하지 않았기를 신에게 빌었다.

뭐 운이 좋았던 거죠! 그 여자가 그럴 만한 자격이 있었다기보다는. 〈타임〉의 커버스토리는 순전히 매릴린을 다룬 거였어요, 그 여자가 아니라.

젠장 난 먼로가 그렇게…… 카리스마 있을 줄은 상상도 못했어. 그 여자는 춤추는 불꽃처럼 황홀하고 매력적이었지. 세트장에서든 아니든. 먼로를 빤히 바라보다가 여기가 도대체 어딘지 까먹을 때도 있었으니. 나도 연출로 먹고산 지 꽤 돼서 여성의 미모에는 나름 면역이 됐고 성적 매력에 흔들리지 않는다고 자신했는데, 이건 완전히 여성의 미모

차원을 넘어섰고, 성적인 면에서는 뭐 도저히 안 되더라고. 때로 먼로는 재능을 활활 불태웠어. 먼로의 내부에 밖으로 나오려고 미친듯이 날뛰는 열기가 있었거든. 그런 게 천재성이고, 천재성은 발현되지 못하면 병이 되어버린다는 것을 알 수 있었지, 결국 먼로에게 일어난 일이 그런 거였어, 말년에 그렇게 산산조각나버린 게. 하지만 난 전성기 때의 먼로와 일했지. 먼로 같은 사람은 세상에 없을 거야. 먼로가 캐릭터로서 했던 일은 전부 영감에서 비롯됐어. 도무지 확신을 갖지 못해서 다시 찍자 하고 또다시 찍고 다시 찍고 그렇게 해서 완벽하게 만들었지. 장면이 완벽하게 나오면 먼로는 그냥 알아. 나를 보고 씩 웃고, 그럼 나도 아는 거지. 그러다 어떤 날에는 너무 겁을 내서 세트장에 몇 시간씩 늦기도 했어. 아예 못 나타나는 날도 있었고. 먼로는 온갖 병을 다 달고 살았어. 독감, 패혈성 인두염, 편두통, 후두염, 기관지염. 예산은 훌쩍 초과됐지. 하지만 내 생각엔 그만한 가치가 있었어. 먼로가 기를 제대로 뻗으면 심해에 뛰어든 잠수부 같았지, 그대로 호흡을 멈추면 익사했을 거야. 난 먼로한테 반했던 것 같아. 솔직히 완전히 빠져버렸지. 젖꼭지와 엉덩이를 흔들어대는 게 전부인 상스럽고 멍청한 계집이라고 생각했는데 천사 같은 매릴린 먼로가 스윽 들어와 내 손을 잡고 이건 대단한 시나리오가 못 된다고, 겉만 번지르르하고 얄팍하고 진부한 시나리오지만 자기가 구해내겠다고, 내 심장을 부숴버리겠다고 하는데 난 완전히 넋이 나가버렸고, 맙소사, 먼로는 그걸 진짜로 해내더라고.

근데 그해 오스카상 후보에도 오르지 못했어. <버스 정류장>의 먼로가 오스카감이라는 걸 다들 알면서. 망할 놈들!

일이 좀 생겼다고 여자는 연인에게 말했지만, 자신의 마법 친구를 거울 밖으로 불러내는 데 걸리는 시간이 매일 아침 점점 더 길어진다는 얘기는 차마 하지 못했다.

어릴 때는 그저 거울 속으로 힐긋 눈짓만 하면 키스와 포옹을 받고 싶어 안달이 난 예쁜 거울-속-친구가 웃으며 나타났는데.

사진사의 모델일 때는 그저 요구하는 대로 포즈를 취하기만 하면, 시키는 대로 자세만 취하면, 무아지경에 빠지며 마법 친구가 나타났는데.

영화배우일 때는 그저 세트장에 나가서 분장실에 들어가 준비를 마치고 카메라 앞에 서기만 하면 말로 설명할 수 없는 마법이 일어났고, 섹스할 때보다 더 힘차게 심장으로 피가 쇄도했는데. 애쓰지 않아도 저절로 대사가 외워졌고, 종종 자신이 이미 외우고 있는 줄도 몰랐고, 빌린 몸 속에서 신나고 겁나고 흥에 겨워 대사를 말하는 여자는 앤절라였고, 넬이었고, 로즈였고, 로렐라이 리였고, '윗집 아가씨'였다. 심지어 지하철 환풍구 위에서도, 전직 운동선수는 그 변성을 직접 목격한 증인이었고, 노마 진은 철저히 '윗집 아가씨'가 되어 자신의 존재를 탐닉했다. 나를 봐! 난 나야.

그러나 참으로 이상하게도, 진지한 영화배우로서 새 커리어의 출발점이자 자신의 인생 배역이 되리라 확신하는 역을 맡은 지금, 여자는 의심에 사로잡히고 말았다. 불안했고, 무서워 죽을 것 같았다. 누가 방문을 쾅쾅 두들기고 나서야, 아침 촬영에 이미 다 늦은 후에야 간신히 침대에서 몸을 일으켰다. 거울 속 자신을 빤히 응시했다. '매릴린'이 아닌 노마 진을. 누렇게 뜬 피부와 충혈된 눈과 치명적으로 붓기 시작한 입 주위. 네가 왜 여기 있어? 넌 누구야? 숨죽여 킥킥대는 웃음소리가 들렸다. 남자의 야유 가득한 웃음소리. 이 징글맞은 년아.

거울 밖으로 '매릴린'을 불러내는 데 점점 더 시간이 오래 걸렸다.

여자는 화이티에게, 지금까지 그 어떤 연인과 남편보다 자신에 대해 뼛속들이 잘 아는 메이크업아티스트에게 털어놓았다. "난 용기를 잃었어. 젊어지려는 용기를."

화이티의 반응은 으레 그렇듯 야단치고 나무라는 것이었다.

"미스 먼로! 당신은 젊디젊은 여자예요."

"이 눈이? 아냐, 난 글렀어."

화이티는 살짝 몸서리를 치며 거울 속 눈을 들여다보았다.

"내가 그 눈을 다 해놓고 나면요, 미스 먼로, 두고 봅시다."

화이티는 마법을 부릴 때가 있었고, 이번이 바로 그랬다. 아닐 때도 있었지만.

초기 〈버스 정류장〉 세트장에서 블론드 배우가 카메라 앞에 설 준비를 하는 데 드는 시간은 사람들이 응당 기대하는 것보다 약간 더 지체되는 정도였다. 이 젊은 여자는 워낙에 타고난 미인인데다 피붓결도 워낙에 맑고 눈도 워낙에 또랑또랑해서 파우더만 살짝 두드리고 립스틱과 볼연지만 바르면 금방 카메라 앞에 설 테니까. 그랬던 것이 점점 빠르게, 유난히 더 많은 시간이 걸리기 시작했다. 화이티의 솜씨가 예전 같지 않은가? 배우의 피부색이 제대로 나오지 않으면 콜드크림으로 살며시 화장을 지우고 처음부터 다시 칠해야 했을 것이다. 피부를 촉촉하게 만들고 다시 세팅한 다음 드라이기로 또 말렸다. 거울 앞에서 노마 진이 미동도 없이 가만히 앉아 기도하며 눈을 내리깔고 있는 동안.

제발 나와줘. 제발!

날 버리지 마. 제발!

노마 진이 깔보고 무시했던 바로 그 존재. 노마 진이 경멸했던 그 '매릴린'.

극작가가 여자 곁에 있기 위해 애리조나로 날아왔다. 비록 본인의 삶도 너덜너덜했지만. 비록(여자에게 말하기는 겁났다) 젊었을 때 '체제 전복'과 '비밀공작'의 가능성이 있는 정치활동에 가담했던 사실에 대해 또다시 워싱턴 국회의사당 내 코커스룸에 출두하여 해명하라는 소환장을 받았지만.

그는 블론드 배우가 광기에 사로잡혀 너무 혼란스러운데다 너무…… 그녀답지 않아서 아연했다. 아마빛 머리와 황금빛 웃음의 소녀는 지금 온데간데없었다.

오, 살려줘. 나 좀 살려줄래?

내 사랑, 무슨 일이야? 난 당신을 사랑해.

나도 모르겠어. 난 진짜 간절히 셰리가 살기를 원해. 셰리가 죽기를 바라지 않는다고.

그의 가슴이 여자에 대한 사랑으로 미어졌다. 아니 이런, 이 여자는 그저 어린애가 아닌가! 옛날 그의 아이들이 그랬듯 그에게 매달리는. 아니 친자식보다 더 매달리고 더 의존했다. 아이들에겐 에스터가 있었고, 아이들은 늘 에스터와 더 가까웠으니까.

여자의 모텔 침대 위에, 사막의 타는 듯한 태양을 막기 위해 커튼을 치고, 두 사람은 한참을 누워 있었다. 나란히 밀어를 나누고, 키스하고 섹스하고, 위로하고, 여자도 그에게 큰 위로가 됐는데, 여자 없이는 그의 영혼도 피폐했고, 그 역시 세상이 두려웠다. 황혼녘의 꿈나라에서 두 사람은 몇 시간이고 누워 있을 수 있었다. 두 사람은 마치 서로의 영혼 속에 들어서듯 서로의 꿈속에 들어간 상상을 했다(그러나 상상이 아니었을 것이다). **나를 잡아줘. 나를 사랑해줘. 나를 놓지 마.** 초현실적인 사막의 풍경, 달의 분화구 같은 붉은 바위산과 산등성이. 블론드 배우가 묘사했던 대로 광대하고 위협적이지만 찬란한 밤하늘.

당신과 함께 있으니 나을 수 있을 것 같아. 당신이 와줘서. 우리가 결혼했다면. 오, 우린 언제 결혼할 수 있을까! 무슨 일이 생겨서 우리 앞길을 막을까봐 너무 무서워.

여자의 허리에 한 팔을 두른 채, 그는 밤하늘에 대해 얘기했다. 머릿속에 떠오르는 대로 얘기했다. 그들이 이미 결혼해서 열두 명의 아이를 낳은 평행우주에 대해 얘기했다. 덕분에 여자는 깔깔웃었다. 그는 여자의 눈꺼풀에 키스했다. 여자의 젖가슴에 키스했다. 여자의 손을 입으로 가져가 손가락에 키스했다. 쌍둥이자리에 대해 자신이 아는 것을 얘기했다—여자가 자신은 쌍둥이자리라고 얘기했으므로. 쌍둥이. 서로 싸우는 쌍둥이가 아니라 사랑하는 쌍둥이, 서로에게 충성하고 헌신하는 쌍둥이. 죽은 후에도.

극작가가 도착한 지 하루 만에 블론드 배우가 생기를 되찾기 시작했다는 얘기는 잘 알려져 있다. 극작가는 이미 여러 사람에게 영웅이었지만, 이젠 영웅 이상이 되었다. 블론드 배우는 마치 수혈을 받은 것 같았다. 그런데 피를 내준 극작가도 탈진한 게 아니라 오히려 기운이 펄펄 넘치고 젊음을 되찾은 듯 보였다. 기적이 일어났다!

서로를 그렇게 깊이 사랑했던 거죠, 두 사람은. 두 사람이 함께 있는 모습만 봐도…… 여자가 남자의 팔을 붙잡고 그를 올려다보는 눈빛. 남자가 여자를 보는 눈빛.

극작가의 비결은 무엇이었을까? 그는 어떤 남자도 하지 않았던 방식으로 여자와 토론하고 논리적으로 여자를 설득했다. 그래, 그는 여자를 안고 여자를 위로했다. 그래, 다른 남자들처럼 여자를 아기 취급했다. 그러나 한편으론 여자와 솔직하게 터놓고 얘기했다. 여자는 그게 좋았다! 그는 여자에게 현실적이 되어야 한다고 엄하게 말했다. 프로답게 행동해야 한다. 당신은 세상에서 가장 몸값 비싼 배우 중 한 명이고, 일을 하기로 계약을 했다. 거기에 감정이 무슨 상관인가? 거기에 자기회의가 무슨 상관인가? "당신은 책임감 있는 성인이야, 노마, 그러니 책임감 있게 행동해야지."

여자는 말없이 남자의 입술에 키스했다.

오, 맞아. 그래, 당신 말이 옳아.

여자는 그가 자신의 어깨를 꽉 붙잡고 세게 흔들어주기를 바랄 정도였다. 전직 운동선수가 여자를 깨우려고 그랬던 것처럼.

극작가는 이 주제가 마음에 들었다. 그의 극작 커리어는 독백을 쓰면서 시작됐고, 말하기의 한 형태로서 독백은 그에게 가장 자연스러웠다. 이론에 너무 천착하지 말라고 그는 진작에 여자에게 경고하지 않았던가? "난 항상 당신이 타고난 배우라고 생각했어, 내 사랑. 지적 합리성을 추구하다가는 불구가 되어버릴 수도 있어. 뉴욕에서 당신은 강박적으로 연기 수업에 몰두했고 몇 주 후엔 녹초가 되어버렸지. 그건 아마추어라는 증거야. 열성적인 광신자라는 증거. 그게 재능의 증거라고 할지도 모르겠지만, 난 그렇게 생각지 않아. 내 보기에, 배우는 기질 속에 어떤 날것의 예리함과 아직 발견되지 못한 무언가를 품고 있는 편이 훨씬 나아. 그게 존 배리모어의 비법이었지. 당신은 브랜도의 친구잖아? 그건 브랜도의 테크닉 중 하나이기도 해. 심지어 대사를 완벽히 알지 못해도, 자기 캐릭터의 말투로 지어내는 거야. 탁월한 연극배우는 절대 똑같은 연기를 두 번 선보이지 않아. 대사를 낭송하는 게 아니라 그 말을 생전 처음 듣는 것처럼 말해. 이게 펄먼이 당신에게 해줬어야 할 조언이야, 하지만 당신도 맥스를 알지. 그 거창한 스타니슬랍스키의 '메소드'. 솔직히 그건 헛소리나 다름없어. 벌새가 자기 날갯짓과 비행 패턴을 의식하기 시작하면 과연 날 수 있을까? 우리가 입에서 나오는 모든 단어를 의식하기 시작하면 말을 할 수 있을까? 펄먼 따윈 잊어버려. 스타니슬랍스키도. 엉터리 이론은 잊어버려. 연기자에게 위험한 것은 리허설을 너무 많이 해서 번아웃이 오는 거야. 내 연극 중에 감독이 배우들을 너무 세게 몰아붙인 공연이 있었어. 개막도 하기 전에 최고조에 달하더니 결국 기세를 잃고 나자빠져버렸지. 그 감독이 펄먼이었어. 사람들은

'펄먼의 연습실 바닥은 피바다'라면서 그 자식을 치켜세우는데—개똥 같은 소리지. 당신이 그랬잖아, 내 사랑, 당신은 셰리를 뼛속부터 안다고 했지? 친자매처럼? 그게 그저 좋기만 한 일은 아닐거야. 심지어 사실이 아닐지도 모르지. 당신은 셰리가 당신에게 미지의 인물이라는 사실을 인지해야 해. 당신이 나한테 마그다는 내가 아는 것보다 훨씬 더 복잡하고 풍성하다고 얘기했던 것처럼. 셰리가 좀더 숨쉴 수 있게 해주는 게 어떨까? 셰리가 당신을 놀라게 할 거라고 믿어봐, 내일 세트장에서."

또 한번, 말없이, 감사함에 몸을 떨며 블론드 배우는 까치발로 서서 극작가의 입술에 키스했다.

오, 맞아. 정말 고마워. 당신 말이 옳아.

이튿날 아침 펠라그라 환자처럼 해쓱한 플래티넘블론드 셰리가 까만 싸구려 레이스 블라우스에 넓은 검정 벨트로 허리를 꽉 조인 타이트한 검은색 새틴 치마를 입고 검정 망사스타킹과 검정 스파이크힐 샌들을 신고 나타났죠. 까맣게 칠한 눈, 붉고 감미로운 아기 같은 입, 부들부들 떨면서 깊이 뉘우치더라고요. 매릴린이 제시간에 나오다니! 아니, 셰리가 온 거였지. 우린 그 매력적인 여자가 본인이 잘못했다는 걸 아주 잘 알고 혼날 각오를 하고 연기 수업에 나온 여자애처럼, 혹은 아무것도 모르는 천진한 여자애처럼 엄지손톱을 잘근잘근 씹는 모습을 멍하니 바라봤습니다.

그 여자는 후줄근한 깃털 목도리를 바닥에 질질 끌면서 진짜 셰리처럼 왔어요. 딱 셰리처럼 모음을 길게 끄는 오자크 사투리로 진심을 다해 말하는데, 목소리가 너무 작아서 잘 들리진 않았죠. "오, 이런. 정말 죄송해요. 용서를 빌게요. 셰리라면 하지 않을 짓을 했어요, 절망에 빠지다니. 이 작품에서 책임감 있는 구성원의 모습을 보이지 못했어요. 정말 면목이 없네요!"

아무럼 어때요. 우린 그 즉시 기분 상한 것도 화난 것도 실망한 것도 싹 다 잊었어요. 자발적으로 박수갈채를 보냈지요. 우린 우리의 매릴린을 숭배했어요.

출발은 좀 삐걱거렸지만 지금 나의 새 영화는 아주 잘 풀리고 있어요. <버스 정류장>이라는 영화예요. 어머니 마음에 들면 좋겠네요!

노마 진은 레이크우드 정신병원에 있는 글래디스에게 딸 된 도리로 꾸준히 엽서를 보냈다. 뉴욕시에서도 카드를 보냈었다.

나는 이 도시가 아주 좋아요. 모래 도시와 달리 진짜 도시라니까요. 만약 여기로 나를 보러 오고 싶다면, 어머니, 내가 다 알아서 모실게요. 비행기는 쉴새없이 왔다 & 갔다 하거든요.

로스앤젤레스를 떠난 후로는 글래디스에게 전화하는 것이 영 불편했다. 글래디스가 어미를 버렸다며 자신을 책망할 거라고 믿었다. 비록 통화중에 글래디스는 딸을 비난하지 않았지만. 노마 진은 뉴욕에서 처음 극작가와 사랑에 빠졌을 때 글래디스에게 전화했고, 그와 결혼할 것이고 그가 자기 아이들의 아버지가 될 거라고 확신했다.

여기서 멋진 친구들을 사귀었는데 그중에는 세계적으로 유명한 연기 지도자와 퓰리처상을 수상한 걸출한 미국 극작가도 있어요. 할리우드에서 온 내 친구 말런 브랜도도 만났고요.

글래디스에게 스트랜드 서점에서 책을 샀다는 얘기도 했다. 그곳은 중고서점이고, 글래디스의 예전 책들도 찾아봤지만 발견하지 못했다. 『미국 시의 보고』라는 제목이었나? 그 책 정말 좋아했는데! 어머니가 나한테 시를 읽어줄 때 참 좋았다. 이제 난 혼자서 시를 읽지만, 어머니의 음성으로 읽는다. 이런 대목에서 글래디스는 거의 들리지 않는 목소리로 대답할 것이다. **그거 좋구나, 얘야.**

하여간 그래서 노마 진은 더이상 글래디스에게 전화하지 않았고, 남서부의 풍광이 담긴 엽서만 보냈다.

언젠가 부자가 되면 여기 같이 와봐요. 여긴 정말 '세상의 끝'이에요!

러시프린트를 보는 게 너무나 겁이 나서, 매릴린이 자신의 기대를 저버렸음을 알게 될까봐 너무나 무서워서, 노마 진은 자신의 촬영분 외에 영화가 어떻게 되어가는지 전혀 알지 못했다. 그리고 자신의 장면은 수도 없이 찍고 다시 찍었고, 연기에 대한 피로감이 물씬 묻어난데다 심장이 갈빗대를 마구 두드려서, 그 장면들이 일반 관객에게 어떻게 보일지 전혀 알 수 없었다. 그래도 셰리처럼 '낙관적'으로 무작정 앞으로 몸을 던졌다. 연인이 조언한 대로 직감과 본능을 믿을 것이다.

그리하여 노마 진은 〈버스 정류장〉 전체를, 그 요란하고 코믹한 오프닝부터 감상적이고 로맨틱한 엔딩까지, 9월 초 영화사에서 시사회를 열 때까지 보지 않는다. 몇 달 후 시사회 때까지 여자는 자신이 셰리를 얼마나 빼어나게 묘사해냈는지 알지 못할 것이다. 그때쯤이면 결혼한 여자다. 어두운 시사회장의 플러시 천으로 덮인 좌석 맨 첫 줄에 남편의 손을 꼭 붙잡고 앉는다. 밀타운과 돔페리뇽으로 몽롱해진 채. 노마 진은 '매릴린'이었지만 차분하고 조용하다. 지난봄 애리조나에서 겪은 위기는 딴사람이 겪은 것인 양 아스라했다. 〈버스 정류장〉이 이렇게나 훌륭히 나오다니, 노마 진은 충격이었다. 셰리로서, 노마 진은 자신의 커리어에서 가장 탁월한 연기를 보여주었다. 겁에 질린 와중에도 또 한번 성취를 이뤄냈고, 그 성취는 수치스러울 필요가 전혀 없는, 오히려 자랑스러워해도 될 만한 것이었다. 그러나 물에 휩쓸려 거의 익사할 뻔하며 간신히 험난한 강을 건너는 데 성공한 수영선수처럼, 노마 진에게 이것은 아이러니한 승리로 느껴졌다. 수영선수가 비틀비틀 강기슭에 닿는다. 어떤 위험도 무릅쓴 적이 없는 관객들이 박수갈채를 보낸다.

그렇게 시사회장의 관객들이 박수갈채를 보냈다.

극작가는 여자의 떨리는 어깨에 팔을 두르고 보호하듯 여자를 붙잡았다. "내 사랑, 왜 울어?" 그가 속삭였다. "당신은 굉장했어.

당신은 굉장해. 지금 이 반응을 들어봐. **할리우드가 당신을 숭배해.**"

왜 울었냐고? 실제 삶에서 셰리는 술을 마셔댔을 테니까, 엄청나게. 이가 절반은 빠졌을걸. 개새끼들하고 자야 했을 거야. 그놈들을 피하는 건 불가능해. 영화가 감상적이고 진부해서 그렇지, 그리고 1956년에 윤리위원회의 심의에서 X등급을 받는 모험을 할 수는 없으니까. 실제 삶에서 셰리는 두들겨맞았을 테고 강간도 당했겠지. 남자들이 돌려가며 썼을 거야. 개척 시대의 서부는 그렇지 않았다고 말하지 마, 난 남자들을 알아. 셰리는 임신하거나 외모가 맛이 가거나 둘 다일 때까지 남자들한테 이용당했을걸. 셰리를 어깨에 들쳐메고 만 에이커짜리 대농장으로 데려가는 잘생긴-촌놈-카우보이 보 같은 남자가 있었을 리 없어. 살아남기 위해 술을 마시고 약을 먹다가 더이상 침대에서 일어나지 못하게 되고, 눈뜰 힘조차 없어지고, 그러고는 죽는 거지.

(미국인) 쇼걸 1957

미스 먼로! 이번이 첫 영국 방문이시죠. 소감 한 말씀 부탁드립니다.

망자의 왕국이었다. 이곳 주민들은 유령처럼 소리 없이 움직였다. 유백색 하늘을 닮아 허여멀건한 얼굴들과 그림자도 없는 안개 자욱한 공기. 그들 사이에 여자가 있었다, (미국인) 블론드 배우가, 그들과 똑같은 주술에 걸린 채.

이 북해의 섬은 봄도 겨울과 비슷한 편이었다. 오늘을 보고 내일을 예측하는 것은 아무 의미가 없었다. 뼛속을 파고드는 추위에 크로커스와 수선화가 겁도 없이 밝고 환한 색으로 피어났다. 태양은 희뿌연 하늘 속 희미한 초승달이었다.

얼마 안 가서, 그러거나 말거나 신경쓰지 않게 됐다.

"내 사랑, 왜 그래? 이리 와."

"오, 대디. 나 너무 집이 그리워."

〈왕자와 무희The Prince and the Showgirl〉. 여자와 공동 주연을 맡은
남자는 명성이 자자한 영국 배우 O였다.

여자는 (미국인) 쇼걸이었다. 가상의 발칸 국가의 순회공연단
단원. 반짝이는 새틴 드레스에 감싸인 풍만한 가슴과 씰룩거리는
엉덩이. 쇼걸이 처음 등장할 때, 외알 안경을 쓴 대공에게 정중히
인사하는 사람들 틈에 허겁지겁 끼어든 여자는 한쪽 어깨끈이 끊
어지면서 그 매력적인 불룩한 가슴이 거의 노출된다.

"이건 싸구려야. 보드빌이야. 마르크스 브라더스라고."

"내 사랑, 이건 희극이야."

블론드 배우는 위스콘신주 밀워키 출신의 아일랜드계 미국인
으로 기세 좋은 플래티넘블론드였다. 신데렐라였고, 거지 소녀였
다. 그런 여자가 독일어를 할 줄 안다는 말도 안 되는 설정 때문에
엉성하고 혼란스러운 플롯이 더욱 꼬였다. O는 학자연하는 섭정
왕자였다. 명성이 자자한 영국 배우가 태엽 장난감 같은 열정과
섬세함을 들여 연기했다.

"뭐야, 저 사람 연기는? 패러디인가? 이해가 안 되네."

"O가 정확히 패러디를 의도한 연기를 하는 것 같진 않아. 그는
이 시나리오를 응접실희극으로 해석했고, 그 말은 곧 특정한 연극
스타일을 의도했다는 뜻이야. 특정한 작위적 느낌을. 그는 메소드
연기자가 아니라—"

"그 사람이 촬영을 방해하는 거야? 하지만 왜? 자기가 감독이
면서!"

"내 사랑, 그는 촬영을 '방해하는' 게 아니야. 그의 연기 테크닉이 당신과 다른 것뿐이지."

시나리오상 왕자와 쇼걸은 이 동화에서 **사랑에 빠질** 운명이었다. 다만 그 둘이 **사랑에 빠진다는** 것은 실물 크기의 움직이는 인형 둘이 서로 사랑한다는 것만큼이나 못 미더웠다.

"O는 자기 배역을 경멸해. 그리고 나도."

"그럴 리 없어."

"O를 잘 봐! 그의 눈을."

O의 광택 없는 외알 안경을 통해 블론드 배우는 자신의 모습을 볼 수밖에 없었다. 솜사탕처럼 가느다란 플래티넘블론드와 윤기 흐르는 붉은 입술과 몸을 가볍게 떠는 버릇이 있는 가슴 큰 미국인 여배우. 쇼걸은 (미국) 서민 출신의 거침없이 말하는 젊은 여성이었고, 왕자는 말수 적고 전통에 얽매인 (유럽) 귀족이었다. 세트장 밖에서 O는 냉정하고 깍듯했으며 블론드 배우를 점잖게 대했지만, 세트장의 카메라 앞에서는 여자를 깔보고 무시했다. 왕립극예술학교에서 훈련받은 이 셰익스피어 전문 배우들 사이에서 블론드 배우는 가엾은 싸구려 술집 가수 셰리만큼이나 혼자 튀었다.

할리우드와 부에 대한 O의 영국식 환상 속에서 매릴린 먼로는 (미국의) 고수익 상품이었다. 할리우드와 '매릴린'에 대한 O의 경멸은 여자의 지독한 향수로도 가릴 수 없는 냄새였다.

O가 '매릴-린'을 발음하는 방식.

O, 이 저주받은 영화의 감독이자 남자 주연배우. 나이프로 접

시를 때리는 것 같은 그의 영국식 악센트.

발달장애 아동을 부르는 것처럼 여자를 부른다. 웃지도 않고.
"매릴-린. 좀더 명확하게 말할 수 없습니까? 좀더 조리 있게."

여자는 대답하지 않는다. 그가 몸을 앞으로 기울여 여자의 얼굴에 침을 뱉었을지도 몰랐다. 여자는 가슴을 거의 드러낸 드레스에 압박된 노마 진 베이커였고, 그날 아침 과산화수소수로 머리를 손봐서 두피가 따가웠고, 정신은 태엽이 풀린 알람시계처럼 둔했다. 갑자기 꿈속으로 가라앉았다. 그날은 네 시간하고도 사십 분지각이었다. 기침을 하는 바람에 여러 번 다시 촬영해야 했다. 여자는 대사를 더듬었다. 가장 간단한 대화조차 까먹기 시작했다. 전에는 그렇게 쉽게 대사를 외웠는데. 전에는 다른 배우 대사까지 다 외웠는데. 팬케이크처럼 두꺼운 화장을 뚫고 이마와 콧잔등의 모공에서 기름이 새어나왔다.

O는 외알 안경을 통해 여자를 지그시 노려보았다. 외알 안경을 벗고 억지 미소를 찡그렸다.

그가 이것을 위트로 때우려 한다는 것을 알 수 있었다. 응접실 위트.

"매릴-린. 자아, 섹시하게."

지난주에 여자는 장염을 앓았다. 밤새 토했다. 극작가가 여자의 간호사였고, 헌신적이고 걱정 많은 남편이었다. 여자는 3킬로그램이 빠졌다. 의상을 다시 수선해야 했다. 얼굴이 수척해졌다. 이미 찍어놓은 장면도 재촬영해야 할까? 지난주 여자가 아침부터 늦은 오후까지 온종일 촬영할 수 있었던 날은 딱 하루뿐이었다.

다른 배우들은 여자를 측은히 여기면서도 조심스럽게 경계했다. 내 병이 무슨 전염병이라도 되는 것처럼. 오, 난 그들이 나를 사랑해줬으면 했는데!

그것은 아주 정교한 복수였다. 미국 여자의 복수. 명성이 자자한 영국 배우 O는 감정적 폭발이나 경박한 히스테리를 예상했었다. 그는 블론드 배우가 '까다롭다'는 귀띔을 받았지만, 이렇게까지 소극적이고 치명적인 복수를 할 줄은 예상하지 못했다.

내가 백치 블론드 데스데모나인 줄 알았겠지. 내 비밀은, 매릴린은 이아고라는 거야!

여자는 슬그머니 숨었다. 웃음을 터뜨렸다. 아니, 여자는 아프고 혼란스러워 제정신이 아니었다.

"내가 아픈 건 O 때문이야. 그 사람이 나한테 저주를 걸었어."

"그런 식으로 생각하지 마, 내 사랑. 그는 정말 당신을 숭배하—"

"그 사람이 나를 만져야 하는 장면에선 그의 피부가 창백해져. 콧구멍이 수축되고. 다 보여."

"노마, 그건 너무 과장이야. 분명 알겠지만—"

"저기, 나한테서 냄새나? 무슨 냄새야?"

사실은, 매릴린, 여기 당신을 욕망하지 않는 남자가 있어. 당신이 유혹하는 데 실패한 남자. 당신과 섹스하느니 암소와 하는 게 더 빠를 남자. 수백만 명 중 한 사람.

극작가! 그는 어떻게 생각하고, 어떻게 행동할 것인가?

이 여자는 그의 아내다. 블론드 배우, 그의 아내.

이곳 영국에서 그는 자기 앞에 놓인 과업의 본질을 이해하기 시작했다. 지형이 바뀌면서 돌연 예상치 못한 놀라운 풍경이 눈앞에 펼쳐졌고 도보 탐험가로서 그는 자기 앞에 놓인 도전 과제를 이해하기 시작했다.

그는 아주 빠르게 여자의 간호사가 되었다! 여자의 유일한 친구.

하지만 그는 O와도 친구였다. 그는 오랫동안 O를 존경해왔다. 그의 희곡은 O와 같은 배경과 이력의 배우에게는 어울리지 않았다. 그래도 극작가는 O를 숭배했고 O와 벗하고 대화할 수 있어 감사했다. 그는 O가 이 프로젝트를 맡기로 한 것이 주로 돈 때문일 거라고 짐작했다. 그래도 O는 직업정신이 매우 투철한 배우고 무척 품위 있는 남자이므로 최선을 다해 연출과 연기에 임할 거라고 믿어 의심치 않았다.

연극계 사람으로서 극작가는 영화제작 과정에 매료될 준비가 되어 있었고 배울 수 있는 것은 배울 태도가 되어 있었다. 사실 그는 이미 시나리오 작업에 착수한 상태였다. 그의 첫 영화각본.

블론드 배우, 그의 아내를 위한 각본.

그러나 그는 영화제작 과정에 충격을 받고 혼란에 빠졌다. 이 북새통과 끊임없는 분주함까지는 미처 예상치 못했다. 사람들이 너무 많았다! 조명을 환히 밝힌 공간에서 배우들이 연기를 했고, 그곳을 기술진과 카메라맨과 감독과 조연출이 에워쌌다. 장면이 시작되고 중단되고 다시 시작되고 또 중단되고 다시 시작되고 또

중단됐다. 똑같은 장면을 찍고 또다시 찍었다. 메이크업과 머리 모양을 미친듯이 집요하게 걱정했다. 이 영화에는 작위적이고 비현실적인 면이 있었고, 저렴하고 조악하면서도 겉만 번드르르한 분위기가 그는 몹시 거슬렸다. O가 카메라 앞에서 왜 저렇게 이상하게, 왜 저렇게 익살맞게 연기하는지, O는 연극인으로서 훈련받은 배우였으니, 이해가 되기 시작했다. 쇼걸은 '자연스러운' 반면, 왕자는 완전히 작위적이었다. 가끔은 둘이 전혀 다른 언어로 말하는 것 같았다. 혹은 근본적으로 다른 장르, 즉 응접실희극과 사실주의연극이 하나로 묶인 것 같았다. 사실 캐스팅된 배우 중 오직 블론드 배우만이 다른 연기자들을 상대하는 척하면서 카메라를 향해 연기하는 법을 아는 듯했다. 그러나 블론드 배우의 자신감은 제작 초기에 일찌감치 흔들렸고, 소녀다운 열정도 O의 냉담함에 식어버려 페이스가 무너져버렸다.

"대디, 당신은 이해 못해. 이건 연극이 아니야. 이건……"

블론드 배우는 말끝을 흐렸다. 사실, 말해봤자 무슨 소용인가?

그날 밤늦게 블론드 배우가 극작가에게 다가와 그의 팔을 끌어당기며 미리 준비해둔 대사를 읊듯 말했다. "대디, 들어봐! 내가 하는 일은, 나는 혼자라고 스스로에게 말하는 거야. 그리고 내가 이렇게 다른 사람과 같이 있으면, 아니 여러 명이랑 있을지도? 그 사람들이 누군지 모르지만 거기엔 목적이 있어. 우리가 그 자리에 있는. 우리가 왜 그런 장소에 있는지, 그게 방인지, 아니면 야외나 차 안일 수도 있는데, 거기엔 어떤 논리가 있겠지? 우리가 왜 그 장소에 있는지, 우리가 서로에게 어떤 의미인지, 그 장면을 연기함으로써 파악하는 거야." 여자는 그에게 불안한 미소를 지어 보였다. 얼마나 간절히 그를 이해시키고 싶어하는지. 그 심정이 그의 심장에 와닿았다. 그는 여자의 상기된 뺨을 어루만졌다. "봐봐, 대디, 지금 바로 당신과 나처럼. 우린 여기 단둘이 있고, 우린 그 이유를 알아낼 거야. 우린 사랑에 빠졌고…… 우린 이유를 이해하기 위해 하나가 되었어. 우리가 앞날을 알 수 있다는 게 아냐. 알 수 없지! 우린 빛의 원 안에 있고, 바깥은 어둠이고, 우린 보트를 타고 망망대해를 떠다니는 것처럼 어둠의 바다에 단둘이 있는 거야, 알겠어? 우린 겁이 나지만, 여기엔 어떤 논리가 있어. 있다고! 그러니까 겁이 나도, 나를 싫어하는 사람들하고 같이 이곳 영국에 있는 것처럼 무서워도…… 스타니슬랍스키는 말하지, '군중 속의 고독'이라고."

극작가는 아내의 열변에 깜짝 놀랐지만, 아내가 하는 말을 대부분 이해할 수 없었다. 그는 아내를 단단히, 단단히 끌어안았다. 여자는 그날 아침 머리카락 뿌리와 이마선을 새로 탈색해서 자극적이고 역겨운 화학약품 냄새가 강하게 났고, 그 탓에 극작가의 콧구멍이 수축됐다. 그 냄새를, 블론드 배우는 이미 오래전부터 맡지 못했다.

망자의 왕국에서 이제 여자는 가라앉기 시작했다. 여자의 골수가 납으로 변했다. 이 스산한 해저 왕국과 이곳의 물고기 주민들이 여자는 소름끼쳤다.

저들은 나를 미워해. 저 눈빛을 봐!

극작가는 O의 친구인 만큼 혹은 O와 친구가 되고 싶어한 만큼, O의 특사이기도 했다. 극작가와 명성이 자자한 영국 배우 O는 둘 다 '신경질적인' 여배우와 결혼한 남자였다.

블론드 배우는 조롱하는 웃음소리를 들었다! 극작가는 마르크스 브라더스 영화에 나오는 조연처럼 딱 잘라 말했다. "내 사랑, 아냐. 저건 그냥 수도관에서 나는 소리야."

수도관이라니! 여자는 웃을 수밖에 없었다.

"내 사랑, 왜 그래? 당신이 그러니까 겁나잖아."

블론드 배우는 납으로 된 비단뱀이 부르르 떨다 생명을 얻더니 침대 바로 옆으로 기어오는 꿈을 꾸었다. 영원히 습기를 머금은 왕국의 오래된 석조 주택 내 호화로운 숙소에서. 사실 그렇긴 했다, 낡은 배관이 신음을 흘리고, 몸부림치고, 침을 뱉었다. 조롱하는 웃음소리는 전성관을 통하듯 그런 배관을 통해 전달됐다. 극작가는 걱정하고, 살살 달래고, 짜증내고, 참고 애원하고, 위협하기 직전까지 갔다가 다시 걱정하고, 불안해하고, 공감하며 달래고, 짜증내고, 참고 애원하다가 절망하기 직전이었다.

노마 내 사랑 아래층에서 차가 한 시간째 기다리고 있어 일어나자 샤워하고 옷 입어야지 내가 도와줄까 내 사랑 제발 일어나

여자는 칭얼거리며 남편을 밀쳐냈다. 눈꺼풀은 꽉 감긴 채였다. 귀가 솜으로 막힌 것처럼 말소리가 먹먹하게 들렸다. 아주 오래된 음반을 듣는 것처럼 어렴풋이 기억나는, 한때 여자가 사랑했던 목소리. 한때 그 음반이 불러일으켰던 신비한 감정이 기억난다.

좀더 시간이 지나고, 오후 시간도 훌쩍 흘러가면서 그 솜에 막

힌 목소리는 점점 다급해졌다. 내 사랑 난 지금 진지해   당신이 이러니까 겁나잖아   모두의 희망이 당신에게 걸려 있어 저들을 실망시키지 말아줘

꿈속으로 가라앉는다. 오, 여자의 불안이 가셨다! 새로운 약물이 여자의 골수로 스며들어 여자를 빠르게 감싸안았다.

극작가는 미칠 것만 같았다. 어쩌지? 어쩌지?

집에서 너무나도 멀리 떨어진 이 스산하고 야박한 곳에서. 숙소로 빌렸는데 배관은 비명을 지르고 외겹 유리창에는 끊임없이 물방울이 맺히는 이 오래된 석조 주택에서.

틀림없는 저 증상들. 초점 없는 충혈된 눈. 엄지로 눈꺼풀을 들어올려도 여자는 보고 있지 않았다. 부어오른 살을 엄지로 꾹 누르면 다시 올라오는 데 한참 걸렸다. **망자의 피부처럼.**

간신히 일어나도 움직임이 굼떴고 몸의 균형을 어떻게 잡아야 할지 모르는 것 같았다. 땀을 흘리면서도 부들부들 떨었다. 숨결에서 손에 오래 쥐었던 구리 동전 냄새가 났다.

어째서 패닉에 빠진 와중에도 보바리 부인의 죽음이 생각났을까? 오래 계속된 끔찍한 고통. 비어져나온 혓바닥, 죽어가며 일그러진 창백한 피부의 아름다운 여자. 보바리 부인이 죽을 때 그 입에서 흐르던 시커먼 액체.

극작가는 그런 생각을 떠올린 자신이 부끄러웠다.

왜 내가 이 여자와 결혼했을까! 왜 내가 충분히 강하다고 생각했을까!

극작가는 그런 생각을 떠올린 자신이 부끄러웠다.

난 이 여자를 아주 사랑한다. 나는 이 여자를 반드시 구해야 해.

그는 수치심을 느끼며 약물을 찾기 위해 여자의 여행가방 안쪽 비단 주머니를 뒤졌다.

이것, '여분의' 알약. 그가 알아서는 안 되는 여자의 은닉처, 여자가 영국에 몰래 들여온 약물.

여자는 길길이 날뛰며 울면서 그를 발로 찼다. 왜 자길 혼자 내버려두지 않았느냐고.

그냥 죽게 내버려둬! 그게 당신들 모두가 원하는 거잖아, 안 그래?

당신은 아주 사소한 문제로 나의 애정을 시험했어. 우리 사랑을.

사소한 문제라고! 당신은 그 개새끼에게 맞서 날 옹호하지 않았잖아.

누가 틀렸는지 언제나 명확한 건 아니야.

그 사람이 매릴린을 경멸했다고!

아니. 매릴린을 경멸한 건 당신이었어.

하지만 대디가 나를 임신시키기만 했다면 난 대디를 다시 사랑했을 텐데.

얼마나 간절히 아기를 원했는지! 가장 멋진 꿈에서는 구겨진 베개가 아기였다. 꼭 껴안고 싶은 말랑말랑한 아기. 유방이 부풀어 젖몸살을 앓았다. 빛의 원 바로 바깥에 아기가 있었다. 반짝이는 눈의 아기가 있었다. 제 어미를 알아보고 방긋 웃는 아기가 있었다. 여자의 사랑을 필요로 하는, 오직 여자의 사랑만을 필요로 하는 아기가 있었다.

오래전에 여자는 실수를 저질렀다. 아기를 잃어버렸다.

꼬마 이리나도 잃어버렸다. 그 저승사자 같은 어미에게서 이리나를 구하지 못했다.

이중 어느 것 하나도 남편에게 설명할 수 없었다. 아니 어떤 남자에게도.

몇 번이나 남편의 품에 안겨 남편의 안경을 벗기고(영화 속 한 장면처럼, 그는 케리 그랜트였다) 키스하고 껴안고 소녀다운 수줍은 뻔뻔함으로 바지 위로 그의 거기를 어루만져 다른 어떤 여자도 해주지 않았던(진짜?) 방식으로 그렇게 조용히 그를 단단하게 만들었다. 오, 대-디! 오 이런.

그래, 임신했다면 그를 용서했을 것이다. 여자는 임신해서 그의 아이를 낳기 위해, 숭배하는 미국 극작가의 아들을 낳기 위해 그와 결혼했다. (책으로 출간되어 서점 서가에 비치된 그의 희곡. 런던의 서점에도! 여자는 그를 무척 사랑했다. 무척 자랑스러웠다. 휘둥그레진 눈으로 묻는다. 책표지에 쓰인 자기 이름을 보는 기분이 어때? 책등에 적힌 자기 이름을 볼 줄은 전혀 예상도 못하고 서점에서 책장을 힐긋거리는데 자기 이름이 보이는 거야, 그럼 느낌이 어때? 나라면 무척 뿌듯할 것 같아, 살면서 다시는 불행하다거나 자격 없다거나 그런 생각이 들지 않을 거야.)

그래, 여자는 그를 용서했을 것이다. 여자를 싫어하는 영국인 O의 편을 들고, 여자를 경멸하는 저 빌어먹을 영국 극단의 편을 든 것까지.

그러나 그는 계속 변명했다. 판단하려 들었다. 이게 논리의 문제라도 되는 것처럼.

　내 사랑 당신은 열이 있어　　　당신 통 먹지를 않았잖아　　　내 사랑
의사를 부를게

　그리하여 여자는 세트장에 복귀했다. 지금 이건 일이었고, 직
무이자 의무이자 속죄였다. 여자가 등장하자 내려앉은 적막!—
대홍수의 후유증, 아니 대격변의 기대감. 방음스테이지 뒤쪽 어딘
가에서 누군가 야유하듯 열렬히 박수쳤다. 그리고 분장실 거울에
서 매혹적인 매릴린을 소환하기까지 얼마나 오래, 얼마나 애먹이
며 오래 걸렸는지, 한 시간이 아니라 두 시간, 화이티가 노련한 사
제의 손을 부지런히 놀렸고, 마침내, 마법을 부렸다.

　솔직히 우린 깜짝 놀랐어요. 저렇게 허약하고 자신 없는 사람이라니.
우린 모두 아주 강했고, 먼로는 외모밖에 가진 게 없었죠. 그랬는데 러
시프린트에서, 최종 필름에서, 우린 완전히 다른 사람을 봤어요. 먼로의
살결, 눈, 머리, 표정, 몸, 전부 생기가 넘치는 거예요…… 시나리오에서
제공하는 것이 거의 전무한 상태에서 먼로는 쇼걸을 진짜 살아 숨쉬는
사람으로 만들었더군요. 그 여자는 우리 중 영화를 만들어본 경험이 있
는 유일한 사람이었고, 우린 먼로 옆에서 모두 허수아비였어요. 완벽히
무의미한 영국식 영어를 완벽히 발음하는 의상실 마네킹이었다니까요.
오 맞아요 먼로를 알던 당시에 우리는 확실히 먼로를 싫어했죠, 하지만
영화를 보고 난 후 우린 다 먼로의 숭배자가 됐어요. 심지어 O마저, 그
역시 먼로를 완전히 오판했음을 인정할 수밖에 없었죠. 사실상 먼로는
그 둘이 같이 나오는 모든 장면에서 O를 완전히 지워버렸어요! 우린 영

화를 망치는 장본인이 먼로라고 믿었는데 먼로 혼자 그 웃기는 영화를 구한 거죠. 그거참 아이러니하지 않아요? 참 희한하지 않아요?

그러나 또다시 그 빌어먹을 응접실 안이다. 오, 여자에게 이곳은 지옥이었다, 이 무대 세트장은. 저 학자연하는 왕자와 쇼걸이 마침내 단둘이 남고, 저 학자연하는 왕자는 쇼걸을 유혹하고 싶어 하지만 쇼걸은 교묘히 잘만 빠져나간다. 세트장에는 저 빌어먹을 곡선형 계단이 있고, 지긋지긋하게 싫어진 이 재미없고 느려터진 동화의 얼마나 많은 장면에서 목이 깊이 파이고 허리를 꽉 조이는 새틴 드레스를 입어야 하는지, 지금 쇼걸은 그 드레스 차림으로 저 계단을 올라갔다 내려갔다 올라갔다 또 내려가야 한다. 거지 소녀 쇼걸. 여성의 몸뚱이 쇼걸. 가장 울화가 터지는 것은, 쇼걸인데 춤을 추면 안 된다는 것이다! 왜?—춤추는 장면이 시나리오에 없어서. 왜?—원작 희곡에 없어서. 왜?—이젠 너무 늦었다, 예산이 너무 많이 들 것이다. 왜?—당신이 그 장면을 연기하려면 아주 오래 걸릴 테니까, 매릴린. 왜?—당신 대사나 제대로 외워, 매릴린. 왜?—왜냐면 우린 당신을 지긋지긋하게 싫어하니까. 왜?—왜냐면 우린 당신의 미국 돈을 원하니까.

이 망자의 왕국에서 여자는 주술에 걸렸다.

집이 그리워! 집에 가고 싶어.

갑자기 계단에서 쇼걸이 넘어졌다, 심하게. 하이힐이 드레스 밑단에 걸렸다. 여자는 굴러떨어졌고, 신음을 흘렸다. 여자는 넴뷰탈의 약효를 상쇄하려 밀타운과 벤제드린을 여러 알 삼켰고, 뜨거운 홍차에 진을 타서 마셨으며, 극작가는 그 사실을 몰랐고(훗날 몰랐다고 주장한다), 여자는 곡선형 계단에서 굴러떨어졌고, 세트장 여기저기에서 비명이 터졌고, 젊은 카메라맨이 여자를 구하러 달려갔다. 근거리에서 걱정스레 지켜보던 극작가는 이제 여자를 구하러 부랴부랴 달려가 사랑의 고뇌 속에서 아내 옆에 무릎을 꿇고 앉았다.

맥박! 맥박은 어디 있는 거야!

몇 야드 떨어진 계단참에 서 있던 무대의상 차림의 학자연하는 왕자는 외알 안경을 통해 지그시 내려다보았다.

"약물이군. 위세척을 시켜."

그들은 절대 O를 용서하지 않을 것이다.

바닷가 왕국

1

남자가 여자를 데려간 곳은 브런즈윅에서 북쪽으로 40마일 떨어진 메인 해안의 갈라파고스코브라는 마법의 섬이었다.

결혼한 지 일 년이 넘었고 이곳저곳 여러 장소에서 살아보기도 했는데 여자는 여전히 그의 어린 신부였다. 여자를 완전히 얻으려면 아직 멀었다.

남자는 여자의 그런 점이, 발견과 놀람과 기쁨의 쨍한 느낌이 좋았다. 남자는 여자의 변화무쌍한 기분이 두렵지 않았고, 여자의 기분을 다루는 데 통달했다.

남자가 여름 동안 빌린 집과 집 뒤쪽의 바다 전망을 보고 여자는 어린애처럼 신이 났다. "와! 진짜 아름답다. 오, 대디, 여길 떠나고 싶지 않아."

묘하게 어린애가 간청하는 듯한 말투였다. 여자는 남자를 끌어안고 격렬히 입을 맞췄다. 남자는 예전에 자식들과 포옹할 때 느꼈던 따스하고 열정적인 생기를 여자에게서 느꼈다. 때로는 사랑이, 그 책임감이 거세게 밀려들어 온몸이 물리적으로 떨리기도 했다. 그의 독자성 자체가 말소되는 느낌이었다.

낭떠러지 아래 바위투성이 해안과 탁 트인 드넓은 대서양을 바라보면서 남자는 그것이 다 제 것이거나 한 듯 우뚝 서서 우쭐대며 싱글거렸다. 이것은 그가 아내에게 주는 선물이었다. 이것을 아내는 선물로 받아들였고, 사랑의 공물처럼 소중히 아꼈다. 그날 오후에는 파도가 바람을 타고 사납게 요동쳤다. 햇빛이 금속처럼 해수면에 반사되었다. 청회색으로, 탁한 남색으로, 짙푸른 초록으로, 이리저리 떠다니는 해조류와 포말, 바다는 한시도 가만있지 않는다. 남자가 기억하던 대로 짭짜름한 공기는 상쾌하면서도 바람을 타고 온 물보라로 습했고, 수증기를 머금고 질주하는 구름이 가득한 하늘은 수채화처럼 묽고 연한 푸른색이었다. 그렇다, 아름다웠다. 이것은 그의 것이었고, 그가 헌정하는 것이었다. 그의 심장은 행복감과 기대감으로 터질 것 같았다.

두 사람은 6월 초순의 바닷바람을 맞으며 서서 추위에 떨었다. 서로의 허리를 단단히 감싸안은 채. 갈매기들이 머리 위에서 날개를 파닥이고 빙글빙글 돌면서 제 영역을 침범한 자들에게 분노하듯 귀청이 찢어져라 울어댔다.

낡은 생각 같은, 갈라파고스코브의 고리부리갈매기.

"오, 사랑해."

남자를, 자신의 남편을 올려다보고 환히 미소 지으며 말하는데, 너무 열정적이라 사랑한다는 말을 생전 처음 해본 거라 해도 믿을 정도다.

"우린 당신을 사랑해."

남편의 손을 잡아 자신의 배에 대고 살포시 누른다.

따스하고 둥근 배. 여자는 살이 붙는 중이었다.

아기는 뱃속에서 두 달하고 엿새째였다.

2

침대 위에서, 남자는 여자의 맨살이 드러난 배에 뺨을 대고 어루만지며 입을 맞췄다. 아직 임신 초기인데도 북처럼 팽팽하게 당겨진 해말간 피부가 놀라웠다. 여자는 어찌나 건강한지, 생기와 활력이 넘쳐흘렀다! 뱃속의 아기에게 충분한 영양분을 주려고 식이요법을 엄격히 지켰다. 비타민 외엔 어떤 약도 먹지 않았다. 아내로서 엄마로서 충실한 삶을 살고자 속세의 커리어(이 단어를 경멸조나 후회조나 분개조로 얘기한 건 아니고 다만 속세의 세속적 삶을 거부하는 수녀가 자신의 과거를 언급하듯 당연하다는 투로 말했다)에서 은퇴했다. 남자는 여자에게 키스했고, 뱃속의 아기 소리를 듣는 척, 상상 속의 심박음을 듣는 척했다. 들려? 안 들려? 남자는 여자의 복부를 쓰다듬고 몇 년 전 맹장수술 때 생긴 지퍼자국 같은 흉터를 살며시 어루만졌다. 낙태 수술은 또 얼마나 많이 했을까. 매릴린에 대한 소문들! 나는 그런 소문들에 귀를 닫았지, 매릴린과 사랑에 빠지기 전부터 그랬어. 진짜야. 여자를 보호하려는 남자의 욕구는, 고집 세고 불량한 아이의 과거처럼 혼란스럽고 무분별하고 난잡하지만 그래도 순진했던 과거의 회상으로부터 여자를 구하고자 하는 것이었다.

아름다운 여자의 몸에 경탄하며 넋을 잃는다. 이 여자, 그의 아내. 내 아내!

백옥처럼 부드러운 살결, 여자의 아름다움을 감싼 생기.

바다처럼 이 아름다움은 한시도 가만있지 않았다. 빛과 함께, 빛의 그러데이션을 입은 것처럼. 또는 달의 중력을 받은 것처럼. 여자의 영혼은 남자에겐 신비로우면서도 무시무시했고, 분사된 물줄기 위에 아슬아슬하게 균형을 잡고 있는 비눗방울 같았다. 진동하고, 끊임없이 움직이고, 오르고, 내리고, 다시 오르락내리락…… 영국에서 여자는 죽고 싶어했다. 만약 그가 의사를 부르지 않았더라면 어떻게 됐을지. 그것도 한두 번이 아니었다…… 여자가 무너질 당시, 영화가 막 완성되고 나서, 깡마르고 피폐한 여자는 제 나이로 혹은 나이보다 더 들어 보였다. 그러나 미국으로 돌아오고 몇 주 만에 여자는 완전히 컨디션을 회복했다. 임신 두 달째인 지금은 남자가 본 그 어느 때보다 건강했다. 심지어 아침 입덧마저 여자의 기운을 북돋는 것 같았다. 어찌나 멀쩡한지! 그리고 멀쩡하다는 게 어찌나 좋은지! 지금 여자에게는 전에 그가 딱 한 번 보았던, 그의 희곡에서 마그다의 대사를 리딩할 때 보여췄던 그 단순함과 솔직담백함이 있었다.

도시에서 벗어나. 타인들의 기대에서 벗어나. 타인들의 끝없는 시선에서 벗어나. 그의 아이를 임신하고.

노마를 위해 한 일이야. 노마에게 삶을 되돌려주었지. 내가 그걸 감당할 수만 있다면 좋겠군.

다시 아버지가 되는 것. 너무 오랜 세월이 지난 후. 거의 쉰이 다 되어.

3

극작가는 여름이면 종종 갈라파고스코브에 왔다. 다른 여자와 함께. 그의 전부인. 지금보다 젊었을 때. 남자는 그 기억에 미간을 찌푸렸다. 그런데 뭐가 기억났을까? 기억이라고 할 만한 건 아니었다. 휘몰아치는 영감 속에 일필휘지로 써내려간 후 옆으로 치워뒀다가 까맣게 잊어버린 희곡 초고, 그 낡고 누리끼리한 종이더미를 뒤적이는 것과 비슷했다. 영감이 휘몰아칠 때는 원고를 잊기는커녕 그 느낌이 달라질 거라는 것조차 믿지 못한다. 그는 심란하여 한숨을 내쉬었다. 축축한 바닷바람에 몸을 떨었다. 아니, 그는 행복했다. 그의 어린 새 아내는 고집 센 아이처럼 민첩하면서도 약간 무모하게 조약돌 해변으로 내려가는 중이었다. 그는 어느 때보다 행복하다고 자신했다.

갈매기 울음소리. 이런 반갑지 않은 생각들이 어디서 솟은 거지?

4

"대디, 얼른!"

여자는 이끼 낀 미끄러운 바위와 바다 쓰레기 사이로 벼랑을 내려갔다. 꼬마 여자애처럼 신이 났다. 모래사장이라기보다 조약돌이 깔린 해변이었다. 거품 섞인 파도가 여자의 발치에서 부서졌다. 여자는 발이 젖는 것도 아랑곳하지 않는 듯했다. 옅은 색 머리칼이 바람에 채찍처럼 휘날렸다. 뺨에서 눈물이 반짝였고, 민감한 눈은 금세 그렁그렁해졌다. "대디? 여기야." 파도소리가 너무 시끄러워 여자의 말이 거의 들리지 않았다.

남자는 여자가 해변으로 내려가는 모습을 보고 싶지 않았지만, 말려봤자 소용없다는 것쯤은 잘 알았다. 두 사람 사이의 위험한 고리, 즉 아내의 괴팍한 자기파괴적 행동과 자신의 가부장적 질책, 위협, 실망의 유해한 결합을 재차 불러내지 않을 정도의 분별력은 있었다.

다시는 절대로! 극작가는 그러기엔 너무 똑똑했다.

그는 웃음을 터뜨리며 아내를 뒤쫓아 내려갔다. 젖어서 미끈미끈한 바위는 생각보다 훨씬 위험했다. 물보라가 얼굴에 튀어 안경이 습기로 뿌옇게 흐려졌다. 벼랑 높이는 15피트쯤으로 해변까지 아주 멀지는 않았지만 미끄러지지 않고 내려가기란 여간 힘든 게 아니었다. 아내가 그렇게 빨리 원숭이처럼 날렵하게 내려가다니 그는 감탄을 금치 못했다. 난 저 여자를 몰라, 내가 뭘 알기나 하나! 그는 생각했다. 이것은 하루에도 열두 번씩 예고도 없이, 밤에 어쩌다 잠이 깨서 곁에 있는 여자가 가볍게 신음을 흘리거나 칭얼거리거나 심지어 잠결에 웃을 때면 문득 그의 머릿속을 스치는 생각이었다. 무릎이 뻣뻣했고, 중심을 잃었다가 가까스로 몸을 가누었는데 그 와중에 손목을 접질릴 뻔했다. 숨이 차고 심장이 흉곽 안에서 쿵쾅거렸지만 그는 행복하게 웃었다. 그래도 그 나이 또래 남자치고는 민첩한 편이었다.

갈라파고스코브에서 그들은 정체가 알려지기 전까지 아버지와 딸로 오인받을 것이다.

그날 저녁 극작가는 해안을 따라 좀더 북쪽에 있는 웨일러스 인Inn으로 아내를 데려가 저녁을 먹는다. 촛불 아래 손을 맞잡고. 새하얀 서머드레스를 입은 섬세한 이목구비의 젊고 예쁜 블론드 여자. 태도가 정중하고 말씨가 부드러우며 굽은 어깨에 뺨에는 깊은 주름이 팬 키가 큰 연상의 남자. 저 커플 말이야. 여자가 되게 낯익은데……

남자는 여자 옆으로 펄쩍 뛰어내렸고, 뒷굽이 자갈투성이 모래 속에 푹 박혔다. 파도소리에 귀가 멀 것 같았다. 여자는 두 팔로 남자의 허리를 꼭 끌어안더니 스웨터와 셔츠 속으로 손을 넣어 맨살을 만졌다. 두 사람은 여자가 엘엘빈 카탈로그를 보고 주문한 남색 케이블 니트 스웨터를 맞춰 입었다. 두 사람은 숨을 헐떡이며 각자 간신히 위험을 피한 것처럼 기묘한 안도감에 웃음을 터뜨렸다. 하지만 위험이 어디 있었지? 여자는 까치발로 서서 남자의 입술에 격렬히 키스했다. "오, 대디! 고마워! 오늘은 내 생애 가장 행복한 날이야."

두말할 나위 없이, 여자가 진심이라는 것을 알 수 있었다.

5

그곳은 동네 사람들에게 '선장의 집'으로 알려져 있었고, 예거 하우스라고 불리기도 했는데, 바다 위 절벽에 어느 선장을 위해 1790년에 지은 집이었다. 높이 우거진 라일락 생울타리가 여름철이면 통행량이 많아지는 130번 지방 고속도로에서 집이 보이지 않도록 시야를 가려주었다.

선장의 집은 오래된 뉴잉글랜드식 주택으로, 비바람에 삭은 목재와 석재, 가파른 지붕과 중간에 기둥이 있는 좁고 긴 창문, 묘하게 길쭉하고 낮은 네모난 방들로 이루어진 소금통형 가옥*이었다. 위층 방은 작고 외풍이 심했다. 사람이 서서 들어갈 수 있을 만큼 큰 석조 벽난로가 있었고 그 주위를 닳은 벽돌로 둘렀다. 맨 마룻바닥에는 끈을 꼬아 만든 러그가 깔렸고, 사랑스럽게 세월을 먹어 빛바랜 러그는 지나온 시간을 증명하는 듯했다. 굽도리널과 계단 난간은 손으로 깎아 만들었다. 가구는 대부분 낡고 오래된 골동품이었고, 18세기 뉴잉글랜드의 수제품 의자와 테이블과 서랍장은 판판한 표면과 꾸밈없는 직선에서 청교도적 근신과 절제가 엿보였다. 아래층에는 바다 풍경을 묘사한 그림과 남녀 초상화가 걸렸

---

*경사진 땅에 지어서 앞에서 보면 2층인데 뒤에서 보면 1층인 주택.

는데, 어설프기 짝이 없는 그림 솜씨가 진짜 '민속 회화'라고 할 수밖에 없었다. 손으로 직접 바느질한 누비이불과 자수 쿠션도 있었다. 그리고 골동품 시계가 수도 없이 많았다. 대형 괘종시계와 배에서 사용하던 시계, 유리관을 씌운 독일풍 시계, 뮤직박스 시계, 검은색 래커가 세월이 흐르면서 뿌옇게 흐려진 도자기 시계 등등. ("오, 이거 봐! 시계가 다 다른 시간에 멈췄어!" 노마가 말했다.) 적당히 비용을 들여 수차례 개조해서 부엌과 욕실과 전기 배선은 제법 현대식이었지만, 선장의 집은 세월과 폐허와 시간의 가르침을 품고 있었다.

특히 천장이 낮고 창문이 없고 바닥은 먼지투성이인 지하실이 그랬다. 체중에 눌려 흔들리는 나무 계단을 밟고 손전등으로 거미줄 쳐진 어둠을 밝히며 내려가야 했다. 그곳에는 기름보일러가 있었고, 다행히 여름철에는 쓸 일이 없었다. 썩은 사과처럼 뭔가 달큰하고 눅눅한 냄새가 강하게 났다.

하지만 지하실에 내려갈 일이 뭐가 있겠는가? 그들이 그럴 일은 없을 터였다. 두 사람은 방충망 안쪽 포치에서 지적의 바다를 내다보며 한동안 앉아 있었다. 레몬향 소다수를 마시며 손을 맞잡고 몇 달 후의 일들을 얘기했다. 집은 아주 고요했다. 전화선은 아직 들어오지 않았고, 그들은 전화 없이 지내는 환상을 품었ㅡ "뭐하러 전화를 놔? 우리한테 연락하고 싶어하는 딴사람들을 위해?" 그러나 당연히 전화를 두긴 할 것이다. 전화를 피할 수는 없었다. 극작가가 아주 열정적으로 새 작품에 전념하고 있었으니까. 1층을 둘러본 후 두 사람은 위층으로 올라가 가장 넓고 가장 통풍이 잘되는 침실에 짐을 풀었다. 닳은 벽돌을 두른 석조 벽난로가 있고 꽃무늬 벽지로 새로 도배하고 향나무 우듬지 너머로 바다가 보이는 방이었다. 호두나무를 깎아 만든 침대 머리판이 달린 고풍스러운 사주식 침대. 타원형 전신거울에 비친 두 사람의 웃는 얼굴. 남자의 이마, 코, 뺨이 햇볕에 탔다. 여자의 얼굴은 새하얬는데, 챙 넓은 밀짚모자를 써서 민감한 피부를 보호했기 때문이다. 여자는 남편의 쓰라린 피부에 살살 녹스제마를 발라주었다. 이마도 탔다고? 여자는 남자의 이마에 녹스제마를 발라주고 그의 손등에 키스했다. 여자는 타원형 거울 속 그들의 얼굴을 가리키며 웃음을 터뜨렸다. "저 사람들은 행복한 커플이야. 웬 줄 알아? 저 사람들에겐 비밀이 있거든." 아기를 말하는 것이었다.

사실, 아기가 생겼다는 사실을 철저히 비밀로 한 것은 아니었다. 극작가는 연로한 부모와 맨해튼의 몇몇 죽마고우에게 얘기했다. 목소리에 자부심이 묻어나도록 신경쓰면서. 그러나 근심과 당혹이 더 진하게 묻어났다. 그는 사람들이 뭐라고 얘기할지, 심지어 그를 좋아하고 그의 새 결혼생활이 잘되기를 바라는 사람들조차 뭐라고 할지 잘 알았다. 아기라고! 그 나이에! 자네 진짜 사내였군. 매력적인 젊은 아내를 둔 사내. 노마는 아직 아무에게도 얘기하지 않았다. 너무 소중해서 공유하기 어려운 소식처럼. 아니면 미신을 믿어서. ("나무를 두드려!"는 여자가 종종 하는 말 중 하나였고, 거기에 불안한 웃음소리가 곁들여졌다.)

노마는 조만간 로스앤젤레스에 있는 어머니에게 전화해 알릴 거라고 말했다. 그러면 글래디스가 자신을 보러올지도 모른다, 산

달이 다 되어서. 아니면 아기가 태어난 후에.

극작가는 아직 장모를 찾아뵙지 않았다. 그는 자기와 별로 나이 차가 나지 않는 여인의 모습을 상상했고, 괜히 남들 눈이 신경 쓰였다.

늦은 오후에 두 사람은 옷을 다 입은 채로 신발만 벗고 고풍스러운 침대에 누워 한참을 빈둥거렸다. 매트리스는 말총을 채운 것이었는데 묘하게 딱딱하고 뻣뻣했다. 남자는 왼팔을 벌려 여자에게 팔베개를 해주고 여자는 남자의 어깨에 머리를 얹고, 그렇게 두 사람이 가장 좋아하는 자세로 누워 있었다. 노마가 기운이 없거나 외롭거나 애정을 갈구할 때면 두 사람은 종종 그렇게 누워 있었다. 그대로 꿈나라로 흘러가기도 했다. 사랑을 나누기도 했다. 잠을 자고 나서 사랑을 나누기도 했다. 지금 두 사람은 집안의 적막에 귀를 기울이며 누워 있고, 그것은 층층이 쌓인 복잡하고 신비로운 적막 같았다. 썩은 사과 냄새가 나고 창문이 없고 먼지가 쌓인 지하실에서 비롯된 적막이 마룻바닥을 통과해 집안의 여러 방을 지나 그들의 머리 위로, 뜻밖에 현대식으로 크리스마스 포장지 같은 은박 단열재까지 붙인 아직 공사중인 다락으로 올라갔다. 극작가는 세월이 땅에서 두둥실 떠오르며 점차 가벼워지고 너그러워지는 모습을 머릿속으로 그렸다.

두 사람이 노동절까지 지내게 될 선장의 집의 신비로운 적막 너머에서 파도의 규칙적인 두드림이 거인의 심장박동처럼 들렸다. 때때로 저쪽 반대편에서 지방 고속도로를 지나는 차 소리도 들렸다.

극작가는 아내가 잠든 줄 알았는데 여자의 말씨는 또렷하고 신이 나 있었다. "그거 알아, 대디? 난 아기가 여기서 태어났으면 좋겠어. 이 집에서."

그는 빙그레 웃었다. 아기는 12월 중순에나 태어날 예정이고, 그때쯤이면 그들은 맨해튼으로 돌아가 웨스트 12번가에 빌린 브라운스톤 아파트에 있을 것이다. 그러나 그는 아내의 말에 반박하지 않는다.

여자는 남자가 큰소리로 대꾸하기라도 한 듯 말했다. "난 무서워하지 않을 거야. 육체적으로 아픈 건 겁나지 않아. 난 가끔 이런 생각을 해, 고통은 심지어 현실도 아니고, 현실일 거라 예상하는 것에 불과하고, 우린 괜히 겁먹고 움츠러드는 거라고. 우린 산파를 부를 수도 있어. 나 지금 진지해."

"산파?"

"난 병원이 싫어. 병원에서 죽고 싶지 않아, 대디!"

그는 고개를 돌려 아주 이상하다는 듯 아내를 바라보았다. 이 사람이 방금 무슨 얘길 한 거지?

6

그래 하지만 당신이 아기를 죽였어.

아니야! 그럴 생각이 아니었어.

아니 당신은 아기를 죽일 생각이었어. 그건 당신의 결정이었지.

같은 아기가 아니야. 이 아기가 아니라고……

그건 당연히 나였어. 항상 나지.

여자는 썩은 사과 냄새가 나는 먼지 쌓인 지하실을 피해야 한다는 것을 알고 있었다. 아기는 전부터 그곳에 있었고, 여자를 기다리고 있었다.

7

여자가 어찌나 행복해하는지! 어찌나 건강한지. 선장의 집에서 극작가는 기분이 한껏 고무됐다. 이곳 바닷가 여름 피서지에서. 남자는 아내를 더없이 사랑했다. 그리고 아주 감사했다.

"아내는 아주 잘 지냅니다. 임신이 체질에 잘 맞나봐요. 아침 입덧에도 명랑하게 반응해요. 아내가 그러더군요, '임신은 원래 이런 거잖아!'" 그는 웃음을 터뜨렸다. 아내를 너무 사랑해서 아내의 밝고 경쾌하고 노래하는 듯한 말씨를 흉내내는 경향이 있었다. 그는 극작가였다. 목소리에서 느껴지는 미묘한 차이와 또 아주 그렇게 미묘하지만은 않은 차이가 그를 사로잡았다. "다만, 한가지 아쉬움이 있다면—시간이 너무 빨리 흐른다는 거죠."

그는 전화 통화를 하는 중이었다. 그 넓은 집의 다른 방에서, 혹은 수풀이 무성하게 자란 뒷마당에서, 여자는 혼자 노래를 부르며 딴생각에 빠져 있어서 듣지 못했을 것이다.

물론 그는 불안했다. 불안하진 않더라도 '우려했다'.

여자의 정서, 여자의 기분. 여자의 예민한 취약점. 비웃음을 사는 것에 대한 두려움. '감시당하는' 것에 대한—저도 모르는 사이에 혹은 동의 없이 사진 찍힐까봐—두려움. 영국에서 여자가 보인 행태는 그에게 악몽이었다. 여자의 행태에 대해 남자는 센트럴 파크에서 여름 산책할 채비 정도만 한 남극 탐험가처럼 완전히 무방비 상태였다. 그가 친밀하게 아는 여자라곤 그의 어머니와 전부인과 성인이 된 딸뿐이었다. 다들 당연히 감정적 분출에 능했지만 그래도 다들 페어플레이랄까 제정신이랄까 그런 반경 안에서 처신했다. 노마는 마치 다른 종에 속한 것처럼 그가 아는 여자들과 완전히 다른 느낌이었다. 노마는 갑자기 막무가내로 주먹을 휘두르며 그에게 덤벼들었고, 그것은 그에게 상처가 되었다.

그냥 죽게 내버려둬! 그게 당신들 모두가 원하는 거잖아, 안 그래?

극작가는 그런 힐난이, 희곡에서, 어떻게 일말의 진실성을 담게 되는가 숙고할 것이다. 그 힐난이 강경하게 부인되더라도, 관객들은 생각할 것이다. 맞아, 그건 그래.

그러나 실생활에는 그런 드라마식 전략이 적용되지 않는다. 감정의 극단에서 끔찍한 말이, 사실이 아니며 사실을 의도한 것도 아닌, 그저 아픔과 분노와 혼란과 공포의 표현이 발화됐다. 완고한 진실이 아니라 잠깐의 감정이었다. 그는 깊이 상처받고 고민해야 했다. 노마는 진짜로 다른 사람들이 자기가 죽기를 바란다고 믿나? 노마는 그가, 그녀의 남편이, 자기가 죽기를 바란다고 믿나? 노마는 그렇게 믿고 싶어하나? 목숨보다 아끼고 사랑하는 아내가 내가 그럴 거라고 믿다니, 믿고 싶어하다니, 생각할수록 쓰리고 아팠다.

　그러나 영국에서 멀리 떨어진 이곳 갈라파고스코브에서는 그런 흉흉한 기억이 쳐들어오지 않았다. 여기 사람들이 노마의 커리어를 입에 올리는 일은 극히 드물었다. '매릴린'의 커리어를. 이곳에서 여자는 노마였고, 이 동네에서는 그 이름으로 알려질 것이다. 여자는 행복했고, 지금껏 그 어느 때보다 건강했다. 그는 재정이나 사업이나 할리우드나 영화 얘기를 꺼내 괜히 아내를 시무룩하게 만들 위험을 무릅쓰고 싶지 않았다. 여자에게 자기 삶의 한 부분을 그토록 완벽히 차단할 힘이 있다는 것에 그는 감명을 받았다. 그만한 위치에 있는 어떤 남자도 그럴 수 있을 거라고는, 혹은 그러고 싶어할 거라고는 생각지 않았다. 분명 극작가 자신은 그럴 수 없었다.

　그러나, 물론, 극작가의 커리어는 그에게 두려움을 불러일으키지 않았다. 그의 대중적 정체성은 그 자신도 선뜻 동의할 만한 것이었다. 그는 자신의 작품에 자부심이 있었고, 미래에 대한 희망도 있었다. 그의 내향적 성격에는 좀 어울리지 않고 반어적이기도 하지만, 그는 야심찬 사내였다. 그렇다, 그는 자신에 대한 찬사와 수입을 좀더 잘 이용하면 되겠다고 혼잣속으로 웃으며 생각했다.

　그는 작년에 브로드웨이 상연과 미합중국 전역에서 무대에 올라간 초기 작품들로 세전 4만 달러에 가까운 돈을 벌었다.

　그는 반미활동조사위원회에서 제기한 의문들에 대한 답변을 거부했다. 반미활동조사위원회 위원장과 '매릴린 먼로'의 사진 촬영도 거부했다. (사진 촬영이 성사되면 위원회가 그에게 '살살 할 것'이라는 얘기를 들었음에도 불구하고. 무슨 그런 거지같은 협박을!) 그는 국회모독죄로 징역 일 년과 벌금 천 달러를 선고받았으나 곧바로 항소했고, 변호사 말대로 판결을 뒤집을 수 있다고 확신했다. 그러나 그러는 동안 변호사 비용을 내야 했고, 도무지 끝이 보이지 않았다. 반미활동조사위원회는 이제 육 년째 그를 괴롭히고 있었다. 미국 국세청이 그의 수입 회계를 감사하는 것은 우연이 아니었다. 그리고 에스터에게 줘야 할 위자료도 있었고, 그는 품위 있고 너그러운 전남편이 될 생각이었다. '매릴린 먼로'의 수입이 있다 해도 그들은 돈이 많지 않았다. 의료비 지출도 있고, 노마의 임신에 더해 출산이 임박하면 의료비는 더 많이 들 것이다.

"뭐. 이건 내 희곡의 주제지, 안 그래? '인류에게 절약은 운명이다.'"

노마는 진짜로 영화 커리어를 완전히 버린 것 같았다. 연기에 대한 재능은 있을지 몰라도 노마 말마따나 기질에 맞지 않고 담이 작았다. 〈왕자와 무희〉 이후로 여자는 다음 영화에 대한 생각 자체를 거부했다. 노마 말마따나 여자는 목숨만 건진 채 도망쳤다—"그나마도 가까스로."

그래서 여자는 영국에서의 악몽을 농담거리로 삼았다. 그때 실제로 일어났던 일의 심각성을 모르는 척, 혹은 아는 것을 용납치 않으려는 듯 천연덕스럽게 에둘러서. 위세척을 했어요. 혈중 약물 농도가 치명적 수준이었죠. 영국인 의사가 그에게 물었어요, 아내분이 의식적으로 자살을 기도한 거냐고. 아니, 노마는 몰랐다. 그리고 그는 아내에게 말할 마음이, 혹은 용기가 없었다.

그는 아내의 회복을 망칠까봐 두려웠다. 아내의 새로운 행복을.

자신이 임신했다는 사실을 알았을 때, 병원에서 돌아온 노마는 남편을 찾아서(낮에는 대체로 집의 서재에서 일했다) 그의 귓가에 이 소식을 속삭였다. "대디, 됐어. 드디어 됐어. 나 아기를 낳을 거야." 여자는 그를 꼭 껴안고 눈물을 흘렸다. 기쁨의, 안도의 눈물. 그는 망연자실하면서도 아내를 위해 기뻐했다. 그렇다, 물론 그는 아내를 위해 기뻐했다. 아기! 그의 세번째 자식, 그의 나이 오십대에 태어나는 자식. 그의 커리어가 정체되고 머릿속이 고루해졌음을 느끼는 시점에…… 하지만 그래, 당연히 그는 기뻐했다. 그는 자신이 아내만큼 기뻐하지 않는다는 사실을 절대 들키지 않을 것이다. 지금까지 노마는 아이를 가지려 무던 애를 썼으니까. 아내는 다른 화제는 거의 입에 올리지 않았다. 거리에서 아기와 꼬마를 홀린 듯 바라보았다. 그는 아내가 가여워졌고 아내의 광적인 교합 시도가 두려워질 지경이었다. 그러나 어쨌든 결과적으로 잘되지 않았는가? 깔끔하게 구성된 한 편의 홈드라마처럼.

최소한 첫 두 막은.

아내로서 또 예비 엄마로서 노마는 가장 멋진 역을 찾아냈다. 이것은 매릴린 먼로의 섹시한 여자 역할이 아니었다. 그럼에도 육체적으로, 하늘이 노마에게 내린 역이었다. 여자는 더욱 커지고 단단해지는 젖가슴을 자랑스럽게 내놓고 알몸으로 돌아다녔다. '멜론처럼' 부풀어오르는 배를 자랑스러워했다. 메인주로 온 다음부터는 아무 까닭 없이 그저 행복해서 절로 웃음이 나왔다. 노마는 대부분의 끼니를 집에서 직접 만들었다. 늦은 아침이면 바다가 내다보이는 선장의 집 2층 방에서 일하는 극작가에게 갓 내린 커피와 꽃 한 송이를 꽂은 화병을 올려주었다. 남편 친구들이 놀러 오면 묘하게 수줍어하긴 해도 품위 있고 우아하게 대했다. 여자들이 자신의 임신과 출산 경험을 들려주면 경청했고, 여자들은 기쁘게 얘기를 들려주며 아주 길고 상세히 설명했다. 극작가는 아내가 여자 중 한 명에게 하는 얘기를 들었다. 어머니가 자신은 임신 기간이 너무 좋았다고 했다고, 여자가 진실로 제 몸안에서, 그리고 세상 속에서 편안함을 느끼는 유일한 시간이라고 했다며 노마가 물었다―"그게 사실인가요?" 극작가는 대답을 들을 정도로 오래 얼쩡거리지 않았다. 그는 그러한 발견이 남자에게는 어떤 의미일까 숙고했다. 우린 우리 몸안에서 절대 편안함을 느끼지 못하나? 세상 속에서? 섹스중 우리의 씨앗을 여성에게 전달할 때를 제외하면?

암울하고 불완전한 독자성이었다! 그는 그런 광적인 성 신비주의를 단 한순간도 믿지 않았다.

노마는 아직 태어나지 않은 아기에게 다시없이 헌신적인 어머니였다. 아기 근처에서 아무도 담배를 피우지 못하게 했다. 연기 한 모금이라도 맡을세라 창문을 열기 위해 혹은 닫기 위해 벌떡 일어났다. 스스로도 가소로웠지만 그만둘 수는 없었다. "아기는 자기가 원하는 걸 밝히는 거야. 노마는 그저 도구일 뿐이고." 여자 본인은 그 말을 믿었을까? 입덧과 싸우느라 하루에 예닐곱 끼를 먹을 때도 있었고, 조금씩이지만 영양이 풍부한 식사를 했다. 음식이 곤죽이 될 때까지 철저히 씹었다. 언제나 싫어해 마지않던 우유를 잔뜩 마셨다. 정제하지 않은 흑설탕을 넣은 오트밀과 통밀

빵, 피가 뚝뚝 떨어지는 레어 스테이크, 날계란, 생당근, 생굴에 대한 식욕을 키웠고, 캔털루프 멜론을 그 질긴 껍질까지 거의 통으로 씹어먹었다. 차디찬 무염버터 한 덩이와 함께 으깬 감자를 믹싱볼째 들고 커다란 숟가락으로 퍼먹었다. 끼니때마다 자기 접시를 설거지했고, 종종 남편 것까지 씻었다. "나 착한 아이지, 대디?" 여자는 뭐 잊은 것 없느냐는 듯 물었다. 남자는 웃음을 터뜨리고 아내에게 키스했다. 그릇을 씻는다든가 하는 소소한 성취에 대한 상으로 어린 딸에게 키스해주곤 했던 예전의 즐거움이 마음을 후벼파듯 떠올랐다.

그의 딸이 두세 살쯤이었을 때.

"나의 착한 아이지, 내 사랑. 나의 유일한 사랑."

일절 내색하진 않았지만, 노마가 맨해튼 5번가에 위치한 크리스천사이언스 도서실에서 메리 베이커 에디의 저서를 비롯해 독실한 신자들이 기도와 치유 경험을 간증하고 공유하는 〈센티넬〉이라는 출판물 등을 잔뜩 들고 온 것이 그는 영 탐탁지 않았다. 이성주의자이자 진보주의자이자 유대계 불가지론자로서 극작가는 그런 '종교'에 대해서는 경멸감밖에 느끼지 않았으며, 노마가 사전과 백과사전과 중고서적에 이어 심지어 의류 및 모종 카탈로그까지 읽듯이 그저 가볍게 넘겨보길 바라는 수밖에 없었다—근데 무엇을 찾으러? 아기의 건강과 행복에 쓰일 어떤 이단적 가르침? 그는 특히 노마의 긴 단어장이 신기했다. 그 어휘 목록은 종종 집안의 이상한 곳, 가령 욕실 안 낡은 자기 욕조의 금이 간 가장자리 또는 냉장고 위 또는 지하실 계단 맨 꼭대기 같은 곳에서 발견되었고, 황당하고 어이없고 고색창연하기까지 한 낱말들이 여고생 글씨체로 또박또박 적혀 있었다. obbligato, obcordate, obdurate, obeisance, obelisk, obelize. ("난 당신이나 당신 친구들처럼 학교를 제대로 졸업하지 못했잖아, 대디! 대학은커녕 고등학교도 중퇴지. 내가 지금 하는 일은, 뭐랄까―졸업시험 공부하는 거야.") 여자는 공상에 잠겨 선장의 집 창가에 몇 시간씩 웅크리고 앉아 시를 쓰기도 했고, 남자는 여자의 허락 없이는 단 한 글자도 힐끔거리지 않을 터였다.

(그의 노마, 배움이 짧은 그의 마그다가 글을 쓰다니! 그런 일이 가능한지 궁금하긴 했지만.)

그의 노마, 그의 마그다, 그의 요염하고 황홀한 아내. 매릴린의 인조섬유 같던 머리카락은 뿌리부터 자취를 감췄다. 여자의 진짜 머리카락은 따스한 허니브라운이고 무척 곱슬거렸다. 그리고 저 호사스럽게 커다란 젖꼭지가 달린 가슴은 젖먹이를 위해 더욱 커졌다. 그리고 여자의 뜨겁게 달아오른 키스, 고마움과 희열 속에 남자를, 남성을, 아기의 아버지를 애무하는 손. 옷 위로 그리고 옷 속으로. 그에게 기댄 채 키스하며 셔츠 속에서 재빠르게 위로 더듬어올라가고, 바지 속에서 아래로 내려가는 손. "오, 대디. 오."

여자는 그의 게이샤였다. ("도쿄에서 한번 그 사람들을 만난 적 있어. 그 게이샤 아가씨들. 정말 멋졌어!")

여자는 그의 시크사*였다. (이 단어는 여자의 입안에서 우물쭈

---

* shiksa. 유대인이 아닌 여자를 이르는 히브리어.

물 외설스럽게 맴돌았고, 도무지 정확한 발음으로 나오지 않았다—"그래서 날 사랑하는 거겠지? 대디? 내가 당신의 블론드 시크-스타shik-sta여서?")

그는, 남편은, 남성은, 특권을 누리는 동시에 압도됐다. 축복을 느끼는 동시에 겁에 질렸다. 처음부터, 처음 그들의 손이 닿고 성적인 느낌이 오갔음을 모를 수 없는 첫 접촉의 순간부터, 그리고 진한 첫 키스 때부터 그는 자신의 내부로 흘러들어오려는 어떤 우세한 힘이 이 여자의 내부에 도사리고 있음을 느꼈다. 여자는 그의 마그다, 그의 영감이었지만—그 이상이었다!

그 힘은 마치 번개 같았다. 그 힘은 극작가로서 그리고 남자로서 그의 존재를 정당화할 수도 있고 파괴할 수도 있었다.

선장의 집에서 목가적인 생활을 한 지 삼 주째 되던 6월 하순의 어느 날 아침, 극작가는 집을 뒤흔드는 소나기성 뇌우에 잠에서 깨어 평소보다 훨씬 일찍, 새벽 시간에 아래층으로 내려갔다. 그래도 몇 분 지나니 최악의 비바람은 지나간 듯했다. 빠르게 동이 트면서 집 창문이 엷게 비치는 바닷빛에 어롱어롱 물들었다. 노마는 이미 사주식 침대에서 빠져나가고 없었다. 노마의 향기만 이불에 남아 있었다. 머리칼 한두 가닥이 반짝거렸다. 임신 탓인지 노마는 시도 때도 없이 졸려했고, 잠이 덮치면 고양이처럼 아무 데서나 눈을 붙였다. 하지만 늘 새벽같이, 혹은 그보다 더 일찍, 첫 새들이 노래할 때, 아기의 태동을 느끼고 잠에서 깼다. "그거 알아? 아기가 배고프대. 아기는 엄마가 뭔가 먹기를 바란대."

극작가는 오래된 집의 계단을 내려갔다. 맨 마룻바닥을 맨발로 밟고. "여보, 당신 어디 있어?" 도시의 오염된 공기와 맨해튼의 끊이지 않는 도시 소음에 익숙한 도시 남자인 그는 이 공간을 점유하는 기쁨과 만족을 누리며 이 상쾌하고 개운한 바다 공기를 들이마셨다. 봐라, 대서양이다! 나의 바다. 그는 대서양이 보이는 곳으로 노마를 데려온 첫번째 사람이었다(고 그는 믿었다). 확실히 그는 노마와 함께 대서양을 건너 영국에 간 첫번째 사람이었다. 아주 사적으로 친밀하게 그와 몸을 포개고 두 뺨을 눈물로 촉촉이 물들인 채 여자가 몇 번이나 속삭이지 않았던가, 오, 대디. 당신을 만나기 전에 난 아무것도 아니었어. 난 태어난 게 아니었어!

근데 지금 노마는 어디 있지? 그는 잠시 걸음을 멈추고, 좁고 길고 영문 모르게 바닥이 울퉁불퉁한 거실 공간에 서서 밝아오는 하늘을 물끄러미 내다보았다. 원시인에게는 이런 광경이 얼마나 강렬하게 느껴졌을까, 마치 신이 강림하려는 듯, 신이 인류에게 자신의 모습을 드러내려는 듯. 대양의 가장자리에서 동이 터오는 하늘. 이글이글 황금색으로 물들어 화려하게 타오르는 빛의 향연. 북서쪽 하늘은 먹구름에 짓이겨진 어둠 속에 가려졌다. 그러나 먹구름은 쫓겨나는 중이었다. 극작가는 하늘을 응시하며 생각했다, 노마도 이 광경에 넋을 잃은 걸까? 자신이, 남편이, 아내에게 이런 선물을 줄 수 있다니 뿌듯함에 가슴이 벅차올랐다. 아내는 어디를 여행하고 싶은지 생각이 전혀 없어 보였다. 맨해튼에 이런 아침 하늘은 없다. 천진했던 어린 시절을 돌아봐도 뉴저지 로웨이에 이런 아침 하늘은 없었다. 빗방울이 흩뿌려진 유리창으로 새벽

햇살이 굴절되어 들어와 거실 내부 벽지 위에서 얼룩덜룩한 빛으로 점점이 늘어지고 휘어지고 흩어졌다. 빛이 마치 생명인 듯 살아 있었다. 노마가 용케 되살려낸 유일한 골동품 시계인 새김장식 마호가니 괘종시계가 차분히 째깍거렸고, 매끄럽고 둔중하게 빛나는 황금색 진자가 느긋한 박자를 유지했다. 선장의 집은 연초록색 바다 위를 떠다니는 아늑한 배였고, 도시 남자인 극작가 본인이 선장이었다. 내 가족을 안전한 항구로 데려왔노라. 마침내! 극작가는 수컷의 천진난만한 허영심에 빠졌다. 맹목적인 희망에. 그런 순간에는 수십 년에 걸쳐 이 집에 살았던, 자신과 같은 남편이자 아버지였던 몇 세대의 남성들과 여러 겹의 불투명한 시간의 층을 뚫고 교감하는 기분이었다.

"노마, 내 사랑? 어디 있어?"

아내가 부엌에 있을지 모른다는 막연한 생각에 냉장고 문이 열렸다 닫히는 소리를 들은 것도 같았지만 아내는 그곳에 없었다. 밖에 있나? 그는 방충망이 처진 포치로 나갔다. 대나무를 꼬아 만든 바닥 깔개가 젖어 있었다. 뒷마당에서도 노마가 보이지 않아 조약돌 해변에 내려갔나 싶었다. 이렇게 이른 시각에? 이렇게 춥고 바람이 부는데? 북쪽 하늘의 먹구름이 거의 물러났다. 이젠 대부분의 하늘이 채도 높은 구릿빛 황금색이었고 불타는 듯한 주황색이 거미줄처럼 수놓였다. 오, 어째서 나는 '문학하는 사람'인 것인가—어째서 예술가나 화가가 아닌가? 사진가가 아닌가? 어째서 자연의 아름다움에 경의를 표하는 사람이 아니라 인간의 어리석음과 유약함을 꼬집고 쑤시고 안달하는 사람인가? 인류에 대한 믿음을 가진 자로서, 어째서 나는 항상 인간의 실패를 부각하고 인간 영혼의 악함을 정부와 '자본주의' 탓으로 돌리는가? 자연에는 악함이 없고, 추함이 없다. 노마는 자연이야. 노마 안에는 악함도 추함도 존재할 수 없어. "노마? 이리 와서 좀 봐. 하늘이……!" 그는 어두컴컴한 부엌으로 되돌아왔다. 창고 방향으로 세탁실과 부엌을 지나는데 창고 문 바로 앞의 지하실 문이 약간 열려 있었고, 그 어둑한 그늘 안에 웬 여자의 희끄무레한 형체가, 계단 맨 위에 앉아 있는지 웅크리고 있는지, 하여간 있었다. 스위치로 켜는 지하실 불빛은 매우 희미했다. 지하실로 내려가려면 손전등이 필요했다. 하지만 노마는 손전등이 없었고 지하로 내려가려는 생각도 없을 게 분명했다. 거기서 누군가와 얘기를 하는 건가? 자기 자신과? 여자는 속이 훤히 비치는 아일릿 잠옷만 입었고, 뿌리 부분이 거뭇한 머리는 부스스한 산발이었다. 그는 다시 아내의 이름을 부르려다 놀라게 하고 싶지 않아 망설이는데 그 순간 아내가 고개를 들었고, 여자의 새파란 눈은 동공이 팽창되어 아무것도 보이지 않음에도 휘둥그레졌다. 그는 여자가 두 손으로 접시를 들고 있는 것을 보았고, 접시 위에는 피가 뚝뚝 떨어지는 두툼한 햄버거용 생고기가 있었다. 여자는 접시째 햄버거 고기를 먹으면서 고양이처럼 피를 핥고 있었다. 여자는 남자를, 빤히 자신을 응시하는 남편을 보았다. 여자는 웃음을 터뜨렸다.

"오, 대디! 간 떨어지는 줄 알았잖아."

뱃속의 아기는 곧 삼 개월이 되는 참이었다.

여자는 몹시 설레고 흥분했다! 손님들이 곧 도착한다.

남편의 친구들. 맨해튼에서 오는 남편의 지식인 친구들. 작가와 극작가, 감독, 드라마투르그, 시인, 편집자. 여자는 단지 그런 비범한 사람들 근처에 있는 것만으로 뱃속의 아기가 반드시 좋은 영향을 받을 거라고(오, 어리석게도!) 생각했다. 암기하려는 낱말을 엄숙히 낭송하면 외워지기라도 하는 듯. 체호프, 도스토옙스키, 다윈, 프로이트의 문장. (여자는 갈라파고스코브의 중고서점에서, 실은 곰팡내나고 정신없이 어지러운 누군가의 창고에서 50센트에 파는 프로이트의 『문명 속의 불만』 문고판을 발견했다— "오, 이건 기적이야. 내가 찾던 바로 그 책인데.") 음식으로 공급되는 양분이 있고, 종교 지도자와 지식인이 공급하는 양분이 있다. 여자의 어머니는 책과 음악과 뛰어난 사람들—상대적으로 급여가 적은 직종의 영화사 직원들이긴 해도, 가령 제스 이모나 클라이브 삼촌 같은—이 있는 분위기 속에서 딸을 키웠고, 여자 자신의 아기는 훨씬 더 좋은 양분을 받을 것이다. 여자가 분명 그렇게 만들 것이다. "나는 천재적인 남자와 결혼했어. 이 아기는 천재의 아들이지. 내 아들은 전쟁 따위 모르고 21세기까지 살 거야."

바다 바로 위, 2에이커 대지에 세워진 선장의 집. 이곳은 진정한 신혼집이었다. 여자는 그럴 리 없다는 걸 알면서도 이 집에서, 이 사주식 침대에서 아기가 태어나는 환상을 품고, 고통과 출혈을 있는 대로 겪으며 아기를 낳지만(산파의 도움으로?) 비명을 지르지 않을 것이다. 절대로. 여자는 자신의 어머니가 자기를 낳을 때 고통 속에서 비명을 지르고 또 질렀다는 거북한 기억을 가지고 있었고(이 얘기를 여자는 카를로에게만 털어놓았고, 그는 여자의 말을 믿는 것 같았으며, 맞아, 나도 똑같은 경험이 있어, 라고 했다) 그것에 대한 물리적 공포, 미친 비단뱀들이 서로 휘감으며 죽어라 싸우는 듯한 비명에 대한 두려움이 있었다. 여자는 그런 경험을, 평생을 두고 견뎌야 할 잔인한 기억을 아기에게 안기고 싶지 않았다.

손님들이 이번 주말에 곧 도착한다! 노마 진은 살림꾼이고, 살림꾼이 된다는 데 엄청난 전율을 느낀다. 영화에서 한 번도 연기해본 적 없는 역이지만 여자는 바로 이 역을 위해 태어났다. 극작가의 첫번째 아내보다 훨씬 더 전업주부다운 안주인이고(그가 그렇게 말했다), 여자는 그게 마음에 들었고, 남자는 깜짝 놀라고 감동한다. 신경질적인 여배우와 결혼하다니, 그게 얼마나 위험한 일인데! 블론드 '섹시 걸'에다 '핀업 걸'이라니―그게 웬 모험이야! 여자는 남편에게 자신이 위험 요소가 아님을 알려줄 작정이고, 남편이 그 사실을 받아들이자 몹시 기쁘고 흐뭇해한다. 여자는 남편의 친구들이 남편을 한쪽 구석으로 데려가 이렇게 외칠 거라는 사실을 안다. "이런, 매릴린은 매력적이잖아! 매릴린은 사랑스럽군. 예상과 딴판이야." 여자는 그 친구 중 몇 명이 감탄하는 말도 듣는다. "이런, 매릴린은 **지적**이야. 그리고 **책을 많이 읽어서 박식해**. 방금 매릴린과 이 주제로 대화를 나눴는데……" 이제 그 친구 중 몇은 여자를 매릴린이 아니라 노마라고 부른다. "이런,

노마는 대단한 독서가야! 알고 보니 나의 최신작도 읽었다는군."

여자는 그들을, 남편의 친구들을 무척 좋아한다. 하지만 그들이 먼저 말을 걸어 그녀를 대화에 끌어들이기 전까지는 그들에게 말을 하는 일이 거의 없다. 여자는 나직이 머뭇머뭇 말하고, 가끔은 아주 간단한 단어조차 제대로 발음할 줄 모른다! 무대공포증이 있는 것처럼 낯을 가리고 말문이 막힌다.

어쩌면 여자는 좀 겁을 먹고 긴장할지도 모른다. 그리고 뱃속의 아기가 여자를 꽉 움켜쥔다. 이번엔 날 해치지 않을 거죠, 그렇죠? 지난번에 했던 일을 하진 않을 거죠?

여자는 바깥 잔디밭에 있었다. 맨발이었고, 아주 그렇게 깨끗하지는 않은 즈크 슬랙스와 남편의 셔츠를 입고 셔츠 밑자락을 젖가슴 바로 밑에서 동여매 몸통을 드러냈다. 챙이 늘어진 밀짚모자도 턱밑에서 끈을 동여맸다. 누군가 (아마도) 자신을 바라보고 있다는 그 으스스하고 간질간질한 느낌이 들었다. 위에서, 선장의 집 2층에서 내려다보는 공중숏. 창문 가까이 책상을 놓은 극작가의 서재에서. 그는 나를 사랑해. 당연히 사랑하지! 그는 나를 위해서라면 죽을 수도 있어. 그가 그렇게 말했는걸. 여자는 남편이 자신을 지켜보고 있다는 사실이 좋았지만, 자신에 관해 글을 쓸지도 모른다는 사실은 싫었다. 왜냐면 작가는 일단 보고 나면 그다음엔 쓰니까. 은둔거미가 일단 마주치면 무는 것이 본성이듯. 여자는 화병에 꽂아둘 꽃을 자르고 있었다. 맨발로 걷는 모양새가 조심스러웠는데 웃자란 잔디 속에 예상치 못한 물건들이 있었기 때문이다. 아이들 장난감 부품, 깨진 플라스틱과 금속 조각. 이 선장의 집 주인 내외는 선하고 너그러운 노부부로 보스턴에 살면서 이 집을 세놓았는데, 이전 세입자들이 집을 험하게 쓰며 지저분하게 어질러놨고, 나쁜 맘을 먹고 일부러 그랬는지 포치에서 잔디밭으로 내던진 뼈 때문에 맨발의 노마는 뼈다귀를 밟고 움찔 놀란 적도 있었다.

그래도 여자는 이곳을 사랑했다! 잔디밭이 가파른 경사여서 비바람에 낡고 오래된 집은 동화책에 나오는 집처럼 머리 위로 우뚝 솟아 있었다. 대지는 벼랑으로 이어져 자갈투성이 해변까지 계속됐다. 여자는 이곳의 평화를 사랑했다. 파도소리가 들렸고, 집 정면에서 고속도로의 차소리가 들리긴 했지만 멀리서 아련히 들려 거슬릴 정도는 아니었고, 어떤 면에서는 안심이 되기도 했다. 지독한 적막 같은 건 없었다. 유난히 괴괴한 적막은 없었다. 수천 마일 떨어진 '망자의 왕국'의 병원에서 정신이 들었을 때와 같은 적막은. 하얀 가운을 입은 영국인 의사가, 처음 보는 사람이, 마치 도마 위의 고기를 응시하듯 여자를 가만히 내려다보았다. 의사는 더없이 차분한 어조로 무슨 일이 있었는지 아느냐고 물었다. 여자가 삼킨 바르비탈의 개수가 기억나느냐고. 스스로에게 중대한 상해를 입힐 생각이었냐고. 의사는 여자를 미스 먼로라고 부를 것이다. 그는 '당신 영화 중 몇 편을 재미있게 봤다'고 말할 것이다.

말없이 여자는 고개만 저었다. 아뇨 아뇨 아뇨.

어떻게 여자가 죽을 생각을 하겠는가! 아기를 낳아보지도 않고, 인생을 완성해보지도 않고.

지난번에 통화하면서 카를로는 여자에게 약속을 받아냈다, 나는 너에게 전화할 테니, 너는 나에게 전화해. 만약 둘 중 누구든

한 명이, 카를로 말마따나 '미지의 세계로 큰 걸음마'를 떼겠다는
생각이 들면.

카를로! 여자를 웃게 만드는 유일한 남자. 캐스와 에디 G가 여
자의 삶에서 떠난 후로.

(아니, 카를로는 노마의 애인이 아니었다. 할리우드 칼럼니스
트들이 두 사람을 엮으며 둘이 팔짱을 끼고 웃는 사진을 게재했지
만. 먼로와 브랜도: 할리우드 최고의 커플? 아니면 '그냥 사이좋은 친
구'? 두 사람은 그날 밤 노마의 침대에서 사랑을 나누지 않았지만
그 생략은 그저 기술적 문제였다. 봉투를 밀봉하는 것을 깜박 잊
고 부친 편지처럼.)

창고에 괭이가 있었고, 노마는 거미줄투성이에다 심하게 녹슨
전지가위가 지하실 못고리에 걸려 있는 것을 발견했다. 손님들은
이른 저녁쯤에나 도착할 것이다. 아직 정오도 되지 않았고, 여자
에겐 시간이 넉넉히 있었다. 처음 선장의 집으로 이사왔을 때 잡
초 하나 없이 깨끗이 화단을 관리하겠다고 다짐했건만, 빌어먹
을!—잡초는 쑥쑥 자랐다. 박자에 맞춰 일하는 동안 머릿속에서
별안간 시 한 편이 잡초처럼 자라났다.

미국의 잡초

미국의 잡초 우리는 안죽어
우엉 왕바랭이 엉겅퀴 박주가리
뿌리째 뽑아도 안죽어

약을 쳐도 **안죽어**

욕을 해도 **안죽어**

미국의 잡초는 알거든?

우리가 미국이다!

여자는 깔깔 웃음을 터뜨렸다. 아기가 이 시를 좋아할 거야. 이
단순하고 유치한 리듬. 나중에 피아노로 가락을 만들어 붙여야지.

잡초가 웃자란 화단에 수국이 몇 그루 있는데 하늘색 꽃이 만
개했다. 노마 진이 제일 좋아하는 꽃이었다! 글레이저 집안의 뒷
마당에 활짝 피어 있던 수국이 선명하게 떠올랐다. 이 꽃처럼 하
늘색이었고, 분홍색과 흰색도 있었다. 흔히들 자신이 하는 얘기의
진부함이 신빙성의 증거라 믿을 때 그리고 그 얘기가 우리네 흠
많고 취약한 생을 넘어 지속되길 간절히 바랄 때 유난히 엄숙한
어조로 또박또박 얘기하듯, 글레이저 부인은 또박또박 말했다.
"꽃 중의 꽃은 수국이란다, 노마 진."

9

유령보다 드라마틱한 것은 없다.

극작가는 늘 T. S. 엘리엇이 무슨 뜻으로 그런 말을 했는지 궁
금했다. 자신의 희곡에는 유령이 등장하지 않으므로 극작가는 늘
그 말이 좀 억울했다.

그는 노마가 뒷마당 잔디밭에서 전지가위로 꽃을 자르는 모습을 바라보고 있었다. 임신한 아름다운 아내. 하루에도 열두 번씩 넋을 잃고 아내에 대한 생각에 잠겼다. 그와 얘기를 하는 노마가 있고, 가까운 거리에 떨어져 있는 노마가 있다. 전자는 정감의 대상이고, 후자는 미적 찬탄의 대상이다. 후자도 물론 정감의 한 형태이며 그 강도가 더하면 더했지 조금도 덜하지 않다. **임신한 아름다운 아내.**

노마는 예민한 피부를 햇볕에서 보호하기 위해 챙 넓은 밀짚모자를 쓰고 슬랙스와 그의 셔츠를 입었지만 발은 맨발이었는데 그는 그게 마음에 들지 않았고, 원예용 장갑을 끼지 않은 것도 마음에 들지 않았다. 아내의 부드러운 손에 굳은살이라니! 극작가가 일부러 노마를 지켜보려던 건 아니었다. 그는 창문으로 다양한 투명도와 불투명도의 구름이 조약돌처럼 점점이 흩어진 하늘과 바다를 내다보고 있었고, 아직 제 위치를 못 찾은 장면들과 새 원고의 초안들로 설레고 들뜬 기분이었으며, 어쩌면 이것이 나중에 아내를 위한 '그릇'으로 쓰일 시나리오(영화각본은 한 번도 시도해보지 않았지만)의 재료가 될 수도 있었다. 그때 아내가 아래쪽에, 잔디밭에 나타났다. 괭이와 전지가위를 들고. 노마는 서툴렀지만 리듬을 타며 일했다. 임신에 완전히 열중하듯 지금 하는 작업에 완전히 열중했다. 행복에 대한 확신이 내부에서 강렬한 빛처럼 노마의 몸에 퍼졌다.

그는 아내에게 무슨 일이 생길까봐, 아기에게 무슨 일이 생길까봐 겁이 났다. 그런 가능성을 떠올리는 것만으로도 견딜 수 없었다.

노마는 정말로 건강해 보였다. 여성의 육체적 아름다움이 절정에 달한 르누아르 그림의 여자처럼. 그러나 사실 노마는 강하지 않았다. 노마는 감염과 호흡기질환과 복통과 시야 장애를 동반한 편두통 등으로 쉽게 무너졌다. 그리고 신경증도! "여기서는 안 그래, 대디. 여긴 기분이 참 좋아."

"맞아, 내 사랑. 나도 그래."

그는 창턱에 팔꿈치를 괴고 아내를 지켜보았다. 무대 위에서는 여자의 서툴거나 우아한 몸짓 하나하나가 모두 어떤 의미를 시사한다. 그러나 무대 밖에서 그런 몸짓들은 무지와 망각으로 흘러가 버린다, 관객이 없으니까.

노마가 언제까지 비非배우의 범주를 감내할 수 있을까? 할리우드 영화를 거부한 적은 있지만 무대에는 남아 있었고, 노마는 무대에서 타고난 재능을 발휘했다. 아마도 천재였다. ("나더러 돌아가라고 하지 마, 대디." 노마는 침대에서 알몸으로 그에게 안겨 그의 품을 파고들며 애원했다. "두 번 다시 그 여자가 되고 싶지 않아.") 극작가는 오래전부터 배우들의 기묘하고 변덕스러운 성격에 매료됐다. '연기'란 무엇이며, 우리는 왜 '위대한 연기'에 반응하는가? 우리는 배우가 '연기'하고 있음을 알면서도 '연기'하고 있음을 잊고자 하고, 재능 있는 배우 앞에서는 금세 잊는다. 이것은 미스터리고 수수께끼였다. 배우가 '연기'하고 있다는 걸 어떻게 잊을 수 있지? 배우는 우리 대신 '연기'를 하는 건가? 배우의 '연기'에 담긴 행간은 언제나 그리고 영원히 우리 자신이 숨기고 있는(그리고 부정하는) '연기'인가? 노마가 캘리포니아에서 싸들고 온 수많은 책 중에 『배우를 위한 안내서와 배우의 삶』(극작가는 생전 처음 보는 책이었다)이 있었고, 언뜻 보기엔 특색 없는 경구과 아포리즘으로 점철된 이 묘한 개론서에 노마는 페이지마다 주석을 달아놓았다. 분명 이 책은 노마의 성경이었다! 여기저기 귀퉁이가 접혀 있고 물이 묻어 너덜너덜했다. 발행 연도는 1948년으로 로스앤젤레스의 이름 없는 출판사에서 나왔다. 자칭 '캐스'라는 사람이 노마에게 준 책이었다―별처럼 스러지지 않는 사랑을 담아, 아름다운 제미니 노마에게. 책의 속표지에 노마가 베껴 놓은 격언은 이제 잉크가 바랬다.

　배우는 오직 신성한 공간에서 가장 행복하다. 즉 무대에서.

　그게 진실일까? 노마에게 진실일까? 진실이라면, 어느 연인에게든 쓰라린 발견이었다. 어느 남편에게든 쓰라린 폭로였다.
　"그러나 배우의 진실은 그저 찰나의 진실일 뿐이다. 배우의 진실은 '대사'다."
　이건, 극작가가 보기에도 좀더 확실하게, 진실이었다.
　노마는 꽃을 다 모아서 집으로 돌아오는 중이었다. 그는 아내가 위를 올려다보고 자신을 알은체할지 궁금했고, 순간 안 보이게 뒤로 물러날까 하는 생각이 들기도 했지만, 그렇다, 아내는 위를 올려다보고 손을 흔들었다. 그리고 그도 웃으며 마주 손을 흔들었다.

"내 사랑."

이럴 때 T. S. 엘리엇의 그 말이 머릿속을 스치다니 참 이상도 하다. 유령보다 드라마틱한 것은 없다.

"우리 삶에 유령은 없어."

극작가는 영국 이후 노마의 미래가 어떻게 될지 쭉 궁금했다. 노마는 연기를 거부하고 있었다. 그러나 언제까지 계속 연기를 하지 않을 수 있을까? 살림하는 아내이자 이제 곧 어머니가 되어서 커리어를 완전히 포기한다고? 사적인 생활에 만족하기에 노마는 지나치게 재능이 흘러넘친다는 것을 그는 알고 있었다. 그러나 '매릴린 먼로'로 돌아갈 수는 없었다, 그 점은 그도 수긍했다. 언젠가 '매릴린'은 노마를 죽일 것이다.

그래도 그는 시나리오를 쓰고 있었다. 노마를 위해.

그리고 그들은 돈이 필요했다. 아니 필요해질 것이다, 곧.

그는 부엌에 있는 아내를 도우러 아래층으로 내려갔다. 노마는 정신없이 숨가쁘게 꽃다발을 만드는 중이었고, 땀이 얇은 필름처럼 얼굴을 뒤덮었다. 노마는 하늘색 수국과 붉은 덩굴장미 몇 줄기를 집어들었는데, 장미 잎사귀에 검은곰팡이가 점점이 퍼져 있었다. "봐봐, 대디! 내가 뭘 가져왔게."

그의 친구들이 맨해튼에서 오고 있었다. 방충망이 쳐진 포치에서 음료를 좀 마시다가 웨일러스 인에서 저녁을 먹을 것이다. 극작가의 수줍고 우아한 아내는 손님 침실을 포함해 온 집안에 꽃병을 놓을 것이다.

"꽃은 사람들에게 **환영받는다는** 느낌을 주잖아. 그들을 **필요로**

한다는 느낌을."

극작가가 꽃병에 물을 채워 오고 노마가 꽃꽂이를 시작하는데, 뭔가 잘못되어 수국이 자꾸 꽃병 밖으로 떨어졌다. "여보, 줄기를 너무 짧게 잘랐어. 보이지?" 이것은 질책이 아니고 결코 비평도 아니었지만, 노마는 곧장 시무룩해졌다. 행복했던 기분이 망가졌다.

"오, 내가 무슨 짓을…… 어쩌지?"

"봐봐. 이런 식으로 하면 피해를 만회할 수 있어."

아뿔싸! '피해'라는 단어는 사용하지 말았어야 했다. 그 말에 아내는 더욱 기가 죽었고, 매맞은 아이처럼 뒷걸음질쳤다.

극작가는 수국을 얕은 볼에 넣어 꽃송이를 물에 띄웠다. (꽃은 절정기를 지난 상태였다. 하루 이상은 버티지 못할 터였다. 그러나 노마는 알아차리지 못한 듯했다.) 서툴게 잘라온 붉은 덩굴장미는 검은곰팡이가 퍼진 이파리를 정리한 다음 수국 사이로 엮어 넣었다.

"여보, 이러면 딱 예쁘게 된 것 같아. 일본풍 느낌도 나고."

노마는 몇 야드 떨어져서 그를, 남편의 능숙한 솜씨를 묵묵히 지켜보았다. 아랫입술을 깨물고 자신의 배를 어루만지며. 숨을 헐떡였고 극작가의 말을 듣지 못한 것 같았다. 마침내 노마가 미심쩍다는 듯 말했다. "그렇게 해도 괜찮은 거겠지? 그런 식으로 꽃을 꽂아도? 너무 짧게? 아무도 비, 비웃지 않겠지?"

극작가는 몸을 돌려 아내를 쳐다보았다. "비웃어? 누가 왜 비웃어?"

그는 믿기지 않는다는 표정이었다. 나를 비웃어?

10

남자는 부엌 벽감에 숨은 여자를 찾아낸다.

부엌이 아니라면 창고에.

창고가 아니라면 지하실 계단 꼭대기에.

(숨어 있기엔 너무 축축하고 냄새나는 곳이다! 노마는 숨었다는 것을 인정하지 않으려 했지만.)

"여보, 이리 와서 내 옆에 앉지 그래? 포치로 나오지? 왜 여기 있어?"

"오, 갈게, 대디! 난 그냥……"

손님들과 인사하고는 거의 곧바로 남편을 친구들과 남겨둔 채 낯가리는 길고양이처럼 허둥지둥 가버렸다. 이것도 무대공포증의 일종인가?

그는 노마, 사람들에게 우리에 대해 찧고 빻을 거리를 주지 마! 하고 책망하지 않을 것이다.

당신에 대해 찧고 빻을 거리라는 뜻이겠지.

아니, 그는 이해심 많고 온화한 남편답게 미소 지었다. 매릴린 먼로의 저 유명한 수줍음을 부드럽게 집안의 가벼운 우스갯소리로 삼아 넘길 것이다. 그는 부엌 벽감에서 장바구니를 펴는 작업에 몰두하고 있는 아내를 발견했다. 손님들은 집을 둘러보고 방충망이 쳐진 포치로 나갔다. 극작가는 아내의 이마에 키스하며 아내를 진정시켰다. 탈색을 안 한 지 몇 달이 지났건만 땀이 나면 머리에서 화학약품 냄새가 희미하게 피어올랐다.

그는 상냥하게 얘기하려 조심했다. 비난으로 들리지 않도록. 그는 자기 앞에 놓인 부부간의 대화를 자신이 쓴 희곡처럼 생각했다.

"여보, 저 친구들이 온 걸 너무 부담스럽게 생각할 필요 없어. 당신 많이 힘들어 보이네. 루디와 진 알지, 지난번에 당신이 좋아한다고—"

"그 사람들은 날 좋아하지 않아, 대디. 그들은 당신을 보러 온 거야."

"노마, 바보 같은 소리 마. 그들은 우리 둘 다를 보러 온 거야."

(안 돼. 말투에서 모든 의심을 걷어내야 한다. 이 어린애 같은 여자에게는, 너무 어리고 상처받기 쉬운 아이에게 말하듯, 아빠를 숭배하면서도 두려워하던 극작가 자신의 어린 자식들에게 말하듯 얘기해야 한다.)

"오, 저 사람들을 탓하는 건 아냐! 저들을 탓하는 건 아니야. 알아, 당신은 저 사람들 친구지."

"당연히 나는 당신보다 더 오래 저들과 알고 지냈지, 사실 내 인생의 절반 가까이. 하지만—"

여자는 웃음을 터뜨리고 고개를 절레절레 저으며 두 손을 들어보였다. 이것은 애원이자 항복의 몸짓이었다. "오, 하지만—저 사람들이 왜, 저 똑똑한 당신 친구들이, 루디는 작가이고 진은 편집자지, 그런 사람들이 왜 나를 보고 싶어하겠어?"

"여보, 그냥 좀 나와줄래, 응? 사람들이 기다려."

다시 여자는 고개를 젓고 웃음을 터뜨린다. 곁눈질로 남편을 보면서. 어찌나 겁먹은 고양이 같은지, 아무 이유 없이 겁먹고, 금방이라도 달아날 듯 위험하다. 그러나 극작가는 아내의 불합리한 의심을 확인해주길 거부하고 조용히 부드럽게 아내의 이마를 엄지로 지그시 쓸더니 허리를 숙여 아내와 시선을 맞추며 간절히 요청했고, 이것은 가끔 일종의 최면술처럼 노마에게 효과를 발휘하기도 했다. "내 사랑, 그냥 나하고 같이 가자, 응? 당신 정말 무척 아름다워."

제 아름다움에 겁먹은 아름다운 여자였다. 노마는 '자신'과 자신의 아름다움이 혼동되기라도 하듯 그 말에 분개한 눈치였다. 그가 아는 어떤 여자도 타인을 만날 때 겉모습에 이렇게까지 신경쓰며 불안해하지 않았다.

노마는 가만 듣더니 곰곰 생각했다. 마침내 진저리를 치고 웃음을 터뜨리더니 끈적한 이마를 남편의 턱에 가볍게 맞비빈 후 냉장고로 가서 색깔을 맞춰 기하학적으로 배열한, 크고 무거운 생야채 플래터와 직접 만든 사워크림 딥소스를 꺼냈다. 화려하고 멋진 플래터였고, 그도 아내에게 그렇게 말해주었다. 그는 음료를 쟁반에 담아 가져갔다. 갑자기 상황이 다시 좋아졌다! 이제 괜찮을 것이다. 〈버스 정류장〉 세트장에서도 그랬다. 패닉에 빠져 얼어붙어 물러났다가도 잠시 후면 더욱 강렬하고 생생하고 불꽃 같고 그 어느 때보다 설득력 있는 셰리로 돌아오는 모습을 목격했다. 바다 전망에 감탄하던 그들의 친구 루디와 진이 이제 막 뒤로 돌아 멋진 커플이 다가오는 것을 본다. 극작가와 블론드 배우. '노마'로 알려지길 바라는 여자는 임신 초기의 싱싱하고 투명한 우윳빛 피부가 눈부시게 아름다웠다(진부한 표현이지만 쓰지 않을 수 없다고 루디와 진은 이구동성으로 얘기할 것이다). 다크블론드 머리카락이 부드럽게 일렁이며 곱슬거렸다. 목이 깊이 파여 부푼 젖가슴의 윗부분이 드러나고 허리에서 치마가 확 퍼지는 화려한 주황빛 양귀비 꽃무늬 선드레스를 입고 하얀 오픈토 스파이크힐 펌프스를 신었다. 여자는 카메라 플래시에 눈이 부신 것처럼 실눈을 뜨고 그들을 향해 미소 지었고, 그 순간 포치의 단 하나뿐인, 그러나 제법 가파른 턱에 발이 걸렸고, 플래터가 여자의 손에서 미끄러져 바닥에 와장창 떨어졌고, 야채와 딥소스와 깨진 그릇이 날아갔다.

11

당신은 아주 사소한 문제로 나의 애정을 시험했어. 우리 사랑을.

사소한 문제라고! 그건 내 인생이야.

당신 인생도 그중 하나였지. 협박용 건수.

당신은 한 번도 날 옹호하지 않았어요, 작가님. 그 개새끼들 중 어느 한 놈한테도 맞서지 않았다고.

옹호가 필요한 게 누군지 확실하지 않았어. 언제나 당신인가?

그 사람들은 날 경멸했다고! 당신의 그 친구라는 작자들은.

아니. 당신을 경멸한 건 당신 자신이었어.

12

그러나 여자는 그의 노부모를 아주 좋아했다.

그리고 놀랍게도, 그의 노부모도 여자를 아주 좋아했다.

그들의 첫 만남에서, 맨해튼에서, 극작가의 어머니 미리엄은 아들의 손목을 움켜잡고 한쪽으로 데려가더니 의기양양하게 귓속말로 소곤거렸다. "저 아이는 내가 저 나이였을 때랑 똑 닮았어. 무척 기대되는구나."

저 아이라니! 매릴린 먼로가!

극작가에게는 뜻밖이자 뒤늦은 유감이지만, 알고 보니 그의 부모 둘 다 전부인 에스터를 한 번도 '따스하게' 대해준 적이 없었다. 스무 해가 넘는 세월 동안 말이다. 가엾은 에스터, 그의 부모에게 눈에 넣어도 안 아플 손주들을 낳아줬는데. 에스터, 유대인이고 그들과 아주 유사한 집안 출신 여자인데. 반면 노마―'매릴린'―는 전형적인 블론드 시크사였다.

그러나 이들이 만난 건 1926년이 아니라 1956년이었다. 그 세월 동안 유대인 사회의 문화도, 세상도, 많이 달라졌다.

극작가는, 맥스 펄먼이 지적했듯, 여자들이 예상과 달리 대체로 노마에게 다정하다는 사실을 깨달았다. 보통은 시샘하고 질투하고 질색할 거라고 예상한다. 그러나 여자들은 노마, 아니 '매릴린'에게 묘한 동류의식을 느꼈다. 매릴린을 보면서 왠지 자기 자신을 보는 게 아닐까? 자신의 이상적인 모습을? 남자들은 그런 오해에 피식거릴지도 모른다. 망상 혹은 착각이라고. 그러나 남자들이 뭘 알겠는가? 누군가 매릴린을 견딜 수 없어한다면, 그건 특정 부류의 남자일 가능성이 높았다. 성적으로 매릴린에게 끌리지만 거절당하리라는 걸 알 정도의 머리가 있는 남자. 수컷의 금간자존심에서 어떤 아이러니한 전략이 생겨나는지 극작가는 아주잘 알았다.

블론드 배우가 그토록 명확히 그에게 끌리지 않았더라면, 극작가 또한 여자를 무시하는 말을 할 수도 있었다는 것 또한 진실이아니겠는가?

영화배우치고는 나쁘지 않지. 하지만 무대에서는 너무 빈약해.

하여간 그래서 극작가의 어머니는 극작가의 두번째 아내를 아주 좋아했다. 수줍게 미소 짓는 노마, 언뜻 보기에 퍽 젊은 여자이고 퍽 어려 보이기도 하니, 일흔다섯 살인 여자에게 자신의 가버린 젊음에 대한 향수를 불러일으켰던 것이다. 극작가는 어머니가 노마에게 털어놓는 얘기를 들었다, 본인이 노마 나이였을 때 머리칼이 딱 노마 같았다고—"내 머리색도 딱 그 톤이었어, 곱슬거리는 것도 똑같네." 그는 어머니가 노마에게 첫 임신 때 기분을 털어놓는 것을 들었다. "여왕이 된 기분이었지. 오, 그때만큼은!"

노마는 시부모가, 지식인이 아닌 그들이 자신을 비웃을 거라는 걱정은 전혀 하지 않았다.

맨해튼의 부엌에서, 그리고 선장의 집에서 미리엄은 수다를 늘어놓았고 노마는 조용조용 맞장구를 쳤다. 미리엄은 노마에게 무교병*과 닭고기 수프, 그리고 양파를 넣은 다진 간 요리를 만드는법을 알려주었다. 극작가는 베이글과 훈제 연어를 아주 좋아하는 건 아니었지만, 그런 되살아난 '좋아하는 음식'이 일요일 브런치에 종종 나왔다. 그리고 보르시**도.

미리엄은 비트로 보르시를 만들었지만 가끔은 양배추로도 만들었다.

미리엄은 자기만의 소고기 육수를 만들어 썼다. 그게 캠벨 통조림 열두 개를 따는 것만큼 '아주 쉽다'고 말하곤 했다.

미리엄은 보르시를 뜨겁게도 내고 차갑게도 냈다. 철따라 달랐다.

미리엄에게는 체로 거른 비트가 든 유아용 시판 통조림을 이용한 '비상용 보르시' 레시피도 있었다. "설탕은 조금만 넣고. 레몬주스. 식초. 누가 알아차리겠어?"

그들의 보르시는 기억 속의 여느 보르시만큼이나 맛있었다.

13

큰 바다

나는 거울을 깼다
& 그 파편들이

---

* 유대인이 유월절에 출애굽의 고난을 기억하며 먹는 전통 빵.
** 소고기와 야채를 넣고 끓인 러시아식 수프.

중국으로 흘러갔다.

잘 가!

14

7월의 그 힘겨웠던 저녁이 찾아왔다. 노마가 시내에 다녀온 그 날, 그는, 노마의 남편은, 노마 대신 로즈를 보았다.

로즈, 〈나이아가라〉의 불륜 아내.

물론 극작가의 상상일 뿐이지만!

노마는 스테이션왜건을 몰고 갈라파고스코브인가 브런즈윅인 가로 나갔다. 야채와 신선한 과일을 사고, 약국에서 몇 가지 물품 도 구입할 계획이었다. 비타민. 대구간유 캡슐. 백혈구를 강화하 기 위해서라고 아내가 하는 말을 들은 것 같았다. 노마는 자신의 몸 상태에 관해 자주 얘기했다. 어떻게 보면 그게 아내의 유일한 화제였다. 뱃속에서 자라고 있는 아기. 태어날 준비를 하는 아기. 어찌 나 행복한지! 아내는 격주로 브런즈윅에 있는 산부인과에 들렀고, 이 브런즈윅의 의사는 맨해튼에서 아내가 원래 다니던 산부인과 의사와 직업적으로 아는 사이였다. 어쩌면 아내는 머리나 손톱을 '다듬으러' 나갔을 수도 있다. 옷을 사러 나가는 일은 드물었지만 (맨해튼에서는 툭하면 사람들한테 들켰고, 그러면 도망치듯 가게 를 빠져나오곤 했다) 지금은 임신한데다가 배도 부르기 시작해서 새 물건들이 필요하다고 아쉬운 듯 말했다. 임부용 덧옷과 드레스. "대디가 나를 사랑하지 않을까봐 무서워, 내가 안 예쁘게 보이면. 그래도 사랑해줄 거야?" 노마는 남편에게 점심을 차려준 후 차를 몰고 나가서 오후 세시까지 돌아오지 않았다.

극작가는 고양감에 취해서 작업에 몰두하느라(하루에 대사를 한 페이지 이상 쓰는 일이 드물었고, 그것도 완성본이 아니라 잠정적인, 깨알 같은 글씨로 읽기 힘든, 마지못해 써내려간 한 페이지였다) 전화가 울릴 때까지 아내가 집에 없는 줄도 몰랐다.

"대디? 나도 느, 늦었다는 거 알아. 그래도 지금 집에 가는 중이야." 여자는 깊이 뉘우치며 사과하는 투로 숨을 헐떡이면서 말했다. 그가 말했다. "여보, 서둘 것 없어. 물론 조금 걱정하긴 했지. 운전 조심하고." 해안 고속도로는 비좁고 구불구불하고 가끔은 대낮에도 띠 모양의 안개가 도로 이쪽저쪽으로 맥없이 옮겨다녔다.

이런 때에 노마가 사고라도 나면!

아내는 주의깊은 운전자였다, 극작가가 아는 한 그랬다. 낡은 플리머스 스테이션왜건(아내에겐 버스처럼 크고 다루기 불편해 보이는)의 운전대 앞에서 구부정하니 상체를 숙인 채 미간을 찌푸리고 아랫입술을 깨물었다. 노마는 브레이크를 너무 급하게 밟아 덜커덩거리는 경향이 있었다. 차가 정지한 상태에서도 보행자를 칠까봐 무서운지 교차로에서 멀찍이 떨어져 서는 버릇이 있었다. 뻥 뚫린 고속도로에서도 시속 40마일을 결코 넘기지 않았다. 반면 극작가는 훨씬 빨리 달렸고, 정신을 딴 데 팔면서, 뉴욕 남자답게 거드름을 피우면서, 운전하면서 얘기도 하고, 가끔은 두 손을 다 운전대에서 떼고 손동작을 하기도 했다. 운전대 앞에서는 노마가 자신보다 훨씬 믿음직스럽다는 것이 그의 지론이었다!

그런데 지금 그는 의식적으로 아내를 기다리기 시작했다. 하던 일로 되돌아가는 건 불가능했다. 그는 두 시간하고도 이십 분을 더 기다리게 된다.

갈라파고스코브에서 선장의 집까지는 차로 십 분 거리였다. 그럼 노마가 브런즈윅에서 전화를 한 건가? 혼란스러워 잘 기억나지 않았다.

몇 번이나 가파른 자갈포장 진입로로 들어오는 차 소리를 들었다고 생각했다. 아내의 신중한 운전 스타일대로 조심스레 차고로 들어오는 소리. 자갈이 절그럭거리는 소리. 차 문이 닫히는 소리. 아내의 발소리. 마룻널 사이로 올라오는 아내의 속삭이는 듯한 목소리—"대디? 나 왔어."

그는 도저히 참을 수가 없어 허겁지겁 아래층으로 내려가 차고를 확인했다. 당연히 플리머스는 그곳에 없었다.

돌아오는 길에 지하실 앞을 지나는데 문이 살짝 열려 있었다. 그는 그 문을 쾅 닫았다. 이 빌어먹을 문은 왜 항상 열려 있는 거지? 걸쇠가 단단히 잘 걸리는 걸 보니, 분명 노마가 열어놓은 것이었다. 먼지 쌓인 지하실에서 역겨운 썩은 냄새가 확 올라왔다. 흙의, 부패의, 세월의 냄새. 그는 그 냄새에 진저리를 쳤다.

노마는 지하실이 싫다고 했다—"너무 불쾌해." 선장의 집에서 노마가 싫어하는 유일한 것이었다. 그러면서도 아내는 자신을 겁먹게 하는 바로 그것을 찾아내기로 결심한 고집 센 아이처럼 손전등을 들고 지하실을 탐험했을 거라고 그는 생각했다. 하지만 노마는 서른두 살의 여자였고, 아이라고 하긴 힘들었다. 무슨 목적으로, 스스로를 겁주려고? 더군다나 그런 몸 상태로.

그는 여자를 절대 용서할 수 없다고 생각한다. 여자가 그들의 행복을 조금이라도 깨트린다면.

마침내, 오후 여섯시가 넘어서, 전화가 다시 울렸다. 극작가는 떨리는 손으로 즉시 수화기를 들었다. 가느다랗게 새근거리는 목소리. "오오오, 대디. 나한테 화, 화났어?"

"노마, 무슨 일이야? 지금 어디야?"

그는 목소리에서 두려움을 지울 수 없었다.

"내가 이 사람들하고 좀 있느라……"

"무슨 사람들? 어디 있는 건데?"

"아, 무슨 문제가 있는 건 아니고, 대디. 그냥 여기서 좀—뭐라고요?" 누가 노마에게 말을 걸었고, 노마는 그쪽에 대답하면서 손바닥으로 수화기를 막았다. 저쪽 주변에서 시끄러운 목소리가 여럿 들렸고, 극작가는 몸이 부들부들 떨렸다. 그리고 요란하게 쿵쿵거리는 로큰롤 음악. 노마가 다시 수화기에 대고 웃으며 얘기했다. "오오오, 여긴 좀 정신이 없네. 그래도 이 사람들 진짜 멋진 사람들이야, 대디. **프랑스어**를 하는 것 같아. 여자가 두 명 있는데, 자매래. 일란성쌍둥이."

"노마, 뭐라고? 잘 안 들려. 쌍둥이?"

"하지만 **지금** 집에 가는 길이야. 가서 얼른 저녁 준비할게. 약속해!"

"노마—"

"대디, 나 사랑하지, 응? 나한테 화난 거 아니지?"

결국, 오후 여섯시 사십분에, 노마는 스테이션왜건을 끌고 진
입로로 들어왔다. 앞유리 너머로 남편에게 손을 흔들며.

극작가는 노마를 기다리는 중이었고, 기다림 탓에 얼굴이 팽팽
하게 긴장됐다. 하루종일 기다린 느낌이었다. 그러나 하늘은 아직
밝았고, 전형적인 여름이었다. 동쪽 수평선에만, 먼바다 저쪽 끄
트머리에만 두툼한 구름 덩어리 속으로 한 점 얼룩이 올라오듯 땅
거미가 깔렸다.

노마가 부랴부랴 오고 있었다. 저건 '윗집 아가씨'였다. '윗집
아가씨'로 가장한 로즈가 아니라면.

턱밑에서 얌전히 끈을 묶은 챙 넓은 밀짚모자를 쓰고. 분홍색
장미꽃 봉오리가 수놓인 임부용 블라우스와 뭔가 묻어 지저분해
진 하얀 반바지를 입고. 여자는 두 팔로 극작가의 뻣뻣한 목을 얼
싸안고 힘차고 끈적하게 그의 입술에 키스했다. "오, 세상에, 대
디. 정말 미안해."

무언가 농익은 달큰한 맛이 났다. 노마의 양쪽 입가에 얼룩이
묻었다. 술을 마셨던 걸까?

노마는 플리머스 뒷좌석에서 주섬주섬 장 본 것을 꺼냈고, 극
작가는 말 한마디 없이 그것을 아내에게서 받아들었다. 화가 나
서 심장이 쿵쿵 뛰었는데, 실은 두려움 끝에 밀려든 분노였다. 만
약 노마에게 무슨 일이라도 생겼다면! 그들의 아기에게 무슨 일

이라도 생겼다면! 알지 못하는 사이에 노마는 그의 삶의 중심이
되었다.

참으로 어이없어하며 측은하게 여겼는데. 노마의 전남편 얘기
를 듣고서. 노마를 감시하기 위해 사설탐정을 고용한 전직 운동
선수.

이제 노마는 집으로 돌아왔고, 아무 탈 없이 무사했고, 웃음을
터뜨리며 사과를 하고 있다. 극작가를 바라보며, 오만상을 찌푸린
남편을 곁눈질한다. 그리고 그가 알아듣든 말든 횡설수설 장황한
이야기를 늘어놓는다. 고속도로에서 히치하이크하는 여자 둘을
태워 그들의 목적지라는 갈라파고스코브까지 데려다주었고, 또
거기서 누군가의 집까지 갔는데 사람들이 잠시 앉았다 가라고 했
다고. "있잖아, 그 사람들은 다 내가 누군지 알고, 나를 '매릴린'
이라고 불렀지만, 난 계속 부인했어. '아뇨, 아뇨, 난 그 여자가 아
니에요, 난 노마라고요'—꼭 게임하는 것 같았어, 다 같이 엄청
웃었거든—밴나이즈 고등학교의 내 친구들처럼. 그때가 그리
워." 그 쌍둥이 자매는 '진짜 예쁘고', 이혼한 어머니와 함께 시골
의 '낡고 지저분하고 칙칙한 트레일러'에 살며, 자매 중 한 명인
재니스는 코디라는 삼 개월 된 아기가 있다—"아기 아버지는 상
선대에서 복무중인데 재니스하고 결혼하진 않을 거래, 그냥 훌쩍
출항해버렸대." 노마는 트레일러에 좀 있다가 모두 함께 스테이션
왜건을 타고 다른 곳으로 갔다—"있잖아, 대디, 우린 그 커다란
세이프웨이 슈퍼마켓에 갔다? 아기도 데리고 다 같이. 그 사람들
은 **먹을 것**도 없고 이것저것 필요한 게 너무 많았거든. 난 동전 하

나 안 남기고 다 썼어." 노마는 사과하는 투로 이런 이야기를 했다. 그러면서도 '그래서 어쩔 건데' 하는 심보가 엿보였다. 원래 노마는 잘못을 곧잘 뉘우치는 착한 아이였는데, 지금은 뉘우치는 기색이 하나도 없고 실은 그 무모한 작은 모험에 뿌듯해했다. 이건 매릴린의 돈이야, 대디. 이 돈은 내 맘대로 쓸 거야라고까지 말하진 않았지만.

짐짓 놀랐다는 듯 한숨도 내쉰다. "지갑에 있는 마지막 동전까지 탈탈 털었다니까, 세상에!"

극작가는 이 여자를 얼마나 깊이 그리고 속절없이 사랑하는지 깨닫고 만다. 이 이상하고 변덕스러운 여자를. 지금 여자는 그의 아이를 임신하고 있다. 그의 진짜 속마음은 더이상 아이를 원하지 않았다. 맨해튼에서, 뉴욕 앙상블과 연극계에서 그는 여자를 잘 안다고 생각했다. 이제는 별로 확신이 서지 않는다. 연애 초기에 그는 여자를 사랑할 준비가 되어 있지 않았고, 여자가 그를 더 많이 사랑하는 것 같았다. 이제 두 사람은 서로 똑같이, 몹시 굶주린 듯 탐욕스럽게 사랑했다. 그러나 오늘 이 순간까지 극작가는 노마가 자신을 사랑하는 것보다 더 많이 노마를 사랑하게 되는 때가 올 줄은 꿈에도 몰랐다. 이걸 어떻게 견딜 수 있을까!

부엌에서 물건들을 정리해 넣으면서 아내는 자꾸만 곁눈질로 그를 힐끔거린다. 연극에서 이런 장면은, 영화도 그렇지만, 의미심장한 행간을 품고 있기 마련이다. 그러나 실생활이 예술을 따르는 일은, 특히 예술의 형식과 관습을 따르는 일은 거의 없다. 그럼에도 불구하고 노마는 그에게 〈나이아가라〉에서 아내에게 코가 꿰여(혹은 수컷의 다른 해부학적 부위가 꿰여) 정신 못 차리는 남편 조지프 코튼을 멋대로 쥐락펴락하던 로즈를 고통스러울 정도로 연상시켰다.

이야기를 들려주는 노마의 나긋하고 새근거리는 목소리가 흥분으로 떨렸다. 거짓말을 하는 걸까? 그건 아닐 거라고 그는 생각했다. 아주 순박하고 진솔한 이야기였다. 하지만 저렇게까지 흥분하다니, 차라리 거짓말을 하는 편이 나았을 것이다. 어차피 똑같이 스릴 넘쳤을 텐데. 저 여자는 부정을 저질렀어. 부부의 도리를 어기고 선을 넘었어. 그는 노마의 하얀 반바지가 더러워진 것을, 생리혈 같은 자국이 묻은 것을 보고 갑작스러운 공포에 사로잡혔다. 오, 맙소사, 저건 유산이 시작됐음을 뜻하는 걸까?—그런데 노마는 모르는 눈치다?—다만, 그의 표정을 보고 자신의 아랫도리를 내려다보더니 노마는 멋쩍은 웃음을 터뜨렸다. "오, 이런! 아까 라즈베리를 먹었거든. 다들 배 터지게 먹었어." 극작가는 여전히 충격받은 표정이었다. 그의 여윈 얼굴이, 여름 햇볕에 까무잡잡하게 탄 얼굴이 사색이 됐다. 알이 두꺼운 안경은 미끄러져내려와 코끝에 걸렸다. 노마는 장바구니에서 라즈베리 봉지를 꺼내 극작가에게 먹어보라며 그의 코앞에 들이밀었다. "오, 대디, 그렇게 슬픈 눈으로 쳐다보지 말고 일단 먹어봐. 달지, 그치?"

정말로 그랬다. 라즈베리는 달았다.

15

『문명 속의 불만』에 나오는 그 예언적 문구에 밑줄을 긋는 것만으로는 성이 차지 않았다. 노마는 그 문장을 공책에 옮겨 적을 수밖에 없었다.

우리는 사랑을 할 때만큼 고통에 무력할 때가 없으며, 사랑의 대상이나 사랑 자체를 잃을 때만큼 속절없이 불행할 때가 없다.

16

바닷가 왕국

옛날 어느 바닷가 왕국에
거지 소녀가 있었습니다.
소녀는 마법에 걸렸어요―
"어여쁜 공주님이 될 것이다, 너는."

오 하지만 거지 소녀는 울며 말했습니다.
"그건 잔인한 저주예요."
사악한 대모는 웃으며 말했습니다.
"앞으로 상황은 더 나빠질걸."

협곡을 거니는 공주님을
한 왕자님이 발견했습니다.
왕자님은 공주님에게 말했습니다. "외로운가요?
친구가 필요한가요?"

수많은 밤과 낮을 지나며
왕자님은 공주님에게 구애했습니다.
공주님은 왕자님을 사랑했지요.
하지만─무슨 말을 할 수 있었을까요?

"나는 어여쁜 공주님이 아니라
거지 소녀에 불과해요.
그걸 알았어도 당신은 나를 사랑했을까요?"
왕자님은 공주님을 보며 미소 짓고
이렇게 말했습니다……

계단 꼭대기 아기방의 창가 화분 자리에 웅크리고 앉은 채 몽상을 하며 행복에 젖어 눈시울을 닦아내고, 머리 위에서는 광대한 동굴 같은 하늘이 굽어보고, 저 아래 먼지 쌓인 지하실에서 뭐라 뭐라 웅얼거리는 먹먹한 말은 하나도 들리지 않고, 노마 진은 무던 애를 쓰고 또 썼다!─하지만 마지막 행은 결코 완성하지 못한다.

17

아기방. 여자는 아기가 당연히 맨해튼에서 태어날 거라는 사실
을 알고 있었다. 컬럼비아 장로교 병원에서. 모든 게 일정대로 순
탄히 풀린다면. (12월 4일이 마법의 날이었다!) 그럼에도, 이곳
메인의 갈라파고스코브 선장의 집에, 여름 내내 그토록 쓸쓸하고
그토록 꿈처럼 행복했던 곳에, 가공의 아기방을 만들고 동네 골동
품가게와 길가 플리 마켓에서 사모은 물건을 놓아두었다. 파란 나
팔꽃이 그려진 우윳빛 고리버들 아기 침대(어머니가 나를 위해
마련했던 아기 침대와 거의 똑같지 않은가?). 귀여운 수제 헝겊
인형. '미국 셰이커교도가 쓰던 진품' 유아용 딸랑이. 오래된 그림
책, 동화책, 마더구스, 말하는 동물, 여자는 시간 가는 줄 모르고
그 책들에 빠져들 수 있었다. **옛날 옛적에……**

아기방에서 노마 진은 창가 화분 자리에 웅크리고 앉아 내일의
삶을 꿈꾸었다. 그이는 아름다운 희곡을 여러 편 쓸 거야. 내가 연기할
극이지. 난 그 역할에 어울리게 성숙해질 거야. 나는 존경받을 거야. 내
가 죽을 때 아무도 비웃지 않을 거야.

18

가끔 문을 두드리는 노크소리가 났다. 그러면 여자는 그를 방안
에 들이는 수밖에 없었다. 남자는 이미 문을 열고 고개를 안으로

쑥 들이밀었다. 빙그레 웃으며. **사랑이 담뿍 담긴 눈길로! 내 남편.**

아기방에서 여자는 학생 시절 일기장에 일기를 썼고, 이것은 여자 혼자만의 비밀이었다. 남몰래 끄적인 시구 조각. 어휘 목록. 아기방에서 노마 진은 창가 화분 자리에 웅크리고 앉아 메리 베이커 에디의 『과학과 건강』과 〈센티넬〉의 놀라운 간증(사실일까!) 수기를 읽었다. 극작가가 이런 책들을 늘 못마땅하게 여긴다는 것을 알면서도, 맨해튼에서 메인까지 챙겨와서 읽었다.

극작가는 노마와 같은 영혼(섬세하고 예민하고 쉽게 영향받는)은 우물 같다고 믿었다. 귀중한 맑은 물. 그 물을 독소로 오염시킬 수는 없는 노릇이다. 결단코!

노크소리가 나고, 벌써 남자가 문을 열고 아내를 보며 빙그레 웃는데, 그 미소는 아내가 읽던 책을 보는 순간(노마는 감히 숨기려는 시도를 하지 못했다) 희미해져버렸다.

어느 오후에는 『유럽의 수치: 유럽 유대인의 역사』였다. (적어도 이건 남편이 진심으로 질색하는 크리스천사이언스 관련 서적은 아니었다!)

이런 책, 노마의 '유대인에 관한' 책에 보이는 극작가의 반응은 복잡했다. 반사적인 미소로 얼굴이 씰룩이는데, 거의 공포에 가까운 미소다. 짜증의 미소인 건 확실하다. 혹은 쓰라림의 미소. 마치 부지불식간에(오, 여자가 의도한 건 아니었다! **너무 미안했다**) 여자가 남자의 복부를 걷어찬 것 같았다. 남자는 여자에게 다가와 옆에 무릎을 대고 앉아 책장을 넘기다 특정 사진에서 손을 멈춘다. 여자의 심장이 빠르게 뛴다. 사진에 나온 시신들의 얼굴에서 살아 있는 남편의 특징적 이목구비가 보인다. 심지어, 때로는, 남편 특유의 난처한 표정도 보인다. 남자가 느끼는 감정이 어떤 것이든 여자의 상상력은 도저히 미치지 못할 테고(만약 여자가 유대인이라면 이럴 때 어떤 느낌일까? 견딜 수 없었을 것 같다), 남자는 여자에게 숨길 것이다. 아닌 게 아니라, 남자의 목소리가 떨렸을지도 모른다. 손이 떨렸을지도 모른다. 그러나 그는 아내를 사랑하고 그저 아내가 무탈하기만을, 그들의 아기 또한 무탈하기만을 바라는 남자의 차분한 말씨로 여자에게 말할 것이다. 그는 이렇게 말할 것이다. "노마, 지금 이게 적절한 일이라고 생각해? 당신 몸 상태에 불쾌하게 이런 공포스러운 것을 보는 게?"

여자는 가냘프게 항의할 것이다. "오, 하지만 난 아, 알고 싶어, 대디. 그게 잘못이야?"

그는 여자에게 키스하며 말할 것이다. "내 사랑, '알고' 싶어하는 건 당연히 잘못이 아니. 하지만 당신은 이미 알잖아. 홀로코스트에 관해, 대학살의 역사에 관해, '문명화된' 기독교 유럽의 피에 젖은 땅에 관해 잘 알고 있잖아. 나치 독일에 대해, 영국과 미국이 유대인을 구하는 일에 얼마나 무관심했는지에 대해서도 알고. 자세히는 아니더라도 대체로 다 알잖아. 당신은 이미 알고 있어, 노마."

그게 사실일까? 사실이었다.

극작가는 언어의 대가였다. 그가 방에 들어오면 철가루가 자석에 달라붙듯 단어와 문장이 그에게 날아들었다. 노마 진은, 머뭇거리고 더듬거리는 여자는 승산이 없었다.

그다음에 그는 '공포 포르노'에 대해 얘기했을 것이다.

'고통의 탐닉'에 대해 얘기했을 것이다—'슬픔의 탐닉'에 대해.

잔인하게 '타인의 슬픔에 대한 탐닉'도 얘기했을 것이다.

오, 하지만 나도 유대인이야. 난 유대인이 될 수 없어? 그렇게 태어나야만 하는 거야? 영혼부터?

여자는 경청했다. 엄숙하게 귀를 기울였다. 절대 끼어들지 않았다. 만약 이게 연기 수업이었다면 여자는 문제의 책을 자신의 가슴과 빨라진 심장에 꾹 눌러 안았을 테고, 연기 수업이 아니었어도 책을 자신의 가슴과 빨라진 심장에 꾹 눌러 안았을 것이다. 차라리 책을 탁 덮고 창턱 아래 의자 위 해진 플러시 쿠션 너머로 밀어냈다면 더 좋았을지 모른다. 어쨌든 그럴 때는 후회스럽고 초라해지고 속상하긴 해도 상처받지는 않았다. 여자는 상처받을 합법적 권리가 자신에게 없다는 것을 알고 있었다. **응, 난 유대인이 아니지. 그렇겠지.**

그 모든 게 여자의 남편이 여자를 사랑하기 때문이었다. 사랑 이상이었다, 남자는 여자를 숭배했다. 그러나 여자 때문에 두려운 것도 사실이었다. 그는 여자의 감정을 통제하려는 욕구가 점점 강해졌다. 여자의 '예민한' 신경을. (영국에서 '일어날 뻔했던' 그 사건을 기억하는지?) 남자는 아내보다 열여덟 살 많았고, 아내를 보호하는 것은 그의 당연한 의무였다. 그럴 때면 그는 자신이 느끼는 감정의 엄청난 강도에 울컥했다. 그는 아내의 아름다운 회청색 눈에서 반짝이는 눈물을 보았다. 아내의 떨리는 입술. 이런 사적이고 내밀한 순간에도 그는 이 여자에게 반했던 〈버스 정류장〉

감독이 자연스럽게 눈물을 흘리는 매릴린 먼로의 능력에 얼마나 놀랐는지 떠올린다. 먼로는 한 번도 글리세린을 달라고 한 적이 없었죠. 눈물이 항상 그 자리에 준비되어 있었거든요.

이제 장면은 휘릭 바뀌어 즉흥연기가 되었다.

여자가 말을 더듬으며 말한다. "그래도, 대디―아무도 안 하면 어떡해? 그러니까, 지금 말이야. 나라도 해야 하지 않을까?"

"해야 하다니―뭘?"

"거기에 대해 아는 것. 생각하는 것? 가령 이렇게 아름다운 여름날에, 여기 바닷가에서? 우리 같은 사람들이? 적어도 사진은 봐, 봐야 하지 않을까?"

"말도 안 되는 소리 그만해, 노마. 당신이 '해야 하는' 일은 없어."

"내 말은, 이런 것을 보는 사람이 누군가는 항상 있어야 하잖아, 무슨 말인지 알지? 이 세상 어딘가에는. 모든 순간에. 왜냐면 만약에―다들 잊어버리면 어떡해?"

"여보, 홀로코스트는 여간해선 잊히지 않을 거야. 그걸 기억하는 건 당신 책임이 아니야."

남자는 매몰차게 웃었다. 얼굴이 달아올랐다.

"오, 나도 알아! 거만한 소리로 들리지. 내 말은"―여자는 사과하는 투지만 사과하는 게 아니다―"프로이트가 그랬잖아? '망상을 공유하는 자들은 그것이 망상임을 절대 인식하지 못한다'고? 그러니까 내가 해야 하는 일을 다른 사람들이 하고 있다는 망상을 할 수도 있고, 그럼 내가 그걸 해야 할 필요가 없다고 생각할 수도 있잖아? 바로 그 순간에는? 무슨 말인지 알지?"

"아니. 무슨 말인지 모르겠어. 당신은 타인의 슬픔에 탐닉하는 거야, 솔직히 말하면."

"그게 뭐야?"

"거기엔 악귀 같은 엽기적 요소가 있어, 내 사랑. 그걸 탐닉하는 유대인을 나는 수도 없이 많이 알아, 진짜야. 이미 정해진 우주론적 인과가 낳은 역사의 끔찍한 운명이라니. 헛소리! 하지만 난 악귀와 결혼하지 않았지." 뜻밖에 고무된 극작가는 별안간 무시무시한 미소를 지었다. "난 악귀와 결혼하지 않았어, 아기와 결혼했지."

노마는 웃음을 터뜨렸다. "악귀가 아니라 아기."

"예쁜 아기지, 악귀가 아니라."

"오오오―악귀도 예쁠 수 있잖아?"

"아니. 악귀는 예쁠 수 없어. 오직 아기만 그럴 수 있지."

"아기만. 알았어!"

키스를 받기 위해 고개를 들고 내민다. 여자의 완벽한 입술.

즉흥연기를 하면 본인이 어디로 가고 있는지 모르거든. 하지만 가끔은 그것도 나쁘지 않아.

"그는 나를 사랑한 게 아냐. 제 머릿속에 있는 어떤 블론드를 사랑한 거지. 내가 아니라."

19

사실 여자는 발길에 차인 개처럼 기가 죽었다. 그리고 뱃속의 아기는, 부끄러움에 몸둘 바를 몰라 엄지손가락만한 크기로 쭈그러들었다.

그런 일이 있고 나면 그들은 어김없이 몸을 섞었다. 몇 시간 후, 밤에 사주식 침대에서. 묘하게 딱딱한 말총 매트리스, 삐걱이는 침대 스프링. 극작가가 일생 동안 기억하게 될 강렬한 시간, 육체적 사랑의 힘과 성적 쾌감에 정신이 아득해져, 간절하고 애타는 육신으로 그런 사랑을 생산했던 사람들이 스러지고 오랜 시간이 지난 후에도 그치지 않고 파문을 일으키는 것들.

여자는 그를 위한 로즈가 될 것이다. 그가 바란 것이 로즈라면.

오, 여자는 그의 아내였고, 여자는 누구든 될 것이다! 그를 위해서.

여자는 키스하고, 키스하고, 키스하며 그의 숨을 삼켜버렸다. 자신의 입속으로 그의 혀를 빨아들였다. 두 손으로 그의 몸을, 허리와 배가 늘어지기 시작한 여위고 앙상한 몸을 어루만지고, 대담하게 그의 가슴에, 가슴의 구불구불한 털에 키스하고, 그의 젖꼭지에 키스하며 빨고, 웃음을 터뜨리고 간지럼을 태우고 격렬히 애무했다. 여자의 능수능란한 두 손. 음계를 넘나들며 건반 위에서 손가락을 굴리는 콘서트피아니스트처럼(사실이든 아니든 그는 이렇게 생각하면 흥분됐다) 숙련된 손. 여자는 〈나이아가라〉의 로즈였다. 불륜을 저지른 아내, 살의를 품은 아내. 오래전, 여자를 알게 될 기회가 있으리라고는 생각지도 못했던 시절부터 눈여겨 보았던 빼어난 미모와 성적 매력을 지닌 블론드. 이 여자를 알게 된다고 상상하는 것 자체가 판타지였는데! 발기불능의 배반당한 남편 조지프 코튼과 자신을 동일시하던 시절. 영화의 마지막 장면 에서조차 그는 코튼과 자신을 동일시했다. 코튼이 로즈의 목을 조를 때. 섬뜩하고 몽환적인 장면, 음소거된 교실. 죽음의 발레. 사실을 깨달은 먼로의 완벽한 얼굴에 떠오른 그 표정. 여자는 숨이 끊어진다! 여자의 남편은 사신死神이다! 깜박이는 스크린 속의 고요한 영상을 올려다보며 극작가는 지금까지 어떤 영화에서도 느껴보지 못한 울림을 느꼈다. (그는 매체로서의 영화를 경멸하는 편이었다.) 로즈 같은 여자는 일찍이 본 적이 없었다. 그는 타임스스퀘어 영화관에서 혼자 영화를 보았고, 관객 중에 자신과 다른 느낌을 받은 남자는 있을 리 없다고 생각했다. 어떤 남자도 저 여자의 적수가 되지 못해. 저 여자는 죽어야 해.

갈라파고스코브의 바닷가 절벽 위 여름 별장의 침대에서 여자는 남자 위에 누웠고, 아내, 그의 임신한 아내는 남자에게 자신을 맞췄다. 달콤하고 아기 같은 여자의 숨결. 달콤하고 날카로운 목졸린 비명—"아, 대디! 아아!"—시늉인지 진짜인지 알 길이 없다. 그는 절대 알지 못할 것이다.

20

남자는 여자가 안에 있는지 모르고 욕실 문을 열었다.

수건으로 감싼 머리, 맨몸에 맨발에 불룩한 배, 여자는 고개를 돌려 남편을 보고 깜짝 놀랐다. 한쪽 손바닥에는 알약 몇 개가, 다른 손에는 플라스틱 컵이 들려 있었다. 여자는 급히 알약을 입안에 쏟아넣은 다음 물을 마셨고, "여보, 나는 당신이 약을 다 끊은 줄 알았는데? 이제는?" 하고 남자가 묻자, 여자는 거울을 통해 남자와 눈을 마주치며 말했다. "이거 비타민이야, 대디. 대구간유 캡슐하고."

전화가 울렸다. 갈라파고스코브에 있는 이 집 전화번호를 아는 사람은 극히 소수였고, 전화벨소리는 귀에 거슬렸다.

노마가 전화를 받았다. 여자의 긴장된 얼굴. 여자는 수화기를 극작가에게 넘기고 빠른 걸음으로 방을 나갔다.

할리우드 에이전트 홀리로드의 전화였다. 그는 전화해서 미안하다고 사과했다. 현재 매릴린이 영화 출연을 전혀 고려하지 않고 있음은 잘 알고 있다고 했다. 하지만 이건 특별한 프로젝트다! 〈뜨거운 것이 좋아〉라는 제목으로, 여장 남자들이 나오는 정신없는 코미디인데 주연은 '매릴린 먼로'라고 분명히 밝힐 것이다. 영화사에서는 이 프로젝트에 자금을 대고 싶어하며 매릴린에게 최소 10만 달러를 지불할 것이다—

"고맙습니다. 하지만 전에 말했다시피 아내는 현재 할리우드에 관심이 없습니다. 12월에 우리의 첫 아이가 태어날 예정이라."

이 말을 하는데 어찌나 기쁘던지! 극작가는 미소가 절로 나왔다. 우리의 첫 아이. 우리 아이!

어찌나 기쁘던지, 조만간 돈이 궁해지긴 하겠지만.

22

욕망

당신이 나를 욕망하므로
내가 아니다

이 시를 노마는 부끄러워하며 남편에게 보여주었다. 그가 여자의 시를 보고 싶다고 종종 말했으니까.

그는 이 짧은 시를 읽고 또 읽었고, 예상했던 것과 전혀 달라서 당혹스러운 미소를 지었다. 운문이기는 했다, 틀림없이! 자, 이제 뭐라고 하지? 남자는 여자의 기운을 북돋아주고 싶었다. 여자가 얼마나 병적으로 예민한지, 얼마나 쉽게 감정을 다치는지 잘 알았으니까. "여보, 이건 강력하고 극적인 도입부로군. 아주…… 기대가 돼. 근데 이다음엔 어디로 향하지?"

노마는 바로 그런 평을 고대했다는 듯 얼른 고개를 끄덕였다. 아니, 그건 당연히 평이 아니라 격려였다. 노마는 극작가에게서 종이를 돌려받아 작게 접었고, '윗집 아가씨' 식으로 웃음을 터뜨리며 말했다. "다음엔 어디로 향하느냐고? 오, 대디. 당신은 정말 옳은 말만 해. 그건 우리 모두의 삶의 수수께끼겠지!"

23

그리 멀지 않은 곳에서, 이 오래된 집의 마룻바닥 아래서, 고양이가 우는 듯 청승맞게 낑낑거리는 가냘픈 소리. 살려줘! 나 좀 살려줘.

"거긴 아무것도 없어. 난 아무 소리도 안 들려. 나는 알아."

24

7월 하순의 어느 늦은 오후였다. 도시에 사는 친구가 극작가를 보러 왔고, 두 사람은 함께 전갱이 낚시를 하러 나갔다. 노마는 선장의 집에 혼자 있었다. 아기와 함께 혼자. 우리 단둘이. 노마는 기분이 좋았고, 어느 때보다 건강한 느낌이었다. 며칠 동안 지하실에는 얼씬도 하지 않았고, 지하실 계단을 쳐다보지도 않았다. 거긴 아무것도 없어. 나는 알아! "그러니까, 내 고향에는 지하실이란 게 없었거든? 필요가 없었지."

여자는 집에 혼자 있을 때면 큰소리로 말하는 버릇이 생겼다.

여자의 이야기 상대는 아기였다. 여자의 가장 친한 친구!

베이비시터 넬에게 없는 것은, 넬의 존재에 결여된 것은, 바로 아기였다. "넬이 왜 그 꼬마 여자애를 창밖으로 밀어버리고 싶어 했을까. 넬에게 아기가 있었다면……" (하지만 넬이 어떻게 됐던가? 제 목을 긋는 데 실패했다. 사람들이 넬을 끌고 가서 가둬버렸다. 싸움 한번 없이 넬은 항복했다.)

7월 하순의 어느 늦은 오후였다. 약간 후텁지근한 날이었다. 바람 한 점 없었다. 노마 진은 무단침입자 같은 흥분과 떨림을 느끼며 극작가의 서재에 들어갔다. 남편의 타자기를 잠깐 빌려 써도 남편은 신경쓰지 않을 것이다. 왜 신경을 쓰겠어? 남편은 개의치 않을 것이다. 정확히 말해 즉흥 장면은 아니었고, 여자는 미리 계획을 세워놨었다. 레이크우드의 글래디스에게 보낼 편지를 타이핑하고 사본을 만들 생각이었다. 그날 아침 잠에서 깼는데 글래디스가 자신을 보고 싶어할 거라는 생각이 문득 들었다. 동부에 너무 오래 있었다. 이곳 갈라파고스코브로 놀러오라고 글래디스를 초대할 것이다! 지금쯤 글래디스는 원하기만 한다면 여행해도 될 만큼 충분히 건강을 회복했을 거라고 확신했다. 노마 진은 어머니에 대해 극작가에게 그렇게 설명했고, 나름 그럴듯하다고 생각했다. 극작가는 글래디스에 대한 얘기를 듣고 매우 흥미로워했고,

무척 만나보고 싶다고 했다. 노마 진은 편지를 두 통 쓸 것이고, 두 통 모두 사본을 만들 것이다. 한 통은 글래디스에게, 다른 한 통은 레이크우드 정신병원 원장에게.

물론, 12월에 아기를 낳을 거라는 얘기는 글래디스에게만 할 것이다.

"드디어 어머니는 할머니가 될 거예요. 오, 난 너무 기다려져요!"

노마 진은 극작가의 책상에 앉았다. 카메라가 여자의 머리 근처에서 맴돌며 내려다본다. 여자는 잉크리본이 닳아 해진 오래되고 충직한 남편의 올리베티 타자기를 사랑했다. 책상 위에 흩어진 종이는 천재의 흐트러진 생각처럼 너무나 사실적으로 보였다. 메모나 스케치인가? 대사의 일부인가? 극작가는 작업중인 작품에 관해 극도로 말을 아꼈다. 아마 미신적인 믿음 때문일 것이다. 그러나 노마 진은 남편이 제일 처음 썼던 희곡(여자는 그 작품에 마그다로서 도움을 줄 수 있었다는 사실이 무척 기쁘고 뿌듯했다)을 포함해 두세 작품을 동시에 시험해보고 있음을 알고 있었다. 새 종이를 찾고 있을 때 본의 아니게 여자의 눈에 띈 것은—

X: 그거 알아, 대디? 난 아기가 여기서 태어났으면 좋겠어. 이 집에서.

Y: 하지만 여보, 우리가 계획하기로는—

X: 우린 산파를 부를 수도 있어! 나 지금 진지해.

(X, 흥분한다 & 동공이 커진다. 배가 벌써 부풀기라도 한 듯 두 손으로 자신의 배를 끌어안는다)

다른 종이에, 수십 군데 수정한 표시가 있다—

X(화를 내며): 당신은 날 옹호하지 않았어! 한 번도.
Y: 누가 틀렸는지 언제나 명확한 건 아니야.
X: 그 사람이 날 경멸했다고!
Y: 아니. 당신을 경멸한 건 당신이었어.
Y: 아니. 당신을 경멸한 건 당신이야.

(X는 욕망 없이 자신을 쳐다보는 남자가 있을 수도 있다는 사실을 견디지 못한다. 여자는 서른두 살이다 & 젊음이 지나가버리는 것을 두려워한다)

25

사람은 사라지면 어디로 가지? 그 소리가 지하실에서 계속 들렸다. 여자는 눈길을 피하며 남편에게 얘기했다, 남편이 믿지 않을 것임을, 믿고 싶어하지 않을 것임을 알면서도. 극작가가 위로하려고 가볍게 여자를 어루만지자 여자는 굳었다. "노마, 뭐라고?" 여자는 말할 수 없었다. 남자는 손전등을 들고 지하실을 조사하러

내려갔지만 아무것도 발견하지 못했다. 하지만 여자에게는 여전히 그 소리가 들렸다. 고양이가 우는 듯 청승맞게 낑낑거리는 가냘픈 소리. 가끔은 움직이는 소리. 발톱으로 긁는 불안한 소리. 딱한 번 울음소리를 냈던 아기가 떠올랐다. (그건 꿈이었을까? 영화의 한 장면이었을까?) 이른 아침에 그리고 낮에 여자가 아래층에 혼자 있을 때, 아니면 화장실에 가고 싶은 갑작스러운 욕구에 한밤중에 땀을 흘리며 잠에서 깼을 때에도 종종. 여자는 길고양이나 라쿤일 거라고 생각했다—"뭔가 저 아래서 덫에 걸려서. 굶어죽고 있어." 살아 있는 생물이 저 구덩이 같은 끔찍한 지하실에 갇혀 있다는 상상을 하자 와락 공포가 밀려들었다. 극작가는 아내가 정말로 동요하고 있음을 알았고, 아내의 두려움을 달래주려 했다. 아내가 직접 지하실을 뒤지며 저 암울한 어둠 속을 돌아다니게 하고 싶지 않았다. "나는 그대가 저 아래 내려가는 것을 금하오, 내 사랑!" 아내에게 가장 잘 먹히는 명민한 전략은 농담이라는 것을 그는 오래전에 간파했다. 이런 식으로 그는 비이성적인 매릴린에 대항해 상식적인 노마를 끌어냈다. 냄새 때문에 코를 싸쥐고(썩은 사과 냄새를 넘어 이제는 썩은 고기 악취가 흙과 시간의 냄새와 뒤섞였다) 극작가는 다시 지하실로 내려가 구석구석 손전등 불빛을 비추며 샅샅이 조사한 후 아내에게 돌아와 가쁜 숨을 몰아쉬며 짜증스럽게(메인의 해안치고 이상하게 덥고 습한 날이었으니) 얼굴에서 거미줄을 걷어내면서도 한껏 온화하게 아내에게 단언했다. 아니, 저 아래에는 아무것도 없다, 아무것도 발견하지 못했다, 노마가 들었다고 주장한 소리도 듣지 못했다. 노마는 이 보고에 진정된 것 같았다. 마음을 놓은 듯 보였다. 여자가 충동적으로 남편의 손을 잡아 입에 대고 키스해서 남자는 당황했다. 손이 더러운데!

"오, 대디. 임신한 암컷한테는 잘해줘야지, 응?"

사실 노마는 이곳에 온 지 이 주가 지나고부터 뒷마당에서 길 고양이들에게 먹이를 주었다. 극작가가 좋은 생각이 아니라고 말렸음에도 불구하고. 처음엔 한 마리뿐이었고, 귀가 물어뜯긴 깡마른 까만 수코양이였다. 그러다 한 마리가 더 합류했는데, 깡말랐지만 임신한 삼색 얼룩이였다. 얼마 안 가 뒷문에서 끈기 있게 먹이를 기다리는 고양이가 여섯 마리쯤 되었다. 고양이들은 묘하게 조용했고, 한 마리씩 각자 떨어져 앉았다. 노마가 접시를 놓아주면 거리를 유지하고 있다가 작은 기계처럼 빠르게 달려들어 먹었고, 다 먹은 다음에는 한번 돌아보는 일 없이 유유히 사라졌다. 처음에 노마는 고양이들과 친해져보려고, 이왕이면 쓰다듬어보려고 했지만 고양이들이 하악거리고 이를 드러내며 피했다. 바깥에도 지하실로 통하는 문이 있으니 고양이 중 한 마리가 안에 들어와 갇혔다고 생각하는 것도 비논리적인 추론은 아니었다. 만약 그렇다면, 그놈은 극작가를 피해 몸을 숨긴 것이고, 극작가는 그놈을 구해야 한다.

"여보, 고양이에게 먹이를 그만 주는 게 어떨까." 극작가가 슬쩍 떠보았다.

"오, 그럴게! 조금만 이따가."

"수가 점점 더 많아질 거야. 당신이 메인 해안의 모든 고양이를 다 거둬먹일 수는 없잖아."

"대디, 나도 알아. 당신 말이 맞아."

그래도 여자는 여름 내내 먹이를 주었고, 그도 아내가 그럴 줄 알았다. 매일 아침 여자에게 먹이를 달라고 찾아오는 굶주리고 뼈만 앙상한 고양이들이 몇 마리나 되는지 그는 알고 싶지 않았다. 여자의 이상한 옹고집. 여자의 막강한 의지. 남자는 본질적인 측면에서 자신이 여자에 의해 지워졌다는 사실을 깨달았다. 남자는 오직 피상적인 문제에서만 승리했다.

그는 위층 책상 앞에 앉아 이것이나 저것이나 별반 다르지 않은 문장을 끄적이고 있었고, 그때 비명을 들었다. "그럴 줄 알았어. 내 그럴 줄 알았다고."

남자는 아래층으로 달려내려갔고, 지하실 계단 맨 아래 누워 끙끙거리며 몸부림치는 아내를 발견했다. 여자가 손에서 떨군 손전등이 지하실의 깊은 어둠 속으로, 형체 없는 불명확한 망각의 그늘 속으로 터널 같은 빛줄기를 내쏘았다.

여자는 도와달라고, 아기를 구해달라고 남자에게 소리쳤다. 남자가 여자 위로 몸을 숙이자 여자는 그의 손을 잡아당기며 할퀴려 했다. 마치 출산중인 것처럼, 분만을 도와달라는 듯이.

남자는 구급차를 불렀다. 여자는 브런즈윅 병원으로 실려갔다.

임신 십오 주 차에 유산.

8월 1일의 일이었다.

작별

우린 그때부터 죽어가기 시작한 거야, 안 그래? 당신은 나를 탓했지.

그런 적 없어. 당신 탓이 아냐.

내가 당신과 아기를 구하지 못했으니까.

당신 탓이 아냐.

고통을 겪은 사람은 내가 아니었으니까. 뱃속에서 피를 쏟아낸 사람은.

당신 탓이 아냐. 내 잘못이야. 다 내 업보야. 난 아기를 한 번 죽였고, 아기는 이미 죽어 있었어.

여자는, 쓰러진 노마는 일주일 동안 병원 신세를 졌다. 엄청나게 하혈했고, 응급실에서 거의 죽을 뻔했다. 빛을 잃은 피부는 밀랍처럼 창백하고, 눈밑에 시커멓게 다크서클이 지고, 얼굴과 목과 위팔은 찢어지고 멍들었다. 추락하면서 손목을 접질렀다. 갈비뼈도 몇 군데 금이 갔다. 뇌진탕을 일으켰다. 멍한 눈과 처진 입술 옆에 얕고 선명한 주름이 생겼다. 응급실 이송침대 위에서 의식을 잃은 여자를 보았을 때 겁에 질린 남편은 여자가 죽었구나 싶었다. 저 몸뚱이는 시체구나. 남편 외에 모든 면회가 금지된 병실에서 눈부시게 하얀 환자복 차림으로 베개를 받치고 누워 양팔에 수액 줄을 꽂고 콧구멍에 산소 줄을 꽂은 여자는 이제 대재난의 생존자로 보였다. 지진, 폭격. 여자는 자신이 겪은 사건을 표현할 언어를 갖지 못한 생존자로 보였다.

나이들었군. 마침내 노마의 젊음이 가버렸어.

여자는 '예의주시'해야 하는 환자였고, 병원에서 극작가에게 알렸듯 섬망증으로 자살에 대한 헛소리를 해댔다.

그런데도 환자의 병실은 어찌나 축제 분위기였는지! 꽃이 한가득이었다.

가명으로 입원했음에도 불구하고. 여자의 이런저런 이름과 하나도 유사점이 없는 이름이었는데.

이렇게 아름다운 꽃장식은 브런즈윅 종합병원 직원 모두 생전 처음 보았다. 병실에서 넘쳐난 꽃이 문병객 대기실과 간호사 휴게실로 흘러들었다.

당연히 할리우드 유명 인사가 브런즈윅 종합병원에 입원한 것은 처음이었다.

당연히 언론과 사진사의 접근은 금지됐다. 그런데도 매릴린 먼로의 사진이 〈내셔널 인콰이어러〉 표지에 실렸다. 병원 침대에 누워 있는 피폐한 여자를 대략 15피트 정도 떨어진 곳에서 문틈으로 살짝 엿본 사진이었다.

매릴린 먼로, 임신 사 개월에 유산. '자살 감시.'

또다른 비슷한 사진이 〈할리우드 태틀러〉에 먼로와의 '독점 침대맡 전화 인터뷰'와 함께 실렸고, 해당 기사는 자칭 '키홀'이라는 칼럼니스트가 작성했다.

이런 경악스러운 짓과 다른 여러 일을, 극작가는 여자가 알지 못하게 할 것이다.

극작가는 맨해튼의 친구들에게 전화를 걸어 격앙된 말을 주체하지 못하고 쏟아낸다. "나는 노마의 공포를 과소평가했어. 난 지금 나 자신을 용서할 수가 없어. 아니, 임신 얘기가 아니야. 노마는 출산을 전혀 두려워하지 않았어. 노마의 홀로코스트에 대한 강한 흥미, '유대인이 되는 것'에 대한 집착을 얘기하는 거야. 역사에 대한 천착. 노마의 공포가 과장이나 상상이 아니라는 걸 이제야 알겠어. 노마의 공포는 지적인 우려였어—" 극작가는 갈피를 잡지 못해 말을 끊었다. 숨이 가빴고, 대재앙 이후 몇 번이나 사람들이 보는 앞에서 허물어졌던 것처럼 무너지기 직전이었으며, 자신이 어떤 말을 찾던 중이었는지 알 수 없었다. 그 암울한 시기에 언어의 대가인 극작가는 자신의 능력 대부분을 잃어버렸다. 관념들이 머릿속에서 떠다녔지만 손을 뻗으면 교묘히 피해 달아나는 커다란 풍선 같았고, 자신은 그것을 붙잡아 말로 표현하려 안간힘을 쓰는 어린애 같았다. "우리는 그런 공포를 얼버무리는 법을 배워. 역사의 이 비극적 감각을. 우린 피상적이고, 우린 생존자야! 하지만 매릴린은…… 그러니까, 노마는……"

오, 맙소사, 난 무슨 말을 하려는 걸까?

병원에 입원해 있는 동안 여자는 대체로 말이 없었다. 수면 밑에서 떠다니는 시체처럼 멍든 눈을 반쯤 감은 채 누워 있었다. 정체를 알 수 없는 수액이 여자의 혈관 속으로 똑똑 떨어졌고, 정맥을 통해 심장으로 빠르게 흘러들어갔다. 여자의 호흡이 너무 얕아서 극작가는 아내가 숨을 쉬는지 아닌지 확신할 수 없었다. 녹초가 된 남자, 젊지 않은 남자, 결혼 후 불어난 7킬로그램의 살이 몽땅 빠지게 될 남자는 가벼운 졸음에 빠져들어 두뇌가 하얀 방수포에 살며시 덮였다가도 아내의 숨이 멈췄을까봐 패닉 상태로 화들짝 잠에서 깼다. 남자는 아내의 손을 잡고 아내의 숨이 붙어 있도록 지켰다. 힘없이 늘어져 저항하지 않는 아내의 손을 어루만졌다. 가여운 상처투성이 손! 손톱이 깨지고 때가 낀 평범한 손, 아내의 손이 비교적 작고 뭉툭하다는 것을 깨닫고 남자는 경악했다. 여자의 머리칼, 그 유명한 머리는 뿌리 부분이 거뭇거뭇하고 머릿결은 뻣뻣하고 퍼석했으며 모발이 가늘어지기 시작했다. 극작가는 아이의 머리맡을 지키는 아버지처럼 나직이 중얼거렸다. "사랑해. 노마 내 사랑. 사랑해." 아내가 그의 말소리를 듣고 있다고 확신했다. 아내도 분명 그를 사랑할 것이고, 그를 용서할 것이다.

그렇게 사흘째 되던 날 저녁에 여자가 별안간 남자를 보며 미소를 지었다. 여자는 남자의 손을 움켜쥐었고, 갑자기 활력을 되찾은 듯했다.

연기의 천재! 당신은 형언할 수 없이 깊은 영혼 밑바닥에서 에너지를 길어올리지. 우린 당신을 이해하지 못해. 우리가 당신을 두려워하는 것도 당연해. 우리는 머나먼 해안에 서서 경외감 속에 당신을 향해 손을 뻗고 있어.

"우린 다시 노력할 거야, 그치, 대디? 다시 하고, 다시 할 거지?" 며칠 동안 말이 없던 여자가 속사포처럼 쏟아내기 시작했다. 가차없고 맹렬했다. 병적인 눈이 번득였다. 그는, 여자의 남편은, 아내의 눈빛을 피해 자신의 눈을 가리고 싶었다. "우린 절대 포기하지 않을 거지, 대디? 그치? 절대 포기 안 하지? 약속할 거지?"

사후

The Afterlife

1959-1962

사신Death은 예기치 못하게 왔다, 내가 그를 원했으므로.

—바츨라프 니진스키, 『니진스키 영혼의 절규』

위로

잃어버린 내 아름다운 딸—

너의 비극적인 상실에 대해 들었고, 나의 진심어린 애도를 전하고 싶다.

아직 태어나지 않은 영혼의 죽음은 그 때묻지 않은 순수함으로 인해 어느 누구의 죽음보다 고통스럽게 우리 안에 남겠지.

사랑하는 노마, 나는 나의 비통함에 빠져 있다가 최근 너의 비통한 사건을 들었다. 오랜 세월을 함께한 나의 사랑하는 아내가 세상을 떠났거든. 이제 남은 삶의 방향을 정하기 위해 숙고하는 차분한 시기를 앞에 두고 있다. 나는 젊지 않아(건강도 별로 좋지 않고).

아마도 집 & 재산을 처분할 거야(금욕적 기질의 일흔을 바라보는 홀아비라 사치와는 거리가 멀다). 나는 남쪽으로 포리스트론 추모 공원이 보이는 그리피스파크 근처에 사는데, 그곳에 사랑하는 애그니스가 묻혀 있고 언젠가 나를 맞이할 조그만 땅도 있다. ~~너무 슬프군 외롭~~

사랑하는 딸아, 이런 생각이 들었다. 네 삶이 많이 바뀌었으니 네가 나와 살기를 바랄지도 모르겠다는. 우리집은 아주 넓단다, 부동산중개인들이 대저택이라고 부르지.

너의 비통함을 나는 안타깝게도 저속한 경로로 알게 되었다. 〈할리우드 태틀러〉에 실린 '가십 칼럼'으로(이발소에서 봤다). 물론 지금쯤은 언론에 나왔겠지. 또한 현재 네 '결혼생활의 위기'에 대해서도.

영화에 대한 너의 재능은, 사랑하는 딸아, 삶에 대한 재능보다 훨씬 뛰어났던 것 같구나. ~~네 불행한 어머니는 갈색은둔거미처럼 음부에 독을 지니고 다녔다고 나는 믿게 되었다~~

하지만 내가 이 위로의 카드를 너에게 보내는 것은 질책하려는 뜻이 아니다. 나를 용서해다오, 내 딸! 그리고 너를 축복한다.

나는 네 영화는 보지 않지만 너의 아름다운 얼굴은 자주 본다 &

의외로 너는 전혀 영향받지 않은 듯 보이지만 영혼이 항상 얼굴에 드러나는 것은 아니겠지. ~~여자가 서른셋이 되면~~

조만간 너에게 연락할 수 있기를 바란다, 사랑하는 노마. 옛 상처를 들추기 싫어 고집을 피우는 노인을 용서해다오.

후회하고 사랑하는 너의 아버지가

슈거 케인 1959

나는 당신에게 사랑받고 싶어   다른 사람 말고 오직 당신에게
나는 당신에게 사랑받고 싶어   다른 사람 말고 오직 당신에게
나는 당신에게 사랑받고 싶어   다른 사람 말고 오직 당신에게
나는 당신에게 사랑받고 싶어   나는 당신에게만   여자는 이 안
에 갇혀버렸다! 여자는 나는 당신에게 사랑받고 싶어 다른 사람 말고
오직 당신에게 나는   당신에게   사랑받고   싶어   당신에게
만   안에 갇혀 익사하는 중이다! 숨이 막혀 죽어간다!   나는
당신에게 키스받고 싶어 당신에게만   다른 사람 말고 오직 당신에게
나는 당신에게 키스받고 싶어 당신에게만   여자는 스위트 수의 어
울림 재즈밴드의 슈거 케인 코발치크였다   여자는 눈부신 블론
드의 여성 우쿨렐레 주자 슈거 케인이었다   여자는 여성의 몸
이었다   여자는 여성의 엉덩이, 젖가슴이었다   여자는 남성

색소폰 주자들을 피해 달아나는 눈부신 블론드의 여성 우쿨렐레 주자 슈거 케인이었다   여자의 우쿨렐레는 남성 색소폰들에 쫓겼다   여자는 견디지 못할 것이다!   다시 & 다시 & 항상 & 그들은 그걸 바라고 여자를 사랑했다   나는 당신에게 사랑받고 싶어 당신에게만   다시 그런 일이 생긴다, 항상 & 영원히 생긴다   또 생긴다   나는 당신에게 사랑받고 싶어 다른 사람 말고 오직 당신에게   여자는 이제 막 연주법을 배운 우쿨렐레를 치며 달콤한 목소리로 관객들에게 속삭인다 & 미소 짓는다 & 약에 너무 취했다 & 완전 절어 있다 & 겁에 질렸다 & 키스하고 싶게 만드는 매혹적인 입술로 나는 당신에게! 나는! 나는 당신에게 사랑받고 싶어! 한참을 더듬거렸던 사람치고는 깜짝 놀랄 만큼 능숙하게 손가락을 움직이며 우쿨렐레를 퉁긴다   징글맞은 년의 또다른 변주에 불과하지만 사람들은 여자를 몹시 좋아했다 & 영화 속에서 한 남자가 여자와 사랑에 빠진다   나는 당신에게 키스받고 싶어 당신에게만   하지만 그게 웃겨? 그게 웃겨? 그게 웃겨? 왜 그게 웃기지? 왜 슈거 케인이 웃기지? 왜 남자들이 여장한 게 웃기지? 왜 남자들이 여자처럼 화장한 게 웃기지? 왜 남자들이 하이힐을 신고 비틀거리는 게 웃기지? 왜 슈거 케인이 웃기지, 슈거 케인이 최고의 여장 남자 배우인가? 그게 웃겨? 왜 그게 웃겨? 왜 여성이 웃기지? 왜 사람들은 슈거 케인을 비웃지? & 슈거 케인과 사랑에 빠지지? 왜, 또? 왜 여성 우쿨렐레 주자 슈거 케인 코발치크가 미국에서 흥행 성공을 거두게 되지? 왜 눈부신 블론드의 알코올중독 여성 우쿨렐레 주자 슈거 케인 코발치크가 성공한 사람이지?

왜 〈뜨거운 것이 좋아〉가 명작이지? 왜 먼로의 명작이지? 왜 먼로의 가장 상업적인 영화지? 왜 사람들은 먼로를 사랑하지? 먼로의 삶은 발톱에 찢긴 비단처럼 갈가리 찢어졌는데 왜? 먼로의 삶은 박살난 창문처럼 산산조각났는데 왜? 뱃속에서 피를 쏟아냈는데 왜? 뱃속을 파냈는데 왜? 자궁에 독을 품고 다녔는데 왜? 머리가 두통으로 지끈지끈 울리는데 왜? 입이 불개미한테 쏘였는데 왜? 영화 세트장 사람들이 그 여자를 미워하는데 왜? 죄다 여자에게 분개하는데? 여자를 두려워하는데? 여자가 그들 눈앞에서 익사하고 있는데 왜?   나는 당신에게 사랑받고 싶어 뷥 부피 두! 왜 스위트 수의 어울림 재즈밴드의 슈거 케인 코발치크가 그렇게 유혹적이지?   나는 키스받고 싶어   다른 사람 말고 오직 당신에게 나는 당신에게! 나는! 나는 당신에게 사랑받고 싶어   당신에게만 하지만 왜? 왜 매릴린이 그렇게 웃기지? 왜 세상 사람들은 매릴린을 흠모하지? 자기 자신을 경멸하는 매릴린을? 그래서 흠모하나? 왜 세상 사람들은 매릴린을 사랑하지? 매릴린은 자기 아기를 죽였는데 왜? 매릴린은 자기 아기들을 죽였는데 왜? 왜 세상 사람들은 매릴린과 씹하고 싶어하지? 왜 세상 사람들은 매릴린과 씹하고 씹하고 씹하고 싶어하지? 왜 세상 사람들은 거대하게 부풀어오른 칼을 피범벅이 된 칼자루 끝까지 밀어넣듯 제 것을 매릴린한테 쑤셔박고 싶어하지? 수수께끼인가? 경고인가? 그냥 또다른 농담인가?   나는 당신에게 사랑받고 싶어   뷥 부피 두   다른 사람 말고 오직 당신에게   다른 사람 말고 오직 당신에게   다른 사람 말고 머릿속에서 몰아낼 수 없는 이 저주! 이것은 거지 소녀의 벌이었다.

세트장에서 자발적인 박수갈채가 터져나왔다. 처음으로 먼로가 종일 촬영한 날이었고, 그때까지 먼로는 아팠다 & 자리를 비웠다 & 소문이 돌았다 & 키가 크고 창백하고 안경을 쓴 남편이 상주喪主처럼 곁을 지켰다 & 그래도 여자는 〈I Wanna Be Loved by You〉를 불러 사람들 마음을 사로잡았고, 사람들은 그들의 매릴린을 사랑했다 암 그렇고 말고! 사람들은 그들의 매릴린을 간절히 사랑하고 싶어하지! W가 제일 먼저 박수를 쳤고, 그게 감독으로서 그의 특권이었다 & 다른 사람들도 합류하여 블론드 배우에게 열렬한 찬사를 보냈다 & 여자는 뚫어져라 바닥만 내려다본다 & 아랫입술을 피가 날 정도로 물어뜯으며 저 사람들이 의식적으로 거짓말을 하는 건지 아니면 순진한 자기기만에 빠진 건지 알아내려 무던 애를 쓰느라 진정제가 도는 여자의 심장이 거세게 뛴다 & 여자는 박수가 그치기를 기다렸다가 차분히 말했다

"아뇨. 다시 하겠습니다."

그리고 다시 장난감 악기 같은 저 우스꽝스러운 조그만 우쿨렐레, 여자의 노리개-삶 & 블론드 노리개-영혼 & 또다시 메이 웨스트처럼 도발적으로 유혹하는 몸만 큰 인형 같은 몸짓 & 리틀

보피프의 끔찍한 혼종의 상징. 카메라는 슈거 케인의 살짝 살이 붙은 몸을 연모하는 관음증 환자였다 & (카메라와 관중이 주고받는) 그에 대한 농담은 분명 이런 것이다, 슈거 케인은 머리가 나빠서 자신에 대한 농담도 못 알아들어, 슈거 케인은 그야말로 죽을 때까지 저걸 주구장창 치고 있을걸.   나는 당신에게 사랑받고 싶어   다른 사람 말고 오직 당신에게   나는 당신에게 사랑받고 싶어   당신에게만   모든 것을 다 안다는 듯한 개구리 기사의 깜박이지 않는 퉁방울눈이 영화사에서 제공한 리무진의 백미러를 통해 보인다, 거지 소녀의 동지 & 거지 소녀를 아는 자   나는 당신에게 사랑받고 싶어 다른 사람 말고 오직 당신에게 나는 당신에게 사랑받고 싶어 당신에게 나는 사랑받고 싶어 당신에게 나는 붑 부피 두! 붑 부피 두! 나는 당신에게

"아뇨. 다시 하겠습니다."

슈거 케인의 노래와 연주가 점점 날이 섰고, 그러면서 여자는 조금씩 나아지고 있다는 느낌을 받았지만 슈거 케인은 남자들에 의해 남자들을 위해 남자들의 웃음과 즐거움을 위해 만들어진 또 하나의 섹스 코미디 속 섹스 만화 캐릭터에 불과했다   슈거 케인, '스프링 달린 젤리 푸딩'   이 역은 먼로에게 모욕 & 깊은 상처였다 & 그래도 슈거 케인은 먼로를 위해 쓰였다 & 블론드 배우 외에 누가 슈거 케인이겠는가?

"아뇨. 다시 하겠습니다."

    나는 당신에게 사랑받고 싶어   당신에게 당신에게   날 세우지 말고! 여자는 말투에 날이 서 있지 않았다고 확신했다. 헤어드레서 & 메이크업아티스트 화이티가 그 증인이었다. 감이 먼 전화를 듣는 것처럼 거리를 두고 속삭이듯 새근거리는 자신의 매릴린 목소리에 귀를 기울였다 & W에게 날이 선 말투로 얘기하지 않았다고 확신했다. 여자는 날을 예비로 아껴둘 것이다. 그럼에도 날이 설 위험이 있었다. 여자가 영화사로 돌아온 후 소문이 그랬다. 잔뜩 날을 세웠을 거라고. 완전 새것 같은 면도기의 번득이는 칼날처럼 위험하다 & 날을 세웠을 것이다. 저명한 감독 W에게, 영화사에서 먼로를 기쁘게 해주기 위해 데려온 감독에게 여자는 말한다, "저기요, 감독님. 이 우스꽝스러운 영화에 이왕 매릴린 먼로를 쓰는 거 제대로 쓰세요, 그 여자를 망치지 말고. 그 여자랑 씹할 생각도 말고."

    꼭 죽었다가 딴사람이 되어 우리한테 돌아온 것 같았어요. 사람들 말이 남아를 유산했다고 하던데. 자살 기도를 했다고. 대서양에 빠져 죽으려 했다니! 역시 먼로는 배짱 하난 끝내준다니까.

    원한 적 없는 & 정신 사나운 박수갈채 다음에 이어진 촬영은 재앙이었다 & 여자는 대사를 까먹었다 & 손가락이 말을 안 들어 자꾸 우쿨렐레의 다른 줄을 퉁겼다 & 갑자기 이상하게 눈물도 없이 흐느꼈다 & 슈거 케인의 매끄럽고 타이트한 의상(너무 타이트해서 세트장에서는 앉을 수가 없었다 & 그런 상황에 대비해 만든 속이 빈 어떤 장치 안에서만 '휴식'을 취할 수 있었다) 차림으로 자신의 넓적다리를 마구 때렸다 & 살해당하는 생물처럼 비명을 지르기 시작했다 & 새로 탈색해 가늘고 곱고 풍성하고 유리섬유처럼 빳빳한 머리카락을 미친듯이 잡아뜯었다 & W가 직접 달려가 막지 않았다면 사랑스럽고 귀엽게 화장한 탈바가지 얼굴을 손톱으로 확 긁었을 것이다. "안 돼! 매릴린, 제발." 발광하는 먼로의 눈빛에서 W는 다가올 자신의 운명을 본다. 영화사 전속 의사 닥터 펠은 방음스테이지에서 & 먼로에게서 절대 멀리 떨어지지 않았다 & 부르면 곧장 나타났다 & 히스테릭하게 우는 환자를 간호사 겸 조수와 함께 분장실로 데려갔다. 한때 마를레네 디트리히의 분장실이었던 이 대스타의 개인 분장실에서 어떤 마법의 묘약이 주사기로 곧장 심장에 주입됐는지 누가 알겠는가?

난 지금 일 때문에 살아. 일 때문에 사는 거야. 오로지 일을 위해 살아. 언젠가는 내 재능 & 욕망에 걸맞은 일을 할 거야. 언젠가는. 그게 나의 다짐이야. 맹세지. 나의 일을 위해 네가 나를 사랑해주길 원해. 네가 나를 사랑해주지 않으면 나는 일을 계속할 수가 없어. 그러니까 부디 나를 사랑해줘!─내가 일을 계속할 수 있도록. 난 여기 갇혔어! 난 저 얼굴을 한 블론드 마네킹 속에 갇혔어. 난 저 얼굴을 통해서만 숨을 쉴 수 있어! 저 콧구멍! 저 입! 내가 완벽해지게 도와줘. 하느님이 우리 안에 거한다면 우린 완벽했겠지. 하느님은 우리 안에 없어, 어떻게 아냐면, 우린 완벽하지 않으니까. 난 돈 & 명성 따윈 필요 없고 그저 완벽하고 싶을 뿐이야. 블론드 마네킹 먼로가 나야 & 내가 아니야. 그 여자는 내가 아니야. 내가 그 여자로 태어난 거지. 맞아, 난 네가 그 여자를 사랑해주길 원해. 그럼 넌 나를 사랑하는 거야. 오 나는 너를 사랑하고 싶어! 넌 어디 있어? 보고, 보는데, 여긴 아무도 없어.

여자는 차를 빌려 벤투라 고속도로를 타고 그리피스파크 & 포리스트론 추모공원(I. E. 신이 묻힌 곳이다 & 부끄럽게도 어딘지 까먹었다!)을 향해 동쪽으로 달렸다 & 몇 시간 동안 자리를 비웠다 & 아무도 몰랐다 & 시야 장애를 동반한 편두통이 왔다 & 그래도 차를 몰고 달렸다 & 몇 마일씩 펼쳐진 주거지역을 지나면서 생각했다 사람이 너무 많아! 너무 많다고! 하느님은 왜 이렇게 많이 만들었을까! 자신이 찾는 것이 정확히 무언지 혹은 누군지 알지 못하지만 만약 아버지를 본다면 대번에 알아보리라 확신했다. 보이지?—저 남자가 네 아버지야, 노마 진. 반짝반짝 광이 나는 마룻바닥에 떨어진 얼음처럼 미끄럽고 손에 잘 잡히지 않는 생각들 틈에서 그 아버지는 현재 여자의 삶과 관련된 어떤 사람보다 머릿속에서 또렷했다. 아버지가 자신을 고문하는 걸지도 모른다는 생각은 용납할 수 없었다. 아버지의 편지가 사랑해서가 아니라 잔인하게 굴기 위해서라는 생각. 딸의 심장을 가지고 논다는 생각.

잃어버린 내 아름다운 딸.

후회하고 사랑하는 너의 아버지.

노마 진을 가지고 논다 & 선장의 집 창문에서 공포에 질려 바라보았던 장면처럼 & 깡말랐지만 임신한 삼색 얼룩이가 잔디밭에서 새끼 토끼를 가지고 놀았다 & 피흘리며 끙끙거리는 넋 나간 그 동물이 풀 위에서 몇 인치쯤 기어가게 놔두었다가 신나게 덤벼들어 잡아찢고 육식동물의 이빨로 물어뜯었다 & 또다시 피흘리며 끙끙거리는 넋 나간 그 동물이 몇 인치쯤 기어가게 놔두었다가 또 덤벼들어 결국 새끼 토끼의 몸뚱이가 하반신 & 다리만 남을 때까지 가지고 놀았다 & 남은 몸뚱이는 여전히 겁에 질려 경련을 일으켰다. (남편이 끼어들지 말라며 여자를 막았다. 저건 그냥 본능이라면서. 고양이의 본능. 그래봤자 고양이 성질만 건드릴 뿐이다. 너무 늦었고, 토끼는 이미 죽어가고 있다.) 아니다. 여자는 그런 생각을 견딜 수 없었다. 그런 생각은 하지 않을 것이다. "아버지는 늙고 병든 노인이에요. 잔인하게 굴 의도는 없으세요. 어린 나를 버렸다며 부끄러워하셨죠. 나를 어머니와 남겨뒀다며. 아버지는 보상을 하고 싶어하세요. 내가 아버지와 함께 살면서 아버지의 벗이 되어드릴 수도 있죠. 기품 있는 어르신이에요. 백발이고. 부유해요, 제 생각엔. 하지만 내가 우리 둘 다 먹여살릴 수 있어요. **매릴린 먼로와 그녀의 아버지** ―아버지와 나란히 개막 행사에 참석할지도요. 근데 왜 아버지는 자신을 밝히지 않는 걸까요? 뭘 기다리는 걸까요?"

여자는 서른세 살이었다! 아버지가 매릴린 먼로를 수치스러워한다 & 부녀 관계를 공식적으로 인정하기를 꺼린다는 생각이 여자의 머리를 스쳤다. 그는 여자를 노마라고만 불렀다. 그는 먼로의 영화를 보지 않는다고 말했다. 글래디스가 죽을 때까지 기다리는 건가 싶은 생각도 머리를 스쳤다.

"난 두 분 중 한 분을 선택할 수 없어! 나는 두 분 다 사랑해요."

〈뜨거운 것이 좋아〉를 촬영하기 위해 로스앤젤레스로 돌아온 후, 노마 진은 글래디스를 딱 한 번 만났다. 글래디스는 아마도 딸의 임신 사실을 알고 있었겠지만, 노마 진은 유산했다는 얘기를 하지 않았고 글래디스도 묻지 않았다. 모녀의 면회는 대체로 병원 부지를 산책하며 울타리까지 걸어갔다 되돌아오는 것이었다.

"나의 충심은 어머니를 향하죠. 하지만 내 심장은 **아버지 것이** 에요."

편두통이 시작되고 하여간 그런 상태에서 노마 진은 도시가 내려다보이는 언덕에서 길을 잃었다. 포리스트론 추모공원에서 길을 잃었다 & 그리피스파크에서 길을 잃었다 & 마지막으로 글렌데일 근교에서 길을 잃었다 & 할리우드 & 베벌리힐스로 돌아와서도 자신이 사는 곳이 정확히 어딘지 기억하지 못했다. 영화사 & 미스터 Z가 예우 차원에서 제공한 집이었다. 아담하긴 해도 고상한 가구로 채워진 집이었으며 영화사에서 그리 멀지 않았는데도 여자는 어딘지 기억하지 못했다. 글렌데일 드러그스토어에서(여기 사람들은 여자를 알아보았다, 빤히 쳐다보며 소곤거리고 히죽거리는 게 다 보였다 젠장 & 여자는 화장기 없는 얼굴 & 선글라스 너머 충혈된 눈 & 구겨진 옷차림으로 녹초가 됐다) 여자는 미스터 Z의 사무실로 전화를 걸어 슈거 케인처럼 애원했다 & 사무실에서 기사를 보내 여자를 집으로 데려왔다 & 처음에 여자는 휘티어 드라이브에 위치한 집 & 타는 듯이 붉은 부겐빌레아 & 야자수를 알아보지 못했다 & 문까지 부축을 받아야 했다 & 문이 벌컥 열렸다 키 크고 안경 쓰고 주름이 깊이 팬 얼굴에 수심이 가득한 중년 남자가 서 있었다 & 여자는 어리둥절한 것 같았다 & 시야 장애를 동반한 편두통 때문에 남자를 알아보지 못했다.

"여보, 제발. 난 당신 남편이야."

〈I Wanna Be Loved by You〉를 서른일곱 번 찍은 후에야 먼로는 더이상 잘할 수 없다며 만족스러워했다. 그 수많은 테이크가 W나 다른 사람들에게는 거의 똑같아 보였지만 먼로에게는 조금씩 차이가 있었다 & 그 작은 차이가 먼로에게는 결정적이었고 거기에 목숨이 달린 듯 & 누가 반대하면 바로 그 목숨이 위협당한 것처럼 당혹 & 분노로 반응할 것이었다. 다들 녹초가 되어 나가떨어졌다. 여자 본인도 녹초가 됐지만 만족스러워했다 & 미소를 지어 보였다. W는 조심스럽게 여자에게 찬사를 보냈다. 그의 슈거 케인! 조심스럽게 여자의 손을 잡고 감사를 표했다 & 〈7년 만의 외출〉 촬영 당시에 종종 그랬듯 & 그러면 여자는 감사의 킥킥거림 & 미소로 답했는데 지금 먼로는 뻣뻣하게 굴었다 & 그 순간에는 누가 닿는 것이 싫다는 듯 또는 그가 닿는 것이 싫다는 듯 고양이처럼 움츠러들었다. 여자의 숨이 가빠졌다 & 맹렬해졌다. W는 그 숨에 불을 댕기면 잘 붙었을 거라고 주장할 것이다! W는 1955년에 상업적 & 비평적 성공을 거둔 코미디영화에서 일찍이 이 까다로운 배우에게 연기를 지도했던 저명한 할리우드 감독이었다 & '윗집 아가씨'는 대성공한 코믹 캐릭터였는데도 먼로는 W를 신뢰하지 않았다. 고작 삼 년이 지났을 뿐인데 어마어마하게 변한 여자를 W는 안다고 하기 어려웠을 것이다. 이제 먼로는 '윗집 아가씨'가 아니었다. 이제 먼로는 인정 & 찬사를 바라며 그를 바라보지 않았다. 이젠 전직 운동선수와 부부가 아니었다 & 멍자국을 숨기지 않았다 & 한때 뉴욕 로케이션에서 무너져내려 W의 품에 안긴 채 심장이 부서진 것처럼 흐느껴 울던 여자였는데 W는 아이를 감싸안은 아버지처럼 여자를 감싸안았는데 그는 그때의 부드러움 & 가녀린 연약함을 결코 잊지 못했지만 여자는 깨끗이 잊었다. 사실 먼로는 이제 아무도 믿지 않았다.

"내가 어떻게 믿겠어요? '먼로'는 하나밖에 없는데. 먼로가 창피당하는 꼴을 보려고 사람들이 벼르고 있는데."

영화사의 분장실에서 여자는 잠이 들기도 했다. 문을 잠갔다 & **방해하지 마시오**라고 써붙였다 & 여자를 숭배하는 사람 중 한 명이, 대체로 화이티가, 문 앞을 지켰다. 팬티 하나만 입고 젖가슴을 드러낸 채 온몸이 땀에 젖었다 & 공황발작을 일으켜 지쳐 쓰러질 때까지 토했다 & 악취를 풍겼다 & 심장에서 고동치는 액상 넴뷰탈이 워낙 강력해서 여자는 따스하고 안심되는 배설물에 잠겨 꿈 없는 잠 속으로 천천히 끌려들어갔다 & 폭주하던 공황이 진정되고 가라앉았다 & 언젠가 내 심장이 멈출지도 몰라, 그건 내가 안고 가야 할 위험이지 & 여자의 너덜너덜해진 영혼은 몇 시간의 잠, 때론 열네 시간, 때론 고작 두세 시간의 잠으로 회복되었지만 잠에서 깨면 공포 & 혼란 속에 지금 여기가 어딘지 알지 못했다 & 어쨌든 영화사의 분장실이 아니라 유산 후 한 번도 들어가지 않았던 여름 별장의 아기방 또는 어느 가정집의 처음 보는 방 또는 심지어 호텔방이었다 & 누군가가 저지른 대참사의 현장에서 잠을 깬 노마 진이었다 & 웬 미친 여자가 화장품 병 & 튜브, 파우더 & 탤컴을 바닥에 팽개치고, 옷걸이에서 옷을 마구 끄집어내 옷장에 무더기로 쌓아놨다 & 노마 진이 가장 좋아하는 책들이 페이지가 뜯겨나간 채 여기저기 흩어졌다 & 주먹으로 내리친 거울에 금이 갔다(그렇다, 노마 진의 주먹은 멍들었을 것이다) & 거울에 새빨간 립스틱을 사나운 비명처럼 마구 문질러놓은 적도 있었다 & 여자는 이 참사를 치워야 할 책임이 자신에게 있음을 알고 비틀비틀 일어났다. 다른 사람들에게 보이고 싶지 않았다. 이 얼마나 수치인가, 노워크에 강제 입원한 여자의 딸 노마 진이라는 수치 & 다들 알았다. 다른 애들도 알았다. 공포 & 연민 어린 눈빛.

휘티어 드라이브의 집 깊숙한 안쪽, 덧창을 내린 침실에서 한 남자가 다정하게 노마 내가 **당신을 아주 좋아하는 거 알지** 하고 말한다 & 여자는 **응 알아** 하고 말한다 & 여자의 생각은 슈거 케인 & 이튿날 아침의 촬영으로 흘러간다 & 내일 오전 촬영은 슈거 케인 & (영화에서) 슈거를 연모하는 남자의 러브신인데 이 남자는 (현실에서) 매릴린 먼로를 경멸하는 C가 연기했다. 먼로의 유아적이고 이기적인 행동, 번번이 방음스테이지에 제때 나오지 않았다 & 악의로 그러는지 멍청해서 그러는지 약이 두뇌를 망가뜨렸는지 대사를 기억하지 못해서 C & 다른 배우들은 어쩔 수 없이 다시 촬영하고 또 촬영해야 했다 & C는 영화에서 자신의 연기가 날마다 나빠지고 있음을 알았다 & 주된 흥행 파워가 먼로였으므로 감독 W는 최종 편집을 먼로 위주로 할 것이다. 저 역겨운 년. 그래서 C는 먼로를 경멸했다 & 클라이맥스 키스신에서 슈거 케인의 기만적인 순진한 얼굴에 어찌나 침을 뱉고 싶던지, 이번에는 먼로의 전설적인 피부에 닿는 것만으로도 혐오스러웠다 & C는 평생 먼로의 원수가 될 것이다 & 여자가 죽은 후 C가 여자에 대해 뭐라고 얘기할지! 어쨌거나 이튿날 아침 두 사람은 카메라 앞에서 열정 & 심지어 애정을 흉내내며 키스해야 한다 & 관객들이 믿게 해야 한다 & 내가 어떻게 해야 당신을 구할 수 있을까, 여보? 우리를 구할 수 있을까? 하며 남자가 애원할 때조차 여자는 내일 촬영의 향배를 가늠하는 중이었다. 여자는 자신을 위로하고 싶어하는 이 남자가, 이 조용하고 점잖고 머리가 벗어지고 있는 남자가 자신의 남편이라는 사실을 기억해내고 문득 죄책감이 들었다. 내가 어떻게 해야 우리를 구할 수 있을까, 여보? 말만 해줘. 여자는 말하려 했지만 입안이 솜뭉치로 꽉 막혔다. 남자는 여자의 팔을 어루만지며 메인 이후 우린 날마다 점점 더 멀어지고 있어 하고 말했다 & 여자는 모호한 대답을 웅얼거렸다 & 남자는 괴로워하며 말했다 난 당신이 너무 걱정돼, 여보. 당신 건강이. 저 약. 스스로를 망가뜨리려는 거야, 노마? 왜 그렇게 사는 거야? & 기어이 여자는 남자를 밀치며 차갑게 말했다 내가 어떻게 살든 당신이 무슨 상관인데? 당신이 뭔데?

무대공포증. 거지 소녀의 저주! 다시 하고 또다시 하고 더듬거린다 & 다시 한다 & 시작한다 다시 & 다시 시작한다 & 더듬거린다 & 다시 한다 & 들어가버린다 & 들어가서 문을 잠가버린다 & 결국 돌아와서 반복할 뿐이다 & 다시 하고 다시 하고 완벽하게 만들려고 다시 하는데 뭐가 완벽한 건지 모르겠지만 아무튼 완벽해지려고 완벽할 수 없는 것을 완벽하게 하려고 다시 한다 & 누가 봐도 흠잡을 데 없이 완벽해질 때까지 다시 한다 & 따라서 사람들이 웃는다면 그들은 탁월한 코믹 연기를 비웃는 것이다 & 노마 진을 비웃는 것이 아니며 그들은 노마 진을 전혀 알아차리지 못할 것이다.

무대공포증. 그것은 동물적 공포였다. 배우의 악몽. 아드레날린이 너무 강하게 분출되어 정신을 못 차리고 쓰러질 수도 있다 & 심장이 제멋대로 뛴다 & 심장에 피가 너무 많이 몰려 터져버릴까 무섭다 & 손가락 & 발가락이 얼음처럼 차가워진다 & 다리에 힘이 없다 & 혀가 마비되고 목소리가 나오지 않는다. 배우는 목소리다 & 목소리가 나오지 않으면 배우는 끝이다. 토할 때도 많다. 무기력하다 & 발작적으로 경련한다. 무대공포증은 언제 어느 때 어느 배우에게 닥칠지 모르는 미스터리다. 노련한 베테랑 배우에게도 올 수 있다. 성공한 배우에게도. 가령 로런스 올리비에라든가. 올리비에는 커리어 황금기에 오 년을 무대에 오르지 못했다. 그 올리비에가! 그리고 먼로, 삼십대 초반에 무대공포증이 왔고, 지독하게 와서, 영화 카메라 앞 & 관객 앞에 라이브로 서지 못했다. 왜? 무대공포증은 죽음 & 소멸에 대한 단순한 공포일 뿐이라고 늘 설명되지만 왜? 왜 그렇게 보편적으로 또 왜 그렇게 무작위로 공포가 덮칠까? 왜 배우에게 특히 & 왜 그렇게 마비될까? 왜 그런 때에 그런 공포가, 왜? 팔다리가 찢겨나갈까, 왜? 눈알이 도려내질까, 왜? 뱃속이 꿰뚫릴까, 왜? 산 채로 잡아먹히는 아이, 젖먹이일까, 왜, 왜, 왜?

무대공포증. 왜냐면 여자는 분노를 표현할 수 없으니까. 왜냐면 분노 외에 모든 감정은 아름답게 & 절묘하게 표현할 수 있으니까. 왜냐면 상처, 당혹, 공포, 고통을 표현할 수는 있지만 다른 사람들 앞에서 그런 반응의 매개체로서 자기 자신을 설득력 있게 제시할 수 없으니까. 무대에서 그게 되지 않았다. 여자의 약점, 여자가 분노하여 목청을 높이면 덜덜 떨리는 목소리. 항의할 때면, 격분할 때면. 그래서 목청을 높일 수가 없었다! 누가 연습실 뒤쪽에서 외쳤다. 미안한데 매릴린의 목소리가 안 들려요(맨해튼의 뉴욕 앙상블에서 있었던 일이다. 여자에게는 마이크가 없었다). 여자의 연인이었던 혹은 연인이길 바랐던 남자는 여자의 다른 모든 연인들처럼 자신만이 퍼즐을, 수수께끼를, 먼로의 저주를 풀 비밀 열쇠를 알고 있다는 확신에 차 있었다 & 여자에게 배우로서 분노를 표현하는 법을 배워야 한다고 말했다 & 그러면 위대한 배우가 되거나 최소한 위대한 배우가 될 가능성이 있다고 말했다 & 여자의 커리어를 이끌어주겠다 & 여자가 맡을 역을 대신 골라주겠다 & 지도해주겠다 & 여자를 위대한 연극배우로 만들어주겠다, 그는 여자와 관계를 갖는 와중에도 여자를 놀려대며 꾸짖었다(유별나게 느린 & 어눌한 & 관념적인 어조로 절정의 순간을 제외하고는 절대 말을 멈추는 법이 없었다 & 그것도 괄호 안에 넣은 것처럼 아주 잠깐) & 여자가 왜 분노를 표현할 수 없는지 안다면서, 왠지 알아? & 여자는 말없이 고개를 저었다. 아뇨 & 왜냐면 매릴린 당신은 사랑받고 싶어하니까   당신은 세계를 파괴하길 바라는 반면 세계가 당신을 사랑하기를 & 파괴하지 않기를 원하니까 & 당신은 자신의 비밀을 들킬까봐 두려워하잖아, 안 그래? & 여자는 그에게서 도망쳤다 & 그의 친구인 극작가를 사랑했다 & 여자를 그의 마그다로 알고 있는 극작가와, 여자를 거의 알지 못하는 남자와 결혼할 것이다.

무대공포증. 떨어질 때 여자는 계단에 배를 세게 부딪혔다 & 하혈과 자궁수축이 시작됐을 때 여자는 어찌된 일인지 거꾸로 누워 있었다 & 다리를 접질렀다 & 고통 & 겁에 질려 소리를 질렀다 & 신체적 고통은 전혀 두렵지 않다고 우쭐댔지만 그것은 무지하고 불운한 꼬마의 경솔한 우쭐댐으로 밝혀졌다 & 여자의 오만함은 벌을 받을 것이다, 사랑하는 아기를 잃을 것이다. 오 목숨보다 사랑했지만 지킬 힘이 없었다. 그렇게 슈거 케인은 기억해낸 거야 & 나이트클럽 관객들 앞에서 여장 남자로 분한 C에게 키스를 받는 코믹 장면을 한창 찍는 와중에 기억해내고는 그대로 얼어붙지.

먼로는 그대로 얼어붙곤 했습니다   술 취한 여자처럼 비틀거리며 세트장을 빠져나갔어요 손을 너무 심하게 떨어서 상처입은

새가 날아오르려고 안간힘을 쓰는 것 같았죠　　먼로는 아무도
자신에게 손대지 못하게 했습니다 남편이 있어도 남편의 손을 거
부했어요　　불쌍한 자식　　먼로를 위해 특별 제작한 온몸이 다
비치는 반짝이 드레스 차림이라 그 거대한 젖가슴 & 끝내주는 젤
리 같은 엉덩이의 양 볼기가 다 보였어요 & 등이 아주 깊이 파여
서 등 전체가 실질적으로 꼬리뼈까지 훤히 드러났죠　　겁에 질
린 비참한 여자가 그 차림새의 슈거 케인 밖으로 나온 겁니다
파티시에가 만든 설탕 마스크가 녹자 그 아래 메데이아가 드러난
것처럼　　정신이 번쩍 드는 광경이었죠　　먼로는 두 손으로 자
기 배를 꽉 누르곤 했습니다　　어쩔 땐 머리를, 귀를, 뇌수가 폭
발할 지경이라는 듯　　먼로는 나한테 출혈이 두렵다고 얘기한
적이 있어요　　나는 먼로가 여름에 메인에서 유산했다는 걸 알
고 있었죠　　먼로가 그랬어요 혈관망에 불과하다는 거 알아요? 동
맥의 망? 사람의 몸을 유지하는 게? & 만약 그게 터지면 & 출혈이 시
작되면 어떻게 되는지?　　근데 러시프린트에는 완전 딴사람이 있
었어요　　내가 늘 진짜 먼로라고 생각했던 여자가 있었습니다
다른 이름으로 '슈거 케인'이라는　　그 여자가 저항하지 않고 그
냥 '매릴린'이 되어버렸다면 아무 문제도 없었을 겁니다　　네 그
때 당시 나는 그 여자를 싫어했습니다　　〈나이아가라〉에서처럼
목 졸라 죽여버리는 상상을 했어요　　하지만 돌이켜보면 다른
느낌도 듭니다　　내 연출 인생을 통틀어 먼로 같은 사람은 처음
이었고 다시는 그런 배우를 만날 수 없을 것 같아요　　먼로는 내
가 풀 수 없는 퍼즐이었죠　　그 여자는 우리가 아닌 카메라와 접

선했어요   우리가 유령이라도 되는 것처럼 먼로의 시선은 우리를 그냥 통과해버렸죠   슈거 케인을 특별하게 만든 건 그 안의 먼로였을 겁니다   그 여자는 온통 피상적인 슈거 케인에게 닿기 위해 먼로를 통과해야 했어요   어쩌면 '피상적인' 것은 깊숙이 파고들어가 얻어야 하는 것일지도요   심하게 다치면서 & 다른 이들을 다치게 하면서

매릴린 & 닥터 펠이 '잘되어간다'는 소문이 돌았죠. 매릴린의 분장실에서 킥킥거리는 웃음소리가 우리한테까지 들리곤 했어요 & 문은 꼭 잠겨 있었고.

방해하지 마시오.

매릴린 & W가 '잘되어가다가 & 틀어졌다'는 소문이 돌았어요. W가 매릴린을 욕하는 소리가 우리 귀에까지 들리곤 했는데, 그 여자의 면전에 대고 욕한 건 아니고 여자가 나갈 때 등뒤에 대고 했죠. 매릴린이 촬영에 늦거나 안 나오면 W가 전화를 걸었지만 받지 않았어요. 매릴린은 다섯 시간, 여섯 시간 늦거나 아예 안 나타날 때도 있었죠. 〈뜨거운 것이 좋아〉를 찍으면서 W는 요통이 생겼고 가끔 경련을 일으키기도 했어요. W의 조수였던 우리 중 하나가 매릴린을 데리러 그녀의 트레일러로 가면(그때 우린 '플로리다' 장면을 위해 코로나도 해변에서 로케이션중이었죠) 수영복 의상 & 화장까지 완벽하게 마친 슈거 케인이 있었어요 & 한 시간도 전에 준비를 다 마친 거죠 & 우린 계속 대기했어요 & 먼

로는 묘하게 쫓기는 듯한 분위기로 트레일러 안에 선 채 뭔가를 읽고 있었는데 분명 『종의 기원』이라는 제목의 공상과학소설이었을 겁니다 & W의 조수가 말했어요. "미스 먼로? W가 기다립니다" & 그럼 매릴린은 일말의 망설임도 없이 조수를 쳐다보지도 않고 말하는 거예요. "W한테 좇까라고 전해요."

신예 배우로서의 첫발. 먼로는 실리적이면서 주변머리가 좋았어요. 서로 안면이 없고 서로를 의심하지 않을 만한(적어도 여자가 죽은 뒤 그들이 주장하기론 그랬죠) 의사 여럿을 나누어 찾아갔습니다 & 수많은 처방전(벤제드린, 덱세드린, 밀타운, 덱사밀, 세코날, 넴뷰탈 등등)을 할리우드 & 베벌리힐스의 여러 약국에 나누어 가져갔어요. 그러나 먼로가 가장 자주 찾은 약국은 여러 인터뷰에서 얘기했듯 언제나 슈와브였을 겁니다. "리처드 위드마크가 매릴린의 엉덩이를 빤히 쳐다보고 있을 때 매릴린이 신예 배우로서 첫발을 내디딘 곳이죠."

달콤한 슈거 케인이 아닌 요부 로즈, 벤투라 고속도로변, 시멘트 블록으로 지은 선셋 허니문 모텔, 흐트러진 침대의 엉클어진 이불 위에 알몸으로 축 늘어져 아무렇게나 누워 있는, 과산화수소수로 탈색한 플래티넘블론드를 쓸어올려 얼굴에서 치우며 하품하는 로즈. 저 감미로운 표정, 지금까지 남자와 같이 있던 여자의 표정, 남자가 그녀에게 혹은 그녀와 무슨 짓을 했든, 그녀가 이 남자에게 실제로 무엇을 느꼈든 혹은 느끼는 척했든 혹은 몇 시간 후 다

른 곳 어딘가의 자기 침대에 누워 감미롭게 회상하며 느끼게 되
든. 바로 옆 욕실에서 똑같이 알몸인 남자가 변기에 대고 요란하
게 오줌을 누고 있다 & 욕실 문을 반쯤 열어놓고. 로즈는 텔레비
전을 켰다 & 화면이 밝아지며 웃고 있는 블론드 아가씨의 사진이
나왔다 & 웨스트할리우드에 거주하는 스물두 살짜리 사진 모델
& 시신이 동부 로스앤젤레스의 철로 근처 지하 배수로에서 발견
됐고, 목이 졸렸다 & '성기 훼손' & 며칠 동안 방치됐다. 로즈는
웃고 있는 블론드를 응시했다 & 자기도 미소 지었다. 로즈는 불
안하거나 혼란스러울 때면 미소를 지었다. 그렇게 생각할 시간을
번다. 그렇게 상대 남자를 따돌린다. 대체 이게 무슨 일이지? 웬
질 나쁜 농담이지? 사진 속 블론드 아가씨는 노마 진이었다. 스물두
살 때의. 오토 외즈가 노마 진의 사진을 넘긴 게 틀림없었다.

그 죽은 아가씨는 다른 이름으로 불렸다. 노마 진은 아니었고,
노마 진의 다른 이름들도 아니었다.

"오, 주여. 오 주여 우리를 구하소서."

그런데도 이런 생각이 들었다. 난 지금 저 여자가 누군지 알아. 저
여자는 영안실의 시신이지.

오줌을 누던 남자, 그 남자가 누구든, 여자는 그에게 살인사건
소식도 자신의 비밀도 알리지 않을 것이다.

그 남자는 여자가 슈와브에서 아침을 먹다가 감상적인 이유로
꾀어낸 사람인데 저 얼굴 & 크고 건장한 체격에도 불구하고 배우
는 아니었다 & 남자가 정확히 누구인지 여자는 알지 못했다. 남
자는 여자를 로즈 루미스로 혹은 심지어 먼로로도 알아보지 못했

다 & 사실 여자가 '먼로'인 날이 아니었다. 남자는 이제 욕실 세면대 앞에 서서 수도꼭지 두 개를 요란하게 다 틀어놓고 텔레비전에 나오는 사람처럼 목청껏 여자에게 말을 건다. 여자는 애써 들을 생각이 없다. 공허한 영화 속 시간 때우기용 대사였고, 영화가 끝날 때까지 장면을 채우는 방법에 불과했다. 혹은 여자는 벌써 남자를 보내버렸다 & 수도꼭지 & 배관의 요란한 소음은 옆방에서 나는 소리였다. 아니, 남자는 아직 그 방에 있었다 & 어깨가 넓었다 & 마른 모래가 붙은 것처럼 등 전체에 주근깨가 있다. 여자가 그의 이름을 묻는다 & 남자가 얘기한다 & 여자는 잊어버린다 & 나중에 또 물어보고 겸연쩍어한다 & 남자에게 내 **이름은** 로즈 루미스야라고 했는지 아니면 **노마 진**이야라고 했는지 아니면 엘시 피리그야라고 했는지 기억나지 않는다 & 엘시 피리그라니 귀에 거슬리는 웃기는 이름이지만, 아직까지 웃음을 터뜨린 남자는 없다. 죽은 아가씨는 **모나 먼로**였을지도 모른다. 차에서 여자가 운전대를 잡았다 & 남자는 여자의 결혼반지를 알아차렸다 & 애석하다는 투로 한마디했다 & 여자는 얼른 자기는 영화사와 결혼했으며 필름 편집 기술자라고 설명했다 & 남자는 정말로 감명받은 표정이었다 & 여자에게 일하면서 '영화 스타'를 본 적이 있는지 물었다 & 여자는 아니, 전혀, 필름에서만, 필름을 자르고 이어붙이면서만 봤다고 말했다 & 스타는 셀룰로이드 속의 이미지에 불과하다고.

그건 나중 일이었다. 주근깨 남자는 사라졌다. 텔레비전 화면은 구불구불하고 떨리는 선으로 이루어진 눈보라였다 & 그 선이

인간의 얼굴로 변형됐을 때 그건 여자가 모르는 얼굴들이었다 &
목 졸려 죽은 모나 먼로는 사라졌다 & 떠들썩한 퀴즈쇼가 진행중
이었다. "그건 아직 일어나지 않은 일일지도?"

문득 여자는 다시 행복해졌다 & 희망에 부풀었다.

부당한 대우를 받은 남편. 여자는 초저녁에 남편에게 돌아온다.
썹에서 이 남자, 누구든 무슨 상관이랴, 다른 남자의 정액을 흘린
다 & 담배를 피우지 않는 여자의 헝클어진 머리에서 딴 남자의
담배냄새(카멜이었다)가 난다. 이게 영화의 한 장면이라면 불길
한 배경음악이 깔린다. 극적인 다툼과 대립이 있을 거라고 여자는
예상했을지도 모른다. 전직 운동선수 시절에는 무지막지한 폭력
& 아마도 더 나쁜 일을 예상했을 것이다. 그러나 이건 영화가 아
니었다. 영화 같은 일은 하나도 없었다. 가차없는 햇빛을 막으려
덧창을 내린 휘티어 드라이브의 빌린 집일 뿐이었다 & 조용하고
상처받은, 목각 같은 얼굴의 사람, 한때 여자가 그토록 숭배하던
& 이제는 도저히 참을 수 없는 남자, 오즈의 나라에서 깨어난 뉴
욕의 유대인처럼 남부 캘리포니아에 잘못 놓인 남자. 더 흥미진진
한 다른 장면으로 넘어가기 전에 지루하게 질질 끄는 장면에서 여
자와 함께 출연한 배우, 그런 장면에 등장하는 배우들이 다 그렇
듯 별로 주목할 가치가 없는 사람. 이번 경우에는 뜨거운 증기가
피어오르는 욕조에 오래 몸을 담그는 목욕 장면이었다 & 남편의
침입을 피해 문을 걸어잠갔다. 왜냐면 여자는 지독히 피곤했으니
까, 너무 피곤했으니까! 남편을 외면한 채 밀치고 들어갔다 & 대

리석 욕조 안에서 진(촬영장에서 집으로 가져온 슈거 케인의 휴대용 술병째로)을 홀짝이며 점점 노곤해져 기절하듯 잠들고 싶을 뿐이다 & 카를로의 개인 전화번호로 전화를 걸었지만(카를로는 어딘가로 로케이션을 나가 새 영화를 찍는 중이었다 & 카를로에게 새 연인이 생겼다) 연결되지 않는다 & 미소와 웃음을 자아낼 만한 장면을 찾아 몽상에 빠진다, 왜냐면 여자는 미스 골든 드림스니까 & 원래부터 마음이 병든 건 아니었으니까, 그건 미국 여자답지 않다 & 여자는 그날 아침 영화사에서 사람들이 자신—'매릴린 먼로'—을 얼마나 기다렸을까 생각했다 & 늘 그렇듯 미친듯이 전화를 걸었을 것이다, 가장 낙관적인 사람에게조차 그날은 '매릴린 먼로'가 엉터리 연기로 제 품위를 떨어뜨리러 나오지 않을 거라는 사실이 명확해질 때까지 & W는 이번에도 슈거 케인이 나오지 않는 장면을 골라 촬영해야 했을 것이다. W, 감히 내게 연기 지도를 하려 들다니! 오, 웃겨! 먼로의 뻔뻔함이 싫다고 노골적으로 말하고 다니는 예쁘장한 브루클린 청년 C의 불행을 머릿속으로 그리며 여자는 큰소리로 웃었다 & C는 프랑켄슈타인 & 조앤 크로퍼드의 잡종 같은 여장 남자 차림 & 하이힐 & 메이크업을 하고 근처에서 대기해야 했을 것이다 & 잠긴 문 밖에서 불안하게 서성거리던 **부당한 대우를 받은 남편**이 소녀처럼 깔깔거리는 이 새된 웃음소리를 들었다면 이것을 행복함으로 해석했으려나?

부당한 대우를 받은 남편. "난 그저 아내를 구하고 싶을 뿐이었습니다. 그 시절엔 나 자신에 대해서는 전혀 생각지 않았어요. 나의 자존심에 대해서는."

　마법 친구. 3마일 떨어진 영화사에서 사람들은 또 불침번을 서
듯 먼로를 기다리기 시작했다. 먼로는 에이전트를 통해 그동안
'바이러스에 걸려' 아팠지만 지금은 거의 다 나았다면서 오늘은
틀림없이 나갈 거라고 장담했다. 촬영은 오전 열시에 시작될 예정
이었다 & 불면증으로 악명 높은 먼로는 종종 새벽 네다섯시까지
잠을 이루지 못했으므로 십분 양보하여 그보다 일찍은 일정을 잡
지 않았다 & 벌써 열한시였다 & 곧 정오가 될 것이다 & 덧창을
내린 집 바깥에서는 태양이 이글거렸다 & 전화벨이 울리기 시작
했다 & 수화기를 내려놓았다 & 여자는 집 제일 안쪽 욕실에 서
있었다 & 앉았다 & 서성였다 & 마법 친구가 나오길 기다리며 거
울을 뚫어져라 들여다보면서, 자존심 따위 집어치우고 "제발, 제
발 나와줘" 속삭였다. 벌써 아침 여덟시였다. 불면의 밤을 지나
멍하니 깼다 & 정신이 번쩍 들었다 & 그러나 전날 일 & 시멘트블
록으로 지은 모텔에 대한 기억은 희미했다 & 이제부터 벌충하기
로 결심했다 & 처음엔 참을성 있게 기다렸다 & 불안하거나 걱정
되지 않았다 & 차분히 콜드크림으로 얼굴을 닦았다 & 수분크림
을 발랐다. "제발, 제발 나와줘." 그러나 몇 분이 지나도 마법 친
구는 나타나지 않았다.

　영화사에 도착했어야 할 시각에서 금세 한 시간이 지났다 & 금
세 두 시간이 지났다 & 십오 분마다 시간을 알리며 째깍째깍 흘
러가던 선장의 집 괘종시계처럼 일분일초가 잔인하게 흘러갔다 &

여자의 살아 있는 아기가 뱃속에서 소화되다 만 뭔가처럼 다량의 혈전 & 핏덩이와 함께 쏟아져나왔을 때처럼 여자는 진실을 알고 있었다. 여자의 자궁에는 독이 들었다 & 여자의 영혼에는. 살아갈 자격이 있는 다른 사람들과 달리 자신은 살 자격이 없음을 알고 있었다 & 노력했음에도 불구하고 자신의 삶을 정당화하는 데 실패했다. 하지만 노력은 계속해야 한다, 여자의 심장은 희망에 부풀었으니까, 여자는 잘해낼 생각이었다! 슈거 케인을 연기하기로 계약했다 & 우라지게 잘해낼 것이다! & 정오쯤 되니 미칠 것 같았다 & 전화가 몰아닥치는 와중에 화이티가, 미스 먼로의 전속 메이크업아티스트가 휘티어 드라이브의 집으로 오기로 했다 & 블론드 배우가 집이라는 사적 공간 & 안식처를 나가기 전에 예비 화장을 해줄 것이다, 여자는 그러지 않고서는 집을 나설 엄두가 나지 않았으니까 & 화이티를 보고 어찌나 마음이 놓이던지! 사랑하는 화이티! 훤칠한 & 진지한 & 성직자 같은 화이티가 가지고 다니는 메이크업 키트에는 여자가 가진 것보다 훨씬 더 많은 단지, 유리병, 튜브, 페이스트 & 파우더 & 색조화장품 & 펜슬 & 브러시 & 크림이 들어 있다. 이런 엉망진창 & 환멸의 장소에서 화이티를 보니 어찌나 기쁜지. 하마터면 여자는 화이티의 손을 꼭 잡을 뻔 & 그의 손에 키스할 뻔했지만, 여자도 알다시피 그녀의 충직한 스태프들은 자신의 여주인이 당연한 상급자로서 냉담하게 대해주는 편을 선호했다.

여자의 참담함 & 마법이 몽땅 사라져 파랗게 겁에 질린 혈색 나쁜 얼굴을 보고 화이티가 나직이 말했다. "미스 먼로, 속상해하지 말아요. 다 괜찮아질 거예요, 내가 약속할게." 세트장에서 어떤 날은 먼로가 머릿속에서 말이 뒤엉킨 듯 혼란스럽게 얘기한다고들 했다. 화이티는 지금 자신의 여주인이 횡설수설하는 모습을 본다 "오, 화이티! '슈거 케인'은 반드시 거기 가고 싶어해, 그니까 삶 그 자체 이상으로!" & 자신의 여주인이 무슨 얘기를 하는지 정확히 이해한 화이티는 부랴부랴 침대를 정리했다 먼로에게 침대에 누워 요가 호흡법을 수련하라고 지시했다(화이티 또한 하타요가학파의 수련자였으므로) & 얼굴 & 몸의 긴장을 완전히 풀라고 했다 & 그는 한 시간 안에 '매릴린'을 요술처럼 빚어낼 거라고 다짐했다 & 그렇게 그들은 애썼다. 투지를 내서 노력했다. 그러나 어젯밤의 패닉냄새가 밴 구겨진 이불은 그대로 둔 채 무거운 양단 커버를 끌어올려 펴놓은 침대에 누워 있자니 자세가 영 불편했다 & 이렇게 무력하게 누운 자세가 정말 장례 의식처럼 느껴졌다 & 여자 본인이 영안실에 누워 있는 것 같았다 & 장의사가 페이스트 & 파우더 & 펜슬 & 색조화장품 튜브로 여자의 얼굴을 꾸미려 애쓰는 기분이었다 & 여자의 장의사 연인, 여자의 심장을 부쉈던 & 여자의 아기를 거부했던 첫 남편, 그때 아기가 없어진 건 여자 탓이 아니었다. 그 자세에서 여자의 눈가로 눈물이 새어나오기 시작했다 & 화이티가 중얼거렸다. "쯧! 미스 먼로." 뼈에 붙은 피부가 헐거워지는 끔찍한 느낌 & 뺨이 고무처럼 늘어지는 느낌 & 중력의 새로운 당김에 순응하는 느낌이 들었다—오토 외즈가 놀려대길, 여자는 뼈대 없는 동그란 아기 얼굴이어서 금방 살이 축 늘어질 거라고 했었다—& 결국 화이티도 두 손 들고 시인했다, 그의 마법이 통하지 않는다고, 아직은.

그래서 화이티는 벌벌 떠는 거지 소녀를 삼면거울 & 새하얀 조명이 빛을 발하는 화장대 앞으로 데려갔다 & 그 앞에서 여자는 검정 레이스 브래지어 & 검정 실크 하프슬립 차림으로 움츠러들어 간절히 기도하는 탄원자처럼 희망을 품었다 & 화이티의 부드럽고 숙련된 손길이 화장솜에 콜드크림을 묻혀 망친 메이크업을 닦아냈다 & 어젯밤에 무슨 끔찍한 변고가 있었는지(아니면 넓은 어깨의 주근깨 애인, 여자의 민감한 피부에 까칠한 뺨을 부벼댄 그 거인 트롤 때문이었을까?) 울퉁불퉁 거칠어진 피부를 진정시키기 위해 따뜻한 물에 적신 거즈를 붕대처럼 감았다 & 화이티는 엄숙하게 & 침착하게 재차 의식을 거행하기 시작했다. 아스트린젠트 & 수분크림 & 파운데이션 & 볼연지 & 파우더 & 아이섀도 & 아이펜슬 & 마스카라 & 슈거 케인을 위해 고안한 파랗고 빨간 립스틱 & 그러나 영화가 흑백이어서 슈거 케인의 매력을 온전히 보여주진 못했다. 시간이 지나면서 그 익숙한 존재가 잡힐 듯 말 듯 삼면거울에 모습을 드러내기 시작했다, 처음엔 반짝이며 윙크하는 눈뿐이었다가 이내 놀려대듯 섹시한 미소를 지으며 씰룩이는 입술 & 애교점이 만들어져 나타난다, 지금은 립스틱을 칠한 입술의 왼쪽 가장자리가 아니라 1인치가량 더 낮게, 입술 바로 아래 찍는다. 왜냐면 슈거 케인의 얼굴은 전작에 나왔던 먼로의 이전 얼굴들과 미묘하게 다른 식으로 디자인됐기 때문이다 & 여주인 & 하인 모두 점점 되살아나는 흥분을 느꼈다—"그녀가 와요! 거의 다 왔어요! 매릴린!"—폭풍우가 몰아치기 직전의 긴장감 혹은 땅이 한 번 흔들리고 나서 다음번 진동, 다음번 충격을 기다리는 기분이었다 & 마지막으로 화이티가 노심초사하며 지웠다 다시 그렸다 하는 동안 옅은 머리색과 유난히 대비되는 초승달 같은 갈색 눈썹이 생기고, 거지 소녀의 두려움을 비웃으며 지금까지 보아온 얼굴 중 가장 아름다운 얼굴이, 경이로운 얼굴이, 어여쁜 공주님의 얼굴이 거울에 등장했다.

전설적인 화이티에게 먼로는 수많은 선물을 주었고, 그중에서 가장 귀한 것은 하트 모양의 황금 넥타이핀으로 이런 문구가 새겨져 있다.

화이티에게 사랑을 담아
아직 내게 온기가 남아 있는 동안!
매릴린

달콤한 & 끈적한 것에 달라붙는 파리떼처럼, 여자들의 시선이 C에게 달라붙었다. 워낙 잘생긴 배우라 〈뜨거운 것이 좋아〉에서 여성처럼 화장을 해도 C는 여전히 잘생겼다 & 흔히들 예상하듯 끔찍하게 & 우스꽝스럽게 보이지 않았다. 심기가 불편한 C. 슈거 케인의 원수 C. C는 너무 많은 여자를 가졌다. 너무 많이 먹어 질렸다 & 토했다. 먼로는 C에게 방금 토한 토사물보다 유혹적일 게 없었다. C가 먼로에게 키스했을 때 그의 입에서 쓴 아몬드맛이 났다 & 먼로는 겁에 질려 C를 떠밀었다 & C가 자신의 입술에 독을 묻혔다며 세트장을 뛰쳐나갔다! ─그런 소문이 돈다. C는 제작 준비 단계 때를 후회하며 얘기할 것이다. 그때 초반 미팅 자리에서는 곧 다가올 그들의 수두룩한 러브신을 두고 먼로와 농담하며 장난쳤다. 아주 긴 한 장면에서는 요트 위에 C가 발기불능인 척 가만히 반듯이 누워 있는 동안 슈거 케인이 C 위에 엎드려 그를 '치료'한답시고 키스하고 비벼대는데, 심의를 통과하기 위해 그저 하는 척만 하며 웃기게 & 익살스럽게 수위를 낮출 것이다 & 초반 미팅 때 C는 먼로를 제법 좋아했다. 자기 앞에 이런 고난이 기다리고 있을 줄은 꿈에도 예상하지 못했다. 두 사람의 신 중 하나는 그렇게 어렵고 복잡한 장면이 아니었는데도 예순다섯 번을 다시 찍게 될 것이다. 날이면 날마다. C & 다른 사람들은 먼로가 나타나기를 몇 시간씩 기다리게 된다 & 아예 나오지 않을 때도 있다. 오전 열시로 예정된 촬영은 결국 오후 네시나 여섯시가 되어서야 시작된다. C는 자신의 커리어에 자부심 & 야심이 있는 남자였다 & 이 보석 같은 역을 포기할 수 없었다(자신의 최고 작품이 될 & 가장 많은 돈을 벌어다줄 영화였다) & 그래서 그의 분노는 먼로를 향했다. 그렇다, 그는 먼로가 제정신이 아님을 & 약간 미쳤음을(아기를 유산했으니까, 결혼생활이 산산조각나는 중이니까) 알기는 했지만 그게 자기와 무슨 상관인가, 인생을 걸고 분투하는 남자와? 저런 상태의 여자하고 살다니, 당신 뜻이야 아님 저 여자 뜻이야? 만약 C가 그 남편하고 친구였다면 이렇게 속마음을 털어놨을지도. 하지만 그들은 친구가 아니었다. 먼로를 다섯 시간 동안─다섯 시간이다!─기다려야 했던 어느 날 C는 먼로의 횡설수설하는 말 & 알아듣기 힘든 말더듬증을 유난히 잔인하게 흉내냈다 & 드디어 먼로가 금방이라도 쓰러질 듯 가쁜 숨을 내쉬며 나타났다 & 사과 한마디 없었다 & 먼로는 신랄한 미소를 지으며 C & W를 돌아보며 말했다. "그러니까 당신들 머리론 어떻게 저런 게 여자야! 싶은 거로군. 비웃었다 이거지."

먼로의 짧은 커리어 중 후기에 해당하는 이때 먼로와 함께 일하는 게 어땠는지 W는 두고두고 질문을 받게 되며, 그러면 W는 간결히 대답한다. "현실에서 그 여자는 지옥이었고 지옥에 있었습니다. 영화에선, 신성했고요. 거기엔 연결고리가 없어요. 미스터리고 자시고 할 게 없습니다."

그러나 그날 슈거 케인은 세트장에 의기양양하게 도착했고 네 시간밖에 늦지 않았다 & 사람들은 슈거 케인의 장면을 빼고 촬영 중이었다 & 어느 정도 진전이 있었다 & 그때 슈거 케인이 사랑스럽게 & 숨가쁘게 나타났다 & 이번에는 미안해했다 & 뉘우쳤다. 사람들에게, 특히 C에게 용서를 구했다, C의 두 손을 꽉 잡은 여자의 손이 얼음처럼 차가워서 C는 진저리가 나는 것을 참아야 했다 & 어찌된 일인지 슈거 케인은 시나리오 네다섯 페이지를 단 한 번의 실수도 없이 연기한다. 바로 그 러브신, 민망하게 은밀한 & 오래 끄는 요트 위의 그 장면이었다. 키스가 잔뜩 있었다! 한껏 도발적인 시스루 의상을 입고 등이 너무 깊게 파인 & 헐렁한 탓에 사실상 엉덩이 윗부분이 다 보이는 슈거 케인, 달콤하게 속삭이며 속없이 생글생글 웃는 섹시하고 웃긴 블론드 인형이 C 위에 엎드려 꼼지락거렸다 & C는 깜짝 놀라고 말았다. 서로의 뻔뻔함을 싫어하는 두 배우의 이 까다로운 장면이 이렇게 설득력 있게 & 막힘 없이 술술 풀리다니. 마지막에 가서 먼로가 "아뇨. 다시 하겠습니다"라고 얘기하지 않을 거라는 사실이 C는 믿기지 않았다. 대신 먼로는 빙그레 웃었다. 빙그레 웃었다! 이 장면은 이대로 둘 것이다, 단 한 번의 촬영으로 끝낸 완벽한 연기였다. 단 한 번에! 이전 여러 날 & 여러 주에 걸친 재촬영의 악몽 끝에! C는 이 기적이 먼로가 진짜로 아팠다가 하룻밤 사이에 회복됐다는 신호인가 의아해한다. 아니면, 좀더 신빙성 있게, 먼로가 마음만 먹으면, 맞아, 난 할 수 있어, 라는 걸 단순히 보여주기 위해 단 한 번만에 그 장면을 탁월하게 연기한 것일까.

하지만 C & 먼로를 싫어하는 다른 사람들조차 그날의 먼로가 끝내줬다는 사실은 인정할 수밖에 없었습니다. 우린 매릴린이 돌아왔다는 사실에 너무 감사해서 마구 박수를 쳤어요, 아주 잠깐 돌아온 것에 불과하더라도. 우린 매릴린을 숭배했어요, 아니 간절히 숭배하고 싶었죠. 우리의 매릴린!

항상 당신은 나를 지켜보고 있었어. 겁쟁이! 여자가 브런즈윅 병원에서 퇴원한 후. 남자는 여자를 자신들의 집이 아닌 선장의 집으로 데려갔다. 여자는 두 번 다시 아기방에 들어가지 않을 것이다. 값비싼 아기용품은 재니스에게 주었다, 아기한테 주라고. 여자는 두 번 다시 지하실의 닫힌 문 앞을 지나지 않을 것이다. 그런데도 여자는 극작가에게 자신은 괜찮다고, 행복하다고, 다 나았다고, '병적인 생각'은 하지 않는다고 우겼다 & 여자가 스스로의 단호한 말을 믿었듯 남자도 여자의 말을 믿었다 & 후텁지근한 8월의 어느 밤, 남자는 낡은 집의 수도관 소리에 잠에서 깼다 & 어린 아내가 침대에서 사라졌는데 침실에 딸린 욕실에는 없었다. 남자는 위층의 다른 욕실에서 델 것같이 뜨거운 물을 욕조에 받으며 알몸으로 그 옆에 웅크리고 앉아 부들부들 떨고 있는 아내를 발견했다. 여자의 근육질 둔부, 여자의 번득이는 눈빛 & 극작가는 여자가 그 물속에 들어가려는 것을 막기 위해 두 팔로 여자를 꽉 안아야 했다. 물이 너무 뜨거워 수증기가 작은 물방울이 되어 욕실 거울 & 욕조 & 세면대 & 변기에 맺혔다 & 여자는 남자와 몸싸움을 벌이며 말했다, 브런즈윅의 의사가 깨끗이 정화하려면 '질 세척'을 하라고 했다 & 지금 내가 하려는 게 그거다 & 남자는 여자의 눈빛에서 광기를 보았다 & 여자를 알아볼 수 없었다 & 다시 그들은 씨름했다, 이 여자는 어찌나 힘이 센지, 이렇게 허약해진 상태에서도, 그의 마그다는! 물론 여자는 그의 마그다가 아니었다, 그가 모르는 사람이었다. 나중에 여자는 남자에게 모질게 말할 것이다. "그게 당신이 원하는 거잖아, 안 그래? 내가 없어지는 거." & 남자는, 여자의 남편은 반박할 것이다 & 여자는 어깨를 으쓱하며 웃음을 터뜨릴 것이다. "오오오오, 대디"—이 애정어린 호칭은 아기를 유산한 이후 여자의 입에서 비아냥이 되어 나온다—"그냥 진실을 말해주지 그래, 이번만큼은?"

가장 단순한 진실을 아는 것은 불가능하다. 죽음이 인생의 수수께끼에 대한 해결책은 아니라는 것 외에는.

(그가 쓴 & 쓰게 될 이 문장. 위로의 말 & 참회의 말. 나중에는, 살풀이의 말. 여자는 두 번 다시 애걸하는 눈빛으로 남자에게 묻지 않을 것이다, 대디, 나에 대해 절대 쓰지 않을 거지 그치? 두 번 다시는.)

프리미어의 밤! 여자의 머릿속에 선불교의 화두처럼 떠오른 생각이, 입안 가득 머금은 돔페리뇽을 통해 슈거 케인의 달콤하기 그지없는 말투로 나왔다. "오-오-오-오 세상에! 오, 알겠어! 그 고양이들! 그놈들이었어." 〈뜨거운 것이 좋아〉 개봉일 밤이 되어서야. 불면과 약에 취해 보낸 무수한 밤 & 낮, 부서진 수건걸이에 걸린 수건처럼 너덜너덜한 & 지저분한 의식으로 지낸 몇 주 & 몇 달, 한 번의 응급실행(코로나도 해변에서 여자의 심장박동이 빨라지더니 빈맥이 왔다 & 이글이글 타는 듯한 모래사장에 쓰러진 여자를 들쳐업은 사람은, 하고많은 사람 중 MM의 피부에 닿는 것만으로도 몸서리를 치는 C였다)까지 전부 지나고 나서야. 검게 빛나는 길고 우아한 캐딜락 리무진 안, 여자의 오른쪽에는 전설적인 할리우드 영화의 개척자 & 자선사업가인 미스터 Z가 앉았다 & 왼쪽에는 수척하고 미간에 주름이 깊이 팬 여자의 남편이 앉았다. "그 고양이들. 내가 머, 먹이를 줬던 그놈들. 오!" 여자는 큰소리로 말했다 & 아무도 듣지 않았다. 여자는 인생에서 툭하면 큰소리로 말하지만 아무도 들어주지 않는 시기에 돌입했다. 영화사에서 메이크업 & 의상을 준비하는 데 여섯 시간하고 사십 분이 소요됐다. 여자는 비몽사몽 중에 오전 열한시가 지나 영화사로 옮겨졌다. 닥터 펠이 여자의 전용 분장실에서 여자에게 약을 놓았다. 그들의 일과가 되어버린 여자의 칭얼거림 & 숨죽인 고통의 외침은 다른 사람들의 귀에는 흥겨움, 환희처럼 들렸다. 여자는 눈을 질끈 감았다 & 길고 뾰족한 바늘이 팔뚝 안쪽 동맥에 꽂혔다. 때로는 허벅지 안쪽에. 때로는 귀 바로 밑 동맥에 주사를 놓았다 & 솜털처럼 부푼 플래티넘 머리칼로 가렸다. 때로는 좀 위험하게 심장 바로 위 동맥에 놓았다. "미스 먼로, 잠깐만 가만히 있어요. 그대로." 이 얼마나 상냥한 매의 눈인가, 매부리코인가. 여자의 닥터 펠. 다른 영화에서 닥터 펠은 매릴린의 구혼자가 된다 & 결국 여자의 남편이 된다. 이 영화에서 닥터 펠은 아내의 약물 투여에 한사코 반대하는 진짜 남편의 라이벌이었다 & 그 남편은 이 라이벌에 대해 전혀 몰랐다. 아니 거의 알지 못했다. 닥터 펠은 화이티처럼 공개 석상에 나온 **매릴린 먼로**의 겉모습에 열성적으로 헌신한 사람 중 하나였다 & 아마도 영화사에서 매우 두둑한 급료를 받아냈을 것이다. 여자는 화이티를 절대 두려워하지 않았던 만큼 닥터 펠을 두려워했다. 닥터 펠은 그가 맡은 대상의 생사여탈권을 쥐고 있었으니까.

"조만간 언젠가 그자와 끝장을 볼 거야. 그 사람들 모두하고. **맹세해.**"

이것이 블론드 배우의 가장 진실된 바람 & 의도였다. 노마 진의 학생 시절 일기장에 여자는 그렇게 썼다.

이 호화로운 할리우드 프리미어! 할리우드 영광의 황금기가 어떠했는지! 영화사는 〈뜨거운 것이 좋아〉를 아주 후하게 예우했다 & 뚜껑을 열고 보니 그 영화는 모든 영화계 내부 종사자에게는 놀랍게도 성공작이었다. 업계에 사전에 통지되기로는 **매릴린 먼로**의 또하나의 블록버스터이자 영화사의 대히트작이었다. 시사회 관객들이 아주 좋아했다. 평론가들이 아주 좋아했다. 미국 전역의 상영관이 예약 경쟁에 뛰어들었다. 그러나 영화에 대한 블론드 배우의 기억은 여러 차례 끊겼다 다시 꾼 꿈처럼 불연속적이었다. 슈거 케인의 대사는 단 한 줄도 여자의 머릿속에 남아 있지 않았다. 다만 얄궂게도, 예순다섯 번을 다시 찍은 그 전설의 장면에서 여자가 더듬거렸던 바로 그 대사 한 줄만 빼고. "나예요, 슈거." 그 대사를 여자는 이유 없이 자꾸 틀렸다. "나, 슈거, 예요." "슈거 나예요." "슈, 슈거, 난가?" 슈거! 나예요." "슈거예요, 나." "나, 나야? 슈거?" 하지만 그 모든 건 이제 까맣게 잊혔다. 삼 년간 할리우드를 떠나 있던 **매릴린이 돌아왔다!** 동방박사가 몇 달에 걸쳐 매릴린의 귀환을 대대적으로 알렸다 & 자랑했다 & 예고했다. **비극 & 대성공**은 계시였다. **메인에서 유산**. (남부 캘리포니아의 입장에서 보면 '메인에서 유산'은 확실히 이치에 맞았다.) **할리우드에서 대성공**. (할리우드는 성공의 장소였다!) 기분이 어떠냐는 질문에 매릴린은 그 설탕처럼 달콤하고 섹시한 새근거리는 음성으로 대답했다. "오, 너무 영광이랄까? 살아 있는 기분?"

그건 여자의 가장 진실한 믿음이었다. 노마 진의 학생 시절 일기장에 그렇게 썼다.

조명을 환히 밝힌 할리우드 블러바드를 따라서. 번쩍이는 검은색 영화사 리무진의 행렬. 할리우드 왕족의 자동차 퍼레이드. 로스앤젤레스 경찰청 기마경찰의 호위. 경찰 바리케이드, 카메라 플래시 & 쌍안경의 무수히 반짝이는 불빛 & 심지어 군중 속에서 여자를 쫓아다니는 망원경까지. 그 와중에 여자를(& 여자의 빨갱이 남편을) 감시하라고 정보국이 고용한 저격수는 눈에 띄지 않게 검정 셔츠 & 재킷 & 바지 차림으로 전면에 치장 벽토를 바른 어느 건물 안 빌린 공간의 창문 뒤에 웅크려 앉아 참을성 있게 고성능 라이플의 스코프를 통해 주시한다. 그런 생각을, 축제 분위기에 휩싸인 여자는 머릿속에 담지 않기로 마음먹었다.

뭐하러?

"어떤 것은 자신의 머릿속에만 들어 있다. 그런 걸 '피해망상'이라고 한다. 오, 잘 알면서 그래."

이 현명한 문구를, 여자는 노마 진의 학생 시절 일기장에 써놨다.

수천수만의 인파가 이 온화한 남부 캘리포니아의 저녁에 대로변을 따라 줄지어 서서 경찰의 바리케이드에 눌리면서도 경이로움에 차서 자동차 행렬을 바라본다! 야단법석 & 수군수군 & 환호하며 열광적으로 손을 흔든다! 사람들은 유명한 얼굴이 나오길 기다린다 & **매릴린 먼로**의 얼굴(& 몸)을 가장 애타게 기다린다. "매릴-**린**! 매릴-**린**! 매릴-**린**!" 주문처럼 연호한다. 리무진 문이 열리고 블론드 배우가 나와서 수천수백만 팬들에게 모습을 좀더 똑똑히 보여준다면 좋을 텐데! 그러나 수척하고 미간에 주름이 깊이 팬 남자, 아직 여자의 남편인 남자는 그런 바보 같은 짓을 허락하지 않을 것이다 & 아마 미스터 Z & 다른 영화사 임원들도 그런 짓은 금했을 것이다. 그들의 연약한 자산에 미칠 위험을 두려워했다. 그건 불 보듯 뻔한 일이었지. 그레이블은 이십 년을 버텼지만 먼로는 십 년도 못 갈 거야. 망할!

경이로움에 젖어 여자는 자꾸 뒤돌아보며 팬들을 빤히 응시했다. 저렇게 많다니! 하느님이 저들을 저렇게 많이 만들었다고는 생각지도 못했다.

문득, 여기저기 흩어진 길고양이의 얼굴 & 히죽 드러난 육식동물의 이빨이 보였다. 고양이의 들창코 & 뾰족하게 솟은 귀. 저 고양이들! 선장의 집에서. 그때의 공포가 여자를 덮쳤다. "그놈들이었어, 그것들이 아기가 죽기를 원했어. 내가 머, 먹이를 준 바로 그 고양이들이." 여자는 불편한 턱시도 차림으로 옆에 앉은 수척하고 미간에 주름이 깊이 팬 남자에게 고개를 돌렸다 & 방금 발견한 것을 남자에게 얘기하려 했지만 어떻게 표현해야 할지 생각이 나지 않았다. 남자는 여전히 언어의 대가였다. 여자는, 그의 머릿속에 불법침입한 불청객이었다. 이 남자는 나를 원망해. 나를 사랑했던 것을 억울해하지. 가엾은 멍청이. 여자는 웃음을 터뜨렸다. 슈거 케인은 여성 우쿨렐레 주자 & 여성 가수였다 & 슈거 케인의 단순함은 스크린에서는 유쾌함이었다. '현실'에서 그런 단순함은 정신적 결함의 징후였겠지만. 얼마나 쉽게 & 얼마나 더 많이 사랑을 받을까. 이번 한 번만이라도 비꼬지 않고 슈거 케인이 될 수 있다면. "난 할 수 있어. 그냥 봐. 비꼬지 말고 그냥 슈거 케인을. 눈물 없는 매릴린을." 점잔 빼는 듯한 턱시도를 입고 미간에 주름이 깊이 팬 남자는 사람들의 외침 & 환호 & 시끄러운 경찰 확성기 소리 때문에 여자가 한 말을 못 들었다는 표시로 여자 쪽으로 고개를 기울였다 & 여자는 얼른 남자의 귀에 뭐라뭐라 속삭였고 남자에게는 당신에게-한-얘기-아니야라고 들렸다. 기억나는 것보다 더 오랜 세월을 반려자로 지낸 이 남자를 여자는 더이상 '대디'라고 부르지 않았다 & 하지만 남자를 부를 다른 이름을 만들어낼 수도 없는 듯했다. 그의 이름, 심지어 성조차 기억할 수 없는 주문에 걸렸다. 여자는 '유대인다운' 이름을 하나 떠올리려 애쓰지만 혼란에 빠진다. 남자가 여자를 '가장 사랑스러운 사람', '소중한 사람', '내 사랑'이라고 부르는 일은 이제 점점 줄어들었다 & '노마'라는 이름조차 그의 입술에서 생소하게 들렸다. 여자는 남자가 전화 통화를 하며 걱정스럽게 '매릴린'에 대해 얘기하는 것을 우연히 듣는다 & 남자에게 여자는 매릴린이 되었음을 깨닫는다. 노마는 이제 남아 있지 않았다. 아마도 여자는 여태껏 내내 남자에게 매릴린이었을 것이다.

"매릴-린! 매릴-린! 매릴-린!" 여자의 동족들!

오, 맙소사, 슈거 케인의 드레스가 너무 꽉 조이게 꿰매져 여자는 거의 숨을 쉴 수가 없었다. 소시지 껍질처럼 꽉 끼었다. 젖가슴은 금방이라도 젖이 터져나올 듯 툭 불거졌다 & 폭신한 둔부는 사람들이 처음 앉혀준 대로 리무진 좌석 끄트머리에 걸쳤다(옆의 남자들처럼 등받이에 허리를 대고 앉을 수가 없었다. 그랬다간 드레스 솔기 전체가 틀어질 테니까). 그날 여자는 아무것도 먹지 못했다 & 블랙커피 & 알약 외엔 아무 영양도 섭취하지 못했다 & 리무진에 몰래 숨겨온 샴페인 주둥이에 입을 대고 재빨리 몇 모금 들이켰다—"딱 슈거 케인답잖아, 그치? 그 여자의 약점."

지금 여자는 기분이 좋다. 거품처럼 떠다닌다. 지금 여자는 강해진 기분이다. 한참 동안은 죽으려 하지 않을 것이다. 여자는 카를로와 약속했다 & 카를로는 여자와 약속했다. 만에 하나 진지하게 그 생각이 들면. 즉시 나한테 전화해. 여자는 브랜도의 개인 전화번호를 외웠다. 여자는 자기 집 번호를 포함해 어느 전화번호도 기억하지 못할 테지만, 생의 끝까지 브랜도의 개인 전화번호는 기억할 것이다. "오직 카를로만 이해해. 우리는 같은 영혼을 공유하니까." 하지만 여자는 카를로가 제미니의 특사였다는 것이 마음에 들지 않았다. 카를로가 허랑방탕한 할리우드 비주류 서클의 일원이라는 것이 마음에 들지 않았다. 캐스 채플린! 에디 G. 주니어! 불길하다고 생각하긴 했지만 그들에 대해선 아무 소식도 듣지 못했다. 아무도 여자에게 그들 얘기를 하지 않았다. 몇 명이나 아는 거지? 제미니에 대해. 아기에 대해.

하지만 그런 소름끼치는 병적인 생각을 뭐하러 해? 여자의 남편, 지성인 & 유대인은 악귀처럼 굴지 말라고 여자에게 조언했다. 악귀가 아니라 아기처럼! 지금은 축하의 시간이었다. 지금은 슈거 케인의 승리의 밤이었다. 슈거 케인의 복수의 밤이었다. 할리우드 블러바드 & 골목길을 따라 이곳에 모인 팬들은 매릴린의 남자 동료 배우 C & L을, 영화에서 훌륭하게 연기한 그들을 잠깐이라도 보려고 이곳에 모인 게 아니었다, 아니 그렇지 않았다. 오늘밤 그들은 **매릴린**을 보기 위해 이곳에 모여들었다. 리무진 행렬이 프리미어 장소인 그로먼스 극장 근처로 접어들자 공기의 진동이 빨라졌다 & 귀청이 떨어져나갈 듯 소음이 커졌다 & 군중의 거대한 심박에 가속도가 붙었다. 여자는 군중 속 여기저기서 사람들 개개인을 알아보기 시작했다. 지하에 사는 괴물 트롤. 등이 굽은 땅속 요정 & 거지 소녀 & 미친 눈빛 & 지푸라기 같은 머리의 여자 노숙인. 알 수 없는 이유로 삶에 상처받은 이들. 심하게 훼손된 얼굴 & 쪼그라든 팔다리 & 번득이며 쏘아보는 눈 & 뻥 뚫린 입. 길쭉한 머리에 니트 모자를 푹 눌러쓴 덩치 크고 뚱뚱한 알비노 남자가 보였다. 턱수염 없는 앳된 얼굴 & 반짝이는 안경을 쓴 좀더 키 작은 남자가 떨리는 손으로 비디오카메라를 높이 쳐들고 있는 모습이 보였다. 도로 연석에는 당근처럼 빨갛게 염색한 머리가 제멋대로 뻗친 왜소한 여자가 눈물 고인 퉁방울 눈 & 화려한 정장 차림으로 상자형 카메라를 들고 사진을 찍고 있었다. 그 옆에, 점토나 퍼티로 아무렇게나 빚은 얼굴, 눈이라고 얕게 파놓은 자국, 조그만 낚싯바늘 같은 입. 너무 많았다! 그리고 거기에, 갑자기, 가늘고 호리호리한 몸에 남자 옷을 입고 반짝반짝 빛나는 마노색 눈 & 카우보이모자 아래 곱슬곱슬한 갈색 머리, 매력적인 생김새의 낯익은 삼십대 여자가 노마 진에게 힘차게 손을 흔들고 있었다. 저건—? 플리스? 그렇게 많은 세월이 흘렀는데, 플리스라고? 살아 있었어? 노마 진은 곧장 멍한 상태에서 깨어났다. "플리스? 오, 플리스! 잠깐만—" 노마 진은 리무진 문을 움켜잡았지만 문은 잠겨 있었다. 창문을 내리려는데 미스터 Z가 말렸다. 여자는 흥분해서 뼈만 앙상한 Z의 무릎 위로 기어올랐다―"플리스! 플리스! 극장에서 만나―" 하지만 리무진은 이미 지나쳐버린 후였다.

그렇게 왕족처럼 여자는 블러바드를 지나 프리미어 장소로 모셔졌다. 조명의 대재앙이 기다리는 곳. 보도에 선홍빛 카펫이 깔린 곳. 여자가 리무진에서 내려 손을 흔들며 보조개 팬 미소를 선보이자 박수갈채가 성난 파도처럼 여자를 덮치면서 주문 같은 합창이 점점 소리를 키웠다―"매릴-린! 매릴-린!" 군중은 여자를 연모했다! 그들의 어여쁜 공주님은 언젠가 그들을 위해 죽을 것이다.

"오, 여러분! 오, 사랑해요! 사랑해요 사랑해요 사랑해요 여러분 모두!"

상영관 안에서 박수갈채는 더욱 커졌다. 매릴린은 손을 흔들고 키스를 날리며 슈거 케인의 피부에 쫙 달라붙도록 꿰매어 맞춘 드레스에 스파이크힐을 신고도 에스코트하는 팔에 기대지 않고 걸어갔다. 턱시도 차림 & 빛나는 도마뱀 피부의 미스터 Z는 깜짝 놀라 인정한다는 듯 저 황홀한 블론드 배우를 응시했다. 키가 크고 수척하고 미간에 주름이 깊이 팬 남자, 아직 여자의 남편인 남자는 여자를 불안하게 응시했다. 사람들 모두가 그토록 걱정했던 신경 날카롭고 산만하고 불행하기 짝이 없는 여자는 어디로 간 걸까? 할리우드에서 온갖 소문이 다 돌았던 그 여자는? 이곳에 그 여자는 흔적도 없었다! 이곳엔 '슈거 케인'이, 매릴린의 정수가 있었으니까. W & C & 그동안의 전투에 지친 제작진은 악수를 나누고 포옹 & 키스를 받고 사랑스럽게 & 즐겁게 미소 짓고 제법 조리 있게 대화를 하는 여자를 지켜보며 아연했다. 여기 있는 저 매릴린 먼로는 영화제작 기간 동안 그들이 한 번도 보지 못한 사람이라고 맹세할 수 있었다. 젠장, 이쪽은 저렇게 사랑스러웠나! 게다가 매력적이잖아! 근데 난 반대쪽에 걸렸어, 가엾은 멍청이, 난 저 여자의 다른 반쪽에 키스한 셈이었군.

영화는 여자의 눈앞에서 흐릿하게 흘러갔다. 그럼에도 내내 열화와 같은 & 끊이지 않는 웃음소리로 환영받았다. 정신없는 키스톤 캅스 오프닝부터 조 E. 브라운의 고전적 문구―"완벽한 사람은 없다"―로 끝나는 엔딩까지. 관객은 〈뜨거운 것이 좋아〉를 사랑했다 & 거의 모든 관객이 전성기의 모습으로 그들에게 돌아온 (그렇다, 정말 그렇게 보였다! 소문에도 불구하고) **매릴린 먼로**를 사랑했다 & **매릴린 먼로**가 애타게 용서받고 싶어하듯 그들도 자신들의 집 나갔던 스타를 용서하고 싶어 애가 탔다.

영화가 끝나자 더 많은 박수갈채가 쏟아졌다. 그로먼스 극장의 웅장한 내부가 폭포처럼 쏟아지는 박수갈채로 가득찼다. 셰리, 그 간절했던 **싸구려 술집 가수**는 이런 환호를 받아본 적이 없었다. 저명한 감독 W(더이상 피곤에 지친 모습이 아니라 완전히 희색이 만면한) & 저명한 세 명의 배우는 대중의 찬사를 한몸에 받았지만, 그중에서도 **매릴린 먼로**가 단연 화제의 중심이었다. 사실을 말하자면, 먼로만 볼 수 있다면 딴사람들은 쳐다도 보지 않았지. 여자는 화사하게 자리에서 일어났다 & 파도처럼 자신에게 쏟아지는 박수갈채를 사랑스럽게 받았다. "오, 정말 머, 멋지군요. 오, 세상에, 감사합니다!"

아직 그 일이 일어나지 않았네? 난 아직 살아 있어.

당연히 우리가 **매릴린 먼로**를 창조했지. 저 플래티넘블론드는 영화사의 아이디어였어. 저 **므므므음**! 하는 이름도. 저 아기-같은-꼬마-소녀-목소리인가 하는 헛소리도. 어느 날 내가 저 화냥년을 구내에서 봤어, 날라리 고등학생처럼 보이는 '신예'였지. 스타일은 없는데, 젠장 저 쬐끄만 계집애의 몸매가 아주 예술인 거라! 얼굴은 완벽하지 않아서 치아교정을 해줬어 & 코도 손봤지. 코에 문제가 좀 있었거든. 헤어라인도 들쭉날쭉해서 전기 제모술로 다듬어줘야 했어, 그것만 빼면 헤이워스였지.

매릴린 먼로는 영화사가 디자인한 로봇이었어. 우리가 저걸 특허 신청을 못했던 게 존나 아쉽군.

"축하합니다."

"매릴린, 축하해요."

"매릴린 자기야! 축-하-합-니-다아!"

비록 여자에게 〈뜨거운 것이 좋아〉는, 원시 감광성 돌기에 지나지 않는 눈을 가진 심해동물이 머릿속으로 기억하는 바다 밑바닥 정도로만, 그나마 죽을 것 같은 식욕에 떠밀려 허둥지둥 돌아다녔던 바닷속 정도로만 기억났지만. 난 여기 있어, 난 아직 살아 있어. 여자가 너무나 행복하게 웃음을 터뜨려 사람들은 빙그레 웃으며 쳐다보았다. 여자의 남편은 심각한 눈빛으로 쳐다보았다. 블론드 배우는 샴페인을 여러 차례 입안 가득 들이부었고, 그중 일부는 콧구멍으로 새어나왔다. 오, 너무 행복했다! 그날 저녁 늦게 블론드 배우는 턱시도 차림의 잘생긴 & '성숙한' 클라크 게이블과 얘기하는 모습이 포착될 것이다 & 게이블은 여자의 소녀 같은 말더듬증에 얼떨떨해하면서도 신사답게 미소 짓는다—"오오오, 미스터 게, 게이블. 너무 당황스럽네요. 영화 보셨어요? 저 스크린 속의 뚱뚱한 블론드 같은 거 말이죠, 저건 제가 아니에요. 다음 번엔 더 잘할게요. 약속해요."

여우과 미인

어쩌나 날씬하고 영악한 여우과 미인인지, 저 여자는. 할리우드를 통틀어 저 여자 같은 사람은 없지.

오오오, 세상에. 블론드 배우는 넋이 나가서 뚫어져라 바라본다 & 바라본다.

브루넷의 정수. 음모를 탈색할 필요도 없겠지, 응? 블론드 배우의 다크 버전 자매.

그러나 브루넷 앞에서 블론드 배우는 수줍어했다. 생글거리며 유혹하듯 먼저 다가온 사람은 브루넷이었다. 두 여자 모두 (벨에어 협곡을 내려다보는 전망 & 샹그릴라처럼 안개에 둘러싸인 베네치아궁전풍 대저택에서 열린) 파티에 남성의 에스코트 없이 혼자 왔다. (그런데 두 여자 모두 결혼한 상태였다. 그랬나?) 노스캐롤라이나 시골 출신의 영악한 여우 같은 미인. 로스앤젤레스 태생의 촌뜨기 곰 같은 미인. 한쪽은 뼛속부터 사내인 듯 떠들어댄다 & 담배를 피운다 & 껄껄 웃는다. 다른 쪽은 그 말들이 무슨 얘기인지 & 무슨 뜻인지 모르는 듯 새근거리는 웃음 비슷한 소음을 가냘프게 낸다. 오, 블론드 배우는 말문이 막혔다 & 더듬거렸다 & 브루넷보다 너무 키가 컸다 & 20파운드가 더 나갔다. 난 어쩜 이렇게 뚱뚱하고 징글맞은 년인지.

두 사람은 발코니에 있었다. 밤공기 & 안개. 브루넷이 말한다. "뭘 그렇게 진지하게 받아들여?―연기 말이야."

둘이 그 얘기를 하던 중이었나? 무슨 얘기였지? 블론드 배우는 어안이 벙벙했다.

취했나? 기나긴 만찬 자리에서 〈뜨거운 것이 좋아〉의 흥행 성공을 축하하며 다들 블론드 배우를 위해 축배를 들었다. MM의 또하나의 히트작. 명작 & MM 최고의 연기. 취한 건 아니었지만 그날 저녁 샴페인을 여러 잔(몇 잔이나?) 마셨다. 만찬 전에도 누군가의 집에서 마셨던가? 기억이 닿는 한, 약을 먹지는 않았다. 언제인지 모르겠지만, 누군가의 차에서 먹은 후로는.

브루넷은 매릴린 먼로의 급부상 직전에 명성 & 악명을 떨쳤지만 먼로보다 몇 살 많지도 않았다.

"연기, 영화. 대체로 개떡같잖아" 하고 말하자 블론드 배우가 반박했다. "오, 하지만!―그건 내 이, 인생인걸요." 브루넷이 비아냥거리듯 말했다. "헛소리하지 말고, 매릴린. 당신의 인생만이 당신 인생이야, 매릴린." 이 다크 미러 버전의 자매가 심오한 진리를 전하기 위해 자신에게 보내진 특사라는 사실을 블론드 배우가 모를 리 없다. 그럼에도 그 심오한 진리를 블론드 배우는 받아들일 수 없었다. 여자는 움찔하며 거의 애원조로 말했다. "부탁인데, 나를 '매, 매릴린'이라고 부르지 말아줄래요? 그거 놀리는 거죠?" 가슴 찡한 영화의 한 장면처럼 브루넷은 여자를 빤히 바라본다 & 얘가 미쳤나? 아님 그냥 취한 건가? 한참을 생각한다. 할리우드에 그런 소문이 돌긴 했다, MM에 관해서. 브루넷이 말했다. "'그거 놀리는 거죠?'라니, 왜 그렇게 말해? 영문을 모르겠네." 블론드 배우는 진심으로 말했다. "'노, 노마'라고 불러줘요. 우린 친구가 될 수도 있잖아요." 블론드 배우의 말투가 어찌나 애잔한지. "물론 친구가 될 수도 있지, 하지만 노마는 재수 없는 이름이야." (노마 탤머지가 마약중독으로 죽은 지 얼마 되지 않았음을 뜻했다.) 블론드 배우는 속이 상했다. "나는 예쁜 이름이라고 생각하는데. 나의 대모인 노마 시어러에게서 따온 이름이에요. 내 이름 말예요." "그래, 노마. 분부대로 하지요." "하지만 진짜예요." "알았어. 그래." 만찬 자리에서 두 사람은 저녁 내내 서로를 탐색하듯 쳐다봤다. 그들을 초대한 억만장자 영화제작자는 블론드 배우 & 브루넷을 서로 테이블 끝 맞은편에 장식품처럼 앉혀놓았다. 블론드 배우는 목선이 배꼽까지 파인 섹시한 흰색 실크 드레스를 입었다 & 브루넷은 우아한 보랏빛으로 꽁꽁 싸맸다. 블론드 배우는 말수가 적었다 & 브루넷은 사내처럼 재담가였다. 사이즈 & 몸매 & 저 얼굴만 빼면 저 여자는 완전히 남자야. 오, 세상에. 이 할리우드 배우는 사내처럼 섹스한다고들 했다. 자기가 원하는 장소에서 & 원하는 시간에 섹스한다고, 사내처럼. (그런데 어떤 사내?) 브루넷은 어려서 결혼했다 & 이혼했다 & 결혼했다 & 이혼했다. 부유하고 유명한 남자와 결혼했다가, 뒷문으로 빠져나가듯 홀가분하게 & 후회 없이 & 뒤도 한번 돌아보지 않고 결혼생활에서 빠져나갔다. 저렇게 사는 여자가 어디 있담! 브루넷이 낙태를 몇 번 했는지 사람들은 억측을 해댔다. 브루넷은 자신에겐 모성애가 없다며 으스댔다. 남몰래 레즈비언이었는지, 아니면 남들도 아는 레즈비언이었는지. 브루넷은 세계에서 가장 몸값 비싼 여배우 중 하나가 되었지만 이런 얘기를 스스럼없이 해서 사람들을 놀래키길 좋아했다. "알다시피 난 연기에 대해 좃도 몰라. 나는 이 업계에 아무것도 기여한 게 없어. 존중하지도 않고. 그냥 생계형이지. 포르노나 매춘처럼 진짜 구렁텅이로 떨어질 필요가 없잖아." 이 브루넷 미인은 감독이 지시하는 대로 한 장면 한 장면 별로 힘들이지 않고 최소한으로 배역을 연기하며, 재촬영은 거의 하지 않는다고들 했다. 감독이 좋다고 하면 그걸로 족했다. 대본을 통독하는 일도 거의 없었다 & 동료 배우들의 대사는 거의 알지 못했다 & 신경쓰지 않았다. 메이크업 & 의상을 준비하는 동안 휙 훑어보며 자기 대사를 외웠다. 브루넷은 도박을 무척 좋아했다 & 도박사처럼 눈치빠르고 교활하고 약았다. 블론드 배우처럼 가슴이 풍만하거나 굽이치는 뒤태는 아니어도 완벽한 몸매였다. 뚜렷한 광대뼈, 절묘한 하트 모양 윤곽, 우아하게 둘로 쪼개진 턱 & 윤기가 흐르는 짙은 눈을 갖춘 완벽한 얼굴이었다. 그 얼굴을 보면 보티첼리가 생각났다. 고전 그리스 조각이 생각났다. 1920년대 초 노스캐롤라이나 그래브타운은 고사하고 1960년대 캘리포니아 할리우드

조차 떠올릴 수 없었다. 내가 저 사람이 될 수 있다면! 그래도 내면은 나겠지.

블론드 배우의 귀에 듣기 싫게 꺽꺽대며 사춘기 소녀 말투로 얘기하는 제 목소리가 들렸다. "저기, 난 배우잖아요? 이건 내 인생이죠! 그러니까 나는 최선을 다하고 싶은 거예요. 배우라는 게 나의 가장 멋진 자아니까." 무슨 소리인지 모르겠다는 듯 무시하는 표정으로 브루넷은 남자처럼 담배에 불을 붙였다, 한 손으로, 라이터가 아니라 능숙하게 성냥을 켰다 & 블론드 배우의 눈에 눈물이 핑 돌도록 연기를 내뿜었다 & 불친절하다고는 할 수 없는 말투로, 꼭 언니처럼 말했다. "누구를 위한 최선이라는 거야, 노마? 팬? 영화사 임원? 할리우드?" 블론드 배우가 말했다. "아뇨! 그게 아니라—" 세상을 위해서. 영원을 위해서. 나 자신보다 오래 남기 위해서. 블론드 배우는 말이 잘 나오지 않았다, 당황하고 불안해서 눈이 휘둥그레졌다. "그게—" 속눈썹이 아름답고 긴 브루넷의 눈이 너무나 유혹적으로 자신을 주시했다. 홀려버릴 것 같았다. 블론드 배우는 떨고 있었다 & 아무 생각도 나지 않았다. 벤제드린의 강한 약효에 기억이 마구 밀려들어 해리엇의 침착한 검은 눈길 & 그 얼굴을 가로지르며 피어오르던 넝쿨 같은 담배 연기가 보였다. 다크하고 유혹적인 언니. 여우 같은 언니. 브루넷이 말한다. "뭘 그렇게 흥분하고 난리야? 당신이 **먼로**야. 당신이 하는 일이 **먼로**고. 지금부터 당신이 찍는 모든 영화가 흥행 실패작이 될 수도 있지만, 당신은 죽을 때까지 **먼로**야. 죽은 후에도 **먼로**일 테고. 이봐." 블론드 배우의 얼굴에 떠오른 표정을 본다. 하지만 난 살아

있어! 살아 있는 여자라고. "아무도 당신처럼 그 블론드를 연기하지
못해. 세상에는 어김없이 블론드가 있지. 할로가 있었고, 롬바드
가 있었고, 터너가 있었고, 그레이블이 있었지. 이젠 먼로가 있고.
어쩌면 당신이 마지막이 될지도?" 블론드 배우는 어리둥절했다.
여기에 숨은 뜻은 뭘까? 아니, 숨은 뜻이 없나? 지금 극작가 남편
은(이 미스터리한 남자에게 할리우드는 경의를 표했다 & 거들먹
거렸다) 여자의 간청에 따라 뉴욕으로 떠났다 & 여자는 출렁이는
얼음 바다 한가운데 떠 있는 빙산 위에 홀로 있는 사람처럼 다시
할리우드에서 혼자 살고 있었다 & 너무 오래 깨어 있는 저녁이면
말뿐 아니라 생각도 뒤죽박죽이 되었다. 생각에 금이 가고 산산이
부서지는 느낌이 들었다. 끊임없는 생각 & 자책의 괴로움 속에서
고통에 대한 치료법이 떠올랐는데, 그것은 분열 & 광기 & 글래디
스 모텐슨의 저 빌어먹게 청정한 눈빛이었다 & 노마 진은 그 치
료법을 알고 있었다 & 동시에 외면하려 했다. 그것이 여자의 인
생 행간에 숨겨진 비밀이었다. 브루넷은 이 가운데 몇 가지를 짐
작했을지도 모른다. 브루넷은 블론드 배우에게 강하게 매료됐다.
노스캐롤라이나의 허름한 가족 농장에서 자란 소녀 브루넷은 상
처받은 것에 매료되는 경향이 있었다. 그 어린 닭, 한때 예쁜 깃털
의 병아리였지만 영문 모르게 다른 닭들의 화를 돋우어 이젠 깃털
도 빠지고 다른 닭들에게 쪼이고 피흘리며 불행한 운명을 맞게 된
아이. 한배에서 태어난 새끼 중 가장 작고 약했던 그 돼지, 젖도
못 먹고 다른 돼지들에게 치이고 밟히고 심지어 잡아먹힌 아
이…… 그런 숱한 것, 상처받은 것. 전부 다 구하고 싶었다. 어릴

때, 그 아이들을 전부 다 살리고 싶었다.

브루넷이 말했다. "할리우드는 돈이 돼. 그래서 우리가 여기 있는 거지. 우린 최고급 매춘부야. 매춘을 낭만으로 여기지 않는 매춘부. 저축을 충분히 했다 싶으면 은퇴하는 거지. 자기야, 영화는 뇌수술이 아니야. 아기를 낳는 것도 아니고." 아기? 이게 아기랑 무슨 상관이지? 블론드 배우는 얼떨떨해서 말했다. "오 난—난 수치스러울 거예요, 그런 식으로 말하면." 브루넷은 웃음을 터뜨렸다. "나를 수치스럽게 만들 수 있는 건 세상에 별로 없지." 그럼에도 블론드 배우는 고집을 부렸다. "연기는 이, 인생이에요. 돈을 위해서만 하는 게 아니죠. 그건—알잖아요. 예술이라고요." 블론드 배우는 당황해서 너무 힘주어 말했다. 브루넷은 딱 잘라 말했다. "헛소리. 연기는 연기일 뿐이야."

하지만 난 위대한 배우가 되고 싶어. 난 위대한 배우가 될 거야!

가엾게 여겼는지도 모르겠다. 블론드 배우의 눈빛을 보고. 브루넷은 화제를 바꿨다 & 남자 얘기를 하기 시작했다. 재기발랄하게 & 무자비하게. 둘 다 아는 남자들. 영화사 임원, 제작자. 배우 & 감독 & 각본가 & 에이전트 & 그림자처럼 바뀌는 주변 문화의 거주인. 당연히, 브루넷도 Z와 섹스했다. "출셋길을 오르다보니. 안 한 사람이 어딨어?" 오래전에 '그 섹시하고 아담한 난쟁이 유대인 신'하고 섹스했다 & 지금도 I. E.가 그립다. 채플린도 있었다. 사실 채플린 시니어도 있었고 채플린 주니어도 있었다. 에드워드 G. 로빈슨 시니어도 있었고 에드워드 G. 로빈슨 주니어도 있었다. "그 둘, 캐스 & 에디 G 말이야, 네 친구이기도 하잖아,

노마, 그치?" 시나트라도 있었다. 브루넷은 험난한 몇 년 동안 시나트라와 부부로 살았다. 프랭키, 수면제를 먹고 자살을 시도하는 바람에 아내의 존경을 잃은 남자. "사랑을 위해서래. 나를 위해서. 누군가가 구급차를 불렀어, 난 아니었어 & 사람들이 그를 구했지. 난 그에게 말했어, '이 멍청아, 수면제는 여자가 먹는 거지. 남자는 목을 매달거나 대가리를 쏘는 거야.' 프랭키는 나를 결코 용서하지 않을 거야, 하지만 다른 여자들은 더욱 용서하지 않을걸." 블론드 배우는 머뭇거리며 자신이 시나트라의 노래를 얼마나 좋아하는지 말했다. 브루넷은 어깨를 으쓱했다. "프랭키도 나쁘진 않지. 미국 백인 남자가 흥얼거리는 개소리가 취향이라면. 나? 난 거칠고 지저분한 흑인음악, 재즈 & 록을 좋아해. 섹스 상대로 프랭키는 나쁘지 않았어. 술이나 약에 전 상태만 아니라면. 약쟁이였지. 뜨거운 거시기가 달린 덜덜 떠는 해골. 하지만 그의 왑* 친구만한 놈이 없더군, 이름이 뭐더라—노마 네가 그치와 부부였잖아, 한동안. 온 신문에 다 났었지, 너희 둘에 대해서는 기사에서 봤어." 윙크를 하며 블론드 배우를 팔꿈치로 찌른다. "'양키 슬러거'는 내가 전화하면 좋아죽던데. 이탈리아 놈들은 인정해줘야지, 응? 최소한 그놈들은 사내잖아."

블론드 배우의 얼굴에 떠오른 표정. 그 표정은 약간 떨어진 거리에서 관찰되고 보존되어 어느 먼 훗날 흐릿하지만 클래식한 흑백필름으로 다시 재생될 것이다. 보랏빛 실크 의상의 섹시한 여우

---

* wop. 이탈리아계 이민자를 낮잡아 이르는 말.

과 미인 브루넷이 깔깔 웃는다 & 상처받은 블론드 배우의 아기 같은 얼굴을 두 손으로 감싼다 & 똑바로 입을 맞춘다.

브루넷의 정수, 블론드의 정수.

먼로는 예술가가 되고 싶어했어요. 그 모든 개소리를 심각하고 진지하게 받아들인 극소수 중 한 명이었죠. 딴 게 아니라 바로 그게 먼로를 죽였어. 먼로는 위대한 배우로 인정받고 싶어하면서도 어린애처럼 사랑받고 싶어했는데, 분명한 건 둘 다 가질 수는 없다는 거예요.

둘 중 어느 걸 더 원하는지 선택해야 해.

나? 난 둘 다 버렸지.

매릴린 먼로 전집

섹스는 **자연** & 난 **자연**에 대찬성

나는 **매릴린**   나는 **미스 골든 드림스**

사랑만 있다면 어떤 **섹스**든 옳다고 생각해

존중만 있다면 어떤 **섹스**든 옳아   **섹스**만 있다면 어떤 **섹스**든 옳아   **암**에서 **섹스**가 생길 리는 당연히 없지   그니까 **섹스**에서 **암**이 생길 리는 없다고

인간의 몸, 알몸은 **아름다워**

누드 포즈를 수치스러워한 적은 한 번도 없어

사람들은 나를 수치스럽게 만들려고 하지만 난 수치스러워하지 않아 & 않을 거야

옷을 벗으면 내 모든 수줍음 & 두려움이 사라졌어

매릴린이 옷을 벗으면 **매릴린**이 누구인지 당연히 알아

교회에서 하느님 & 인류 앞에 알몸으로 달려나가고 싶었어

두고 봐 난 부끄러워하지 않을 거야 내가 왜 부끄러워 하느님이 나를 **지금의 나**로 만드셨는데

하느님은 우리를 **지금의 우리**로 만드셨어

난 당신이 내 완벽한 몸을 보고 있다는 걸 알아 난 당신이 내 완벽한 몸을 사랑한다는 걸 알아 마치 당신 자신의 몸인 것처럼 & 내 눈에 똑똑히 보였어 당신은 **매릴린**이 되어 당신 자신의 **완벽한 몸**을 사랑할 수 있어 그것이 **매릴린**이 이 세상에 온 이유지 그것이 **매릴린**이 존재하는 이유지

나는 미스 골든 드림스 인류 역사상 가장 유명한 누드 핀업이건 영광이잖아 안 그래 난 당신이 나를 보는 게 좋아 난 당신이 영원히 그렇게 봤으면 좋겠어 인간의 몸은 **아름다워** & 수치스러울 건 전혀 없다고 생각해 적어도 아름답고 섹시한 여자라면 & **어린** 여자라면

나는 미스 골든 드림스 당신은 이름이 뭐야?

나는 미스 골든 드림스 이건 꽤나 중책이잖아 안 그래

나는 미스 골든 드림스 당신이 제일 좋아하는 걸 말해줘 & 그걸 해줄게 당신의 모든 비밀을 철저히 지켜줄 거야 당신을 숭배할 거야 그저 날 사랑해주기만 하면 돼 & 가끔은 **매릴린**도 생각해줄래? 약속해? **징글맞은 년 고깃덩어리 속은 썩어 문드러진 씨발년**

난 억울하지 않아   나는 **역사**라고 사람들이 말해주니까
당신들도 **역사**라고 불리면 억울하지 않을걸   당신들 모두
'역사'에 들어간다는데 어떤 **남자**가 억울하겠어!   **여자**도 억
울할 거 없지
내 **코**를 부수지 말고 내 **심장**을 부숴   (개새끼들아)
복수는 **달콤하지**   (& 나는 그 맛을 알아야 할 필요가 있어)

오 이봐! 제발 **함께 행복하자**   그러려고 우리가 **존재하는** 거
잖아
내 눈에 똑똑히 보였어   그러려고 우리가 **존재하는** 거잖아
섹스는 **자연** & 난 **자연**에 대찬성   안 그래
요컨대 암에서 섹스가 생길 리는 없다는 거야 그니까
암에서 죽음이 생길 리는 없다고
내 말은 섹스에서 죽음이 말이야   **그럴 리 없어**   그렇지
않다면 우린 지금의 우리로 지옥에서 만들어졌겠지   **자연**은 오
직 하느님   나는 지금의 나로 **자연**스럽게 만드러졌어   난
이렇게   만들어졌다   난   만드러졌어   만드러젓어
만들어젓어   만들어졌어   **매릴린**으로   & 태초부터 다른
어떤 사람도 될 수 없었어   난 **자연**을 믿어   난 믿어 그니까
내가 **자연**이라는 걸   우린 모두 **자연**이야   당신이 **자연**이라
면 당신도 **매릴린**이지   그걸, 난 믿어   우리는 어느 정도 확신
을 가지고 생명이 미래에도 과거만큼이나 오래 존속할 것이라고 예측
할 수도 있다   & 또한 **자연선택**은 오로지 각 유기체에 의해 & 각

유기체의 이득을 위해 작용하므로 물질적 & 정신적인 모든 자질은 완벽해지는 방향으로 발전할 것이다   그토록 단순한 시작에서부터 가장 아름답고 경이로우며 한계가 없는 형태로 전개되어왔고 지금도 전개되고 있다는 생명에 대한 이런 시각에는 장엄함이 깃들어 있다[*]

나는 인생에서 아주 즐거운 시간을 보내고 있어, 앞으로 난 벌을 받을 것 같아!

---

[*] 다윈의 『종의 기원』 마지막 두 문단에서 발췌한 인용문. 한국어 번역 출처는 『종의 기원』(장대익 옮김, 다윈 포럼 기획, 최재천 감수, 사이언스북스, 2019, 649~650쪽)이다.

저격수

선과 악 사이의 투쟁에 목숨을 바쳐온 우리에게
문명 진화에 숨겨진 의미는 이제 명백하다.
인류의 생의 본능과 사의 본능 사이에서 그 의미는
저절로 도출된다. 그러므로 우리는 맹세한다!

—『미국 애국자의 서』서문

그것은 아빠의 선구적 혜안이었다. 세상에는 바른 사람의 총에 죽어 마땅한 것이 항상 있는 법이다.

아빠는 내가 열한 살 때 처음 도살자 새 사냥에 데려갔다. 저격수로서 나의 일생에 걸친 총 & 기량에 대한 경의는 그때부터 시작됐다.

도살자 새는 우리가 총으로 쏴서 하늘에서 떨어뜨리곤 하던 매, 캘리포니아콘도르(지금은 거의 멸종됐다) & 검독수리(마찬가지다)를 가리키는 아빠의 용어였다. 또한 터키콘도르도, 죽은 사체만 먹는 녀석이었지만(우리 농장 마당의 가금류 & 어린 양을 적극적으로 위협하는 포식자는 아니었다) 아빠는 불결하고 역겨운 생물이라 존재 자체가 정당화될 수 없다고 경멸했다 & 그래서 낡은 우산처럼 나무 & 울타리 난간에 앉아 있는 보기 흉한 그 새들을 쏴서 없애곤 했다. 아빠는 건강이 좋은 남자가 아니었다 & 전쟁 때 입은 부상으로 왼쪽 시력을 잃었으며, '50야드짜리'(아빠의 표현이다) 결장궤양에 시달렸다 & 그래서 날아다니는 악마처럼 공중에서 우리집 가축을 습격하는 저 포식자들에게 엄청난 분노를 터뜨렸다.

또한 까마귀도. 해를 가리고 까악까악 울부짖으며 이동하는 수천 마리의 까마귀떼.

세상에는 죽어 마땅한 모든 목표물에 다 쏘아박을 만큼 총알이 넉넉하지 않다는 것이 아빠의 또다른 신념이었다. 내가 물려받은 것은 그런 신념 & 아빠의 애국심이었다.

그 시절 우리는 얼마 남지 않은 양 목장에 의지해 살았다. 50에이커 정도 됐는데, 서쪽으로 설리너스 & 남쪽으로 베이커즈필드 중간에 낀 샌와킨밸리의 관목지가 대부분이었다. 아빠 & 전쟁에서 불구가 된 삼촌(아빠와는 다른 전쟁이었다) & 나, 이렇게 셋이 살았다.

다른 식구들은 우릴 버렸다. 우린 그들 얘기는 절대 입에 올리지 않았다.

포드 픽업트럭을 타고 우리는 몇 시간씩 돌아다녔다. 말을 타고 나갈 때도 있었다. 아빠는 자신이 쓰던 레밍턴 22구경 라이플을 내게 선물로 주었다 & 절대 서둘지 않고 안전하게 장전하는 법 & 발사하는 법을 가르쳤다. 어릴 때는 움직이지 않는 목표물로만 오래 연습했다. 살아 있는 & 움직이는 목표물은 차원이 다르다고 아빠가 경고했다. 어떤 방아쇠든 당기기 전에 신중하게 조준할 것, 언젠가는, 맞히지 못하면, 인정사정없이 반격하는 목표물과 마주할 거라는 사실을 명심할 것.

아빠의 그 현명한 가르침을 나는 마음 깊이 소중히 간직하고 있다.

내가 저격수로서 지나치게 신중하다고 어떤 사람들은 생각한다. 그러나 나의 신념은, 목표물에 관한 한, 두번째 기회는 없을지도 모른다는 것이다.

농장 마당에서 키우는 가금류, 닭 & 꿩 & 들판에 있는 어린 양은 **도살자 새**가 특히 좋아하는 사냥감이었다. 다른 약탈자로 코요테 & 들개 & 가끔 출몰하는 퓨마도 있었지만, **도살자 새**가 그 수와 공격의 신속성 면에서 가장 악질이었다. 그래도 아름다운 새이긴 했다, 그건 인정할 수밖에 없었다. 붉은꼬리매, 참매, 검독수리. 솟구치고 활공하고 급강하한다 & 갑자기 탄환처럼 뚝 떨어져 발톱으로 조그만 짐승을 산 채로 움켜쥐고서 그 울부짖고 몸부림치는 놈을 하늘 높이 잡아간다.

다른 짐승들은 풀을 뜯거나 자고 있던 곳에서 공격받고 무참히 찢어졌다. 매애 하고 우는 암양. 풀숲에서 그런 사체를 본 적이 있다. 눈알은 파냈는지 없고, 반짝이고 미끈거리는 리본 같은 내장이 땅바닥에 이리저리 쓸려 있었다. 파리떼는 그곳에 사체가 있다는 표시였다.

쏴! 저 염병할 것을 쏴버려! 아빠가 명령을 내리면 정확한 순간에 우리 둘 다 총을 쐈다.

나를 아는 사람들은 전부 내가 나이에 비해 잘 쏜다고 칭찬했다. 사람들은 나를 명사수라고 불렀다 & '꼬마 병사'라고 부를 때도 있었다.

지금은 검독수리 & 캘리포니아콘도르가 희귀해졌지만 내가 어릴 때는 총으로 많이 잡았다 & 경고의 의미로 놈들의 사체를 매달았다! 자 이제 알겠지. 이제 너흰 고기 & 깃털에 불과해, 이제 너흰 아무것도 아니야. 그렇지만 하늘의 그 강대한 맹금들을 바라보고 있노라면 어떤 아름다움이 느껴졌다는 건 인정할 수밖에 없다. 검독수리를 떨어뜨리는 일 & 그 황금빛 목 깃털을 가까이서 보는 일은 아빠 말마따나 사내로서 해야 할 일이었다. (소년 시절을 기념하여 나는 지금까지도 6인치짜리 황금빛 깃털을 심장 가까이에 품고 다닌다.) 콘도르는 검은 날개털 & 날개 밑의 선명한 하얀 털 때문에 마치 두 쌍의 날개를 가진 듯 보이는 훨씬 더 큰 새다. (한번은 길이를 재봤더니 10피트였다.) 이 거대한 날짐승의 울음소리란! 크게 원을 그리며 활공한다 & 이쪽저쪽으로 비스듬히 눕는다 & 저런 생물이 신기한 건, 먹이를 잡을 때면 사람의 시야에 잡히지도 않던 저 먼 곳의 새까지 신속히 날아와 가세한다는 점이다.

도살자 새 가운데 어릴 때 내가 가장 많이 쐈던 건 참매였다. 워낙 수가 많기도 했고, 집 부근에서 개체수가 확 줄면 아예 놈들을 찾아 나서곤 했다. 집에서 멀리 & 더 멀리, 계속 더 크게 원을 그리며 나아갔다. 들판으로 멀리 나갈 작정이라면 말을 타곤 했다. 이후 운전면허증을 딸 수 있는 나이가 됐을 때 & 기름값이 아직 그렇게 비싸지 않았을 때에는 차를 몰고 나갔다. 참매는 회색 &

청색 & 수증기처럼 보이는 깃털 때문에 흐린 하늘을 배경으로 날아다니면 사라졌다 & 나타났다 & 또 사라졌다 & 다시 나타났다. 빠를 뿐 아니라 보이지도 않는 타깃을 쏴서 맞혀야 한다는 사실에 나는 긴장감으로 흥분하면서도 내가 해낼 것임을 본능적으로 알았다. 때론 놓치기도 했지만(인정한다) 마치 참매에게 부착된 보이지 않는 끈을 잡고 있는 것처럼, 놈을 휘두를 힘을 가진 것처럼, 놈은 알지도 못하고 짐작도 못하는 힘으로 놈을 순식간에 땅으로 끌어내리듯, 종종 내 탄환은 목표물을 제대로 맞혀 하늘로 솟구치는 날짐승을 아래로 홱 잡아당겼다.

땅에 떨어져, 아름다운 깃털은 피로 물들고 눈은 멍하니 열린 채, 놈들은 언제 살아 있었냐는 듯 미동도 없이 누워 있었다.

도살자 새야 이제 알겠지—나는 놈들에게 가만히 말하곤 했다.

도살자 새야 이제 알겠지 너의 지배자가 누구인지, 너처럼 날지도 못하는 인간이다—나는 도무지 기뻐하지 못했다 & 나의 말에는 거의 서글픔이 묻어났다.

아름다운 사냥감이 쓰러져 발밑에 누워 있을 때 사수가 느끼는 애수는 과연 무엇일까. 이 느낌에 대해 지금까지 어떤 시인도 얘기한 적이 없다 & 아무도 얘기하지 않을까봐 두렵다.

그 세월들. 나는 계속 그 집에 살면서 나를 끌어당기는 이름 모를 욕망의 끈이 무언지 알지 못한 채 그것을 쫓아 긴긴 날을 배회했다 & 종종 픽업트럭에서 잤다 & 남쪽으로 저멀리 샌버너디노 산맥 & 광활한 네바다의 사막 안쪽 깊숙이 들어가기도 했다. 나는 나의 군대를 찾아 헤매는 병사였다. 나의 소명을 찾아 헤매는 저격수였다. 픽업트럭의 백미러에서 뿌옇고 미세한 가루 같은 먼지구름이, 저멀리 앞에서 촉촉한 신기루가 손짓하며 불렀다 & 약올렸다. 네 운명! 네 운명은 어디 있느냐! 바로 옆 조수석에 라이플을 두고 운전했다 & 라이플 두 정에 2연발 샷건까지 장전해서 언제라도 쏠 수 있는 상태로. 가끔은 사막의 텅 빈 공간에서 소년처럼 허세를 부리며 필요하다면 앞유리에 대고 쏠 것처럼 라이플을 운전대 위에 비스듬히 걸친 채 운전할 때도 있었다. (물론 그런 자기파괴적인 행동은 절대 할 리가 없다!) 걸핏하면 며칠씩 & 몇 주씩 나가 있곤 했는데 그 무렵에는 아빠도 세상을 떠나고 삼촌도 나이들고 병들어 나를 지켜보는 사람이 없었다. 딱히 **도살자 새**뿐 아니라 다른 새들도 나의 타깃이 되었다 & 주로 까마귀가 목표였는데 일단 개체수가 너무 많았다. 꿩 & 캘리포니아메추라기 & 거위처럼 사냥하기 좋은 새는 샷건을 쓰곤 했다. 새가 총에 맞고 하늘에서 떨어져도 굳이 멀리까지 사체를 찾으러 가는 수고는 하지 않았다.

토끼 & 사슴 & 다른 들짐승도 쏘긴 했지만 사냥꾼으로서는 아니었다. 저격수는 사냥꾼이 아니다. 쌍안경으로 산줄기 & 사막을 훑으며 생명체 & 움직임을 찾는다. 한번은 빅마리아산맥(애리조나주 경계 근처)의 산비탈에서 얼굴 같은 것이 보였다—여자 얼굴 & 부자연스러운 블론드 머리 & 약올리며 키스하듯 부자연스럽게 오므린 붉은 입술—& 그 허깨비를 무시하려 애썼지만 그 앞에서 나는 무기력했고 맥박 & 관자놀이가 쿵쿵 뛰었다 & 실제 얼굴이 아니라 광고판에 불과하다고 이성적으로 추론했지만 그래도 나를 너무 애태우고 놀려대는 바람에 결국 참지 못하고 라이플을 조준했다 & 천천히 지나가며 그 지독한 압박에서 풀려날 때까지 여러 발을 쏜 다음 다시 빠르게 차를 몰았다 & 목격한 사람은 아무도 없었다. 이제 알겠지. 이제 알겠지. 이제 알겠지.

자극의 여진이 어마어마해서 그후 얼마 안 되어 나는 뭔가에 홀린 듯 양 & 소, 심지어 방목지에서 풀을 뜯던 말까지, 목격자 하나 없이 온 들판이 텅 비어 있다면, 목표사격을 가했다. 훗날 정보국 사람들이 내게 말하듯, 방아쇠를 당기는 게 어찌나 쉬운지. 여기엔 신성한 지혜가 있고, 그것은 선구적 혜안이라고 나는 믿는다. 총알이 날아가는 곳에서 타깃은 죽는다. 시처럼 절묘한 것은, 타깃이 무엇이냐는 문제가 아니다, 어디 있느냐가 문제다. 가끔은 고속도로 저멀리에서 티끌 한 점보다 크지 않은 차가 맹렬히 달려오는 것을 발견한다 & 주위에 목격자가 없으면(네바다 사막에서 목격자가 있을 때는 아주 드물다) 두 차가 서로 가까워지며 결정적인 순간이 왔을 때 나는 라이플을 들어 열어둔 창문 밖을 조준한다 & 똑같이 질주하는 두 차의 빠른 속도를 조합하여 계산에 넣고 전략상 최적의 순간에 방아쇠를 당긴다. 상대방 운전자의 표정이 보일 만큼 가까이서 지나가지만, 저격수다운 궁극의 통제력으로 나는 눈썹 하나 까닥하지 않는다. 목표 차량이 고속도로를 벗어나 길가에 처박히는 것을 백미러로 차분히 지켜보며, 나는 차의 속도를 늦추지도 더하지도 않은 채 앞으로 계속 전진한다. 목격자가 있다 해도 그들이 누구냐면 저 하늘 높은 곳에서 이런 멋진 구경거리를 내려다보며 감상하는 도살자 새뿐이다 & 도살자 새는 그 매서운 눈썰미에도 불구하고 증언을 할 수 없다. 사적인 원한이 담긴 행위는 절대 아니고, 그저 저격수의 본능일 뿐이었다.

쏴! 저 염병할 것을 쏴버려! 아빠가 명령을 내리면 아들이 뭘 어쩌겠는가, 얌전히 따르는 수밖에.

정보국에 고용된 것은 1946년이었다. 전쟁 때는 나이가 너무 어려 조국에 충성할 기회가 없었고, 나는 이 막간의 가짜 평화 시기에 조국에 충성을 맹세했다. 악이 나의 조국 미국까지 당도했으니까. 이젠 유럽에서 일어나는 일이 아니다 & 심지어 소련에서만 일어나는 일도 아니다 & 우리 미국의 문화유산을 전복 & 파괴하기 위해 우리 대륙까지 들어온 것이다. 공산당이라는 적은 외국에 있으면서 동시에 이웃처럼 우리 곁에 있으니까. 적은 실제로 이웃일지도 모른다. 정보국에서 얘기했듯 악은 목표물을 일컫는 말이다. 악은 우리가 우리의 목표물로 정한 것을 뜻한다.

로즐린 1961

"대사를 그 자체로 외우지 못해요. 난 그 느낌을 외워야 하죠."

〈기인들〉은 블론드 배우의 마지막 영화가 된다. 지켜보던 사람 중에는 여자가 그 사실을 분명 알았을 거라고, 얼굴에 그렇게 써 있었다고 주장하는 이들도 있다. 로즐린 테이버는 여자의 가장 강렬한 스크린 연기가 될 것이다. **블론드 따위가 아니야!** 여자라고, 드디어. 로즐린은 항상 결국엔 처음 시작했던 곳으로 돌아오게 된다고 친구에게 털어놓는다 & 로즐린은 '그 자리에 없던' 어머니 & '그 자리에 없던' 아버지 & '그 자리에 없던' 잘생긴 전남편에 대해 아쉬운 듯 얘기한다 & 서른이 넘은 성인 여자이며 아가씨가 아닌 로즐린은 눈물을 글썽이며 고백한다 어머니가 보고 싶어 & 우리는 그 얘기를 하는 화자가 블론드 배우임을 안다. 여자는 아이를 낳지 못했다고 얘기한다 & 우리는 그 얘기를 하는 화자가 블론드 배우임을 안다. 여자는 고등학교를 마치지 못했다. 여자는 굶주린 개에게 먹을 것을 준다 & 굶주린 남자들을 거둬 먹인다. 여자는 남자들을 돌본다. 다치고, 늙고, 비탄에 빠진 남자들. 스스로 눈물을 흘리지 못하는 남자들을 대신해 눈물을 쏟는다. 네바다 사막에서 남자들을 향해 거짓말쟁이! 살육자! 고래고래 소리지른다. 남자들을 설득해 그들이 올가미로 잡은 야생마를 놓아준다. 야생마는 그들 자신이다, 야생에서 길을 잃고 상처입은 남자들의 영혼. 오, 로즐린은 그들의 빛나는 성모마리아다. 낭떠러지에 몰린 듯 치열한 & 숨가쁜 & 어둠 속에서 빛나는 사람. 우린 다 죽잖아, 안 그래? 피차 다 아는 걸 서로에게 깨우쳐줄 필요는 없잖아. 로즐린은 블론드 배우가 만들어낸 것이다 & 로즐린의 영화 속 말투는 블론드 배우 자신의 말투를 모사한 것이다. 아내의 말투 & 아내 인생의 고통스러운 상황을 도용하여 각본을 쓴 극작가 남편이 아내의 영혼 또한 도용하고 싶어했다고 한들, 블론드 배우는 남편을 비난하지 않을 것이다. 아니. 우린 서로를 위해 & 서로의 내부에 존재하지. 로즐린이 내가 당신에게 주는 선물이었던 것처럼, 로즐린은 당신이 내게 준 선물이야.

이제 여자는 더이상 그를 사랑하지 않았으니까.

이제 두 사람을 하나로 묶는 것은 오직 시뿐이었으니까. 언어로 이루어진 시 & 몸짓으로 이루어진, 감정이 훨씬 더 드러나는 시.

여자가 남자를 두고 바람을 피운다고 남자는 대충 짐작했다.

누구와, 몇 명이나, 언제 & 어떻게 & 어느 정도의 감정이나 열정이었는지 혹은 진심이기는 했는지, 남자는 알고 싶지 않다. 남자는 이제 임시 남편이고, 이 유명 배우를 돌보는 사람이다. (그렇다, 그는 얄궂은 기분이었다. 〈기인들〉의 어둠 속에서 빛나는 로즐린은 주위 모두를 돌보는 사람이니까.) 남자는 불평하지 않았고, 극기심이 강했고, 받아들였다 & 스스로 어쩔 수 없을 때에도 희망을 놓지 않았다. 야심찬 청춘 시절의 자아를 거의 고스란히 유지하고 있었으니까. 그는 아내가 자신의 손길을 거부할 때까지 아내에게 충실할 것이다. 오랜 뒤에도 여자를 사랑할 것이다. 여자는 남자의 아이를 뱃속에 품고 있다가 사산하지 않았던가, 그리하여 생이 다할 때까지 아주 깊고 심오하고 신성하여 뭐라 이름할 수 없는 방식으로 맺어진 게 아니던가. 여자는 더이상 그의 마그다가 아니었으며, 그의 로즐린도 아니었다, 그는 알고 있었다!—그럼에도 그는 여자를 돌볼 것이다 & 용서할 것이다 (여자가 용서를 바란다면, 그 점은 확실치 않았다). 남자는 조심스럽게 물었다. "당신 이 영화를 정말 하고 싶은 게 확실해, 노마? 충분히 힘이 났어?"—이 말은 곧 이번에는 약 없이, 그가 무기력하게 바라볼 수밖에 없는 와중에 스스로 목숨을 끊는 일 없이 할 수 있겠느냐는 뜻이었다 & 여자는 기분이 상해 화를 내며 말했다. "힘은 언제나 충분히 있어. 당신들은 아무도 나를 몰라."

우리는 경솔하게 낭떠러지로 달려간다, 우리 앞에 무언가를 둔 후에 그것을 보지 않으려고.

이 문장, 노마 진이 학생 시절 일기장에 베껴 적어둔 말.

노마 진은 자신이 제대로 이해했는지 알 수 없었다. 카를로는 이게 나한테 해당되는 말이라고 생각한 걸까?

카를로는 노마 진이 〈기인들〉의 촬영지 리노로 떠나기 전에 파스칼의 『팡세』를 주었다. 여자의-연인은-아니지만-여자를-사랑했던-카를로.

"우리 꼬마 앤절라가 그새 이렇게 다 컸네, 어?"

H 말고 누구에게 〈기인들〉의 감독을 맡기겠는가! 〈아스팔트 정글〉의 저명한 감독 H. 블론드 배우는 H를 존경했고, 못 본 지 십 년이 다 됐다. 그가 나의 첫출발을 열어줬지. 그는 내게 기회를 줬어. 블론드 배우는 이 노감독을 만나면 포옹으로 인사할 계획이었지만 그의 주름진 얼굴 & 위스키 입냄새 & 불룩 나온 배가 계획을 방해했다. 무례하게 빤히 쳐다보는 눈은 여자 자신의 눈보다 더 충혈되어 있었다. H는 사생아로 낳은 자식의 삶을 멀리서 지켜보는 아버지처럼 어정쩡하고 회의적인 관심을 갖고 블론드 배우의 커리어를 지켜보았다. 아버지로서 책임감을 느낄 필요가 없는 혼외자. 그저 예기치 못한, 연결고리가 생략된 자식. 두 사람이 할리우드에서 처음 만난 날, 블론드 배우는 수줍어했다 & H가 여자의 두 손을 덥석 쥐고 꽉 잡았을 땐 어쩌면 좀 움찔했을지도 모르겠다. 귀에 거슬리는 저 원기왕성한 목소리, 놀리는 건지 애정 표시인지 혹은 둘 다인지 여자들은 가늠할 수 없는 저 수컷의 태

도. 블론드 배우는 H에게 경의를 표하고자 '선생님'이라고 부른다. H는 여자의 이름이 기억나지 않는지 '자기'라고 부른다. H는 여자의 남편 극작가에게 좀더 공손하게 존경을 담아 얘기한다. 여성의 육체와 경주마에 대한 감식안으로 유명한 속물답게 H는 티나게 여자를 훑어보아 불편하게 만든다. 〈아스팔트 정글〉 오디션 때 얘기를 꺼내 여자를 더욱 불편하게 만든다—"자긴 그저 걸어나가는 것만으로 앤절라를 따냈지." 블론드 배우는 그게 무슨 뜻이냐고 물었다—난 다른 사람들처럼 오디션을 봤다, 다만 앤절라가 소파에 누워 있는 장면이었기 때문에 바닥에 누워 앤절라의 대사를 했을 뿐이다 & H는 껄껄 웃고 Z에게 윙크를 날렸다(그들은 Z의 호화롭게 꾸며진 영화사 사무실에서 계약서에 서명하는 중이었다) & 거듭 말했다—"아니지, 자기야. 자긴 그저 걸어나가는 것만으로 앤절라가 되었어." 기분 나쁜 역겨움이 확 밀려들었다. 내 엉덩이를 말하는 거야. 저 개자식.

지금 블론드 배우는 그때의 앤절라를 똑똑히 기억하지 못했다. 앤절라를 기억해내는 일은 미스터 신을 기억해내는 일이다 & 블론드 배우는 신을 배신했다, 다만 신도 블론드 배우를 배신했었다. 앤절라를 기억해내는 일은 캐스 채플린을 기억해내는 일이다 & 두 사람이 갓 사귄 어린 연인이던 시절. 나의 소울메이트라고 캐스는 불렀다. 나의 아름다운 쌍둥이. 블론드 배우는 앤절라 이전의 자신을 기억해내고 싶지 않을 것이다, 조류관을 구경하러 미스터 Z의 사무실로 불려갔던 아직 이름 없는 신예.

Z의 사무실은 이제 영화사 구내 다른 건물에 위치했다. 이 사

무실의 가구는 동양풍이었다. 두툼한 중국산 러그, 양단 소파 &
의자 & 벽에는 아름다운 자연 풍경을 그린 고풍스러운 수묵화 &
족자가 걸려 있었다. Z는 업계에서 **매릴린 먼로**를 창조한 인물로
알려져 있었다. 여러 인터뷰에서 Z는 당시 영화사 사장을 포함한
임원들이 모두 여자를 해고하려 했지만 자긴 '우리 아이'와 계약
을 유지했다며 은근히 거들먹거렸다. ("왜냐고? 믿기지 않겠지만
그 사람들은 먼로가 연기를 못한다고 생각했거든 & 매력이 없다
고 생각했지.")

블론드 배우는 웃고 시시덕거리고 살갑게 얘기하는 자신의 목
소리를 들었다. 그날은 기분이 좋은 날이었다. 좋은 날 중 하루였
다. 얼굴도 좋아 보였다. 〈기인들〉은 위대한 고전영화의 반열에
오를 것이며 로즐린 역은 자신에게 구원이 될 거라고 여자는 굳게
믿었다. 사람들의 뇌리에서 슈거 케인 & 윗집 아가씨 & 로렐라이
리 & 그 외 다른 역을 깡그리 지워버릴 것이다. **블론드** 따위가 아니
야! 여자라고, 드디어.

"글쎄요. 난 더이상 앤절라가 아닙니다, H 선생님. 매릴린 먼로
도 아니고요, 이 영화에서는."

"아니라고? 자긴 나한테 매릴린 먼로로 보이는데."

"난 로즐린 테이버예요."

좋은 대답이었다. 블론드 배우는 H가 마음에 들어한다는 것을
알 수 있었다.

말이 한 마리 있어, 순종 서러브레드인 것 같은데, 최선을 다해 달리

게 하려면 채찍질이 필요하지. 그게 바로 나야. 빚을 졌고 궁지에서 빠져나와야 하는데 마침 그 건이 들어왔어, 먼로가 거기에 딸려 있었고. 난 그 여자를 존경할 만한 배우로 쳐주지 않았어. 그 여자 영화도 거의 안 봤지. 그 여자를 믿을 수 없고 좋아할 수도 없었던 것 같아. 난 자살 충동 환자들에게 인내심이 없는 편이라. 죽고 싶다면 죽어, 하지만 딴사람들 인생은 망치지 마. 그게 내 신념이야.

사람들은 내가 먼로한테 푹 빠졌다고도 하고, 심하게 몰아붙여서 쓰러지게 만들었다고도 하더군. 헛소리 작작하라 그래. 어떻게 된 건지는 그 여자 눈만 봐도 알잖아. 모세혈관이 터져서 맨날 벌겋게 충혈되어 갖고. 우리가 <기인들>을 컬러로 기획했다고 해도 컬러로 찍을 수가 없었지.

네바다주 리노. 〈기인들〉은 기억과 닮은 흑백영화다. 1960년대가 아니라 1940년대 영화. 유명을 달리한 배우들! 그 영화는 사람들 입길에 오르내릴 때 이미 유작이었다.

블론드 배우는 어느 모로 보나 프로답게 가자라고 스스로에게 다짐했다.

블론드 배우 & 그녀가 더이상 그를 사랑하지 않는데도 끈질기게 계속(목격자들이 그렇게 얘기할 것이다) 아내를 사랑하는 극작가 남편은, 〈기인들〉의 생지옥 리노가 될 그 리노에서 제퍼코브의 지명을 딴 제퍼 호텔 꼭대기 10층의 스위트룸에 기거했다. 촬영 첫날, 오전 열시까지 세트장에 나가기로 되어 있는데, 아홉시에 이미 거울에 비친 겁먹은 유령과 눈을 마주칠 수 없게 된 블론드 배우는 욕실 문을 잠그고 숨어버렸다 & 미스 먼로에게 **시도**라도 하게 해달라고 애걸하는 충직한 화이티조차 문 앞에서 **쫓**아버렸다. 블론드 배우는 감정 그 자체였다. 불안 그 자체였다. 논리적인 생각은 한 조각도 없었다! 밤새 잠을 이루지 못했다. 아니, 간간이 잠들었다면 지금도 여전히 자고 있는 셈이고, 눈을 뜨고 침대에서 기어나와 욕실로 갔더라도 바르비탈에 절어 멍한 뇌는 잠든 상태일 것이다. 이어서 여자는 문을 열기를 거부했다. 이어서 극작가 남편이 애원했다. 이어서 극작가 남편은 호텔 프런트에 연락해 욕실 문의 경첩을 제거해달라고 할 거라며 협박했다. 블론드 배우는 꺼져 & 날 내버려둬 소리쳤다 & 몇 블록 떨어진 세트장에 오전 열한시 십오분에 도착한 극작가 남편은 아내 대신 양해를 구했다―매릴린이 편두통이 있어서요―매릴린이 열이 나서요―매릴린은 이따 오후에는 나올 겁니다, 약속했어요 ―& 저명한 감독 H는 짜증을 내며 툴툴거렸다 & 별말 없이 그날 아침에는 로즐린이 안 나오는 장면을 찍었다 & 먼로가 무너진다면 나중 말고 하루라도 빨리 지금 바로 쓰러지라고 내심 예수에게 빌었다.

네바다주 리노의 제퍼 호텔에서 방문을 잠그고 혼자 들어앉았다. 햇빛 때문에 눈을 뜰 수 없는 거리 & 카지노의 네온 간판―$$$―& 저멀리 버지니아라는 이름의 산맥이 색이 다 빠져버린 무대 세트장처럼 먼지투성이 유리창 너머로 보인다. 네바다주 리노가 미합중국에서 이혼의 수도였던 시절이다 & 로즐린이 이곳까지 와서 이 사막 도시에서 이혼하는 것 ―'자유로워지는 것'―

은 논리적인 귀결이었다. 오, 여자는 로즐린이었다! 손끝까지 로즐린이 될 것이다. 이건 내 인생의 배역이야. 이제 당신들은 내가 뭘 할 수 있는지 유감없이 다 보게 될 거야. 다만 그냥 좀, 여자는 불안한 기분이 든다. 대본을 읽으려 하면 시야가 흐려졌다. 이미 정오였다 & 오전 열시까지는 세트장에 가 있어야 했다 & 그래도 늦은 오후나 그전까지는 세트장에 도착할 수 있을 거라고 생각했다 & H는 호의적일 거라는 희망을 품었다. 그럴 거야, H는 나를 좋아하거든! 나한테 아버지 같은 분이지. 나의 첫출발을 열어줬어.

저 삭막하고 무자비한 태양 아래서 여자는 어딜 가든 선글라스를 썼다 & 제퍼 호텔 로비에서나 바깥 거리에서나 콘도르처럼 대기하고 있는 사진사 & 기자를 피했다. 세트장은 그들의 접근이 제한됐지만 공공장소는 그렇지 않았다. H는 먼로가 한여름날 암캐마냥 개떼를 몰고 온다 & 먼로가 몸을 사릴수록 기자들은 바라는 게 많아진다 & 자신을 포함한 다른 사람들까지 위협한다며 투덜거렸다. 매릴린은 어떻습니까? 매릴린의 결혼생활은 어떤가요? 자글자글한 하얀 금이 여자의 눈가에 생겼다 & 입 주위를 둘러쌌다 & 한때 새파랗고 아름다웠던 눈은 이제 모세혈관이 터져 미세한 그물이 보이고 안구가 황달처럼 변색되어 열두 시간의 잠으로도 나아지지 않을 것이다. 이 영화가 컬러가 아니었기에 망정이지, 안 그래?

매릴린 먼로의 저 감미로운 입안에 지금껏 뭐가 들어갔는지 짐작도 못하듯, 그 입에서 지금 무슨 말이 튀어나올지는 추측하거나 짐작할 수 없었다.

여자는 H & 다른 사람들—죄다 남자였다—에게 자신이 로즐린 테이버라고 말했다. "난 로즐린을 잘 알아요. 난 로즐린을 사랑해." 이것은 진실인 동시에 그다지 진실이 아니기도 했다. 로즐린은 남자들이 보는 대상에 불과하니까. 남자들이 절대 보지 못하는 로즐린은 어떨까? 여자는 H에게 로즐린의 대사는 시적이고 아름답지만 그래도 로즐린이 영화 속에서 남자들을 위로하고 남자들의 코를 닦아주고 남자들로 하여금 존경받고 사랑받고 있다고 느끼게 해주는 것 말고 뭔가 더 하는 일이 있기를 바란다고 말했다. 관객들이 영화에서 처음 보는 인물을 로즐린으로 하는 거다. 기차에서 내리는 로즐린, 차를 몰고 리노로 들어가는 로즐린, 몸짓을 하고 활동적인 로즐린 말이다—지금 각본처럼 남자가 고개를 들고 찾을 때 위층 창문 안쪽에서 거의 보이지도 않는 로즐린 & 그다음 장면, 화장을 하면서 걱정스럽게 거울을 들여다보는 로즐린 말고. "창문이나 거울 따윈 개나 줘버려요. 화장이라니! 매릴린을—그니까 로, 로즐린을—화면 가득 보여주자고요." 여자는 생각하면 할수록, 제아무리 로즐린의 대사가 퓰리처상을 받은 극작가가 집필한 것이라 해도, 진부한 대사 중 일부를 삭제하고 싶었다. 새로운 대사를 원했다. 그리고 영화 끝부분에서 로즐린이 직접 덫에 걸린 말을 풀어주면 어떨까. "로즐린은 카우보이 못잖게 잘해낼 수 있어요. 게이블이 아니라 먼로가. 아니 둘이 같이—먼로 & 게이블? 어때요?" 여자는 논리적으로 설명하려 노력하면서 점점 신이 났다 & 이런 식의 논리도 영화 내부적으로 봤을 때 타당하다. 어여쁜 공주님 & 카리스마 왕자님이 한데 뭉쳐 야생마를 풀어주기 위해 힘을 합친다. 물론 그 씨말은 게이블 혼자 풀어줘도 된다 & 자신은 다른 말들을 풀어주겠다―"도대체 왜 안 되는데?" H는 미친 사람 보듯 여자를 빤히 응시했다 & 그럼에도 여자를 달래기 위해 자기라고 불렀다.

"그냥 로즐린에게 할일을 좀더 달라고요." 여자는 간청했다.

어안이 벙벙해진 수컷들의 침묵.

이 대목은 매릴린이 〈기인들〉 촬영이 시작되기도 전부터 '까다롭게 굴었다'는 식으로 언론에 흘려진다. 매릴린이 '늘 그렇듯 말도 안 되는 요구를 하고 있다'고.

그럼에도 여자는 로즐린 & 자신의 커리어에서 가장 강렬한 연기를 놓치지 않을 것이다. 로즐린은 슈거 케인의 언니였다, 다만 무분별한 코미디 & 음정이 흔들리는 뮤지컬넘버가 없을 뿐이지. 우쿨렐레 & 감미로운 러브신도 없다. 로즐린은 '현실'이면서도 (관객석의 모든 여자들이 즉각 알아차리게 되듯) '현실적인 꿈' (남자들의 꿈)일 뿐이었기에 고통스러웠다. 로즐린이 되기 위해 여자는 더이상 노마 진으로 남아 있을 수 없었다. 노마 진은 로즐린보다 더 영리하고 더 눈치 빠르고 더 노련하니까. 노마 진이 더 많이 배웠다, 비록 독학이긴 해도. 로즐린의 연인 게이 랭글런드가 잘됐다는 듯 얘기할 때―"난 배운 여자들이 싫어, 남자에 대한 존경심을 가진 여자를 만나서 다행이군"―노마 진이었다면 그의 면전에 대고 깔깔거렸겠지만 로즐린은 가만히 듣기만 하면서 그런 칭찬에 우쭐해했다. 오, 아부하기 위해 & 유혹하기 위해 & 혼란에 빠뜨리기 위해 로즐린을 평하는 수컷들의 말. "로즐린,

당신은 살리는 재능이 있어." "로즐린, 당신의 삶을 위해 건배, 그 삶이 영원하길." "로즐린, 뭐가 그렇게 슬퍼?" "로즐린, 내 눈에 당신은 그저 빛날 뿐인걸." "로즐린, 당신이 바꿀 수 있다는 생각은 그만해." 오, 아냐, 난 바꿀 수 있어. 두고 보기만 하라고!

전화벨이 울린다. 여자는 악착같이 전화를 받을 것이다. 세수하고 찬물에 눈을 헹구고 진통제 한두 알을 삼키고 화장품을 급히 찍어바르고 블라우스 & 슬랙스 & 선글라스를 걸치고 주방을 거쳐 후문으로 제퍼 호텔을 나설 것이다. 주방에 친구가 있었다(여자는 호텔 주방에 늘 친구를 만들어두는 타입이었다) & 여자는 오후 세시 이십분에 예기치 않게 세트장에 닿을 것이다. 이제 기분이 훨씬 나아졌다 & 사람들, 그 개자식들 얼굴에 떠오를 표정을 생각하니 힘이 다시 솟았다. (클라크 게이블만 빼고. 여자는 클라크 게이블을 흠모했다.) 여자는 로즐린이 될 것이다. 머리를 감고 일렁이는 블론드 머리칼을 세팅하고 달처럼 환한 피부를 강조해 화장하고 체리 장식의 타이트한 브이넥 드레스를 입을 것이다. 네바다 사막 도시의 어여쁜 공주님! 〈기인들〉의 제작진을 경악시키며 여자는 촬영 첫날의 남은 일정에 합류할 것이다 & 첫 장면(세면대 거울 앞에서 어떤 아주머니와 곧 있을 자신의 이혼에 대해 유감스러운 듯 얘기한다)은 완벽해질 때까지 재촬영을 요구할 것이다. 노마 진의 갑옷이 닳아 없어질 때까지 & 두려움에 떠는 너그러운 로즐린이 나타날 때까지. 여자는 좀처럼 쉽게 감명받지 않는 H에게 감명을 줄 것이다. H, 십 년 전 여자에게 무척이나 거들먹거렸던 감독. H, 면로가 일찌감치 무너져 그녀 대신 좀더 다루기 쉬운 다른 배우를 캐스팅하고 싶어하는 감독. 여자도 우라지게 잘 알고 있었다. 저 명성이 자자한 감독.

"하지만 세상에 먼로는 오직 하나밖에 없어. 그걸 저 새끼가 똑똑히 알아야 해."

가끔은 기적이 일어났죠. 진부한 말이긴 한데 실제로 일어나더라고요. 먼로가 몇 시간씩 지각할 때면, 소문에는 리노 병원에 있다고들 하는데(어젯밤에 자살 시도를 했다나!) 갑자기 사랑스럽고 수줍게 사과의 말을 더듬거리며 나타나는 겁니다. 그럼 우리모두 그 미친년한테 욕을 퍼붓고 있다가도 바로 환호성을 질러요. 먼로가 도착하면 그 여자는 미친년이 아니라 강풍 또는 번개를 동반한 폭풍처럼 그저 어떤 자연의 힘이라는 걸 알게 돼요. 먼로 본인이 그 자연의 힘을 장악하고 있고, 사람들은 그냥 먼로를 용서해주고 싶어 죽겠는 거죠. 심지어 같은 주연배우인 게이블도, 심장이 안 좋은 그 양반조차 먼로가 어쩔 수 없었을 거라고 두둔하더군요. 마음에 들진 않지만 이해한다고. 그리고 화이티를 비롯한 먼로의 스태프들이 시체를 소생시키듯 여자한테 달려들어 작업을 하는데, 누군지 알아보지도 못할 것 같던 희멀건 피부의 블론드 여자를 천사 같은 미모의 로즐린으로 변신시켰어요. 몇 주간의 촬영 내내 그런 일이 여러 번 있었고, 너무 여러 번 있었나봐요. 늘 환호성이 울려퍼진 건 아니었고, 그 미친년이 늘 천사로 변신한 건 아니었지만, 대체로는 그랬어요. 먼로가 카메라를 통해 투사한 그것—우리 중 아무도 이해하지 못했죠. 배우라면 물리도록 봐온 우리라서 아무도 먼로를 좋아하지 않았습니다. 봐요, 달처럼 환한 피부만 빼면 거의 평범하고 시시하게 보이는 날도 있었고, 또 어떨 때는 장면 중간에 끼어들어 아마추어처럼 다시 하자고 요구했어요 & 대부분의 장면을 다시 찍고 다시 찍고 다시 찍고 열 번, 스무 번, 서른 번을 다시 하자고 하는데, 이 테이크와 저 테이크에 눈곱만한 차이밖에 없는데도 결국 어떻게든 그 차이가 다 쌓이더라고요. 상대 배우는 점점 진이 빠지고 약해져가는 동안 먼로는 차곡차곡 힘을 더해가며 강화되는 거죠. 불쌍한 클라크 게이블, 젊지도 않고 고혈압에 심장도 안 좋았는데, 하지만 먼로는 그런 피로감에 아랑곳하지 않았어요. 다른 사람들에게 아랑곳하지 않았죠. H가 증오하든 말든 아랑곳하지 않았어요. 그 여자는, 매릴린은 늘 그렇게 믿었을지도 모르죠, 만인이 자신을 사랑해야 한다고, 그 말라깽이 고아를 절대적으로 사랑해야 한다고. 그 여자가 하도 자주 말해서 우리 모두 감염된 매릴린 슬로건이 있는데―운이 다하면 끝난 거지, 아님 아닌 거고. 그게 네바다주 리노에서는 딱 어울리는 말 같더라고요. 하여간 그래서 먼로가 촬영장에 아무리 늦게 나와도, 아무리 정신이 나가 멍한 상태로 와도, 그런 건 별로 중요하게 느껴지지 않아요. 먼로는 일단 분장실에서 화장과 의상을 마치고 나오면 진짜 완전히 다른 자아가 깃든 것처럼 연기했고, 로즐린이 되어버렸어요. 그러니 뭐 쓰레기 매릴린이 한 일을 어떻게 로즐린한테 따질 수 있겠습니까? 못하죠. 하고 싶지도 않고. 게다가 세트장에서 카메라를 통해 투사된 그것, 그게 뭐든 간에, 도저히 믿을 수가 없을 뿐이고, 러시프린트를 멍하니 보고 있으면 이런 생각이 드는 겁니다. 도대체 저건 누구야? 저 처음 보는 사람은?

단언하는데, 먼로는 그야말로 전무후무했어요. 세상에 오직 한 명뿐이었죠.

그 일이 있기 전. 앞으로 일어날 그 일이 아직 일어나지 않은 때였다.

흥분 & 희망의 공상 속에서 맨발로 가볍게 선장의 집 2층을 휘젓고 다닌다. 아귀가 맞지 않는 마룻바닥 & 비뚤어진 창문 & 그 너머 뿌옇게 안개 낀 하늘. 여자는 그 일이 아직 일어나지 않았음을 알았다. 왜냐면 아기가 자신의 몸속 심장 바로 아래에 쏙 들어 있었으니까. 심장 바로 아래 특별한 가방—주머니?—안에. 아기는 아직 떠나지 않았다. 나중에 언젠가(여자는 조목조목 공들여 상상했다!) 아기는 배우가 될 것이다 & 누구와 함께 있었든 다 버리고 미지의 배우 여행을 떠나겠지만, 그건 먼 훗날의 이야기다 & 이건 위로가 되는 꿈이었다. 그렇지 않은가? 아기는 아직 철철 쏟아지는 시커먼 피 & 어혈에 엉긴 상태로 여자를 떠나지 않았다. 아기는 중간 크기의 머스크멜론만해서 여자의 배가 쓰다듬기 딱 좋을 만큼 부풀었다. 왠지 그건 로즐린 & 이 영화에 대한 좋은 느낌과 관련되어 있었지, 그때 우린 삼 주 차였으니. 그리고(이건 좀 헷갈렸다!) 여자 자신의 꿈이 아니라 아기의 꿈일지도(아기는 자궁 안에 있을 때도 꿈을 꾸니까, 노마 진은 글래디스의 뱃속에서 자신의 전 생애를 꿈으로 봤다, 그렇게 믿었다!) 모르는데, 여자는 같이 사는 남자, 여자와 결혼한 남자, 아기의 아버지로 생각되는 남자의 길고 좁고 서늘한 서재에 맨발로 들어갔다 & 남자의 책상 위에 흩어진 원고를 보았다. 여자에게 금지된 일이었으므로 그 종 잇장을 살펴보면 안 된다는 것을 알고 있었다—알고는 있었다! 그럼에도 말 안 듣는 버릇없는 꼬마애처럼 여자는 원고를 집어들고 읽었다 & 꿈속에서는 그 글자들이 보이지 않고 남자들의 목소리가 말했다.

의사: ──씨, 안타깝지만 별로 좋지 않은 소식입니다.

Y: 어떤—?

의사: 간헐적 통증 & 피 비침이 있을 수 있지만, 아내분은 유산 이후 회복되실 겁니다. 하지만……

Y(침착하려 애쓴다): 네, 선생님?

의사: 유감스럽게도 아내분의 생식 기관 자궁에 심한 흉터가 있습니다. 낙태를 너무 많이 해서—

Y: 낙태요?

의사(당황해한다, 남자 대 남자로): 아내분은…… 다소 비전문적인 낙태를 수차례 받은 것으로 보입니다. 솔직히 임신한 것 자체가 기적이에요.

Y: 믿기지가 않습니다. 내 아내는 절대—

의사: ——씨, 유감입니다.

Y가 퇴장한다(빠르게? 천천히? 꿈속에 있는 남자)

조명 어두워짐(암전은 아님)

장면 종료

매릴린은 입이 굉장히 험했어요! 그 입에서 나온 말들이란. 우리의 융통성 없는 간행물에 그대로 싣지 못한다는 걸 아니까 거침없이 말을 했어요. 가령 매릴린이 게이블과 〈기인들〉을 찍을 때였어요, 관심을 가진 매체가 잔뜩 있었는데, 〈라이프〉에서 매릴린과 다른 동료 배우들과 감독과 극작가 남편, 다 남자였죠, 인터뷰를 따오라며 나를 리노로 파견했어요. 그래서 리노의 어느 술집에서 만나기로 약속을 잡는 중이었는데 긴장하면 흔히들 그러듯 내가 멍청한 농담을 한 거예요, 내가 당신을 어떻게 알아볼 수 있냐고, 무슨 옷을 입고 나올 거냐고 물어본 거죠, 그랬더니 매릴린이 곧장 그 새근거리는 달콤한 목소리로 전화 저편에서 속삭이더군요. "오 이봐요!—매릴린을 못 알아볼 리가 없지, 질을 가진 사람은 그 여자밖에 없을 텐데."

어쩌면 거기 있는 모든 게 바로 다음 차례일지도   어쩌면 거기 있는 모든 게 바로 다음 차례일지도   어쩌면 거기 있는 모든 게   바로   바로 다음 차례 바로 다음 차례   어쩌면 거기 있는 모든 게 바로 다음   어쩌면 거기 있는 모든 게   바로   바로 다음 차례일지도   로즐린의 대사가 머릿속에 박혔다 & 반복 재생을 멈출수 없었다 어쩌면 거기 있는 모든 게 바로 다음 차례일지도   힌두교의 만트라처럼 & 비밀 기도를 올리는 요가 수행자처럼   어쩌면 거기 있는 모든 게 바로 다음 차례일지도
여자는 생각했다, 그건 위안이었다!

페노바르비탈에 절어 마비된 듯 누워 있는데 독침이 있는 불개미들이 여자의 입속으로 들어왔다. 여자의 입은 빗금처럼 열려 있었다. 틀림없이 조그만 붉은 네바다-사막 개미들이었다. 침을 쏘고 독을 뿜고 사라져버렸다. 나중에 화이티가 근심스럽게 물었다. "미스 먼로, 뭐가 잘못됐나요?" 화이티가 화장을 해주는 동안 블론드 배우가 평소처럼 뜨거운 김이 나는 블랙커피에 코데인 한두알을 넣어 마시면서 자꾸 움찔거렸기 때문이다. 여자는 화이티에게 거의 알아들을 수 없는 목소리로 속삭였고, 여주인의 말이라면방 저편에서 목이 쉬어 꺽꺽거리는 소리뿐 아니라 실제 여자로부터 몇 마일이나, 결국 몇 년이나 떨어져 있더라도 들을 수 있는 화

이티였다. "오, 화이티, 나도 자, 잘 모르겠어." 여자는 웃음을 터 뜨리더니 아무런 예고도 없이 울기 시작했다. 그러더니 뚝 그쳤 다. 눈물이 하나도 나지 않았다! 여자의 눈물이 모래처럼 말라버 렸다! 여자는 검지를 살며시 입속에 넣어 헐어서 쓰라린 부분을 만졌다. 일부는 구내염이었고, 작은 수포도 있었다.

화이티가 엄하게 말했다. "미스 먼로, 입 좀 벌려봐요 내가 볼 게요."

여자는 얌전히 따랐다. 화이티가 들여다보았다. 거울을 둘러싼 100와트짜리 전구 십여 개가 이 장면을 여느 영화 세트장 못잖게 환히 밝혔다.

가엾은 화이티! 그는 영화사에 고용된 트롤족이었고, 땅밑에 사는 부족이지만, 이례적으로 키가 커서 183센티미터가 넘었다. 육중한 어깨와 위팔, 창백하고 다정한 얼굴. 희끄무레하고 곱슬거 리는 머리털이 축구공 모양의 머리를 덮었다. 무채색의 눈은 근시 였지만 근심을 불식시키는 독기가 있었다. 그 눈만 빼면, 아무도 화이티가 예술가라고 생각지 못할 것이다. 화이티는 진흙과 색조화 장품만으로 얼굴을 빚어낼 수 있었지. 가끔은.

블론드 배우를 담당하면서 이 분장 전문가는 극기심을 쌓아왔 다. 그는 언제나 신사였고, 블론드 배우의 불안한 눈에 띄지 않도 록 근심과 공포와 반감을 일절 내색하지 않고 숨겼다. 화이티는 조용히 말했다. "미스 먼로, 의사한테 보이는 게 좋겠습니다."

"싫어."

"그럼 안 되죠, 미스 먼로. 닥터 펠을 부르겠습니다."

"펠은 싫어! 난 그 사람 무서워."

"그럼 다른 의사라도요. 꼭 봐야 합니다, 미스 먼로."

"이거—추해? 내 입?"

화이티는 말없이 고개를 저었다.

"뭐가 내 입을 물었어. 입 안쪽을. 자고 있을 때 그랬나봐!"

화이티는 말없이 고개를 저었다.

"아님 혹시 내 피에 뭐가 들어가서? 알레르기? 약에 대한 과민 반응?"

화이티는 고개를 숙인 채 말없이 서 있었다. 환하게 불이 켜진 거울 속에서 그의 시선은 아래를 향할 뿐 여주인과 눈을 맞추지 않았다.

"오랫동안 아무도 내게 키스하지 않았어. 그니까 딥키스 말이야. 그니까 여, 연인끼리 하는 키스. 그러니 독이 묻은 키스 탓이라고 할 수는 없잖아, 그렇지." 여자는 웃음을 터뜨렸다. 눈은 모래처럼 말랐지만 주먹 쥔 양손으로 눈을 비볐다.

말없이 화이티는 닥터 펠을 부르러 나갔다.

이윽고 도착한 두 남자는 두 팔에 고개를 얹고 엎드린 블론드 배우를 발견한다. 여자는 의식을 잃은 듯 앞으로 고꾸라져 숨을 받게 쉬고 있었다. 은색 머리는 샴푸로 감고 로즐린식으로 스타일링을 마친 상태였다. 아직 의상은 입지 않아서 지저분하고 헐렁한 셔츠에 슬랙스 차림이었고, 근육질의 댄서 같은 다리는 새하얀 맨살을 드러낸 채 몸통 아래에서 이상하게 휘어져 있었다. 숨소리가 너무 얕고 불규칙해서 닥터 펠은 순간 공포를 경험한다. 여자가 죽어가고 있어. 내 책임이 될 텐데. 그러나 의사는 여자를 되살려낼 수 있었고, 여자의 입안을 살피고 자신의 지시를 따르지 않고 약을 섞어 먹었다고 혼내고, 자기를 못 믿고 다른 의사들을 만났다고 야단치고, 구내염 치료제를 더 처방해주었다, 궤양은 이미 치료 시기가 지났지만. 그러고 나서 화이티는 여자의 얼굴에 다시 도전한다. 지금까지 해놓은 화장을 싹 다 지우고, 여자의 피부를 부드럽게 닦고, 처음부터 다시 시작한다. 여자의 눈이 슬그머니 초점을 잃고 여자의 입이 밝은색 립스틱을 칠하는 도중에도 헤벌어지자 화이티가 여자를 나무란다―"미스 먼로!" 세트장에서는 로즐린을 두 시간하고도 사십 분째 기다리는 중이었다. 집요한 마조히즘적 분노에 찬 H는 얼마나 더 걸리는지 알아보라며 블론드 배우의 분장실로 연거푸 조수를 보낸다. 화이티는 외교적으로 세련되게 소곤거렸다. "금방이요. 서두를 수 없다는 거 알잖아요." 앞으로 찍을 장면은 이전 것보다 더 복잡했는데, 상당량의 연기 지도와 네 명의 배우와 음악과 춤이 포함된 장면이기 때문이었다. 남자들은 좌절과 고통과 분노에서 생겨난 강렬한 열정으로 로즐린을 응시할 것이다. 카메라가 그들의 눈빛에서 반사경처럼 반짝이는 헌신, 희망, 사랑을 기록할 것이다. 그 장면은 로즐린의 것이었다. 로즐린은 술을 지나치게 많이 마시고 아름답고 앙상한 몸을 선보이며 홀로 춤을 추다가 바깥의 낭만적인 어둠 속으로 달려나가 '시적인' 순간에 나무를 끌어안고, 카리스마 왕자님은 이렇게 선언한다. 로즐린 당신은 살리는 재능이 있어, 당신의 삶을 위해 건배, 그 삶이 영원하길.

소원해진 남편. "알잖아요, 작가님?—감시당하는 걸 좋아하는 사람은 없어."

여자를 사랑하는 것은 그의 인생 과업이었고, 태양이 작열하는 이 사막 도시에서 그는 지금까지의 헌신에도 불구하고 앞으로는 그 과업을 감당하지 못할 것 같다는 느낌이 들었다. 〈기인들〉은 그가 아내에게 바치는 밸런타인데이 카드였고, 이제는 결혼생활의 무덤이 될 예정이었다. 그는 아내의 빛나는 미모가 로즐린 속에 간직되기를 바랐는데, 자신이 어떻게 실패했는지 혹은 왜 실패해야 하는지 알 수 없었다. 영화 속 연인 게이블과의 연기가 깊이를 더해가면서 여자는 점점 남편에게 짜증을 냈고 심지어 무례하고 거칠게 굴었다. 내가 질투하나? 그런 것뿐이라면, 그렇게 구차한 이유뿐이라면, 그냥 안고 살 수 있을지도. 하지만 여자는 계속 약을 먹었다. 너무 많이 먹었다. 그의 면전에서 약에 대해 거짓말을 했다. 여자는 내성이 엄청나게 커져 코데인을 씹어 삼키면서도 웃고 떠들며 다른 사람들 앞에서 '매릴린 역'을 할 수 있었다. 사람들은 말할 것이다, "매릴린 먼로는 참 위트 있어!" 사람들은 말할 것이다, "매릴린 먼로는 참—생기 있어!" 반면 그는, 침울한 남편은, 사 년간의 남편은, 매릴린에-비해-너무-늙어-보이는 남편은, 대단히 비판적인 남편은, 한옆에 서서 주의깊게 지켜봤다.

"씨발, 내가 말했지. **감시당하는** 거 안 좋아한다고. 당신은 자기가 무척이나 완벽하다고 생각하는 모양인데, 작가님, 가서 거울 좀 보시죠."

여자의 뇌는 싸구려 태엽시계처럼 망가졌지만 여자는 필사적으로 지성을 높이고 싶어했다. 필사적이었다!

몇 달 동안 읽으면서 주석을 달았던 『종의 기원』뿐이 아니었다. 지금 이 책은 카를로한테 받은 거다. 오, 여자는 파스칼에게 큰 감명을 받았다! 그렇게 오래전에, 이런 생각을 하다니, 도저히 불가능해 보였다. 『종의 기원』은 개선되는 것, 시간이 흐르며 조금씩 개량되는 것, 더 나은 쪽으로 '변이를 수반하여 번식'하는 것에 관한 이야기다 & 하지만 파스칼은! 17세기에! 이런 글을 썼다. 젊은 나이에, 서른아홉에 요절한 병약한 남자가. 더듬거리는 어눌한 말로는 결코 표현할 수 없는 여자 자신의 내밀한 생각을 글로 써놓았다.

우리의 본질은 움직임에 있다. 완전한 휴식은 죽음이다…… 명성의 매력은 워낙 커서 우리는 명성과 결부된 모든 것을 숭배한다, 심지어 죽음까지도.

파스칼의 이 말, 노마 진의 학생 시절 일기장에 붉은 잉크로 적힌 문장.

카를로는 그 작은 책에 이렇게 휘갈겨썼다. 에인절에게 사랑을 담아 카를로가. 만약 우리 둘 중 한 명이 해낼 수 있다면……

"언젠가 그의 아기를 낳을 수도 있지 않을까? 말런 브랜도의 아기."

여자는 웃음을 터뜨렸다. 오, 말도 안 되는 생각이지만…… 안
될 거 나? 그들은 결혼할 필요가 없을 것이다. 글래디스도 결혼
하지 않았다. 카리스마 왕자님은 결혼하지 않는 편이 낫다. 여자
는 서른넷이었다. 가임기가 이삼 년은 남았다.

두 연인이 키스한다! 로즐린 & 카우보이 게이 랭글런드.

"아뇨. 다시 하겠습니다."

다시, 두 연인이 키스한다. 로즐린 & 카우보이 게이 랭글런드.

"아뇨. 다시 하겠습니다."

다시, 두 연인이 키스한다. 로즐린 & 카우보이 게이 랭글런드.

"아뇨. 다시 하겠습니다."

이들은 새로 탄생한 연인이었다. 클라크 게이블은 게이 랭글런
드였고 젊지 않았다 & 매릴린 먼로는 로즐린이었고 청춘의 정점
을 지난 이혼녀였다. 오래전 어두운 극장 안에서. 어렸을 때 난 당신
을 흠모했어요. 카리스마 왕자님! 눈을 감기만 하면 오래전 방과후
에 자주 갔던 하일랜드 애비뉴의 영화관이었다 & 일인용 표를 샀
다 & 글래디스는 딸에게 경고했다. 남자 옆에 앉지 마! 남자하고 얘
기하지 마! & 눈을 들어 설레는 마음으로 스크린을 올려다보면 바
로 이 남자가, 지금 자신에게 키스하는 카리스마 왕자님이 있었다
& 여자는 입안의 따갑고 쓰라린 고통을 다 잊을 만큼 갈망하며
키스했다. 콧수염을 가늘게 다듬고 이제 육십대에 들어선 이 까무
잡잡하고 잘생긴 남자, 이제 주름이 팬 얼굴 & 벗어지는 머리 &

생의 유한함을 알고 있는, 잘못 볼 리 없는 바로 그 눈. 한때는 당신이 내 아버지라고 생각했는데. 오 말해줘요, 내게 말해줘요, 당신이 내 아버지라고!

이 영화는 여자의 인생이다.

이들은 새로 탄생한 연인이었다 & 두 사람 사이의 감정은 거미줄처럼 섬세하고 무상했다. 아름다운 몸을 시트 한 장만으로 가린 채 침대에서 자고 있는 로즐린 & 살며시 허리를 숙여 키스로 로즐린을 깨우는 연인 게이 & 재빨리 일어나 맨팔을 그의 목에 두르는 로즐린 & 순간 입안의 따갑고 쓰라린 고통 & 공포 & 비참한 삶을 깡그리 잊을 만큼 열정적으로 마주 키스한다. 오, 사랑해요! 늘 사랑했어요! 글래디스의 침실 벽에 액자로 걸려 있던 이 잘생긴 남자의 사진이 다시 보였다. 오래전 일이었지만 너무나도 또렷했다! 건물 이름은 아시엔다였다. 거리 이름은 라메사. 그날은 노마 진의 여섯번째 생일이었다. 노마 진, 보이지? ─저 남자가 네 아버지야. 시트 속 로즐린은 알몸이었고, 게이는 옷을 입고 있었다. 구겨진 선홍색 벨벳을 배경으로 스크린에서 알몸이라는 것은 껍데기 밖으로 끌려나온 해양생물처럼 무방비 상태로 취약하다 & 발바닥이 보인다면 그 얼마나 수치스러운 일인가! 그러한 치욕의 음흉하고 에로틱한 스릴. 두 사람이 키스할 때 로즐린은 떨었다. 파리한 살갗에서 소름이 돋는 게 보인다. 독침이 있는 불개미! 자잘한 궤양이 여자의 혈관을 타고 흘러 뇌 속에서 만발할 것이다 & 언젠가 여자를 파괴하겠지만 아직은 아니다.

키스는 아파야 해. 당신의 키스를 좋아해, 아프거든.

먼로는 미신을 믿은 탓에 러시프린트를 거의 보지 않았는데 그날 저녁에는 게이블과 함께 보러 왔고, 그 장면이 나오자 다들 어떻게 그런 연기가 나오는지 감탄했습니다. H는 먼로를 한쪽 구석으로 데려가 먼로의 손을 꼭 잡고 허리를 숙여 그날의 작업에 대해 감사를 표했죠, 빌어먹을 그 연기 진짜 좋았다고. 아주 절묘했거든요. 섹스를 넘어섰죠. 먼로는 스크린 속에서 현실의 여자였고 게이블은 현실의 남자였어요. 두 사람이 정말 애잔한 거예요. 흔히 보는 영화 따위하곤 차원이 달랐어요. H는 위스키를 몇 잔 마셨고, 몇 주 동안 먼로가 없는 데서 내내 먼로를 욕하고 그 여자를 어떻게 죽이고 싶은지 세세하게 묘사해서 우릴 웃겼던 일에 대해 후회하고 뉘우치는 분위기였죠. "내가 만일 또다시 자기를 의심하면, 잽싸게 내 엉덩이를 발로 뻥 차버려, 응?"

먼로는 심술궂게 웃음을 터뜨렸어요. "잽싸게 감독님 불알을 발로 뻥 차는 건 어떨까요?"

너는 내 친구지, 플리스─그치?

노마 진, 당연한 걸 묻니.

이유가 있어서 네가 다시 내 삶에 들어온 거야.

난 언제나 너를 잘 알았잖아.

맞아! 난 너를 진짜 사랑했어.

나도 너를 사랑했다, 새앙쥐.

우린 함께 도망치기로 했었지, 플리스.

맞아! 기억하니?

난 무서웠어. 하지만 널 믿었어.

오, 새앙쥐, 그러지 말았어야지. 난 별로 좋은 애가 아니었어.

플리스, 넌 좋은 애였어!

너한테는, 어쩌면. 하지만 속은 안 그래.

넌 나한테 다정했어. 절대 못 잊지. 그래서 지금 내가 너한테 이 것저것 남기고 싶어하는 거야. 내 유언장에.

야, 그런 말 하지 마. 나 그런 얘기 존나 싫어해.

현실적이 되자는 것뿐이야, 플리스. 지금 내가 출연하는 이 영화에서 카우보이가 나한테 말해, 우리 모두 언젠가는 가게 되어 있어.

개소리! 그게 뭐가 웃기니?

웃기려는 건 아니었는데, 플리스. 가끔 웃긴 하지만…… 그럴 의도는 아니야.

그게 왜 웃긴지 모르겠다. 너 사람 죽은 거 본 적 있어? 난 있어. 아주 가까이에서. 냄새도 맡았어. 그런 건 하나도 안 웃겨, 노마 진.

오, 플리스, 나도 알아. 우리 모두 언젠가는 가게 되어 있어라는 건 그냥 클리셰야.

뭐라고?

전에도 얘기됐던 거라고. 아주 많이.

그래서 그게 웃기다는 거야?

진짜로 웃은 건 아니야, 플리스. 화내지 마.

모든 건 예전에 누군가가 했던 얘기고, 그렇다고 비웃을 권리가 있다는 의미는 아니지.

플리스, 미안해.

보육원에 있을 때 넌 제일 불쌍한 꼬마였어. 매일 밤 심장이 무너진 것처럼 울었지 & 침대에 오줌을 쌌고.

아냐, 안 그랬어.

침대에 오줌을 싼 여자애들은 시트 대신 방수포를 깔아야 했어. 좋은 냄새는 아니었지. 꼬마 생앙쥐는 늘 방수포 신세였고.

플리스, 거짓말!

어휴, 내가 너한테 못되게 굴었지. 그러지 말았어야 했는데.

플리스, 넌 나한테 못되게 굴지 않았어! 넌 나를 지켜줬어.

내가 너를 지켜줬지. 하지만 너한테 못되게 굴었어. 다른 애들을 웃기고 싶었거든.

넌 나를 웃게 했어.

후회하는 게 있어, 노마 진. 내가 그날 네 크리스마스 선물을 훔쳤어 & 넌 울었지.

설마.

맞아, 내가 그랬어. 내가 그 망할 꼬리를 잡아뜯었어. 샘이 나서 그랬던 것 같아.

말도 안 돼, 플리스.

그 조그만 줄무늬 호랑이 있잖아, 내가 걔 꼬리를 잡아뜯었어. 한동안 침대에 갖고 있었어 & 나중에 버렸어. 부끄러운 줄은 알았던 모양이지.

오, 플리스. 난 네가 나를 조, 좋아하는 줄 알았는데.

좋아했어! 너를 제일 좋아했어. 넌 나의 새앙쥐였으니까.

널 떠나서 미안해. 난 떠나야 했어.

네 어머니는 아직 살아 계셔?

오, 응!

너 참 많이 울었는데. 어머니가 널 버렸다고.

어머니는 아팠어.

네 어머니는 미쳤어 & 넌 어머니를 싫어했지. 기억나니, 너랑 나랑 네 어머니가 갇혀 있는 노워크에 가서 그 여자를 죽이기로 했던 거.

플리스, 거짓말! 그런 끔찍한 얘기를.

불을 내서 다 태워버리려고 했어. 진짜로.

아니야!

네 어머니가 한사코 네 입양을 거부했잖아. 그래서 네가 그 여자를 미워했어.

난 어머니를 미워한 적 없어. 난 어머니를 사, 사랑해.

걱정하지 마, '매릴린'. 아무한테도 말 안 해. 그건 우리의 비밀이야.

비밀이 아니야, 플리스. 사실이 아니야. 난 항상 어머니를 사랑했어.

넌 그 여자를 엄청 미워했어, 그 여자가 널 입양 보내지 않으려 해서. 기억 안 나? 그 재수 없는 늙은 마녀가 도무지 서류에 서명을 안 해줬잖아.

플리스, 난 입양되길 바란 적 없어! 난 어, 어머니가 있는걸.

야야. 나 잠깐 노워크에 있었어.

노워크에? 왜?

왜일 것 같니, 바보야?

너—아팠어?

그놈들한테 물어봐. 그놈들은 지들 맘대로 나한테 하고 싶은 거 다 하는데, 막을 수가 없다니까. 망할 새끼들.

네가—노워크에 있었다고? 언제?

언제였는지 내가 대체 어떻게 아니? 오래전이야. 전쟁 때 난 WACS에 입대했어. 샌디에이고에서 훈련을 받았지. 그리고 영국 으로 파병됐어. 내가, 플리스가, 영국이라니! 근데 병이 나버렸 어. 그래서 미국으로 송환돼야 했지.

오, 플리스. 안타깝다.

뭐, 난 과거에 연연하지 않아. 난 남자처럼 입고 다녔고, 아무도 날 건드리지 않았지, 대개는. 뭐가 잘못되지 않는 한.

보기 좋아, 플리스. 난 그 군중 속에서 널 곧장 알아봤다니까. 넌 잘생긴 남자로도 통할 거야. 마음에 드는데.

웅, 하지만 난 좆이 안 달렸잖아? 씹은 있는데 다른 게 없으면 좆들이 원하는 대로 해야 해. 난 가능할 때면 그 좆들에 칼을 썼 지. 난 수줍음을 타는 성격이 아니잖아. 그땐 지금보다 무서운 게 없었거든. 난 내 삶에 아름다운 게 있으면 싫었어. 난 샌디에이고 & 몬터레이 & 로스앤젤레스에 살면서 네 커리어를 쭉 지켜봤어.

난 네가 지켜봐주길 바라고 있었어, 플리스. 보육원 애들 전부 다.

한눈에 널 알아봤어. '매릴린.' 〈돈 보더 투 노크〉를 봤어 & 네가 그 버릇없는 꼬마를 창문 밖으로 밀어버렸으면 했지. 난 애들이 싫어! 〈나이아가라〉에선 네가 그렇게 훌쩍 컸다니 & 아름다워졌다니 믿기지가 않았어. 근데 그 남자가 네 목을 조를 때 신나긴 하더라.

플리스! 그런 말은 좀 이상하지 않니.

난 사실대로 말한 것뿐이야, 노마 진. 이 플리스를 알면서 그래.

그래서 내가 널 사랑하지, 플리스. 내 인생에는 네가 필요해. 그저 내 인생에 있어줘. 알잖아? 가끔 얘기도 하고.

난 네 운전기사가 될 수도 있어. 나 운전할 줄 알아.

난 지금 로즐린이야. 로즐린은 영화에서 내가 맡은 여자야. 난 배우가 아니라 그냥 여자야. 난 착하게 살려고 애쓰고 있어. 남자들한테 상처받았고, 이혼했어. 하지만 후회하진 않아. 난 내 길을 찾을 거야. 난 리노에 살아, 그니까 로즐린 말이야. 하지만 절대 카지노에서 도박은 안 해, 맨날 잃거든.

난 네 운전기사가 될 수도 있다고 말했어.

운전기사는 영화사에서 고용하는 것 같던데.

난 매릴린의 보디가드가 될 수도 있어.

보디가드?

내가 세지 않은 것 같아? 나 세다. 날 과소평가하지 마, 노마 진.

안 그래—

이 칼 봐라? 나 칼 갖고 다닌다. 나한테 수작부리는 개자식들한테서 나를 지켜주거든.

오, 플리스.

왜? 칼이 겁나?

오, 플리스, 난…… 칼을 안 좋아하는 것 같아.

뭐, 이건 내 칼이야. 나의 부적이지.

플리스, 그 칼은 다시 넣어놔야 하지 않을까.

응? 어디에? 어디에 넣어놔?

저기—네가 그걸 꺼낸 곳에.

칼날 말이야? 칼날을 쑤셔넣어야 하나—어디에?

플리스, 겁주지 마. 난 저, 절대 그런 뜻이—

너 좀 겁먹은 것 같다, 매릴린. 젠장.

아냐. 난 그냥—

내가 널 해치기라도 할까봐? 노마 진을? 너를? 난 절대 너를 해치지 않아.

오, 나도 그건 알아, 플리스. 나도 그렇게 생각해.

나의 귀여운 새앙쥐.

그냥 부, 불안해서 그래. 칼이나 뭐 그런 건.

난 주저 없이 이걸 사용해서 내 몸을 지켜. 나라면 너를 지킬 수 있어.

네가 할 수 있다는 거 알지, 플리스. 고마워.

누가 매릴린한테 다가와서 무례한 얘기를 하거나 막 밀치면 말이야. 내가 너의 보디가드가 될 거야.

나는 잘 모르겠어, 플리스.

매릴린을 해치고 싶어하는 작자들이 있어. 난 너를 지킬 수 있어.

난 잘 모르겠어, 플리스.

나 원 모르겠다니! 그게 네가 나를 다시 원하는 이유잖아.

플리스, 난—

알았어, 칼은 넣어둘게. 알았어, 칼은 없어. 칼 따위는 없어. 알겠지?

고마워, 플리스.

난 언제나 너를 잘 알았잖아, 노마 진. 너를 절대 잊지 않았어. 난 네가 매릴린이라는 걸 알았어, 우리 모두를 대신하는.

플리스에게 키스한다, 감히 내가 플리스에게 키스했나 아니면 플리스에게 키스하는 꿈이었나 & 플리스에게 키스를 받는(& 물리는) 꿈이었나 & 그러고 나서 내 입술은 부르트고 부었어. 플리스에게 키스하는 건 에테르를 흡입하는 것 같아. 몹시 화끈하고 오렌지향이 나고 심장이 금방이라도 터질 것 같아.

오 주여 감사합니다.

기념일. 그들의 네번째 결혼기념일. 아무 예고 없이 왔다 & 가버렸다.

소원해진 남편. 여자가 정신 못 차리는(& 아마도 섹스하는) 사람은 게이블만이 아님을 알아냈다. 훨씬 더 수수께끼 같은 몽고메리 클리프트가 있었다. 알코올중독에 제정신이 아닌데다 매력적이고 잘생긴 얼굴은 작년에 거의 죽을 뻔했던 오토바이 사고로 망가져 흉터가 생겼다. 벤제드린/아미탈 약쟁이(주사기로?). 자몽을 넣은 보드카를 끝없이 마시며 제멋대로 혼자 지내는 디오니소스처럼 트레일러에 처박힌 은둔자이자 건방진 젊은 애인이자 대부분의 인터뷰를 거절하고 심지어 '살벌한' 네바다의 태양 아래 뛰어들어 밤이 될 때까지 나오지 않는 자. 〈기인들〉의 제작진 중 대다수는 클리프트가 영화를 끝내지 못할 것이며 먼로보다 더 높은 위험 요소라는 데 돈을 걸었다. "내가 왜 몬티 클리프트를 사랑하는지 알아? 그는 제미니거든." "제 뭐라고?" "나처럼 제미니라고." 남편은 저주받은 동성애자 배우를 질투하지 않을 것이다. 그러기엔 자존심이 허락하지 않았다. 여자는 남편의 눈빛에서 상처를 읽고 그의 팔을 가만히 잡았다. (며칠 만에 처음 닿는 손이었다.) 갑자기 여자는 로즐린이었고, 뽀샤시하게 화면에 잡힌 치유하는 블론드 미인이었다. "오, 봐봐, 내 말은, 몬티가 진짜로 나와 같은 별자리인지 아닌지는 모르지만, 나의 쌍둥이 같다는 얘기랄까? 세상에는 당신의 쌍둥이 같은 사람들이 있고, 마주칠 수도 있잖아? 몽고메리 클리프트는 나의 쌍둥이야."

남편은 클리프트가 아내보다 더 심오한 수수께끼라며 클리프트를 두려워하기에 이르렀다. 아내의 자살 충동(그는 확신했다)은 오직 아기를 잃은 것과 관련이 있었다. 메인에서 그 끔찍했던 날이 그들의 삶을 영원히 바꾸어버렸다. 한 여자의 영원하고도 고단한 비탄.

여자는 자궁이다, 그렇지 않은가?

자궁이 없다면, 여자는 무엇인가?

메인 이후 그들의 관계는 영영 틀어져버렸다. 네바다에 온 이후 여자는 더이상 남편을 침대에 들이지 않았다. 그럼에도 남편은 여자가 여전히 절실히 아기를 원하고 있음을 알았다. 어쩌면 더욱 절실히. 이제 여자는 한 살 더 먹었고 날이 갈수록 건강이 불안정해졌으니. 의사가 자궁 통증과 여자가 무서워하는 '피 비침'이 빈번이 있을 거라 예견했으니. 여자의 생리 기간은 변함없이 고통스럽고 불규칙했다.

물론 남자는 의사가 했던 말을 결코 아내에게 전하지 않았다. 여자의 '흉터투성이' 자궁. 여러 번의 '비전문적인' 낙태.

이것은 남자의, 남편의 비밀이 될 것이다. 남자가 알고 있다는 것, 남자가 아는 것을 여자는 알 수 없다는 것.

자궁이 없다면, 여자는 무엇인가?

〈기인들〉의 해피 엔딩에서 로즐린과 그녀의 카우보이 연인 게이 랭글런드는 아이를 갖는 얘기를 한다. (나이 차이가 나건 말건.) 올가미로 잡았다가 결국 풀어준 야생마의 트라우마를 뒤로 한 채 그들은 '집으로' 차를 몬다. 그들은 '북극성'을 길잡이로 삼는다.

현실에서 당신에게 아기를 안겨줄 수 없다면, 노마, 당신의 이 꿈속에서 아기를 안겨줄게.

블론드 배우가 그를, 이 언어의 대가를 경멸했다는 게 중요할까? 러시프린트에서 로즐린은 온통 반짝이는 감성 그 자체였다.

블론드 배우를 혐오하는 사람들도 로즐린에게 매혹됐다. 로즐린은 매릴린 먼로의 모든 스크린 연기 중 가장 미묘하고, 가장 복잡하고, 가장 뛰어난 캐릭터임을 인정받을 것이다. 한창 촬영이 진행되고 있을 때도, 언제라도 재앙이 닥칠 가능성이 있음에도, 이와 같은 사실을 누구나 알고 있었다. 로즐린은 한번 산산이 깨졌다가 끈기와 솜씨와 간계로 꼼꼼하게, 족집게와 아교로 한 조각 한 조각, 한 땀 한 땀 복원한 아름다운 꽃병 같았고, 사람들은 그 복원 작업에 들어간 편집광적 에너지는커녕 부서진 꽃병에 대해서조차 전혀 알지 못한 채 복원된 꽃병만 보게 된다. 완전함에 대한 환상, 미에 대한 환상. 망상일까?

나는 아내를 잃고 있어. 나는 아내를 구해야 해. 소원해진 남편은 스스로도 인정하고 싶지 않았을 것이다. 자신이 극작가로서의 커리어를 포기했다는 것을. 그의 가장 본질적 자아. 영화제작자를 존경할 수 없는 그가 존경하는 연극계 친구들과 함께하는 뉴욕에서의 삶. H가 일종의 천재임은 그도 알아보았다. 그러나 그와 동류는 아니었다, 왜냐면 남자는 고독과 자기성찰 그리고 면밀한 상상력을 필요로 했으니까, 공격적인 오지랖이 아니라. 서부에서 그는, 먹어도 먹어도 채워지지 않는 굶주림과 탐욕으로 자신에게 제공되는 모든 것을 먹어치우는 블론드 배우를 위해, 그리고 영화사를 위해 하인 노릇을 하게 되었다. 그 또한 영화사의 급여 대상자 명단에 올랐고, 그 또한 '고용된' 직원이었다. 그는 그저 일시적인 거라고 되뇌었다. 〈기인들〉은 그를 살릴 명작이 될 거라고 되뇌었다. 남편다운 사랑에서 비롯된 행동이 그의 결혼생활을 살릴 거라고. 그러나 그의 영혼은 다른 곳에 가 있었다. 동부에. 책이 꽉 꽉 들어차 있고 스팀 난방이 되는 72번가의 조그만 아파트가 그리웠고, 매일 나가던 센트럴파크 산책이 그리웠고, 걸핏하면 실랑이를 벌이던 맥스 펄먼이 그리웠다. 그는 젊은 자신이 그리웠다! 신기하게도 그의 극들은 지금도 계속 공연되고 있지만 모두 몇 년 전에 쓴 것이었다. 그는 연극 제작에 참여하지 않았고 누가 요청해도 그럴 시간이 없을 터였다. 그는 살아 있는 동안에 고전이 되어버렸다. 걱정스러운 운명이다. 매릴린 먼로가 수백만의 낯선 사람들에게 우상으로 떠받들어지면서도 정작 본인은 화장실 변기에 토하고 있는 것처럼. 문이 살짝 열려 있었기 때문에 남편은, 절망에 빠진 남편은, 반감을 가진 남편은 어쩔 수 없이 그 소리를 들었지만 괜찮은지 물어볼 수는 없었다.

"감시당하는 걸 좋아하는 사람은 없어요, 작가님. 알아들어?"

또 어느 날인가는 김이 피어오르는 욕실에서 다리털을 밀고 있는 아내를 봤는데, 손이 떨리는지 시야가 흐린지 면도날로 자꾸 그 날씬하고 아름다운 다리의 창백한 피부를 긋는 바람에 열 군데 정도 자잘한 상처에서 피가 나고 있었다. 남편의 우려에, 남편의 얼굴에 떠오른 바로 그 표정에 울컥 화가 치민 여자는 흐느끼다시피 외쳤다. "나가! 누가 당신더러 오랬어? 나가서 꺼져! 내가 그렇게 추해? 그렇게 역겨워? 유대인 남자는 여자를 경멸하지, 그건 당신 문제야, 작가님, 내 문제가 아니라."

남자는 자신에게 소리치는 여자를 두고 나갔다. 문을 쾅 닫았다. 아마도 여자는 남자의 얼굴에서 남편다운 걱정 그 이상을 보앗을 것이다.

그때부터 남자는 어떤 말도 하지 않고 은밀히 아내를 지켜보았다. 그는 이렇게 말하고 싶었을 것이다. 난 당신을 비난하지 않을 거야. 난 그저 당신을 구하고 싶을 뿐이야. 그는 연극 일을 영구히 접어버렸다. 몇십 년의 집필 활동 끝에 남은 것은 편린과 스케치뿐이었다. 종이 한 장에서 시작되고 끝나는 장면들. 그는 〈아마빛 머리의 소녀〉를 포기했다. 더이상 '민중의 소녀' 마그다에 대한 자신의 안이한 상상을 믿을 수 없었다. 블론드 배우가 재빠르게 파악했듯, 마그다는 그가 아는 것보다 훨씬 더 분노가 컸을 것이다. 그러나 그는 자신의 마그다를 그런 식으로 그려낼 수 없었다. 자신의 사춘기 아이작 시절을 더이상 그려낼 수 없었다. '그곳으로 돌아간' 꿈은 꾸지 않게 된 지 오래였다. '그곳으로 돌아간다'는 것은 정서적 혼란을 뜻했지만, 그럼에도 그에겐 창작의 영감이었다. 블론드 배우와 결혼한 후 남자의 이전 삶은 거의 형체도 없이 사라졌다. 로웨이와 뉴저지는, 〈왕자와 무희〉를 촬영하는 동안 무너지는 아내를 돌보기 위해 모든 집필 시도를 포기했던 비참한 런던보다 더 남자에게서 멀어졌다. (그 밀랍 인형들의 영화에서 먼로의 연기가 거둔 놀라운 성공에 대해 여자를 시기할 수는 없었다. 평단은 먼로를 숭배했다. 심지어 이탈리아 영화계에서 상도 받았다! 그에게는 노력상도 주어지지 않았다.) 그러나 남자는 아내나 결혼생활에 대해 쓸 수 없었다. 개인적으로 비밀리에 쓰는 것 말고는. 난 절대 아내를 폭로하지 않을 거야. 아내를 배신하다니.

그런 일은 절대 없을 거야.

사실을 말하자면 그는 여전히 아내를 사랑했다. 사랑이 다시 오기를 기다리고 있었다.

여자가 남들 보는 앞에서 그를 거부한다 해도. 여자가 이혼소송을 건다고 해도.

은밀히 아내를 지켜보았다, 어떤 말도 어떤 평가도 하지 않고. 노마는 자신을 속이고 있어. 노마는 로즐린이 아니야. 노마는 남자 배우들에게서 이 영화를 쟁취하려고 목숨을 걸고 싸우고 있어. 노마의 라이벌들에게서. 블론드 배우는 자신을 피해자로 인식했고 세상도 그렇게 인식했지만, 그럼에도 가장 깊숙한 속마음으로는 자신이 탐욕스럽고 무자비하다는 것을 알고 있었다. 누가 보면 자기 미래를 읽는 줄 알겠다 싶게 엄청 몰두해서 다윈의 『종의 기원』을 읽는 아내를 보았다. 다윈을 읽는 매릴린 먼로라니! 아무도 믿지 않을 것이다. 이제 아내는 파스칼의 『팡세』를 읽는 중이었다. 파스칼이라니! (저 책은 어디서 난 거지? 그는 아내가 혼돈의 여행가방에서 그 책을 꺼내 책장을 넘기며 그 자리에 선 채로 미간을 찌푸리고 입술을 달싹이며 읽기 시작하는 모습을 보고 깜짝 놀랐다.) 그러나 이제 아내는 자신이 읽는 책에 대해 그와 거의 얘기하지 않았고, 여전히 시를 쓰고 있다 해도 그에게 보여주지 않았다. 크리스천사이언스 출간물도 더이상 읽지 않았다. 유대인의 역사와 홀로코스트에 관한 책은 선장의 집에 그대로 두고 왔다.

지하실의 먼지투성이 바닥에 스며든 피투성이 펄프.

리노에서 여자가 가장 상대하기 벅찬 라이벌은 H였다. H는 매릴린 먼로에게 전혀 욕망을 느끼지 않는 듯 보이는 남자 중 하나였으니까. 여자는 H에 대해 불평했다. "다들 그 사람이 천재라네. 아주 대단한 천재 나셨어! 그 사람이 환장하는 건 도박과 경마야. 이 프로젝트도 돈 때문에 하는 거고. 그 사람은 배우를 존중하지 않아."

극작가 남편이 물었다. "우린 왜 이 프로젝트를 하는데?"

"당신은 돈 때문이겠지. 나로 말하자면, 난 목숨을 걸고 싸우고 있어."

배우에게 내려진 저주가 있는데, 그것은 언제나 관객을 찾는다는 것이다. 그리고 관객이 배우의 굶주림을 알아본다면 피냄새를 맡은 것과 다름없다. 그들의 잔학 행위가 포문을 연다.

어느 날 H가 소리쳤습니다. "매릴린, 나 좀 봐!" 먼로는 귓등으로도 안 들었죠. "나 좀 보자고." 로데오 장면 때문에 리노 외곽의 사막에서 로케이션중이었어요. 눈부시게 뜨거운 날이었고, 기온은 분명 38도쯤 됐을 겁니다. 배는 불룩 나오고 온통 땀에 절어서, 어설픈 존경을 가장해 조롱하려고 만든 네로의 조각상처럼 툭 불거진 눈을 희번덕이는 H 감독님이 계셨죠. 감독님은 힘겹게 의자에서 몸을 일으켜 거세한 수소처럼 갑자기 달려나가 우리가 다 보는 앞에서 정말로 먼로의 손목을 움켜잡았어요. 우린 먼로가 저 델 것처럼 뜨거운 모래에 내팽개쳐지는 꼴을 보고 싶었죠, 그만큼 먼로가 태양이 이글거리는(10월 하순인데) 이 지옥 같은 곳에서 우리를 몇 날 며칠 고생시키는 중이었거든요. 근데 먼로는 홱 몸을 돌리더니 H에게 덤벼들어 고양이처럼 잽싸게 할퀴었어요. H는 이렇게 항변했을걸요. 저 여자는 짐승 같은 분노를 품고 있어! 아주 식겁했다니까. H가 먼로보다 한 100파운드는 더 나갔을 텐데도 먼로의 적수가 못 되더라고요. 놓친 여자는 자기 트레일러(에어컨이 딸려 있었죠)로 달아나서 문을 쾅 닫고 들어갔어요. 그리고 몇 분 후 우린 몽땅 기함했는데, 먼로가 메이크업을 새로 하고, 머리도 근사하게 다시 빗고. 화이티와 그녀의 스태프는 늘 대기중이니까요, 크림을 받아먹은 고양이처럼 생긋 웃으며 로즐린으로 돌아온 겁니다.

그 여자가 나한테 보여준 건 자긴 로즐린이 아니라는 거였지. 그 여자는 로즐린하고 아무 상관 없었어. 로즐린은 그 남자들, 그 실패자들을 다 사랑하고 품어 돌보는 여자야. 그 여자는 마치 비르투오소 연주자가 악기를 다루듯 로즐린을 연기할 수 있었던 거지. 그게 다야. 그 여자는 그걸 나한테 알려주고 싶었던 거고. 그러고 나서야 그 여자는 그 장면을 끝낼 수 있었어.

플리스! 여자는 실수한 것 같다는 생각이 들었지만, 알 게 뭐람, 어차피 질 게임의 주사위를 던지는 자기 손을 지켜보는 심정이었다. 지켜봐야 한다.

여자는 플리스에게 리노로 오는 항공권을 끊어주었다. 일주일 정도 제퍼 호텔에 머물며 우울할 때 말동무도 되어주고 〈기인들〉 촬영도 구경하라고. 전설적인 클라크 게이블과 악수한다! 몽고메리 클리프트와 인사한다! 여자의 남편은 탐탁해하지 않았다. 플리스는 '불안정하다'는 게 그의 말이었다. 서른 발짝 밖에서도 그게 보인다고 하자 여자가 쏘아붙였다. "난 뭐 안정적인가? '매릴린'은?" 남자가 말했다. "이 문제는 당신에 관한 게 아니잖아. 당신이 '플리트'라고 부르는 그 사람에 관한 문제지." "플리스야." (남자는 할리우드의 어느 길가에서 플리스를 만난 적이 있다. 지저분한 스웨이드 카우보이모자, 새파란 새틴 셔츠, 딱 달라붙어 깡마른 가랑이의 V자가 다 보이는 블랙진 & 인조 팔로미노 가죽 부츠 차림의 부루퉁한 플리스. 야단스러운 정중함으로 극작가와 악수했다 & 그를 '선생님'이라고 불렀다.) 노마 진이 말했다. "플리스는 나를 아는 유일한 사람이야. 보육원 시절의 노마 진을 기억하는 사람." 남편이 부드럽게 말했다. "근데 그게 왜 좋은 일일까, 내 사랑?"

말문이 막힌 노마 진은 그를 빤히 바라보았다.

내 사랑. 나에 대한 이 남자의 사랑은 내가 다 말려 죽였을 텐데, 지금쯤이면?

매릴린 먼로의 특별 손님으로 리노에 간다는 사실에 플리스는 신이 났다. 하지만 항공권은 환불하고 그레이하운드 버스를 타고 왔다. 제퍼 호텔에서 플리스는 사흘 만에 300달러가 넘는 룸서비스 청구서를 올려놨고, 대부분 술값이었다. 엎지른 술 & 담배빵으로 호텔방을 심하게 손상시킨다. 물을 틀어놓고 욕조에서 잠이 든다 & 바닥으로 흘러넘친 물이 아래층으로 샌다. (이렇게 호텔에 입힌 각종 피해는 노마 진이 배상하게 된다.) 플리스는 노마 진이 충동적으로 손목에서 끌러준 불로바 금시계(Z가 준 선물인데 나의 **슈거 케인**에게라고 새겨져 있다)를 전당포에 잡힌다. 뒷다리로 선 말 모양의 황동 램프를 샤워 커튼으로 싸서 호텔에서 몰래 갖고 나간 것을 포함해 호텔방의 여러 물품을 전당포에 잡힌다. 노마 진이 준 100달러의 '밑천'을 카지노에서 문자 그대로 1페니 동전 하나 남기지 않고 탈탈 털린다. 〈기인들〉 세트장에는 단 한 번도 얼굴을 내밀지 않는다. 극작가 남편이 보는 바로 앞에서 노마 진의 입술에 똑바로 & 맹렬히 키스한다. 남편 본인은 약간 술에 취하거나 취한 척한다. 플리스는 리노의 한 레스토랑에서 이들 부부와 함께 저녁을 먹다 말고 갑자기 자리를 뜬다 & 이후 카지노 술집에서 난동을 부리며 블랙잭 딜러 & 보안요원을 칼로 찌른 혐의로 이튿날 새벽에 체포된다 & 흉기를 이용한 폭행죄를 포함해 여러 죄목으로 수감된다. 그리고 다른 누구도 아닌 매릴린 먼로가 와서(타블로이드 신문 〈내셔널 인콰이어러〉는 선글라스를 끼고 립스틱이 번진 입술로 멍해 보이는 매릴린 먼로가 카메라 플래시에 부신 눈을 가리는 모습을 커다랗게 싣고 호들갑스럽게 특종이라며 보도한다) 천 달러의 보석금을 낸 뒤 석방된다. 그 직후 플리스는 리노에서 자취를 감추는데 아마도 그레이하운드를 탄 듯하고, 휘갈겨쓴 메모 한 장만 달랑 노마 진의 호텔방 문 밑으로 밀어넣고 떠난다.

새앙쥐에게
우리 대신 매릴린으로 영원히 살아줘!

너를 사랑하는 너의 플리스가

소원해진 남편. 문 긁는 소리가 났다. 밤중에. 그들은 스위트룸에서 각방을 썼다. 남자는 소파에서 지내고 여자는 침실에서 불면증으로 돔페리뇽을 마시며 책을 읽고 낡아빠진 일기장에 떨리는 손으로 적는다 우리와 천국과 지옥 사이에는 오직 삶뿐이다, 세상에서 가장 부서지기 쉬운 것 눈의 초점이 맞지 않을 때까지 그러다가 나중에는 침대에서 내려오고—이렇게 높은 침대라니!—다리에 힘이 없어 아기처럼 기어서 문까지 가지만 그 문이 아니다, 욕실 문이 아니다. 남자는 알몸으로(여자는 항상 알몸으로 잤다) 훌쩍이며 문을 긁는 여자를 보고, 여자가 더럽게 제 몸과 카펫에 묻힌 것을 발견하고 깜짝 놀라며 역겨워한다. 이번이 처음은 아니다.

어쩌면 거기 있는 모든 게   바로 다음 차례일지도

이번엔 매릴린이 혼자 나와서, 우리가 있긴 했지만, 술집과 카지노에 갔어요. 호스슈 카지노의 주사위 테이블에 H가 있었는데 우릴 보더니 부르더라고요. H는 상습 도박꾼이었는데 그날은 잃지는 않았지만 하도 울적해서 게임을 접고 호텔방으로 혼자 돌아가려던 참이라더군요. H는 술에 취해 꽤나 감상적이었고, 〈기인들〉 로케이션 촬영이 겨우 한 주 정도밖에 남지 않은 상황이라 이건 명작이 되든가 완전 망작이 되든가 둘 중 하나라고 혼자 중얼거리고 있었죠. H가 먼로의 손을 잡더니 손등에 키스를 했어요. 그 두 사람이! 세트장에서는 그렇게 서로 못 잡아먹어 안달이더

니, 그날 만나서는 누가 더 개고생을 했는지 누가 누구한테 사과를 해야 하는지 어차피 서로 기억도 잘 못하더라고요. 아니면 그날만큼은 누가 더 잘했네 잘못했네 따질 게 없었을지요. H는 주사위 테이블에서 몇백 정도 땄는데 그중 50달러를 먼로한테 걸었고, 먼로는 그 아기 같은 목소리로 자긴 잃기만 해서 도박은 절대 안 한다고 했어요. 자기는 도박판 운이 안 따라준다고. 근데 H가 감독이 지시하듯 먼로의 말허리를 뚝 끊더니 무례인 줄도 모르고 이럽디다. "자기야, 잔말 말고 그냥 그 주사위나 던져." 그래서 먼로는 단 한 번의 주사위 던지기에 목숨이라도 달린 것처럼 그 불안하게 꺽꺽거리는 가냘픈 웃음을 터뜨리고 주사위를 던졌는데, 이겼어요. 먼로한테 어떻게 이긴 건지 설명해줘야 했죠(주사위 던지기는 복잡한 게임이니까요). 주위에서 박수치는 사람들한테 싱긋 웃어 보이면서 먼로는 이겼을 때 그만두고 싶다고, 또 하면 분명히 질 거라고 했죠. 근데 H가 경악한 얼굴로 먼로를 보면서 이래요. "자기야, 이건 매릴린답지 않아. 내가 아는 매릴린은 이렇지 않아. 그건 염병할 스포츠맨십에 어긋나는 짓이라고, 이제 막 판을 벌였는데." 먼로는 겁먹은 표정이었어요. (얼빠진 듯 이쪽을 바라보는 사람들이 잔뜩 있고 몇 명은 사진까지 찍고 있었지만 먼로가 무서워한 건 그 사람들이 아니었죠. 자기들끼리 수군대며 저기 매릴린 먼로야! 얼빠진 듯 먼로를 바라보는 낯선 사람들에게 먼로는 안전하게 보호받고 있다는 느낌을 받았어요.) 먼로가 말했어요. "뭐라고? 당신은 질 때까지 해요? 난 그런 건 별론데." H가 대꾸했어요. "아니지, 자기야. 더이상 잃을 게 없을 때까지 하는 거지."

그게, 우리가 네바다주 리노에서 보낸 마지막 주에 두 사람이 호스슈 카지노에서 한 일이었습니다.

소원해진 남편. 그는 말할 것이다. 비탄에 빠져 경솔하게 얘기가 이렇게 전해지는 것을 막지 못했다고. "나는 아내에게 〈기인들〉을 주었지만 아내는 어쨌든 나를 떠났어요. 나는 아내를 사랑하는데, 이해가 안 갑니다."

동화. 어떤 영화는 심지어 만드는 와중에도 잊어버리고 시사회도 굳이 안 보게 되는데, 어떤 영화는 애타게 그리워지면서 절대 잊히지 않고 수없이 보고 또 보며 사랑에 빠지고, 돌이켜 생각하면서 내가 이 영화를 만들던 순간순간을 사랑했구나 확인합니다, 스스로 납득합니다. 생의 마지막에 삶을 돌이켜보며 이해할 수 없던 자기 삶의 순간순간을 사랑했음을 확인하고 싶어하는 것처럼. 그래서 우린 〈기인들〉이라는 동화를 사랑했습니다. 우린 먼로와 게이블이 서로 사랑하는 모습을 좋아했어요. 어여쁜 공주님과 카리스마 왕자님이었죠, 황혼녘의 사막을 거닐며 함께 소곤소곤 얘기하고 웃음을 터뜨리는 두 사람은. 먼로는 게이블에게 팔짱을 단단히 끼었어요. 게이블의 팔뚝에 매달린 건방진 꼬마 여자애였죠. 이제 육십대에 접어든 게이블은 알고 보니 바위처럼 튼튼했어요. 너부죽하고 크고 명민한 얼굴은 비바람에 시달린 바위처럼 금이 간 듯 주름졌죠. 그 가느다란 콧수염하며. 그 한쪽 입꼬리만 올라가는 짓궂은 미소하며.

그게 게이블의 진짜 모습이 아닐 수도 있다는 생각은 안 들었어? 여느 사람들처럼 죽을 수도, 몇 주 후에 심장마비로 세상을 뜰 수도 있다는 생각은?

먼로는 서른다섯에 접어든 시기였으니 다시는 '아가씨'가 될 수 없다는 게 다 보였죠. 머리는 너무 일찍 센 것 같고, 길게 늘어뜨린 머리칼의 음영 속에 군데군데 흰머리가 눈에 띄었어요. 그리고 그 눈!—여전히 아름다운 눈이지만 항상 눈물이 고여 있고, 내가 먼로와 얘기하고 있다 해도 나는 거기 없는 것처럼, 꿈에서 갑작스러운 이미지들이 불청객처럼 나타났다 희미해져 기억도 없이 사라지는 것처럼, 눈의 초점을 못 맞추고 자꾸 움직였어요 (카메라에는 절대 안 잡혔죠, 카메라는 먼로의 영원한 연인이었거든요). 그래도 대체로 먼로는 조리 있게 응수하는 편이었고, 종종 발랄하고 위트 있게 '매릴린다운 짓'을 해서 사람들을 웃겼어요. 셔츠와 슬랙스와 부츠 차림의 어여쁜 공주님과 카우보이 복장과 모자 차림의 카리스마 왕자님이 산쑥 지대의 짙은 향기 속에서 찍은 그 장면 때 얘기예요. 아주 쾌청한 밤이었어요. 영화음악은 아주 낮게 깔려 거의 들리지도 않았죠. 멀리서 리노의 불빛이 기묘한 심해 인광처럼 반짝였고요.

먼로가 말합니다. "결국 이렇게 끝나다니 웃기네!" 그러자 게이블이 이래요. "그런 식으로 말하지 마, 자기. 당신은 결코 끝나지 않아." 먼로가 말했어요. "내 말은 여기 네바다 사막에서 말이에요. 미스터 게이블—" "내가 '클라크'라고 불러달라고 하지 않왔나, 매릴린. 몇 번이나?" "크, 클라크! 내 어머니가 어렸을 때 당신이 내 아버지라고 주장하곤 했거든요." 먼로는 열성적으로 얘기하다가 잘못을 깨닫고 고쳐 말했어요. "그니까 내가 어렸을 때, 어머니가 당신이 내 아버지인 척했다고요." 게이블은 코웃음을 치며 껄껄 웃었는데, 아마 진심에서 우러나온 웃음이었을 겁니다. 그가 말했죠. "그 옛날에!" 먼로는 게이블의 팔을 잡아당기며 반박했어요. "오, 내가 어릴 때가 그렇게 옛날은 아니죠, 클라크." 게이블이 사람 좋게 말했어요. "맙소사, 난 늙은이야, 매릴린. 당신도 알잖소." "오 미스터 게이블, 당신은 절대 안 늙어요. 우리 같은 사람들은 그냥 왔다가 가죠. 난 블론드에 불과하고. 이 세상에 블론드는 흔해빠졌어요. 하지만 당신은, 미스터 게이블, 당신은 영원해요." 간청하듯 말하는 먼로에게 클라크 게이블은 그 가능성을 허락해준 너그러운 신사였죠. "당신이 정 그렇게 말한다면야." 몇 차례 심장마비를 겪고 나니 자신의 필멸에 대해 두려운 감각이 생겼지만 그래도 게이블은 다른 사람들과 달리 먼로의 예측할 수 없는 행동에서 야기되는 촬영 지연이나 끊임없는 스트레스에 항의하지 않았어요. 건강한 상태가 아니지. 먼로도 할 수만 있다면 잘했을 거야. 그는 델 것처럼 뜨거운 사막 기온에서 촬영하는데 별 불평이 없었고, 게이 랭글런드로서 자기 캐릭터의 과격한 액션 장면 중 많은 부분을 직접 연기하기로 결정했고, 사고로 시속 35마일로 달리는 트럭에 밧줄로 매달린 채 끌려가기도 했습니다. 오, 게이블도 자기가 불사신이 아니라는 걸 알고 있었어요! 그치만 새로 결혼한 어린 아내가 있었죠. 아내는 임신중이었고.

자식이 크는 모습을 보면서 오래 살려고 하지 않았을까요?

　옛날 할리우드였으니, 그랬겠지요.

　동화. 블론드 배우는 한 남자가 사랑의 공물로 그녀에게 써서 바친 이 동화를 스스로 믿게 된다. 저 어둠 속에서 빛나는 로즐린이 저 조그만 야생마 무리를 구할 것이고, 또 저 야생마들은 살아남을 거라고 믿게 된다. 저 말, 수백 마리 중 고작 여섯 마리 남았으며 그중 한 마리는 망아지다. 제 어미 옆에서 불안하게 전력으로 달리는 망아지. 필사적인 사내들의 올가미와 밧줄에 잡히지만, 그래도 죽음에서 벗어나 살아남을 것이다. 도살업자의 칼에서, 곱게 갈려 개 사료가 되는 운명에서 벗어날 것이다. 여기에 서부의 낭만이나 사내다운 이상과 용기 따윈 없으며 다만 울적한 '현실주의'가 미국 관객의 얼굴을 정통으로 덮칠 것이다! 오직 로즐린만이 서서히 차오른 여성의 분노로 야생마를 구할 것이다. 오직 로즐린만이 블론드 배우와 감독이 세심하게 스케치한 액션 장면에서 사막을 향해 달려나가 폐가 터져라 목청껏 수컷의 잔인함에 대한 분노를 표현할 것이다. ("하지만 난 근접촬영은 싫어. 소리지르는 나를 찍는 건.") 로즐린은 남자들에게 고래고래 소리지를 것이다. **거짓말쟁이! 살육자! 너희나 자살해!** 로즐린은 네바다 사막의 텅 빈 공간에서 목이 아파올 때까지 소리지를 것이다. 궤양으로 구멍난 입안이 아려올 때까지. 충혈된 눈의 모세혈관이 몇 개 더 터질 때까지. 심장이 터지기 직전까지. **진짜 싫어! 죽어버려!** 여자는 아마도 제 삶의 남자들, 그 낯짝이 아직 기억나는 남자들을 향해 소리지르고, 선홍색 벨벳 휘장 주변과 눈부시게 밝은 사진사의 조명 너머 광대한 세상을 구성하는 낯짝 모르는 남자들을 향해 소리지르고 있었다. 여자는 어쩌면 거울을 향해 소리지르고 있었다. 여자는 그날 아침 닥터 펠에게 어떤 약도 필요 없다고 말했다(페노바르비탈을 먹고 인사불성의 밤을 보낸 후였으면서). 덫에 걸린 말들의 엄청난 광경에 자극받아 연민, 공포, 분노에 휩싸인 터라 지금은 어떤 약도 필요 없었다. 두 번 다시 어떤 약도 필요 없으리라 믿었다. 힘이 넘쳤다! 기쁨이 넘쳤다! 여자는 홀로 할리우드로 돌아가 집을 살 것이다. 자신의 첫 집을 사서 혼자 살 것이고, 자신이 하고 싶은 작업만 할 것이다. 여자는 위대한 배우가 될 가능성을 거머쥐었고, 위대한 배우가 될 것이다. 여자는 더이상 남자들이 놓은 덫에 걸려들지 않을 것이다. 더이상 속임수에 넘어가 진실된 자아를 빼앗기지 않을 것이다. 블론드 배우는 적개심과 분노를 표현한다. 마침내. (지켜보던 모든 이가 이렇게 주장할 것이다.) 적개심과 분노의 표현을 흉내낸 게 아니라, 여자의 몸을 전류처럼 관통한 진정한 격노였다.

"거짓말쟁이! 살육자! **진짜 싫어.**"

일정보다 몇 주 늦게. 예산을 수십만 달러 초과하여. 그때까지 제작한 흑백영화 중 가장 제작비가 많이 든 작품이었다.

"그 모든 게 우리의 매릴린 덕분이죠. 무한한 감사를 드립니다."

이번에는 먼로 영화를 위한 호화로운 프리미어가 없다.

환호하는 수천만의 팬들 앞을 지나 할리우드 블러바드를 나아가는 왕족의 자동차 퍼레이드도 없다. 그로먼스 극장에서 하는 갈라 파티도 없다. 거품이 솟구치며 블론드 배우의 맨살이 드러난 팔을 따라 흘러넘치는 돔페리뇽도 없다. 영화 개봉 즈음이면 클라크 게이블이 세상을 뜬 지 몇 달 후일 것이다. 먼로가 거의 엇비슷하게 이혼한 후일 것이다. 〈기인들〉은 흥행에서 참패하게 된다. 경의를 표하는 지적인 평과 게이블, 먼로, 클리프트의 연기에 대한 찬사에도 불구하고 그 영화를 제작한 영화사는 영화를 싫어했다. 독특하고 '예술적인' 영화라는 혹평을 받게 된다. 영화는 완강한 진실성을 담았다. 캐릭터들은 엉망으로 망가진 배우들과 꼭 닮았다. 유명한 얼굴이었지만 그들 자신은 아니었다. 게이 랭글런드를 보면 예전에 저 사람 클라크 게이블 아니었나? 하는 생각이 든다. 블론드 로즐린을 보면 예전에 저 사람 매릴린 먼로 아니었나? 하는 생각이 든다. 만신창이 로데오 기수 퍼스 홀런드를 보면 세상에! 저 사람은 몽고메리 클리프트였는데 하는 생각이 든다. 그들은 당신이 어릴 때부터 알던 사람들이다. 게이 랭글런드는 당신의 노총각 삼촌이다. 로즐린 테이버는 당신 어머니의 친구이자 소도시에 사는 이혼녀. 한때 화려했으나 지금은 쇠락한 안타까운 소도시. 어쩌면 당신의 아버지가 로즐린 테이버와 사랑을 했을지도 모른다! 누가 알랴. 로데오 기수는 황폐한 얼굴에 슬픈 눈을 가진 깡마른 떠돌이다. 어느 이른 저녁 버스 정류장에서 담배를 피우며 당신 쪽으로 멍한 눈길을 던지는 그를 보게 될지도 모른다. 그들은 1950년대의 평범한 미국인이지만 당신에게는 수수께끼 같다.

왜냐면 당신은 그들을 오래전부터, 세상이 수수께끼였던 시절부터, 심지어 거울에 비친 당신 자신의 얼굴마저, 가령 아까 그 버스 정류장의 담배자판기나 공중화장실 세면대 위 물때 낀 거울에 비친 당신 얼굴마저 결코 풀리지 않는 수수께끼였던 시절부터 그들을 알았으니까.

　브렌트우드 헬레나 드라이브 5길 12305에 위치한 집에 살고 있던 노마 진은 어느 날 문득 깨닫게 된다. "로즐린의 모든 것이 내 인생이었어."

주마 클럽

어라? 저건 누구야?

저기 무대에 있는 자신의 마법 친구 & 거울들 앞에서 추는 춤을 보고 깜짝 놀란다. 깜박거리며 빙빙 도는 조명. 〈I Wanna Be Loved by You〉. 플레어스커트가 소용돌이치며 퍼지는 하얀 크레이프 홀터넥 선드레스를 입은 **매릴린 먼로** & 상향통풍이 스커트 자락을 들어올릴 때 드러나는 하얀 면 팬티. 관객들이 소리지른다. 맵시 있게 벌린 다리. 댄서는 환희에 차서 꺄악 소리를 내지르며 등을 활처럼 구부린다 & 군중이 휘파람을 불고 환호성을 올리고 주먹으로 쾅쾅 두들긴다 & 푸르뎅뎅한 연기 속의 다리 & 귀가 멀 것 같은 음악. 오 사람들이 왜 날 여기 데려온 거지, 난 여기 있기 싫어. 아래위로 흔들리는 댄서의 고개 위에 얹힌 반짝이는 플래티넘블론드. **매릴린 먼로** 같아 보이지만 광대처럼 새하얀 얼굴은 더 길다 & 턱이 좀더 튀어나왔다 & 코도 더 크다. 그러나 감미로운 붉은 입 & 모조 다이아몬드처럼 반짝이는 파란 섀도우를 칠한 눈. 그리고 홀터넥 속 거대한 젖가슴. 스파이크힐을 신은 댄서가 우쭐대며 쿵쿵 걷기 시작하고 커다란 젖통 & 궁둥이를 흔들기 위해 몸을 이리저리 비튼다. 매릴-린! 매릴-린! 군중은 댄서를 사랑한다. 오 제발 그러지 말아줘. 우린 그저 웃음거리가 되기 위한 고깃덩어리가 아니잖아. 우린 고깃덩어리가 아냐!

오늘밤 재스민 & 조커리 클럽 향수 냄새를 풍기는 노마 진은 선글라스를 쓰고 하얀 실크 터번으로 머리카락을 가리고 하얀 실크로 된 터키 장군복 스타일 바지 & 카를로의 남성용 스트라이프 재킷을 입었다. 오 카를로는 왜 이런 짓을 하는 거지. 왜 나를 여기 데려온 거지? 카를로는 나를 사랑하는 줄 알았는데. 점점 빨라지는 교미 비트에 맞춰 댄서는 포유동물 같은 몸을 교묘하고도 솜씨 좋게 뒤틀어댄다. 공기해머 같은 골반. 입술 사이로 내민 촉촉한 핑크빛 혀끝. 헐떡이며 신음한다. 탄력 있게 튀어오르는 자신의 젖가슴을 어루만진다. 관객들이 환장하며 좋아한다! 더더더! 오 어째서? 저 사람들을 위해 우리를 웃음거리로 만드는 거야? 머리 꼭대기까지 마약에 취한 댄서는 허연 안구를 드러낸다 & 가슴팍에 반짝이는 땀방울이 흘러내리며 하얗게 광대 화장을 한 몸뚱이에 줄무늬가 생기고 꼭 신경세포 줄기가 드러난 것 같다. 저 리듬을 멈출 수가 없다! 군중은 만족할 줄 모른다. 마치 섹스와 같다. 리듬이 점점 강해지고, 멈출 수 없다. 거울들 속 댄서가 팔꿈치까지 오는 하얀 장갑을 벗어 광란하는 군중 속으로 던진다. 나는 당신에게 사랑받고 싶어 당신에게 다른 사람 말고 오직 당신에게. 스타킹을 벗어서 던진다. 홀터넥—오오오!—을 벗자 주마 클럽의 군중이 미쳐 날뛴다. 푸르뎅뎅한 연기가 일렁이는 주마 스트립 클럽. 카를로의 모로코산 담배. 다른 사람들과 함께 웃는 카를로. 댄서는 소용돌이치는 연기 & 귀가 멀 것 같은 음악 속에서 포도알만한 형광 분홍색 젖꼭지가 달리고 스펀지고무처럼 탄력 있게 통통거리는 거대한 젖가슴을 잡고 으스대며 걷는다 & 다음으로 플레어스커트가 찢어진다 & 던진다 & 소리지르는 관객들에게 등을 돌리고 토실한 엉덩이를 흔들어댄다 & 허리를 숙이고 양쪽 궁둥이를 잡아벌린다—오오오오! 관객들이 신음하며 외친다. 이제 알몸이 된 댄서의 파우더로 뒤덮여 하얗게 기름진 땀방울 밑에서 뾰루지가 난 등이 번들거린다 & 댄서는 드디어 의기양양하게 뒤로 돌아 제모한 치골에 살색 테이프로 붙인 길고 가느다란 페니스를 드러낸다 & 여자/남자 댄서는 사랑받고 싶어 사랑받고 사랑받고 사랑받고 싶어 소리지르며 살색 테이프를 떼어낸다 & 이제 주마 클럽의 군중은 진짜로 미치고 환장해서 댄서를 향해 부르짖는다 & 미친듯이 깐닥이는 페니스는 반쯤 발기했다

매릴-린!   매릴-린!   매릴-린!

이혼(재촬영)

일단 배역이 만들어지고 세부사항이 전부
정교하게 짜여지면…… 배우는 설령 별다른 영감이
없다 해도 그 역을 항상 정확히 연기할 것이다.

　　　　　　　　—미하일 체호프, 『배우에게』

1

"죄송합니다. 오 용서해주세요! 더이상 드, 드릴 말씀이 없군
요."

'이혼 기자회견'이라고 알려진 이 뉴스영화에 나온 블론드 배
우는 멋들어지게 검정으로 차려입었고 살결은 게이샤처럼 새하
얗다. 〈버스 정류장〉의 셰리처럼 옆에 있는 사람들보다 훨씬 더
창백해 보여 마네킹이나 광대 같다. 입술은 자줏빛을 띤 붉은색
펜슬로 윤곽선을 그려 실제보다 더 크고 도톰하게 보인다. 울어서
빨개진 듯한 눈은 옅푸른 아이섀도를 바르고 눈썹에 어울리는 고
동색 마스카라를 칠했다. 머리칼은 언제나처럼 플래티넘블론드
로 반지르르하게 빛난다. 바로 이것이 매릴린 먼로다. 그러나 막막

하고 상심한 여자. 여자는 혼란스러우면서도 기쁘게-해주고-싶어-안달인 태도다. 수십 명의 기자들이 기록하게 될 중대 발표를 하는 와중에도 마치 대사를 잊은 듯하다. 자신이 누구인지 잊는다. **매릴린 먼로**. 블론드 배우는 우아한 검정 리넨 정장을 입고 속이 비치는 엷은 색 스카프를 목에 매고 짙은 색 스타킹과 검정 하이힐을 신었다. 장신구는 없다. 반지도 없다. 여자의 떨리는 손은 반지 하나 없이 유독 휑하다. (그렇다. 여자는 결혼반지를 네바다주 리노의 트러키강에 던져버렸다. 이혼녀 로즐린 테이버처럼. 오래도록 내려온 리노의 전통이었다!) **매릴린 먼로**가 부서질 것처럼 보이고 가슴이 커 보이지 않다니 놀랄 일이었다. 몰려든 언론사 기자들은 최근 여자가 '10~12파운드'가량 살이 빠졌다는 정보를 들었다. 블론드 배우는 사 년을 함께한 극작가 남편과 멕시코에서 간단히 이혼한 후, 그리고 친구이자 공동 주연을 맡았던 클라크 게이블의 '비극적 죽음' 이후 '정신적 고뇌에 시달리고' 있다.

과부처럼. 저 꼬투리 잡기 좋아하는 기자들한테 가망 없는 결혼생활에서 자유로워진 이혼녀가 아니라 돌이킬 수 없는 상실로 고통받는 과부라는 인상을 주고 싶은 겁니다.

클라크 게이블에 관한 질문에는 비교적 조리 있는 답변을 더듬더듬 해냈지만—얼마나 친한 친구였는지, 〈기인들〉 제작을 지연시키고 상황을 꼬이게 만들어 스트레스를 가중시키는 등 **매릴린 먼로**가 게이블의 심장마비에 직접적인 책임이 있다며 고인의 아내가 제기한 비난에 대해 어떻게 생각하는지—전남편에 대해서는 얘기하지 않을 것이다. 전남편 중 누구에 대해서도. 극작가와 전직 운동선수. 다만 속삭이는 듯한 목소리로 말하는데, 소리가 너무 작아서 옆에 서 있던 이혼 변호사가 다시 말해야 하고, 블론드 배우는 변호사의 팔에 기대어 서 있다. 여자는 그들을 '무한히 존경한다'고 했다.

자연스럽게 해요. 느낀 대로 말해요. 아무 느낌도 없으면, 데메롤로 안정되지 않았을 때 느꼈을 법한 감정을 상상해서 말하세요.

"그들은 위, 위대한 남자들이죠. 위대한 미국인. 명예로운 인간으로서 그들과 그들이 자기 분야에서 일궈낸 성취를 존경하지만, 나는 여자로서 그들과 결혼생활을 지속할 수 어, 없었습니다." 블론드 배우는 울먹이기 시작한다. 움켜쥔 티슈—아니, 흰색 손수건이다—를 들어 눈시울에 댄다. 어느 타블로이드 신문의 여성 기자가 카랑카랑한 음성으로 **매릴린 먼로**에게 '아내로서, 여성으로서, 어머니로서 실패했다'고 느끼는지 감히 묻자, 그 뻔뻔함에 거기 모인 사람들이 일제히 숨을 집어삼킨다. (다들 묻고 싶어 죽을 지경이던 바로 그 질문이다!) 블론드 배우의 변호사가 인상을 쓴다. 블론드 배우 바로 뒤에 서 있던 영화사의 홍보 담당자 겸 미디어 매니저도 인상을 쓴다. 당연히 이런 무례한 질문에 대답할 필요는 없지만, 블론드 배우는 용기 있게 비통한 눈을 들어 박해자를 찾고, 그를 향해 말한다. "나는 펴, 평생을 바쳐 실패하지 않으려고 노력해왔습니다. 진짜 열심히 노력했어요! 가정집에 입양되어 보육원을 빠져나오려고 노력했어요. 엘센트로 애비뉴에 있는 그 보육원 말입니다. 고등학교 때는 뛰어나게 운동을 잘하려고 노력했어요. 열일곱 살 때 나를 떠난 첫 남편을 위해 살림하는 좋은 아내가 되려고 노력했어요. 그냥 또하나의 블론드가 되지 않으려고, 훌륭한 배우가 되려고 진짜 열심히 노력했습니다. 오 내가 노력했다는 거 아시죠, 안 그래요? 매릴린 먼로는 핀업 걸이었죠, 기, 기억하잖아요. 나는 열아홉 살 때 캘린더 걸이었고, '미스 골든 드림스'로 50달러를 벌었는데 그 때문에 내 커리어는 망가질 뻔했어요, 역사상 가장 잘 팔린 캘린더 사진이라더군요. 그 모델은 1949년 당시에 고작 50달러를 받았는데, 하지만 난 어, 억울하지 않아요. 속상하긴 하죠. 하지만 어, 억울하거나 화가 나진 않아요─난 그저 아이가 있으면 어땠을까 하는 생각만 자꾸 들고─오 그리고 미스터 게이블이 세상을 떠났는데 매릴린 먼로는 심지어 그것까지도 비난을 받아요─하지만 난 그를 사랑했어요─친구로서─하지만 그는 그전에도 여러 번 심장마비를─오 난 그가 그리워요─내 결혼생활보다 그가 더 그리운 것 같네요─내 결혼생활은─"

이제 그만. 우리가 원하는 분위기는 멜로드라마가 아니라 비가悲歌예요. 장르가 비극이라면 고전이죠, 그리스 고전. 피투성이 아수라장은 무대 뒤에서 벌어지고 그 반영만 드리우는 겁니다.

"죄송합니다. 오, 용서해주세요! 더이상 드, 드릴 말씀이 없군요." 여자는 펑펑 운다. 얼굴을 가린다. 기자회견 내내 간간이 터지던 카메라 플래시가 이제 몇십 대의 카메라에서 일제히 터진다. 그 효과는 미니어처 원자폭탄이다! 블론드 배우는 두 남성 동료의 에스코트를 받으며 대기하고 있던 리무진으로 이동하고(이혼

기자회견은 현재 블론드 배우가 거주하는 집, 즉 에이전트 홀리로드 혹은 아마도 영화사의 Z 아니면 '매릴린 영화의 어느 열성 신도'가 제공한 듯한 베벌리힐스 대저택의 잔디 깔린 앞마당에서 이루어졌다) 짧은 기자회견에 실망한 언론사 기자, 칼럼니스트, 라디오 관계자, 사진사, 촬영팀, 그 밖에 이 비공개 행사에 초대된 극소수의 선택된 사람들이 이제는 미친개처럼 막무가내로 앞다퉈 달려나온다. 뉴스영화의 사운드트랙에 저마다의 광분한 외침이 잡혔다—"미스 먼로, 질문 하나만 더요, 제발!"—"매릴린, 잠깐만!"—"매릴린, 우리 청취자를 위해 한말씀해주세요, 다음번에는 말런 브랜도인가요?" 영화사의 보안요원 몇 명이 그들을 막았지만 이탈리아인으로 보이는 왜소하고 약삭빠르고 사티로스의 뽀족한 귀를 가진 기자 하나가 변호사의 팔 밑으로 빠져나가 마이크를 블론드 배우의 얼굴에 난폭하게 들이밀어 정말로 배우의 입을 때리며(앞니가 하나 깨졌다!—나중에 영화사 치과의사한테 치료받았다) 억양이 있는 영어로 외친다. "매릴-린! 여러 번 자살 시도를 했다는 게 사실입니까?" 또다른 뻔뻔한 남자가, 언뜻 보기에도 진짜 기자는 아니었다, 뉴스영화 화면상 만취한 듯한 얼굴에 칫솔처럼 촘촘하게 위로 자란 머리가 땀에 젖어 번들거리는 건장한 남자가 겁먹은 블론드 배우에게 봉투 하나를 찔러넣는 데 성공한다. 겉면에 붉은 잉크로 **미스 매릴린 먼로**라고 쓰여 있고 붉은 밸런타인데이 하트 여러 개가 예쁘게 그려진 봉투를 보고 여자는 그것을 받는다.

이윽고 블론드 배우는 리무진에 탄다. 뒷문이 닫힌다. 창문이 짙게 선팅되어 밖에서는 안이 보이지 않는다. 에스코트하던 남자들이 군중을 향해 날선 목소리로 외치며—"좀 쉬게 해주세요, 네!"—"힘들어하잖아요, 안 보이십니까!"—리무진에 올라타자 차가 출발하고, 길을 막은 사진사들 때문에 처음엔 서서히 나아가다 이내 시야에서 사라진다. 그 뒤를 쫓는 군중은 여전히 여기를 봐달라고 아우성치고 카메라들은 여전히 플래시를 터뜨린다, 뉴스영화가 뚝 끝날 때까지.

2

"난 이제 이, 이혼한 건가? 다 끝났나?"

"매릴린, 당신은 일주일 전에 이혼했어요. 기억 안 나요? 멕시코시티에서. 우리와 함께 비행기를 타고 갔었잖아요."

"오, 그랬던 것 같네. 그럼 다 끝난 거지?"

"다 끝났어요. 당분간은."

남자들은 블론드 배우가 재치 있는 대사라도 말한 것처럼 웃음을 터뜨렸다.

짙게 선팅된 유리창 안쪽, 속도를 높여 달리는 리무진의 뒷좌석. 더이상 카메라에 담기지 않는다. 이건 실제 삶이어야 하는데 실제 같지가 않았다. 지금도 숨쉬는 게 더 쉽지는 않고, 눈의 초점을 맞추는 것도 그렇다. 딱딱한 물체에 맞은 앞니가 아팠지만 그건 사고였다고 혼자 되뇌었다. 그 기자의 의도는 자신을 다치게 하려는 게 아니었다고. 이름이 바로 기억나지 않는 변호사와 영화사의 홍보 담당자 롤로 프로인드가 여자에게 축하 인사를 건넸다. 스트레스가 많은 상황에서 아주 근사한 연기를 펼쳤다면서. 그건 나의 실제 삶이었어. 하지만 그래, 그건 연기였지.

"뭐라고? 내가 이혼했다고, 이제?" 사람들 표정으로 자신이 이 질문을 이미 했고 답도 알고 있음을 깨달았다. "오, 그러니까 내 말은—서명해야 할 서류가 더 있나?"

서명해야 할 서류는, 항상, 더 있었다. 공증인 입회하에.

매릴린 먼로는 보지도 않고 그런 서류에 서명했다. 모르는 게 낫지!

속도를 높여 달리는 리무진은 일종의 타임머신이었다. 벌써 여자는 자신이 어디에 있었는지 잊었다. 자신을 어디로 데려가는지 몰랐다. 〈기인들〉 홍보 활동이 더 남아 있을지도. '롤로 프로인드'는 사실 '오토 외즈'고, 지금도 여전히 헐벗은 여자들을 찍는 사진사일지도? 블론드 배우는 너무 피곤해서 제대로 가려낼 수 없었다. 정신을 좀 차리려고 벤제드린 알약을 찾아 핸드백 속을 서툰 손으로 더듬었지만 한 개도 찾을 수 없었다. 아니 손가락이 말을 듣지 않았다. 오, 여자는 사악한 닥터 펠이 그리웠다, 지금은 없어 졌지! (영화사 전속 의사 닥터 펠은 영화사에서 사라졌다. 미키 루니를 닮은 새로운 의사가 그 자리를 채웠다. 할리우드에 떠도는 가혹한 루머로는 닥터 펠이 토팡가캐니언의 방갈로 자택에서 바지를 발목까지 내리고 흉터투성이 팔에 주사기를 꽂고 변기에 앉아 죽은 채 발견됐다고 했다. 어떤 버전에서는 모르핀 남용으로,

또다른 버전에서는 헤로인 남용으로 사망했다고 전해졌다. 건전한 케리 그랜트를 닮은 의사치고는 비극적인 최후였다!)

여자는 밸런타인데이 봉투를 꽉 쥐고 있었다. 여러 달 동안 여자는 아버지의 다음 편지를 안절부절못하며 기다렸지만, 이것이 그 편지는 아닐 거라고 짐작했다. "난 너무 외로워. 그렇게 많은 사람들의 사랑을 받고 있는데 왜 이렇게 외로운지 나도 이해가 안 가. 난 보육원에 있던 여자애들을 사랑했어, 나의 자매들!―나의 유일한 친구들. 하지만 다 잃었지. 어머니는 나를 아는 것 같지도 않고, 아버지는 나한테 편지를 쓰긴 하지만 거리를 두고. 내가 나환자인가? 괴물인가? 저주인가? 남자들은 나를 사랑한다지만 그들이 사랑하는 게 누군데? '매릴린'이지. 나는 동물을 사랑하고, 특히 말을 아주 좋아해. 리노에서 남서부의 야생마를 구하는 기금을 모으기 시작한 사람들을 돕고 있어. 어떤 동물도 죽을 필요가 없는 세상이 됐으면 좋겠어. 자연사만 빼고!"

두 남자 중 한 명이 목청을 가다듬고 말했다. "인터뷰는 이제 끝났어요, 매릴린. 좀 쉬세요." 블론드 배우는 클라크 게이블의 죽음에 책임이 있다는 비난이 얼마나 부당한지, 얼마나 억울한지 설명하고 싶었다―"나야말로 그를 사랑한 사람인데. 그것도 아주 많이! 내가 진심으로 존경한 유일한 사람이었어. 내 어, 어머니 글래디스 모텐슨과 미스터 게이블은 아주 오래전부터, 두 분다 할리우드에 갓 도착한 젊은이였던 시절부터 알고 지냈어." 여자는 거듭 점잖게 타이르는 말을 들었다. "인터뷰는 끝났어요, 매릴린." 여자는 애원하듯 말했다. "왜 사랑이 잘못되는 건지, 정말 미스터리야. 그 미스터리를 내가 만들어낸 건 아니잖아? 그게 왜 내 탓이야? 질 때까지 주사위를 던지기로 되어 있다는 건 알아. 대담해야 하지, 스포츠맨답게. 난 노력할 거야. 다음번엔 더 나은 배우가 될게, 약속해."

남자들은 이 유명한 영화배우에게 흥미를 느꼈다. 가까이서 보니 무대화장 껍질 아래 여자의 얼굴은 어찌나 순수한 소녀의 얼굴인지. 그런 화장은 사진 촬영에는 이상적이지만 맨눈으로 보기에는 거슬렸다. 남자들은 이 여자가 밸런타인데이 봉투를 얼마나 애처롭게 꽉 쥐고 있는지에 눈이 갔다. 익명의 팬에게 받은 메시지가, 낯선 타인의 애정 선언이 마치 자신의 목숨을 구해주기라도 할 것처럼 그 봉투를 움켜잡고 있었다. "제발 나를 빤히 쳐다보지 말아요! 난 괴물이 아니야. 난 이야깃거리로 기억되고 싶지 않아. 더이상 법률 문서에 서명하고 싶지도 않고. 어머니의 신탁기금만 빼고. 어머니가 레이크우드 정신병원에 계속 계실 수 있도록, 내가 죽"—여자는 갈피를 잃고 잠시 말을 끊었다, 무슨 얘기를 하려고 했더라?—"예상치 못한 일이 나한테 일어날 때를 대비해서." 여자는 웃음을 터뜨렸다. "아니면 예상된 일이."

두 남자는 그런 말 하지 말라며 얼른 말렸다. **매릴린 먼로**는 아직 젊으니 오래오래 살 거라며.

3

참으로 이상한 일이었다! "누구 얘기할 사람이 있다면 좋을 텐데."

롤로 프로인드, 영화사에서 그들의 스타 **매릴린 먼로**를 감독하기 위해 고용한 홍보 담당자/미디어 매니저인 그 남자는 다름 아닌 오토 외즈였다! 십 년도 넘게 지난 후 여자에게 돌아온 것이다.

그러나 남자는 자신이 한때 오토 외즈였음을 결코 인정하려 들지 않았다. 롤로 프로인드인 그는 1950년대 후반에 '미디어 매니지먼트'라는 새로운 분야를 개척하기 위해 로스앤젤레스로 이주한 '뉴욕 토박이'라고 주장했다. 몇 년 후 그는 대성공을 거두었고 영화사들은 너도나도 그를 잡으려 혈안이 되었다. 항상 센세이셔널한 스캔들과 언론의 관심에 연루되는 초대형 스타들(가령 **매릴린 먼로**라든가)은 자기파괴적인 성향이 있어 노련한 미디어 전문 매니저가 필수였다. 오토 외즈 혹은 롤로 프로인드는 노마 진이 기억하는 대로 키가 크고 음울했으며, 매처럼 생긴 여윈 얼굴엔 얽은 자국이 있고, 축 늘어진 왼쪽 눈꺼풀은 변함없이 조롱하는 듯한 표정을 선사했고, 이마에는 가시 모양의 묘한 흉터가 있었다. 그의 가시면류관. 그 사람, 유다! 한때 까맸던 머리는 오래 쓴 철수세미 색으로 옅어졌고, 지금은 기름기 도는 특이한 산발이 앙상한 두개골을 덮고 있었다. 분명 오십대일 것이다. 석회화될 정도로 나이를 먹지는 않았다. 무표정한 석고 탈바가지 속에서 축축하고 경계심 강한 그의 작고 기민한 눈이 슬쩍 엿보는 것 같았다. 치아는 할리우드 스타일로 아름답게 크라운을 씌웠다. 내가 본 사람 중 가장 흉측한 남자야. 죽으면 얼마나 더 흉측해질까!

롤로 프로인드는 암녹색 재규어를 몰았고(그가 뻐기며 말했듯) "런던 본드 스트리트에 있는 내 양복점"에서 주문 제작한 상어색 고급 맞춤 정장을 입었다. 그 정장은 연필처럼 빼빼 마른 그의 몸매에 너무 딱 맞아서 허리를 꼿꼿이 세운 자세로 앉아야만 했고, 그 자세는 구속복 같은 드레스에 꿰어맞춰졌던 블론드 배우에게는 아주 익숙했다. 그를 처음 소개받았을 때 여자는 다정한 근시에 자기 생각에 매몰된 블론드 배우가 아니라 예리한 눈썰미의 노마 진이었으므로, 비록 그가 잿빛 염소수염을 기르고 호박색 철제 안경을 쓰고 주문 제작한 맞춤 정장을 입었다 해도 대번에 오토 외즈임을 알아보았다. 여자는 깜짝 놀라서 남자를 빤히 응시했고, 말더듬증이 도졌다. "근데 우리 아는 사이 아닌가요? 오토 외즈? 나 노마 진인데, 기억 안 나?"

롤로 프로인드는 여느 노련한 거짓말쟁이 혹은 배우답게 그 말을 태연자약하게 받아넘겼다. 그는 자신이 처한 어떤 상황도 남에게 좌지우지되는 것을 용납치 않는 남자였다. 혼란에 빠진 것이 분명한 여자에게 롤로 프로인드는 깍듯한 미소를 지어 보였다. "'오즈'요? 안타깝게도 저는 어떤 '오즈'와도 일면식이 없습니다만. 다른 사람과 착각하신 모양이군요, 미스 먼로."

노마 진은 웃음을 터뜨렸다. "오, 오토, 웃기지 마. 나를 '미스 먼로'라고 부르다니. 나 알잖아, 노마 진. 당신은 〈스타스 앤드 스트라이프스)에 들어간 내 사진을 찍은 사진사였고 미스 골든 드림스에도 책임이 있지—나한테 50달러를 지불했잖아!—내가 못 알아볼 정도로 변하진 않았네. 단순히 죽는 것만으론 안 될 거야, 오토, 내가 당신을 못 알아보게 하려면." 오토 외즈 또는 롤로 프로인드는 블론드 배우가 익살맞은 재담이라도 한 듯 껄껄 웃어젖혔다. 노마 진은 간절히 말했다. "제발, 오토. 기억하지. 그때 난 미시즈 버키 글레이저였어. 전쟁중이었고. 당신이 나를 발굴해서 내 이, 인생을 바쳤잖아." 내 인생을 망쳤잖아, 이 개새끼야. 그러나 오토 외즈 또는 본인이 주장하듯 롤로 프로인드는 심지어 블론드 배우에게도 넘어가지 않는 간교한 남자였다.

여자는 그를 존경할 수밖에 없었다. 굉장한 놈이네!

지금은 1961년이었고, 다른 어디서든 마찬가지였지만 할리우드에서도 유대인이라는 것, 혹은 유대인으로 보인다는 것이 더이상 반역적인 사안은 아니었다. 반유대주의 적색공포의 시대는 저물었다. 유대인에 대한 혐오는 지하로 잠겨들거나 좀더 미묘하게 체계화되어, 블랙리스트나 '공산주의자' 박해의 문제가 아니라 컨트리클럽 멤버십이나 거주지 제한의 문제가 되었다. 로젠버그 부부가 전기의자에서 처형당한 후 오랜 시간이 흘렀고, 그들이 목숨을 바친 열의는 재가 되었다. 우익의 선봉장 조 매카시 상원의원은 죽었고, 악마들 손에 붙잡혀 그가 지상에서 다른 이들에게 알려주고 싶어했던 활활 타오르는 가톨릭 지옥으로 끌려들어갔다. 오토 또는 롤로는 유대인으로 보인다는 사실을 전혀 감추려 하지 않았다. 그는 뉴욕 유대인 억양으로 말했는데, 사 년 동안 뉴욕 유대인과 함께 살아온 노마 진의 귀에는 별로 그럴듯하게 들리지 않았다. 그럼에도 단둘이 있을 때 오토 또는 용감무쌍한 롤로는 그들의 공통된 과거를 한사코 인정하지 않았다. 노마 진이 말했다. "알았어, 알겠다고. '오토 외즈'가 블랙리스트에 올라서 개명한 거지?" 여전히 남자는 무슨 말인지 모르겠다는 듯 고개를 저었다. "나는 롤로 프로인드로 태어났습니다. 출생증명서가 지금 있다면 보여드리고 싶군요, 미스 먼로." 그는 항상 '미스 먼로'라고, 그러다 나중에는 '매릴린'이라고 불렀다. 그의 입에서 나오는 그 이름은 묘하게 비꼬는 것처럼 들렸다. 한때 그는 여자가 자기 자신을 상품처럼 판다고 비난하지 않았던가? 한때 그는 여자가 마약중독자의 쓸쓸한 죽음을 맞을 거라고 예언하지 않았던가? 그는 여성의 몸이 조롱거리라고 말했다. 그는 여자들을 혐오했다. 그럼에도 그는 노마 진에게 쇼펜하우어의 작품을 알려주었고 〈데일리 워커〉를 읽어보라며 주었다. 그는 노마 진에게 캐스 채플린을, 한때나마 여자를 너무나도 행복하게 해주었던 캐스를 소개해주었다. "오, 오토. 아니 그러니까 롤로. 당신을 괴롭히지 않을게. 내가 매릴린이 되지 뭐."

이혼 기자회견을 준비하고 빌린 집 앞에서 마치 영화감독처럼 세심히 조율하고 지휘한 미디어 매니저의 솜씨에 여자는 감탄할 수밖에 없었다. 그는 **매릴린 먼로**가 회견장을 떠날 때 언론과 마주치지 않도록 동선을 꼼꼼하게 차단했을 뿐 아니라 변호사와 자신의 동선도 미리 짜놓았다. 보안요원들까지 미리 예행연습을 시켰다. "우리가 피하고 싶은 분위기는 멜로드라마입니다. 당신은 검정 리넨 정장을 입어요. 내가 의상팀에 완벽한 의상을 주문해놨어요. 그러니까 당신은 과부처럼 보일 거예요. 저 꼬투리 잡기 좋아하는 기자들한테 가망 없는 결혼생활에서 자유로워진 이혼녀가 아니라 돌이킬 수 없는 상실로 고통받는 과부라는 인상을 주고 싶은 겁니다." 롤로 프로인드가 이 말을 했을 때 그들은 Z의 사무실에 있었다. 보드카를 마시고 있던 블론드 배우는 뱃속에서 우러나오는 새로운 웃음소리로 껄껄 웃었다. 영화산업이든 자신의 미모든 재능이든 알 바 아니라는 듯 아랑곳하지 않는 노스캐롤라이나 시골 여자처럼. "말 한번 잘했네, 롤로. 가망 없는 장식용 결혼생활. 늙고 따분하고 가망 없는 장식용(상냥하고 점잖고 '재능 있는' 사람일지는 몰라도) 남편과의 낡고 따분하고 가망 없는 염병할 장식용 결혼생활이었지. 살려줘!" 프레드 앨런, 그라우초 마르크스, 고㊀ W. C. 필즈처럼 블론드 배우가 반복 악절에 빠져 같은 말을 또 하기 시작하면 지켜보던 사람들은 충격에 빠져 여자를 물끄러미 응시했다. 롤로 프로인드와 그의 남성 동료들은 불안한 웃음을 터뜨렸다. 그런 회합에서 **매릴린 먼로**는 비서와 '조수'를 계산에 넣지 않는다면 거의 매번 유일한 여성이었고, 블론드 배우가 구체적으로 명시했듯 '유일하게 현역으로 일하는 질'이었다. 남자들은 블론드 배우를 부추기는 것처럼 보일까봐 경계했지만 그래도 확실히 블론드 배우를 탐욕스러운 눈빛으로 바라보았고, 일화들을 차곡차곡 머릿속에 저장했다. **매릴린 먼로**가 속옷을 안 입는다는 게 사실이야? (진짜라니까! 다 보여!) 거기다 며칠씩 목욕도 안 하고 다닌다며? (진짜로 그래! 텔컴에 찌든 땀냄새가 나.) 하지만 남자들은 아주 짧게만 웃었다.

먼로를 부추기는 짓은 안 하는 게 좋아. 눈 깜짝할 사이에 히스테리 발작으로 이어지니까. 살살 조심해서 다뤄. 그 날렵한 블론드 야옹이한테는 발톱이 있거든.

그날 오후 여자는 Z의 플러시 소파에 다리를 꼬고 앉아 상체를 내밀고 두 손으로 무릎을 꽉 움켜쥐고 있었다. 처음 전속계약을 맺은 고등학생 신예 배우처럼 진지한 태도였다. "내가 언제 '이혼 기자회견'에 동의했어요? 이혼이 사적인 슬픔일지는 몰라도 비극은 아니에요. 한 남자와 결혼해서 사 년을 살았는데 난 모르겠─" 여자는 잠시 말을 끊고 생각해내려 애썼다. 뭘 모른다는 거지? 애초에 왜 그 극작가와 결혼했는지? 거의 아버지뻘인 남자와, 기질적으로 보면 할아버지뻘인 남자와? 음담패설에 능한 쾌활한 유대인(가령 아주 좋아했던 맥스 펄먼이라든가)도 아니고 랍비 같은 학구파 유대인과? 전혀 취향이 아닌데? 그 이름도 기억이 안 나네? "난 모르겠어, 내가 어디서 시, 실수했는지, 그러니 거기서 어떻게 교훈을 얻겠어? '마음, 본능, 원칙'을 얘기한 프랑스 철학자가 있었는데. 내가 스스로 길을 정하면 안 될까? 난 진지한 사람이야, 진짜로. 그거 취소하면 어때요? 그냥 너무 기분이 울적하고, 뭐랄까, 은둔하고 싶어."

Z와 다른 남자들은 블론드 배우가 해석이 불가능한 악마의 언어로 얘기하기라도 한 듯 멀거니 여자를 바라보았다. 롤로 프로인드가 맞장구치듯 자연스럽게 끼어들었다. "당신은 진실된 감정을 느끼는 겁니다, 미스 먼로! 그래서 당신이 탁월한 배우라는 거죠.

그래서 사람들이 당신에게서 확대된 자아상을 보는 겁니다. 물론 사람들은 착각하는 거지만, 행복은 착각 속에 있는 것 아니겠습니까! 촛불이 활활 타오르는 불꽃 속에 살듯 당신은 영혼 속에 사니까요. 당신은 우리 미국인의 영혼 속에 살아 있어요. 웃지 말아요, 미스 먼로. 나도 진지합니다. 난 지금 당신이 단순히 '감성적인' 여자가 아니라 지적인 여자라고 말하는 거예요. 당신은 예술가죠, 모든 예술가처럼 당신은 삶이 예술을 위한 재료에 불과하다는 걸 알잖아요. 삶은 사라지는 것이고, 예술은 남는 거죠. 당신의 감정, 당신의 고통, 그게 당신의 이혼에 대한 것이든 미스터 게이블의 죽음에 대한 것이든, 뭐가 됐든—" 성급하고 공허한 손짓으로 롤로 프로인드는 여자가 삼십오 년 동안 살아왔던 혹은 상상했던 세상의 모든 것을 통친다. 중고서점에서 찾아낸, 고통에 처한 유대인의 의연함과 인고와 말없는 웅변을 담은 손때 가득한 중고책들이 환기시킨 홀로코스트의 기억, 어머니가 갇혀 있던 캘리포니아 정신병원의 퀴퀴한 악취, 여자의 사사로운 삶의 모든 기억, 그 모든 것이 영화 대본보다 중요할 게 없다는 듯—"당신의 트라우마를 뉴스영화로 보는 편이 좋을 겁니다, 다른 사람들도 그럴 테니까요."

"뉴스영화? 무슨 뉴스영화?"

"기자회견은 녹화할 겁니다. 우리만이 아니라 당연히 언론 매체에서도 할 거고요. 그중 일부는 재생되고 또 재생되겠지요. 이것은 귀중한 기록이 될 겁니다." 블론드 배우가 고개를 젓는 것을 보고 롤로 프로인드는 열정적으로 말을 이었다. "미스 먼로. 가공

되지 않은 자기 감정의 궁극적인 형태를 인정하는 편이 나아요. 실제 삶은 형태를 이루기 위한 도구에 불과합니다."

노마 진은 너무 충격을 받아 뭐라 반박할 말을 찾지 못했다. 옛 친구 오토, 결코 연인은 아니었고 사실 친구도 아니었던 남자를 망연히 바라보았다. 그는 여자의 젊은 나날에서 유일하게 남은 사람이었다. 여자는 매릴린의 음성으로, 거의 들리지 않을 만큼 가냘프게 속삭이는 투로 말했다. "오. 그렇겠지. 참 강력히도 주장하시네. 항복이에요."

4

그럼 그 밸런타인데이 봉투에는 무엇이 들었을까?

여자의 일그러진 얼굴을 보고 롤로 프로인드가 재빨리 빼앗아 들었다.

"오. 미스 먼로. 유감입니다."

두루마리 휴지에서 뜯어낸 정사각형 면 위에 누군가 공들여 또박또박 쓴 그것은 진짜 인분으로 쓴 것 같았다.

매 춘 부

나의 집. 나의 여정.

장면에는 반드시 적절한 조명이 쓰여야 한다. 무대 너머에는 의식되지 않는 어둠이 있다.

—『배우를 위한 안내서와 배우의 삶』

캘리포니아 브렌트우드, 헬레나 드라이브 5길 12305
1962년 밸런타인데이

어머니께

지금 막 제 명의로 된 집으로 이사왔어요!
곧 가구를 들일 거예요 & **너무 행복해요.**

멕시코풍의 아담한 집이에요. 진짜
멋져요. 골목 끝에 은밀하게 숨겨져 있고 담벼락이
적당히 둘려 있어 조용해요.
나무보를 드러낸 천장 & 널찍한

거실(석조 벽난로도 있어요). 부엌은
별로 현대식이 아니지만, 아시잖아요,
내가 '올해의 주부'는 못 된다는 거!

가장 놀라운 건, 뒷마당에
수영장이 있어요. **큰 수영장**. 상상해보세요!
우리가 하일랜드 & 그 아시엔다에
살던 때에, 언젠가는 브렌트우드에 수영장
딸린 집을 가질 거라고.

나는 이제 이혼했어요. 아기에 대해서 묻지
않으셨죠. 안타깝게도 아기를 잃었어요.
아기를 빼앗겼다고 말해야겠지요.
~~사고였다고 생각해요.~~
한동안 아팠어요 & 사람들하고
연락이 끊겼어요.

나는 지금 **아주 잘 지내요**. 조만간 어머니가
집에 와서 나하고 같이 시간을 보내면 좋겠네요.

나는 일선에서 물러나 '은둔하는
중'이에요. 어느 프랑스 철학자가 말하길 인류의
불행은 조그만 방 하나에만 머물지

못하는 거래요. 나는 노래를 부르며
이 방 저 방 쏘다녀요!

고백하자면, 이 집을 사기 위해 $$$을
빌려야 했어요. 서류에 서명할 때 눈물이
나더라고요. **너무 행복**해서요. 내 첫 집을
갖게 되다니.

오래 일한 만큼 $$$도 더 많이 벌었다면
좋았을 텐데. 1948년에 영화를 시작했는데
저축이 고작 $5000 정도밖에 안 돼요. 딴사람들은
매릴린 덕분에 그렇게 많은 $$$을 벌었는데 참
아쉬워요. 이 집을 나한테 판 부동산중개인이
깜짝 놀라더라고요. 진짜예요.

아 물론 억울해하는 건 아니에요! 설마 제가요.

어머니, 어머니를 위한 특별 선물을 보여주고
싶어 몸이 근질근질하네요. 우리의 피아노!
우리의 하얀 스타인웨이 스피넷, 기억나요? 원래
프레드릭 마치의 것이었죠. 나의 첫 결혼을 끝내고
나서 손에 넣었어요 & 지금 여기 있어요.
거실에. 매일 쳐보려고 하는데 손가락이

'녹슬었어요'. 조만간 어머니에게
〈엘리제를 위하여〉를 연주해드릴게요.

여기 어머니를 위한 방이 있어요. 조금만
기다려주세요. ~~난 크게 분명 타일~~
이 집은 타일을 포함해 가구까지 진짜
멕시코 물건들로 채울 계획이에요. 친구랑
곧 멕시코 여행을 갈 거예요. 내 친구가
되어주실래요, 어머니?

다른 소식도 있어요, 어머니.
속상해하지 말았으면 해요. 저 그동안 아버지와
연락하고 있었어요. 그렇게 오랜 세월이 흘렀는데,
생각해보세요! 나보다 놀란 사람은 없을걸요.
아버지는 그리피스파크 근처에 살아요. 아직 그 집을
본 적은 없지만 곧 보게 되면 좋겠어요. 아버지는
내 커리어를 몇 년 동안 지켜봤대요 & 내 일을
좋아하신대요, 특히 〈기인들〉은 내 영화 중 최고일
거라세요(나도 그렇게 생각해요). 아버지는 지금 혼자 사세요.
당신 소유의 큰 집을 팔거라고 하시네요. 우리의 미래가
어떻게 될지 누가 알까요!

가끔 내가 과부 같다는 느낌이 들어요. 이상하죠,

아기를 잃은 어머니를 표현하는 말이 없다니. 어쨌든
영어에는 없어요. (라틴어에는 있을지도?) 이혼보다
더 힘든 상실감이에요, 확실히.

가끔 내가 타임머신을 타고 있다는 느낌이 들어요,
어머니는 안 그런가요? 어머니가 읽어준 그 무서운
이야기 말예요.

오 어머니, 비난하려는 건 아니에요 하지만—
가끔 어머니와 얘기하는 게 힘겨워요!
그니까 전화 통화 말예요. 어머니는 목소리가 잘 들리도록
크게 말하려고 하질 않잖아요. 그게 문제였을까요? 지난
일요일엔 상처받았어요, 어머니가 수화기를 놔버리고
그냥 가버렸잖아요? 간호사가 나한테 사과했어요. 나는
괜찮다고, 다만 어머니가 (1) 나한테 화가 났는지 (2) 건강이
안 좋은지 걱정됐을 뿐이라고 말했죠.

하지만 아시죠, 어머니, 이 집에 와서 마음껏 오래
계셔도 돼요. 약물치료는 더 충분히
할 수 있어요. 난 새로운 의사 & 새로운 약이
있어요. 수면 & 신경안정을 도와주는 '클로랄수화물'을 처방받
고 있어요. **목소리들이 들리면**

그 의사 말이 지금은 '우울증blues'을 관리하는 놀라운
약이 있대요. 내가 그랬죠, 오 우울증이 사라지면
블루스blues 음악은 어떡해요? 의사가 묻더라고요 음악이
극도의 고통을 치를 만큼 값어치 있느냐고 & 내가 말했죠
그건 음악에 따라 다르다 & 의사가 그러더라고요 만약
목숨이 위태로울 정도로 우울하다면 생명의 지속이 음악의
지속보다 더 중하다 & 나는 말했어요 어딘가 중도가 있을
것이다 & 내가 그 길을 찾아내겠다.

언젠가 헬레나 드라이브의 이 집에 어머니의 손자들이
생길 거예요, 어머니, 제가 약속할게요.
우린 다른 미국인하고 똑같을 거예요! 〈라이프〉에서
새 자택에 머무는 **매릴린 먼로** 사진을 찍을 수 있겠느냐고
문의가 왔어요 & 나는 말했어요 오 아뇨 아직은 안 돼요. 아직은
이게 내 집이라는 게 와닿지 않아요. 그리고
여러분 모두에게 깜짝선물이 있어요!

(어쩌면 아버지가 우리와 함께 살지도 모르잖아요. 이건 나의
비밀 소원이에요. 뭐, '삶은 불가사의'하니까 사람들 말마따나.)

어머니, 난 **너무 행복**해요. 가끔 눈물이 나요, 혼자
있을 때 & 너무 행복해서. 나를 다치게 했던 사람들한테
마음이 손을 뻗어요 & 용서할 수 있어요.

현관문 앞 타일에

라틴어 격언이 써 있어요 CURSUM PERFICIO(번역하면

'나의 여정을 끝낸다'라는 뜻이에요).

어머니, 사랑해요.

당신의 사랑하는 딸이

대통령의 포주

당연히 그는 포주였다.

하지만 그냥 흔한 포주는 아니었다. 설마!

그는 **탁월한 기량**의 포주였다. 견줄 수 없는 포주. **독특한 포주**. 의상팀을 거느린 포주이자 스타일이 있는 포주. 세련된 영국식 억양의 포주. 그는 대통령의 포주로 기려질 것이다.

자부심과 지명도를 지닌 남자. 대통령의 포주.

1962년 3월 팜스프링스의 랜초미라지에서 대통령은 낮게 휘파람을 불며 포주의 갈비뼈 사이를 쿡쿡 찔렀다. "저 블론드 말이야. 매릴린 먼로지?"

그는 대통령에게 네, 맞습니다, 하고 말했다. 먼로예요, 제 친구의 친구입니다. 섹시하죠? 근데 좀 정상이 아닙니다.

생각에 잠긴 대통령이 물었다. "내가 아직 저 여자하고 만난 적이 없던가?"

대통령은 재치 있는 사람이었다. 우스갯소리를 잘했다. 이해가 빨랐다. 백악관과 대통령직의 부담에서 놓여난 대통령은 삶을 즐기는 사람으로 알려져 있었다.

"없다면, 약속을 잡아주게. 프론토.*"

대통령의 포주는 미적지근한 웃음을 터뜨렸다. 물론 그가 대통령의 유일한 포주는 아니었으나, 대통령이 가장 총애하는 포주라고 믿을 만한 이유가 있었다. 그는 틀림없이 가장 정보력이 좋은 포주였다.

혈기왕성한 대통령에게 저 섹시 블론드는 사귀기엔 '불량 인자'라고 부랴부랴 얘기한다. 악명 높은—

"누가 사귄다는 거야? 나는 저기 오두막에서 잠깐 만나자는 얘기를 하는 거야. 시간이 된다면, 두 시간 정도."

만찬 후 시가를 피우며 풀사이드를 한가롭게 산책하면서, 주위에서 쏟아지는 선망의 눈빛을 의식하면서, 대통령의 포주는 낮은 목소리로 우려를 전했다. FBI에 문의하면 아시겠지만, **노마 진 베이커라고도 알려진 매릴린 먼로**에 대한 FBI 파일은 두툼하니까요. 먼로는 낙태를 십여 차례 했고 코카인을 흡입하고 벤제드린과 페노바르비탈 헤로인, 모르핀, 코카인을 정맥주사로 맞고 시더스오브레바논 병원에서만 대여섯 차례 위세척을 했습니다. 공공연한 사실이다. 온갖 타블로이드 신문에 다 실렸다. 뉴욕에서 먼로는

---

* pronto. '빨리, 곧'이라는 뜻의 스페인어.

양팔을 그어 피를 콸콸 흘리며 완전히 알몸으로 미쳐 날뛰다가 들 것에 실려 벨뷰 병원으로 옮겨졌다. 이 얘기는 윈첼의 칼럼에도 실렸다. 이태 전 메인에서는 유산을 했는지 저 혼자 낙태를 시도하다 잘못됐는지 하여간 그런 적도 있고, 해양구조대가 대서양에서 먼로를 건져낸 적도 있다. 게다가 공산주의자로 알려진 수상한 사람들과 어울렸다.

아셨죠? 불량 인자라고요.

"자네 저 여자를 잘 아는군, 응?" 대통령은 감명을 받았다.

정색하고 고개를 끄덕이는 수밖에, 대통령의 포주가 달리 뭘 할 수 있겠는가? 땀이 나도록 불안하다는 걸 암시하는 영화문법대로 그는 목깃을 잡아당겼고, 실제로도 불안했다. 대통령이 가장 총애하는 포주는 대통령의 인척이었고, 만약 그가 감히 대통령에게 먼로를 소개했다는 사실을 그의 아내가 알게 된다면 진짜 그를 죽이려 들 테고, 그의 신용에 새로이 유치권을 행사할 것이다. 매릴린 먼로, 성적 매력으로 사람을 홀리는 요부, 약쟁이, 색마, 자살중독자, 정신병자.

"하지만 간접적으로 들었을 뿐입니다. 누가 저 여자하고 가까이 지내고 싶어하겠습니까? 먼로는 할리우드의 유대인이란 유대인과는 몽땅 관계를 맺었어요. 밑바닥에서부터 몸을 팔며 올라온 여자입니다. 악명 높은 약쟁이 호모 둘과 몇 년을 살면서 그들의 부자 친구들한테 다 대줬어요. 그 폴란드 소시지 농담이 먼로한테서 나온 건데, 들으신 적 있죠?"

그러나 주근깨투성이 얼굴의 소년 같은 대통령은, 미국 역사상 가장 젊고 정력 넘치는 대통령은 귓등으로 흘려듣고 있었다. 그는 매릴린 먼로라고 알려진 여자를 뚫어져라 바라봤고, 여자는 어렴풋한 미소를 띤 채 테라스 근처를 몽유병자처럼 불안정하게 배회하고 있었는데, 그런 여자의 모습은, 아니 아우라라고 해야 할까, 극도로 무방비 상태여서, 나는-여기에-있지-않다는 태도여서, 다른 사람들도 멀찍이 거리를 둔 채 지켜보기만 했다. **이건 남들이 들여다볼 수 없는 내 꿈이 아닐까?** 블론드 배우는 달빛 비치는 테라스에서 물비늘이 일렁이는 수영장 가장자리를 흔들흔들 거닐며 눈을 꼭 감은 채 프랭크 시나트라의 〈All the Way〉에 맞춰 입 모양으로만 흥얼거렸다. 플래티넘 머리칼이 인광처럼 빛을 발했다. 붉은 립스틱을 칠한 입술은 무언가를 빨듯 완벽한 O자였다. 여자는 자신을 초대한 집주인—조금 전까진 이름을 알았는데 이젠 생각이 안 난다—에게 빌린 유혹하듯 짧은 테리 소재의 비치로브를 입고 허리를 꽉 졸라맸다. 속에는 아무것도 입지 않은 듯했다. 여자의 다리는 댄서의 다리였고, 날씬한 근육질이지만 허벅지 위쪽 살결에는 돌이킬 수 없는 하얀 줄무늬가 생겨나기 시작했다. 창백하다시피 새하얀 피부는 혈액을 모두 빼버린 장의사의 시신 같았다.

여전히 대통령은 먼로를 눈으로 좇았고, 그의 눈에 떠오른 표정은 모르려야 모를 수가 없었다. 못된 장난을 계획중인 교구 학교의 학생. 보스턴-아이리시 불도그의 매력. 가족과 친구들에 대한 맹렬한 충정, 자신을 반대하는 모든 사람들에 대한 맹렬한 증오. 모든 장면에서 대통령은 주연배우였고, 대본이 있는 연기자였다. 그 외 다른 사람들은 모두 그때그때 즉흥적으로 뜨거나 가라 앉았다. 대통령의 포주는 간청하듯 힘주어 이렇게 말할 수밖에 없었다. "먼로! 저 여자가 시나트라를 망가뜨렸습니다. 게다가 미첨, 브랜도, 지미 호파, 스키니 다마토, 미키 코언, 조니 로셀리, 공산주의 '왕자' 수카르노 그리고—"

"수카르노?" 이제 대통령은 탄복하는 수준이다.

대통령의 포주는 일을 막기는 글렀음을 깨달았다. 번번이 이런 식이었다. 그는 그저 고개를 절레절레 젓고 만약 먼로와 관계하게 되면 보호물을 쓰는 편이 현명할 거라고 소심하게 웅얼거릴 뿐이었다. 저 여자는 가장 치명적인 악성 성병에 걸린 것으로 알려져 있으니까, 유대인 공산주의자인 전남편을 반미활동조사위원회의 갈고리에서 빼내려고 워싱턴으로 날아갔을 때 그렇게 매카시를 망가뜨렸다. 온 타블로이드 신문에 실렸고 다들 아는 사실이다…… 대통령의 포주 본인 역시 희끗희끗한 관자놀이, 늘어진 턱살, 자기혐오가 엿보이긴 해도 지적인 눈을 지닌 아직 젊고 잘생긴 중년 남자였다. 얼굴은 우유로 만든 소스에 푹 담갔다 꺼낸 것 같았다. 트리말키오의 연회라면 흥청거리는 바커스를 연기했을 것이다. 포도 잎사귀와 담쟁이덩굴을 엮어 머리에 두르고, 술에 취한 손님들 사이에서 능글맞게 히죽히죽 웃는 바커스, 솔직히 그 역을 맡기엔 너무 늙었지만(스스로도 잘 알았다). 앞으로 십년 안에 그는 주정뱅이/약쟁이처럼 눈이 충혈되어 번들거리고 파킨슨병 환자처럼 두 손을 떨게 되겠지만, 아직은 아니었다. 오, 대통령이 가장 총애하는 포주는 자부심이 있었다! 아내가 아무리 두렵다 해도 거짓에 굴복하지 않을 것이다. "각하가 저 매릴린 먼로라는 여자와 만나신 적이 있는지 없는지에 관해서라면, 제가 아는 한 만나신 적 없습니다."

그 순간, 마치 큐 사인을 받은 것처럼 매릴린 먼로가 두 남자 쪽으로 불안한 눈길을 힐긋 던졌다. 상대가 자신을 좋아하는지 싫어하는지 모르는 꼬마애처럼 자신 없는 미소를 띠었다. 저 천사 같은 얼굴이라니! 홀딱 빠진 대통령은 포주의 귀에 극히 사무적인 어조로 소곤거렸다. "약속을 잡게, 잔말 말고. 프론토."

프론토! 그 말은 한 시간 이내를 뜻하는 백악관 암호였다.

왕자님과 거지 소녀

알면서도 나를 사랑할 건가요? 그러자 왕자님이 나를 보고 미소 지으며 말하길……

왕자는 알고 있다고, 가난한 게 어떤 것인지 안다고 했어! 뼈아프게 가난한 것과 앞으로 어떻게 될지 몰라 두려움에 떠는 것! — 그가 사는 동안은 아니었지만, 다들 알다시피 그는 부유한 집안에서 태어났으니까, 과거 그의 아일랜드계 조상 때에는, 잉글랜드 정복자의 압제에 시달리던 때에는. 그가 말했어, 놈들은 우리를 들판의 짐승처럼 부렸어, 우리를 굶겨 죽였지. 그의 목소리가 떨렸어. 나는 그를 꼭 잡았어. 그 귀중한 순간. 그가 속삭였어, 아름다운 매릴린! 우린 뼛속까지 소울메이트야.

그의 피부는 주근깨투성이에 거칠고 손을 대면 햇볕에 탄 것처럼 뜨거웠어. 내 피부는 부드럽고 얇은데다 달걀 껍데기처럼 하애서 남자들이 열정에 들떠 무심코 나를 꽉 잡으면 금방 멍이 들었어.

함부로 만져 상해버린 장미 꽃잎처럼 그 멍자국을 나는 자랑스럽게 달고 다녔지.

우리의 비밀. 난 절대 내 연인의 이름을 발설하지 않을 거야.

그는 외로운 게 어떤 건지 안다고 했어. 대가족 안에서 자랐는데도 외로웠대. 나는 그가 이해하는 것 같아서 눈물이 났어! 나를 이해해줘서. 그가, 미국에서 알아주는 집안의 사람이. 축복받은 일족의 사람이. 나는 그를 무척 존경하니까 오늘밤 이후 아무것도 요구하지 않을 거라고, 다만 이따금 내 생각을 해달라고 했어. 웃으며 **매릴린**을 떠올려달라고. 나는 그의 집안을 존경한다고 말했어. 그래, 그의 아내도 나는 존경해, 굉장히 아름답고 침착하고, 정말 품위 있잖아. 근데 그 사람이 서글프게 웃으며 이러더라, 하지만 아내는 당신처럼 마음을 열지 못해, 매릴린. 당신처럼 타고난 웃음과 따스함이 아내에겐 없어, 사랑하는 매릴린.

우린 금방 사랑에 빠졌어!

가끔 그럴 때가 있잖아. 말하지 않아도.

내가 말했어, 나를 노마 진이라고 불러도 돼요.

그가 말했어, 하지만 당신은 내게 **매릴린**인걸.

내가 말했어, 오, **매릴린**을 알아요?

그가 말했어, 아주 오랫동안 **매릴린**을 만나고 싶어했지.

습기와 염소소독제 냄새가 나는 탈의실 바닥에 아무렇게나 던져 깔아놓은 비치 타월과 테리 소재의 로브 위에서 우리는 서로를 꼭 껴안고 있었지. 장난꾸러기처럼 함께 웃음을 터뜨렸어. 그는 스카치위스키 한 병을 가져왔어. 겨우 몇 야드 떨어진 곳에 있는 아름다운 온실에서 벌어지는 파티 소음이 풀사이드 테라스로 흘러들었지. 난 너무 행복했어! 겨우 한 시간 전까지만 해도 그렇게 우울했는데! 괜히 남의 말에 꾀여서 이 주말 파티에 왔다고, 그냥 사랑하는 나의 집에 있을걸 후회하는 중이었거든, 헬레나 드라이브 5길에 있는 나의 아담한 멕시코풍 집 말이야. 하지만 이젠 너무 행복했지, 꼬마애처럼 킥킥거리면서. 그 사람은 여자가 진정한 여자라고 느끼게 해주는 남자야. 내가 만난 어떤 남자하고도 달랐어. 역사적 인물. 그와 사랑을 나눴어, 나의 왕자님과. 어쩌나 빠르고 단단하고 흥분했던지, 꼭 소년처럼. 허리는 튼튼하지 않았지만, 경추 염좌라더군, 일시적이라고, 전혀 걱정하지 말라고 했어, 내가 말했어, 오, 당신은 전쟁 영웅이죠, 오 세상에, 내가 당신을 얼마나 존경하고 숭배하는지! 나의 왕자님. 우린 술을 마시고 있었고, 그는 내가 마실 수 있게 병을 들어 내 입에 대줬어. 근데 난 마시면 안 되거든, 약을 먹고 있었으니까, 하지만 저항할 수 없었어, 그의 키스에 저항할 수 없던 것과 마찬가지로. 이 남자, 위대한 남자, 전쟁 영웅, 역사적 인물, 왕자님께 어떤 여자가 저항할 수 있겠어. 그리고 그의 손, 소년처럼 격정적인 손, 퍽이나 다급했지! 우린 또 사랑을 나눴어. 그리고 또. 광풍이 우릴 덮쳤어. 난 정말 느꼈어. 쾌락의 기운을 살짝. 성냥을 그어 붙인 불꽃처럼, 빠르게, 순식간에, 거의 곧바로 사라졌지만 분명 거기 있었다는 걸, 다시 돌아오리라는 걸 알았지. 그 탈의실에서 몇 시간이나 숨어 있었는지 나도 모르겠어. 대통령의 매부가 우릴 소개해줬어. 그가 말했어, 매릴린, 당신의 숭배자를 한 명 만나보시죠. 그리고 그 사람을 본 거야, 나의 왕자님, 싱글거리며 나를 바라보는데, 여자들이 흠모하는 남자, 여자들이 자신을 흠모한다는 것을 잘 아는 남자의 자연스럽고 편안한 표정, 활활 타오르는 불길 같은 그의 욕망, 일평생 여자들이 그 불을 지폈다가 꺼주고 또 지폈다가 꺼주겠지. 난 웃음을 터뜨렸어. 갑자기 '윗집 아가씨'가 됐지. 로즐린 테이버가 아니라, 이혼녀가 아니라, 과부가 아니라. 지하실 계단을 헛디뎌 떨어지는 바람에 아기를 잃은 비통한 어머니가 아니라. 난 자기 아기를 죽인 어머니가 아니었어. 난 오랫동안 '윗집 아가씨'가 아니었지만, 하얀 테리 로브를 입고 맨다리를 드러낸 나는 다시 지하철 환풍구 위의 '윗집 아가씨'가 됐지. (아니, 왕자님이 내 진짜 나이는 몰랐으면 좋겠어. 이제 곧 서른여섯이니 아가씨는 아니지.) 등이 아픈지 그가 움찔했어. 난 모른 척했지만 그의 위에 올라타서 나 자신을 그에게 맞췄어, 약간 아픈 질을, 텅 빈 자궁을 이 남자가 채울 수 있게, 그의 페니스는 무척 단단하고 열심이었어. 나는 될 수 있는 한 살살 했는데 거의 끝에 가서 그가 내 엉덩이를 움켜잡더니 미친듯이 자신을 내게 문질러대면서 훌쩍이고 신음을 흘리기에 그가 허리를 혹사해서 아프면 어쩌나 걱정이 됐어, 그 사람 때문에 난 아팠거든, 양손으로 내 엉덩이를 너무 세게 잡아서, 난 좋아 좋아 그렇게 그렇게 좋아 하고 속삭였지만 사실 땀이 얼굴과 젖가슴에 줄줄 흘렀지, 그 사람은 내 젖가슴을 깨물고 젖꼭지를 물었어, 이 더러운 여자, 그가 신음하며 말했어. 더러운 씨발년, 사랑한다 더러운 씨발년아, 그리고 곧 끝났고 나는 숨이 차고 아프고 웃으려 했어, '윗집 아가씨'라면 당연히 웃었겠지, 내 귀에 이렇게 말하는 내 목소리가 들렸어, 오오오오! 나 당신이 무서운 것 같아요! 남자들은 이런 얘기 듣는 걸 좋아하거든. 숨을 좀 돌린 다음에, 내가 만약 카스트로였다면 오오오! 진짜 당신이 무서웠을 거예요, 하고 말했어. 난 백치 블론드 스타일의 '윗집 아가씨'니까, 근데 당신 주변을 졸졸 따라다니는 그 '사회보장Social Security' 남자들은 어디 있어요? 라고 물어봤어. (문득 그 남자들, 사복을 입은 경호원들이 분명 탈의실 근처에서 문을 지키고 있을 거라는 사실을 깨닫고 수치심이 몰려와 하느님께 빌었어, 그 사람들이 듣지 않았기를, 아니 더 심하게는 어떤 감시 도구로 지켜보지 않았기를, 가끔 커튼을 친 내 집에서도 그랬거든, 욕실은 아예 두꺼운 검정 커튼을 창틀에 스테이플러로 고정해놨어, 나는 감시 당하고 있고 전화도 도청된다는 것을 아니까.) 그가 웃으면서 말했어, '대통령 경호원Secret Service'을 말하는 거겠지 **매릴린**, 그리고 우린 함께 웃음을 터뜨렸어, 위스키에 취한 웃음. 난 아랑곳하지 않고 남자처럼 뱃속에서부터 우렁차게 웃는 노스캐롤라이나 출신 여자였어. 오, 기분좋더라. 긴장된 순간은 마치 언제 있었냐는 듯 지나갔고, 난 벌써 그 이름들을 잊었어, 그가 나를 불렀던 추한 단어들은 잊었지, 나의 왕자님, 금세 나는 내가 뭘 잊었다는 사실 조차 잊을 거고 내일 아침이면 오직 키스, 성냥으로 붙인 불꽃처럼 순식간에 지나간 성적 쾌락, 미래에 대한 약속만 기억할 거야. 나의 왕자님이 말해, **매릴린** 당신 진짜 재밌는 여자군, 당신이 머리 좋고 지적이고 죽-인-다는 얘긴 들었지(그는 내 젖가슴을 핥으며 간지럽히는 중이었어), 난 이렇게 말했어, 오 미스터 프, 프레지던트, 그거 아세요? 난 내 대사lines를 직접 쓴다고요. 그는 으으음! 당신은 연예계에서 가장 멋진 몸매lines를 가졌어 **매릴린**, 하더라. 나는 그의 숱 많은 머리를 쓰다듬으며 말했어, 노마 진이라고 불러도 돼요, 나를 아는 사람들은 그렇게 불러요, 그러자 그가 말했어, 기회가 생기면 언제든지, 베이비, 당신을 부르지. **프론토**!

내가 말했지, 나의 프론토! 그건 당신을 위한 단어네요?

탈의실에는 어두침침한 불 하나만 켜져 있었어. 어둡고 냄새나는 곳이었지. 루버를 내린 조그만 창을 통해 예각으로 빗겨 올려다보면 저 높이 사막의 달이 보였어. 아님 수영장 뒤쪽 야자수에 설치한 흐릿한 조명이었을까? 사막의 밤이었지! 다시 네바다에 있는 줄 알았다니까. 조만간 세상을 떠날 클라크 게이블과 사랑에 빠진 로즐린 테이버였어, 사랑하지도 않는 남자와 여전히 부부여서 죄책감 때문에 속이 울렁거렸지. 취했던 건 아닌데 내가 있는 곳이 어딘지 정확히 말할 수 없었어. 그날 밤 어디서 자게 될지, 누구와 자게 될지, 아님 혼자 있게 될까? 그리고 집에는 어떻게 돌아가지. 로스앤젤레스로, 모래 도시로, 브렌트우드로, 헬레나 드라이브 5길 12305로. 항상 느끼는 이 참담한 두려움, 집에는 어떻게 돌아가지? 집이 어딘지 안다고 해도. 왕자님은 타월로 가랑이를 슥슥 닦고 곧 다시 만날 수 있기를 바란다고 말했어, 아침 일찍 팜스프링스를 출발해 워싱턴으로 돌아가지만 연락하겠다고, 그래서 내가 말했어, 전화번호부에 없는 내 전화번호 드릴까요 미스터 프레지던트? 그랬더니 그가 웃으면서 리스트에 없는 전화번호는 없어, **매릴린**, 하더군. 나는 그의 벌게진 얼굴에 키스하며 여고생처럼 귀엽게 새근거리는 말투로 농담했어, 바라신다면 내가 동쪽으로 날아갈게요, 당신의 바람은 나의 명령이니까, 미스터 프레지던트, 이 말에 그는 기분이 좋아졌지, 다 보였어. 그는 일등석 표가 제공될 거라며 맨해튼의 호텔에서 만나자고, 또 기금 모금 행사 등등이 있어서 캘리포니아에 가게 될 거라고, 그의 누이와 매부가 말리부에 바닷가 별장을 갖고 있다고 했어. 나는 오 그래요 그거 조, 좋겠네요, 라고 했어. 그니까 아주 좋다는 뜻이었지.

나의 왕자님이 내게 했던 말, 절대 밝히지 않을 나의 비밀.

그는 두 손으로 내 얼굴을 감싸쥐더니, 오 내가 그에게 아름답게 보였으면 했어, 땀을 흘리고 화장은 다 번지고 머리는 이마에 착 달라붙은 모습이 다 느껴졌어, 하지만 그는 엄숙하게 말해, 그건 분명 가슴 밑바닥에서 우러난 진심이었어, 그가 대중 연설을 할 때처럼 말이야, 우린 모두 그를 사랑했지. 그가 말했어, 당신에겐 다른 누구에게도 없는 무언가가 있어, **매릴린**. 내가 아는 어떤 여자에게도 없는 것. 당신은 다른 사람들의 손길을 받기 위해 살아 있는 거야. 불꽃처럼 다른 사람들의 입김을 받기 위해 살아 있는 거야. 심지어 상처받기 위해! 당신은 상처받으려고 자신을 여는 것 같아, 내가 아는 어떤 여자도 당신 같지 않아, **매릴린**. 어떤 영화 장면도 사진도, 오늘밤 내가 본 것처럼 당신의 영혼을 보여주지 않았어, **매릴린**.

마지막 키스, 그리고 나의 왕자님은 가버렸지.

왕자님은 옷을 제대로 차려입고 탈의실을 나갔고, 그와 같이 있던 블론드 거지 소녀는 그가 제안한 대로 그대로 있다가 십 분 늦게 나왔는데, 왕자님의 경호원은 주변에서 모두 철수했고, 대통령의 포주만이 풀사이드 반대편에서 신중히 거리를 두고 여자를 기다리고 있었다. 그리고 마침내 여자가 테리 로브를 되는대로 대충 두르고 하이힐을 손에 든 채 멍한 표정으로 비틀거리며 나타났을 때, 대통령의 포주는 그 가식적인 친절한 태도로 여자에게 다가가 미소 지으며 말했다. 미스 먼로! 대통령께서 존중의 표시로 작게나마 이것을 드리고 싶어하셨습니다. 그것은 은박으로 만든 장미였고(원래 와인병에 붙어 있던 장식품으로 테이블 위에 버려져 있던 것을 포주가 발견하고 슬쩍해서 재킷 옷깃에 꽂고 있었다). 세계적인 유명 인사 매릴린 먼로가 눈이 부신 듯 깜박이며 대통령의 포주 손에서 그 모조 장미를 받아들고 방긋 웃는 모습을 누군가 유심히 지켜볼 것이다. "오! 아름다워요."

여자는 그 싸구려 은박의 향기를 맡으며 행복해했다.

사랑에 빠진 거지 소녀

하지만 왕자님이 약속과 달리 연락하지 않는다면?

기다리고 기다리고 기다리는데 그가 연락하지 않는다면? 몇 주 동안 여자의 혼돈하고 흐릿한 삶과 관련된 다른 사람들에게서는 전화가 잘만 오는데 왕자님에게서는 아무 연락이 없다면? 그리고 마침내 여자가 희망을 거의 접었을 때, 다름 아닌 백악관의(짐작할 만한 암시가 주어졌다) 아무개라는 이름의(흥분한 여자에게 아무 의미 없는 이름이었다) 정체불명의 사람(대통령의 비서관 중 한 명일까?)에게서 전화가 왔다. 얼마 안 있어 말리부에 사는 대통령의 매부가 전화를 걸어 여자를 주말 모임에 초대했다.

그냥 친밀한 사람들끼리 만나는 소규모 모임입니다, 매릴린.

소수정예다. 개인적으로 잘 아는 사람들만.

여자는 지나가듯 물었다. "그럼 그 사람―도 오나요?"

가식적인 친절함을 두른 섹시한 대통령의 매부 역시 지나가듯 가볍게 대꾸했다. "흠. 죽어라 애쓸 거라고 해두죠."

매릴린은 들뜬 웃음을 터뜨렸다. "오. 무슨 말인지 알겠네요."

그 사람한테 여자가 많다는 건 잘 알지. 그는 세상을 알 만큼 아는 남자니까.

나도 세상을 알 만큼 아는 여자야. 어린애가 아니라고!

주말이 왔다가 미친듯이 빠르게 가버렸다. 여자는 콜라주영화처럼 파편으로만 기억했다. 나한테 이런 일이 생기는 거야? 이게 나야? 아니 나였나?

영화와 달리, 재촬영은 없었다. 기회는 딱 한 번뿐이었다.

그 아찔한 시간, 전화가, 여자의 개인 전화가 울리고, 정체불명의 아무개가 (워싱턴에서) 묻는다, 오늘 오후 열시 이십오분에 집에서 전화를 받을 수 있습니까? 여자는 웃음을 터뜨렸고, 기운이 쭉 빠져 그대로 주저앉을 수밖에 없었다. "지, 집에 있을 거냐고요? 흐음!" 유쾌하고 무구한 '윗집 아가씨'가 등장했다. 마음씨 곱고 재치 있고 사랑스러운 '윗집 아가씨'는 자기 대사를 전부 자기가 직접 쓴다. "오후-열시-이십-오분 씨가 여기 당도하기 전에 내가 그걸 어떻게 장담하나요?"

상대방은 곤혹스러운 듯 뭐라뭐라 웅얼거렸다. (아니면 여자의 상상이었을까?)

여자는 기다리고 기다린다. 하지만 이것은 피로하고 굴욕적인 기다림이 아니라 스릴 넘치는 기다림이다. 온종일 행복하고 즐겁고 웃고 노래하고 춤출 만한 이유를 선사하는 기다림. 오후 열시 이십오분 정각에 전화벨이 울리고 여자는 수화기를 집어들어 새근거리는 아기 말투로 말한다. 여보세요?

남자의 깊은 저음, 착각할 리 없다. 여자의 왕자님.

여보세요? 매릴린? 계속 당신 생각을 했어.

나도 당신 생각을 했어요, 미스터 P. ─ 프론토의 P님!

남자를 웃게 했다. 세상에, 남자가 웃는 소리를 듣는 건 기분이 좋다. 여자의 힘은 섹스가 아니라 남자를 웃게 하는 힘이다.

당신과 함께 거기 있을 수 있다면, 내 사랑, 내가 무슨 짓을 할지 당신이 알까?

오오오. 전혀. 뭔데요?

대통령의 매부가 전화해서 잠깐 들러 한잔하자거나 같이 나가서 한잔하자거나 저녁식사를 하자고 할 때가 있었다. 함께 이야기해야 할 '기밀 사안'이 있다면서. 여자는 냉큼 아니, 안 될 것 같다고 말했다. 팜스프링스에서 여자를 쳐다보던 남자의 시선, 그 노골적으로 평가하던 표정이 떠올랐다. 지금으로선 좋은 생각이 아닌 것 같다고 여자는 말했다. 대통령의 매부는 섹스에 성공하든 거절당하든 정서적으로 별 타격을 받지 않는 남자 특유의 나긋나긋한 태도로, 그럼 다음 기회에, 자기, 하고 말했다. 꼭 오늘밤이어야 할 이유는 없지요.

이 남자들은 자기들끼리 여자를 돌린다고 들었다.

좀더 정확히는, 여자를 물려줬다. 모델, '신예'. 왕자님/대통령으로부터 그의 형제, 매부, 친구에게로.

그럼에도 생각했다, 나는 아니야! 그는 안 그럴 거야, 나한테는.

지난번에 그가 전화했을 때, 숨가쁘게 짧은 대화에서, 그는 나른하고 섹시한 음성으로 그 마법의 말을 거듭했고, 여자는 그게 자신의 상상이었는지 아니면 오래전 영화에서 들었는데 까먹은 건지 궁금했다. 당신에겐 다른 누구에게도 없는 무언가가 있어. 어떤 여자에게도 없는 것. 당신은 다른 사람들의 손길을 받기 위해 살아 있는 거야. 불꽃처럼. 내가 아는 어떤 여자도 당신 같지 않아, 매릴린.

여자는 실제로 그럴 거라고 생각했다. 오, 여자는 그가 정말로 그렇게 생각하리라 믿었다! 나를 사랑한다고 말하는 것 같잖아. 표현만 다를 뿐이지.

거지 소녀는 기다렸다. 성심껏 기다렸다.

캐스 채플린이 입원했다는 말이 들려왔다. 로스앤젤레스의 어느 약물중독 치료시설에. 여자는 패닉에 빠져 여기저기 알아보려 전화를 돌릴 뻔했다. 그러다 생각을 고쳐먹었다, 아냐. 안 돼. 그들과 엮일 수는 없어. 지금은 안 돼. 여자는 캐스와 에디 G가 여전히 그런 사이인지 궁금했다.

맙소사, 여자는 그들이 그리웠다! 제미니 연인들. 선량하고 점잖은 이성애자 남자와 지루한 결혼생활을 두 번 겪고 나니까.

캐스와 에디 G, 그 아름다운 소년들! 노마 진은 그들의 노마, 그들의 여자였다. 여자는 그들이 시키는 대로 했다. 여자는 그들에게 홀렸다. 만약 그들과 함께 지내면서 그들의 아기를 낳았다면? 그래도 여전히 '매릴린 먼로'로서 커리어를 이어갔겠지. 하지만 오래전 일이다. 아기가 살아 있다면 지금쯤 여덟 살일 텐데. 우리의 아이. 그러나 저주받은 아이. 아기가 왜 죽었는지, 왜 죽어야 했는지, 왜 매릴린이 아기를 죽여야 했는지 잘 기억나지 않았다. 몇 달 전 타블로이드 신문 〈태틀러〉에서 캐스 채플린의 사진을 보고 전 애인이 얼마나 나이들었는지 눈밑이 거무스름하게 꺼지고 입가에 주름이 자글자글한 모습에 충격을 받았다. 황폐해져버린 그의 미모. 카메라 플래시는 캐스가 독이 올라 주먹을 휘두르며 입을 일그러뜨리고 욕설을 내뱉는 순간을 포착했다.

하지만 지금 내겐 번듯한 애인이 있어. 나의 가치를 알아봐주는 남자. 진정한 소울메이트.

오, 그게 아일랜드식 감언이라고 해도, 여자는 그게 사탕발림이라고 95퍼센트 확신했지만, 그래도 할리우드 약쟁이가 아니라 왕자님이 하는 소리였다.

정말 신기했다! 딸의 편지에 글래디스는 제법 애정을 담아 답장을 썼고, 굉장히 여러 번 접은 종이에 타자기로 빼곡히 적은 메모가 왔다.

부끄럽지도 않니 노마 진, 클라크 게이블에 대한 기사를 읽었다 네가 '치명적인 심장마비'의 원인을 제공해 그를 죽인 거라고 사람들이 말하더구나 여기 간호사들도 진저리를 친다. 그렇게 해서 그 사실을 알게 됐다.

하지만 언젠가, 만일 내가 백악관에 초대받는다면. 어머니와 같이 가게 될지도. 그러면 미국의 여느 어머니처럼 어머니 기분도 훨씬 좋아지겠지.

여자는 정신과를 다니고 있었다. 정신분석가를 찾아갔다. 웨스트할리우드의 '정신건강 컨설턴트'를 찾아갔다. 일주일에 두 번 물리치료를 받았다. 요가 수업을 다시 듣기 시작했다. 몇 시간 이상 잠들게 해줄 만큼 넉넉한 양의 클로랄수화물을 입안에 털어넣는 짓은 금물임을 알았고, 그렇기에 끝없는 밤이 찾아오면 베니스 비치에 사는 안마사를 불렀다. 여자의 상상 속에서 안마사는 오래전 노마 진을 익사 직전에 구해준 서퍼 중 한 명이었다. 기골이 장대한 보디빌더. 그러면서 온화하고 친절했다. 화이티처럼, 니코는 여자를 욕망하지 않고 숭배했다. 니코에게 여자의 몸은 손으로 주무르고 치대는 점토처럼 재료에 불과했고, 그저 돈을 받고 서비스를 제공할 뿐이었다.

"내가 바라는 건 말이야, 니코, 뭔지 알아?—내 몸을 버리고 당신이랑 떠났으면 좋겠어. 어디론가—오, 어딘지 모르겠지만!—자유로운 곳으로 갈 수 있다면 좋겠어."

은박의 향기를 맡으며 행복해했다. 팜스프링스에서 브렌트우드 헬레나 드라이브 5길(희한한 이름이다! 여자는 부동산중개인에게 길 이름이 무슨 뜻이냐고 물었지만 중개인도 알지 못했다)에 있는 자신의 은신처 아시엔다로 돌아온 여자는 은박 장미를 크리스털 꽃병에 꽂아 그늘에서도 어슴푸레 빛나는 새하얀 스타인웨이 스피넷 위에 올려두었다. 장미. 그의 장미! 생화가 아니라 은박이기 때문에 결코 썩을 리도 없고 죽을 리도 없다. 그 위대한 남자가 여자를 사랑했음을 추억하는 기념품으로 영원히 간직할 것이다. 그 사람은 당연히 아내를 떠나지 않을 거야. 그의 가톨릭 집안을 보나, 그의 가정교육을 보나. 그런 건 기대하지도 않아. 그는 역사적 인물인걸. 자유세계의 인정받는 지도자. 베트남에서 전쟁을 계속했다. (한국과 아주 가까운 곳이었다! **매릴린 먼로**가 그 유명한 군위문공연을 펼쳤던 나라.) 공산국가 쿠바를 침공하려고 했다. 오, 대통령을 적으로 돌리는 것은 위험천만한 일이었다. 여자는 그가 자랑스러웠고, 가슴이 두근거렸다. 그의 사진과 영상이 신문과 텔레비전에 계속 나왔다. 역사와 정치라는 남자들의 세계. 끊임없이 불화하는 세계. 그 불화 속에서 피어나는 즐거움. 아닌 게 아니라 정치란 총포 이외의 수단을 동원한 전쟁이다. 그 목적은 상대를 물리치는 것이다. 적자생존. 자연선택. 사랑은 남자의 약점이다. 블론드 매릴린은 프론토에게 확실히 알려주고 싶었다. **봐요, 나는 이해한다고요.**

여자를 피아노 앞으로 끌어당긴 것은 은박 장미였다. 무자비한 태양을 막으려 덧창을 내린 고요한 집안에서 건반 앞에 앉는다. 머뭇머뭇 소심하게 화음을 누른다. 오래 손을 놨다가 다시 치려니 두려움이 앞서는 사람처럼, 안 그래도 평범했던 실력이 완전히 위축되었음을 알고 있으니까. 여자는 〈엘리제를 위하여〉를 제대로 쳐본 적이 한 번도 없었고, 앞으로도 없을 것이다. 게다가 손끝 조직의 기억이 잃어버린 시절의 기억을 건드려 되살아나게 할까봐 두려웠다. 지금 떠올리기엔 너무 고통스러운 기억. 어머니? 당신은 내가 드릴 수 없는 것을 나한테 원했지요? 내가 그렇게 실망스러웠나요? 난 정말 죽어라 노력했는데. 만약 미스터 피어스의 수업에서 피아노를 더 잘 쳤더라면, 만약 가엾은 제스 플린의 수업에서 노래를 더 잘 불렀더라면, 여자의 어린 시절은 달라졌을까? 여자에게 애처로울 정도로 재능이 없었던 건 어쩌면 글래디스 모텐슨의 광기 때문이었을지도 모른다. 그저 단순히 글래디스 안에서 뭔가가 뚝 끊겼을지도 모른다.

그래도, 글래디스는 딸의 죄를 용서해준 것 같았다. 태어난 건 누구의 잘못도 아니잖아, 안 그래요?

그래도, 여자는 낙관적인 기분이 들었다. 이 집에서, 여자의 첫 집에서, 여자는 다시 피아노를 칠 것이다. 조만간 피아노 레슨을 다시 받을 것이다. 삶이 순조롭게 나아지면.

왕자님이 부르기를 기다린다. 뭐, 안 될 게 뭐람?

그해 봄, 여자는 얼떨결에 덜컥 새 영화를 수락했다. 영화사에서 계속 여자에게 압력을 넣었다. 에이전트도 계속 압력을 넣었다. 이혼 즈음 여자는 뉴욕 앙상블에서 연극 공연을 하면 어떨까 싶어 맥스 펄먼과 가능성을 타진했고, 어쨌든 〈아마빛 머리의 소녀〉는 아니고 입센의 〈인형의 집〉이나 체호프의 〈바냐 아저씨〉를 생각했는데, 펄먼으로서는 실망스럽게도 여자가 도무지 날짜를 정하지 못했다. 둘이 얘기할 때는 젊은이처럼 열정에 불타오르더니 몇 주가 지나도 여자나 여자의 에이전트에게선 아무 연락이 없었다. 전화를 걸어도 답이 거의 없었다. 계획은 차츰 시들해졌다. 내가 너무 겁을 내서 그래. 관객을 직접 대면할 엄두가 나지 않아. 꿈에서 여자는 연극 도중 겁에 질려 굳어서 방광에 대한 통제력을 상실했고, 깨어나보니 침대가 소변으로 젖어 있었다.

"오 맙소사. 오, 이건 안 돼."

레이크우드에서 글래디스의 매트리스에서 나던 소변 악취가 떠올랐다.

그렇게 생각이 머릿속에서 뒤엉키는 바람에 여자는 그 일이 실제로 일어났던 일인 양 뉴욕의 연습실에서 오줌을 쌌다고 기억하게 된다. "오 세상에 내가 서, 서 있는데 치마 뒤쪽이 축축해지면서 치마가 다리에 달라붙는 거야. 어휴."

'윗집 아가씨'의 이 이야기를, 여자는 백악관에서 말하지 않을 것이다.

은밀한 만남이라니. 어쩜 로맨틱해라! 캘리포니아가 아니라 뉴욕에서, 대통령이 뉴욕을 방문했을 때. 물론 극비리에. 여자는 이해했다.

그래, 하지만 여자는 일해야 했다. 여자는 돈을 보고 결혼한 적이 없었고, 오직 사랑을 위해서 결혼했다. 내 결혼은 하나같이 사랑을 위해서였어. 하지만 난 기죽지 않아. 오 그래 다시 해보는 거야! 여자는 일해야 했고, 〈기인들 The Misfits〉(Z는 '불발탄 The Misfire'이라고 불렀다) 이후로는 각본에 대해 왈가왈부할 처지가 아니었다. 여자는 에이전트에게 말했다. "오 하지만 로즐린 테, 테이버는 가장 강렬한 연기였어, 안 그래? 다들 그렇게 말했는데." 린 틴 틴은 만약 할리우드를 모르는 사람이 봤다면 재밌어서 웃는 거라고 착각할 만한 태도로 컹컹 웃어대더니 예의 합리적인 에이전트 말투로 얘기했다. "네, 매릴린. 다들 그렇게 말하죠." 여자가 말했다. "근데 당신 생각엔 아니라는 거지? 당신은 그렇게 생각하지 않는다는 거지?" 린 틴 틴은 〈기인들〉 이후 훨씬 자주 쓰게 된 새로운 말투로 어르고 달래듯 말했다. "내가 어떻게 생각하든 그게 뭐가 중요합니까, 우리 매릴린 님? 영화관 매표소 앞에서 표를 사려고 양 떼처럼 줄을 서서 기다리는 수백만 미국인의 생각이 중요하죠. 아님 줄을 서지 않는 사람들의 생각이." 여자는 기분이 상해서 말했다. "하지만 〈기인들〉은 나쁘지 않았잖아? 그걸 누가 봤는지 알아? 누가 아, 아주 좋아했는지? 미합중국 대통령! 생각해봐!" 린 틴 틴이 말했다. "대통령이 친구 몇 명을 데려가 같이 보긴 했겠죠." 여자가 말했다. "그게 무슨 말이야? 오, 무슨 소, 소릴 하는 거야?" 린 틴 틴은 다소 평범한 인간의 말투로 싹싹하게 말했다. "우리 매릴린 님, 나쁘진 않았지요. 전혀. 매릴린 먼로가 안 나오는 영화였다면 제법 잘된 영화였겠죠." 여자는 그게 무슨 말이야? 라고 묻지 않았다. 그게 무슨 말인지 정확히 알고 있었으니까. 여자는 따귀를 맞은 것처럼 달아오른 얼굴로 엄지손톱을 깨물며 말했다. "그러니까 중요하지 않다는 거잖아! 나는 '연기'할 수 있고 사람들도 그걸 인정했어. 하지만 그건 중요하지 않지. 사람들은 연기도 못하는 블론드 섹시녀라고 지금까지 내내 매릴린을 욕했어. 그런데 이젠 박스오피스에서 떼돈을 벌지 못한다고 매릴린을 욕해, 안 그래? 이제 매릴린은 박스오피스의 독이지." 그러자 린 틴 틴은 화들짝 놀라 재빨리 말했다 ."매릴린, 그건 당연히 아니죠. 그런 얘긴 하지 말아요. 누가 들을지도 모르는데." (그들은 통화중이었다. 여자는 따가운 햇빛을 막기 위해 블라인드를 모두 내려놓은 아시엔다에서 은신하고 있었다.) "매릴린 먼로는 박스오피스의 독이 아니에요 —" 린 틴 틴은 잠시 말을 끊었고, 그래서 여자는 말이 되어 나오지 않은 진동음을 들을 수 있었다.

아직은.

그늘진 거실의 벽난로 선반 위에 날씬한 조각상 두 개가 있었다. 하나는 프랑스 영화제에서, 다른 하나는 이탈리아 영화제에서 받은 것이었다. 〈왕자와 무희〉에서 보여준 뛰어난 연기로 **매릴린 먼로**에게 수여된 상. ("오, 왜 **그딴 걸로** 나한테 '상'을 주는 거지? 왜 〈버스 정류장〉이 아닌 거야? 젠장!") 그러나 여자는 〈버스 정류장〉이나 〈기인들〉로 미국에서 아카데미상 후보는 고사하고 그 어떤 연기상도 받지 못했다. 영화사가 노골적으로 요구한 것은

(박쥐 얼굴의 Z가 설명했거나 아니면 린 틴 틴이 설명한 것처럼)
〈뜨거운 것이 좋아〉나 〈7년 만의 외출〉처럼 확실한 **매릴린 먼로**
표 섹시코미디의 귀환이었다. 대체 왜 미국인들이 힘들게 번 돈을
주고 기분이 언짢아지는 침울한 영화를 봐야 하는데? 빌어먹을
자기네 삶과 별다를 것 없는 영화를? 몇 번 배꼽 빠지게 웃는 게
뭐가 나빠서? 사타구니가 좀 들썩이는 게? 어? 섹시한 블론드, 여
자의 옷이 벗겨지고 환풍구 바람이 여자의 치마를 가랑이까지 들
추는 그런 장면. 이 끝내주는 신작 〈섬싱스 갓 투 기브〉에서는 피
부에 딱 달라붙는 의상과 알몸으로 수영하는 사진이 찍히는 골 빈
블론드가 나올 거야. 죽-이-잖-아!

이봐 나는 연기하는 걸 좋아해. 진짜로, 연기는 내 인생이야! 살아갈
때가 아니라 연기할 때가 난 가장 행복해.
오, 내가 뭐라는 거야? 오 이런, 내 말이 무슨 뜻인지 알지.
(그럼 왜 이렇게 두려워하는 거지? 난 두려워하지 않을 거야.)

그래서 여자는 그 역을 수락했다. 영화사에서는 즉각 모든 언론
사에 홍보자료를 배포했다! 감격, **매릴린 먼로**가 복귀한다, 다시
일한다. 그때까지도 여자는 대본을 읽지 않은 상태였고, 콧수염에
땀방울이 맺힌 청년이 자전거로 집 앞까지 배달한 〈성심스 갓 투
기브〉 대본을 수영장(인간의 정자떼처럼 생긴 딱정벌레 껍질과
야자수 잎이 여기저기 둥둥 떠 있었다) 옆에 앉아 읽었는데, 한
시간 후에는 한 글자도 기억나지 않았다. 클리셰 덩어리. 바보 같

은 대사. 어느 역이 자기 역인지도 모르겠다. 몇 페이지마다 이름이 달라졌다. "매릴린이 이 영화의 도, 돈줄인 거야? 투자자를 꾀는?" 지금 여자는 린 틴 틴과 얼굴을 마주하고 얘기하는 중이다. 린 틴 틴은 막 중년이 된 남자로 배가 불룩 나오고 턱살이 축 늘어져 맹한 물고기처럼 보였으며 눈은 여자 자신과 마찬가지로 약간 사시였다. 린 틴 틴이 여자에게 말한다, 자, 이 영화는 그냥 방음 스테이지에 나와서 각본에 적힌 대사만 읊으면 된다, 신경쇠약을 일으키고 딴사람들의 삶을 몽땅 생지옥으로 만드는 자율학습 따윈 잊어라. "그냥 촬영장에 나오기만 해요, 전에 매릴린이 늘 그랬듯 섹시하고 웃기게, 기분전환삼아 좀 가볍고 재밌게 가자고요, 좋은 게 좋은 거잖아요?" 분개한 제 목소리가 들린다. "아 그래? 글쎄, 세상엔 매릴린조차 못 먹을 똥이 있거든."

이튿날 아침 에이전시에 전화해서 이렇게 말하는 제 목소리가 들린다. "글쎄, 아마도. 나한텐 그 돈이 필요하겠지?"

여자는 영 실감이 나지 않는다. **매릴린 먼로**가 출연하게 될 마지막 영화.

대통령과 블론드 배우—은밀한 만남

1962년 부활절 다음주, 부름이 왔다!

"내가 그 사람을 의심했냐고? 아니 전혀."

남들 눈에 띄지 않는 차림으로 나와주십시오, 미스 먼로라고 했다. 정체불명의 남자가 전화로. 일련의 전화 메시지가 왔고, 어떤 것은 충분히 직설적이었지만 어떤 것은 암호였다. 블론드 배우는 여자로서 내 인생에 가장 과격하고 흥미진진한 모험이 시작됐음을 감지했다. 그래서 그 모험을 위해 은밀히 준비를 마쳤다. 전문 메이크업아티스트도 없고, 코디네이터도 없다. 여자는 절제된 크림색과 보랏빛의 새 옷을 (삭스 베벌리힐스에서 외상으로) 샀다. 새로 밝게 탈색한 플래티넘블론드는 세련된 클로시로 반쯤 가렸다. 립스틱만 화사했는데 립스틱이란 원래 화사한 것 아닌가? 겉모습은 로렐라이 리 스타일이지만 대통령의 친구답게, 그리고 미국 귀족인 그 남자에게 어울리게, 기품 있고 차분한 태도를 유지할 것이다. 하지만 여자의 에스코트를 맡은 대통령 경호원들은 충격과 불안의 눈초리로 여자를 보았고, 그 눈빛은 이내 분노와 혐오로 딱딱하게 굳어졌다. "마더 테레사라도 기대했나?"

여자는 자기 대사를 직접 쓰는 '윗집 아가씨'였다. 가끔 아무도 웃지 않거나 들은 척도 하지 않을 때가 있지만.

대통령 경호원은 딕 트레이시와 또 한 명, 그 남자 이름이 뭐더라, 아내 매기와 함께 다니는 그 땅딸막한 남자—아, 맞아, 지그스였다. 맨해튼 5번가의 격조 높은 C 호텔에서 이루어질 은밀한 만남에 매릴린 먼로를 데려오기 위해 파견된 두 명의 기묘한 에스코트!

여자는 혼잣속으로 진지하게 생각했다. 이 남자들은 목숨 걸고 대통령을 지키겠다고 맹세한 사람들이야. 총격이라도 나면 자기 몸을 방패 삼아 대통령의 몸을 보호하겠지.

몇 시간 만에 로스앤젤레스에서 맨해튼까지 비행기로 날아가는 것은 시간상으로 아주 빠르게 앞으로 내던져지는 것이다. 그러나 탑승한 날 몇 시간 후에 도착하면 과거에 도착했다는 느낌을 떨치기 어렵다. 수년 전으로 돌아간 건가?

나의 맨해튼 생활. 결혼생활. 그게 언제였더라?

여자는 한 번도 극작가를 떠올리지 않았다. 다섯 해를 함께 살았던 남자. 에이전트가 〈버라이어티〉에서 찢어낸 기사 한 페이지를 여자에게 보냈는데, 〈아마빛 머리의 소녀〉에 대해 긍정적이지만 한계를 지적하는 평이었다. 여자는 기사를 읽다가 이 대목에서 내려놨다. 열의 넘치는 이 작품에 부족한 것은 진정으로 관객을 매료시키는 마그다. 그런 배역이 믿음을 주려면 반드시……

맨해튼은 은행나무에 새잎이 움트고 파크 애비뉴에 수선화와 튤립이 무척 아름답게 피었지만 추웠다! 블론드 배우는 충격을 받았고 자신의 캘리포니아 혈통이 비난받는 느낌이었다. 맨해튼에서 로맨틱한 하룻밤을 보내기에 적절한 따뜻한 옷은 가져오지 않았다. 이건 전혀 다른 계절이었다. 햇빛 자체가 달라 보였다. 여자는 방향감각을 잃고 불안함에 떨었다. 하지만 봄은 4월이잖아, 안 그래? 이어서 문장의 오류를 깨달았다. 내 말은, 4월은 봄이지 않나 하는 거지. 그들은 방탄 리무진을 타고 소리 없이 파크 애비뉴 북쪽으로 달리는 중이었고, 대통령 경호원 중 덩치가 큰 쪽, 상어 턱의 유머감각 없는 딕 트레이시로 생각되는 남자가 간결히 말했다. "봄 맞습니다, 미스 먼로."

여자가 소리내어 말했나? 그럴 생각은 아니었는데.

또다른 경호원, 특징 없는 감자형 얼굴과 무표정한 하얀 눈, 지그스처럼 땅딸막한 남자가 입술을 빨더니 무뚝뚝하게 전면을 쏘아봤다. 이들은 사복경찰이었다. 오늘 대통령이 지시한 임무에 화가 난 거겠지. 블론드 배우는 해명하고 싶다. "성적인 게 아니에요. 대통령과 나의 관계는. 섹스하곤 별 상관 없다고요. 이건 우리 영혼의 만남이에요." 리무진 운전사도 대통령 경호원이 분명했다. 다른 사람들과 마찬가지로 으스스한 표정에 페도라를 썼다. 그는 공항에서 미스 먼로에게 고개만 까닥하는 둥 마는 둥 했다. 만화 캐릭터 저그헤드와 신기할 정도로 닮았다.

어휴 가끔은 오싹하다니까! 만화 캐릭터가 현실에 있다니.

자전거 특급배송을 받기 전날 블론드 배우의 일등석 비행기표 ('P. Belle'이라는 코드명으로 구입했고, 대통령의 매부가 여자에게 알려주길 '프론토의 미인'이라는 뜻이라고 했다)가 도착했고, 서부 해안에서 동부 해안으로 날아가는 동안 여자는 비행기 조종사와 승무원이 자신과 백악관의 연관성을 알고 있다고 의심할 만한 이유가 충분히 있었다. "내가 '매릴린'이기 때문만은 아니었어. 이 특별한 날에. 이 특별한 비행기는." 여자의 행복에 빙퉁그러져 비행기가 추락할 것만 같았다! 하지만 아니었다. 간헐적으로 흔들리긴 했지만 무난한 비행이었다. 아, 돔페리뇽이 있어요, 미스 벨. 당신을 위해 특별히 마련했습니다, 미스 벨. 일등석 객실 맨 앞좌석 두 개가 여자에게 주어졌다. 왕족 대우였다. 어여쁜 공주님 같은 거지 소녀. 오, 여자는 깊이 감동했다. 객실 승무원은 아무도 블론드 배우를 귀찮게 하지 않도록 주위를 경계하는 임무를 맡았고, 여자는 익명으로 여행하며 은밀한 만남에 대한 꿈같은 몽상에 빠졌다. 그 사람과의 만남. 그사이 몇 주 동안 두 사람은 전화로 겨우 세 번 얘기했을 뿐이고 그것도 아주 짧았다. 신문과 텔레비전에(이제 여자는 밤마다 텔레비전을 보았다) 나오는 대통령의 화상이 아니었다면 아마도 그의 생김새를 잊어버렸을 것이다. 탈의실의 미심쩍은 불빛 아래서(골프장 근처 빙 크로즈비의 팜스프링스 저택, 그들이 만난 곳이 거기 아니었나?) 잘생긴 소년 같은 미국적 얼굴에 강한 성욕을 가진 정력적이고 나이보다 젊어 보이는 중년 남자는 누구라도 그가 될 수 있었다. 그날 아침 여자는 밀타운, 아미탈, 코데인(한 알, 약간 열이 있는 듯해서)을 신중히 복용량을 계산해 삼켰다. 이때는 여자가 자기 인생에서, 여자는 일시적이었다고 맹세한다, 두 명, 세 명, 어쩌면 네 명의 의사를 만나던 시기였고, 각자 서로의 존재를 몰랐다고 주장하는 의사들은 저마다 여자에게 처방전을 주었다. 저 좀 잘 수 있게 도와주세요, 선생님! 오, 저 좀 일어날 수 있게 도와주세요. 찢어진 비단처럼 너덜너덜한 신경을 가라앉히게요.

선생님, 아니죠, 당연히 술은 안 해요.

붉은 고기는 너무 질겨 소화가 잘 안 돼서 안 먹어요.

라과디아 공항에서 여자는 휘청거리는 다리로 비행기에서 첫 번째로 내렸다. "미스 벨? 제가 도와드리겠습니다." 객실 승무원이 여자를 비행기에서 연결통로를 따라 안내했고, 게이트에는 샤크스킨 정장에 페도라를 쓰고 엄숙한 표정에 웃음기 하나 없는 남자 둘이 기다리고 있었고, 여자는 순간 패닉에 빠졌다. 나 체포당하는 건가? 난 어떻게 되는 거지? 여자는 아무 생각 없이 미소 짓는 '윗집 아가씨'였다. 두 손이 떨려 작은 여행용 가방을 떨어뜨릴 뻔했고, 대통령 경호원 중 덩치 큰 쪽이 여자의 손에서 가방을 가져가 들었다. 그들은 여자를 '미스 먼로' 또는 '마담'이라고 불렀다, 그들이 보호해야 하는 대상인데도 여자에게 말을 붙이는 게 수치와 굴욕이라는 듯. 그들은 경찰다운 비난어린 눈빛으로 여자의 못마땅한 자홍색 입술과 풍만한 젖가슴을 외면했다, 무정한 놈들, 삭막한 새끼들. 그냥 질투하는 거지, 안 그래? 너희 보스를. 왜냐면 그는 진짜 남자니까, 그치? 그러나 여자는 다정하게 대하기로 마음먹었다. 말없는 남자들이 여자를 무뚝뚝하게 호위하며 공항을 빠져나가(많은 사람들이 놀란 눈길로 쳐다봤지만 경호원들은 잠시도 지체하지 않았다) 대기중인 리무진까지 가는 동안 여자는 '윗집 아가씨'가 그렇듯 해맑고 사근사근하게 수다를 떨었다. 차량은 매끄럽고 새카맣게 빛났고 실내는 열두 명도 탈 수 있을 정도로 널찍했다. "와아. 이거 방탄이죠, 그랬음 좋겠네." 여자는 불안하게 웃음을 터뜨렸다. 플러시로 된 뒷좌석에 올라탄 여자는 치마를 무릎 아래까지 끌어내렸고, 대통령 경호원들이 유리창을 가리며 여자의 양옆에 앉자 온통 여성스러운 향기를 풍기며 흥분했다. 여자는 궁금했다. 대통령이 여자를 총격에서 보호하라는 지시도 내렸을까? 대통령의 부름에 이런 것도 포함되나? "어휴, 이런 관심과 보살핌이라니 내가 RIP라도 된 것 같네"―불안한 웃음이 그들의 남성적 침묵에 스며들었다―"아니, 그니까 내 말은 VIP요. 그 말을 하려고 했다니까?"

창백한 얼굴의 지그스가 웃겼는지 끙 소리를 냈다. 아닐지도 모르지만. 딕 트레이시의 옆모습엔 들었다는 기미가 아예 없었다.

여자는 생각했다. 이 남자들. 이 세 명. 총을 소지하고 있어!

뭐, 여자는 기분이 상했다. 약간. 확실히 그들은 여자가 삭스 베벌리힐스에서 산 아름다운 크림색과 보랏빛 캐시미어 니트슈트의 깊게 파인 목선, 도드라진 가슴, 모양 좋은 엉덩이를 탐탁해하지 않았다. 여자의 댄서 다리. 4인치 굽의 앨리게이터 오픈토 펌프스를 신은 발. 손톱과 발톱은 고상한 서리 빛깔로 칠했다. 화사한 자홍색 립스틱과 블론드-블론드 머리카락과 못 알아볼 수 없는 매릴린의 광채가 열대의 더위 속에서 새하얗게 칠한 치장 벽토처럼 부자연스럽게 새하얀 피부를 눌러준다. 그럼에도 이 남자들은 블론드 배우를 여자로서, 사람으로서, 역사적 사실로서 탐탁해하지 않았다. 여자는 자칫 잘못해 그들이 총을 뽑아들고 자신을 쏘지 않기를 바랐다.

서른여섯의 나이에, 유명세의 정점에서, 욕망 없이 자신을 빤히 응시하는 남자들이 어찌나 불편한지. 오, 하지만 왜? 난 당신들을 정말 사랑해줄 수 있는데.

딕 트레이시가 눈길을 피한 채 블론드 배우에게, 기분 나쁜 흡족함을 내보이며, 대통령의 계획이 갑자기 변경되어 당신 일정도 변경될 거라고 말한다. 긴급 상황이 생겨 대통령은 백악관으로 다시 호출됐고 오늘 오후 비행기로 돌아갈 것이다. 결국 그는 뉴욕에서 하룻밤 머물지 않을 것이다. "여기 비행기표입니다"—딕 트레이시가 여자에게 작은 꾸러미를 건넨다—"오늘 저녁 로스앤젤레스 도착편입니다. 호텔에서 라과디아 공항까지는 택시를 타실 겁니다." 귓속에서 아우성치는 소리가 났지만 블론드 배우는 뜻밖에 맑은 머리로 생각할 수 있었고, 내 연인은 일개 시민이 아니고 역사적 인물이야라며 스스로를 위로했다. "오. 알겠어요." 여자는 당황하고 상처받았음을 숨길 수 없었다. 낙심했다. '윗집 아가씨'도 인간이다, 그렇지 않은가? 하지만 긴급 상황이 뭐냐고 물어서 기밀 사항이라는 답을 듣게 되는, 딕 트레이시한테만 좋은 일을 하진 않을 것이다.

리무진은 골목으로 방향을 틀어 센트럴파크로 향했다. 여자는 어린애 같은 말투로 질문하는 제 목소리를 들었다. "그, 그게 무슨 일인지는 말 안 해주겠죠? 그 긴급 상황이란 게? 해, 핵전쟁은 아니길 바라는데! 소비에트연방에서 뭔가 끔찍한 일이 일어난 건가!" 그러자 기다렸다는 듯, 하지만 조용히, 고소해하는 기색 없이, 딕 트레이시가 말했다. "미스 먼로. 죄송합니다. 그건 기밀 사항입니다."

또 한번의 낙심. 리무진은 5번가의 유명하고 유서 깊은 C 호텔의 정문이 아니라, 그 웅장한 랜드마크 건물의 뒤쪽 좁은 골목에 위치한 뒷문에 섰다. 블론드 배우는 옷 위에 걸칠 레인코트를 받았는데, 그녀의 클로시와 머리카락을 숨길 모자가 달린 구깃구깃한 검은색 싸구려 비닐 비옷이었다. 여자는 몹시 화가 났지만 순순히 따랐다. 이건 낯익은 종류의 영화, 가벼운 슬랩스틱코미디의 한 장면이고, 이 장면은 몇 분밖에 지속되지 않을 테니까. 오, 여자는 얼마나 이 차가운 남자들에게서 벗어나 연인의 품에 뛰어들고 싶었는지! 이어서 지그스가 티슈 한 장을 내밀며 입에서 그 '붉은 기름기'를 지워달라고 요구했지만, 여자는 분개하며 거절했다. "마담, 안에 들어가서 다시 바르세요. 원하시는 대로 얼마든지." "싫어요." 여자가 말했다. "나를 내려줘요." 여자는 핸드백에서 얼굴 절반을 가리는 아주 짙은 선글라스를 꺼냈다.

지그스와 딕 트레이시는 툴툴대며 상의하더니 스무 발자국쯤 될까 싶은 거리를 걸어가기에 충분한 변장이라고 결론을 내렸는지 리무진 문의 잠금장치를 해제하고 조심스럽게 차에서 내렸고,

모자 달린 우스꽝스러운 비옷을 입은 블론드 배우를 에스코트해 산패된 요리 냄새를 뜨겁게 뿜어내는 환풍기 바람을 맞으며 뒷문을 지나 재빨리 안으로 들어가 화물용 엘리베이터로 안내했고, 삐걱이는 엘리베이터를 타고 16층 펜트하우스에 올라가 문이 열리자 다급히 여자를 재촉했다—"미스 먼로, 어서"—"가시죠, 마담." 여자가 말했다. "내 힘으로 걸을 수 있어요, 됐어요. 내 다리는 멀쩡해요"—하지만 하이힐을 신고 약간 비틀거렸다. 앞코가 V자로 뾰족한 이탈리아제 구두는 여자가 가져본 신발 중 가장 비쌌다.

대통령 경호원은 '프레지덴셜 스위트'라고 딱 어울리는 이름이 붙은 호텔방의 문을 두드렸다. 블론드 배우는 더럭 꺼림칙한 기분에 휩싸였다. 나는 이렇게 배달되어야 하는 암컷 고깃덩이인가? 이게 그런 건가? 룸서비스? 그러나 여자는 비옷을 벗어 경호원에게 건넸다. 슬랩스틱코미디 장면은 끝났다. 또 한 명의 무표정한 대통령 경호원이 문을 열었고, 블론드 배우를 향해 퉁명스럽게 고갯짓만 하며 그들을 방안으로 들이고 나직이 덧붙였다—"마담!" 이 시점부터 이어지는 장면은 카메라가 난폭하게 떠밀리기라도 한 듯 화면이 지그재그로 휙휙 움직인다. 블론드 배우는 욕실 사용을 허락받고—"매무새를 다듬고 싶으시겠지요, 미스 먼로"— 금박과 대리석으로 우아하게 꾸며진 아담한 공간에서 화장을 확인했는데 제법 잘 유지된 편이었다. 크고 솔직하고 휘둥그런 크리스털 같은 파란 눈은 무수히 터진 모세혈관이 아직 잘 낫지 않아 흰자위가 맑지 않고 눈가에 희미한 하얀 선들이 보였지만, 좀더 부드러운 침실 조명 아래서는 연인의 세심한 눈에 띄지 않기를 빌었다. 1962년 5월 29일에 대통령은 마흔다섯이 된다. 1962년 6월 1일에 블론드 배우는 서른여섯이 된다. 나이가 좀 있는 편이지만, 대통령은 모를 수도 있잖아? 매릴린은 진짜 근사해 보이니까! 맡은 배역에 어울렸다! 향수를 뿌리고 치장을 하고 또 하고, 몸의 털을 다 밀고 민감한 피부를 따갑게 하는 그 지긋지긋한 보라색 페이스트로 머리털과 음모 둘 다 최근에 탈색한 여자는 지금 그 배역을 보고 있다. 플래티넘 인형 매릴린, 대통령의 비밀 정부情婦. (비행기 안에서는 잠깐 안 좋은 때도 있었지만. 사실 스물네 시간 동안 아무것도 먹지 못했음에도 여자는 그 작디작은 기내 화장실의 작디작은 변기통에 속을 게웠다. 조명이 형편없는 거울을 열심히 보며 떨리는 손으로 망가진 화장을 고쳐야 했다.) 그렇다, 여자는 대통령과의 밀회 시간이 뭉텅 잘려버릴 거라는 얘기를 갑자기 듣고서 '허탈하고 섭섭했다'는 것을 인정할 수밖에 없었다. 그들의 은밀한 만남은 온전한 하룻밤과 하룻낮이 될 예정이었다. 블론드 배우는 신경을 가라앉히기 위해 밀타운을 한 알 삼킨다. 그리고 빠른 에너지와 용기를 얻기 위해 벤제드린도 한 알. 화장실을 사용하고 가랑이 사이를 씻는다. (팜스프링스에서 원기왕성한 대통령은 여자의 그곳에 아낌없이 키스했다, 몸의 다른 모든 곳과 마찬가지로.) 여자는 모를 것이다. 변기 옆 휴지통에 여자가 방금 던져넣은 것과 그리 다르지 않은, 구겨지고 젖은 휴지 뭉치와 세련된 자두색 립스틱이 묻은 화장지가 들어 있는 것을. 몰라! **모를 거야.**

"이쪽입니다, 마담." 처음 보는 대통령 경호원이, 벅스 버니처럼 윗니가 튀어나오고 그 만화 캐릭터처럼 탄력 있게 걷는 남자가 통로를 따라 여자를 에스코트했다. "여기 안으로." 곧이어 블론드 배우는 숨을 죽였고, 어둠 속에 공간감이 지워진 어슴푸레한 조명의 무대에 올라가듯 널찍하지만 어슴푸레하게 불을 밝힌 침실에 들어섰다. 방은 여자의 브렌트우드 집 거실만큼 넓고 여자의 일천한 눈에는 정통 프랑스제로 보이는 고가구로 채워져 있었다. 하여간 일종의 고가구였다. 어찌나 호화로운지! 어찌나 로맨틱한지! 발밑에는 두툼한 동양풍 러그가 깔렸다. 좁고 길쭉한 창문 여러 곳에는 4월 맨해튼의 시린 햇볕을 막기 위해 두꺼운 양단 커튼을 쳐놨다. 여자 자신의 집 침실에 남부 캘리포니아의 더 강렬한 햇볕을 막기 위해 커튼을 쳐놓은 것처럼. 방안에서 담배 연기, 탄 토스트, 지저분한 리넨, 몸뚱이 냄새가 뒤섞여 났다. 캐노피가 설치된 사주식 침대에 벌렁 누운 알몸의 대통령이 전화기를 가슴 위에 얹은 채 수화기에 대고 빠르게 얘기하고 있었다. 구겨진 이불과 흩어진 베개 사이에 누워 부루퉁하니 성이 난 왕자님 얼굴은 너무 잘생겼다! 이 남자에게 어느 영부인이 차가울 수 있을까? 여자는 이 장면을 함께 연기할 단 한 명의 동료 배우와 무대에 오른다. 무대 규모는, 수군거리는 상당수의 관객 규모와 마찬가지로, 알 길이 없다. 나는 역사에 발을 내디뎠어!

그러나 그것은 이미 한참 전에 시작된 장면이었다. 대통령 옆에, 침대 위 은쟁반에 엉겨붙은 달걀노른자와 그을린 토스트 부스러기로 더러워진 도자기 접시와 커피잔, 와인잔, 반 넘게 비운 버건디 병이 놓여 있다. 회갈색 앞머리에 한쪽 눈이 가려진 대통령. 그의 잘생기고 사내다운 몸은 가늘고 곱슬하고 반짝이는 갈색 털로 뒤덮였고, 털은 몸통과 다리에서 더욱 무성해졌다. 조끼를 입은 것처럼 보일 정도였다. 〈뉴욕 타임스〉와 〈워싱턴 포스트〉가 킹사이즈 침대 위에 흩어져 있고, 뚜껑을 딴 블랙 & 화이트 스카치 위스키 병이 뒤집힌 베개에 기대어 아슬아슬하게 세워져 있었다. 블론드 배우가 들어오는 것을 보고, 우윳빛 색조와 환한 자홍색 미소가 시야에 들어오자 대통령은 숨을 꿀꺽 삼키고 갈망하는 미소를 지으며 옆으로 오라고 손짓하면서도 수화기는 귀에서 떼지 않았다. 축 늘어진 페니스도 여자의 미모를 알아봤는지 더 커지려는 붙임성 좋은 커다란 민달팽이처럼 헝클어진 뻣뻣한 음모 사이에서 고개를 들었다. 3천 마일의 순례가 아깝지 않은 환영 인사가 여기서 이렇게 여자를 맞이했다.

"프론토. 안녕."

블론드 배우는 클로시를 벗고 섬세한 플래티넘 머리칼을 흔들며 환한 웃음을 터뜨렸다. 오, 이건 영화의 한 장면이었다! 여자는 불안과 우려가 씻겨나가는 기분이었다. 관객이 있는지 모르겠지만 보이진 않았다. 무대는 어둠 속에 떠 있었다. 조명이 켜진 공간은 여자와 대통령 둘만의 것이었다. 여자가 놀란 것은 이 분위기 때문이었다. 이 기묘하고 우스꽝스럽고 느슨한 만남, 자연스러운 관능이 이토록 짙게 밴 조우는, 모르는 사람이 봤다면 대통령과 블론드 배우가 이런 은밀한 만남을 수없이 해왔다고, 오랜 세월 동안 연인이었다고 착각할 정도였다. 풍만하고 육감적인 몸으로 살고 있지만 성적 욕구는 거의 느끼지 못하는, 마네킹 속에 밀어넣어진 아이 같은 블론드 배우는 경이감 속에 대통령을 물끄러미 바라보았다. 내가 사랑했던 남자 중 가장 매력적인 사람! 아마 카를로를 제외하면. 여자는 우아하게 허리를 굽혀 대통령에게 반가운키스를 했을 것이다. 그가 그 빌어먹을 수화기를 입에 댄 채 웅얼거리고 있지만 않았다면. "어. 알았어. 오케이. 젠장." 그는 여자에게 침대 위 자기 옆에 앉으라고 손짓했고, 여자는 그렇게 했다. 그는 근육질의 맨다리로 장난스럽게 여자를 껴안고 나머지 한 손으로 여자의 머리칼, 어깨, 젖가슴, 모양 좋게 곡선을 이루는 엉덩이를 주무르며 사춘기 소년의 경외심 어린 표정을 지었다. 그는 고통스러운 듯 속삭였다. "매릴린. 당신이군. 반가워." 여자가 속삭였다. "프론토. 반가워요." 그는 낮게 신음하며 웅얼거렸다. "당신을 보니 기쁘네, 베이비. 지옥 같은 하루였거든." 귀족적 태도의 영부인은 절대 흉내내지 못할 거라 확신하는 따스한 흥분을 담아 여자는 새근거리는 목소리로 말했다. "오, 저런, 얘기 들었어요, 내 사랑. 내가 어떻게 도와드릴까?" 대통령은 이를 드러내고 히죽 웃으며 면도하지 않은 자신의 턱을 어루만지던 여자의 손을 잡더니 이제 발딱 선 페니스로 가져가 손가락을 감았다. 갑작스럽긴 했지만 예상하지 못한 것은 아니었다. 팜스프링스에서 여자는 이 남자의 뻔뻔함에 약간 놀랐지만 이런 앞뒤 없는 친밀함이 주는 위로가 있었다. 그렇지 않은가. 아주 많은 것을 생략하면 아주 많이, 아주 빠르게 보상을 받는다. 귀엽지만 제멋대로인 애완동물을 주인이 자랑스럽게 지켜보는 앞에서 쓰다듬듯이, 블론드 배우는 과감하게 대통령의 페니스를 어루만지기 시작했다. 그런데 곤혹스럽게도 대통령은 전화를 끊지 않았다.

통화는 계속될 뿐 아니라 한층 심각해졌다. 또다른 상대가 연결된 듯 긴박함이 더해졌다. 백악관 참모 아니면 국무위원(러스크? 맥너마라?). 쿠바에 관한 얘기 같았다. 카스트로, 대통령의 매력적인 쿠바인 라이벌! 블론드 배우는 아무 사전 정보도 없이 시험대에 선 듯한 스릴을 느꼈다. 십여 년 전 〈타임스〉 표지를 장식한, 수염을 기른 잘생긴 쿠바 혁명가가 생각났다. 최근 기억을 떠올려보면 미국에서 카스트로는 다방면으로 영웅이었다. 물론 그 이미지가 급격히 변화해 이젠 공산주의 적군이 됐지만. 미국 영토에서 90마일밖에 떨어지지 않은 곳에 있는 적. 젊은 대통령과 더 젊은 카스트로는 둘 다 영웅적이고 로맨틱한 배우였다. 둘 다 자칭 '민중의 사람'이었고, 자만심 강하고 자기과시적이며 정적에게 무자비했고, 자신이 무슨 짓을 하든 용서해줄 지지자들로부터 우상으로 떠받들어졌다. 한쪽은, 미국 대통령은, '민주주의'를 전 지구적으로 수호하는 데 헌신했다. 다른 한쪽은, 쿠바의 독재자는, 공산주의라 불리는 정치경제 민주주의의 극단적 형태에 헌신했지만 실은 전체주의였다. 두 남자 모두 부유한 집안의 아들이지만 대외적으로는 자신을 '민중'과 나란히 세웠다. 한쪽은 '공화당의 정경유착'을 유창한 달변으로 비판했고, 다른 한쪽은 미국 자본주의를 포함한 자본주의에 대항해 유혈혁명을 이끌었다. 전투복과 전투화 차림의 이 늠름한 쿠바인이 경호 조치를 업신여긴다는 것은 카스트로 우화 중 한 부분을 차지했다. 끊임없는 암살 위협에 시달리면서도 카스트로는 경호원 몰래 빠져나가 우상을 맹목적으로 숭배하는 '인민'과 어우러졌다. 미국 대통령도 그렇게 용감해지고 싶어했다. 아니 그렇게 인지되고 싶어했다! 두 남자 모두 가톨릭 집안에서 자라고 예수회 학교에서 교육을 받아 어린 시절부터 인간의 법이 아닌 신의 율법에 따르는 예수회 관념에 물들었을 것이다. 신이 존재하지 않는다면 인간의 법 따위 누가 신경이나 쓰겠는가?

대통령의 잘생긴 얼굴이 추하게 일그러졌다. 대통령은 블론드 배우가 아연할 만한 욕설을 카스트로에게 퍼부었다. 충실한 민주당 지지자이긴 하지만 일반 시민인 내가 저런 언행을 목격해도 되나? 아니면 조금쯤은 나더러 들으라고 하는 소린가? 섹스와 뒤섞여 두근거리는 장면. 블론드 배우는 대통령의 정신이 딴 데 가 있고 자신은 전혀 안중에 없음을 깨닫고 대통령을 어루만지던 손길을 점차 멈추었다. 카스트로 때문이야. 그의 라이벌. 문득 환멸감이 든 여자의 눈에 지저분한 그릇과 베개에 묻은 자두색 립스틱 자국이 보였다. 여자는 씩씩하게 주변을 정돈하기 시작했다. 섹시한 준 앨리슨, 그게 매릴린이었지. 와인잔을 유심히 살펴보고 싶지 않아서 쟁반을 옆으로 치웠다. 스카치위스키 병을 침대맡 협탁으로 옮기면서, 자신이 무슨 짓을 하는지 알아차리기도 전에, 돔페리뇽과 약물의 조합 탓에 머릿속이 웅웅거렸음에도, 위스키를 벌컥 들이켰다. 목구멍을 태우며 내려가는 이 느낌! 여자는 그 맛을 싫어했다. 콜록거리며 침을 튀겼다. 여자는 두번째 모금을 들이켰다.

벌써 세시가 지났다! ─대통령은 곧 이 은밀한 만남을 마치고 떠날 것이다. 얼마나 빨리 떠나야 하는지 블론드 배우는 듣지 못했다. 통화는 아직도 계속되고 있었다. 듣자 하니 소련과 쿠바가 함께 음모를 꾸미는 모양이었다―"피그스만에 대한 보복이란 말이지, 어? 두고 보자고!" 블론드 배우는 속으로 떨기 시작했다, 대통령이 지금 한 얘기―핵미사일이야? 소련의 미사일? 쿠바에? 손으로 귀를 막고 싶었다. 엿듣고 싶지 않았다. 대통령의 분노를 감수하고 싶지 않았다. 척 보기에도 대통령은 전직 운동선수처럼 다혈질이고 비슷하게 남성적인 타입이었다. 화가 나면 그는 성적으로 흥분했고, 그래서 그에게 분노는 곧 쾌락이었다. 그는 자신을 멍하니 바라보는 여자를 보았고, 그의 페니스가 화난 대가리처럼 깐닥거렸다. "베이비. 이리 와." 대통령은 여자의 머리끄덩이를 홱 잡아당겼다. 여자를 자기 쪽으로 끌어당기고, 많이 해본 솜씨로 수화기를 어깨와 귀 사이에 능숙하게 끼운 채 거칠게 키스했다. 수화기의 플라스틱 안쪽에서 남자 말소리가 작게 웅웅거렸다. 대통령이 속삭였다. "부끄러워하지 말고." 부랴부랴 리허설을 마친 영화 속 한 장면처럼, 블론드 배우는 키스하고 애무하고 그의 머릿결을 쓰다듬으며 자신이 무엇을 하기로 되어 있는지, 대본이 자신에게 무엇을 요구하는지 알면서도 저항했다.

"베이비……?"

처음엔 부드럽게, 그러나 제멋대로 해버릇하던 남자의 자신감으로, 대통령은 블론드 배우의 뒷덜미를 잡아 제 사타구니 쪽으로 여자의 머리를 끌어내린다. 싫어. 난 콜걸이 아니야. 난 ― 사실 여자는 겁에 질려 막막한 노마 진이었다. 어쩌다 이 장소에 왔는지,

누가 자신을 여기로 데려왔는지 기억나지 않았다. 매릴린인가? 하지만 매릴린이 왜 이런 일을 벌이지? 매릴린이 원하는 게 뭔데? 아님 이건 영화 속 한 장면인가? 소프트 포르노 영화? 여자는 모든 출연 제안을 거절했지만 지금은 아무래도 다시 1948년이고, 여자는 영화사에서 해고당해 실직 상태다. 여자는 눈을 질끈 감고, 어쩌다보니 오게 된 바로 이 호텔방을 애써 마음속에 그렸다. 이 호화로운 방에서 나는 소년처럼 잘생긴 자유세계의 지도자, 미합중국의 대통령을 은밀히 만나는 유명 블론드 배우 역을 연기하는 중이고, 무해한 소프트 포르노 영화 속 '윗집 아가씨'다, 이번 한 번만은, 못할 거 없잖아? 여자는 다시 위스키 병을 찾아 더듬더듬 손을 뻗었고, 마음이 누그러진 대통령은 음주를 허락했다. 화끈한 액체에 속이 불타는 느낌이었지만 그게 또 위안이 되기도 했다.

어떤 장면이든(그게 현실이 아니라 영화의 한 장면인 한) 연기할 수 있지. 잘하든 못하든 연기는 가능해. 몇 분밖에 안 되는걸.

실랑이는 없었다! 이 두 연인은 결코 싸우지 않을 것이다.

남자의 벌거벗은 팔다리에 알몸으로 뒤얽힌 블론드 배우. 이제야 숨이 쉬어졌다. 치받치는 구역질을 간신히 이겨냈다. 여자는 토할 것 같다는 두려움에 떨었고, 욕지기가 났고, 어떤 감각도 속수무책의 구토만큼 최악은 아니었고, 다른 곳도 아닌 이 침대 위에서 토하기라도 하면! 이 남자의 품안에서. 여자는 기침이 나서 사과했지만 그치질 않았다. 남성의 정액을 삼키는 것은 그 남성에게 경의를 표하는 일이지만, 그렇게 역겨운 일도 세상에 다시 없다. 그래, 하지만 그 남성을, 그 사내를 사랑한다면 해야 하는 일 아닌가? 그의 좆을, 그의 정액을 사랑한다면? 턱이 아팠고, 그가 여자의 뒷덜미를 움켜잡은 채 막판에 엉덩이를 들썩이며 너무 힘을 주는 바람에 그의 손에 목이 부러질까봐 두려웠다. 더러운 여자. 더러운 씨발년. 오, 베이비. 죽-이-는-데. 소프트 포르노 영화라면 이 장면들은 엉성하게 이어붙여질 것이고 연속성이나 서사적 논리 따위 아무도 신경쓰지 않겠지만 실제 삶에서는 섹스 장면이 제법 자연스럽게 다음 모드로 전환되고, 이제 백악관과의 통화는 끝났고, 이제 수화기는 도로 고리 위에 놓였고, 이제 대통령은 블론드 배우와 얘기할 수 있으니 여자는 그가 자신에게 말을 걸 거라 기대하는데 그는 입을 열지 않고, 한쪽 팔뚝을 땀투성이 이마에 걸치고 누운 채 그저 숨만 헐떡일 뿐이고, 대본이 없는 여자는 필사적으로 대사를 찾고, 무슨 대사든, 이렇게 말하는 제 목소리가 들린다. "카, 카스트로? 그는 독재자지요? 하지만 프론토, 쿠바 사람들이 응징당해야 할까요? 그런 금수조치로? 오 세상에, 그랬다간 쿠바 사람들이 우리를 더 미워하게 되지 않을까요? 그러면—" 이 깜짝 놀랄 만한 말, 캐노피가 설치된 킹사이즈 침대의 뒤엉킨 이불 속에서 발화된 말은 아수라장이 된 이불과 베개 사이에서 길을 잃었다. 대통령은 여자의 말을 이 스위트룸 어딘가에서 들리는 구식 배수관의 소음, 변기 물 내리는 소리 정도로밖에 인식하지 않았다. 요란했던 절정 이후 대통령은 블론드 배우에게 손대지 않았다. 그의 페니스는 뻣뻣한 털로 뒤덮인 사타구니에

서 쓰임을 다한 채 나이든 민달팽이처럼 축 늘어졌다. 얼굴은 유
감스럽게도 나이들어 보이는 분위기를 풍긴다. 그는 더이상 미국
의 청년이 아니라 귀족적 가부장이었다. 그러나 알몸의 여자는 여
전히 '윗집 아가씨'로 남아 있었다.

여자는 다시 말을 꺼내려 했고, 잘 알지도 못하면서 의견을 낸
것에 대해 사과하려고, 아니 어쩌면 '윗집 아가씨'의 새근새근 간
드러지는 말투로 아까 했던 말을 되풀이하려고 했는데, 도중에 갑
자기 쓰러지는 자기 모습이 보였다. 어쩌면 그가 여자의 숨통을
조였는지도. 짠맛 나는 손바닥이 여자의 입을 덮치고 팔꿈치가 여
자의 목을 누른다. 여자는 힘이 없어 저항하지도 못했다. 의식을
잃었다가 잠시 후 깨어나니(이불 속 끈적하던 무언가가 응고된
것으로 보아 이십 분쯤 지났음을 유추할 수 있었다) 또다른 남자
가, 못 보던 남자가 여자 위에 정력적으로 올라타 있다. 암망아지
위에 올라탄 기수처럼 서두르는 남자. 풀 먹인 냄새가 나는 하얀
셔츠를 입은 남자. 허리 아래로 벌거벗은 남자, 여자에게, 여자의
몸속으로, 가랑이 사이 틈으로, 가랑이 사이 텅 빈 공간으로 아프
게 마구잡이로 페니스를 쑤셔넣는 남자. 여자는 맥없는 손으로 안
간힘을 다해 남자를 밀어내며 말하려 애쓴다. 안 돼! 제발, 하지 마!
이건 부당해. 여자는 대통령을 사랑했을 뿐 다른 어떤 남자도 사랑
하지 않았으니, 이건 여자의 사랑을 부당하게 이용하는 처사였다.
남자는 여자가 정신을 차리지 못하는 동안 여자의 몸속에서 열심
히 피스톤운동을 했고(깨끗이 면도한 대통령이었을까?) 단단한
샌드백에 발길질을 해대는 남자처럼 불가해한 집념으로 여자 안

에 악착같이 자신을 찔러넣었다.

그러고 나서 나중에, 누군가 여자를 되살리려 노력한다. 여자를 흔든다. 여자의 머리가 어깨 위로 축 늘어진다. 충혈된 눈이 까뒤집힌다. 멀지 않은 곳에서 여자의 연인이 성을 내며 차갑게 내뱉는 목소리. 아 진짜, 저 여자 좀 안 보이게 치워.

더 나중에. 침대맡 협탁 위의 조그만 장식 시계가 네시 반을 알렸다. 머리 위에서 들리는 목소리. "미스 먼로. 이쪽입니다. 부축해드릴까요?" 아뇨 필요 없어요! 이런 젠장, 난 괜찮아요. 맨발로 휘청거리며, 손에 잡히는 대로 주섬주섬 챙겨입긴 했어도 여자는 괜찮았고, 약간 어지러울 뿐, 자신의 몸에 닿은 원치 않는 손을 뿌리쳤다. 금박과 대리석으로 꾸민 욕실 안. 눈을 아프게 찌르는 휘황한 조명의 거울 속. 여자의 마법 친구가, 낯빛은 누렇게 뜨고 기진맥진한 채 입술을 따라 토사물이 말라붙은 모습으로 있었다. 여자는 얼굴을 씻으려 고개를 숙이다 기절할 뻔했지만 차가운 물에 다시 정신을 차렸고, 변기에 소변을 볼 정도의 정신은 있었고, 델 듯이 뜨거운 오줌이었다. 여자가 너무 큰소리로 훌쩍였는지 빠르게 문을 두드리는 소리가 들렸고—"마담?"—여자는 황급히 대답했다, 아니, 아뇨, 괜찮아요, 들어오지 말아요, 제발.

이 욕실 문은 잠금쇠가 없었다. 아니 왜?

화장대 위에 여자의 핸드백과 여행용 가방이 있었다. 떨리는 손으로 여자는 더러워진 옷을 벗고, 사람들이 자신을 길거리로 곧장 내칠 거라는 생각에 서둘러서 힘겹게 실크 드레스로 갈아입었다. 노스캐롤라이나 출신의 브루넷 배우가 그토록 세련되게 소화했던 그윽한 청보라색 드레스였다. 괜히 스타킹을 신느라 고생하진 않는다. 가터벨트는 침실에 놓고 온 모양이다. 앞코가 뾰족한 최고급 이탈리아제 구두만 있으면 된다, 알 게 뭐람. 화장품을 대충 슥슥 바르고, 화사한 자홍색 립스틱을 부푼 입술에 문지르고, 가방을 뒤져 클로시를 찾아 푹 눌러써 엉기고 떡진 머리를 감췄다. 슈거 케인 같은 멍청한 여자는 맞아도 싸다. 옆문으로 스위트룸을 나서려는데 왼편에는 딕 트레이시가, 오른편에는 벅스 버니가 붙어 양쪽에서 여자의 위팔을 붙잡았고, 반쯤 열린 문틈으로 우연히 대통령—여자의 연인!—을 보았다. 여자는 당연히 대통령이 이미 스위트룸을 나간 줄로만 알았다. 그는 몸에 딱 맞는 짙은 색 핀스트라이프 정장과 하얀 셔츠를 멋들어지게 차려입고 은색 체크무늬 넥타이를 맸다. 턱은 갓 면도해서 말끔했고 머리는 샤워 후라 젖은 상태였다. 대통령은 붉은 머리의 젊은 여자와 웃으며 얘기하는 중이었고, 여자는 조퍼스처럼 보이는 옷을 입고 있었다. 저게 소위 승마용 복장이라는 거 아닌가?—조퍼스 말이다. 대통령과 붉은 머리 여자 둘 다 개구쟁이처럼 들리는 보스턴 억양으로 말했고, 그들을 응시하는 블론드 배우의 심장이 거세게 뛰었다. 오, 질투는 아니었다! 아마도 저 붉은 머리 여자는 그의 친척이거나 집안끼리의 친구일 것이다. 여자는 가볍게 "오, 잠시만요?" 하고 살짝 방에 들어가 대통령에게 작별인사를 하고 붉은 머리 여자를 소개받을 생각이었지만, 딕 트레이시와 벅스 버니가 여자를 난폭하게 잡아끄는 바람에 어깨관절이 빠질까봐 걱정됐다. 대통령이 여자를 쳐다봤다. 그의 얼굴이 분노로 벌게져 레어로 익힌 소고기 색이 되었다. 그는 성큼성큼 문가로 걸어와 여자의 눈앞에서 문을 쾅 닫았다.

여자는 자신을 억류한 사람들의 손에서 벗어나려 했다. 둘 중한 명이 여자를 흔들어댔고, 다른 한 명이 여자의 따귀를 때려 입에서 피가 났다. "아! 새로 갈아입은 드레스인데." 뾰족한 턱을일그러뜨리고 인상을 쓰며 딕 트레이시가 말했다. "다친 게 아닙니다, 마담. 그건 당신 입술에 묻어 있던 붉은 기름기입니다." 여자는 울음을 터뜨렸다. 손가락 사이로 피가 흘렀다. 둘 중 한 명이역겹다는 듯 두루마리 휴지 한 뭉치로 여자의 입을 막았다. 그들은 복도를 걸어가며 여자를 재촉했다. 여자는 울면서, 당신들이나를 어떻게 대했는지 다 말할 거야, 대통령께 다 말할 거야, 대통령이 당신들을 자를 거야, 라고 협박했고, 창백한 얼굴의 지그스가 다가서며 이제 여자를 똑바로 노려보는데, 더이상 하얀 눈도아니고 무표정하지도 않은 눈빛으로 여자를 쏘아보며 야비한 말투로 경고했다. "아무도 미합중국의 대통령을 위협하지 못합니다, 레이디. 그건 반역죄야."

여자는 비행기가 로스앤젤레스 국제공항에 착륙할 때쯤 깨어난다. 제일 처음 든 생각은 이랬다. 적어도 그 사람들이 나한테 총을쏘진 않았어. 적어도.

화이티 이야기

거울 속에서, 화이티가 울고 있다!

여자는 말을 더듬었다. "화이티, 왜―무슨 일이야?"

죄책감에 짓눌려서, 분명 여자 자신이 가여워서 운다는 걸 아니까. 여자의 메이크업아티스트가 여자가 가여워서 운다.

지각이었다. 4월의 어느 아침, 5월의 어느 아침이 아니라면. 촬영 삼 주 차였다. 아니, 더 나중일 것이다. 사 주 차나 오 주 차 정도. 처음엔 쉬는 날인 줄 알았지만 용감무쌍한 화이티가 분명 그들이 약속한 대로 오전 일곱시 삼십분에 딱 맞춰 도착했을 때 자신이 착각했음을 깨달았다. 안마사 니코가 나간 지 얼마 안 돼서였다. 우연의 일치, 아니 아마도 우연은 아닐 것이다. 두 사람 역시 제미니였으므로. 안마사 니코도 불면증이었다. 밤에는 니코, 새벽에는 화이티. 여자는 그 두 사람에게 결코 이런 식으로 애원하지 않는다, 내 비밀을 말하고 다니지 마, 오 제발. 그들은 여자가 발가벗은 게 아니라 발가벗겨진 것임을 안다.

지금 화이티가 울고 있다, 오 어째서?

오 내 탓이야—내 탓인가? 여자는 알고 있었다.

지각이었다! 매번 지각이었다. 실눈으로 손목시계를 확인하지 않아도 지각임을 알았다. 커튼을 내려 창턱에 스테이플러로 단단히 고정해 햇빛을 완전히 추방해버렸어도. 마침내 슬며시 잠의 근사치에 들었는데, 가늘다가는 은빛 햇살 한줄기가 바늘처럼 눈을 찌르며 침실로 들어와 다시 심장이 쿵쾅거리는 각성 상태가 되어버린다면 고통에 찬 비명을 지를 것이다. 가끔 칠칠맞지 못하긴 해도 기본적으로 사람 좋은 니코는 어둠 속에서 발을 헛디뎠다. 화이티는, 그의 도착은 밤이 끝났음을 뜻했다, 부득이하게 침대맡의 와트 수가 낮은 램프를 켰고, 여기에 대해서는 여주인의 허락을 받아두었다. 상태가 심각한 아침이면 화이티는 침대 옆으로 메이크업 키트를 가져와 여자가 눈을 꼭 감고 똑바로 누워 꿈의 그림자 속을 부유하는 동안 부드러운 손길로 예비 작업(딥클렌징 아스트린젠트, 오인트먼트, 수분크림)에 들어갔다. 하지만 오늘은 그렇게 나쁜 아침은 아니었잖아?

그래도 화이티는 울고 있다. 그러나 극히 절제하면서, 남자가 울 때 그렇듯이. 움츠리거나 찡그리지 않으려 기를 쓰고, 다만 눈물이 볼을 타고 줄줄 흘러내려 그의 서글픔을 드러낸다.

"화이티? 뭐가 자, 잘못됐어?"

"미스 먼로, 그만요. 나는 우는 게 아니에요."

"오, 화이티, 그거―거짓말. 역시 울고 있잖아."

"아뇨 미스 먼로 나는 안 울어요."

고집불통 화이티. 용감무쌍한 메이크업아티스트 화이티. 그날 아침에 화이티가 몇 시간 전에 일을 시작했더라, 여자는 잘 기억나지 않았지만 최소한 두 시간은 되었을 것이다. 진통제와 진을 넣은 뜨거운 블랙커피를 여섯 잔째 들이켰으니까(그 재수없는 영화를 영국에서 촬영하는 동안 생긴 습관이다). 그리고 화이티는 무가당 자몽주스를 1리터 병으로 들이켰다(화이티 스타일로 병 주둥이에 입을 대고 꿀꺽꿀꺽 목울대를 울리며 마셨다). 화이티, 여주인에게 절대 이런 식으로 말하지 않는 남자. **미스 먼로 4월에 뉴욕에 갔을 때 무슨 일이 있었지요, 오 무슨 일이 있었던 거죠!** 화이티는 본인에 대해서나 남에 대해서나 입이 무거웠다.

화이티의 능란한 손놀림과 아스트린젠트에 적신 화장솜. 피부를 진정시키는 오인트먼트, 아이래시컬러, 족집게, 자그마한 브러시와 색조 펜슬, 페이스트, 볼연지, 파우더가 특유의 마술을 부린다. 아니 마술을 부리기 직전이다. 오늘 아침 화이티는 몇 시간째 애쓰고 있는데 거울 속의 여자는 아직 **매릴린 먼로**가 되다 만 상태였다. 이런 재수없는 아침에는 집에서 나갈 수 없다. 안전한 침실에서 감히 나가지 못한다, **매릴린 먼로**가 등장하기 전까지는. 완벽히 **매릴린 먼로**일 필요는 없다, 다만 제법 번듯하고 딴사람들이 알아볼 수 있는 **매릴린 먼로**여야 했다. 길거리에서, 영화사에서, 방음스테이지에서 보는 사람들이 망연자실해서 오 맙소사 저 사람이 매릴린 먼로야? 난 못 알아봤어!라고 하는 일은 없어야 했다.

블론드 배우는 체온이 38도가 넘고 바이러스 감염이 혈류를 통해 급속히 번지고 있었다. 머릿속이 헬륨으로 채워진 느낌이었다. 그렇게 독한 약을 들이부었는데도 고열은 여전했다. 말라리아에 걸린 게 아닐까? 대통령한테서 어떤 희귀한 질병이 옮은 걸까? (어쩌면 임신일까?) 브렌트우드의 의사 중 한 명이 여자에게 백혈구 수치가 낮다며 입원해야 한다고 말하자 여자는 걸음을 끊었다. 여자는 검진 한번 하지 않고 약만 처방해주는 정신과의사를 선호했다. 여자의 문제에 대한 그들의 설명은 이론 위주로, 프로이트식이었다. 다시 말해 신화와 전설을 다뤘다. 미스 먼로 당신처럼 아름다운 사람은 슬퍼할 일이 없잖아요. 게다가 천부적 재능도 있고. 다 알고 있겠죠, 네? 지난주에는 이틀, 그리고 이번주에는 연속해서 사흘, 화이티는 영화사에 전화를 걸어 감독 C에게 오늘은 미스 먼로가 아파서 못 나간다고 알렸다. 그 외의 날에는 몇 시간 늦게나마 기침을 하고 콧물을 줄줄 흘리며 충혈된 눈으로 도착했고, 아니면 놀랍게도 찬연한 미모의 **매릴린 먼로**로 나타났다.

세트장에 **매릴린 먼로**가 모습을 보이는 순간이면 가끔 제작진 사이에서 안도의 환호성과 박수갈채가 터져나왔다. 근래 들어서는, 쥐죽은 듯 고요했다.

C, 돈 되는 일이라면 마다하지 않는 할리우드의 유명 일꾼. C, **매릴린 먼로**를 경멸하고 두려워하는 남자. C, 앞으로 어떤 일이 닥쳐올지 충분히 인지했으면서도 일거리와 돈이 필요해서 프로젝트에 서명한 감독. 여자는 C가 자꾸 자신이 나오는 장면을 수정하고, 평범하고 진부한 〈섬싱스 갓 투 기브〉 대본의 전체 섹션을

몽땅 뒤엎고 하룻밤 새 개작을 지시해 자신을 괴롭히고 있다며 나름 정당한 주장을 한다. **매릴린 먼로**가 연기할 준비를 마치고 나면 매번 어김없이 새로운 대사가 여자를 맞이했다. 여자가 맡은 배역 이름은 록산느에서 필리스에서 퀴니에서 록산느로 바뀌었다. 여자는 가늘게 떨리는 매릴린의 웃음을 터뜨리며 C에게 말했다(이때는 아직 그들이 대화를 나누는 사이였다). "오 이런! 이게 진짜 뭐랑 더럽게 비슷한 줄 알아요? 삶이랑."

그날 아침 거울 속에서 **매릴린**은 약올리는 꼬마처럼 나타났다가 금방 사라졌다. 나오는가 싶더니 들어가버렸다. 기웃거리다 도망쳤다. 거울 유리 속 깊은 곳 어딘가에 사는 **매릴린**을 살살 달래서 나오게 해야 했다. 한때 너무나 사랑했던 노마 진의 거울 속 마법 친구는 이제 믿을 수 없는 존재였다. 가엾은 화이티도 그 친구를 믿을 수 없었다. 노마 진보다 훨씬 더 끈기 있고, 쉽게 의기소침해지지 않는 화이티. 별안간, 화이티가 여자의 속눈썹을 까맣게 칠했을 때, 엉큼한 **매릴린**이 크리스털 같은 파란 눈을 생기 있게 반짝이며 나타났다. 그녀는 윙크하며 두 사람을 깔깔 비웃었다. 그러다 몇 분 후, 발작적으로 기침을 한 다음, **매릴린**의 눈이 사라졌고 대신 그 자리에 실망과 자기혐오의 눈빛으로 응시하는 노마 진이 있었다. "오, 화이티, 그만 포기하자."

화이티는 포기하자는 말은 노마 진에게도 자신에게도 어울리지 않는다는 듯 무시했다.

언제나 노마 진은 목소리에 절망을 내비치지 않도록 조심했다. 그것이 자신을 숭배하는 화이티에게 해줄 수 있는 최소한의 성의였다.

가엾은 화이티는 **매릴린 먼로**를 전담하여 고되게 일하면서 점점 뚱뚱해졌고 피부와 머리는 잿빛이 됐다. 그의 중성적인 몸은 거구에다 나긋한 서양배 모양이고, 몸에 비해 지나치게 작으면서도 귀티 나게 모양 좋은 머리는 비스듬히 처진 우람한 양어깨 사이에 놓였다. 눈은 여주인의 눈을 점점 닮아가서 애늙은이의 눈이었다. 트롤족의 한 사람으로서 그는 자부심이 강하고 고집불통이며 충성심이 깊었다. 가끔 어수선한 침실 바닥(아무렇게나 벗어던진 옷, 수건, 일회용 접시, 음식용기, 책과 신문, 에이전트가 보내준 반갑지 않은 시나리오가 폭풍이 지나간 후 해안에 널브러진 잔해처럼 흩어져 있었다)에 발이 걸려 비틀거릴 때면 보통 사람들처럼 혼잣말로 나직이 욕설을 내뱉는 소리가 들리기도 했지만, 화이티는 결코 여자를 책망하지 않을 것이고, 여자도 그가 자신을 평가하거나 비난하지 않을 것임을 믿었다. (노마 진은 매릴린의 꽁무니를 쫓아다니며 치우는 일에 점점 염증이 났다. 매릴린의 어지르는 버릇은 명백히 성격적 결함이었고, 고쳐지지도 않았다! 영화사에서 미스 먼로에 대한 투자로 미스 먼로의 집을 관리할 가사도우미를 붙여줬지만, 노마 진은 일주일도 못 되어 그 여자에게 그만 오라고 했다—"급여는 계속 받아도 돼요. 하지만 난 혼자 있고 싶어요." 노마 진은 가사도우미가 자신의 옷장과 서랍을 뒤지고 일기를 읽고 피아노 위의 은박 장미를 살펴본다는 것을 알았다.) 화이티는 친구였고, 야행성 니코보다 더 소중한 사람이었다. 여자는 자신의 유언장에 화이티에게 깜짝선물을 남긴다. 먼로 영화의 사후 로열티 중 1퍼센트, 사후 로열티가 있다면.

화이티는 여전히 눈을 깜박이며 눈물을 삼키고 있었다. 그런 모습이 여자는 속상했다.

"화이티, 무슨 일이야? 얘기 좀 해봐."

"미스 먼로. 천장을 봐주세요."

고집불통 화이티는 인상을 쓰며 자신의 작품 위로 허리를 숙였다. 위험해 보이는 뾰족한 다크브라운 펜슬라이너로 눈꺼풀에 선을 넣는다. 말아올린 속눈썹에 마스카라를 칠한다. 그의 숨결은 과일향이 나고 아기처럼 따스하다. 이 공들인 작업이 마침내 끝나고 허리를 편 화이티는 거울 속에서 시선을 돌렸다. "미스 먼로, 제가 주책이 없네요. 죄송합니다. 그냥 제 고양이 마리골드가 어젯밤에 죽어서 그래요."

"오, 화이티. 너무 안타깝다. 마리골드라고?"

"열일곱 살이었어요, 미스 먼로. 고양이치곤 늙었지요, 저도 압니다, 하지만 전혀 늙어 보이지 않았어요! 죽는 그 시간까지도, 내 품안에서. 비단결처럼 긴 털의 예쁜 삼색 얼룩이였죠. 오래전에 우리집 뒷문으로 들어온 길고양인데, 엄마 잃고 버림받아 굶어 죽어가던 애였습니다. 마리골드는 거의 매일 밤 내 가슴 위에서 잠들었고, 내가 집에 있을 때는 항상 나와 벗해주었어요. 정말 귀엽고 사랑스러운 성격이었습니다, 미스 먼로. 그 다정한 골골송이라니! 마리골드 없이 어떻게 살 수 있으려나 모르겠어요."

화이티가 이렇게 길게 말하다니, 거의 몇 마디 하지 않고, 그것도 조용조용하게만 하는 사람인데, 노마 진은 놀라고 말았다. 매

릴린의 메이크업과 플래티넘 머리를 한 여자는 수치심에 당황스러웠다. 여자는 화이티의 두 손을 꽉 잡았을 것이다, 화이티가 눈물로 젖은 얼굴을 숨기려고 뒤로 물러나지만 않았다면. 화이티는 더듬더듬 말을 이었다. "마리골드가 너무 가, 갑자기 죽었거든요. 그애가 이젠 없다는 게. 믿어지지가 않아서. 게다가 어머니가 돌아가시고 거의 일 년이 되는 날인데."

노마 진은 거울로 고개를 돌린 화이티의 얼굴을 망연히 바라보았다. 너무 기가 막혀서 말이 나오지 않았다. 어머니? 화이티의 어머니? 화이티의 어머니가 죽었다는 사실을 처음 알았다. 화이티에게 어머니가 있다는 것도 몰랐다. 노마 진은 스태프 한 사람 한 사람을 알고 신경쓴다는 것을 자랑으로 여기는 사람이었다. 그들의 생일을 기억하고 선물을 챙기고 그들의 이야기에 귀를 기울였다. 일반 대중에겐 별로 중요하지 않은 그들의 이야기가, 의미가 과장되게 부풀려진 자신의 이야기보다 여자에게는 훨씬 더 뜻깊고 의미 있었다. 화이티의 비탄에 뭐라고 반응해야 할까? 분명 그의 머릿속에는 마리골드의 죽음이 가장 크게 자리하고 있었다. 그와 함께 잠들던 상대가 마리골드였고, 그가 눈물을 흘리는 대상이 마리골드였으니까. 그럼에도 노마 진은 그의 어머니를 언급해야 했다. 그렇지 않은가? 어머니가 돌아가신 그 당시에 화이티가 아무 말도 하지 않았다니 참 이상했다. 단 한마디도 하지 않았다. 힌트도 없었다! 그는 노마 진에게 자신의 어머니에 대해 입도 벙긋하지 않았다. 지금 와서 그가 겪은 두 죽음을 한꺼번에 위로하면 어머니의 죽음이 사소한 일이 되어버릴 것이다.

하지만 화이티를 울린 것은 마리골드의 죽음이었다.

결국 노마 진은 애매하게 말하고 말았다. "오, 화이티. 정말 안타까워." 이러면 둘 다에 대한 애도가 될 것이다.

화이티가 말했다. "미스 먼로, 두 번 다시 이런 일은 없을 거라고 약속합니다."

그는 얼굴을 훔치고 작업으로 돌아갔다. 화이티는 눈부시고 앳된 **매릴린 먼로**를 기어이 소환하여 저주받은 〈섬싱스 갓 투 기브〉 세트장에 몇 시간 늦게, 그러나 확실히 도착하게 만들 것이다! 화이티가 노련한 솜씨로 파우더를 바르고 맵시 있게 마무리했을 때, 노마 진은 께름칙한 생각이 들었다. 하지만 이건 이미 있는 이야기잖아. 러시아 소설. 마부가 울음을 터뜨리고, 그의 아들이 죽었는데 아무도 들으려 하지 않았다던가? 오 왜 그 생각이 안 났을까! 분노한 연인이 여자의 눈앞에서 문을 쾅 닫아버린 후, 노마 진은 너무 많이 잊어버려 겁이 났다.

화이티 이야기 하나 더. 어느 날 화이티는 영화사의 분장실에서 여주인의 얼굴에 팩을 해주고 있었다. 머드팩에서는 역겨운 분뇨와 오수 냄새가 났지만 여자는 그 냄새가 좋았다. 노마 진에게 어울리는 냄새였다. 머드팩이 마르면서 피부가 당기는 감각도 최면을 거는 듯 위안이 되어 평화로운 느낌이었다. 수건을 덮고 기다란 라운지체어에 누웠고, 눈은 촉촉한 화장솜으로 보호했다. 그날 여자는 진정제를 먹고 혼미한 상태로 영화사에 실려왔다. 여자의 스태프들에게 환자처럼 전달됐는데, **매릴린 먼로**는 사실 시더스

오브레바논에서 갓 퇴원한 상태였고, 그날은 영화사에서 홍보용 스틸 촬영 일정만 있어서 얘기할 일도 없고 연기할 일도 없어 걱정할 이유가 없었으므로 여자는 화이티가 머드팩을 해주는 동안 가만히 누워 있다가 누가 여자의 골치 아픈 맨정신을 빼앗아간 것처럼 금세 잠에 빠져들었고 너무 많은 것을 보는 여자아이는 까마귀가 와서 눈을 쪼고, 너무 많은 것을 듣는 여자아이는 꼬리로 걷는 커다란 물고기가 귀를 먹어치운다 잠시 후 잠에서 깬 여자는 초조하게 일어나 앉아 얼떨떨한 상태로 눈을 가린 솜을 치우고 거울 속의 제 모습—진흙투성이 얼굴, 겁에 질린 화장기 하나 없는 맨눈— 을 보고 비명을 질렀고 화이티가 달려와 자기 가슴에 손을 얹고 무슨 일입니까, 미스 먼로, 묻자 미스 먼로는 웃음을 터뜨렸다. "오 이런, 내가 죽은 줄 알았어, 화이티. 잠깐이었지만." 두 사람은 나란히 웃음을 터뜨렸는데, 그 이유를 누가 알겠는가. 한때 **마를레네 디트리히**의 분장실이었던 이곳 **매릴린 먼로**의 분장실 안 어수선하게 흩어진 선물들 틈바구니에 마시다 만 체리초콜릿 리큐어가 있었고 두 사람은 병째 몇 모금 들이켜더니 다시 눈물이 그렁그렁하도록 웃었다. 머드팩을 바른 여자가 너무 웃겨서, 진흙이 묻지 않은 눈과 입이 진흙에 의해 뚜렷이 구분된 모습이 웃겨서. 노마 진은 자신이 지금 진지하며 농담도 추파도 말장난도 아니라는 의미로 가녀린 **매릴린**의 음성으로 또 이러진 말자고 했다. 그리고 "화이티? 나한테 약속해줄래? 내가 가고 나"—죽은 후에라고 하기엔, 떠난 후에라고 하기에도 차마 입이 안 떨어졌고, 화이티가 걱정할까봐 조심스러웠다—"매릴린의 메이크업을 해줄래? 마지막으로 한 번만?"

화이티가 말했다. "미스 먼로, 그렇게 하겠습니다."

'해피 버스데이 미스터 프레지던트'

    여자는 꿈에서 대통령의 아기를 임신했는데 대통령의 아기가 잘못되는 바람에 사람들이 여자를 살인죄로 기소하려 했고, 액화된 어둠 속을 떠다니는 해마보다 작은 자궁 속 태아는 여자가 복용하던 약 때문에 기형이었고, 어쨌든 대통령은 임신중단을 끔찍해하는 독실한 가톨릭 신자지만 국가적 스캔들을 막으려는 의지가 확고해서 기형아는 결국 외과적 처치로 제거되어야 할 것이며, 이봐, 이건 말도 안 되는 꿈이라는 거 나도 알아, 여자는 반 시간마다 부들부들 떨며 땀에 젖은 채 잠에서 깨고 그들(딕 트레이시, 지그스, 벅스 버니, 저격수) 중 한 명이 몰래 자신의 집에 침입해 클로로포름으로 기절시킬 거라는 두려움에(C 호텔에서 여자를 클로로포름으로 기절시켜 의식불명 상태로 만든 뒤 검은 모자가 달린 구겨진 비옷을 뒤집어씌우고 로스앤젤레스행 항공편에 실어보냈듯) 심장이 두망방이질해서 절망에 빠진 채 카를로의 번호로 전화를 걸고, 카를로가 받지 않으리라는 건 알지만 그래도 카를로에게 전화를 거는 것 자체가 기도하는 것처럼 위안이 됐고, 너무 흔하고 시시해 명칭도 그냥 밤공포증인 야경증의 긴급 상황에서 얼마나 많은 여자와 남자가 카를로에게 전화를 거는지 생각하면 자존심이 상하니까 아예 생각을 말고, 그날 뒤늦게 완전히 정신이 들어 주변 상황을 알아차렸을 때 이건 진짜 현실이야! 무대가 아니라 전화벨이 울렸고, 수화기를 들고 '윗집 아가씨'의 새근거리는 다정한 음성으로 "여보세요? 안녕? 누구지?" 하는데(여자의 전화번호는 등록되어 있지 않아서 여자에게 소중한 지인과 커리어상 꼭 필요한 사람 말고는 아무도 몰랐다) 전화기가 도청되고 있음을 뜻하는 지지직—딸칵 하는 잡음이 들렸고, 모퉁이 너머 혹은 이웃집 진입로에 눈에 띄지 않게 주차된 밴에 설치된 감시장비일까, 물론 여자에게 증거는 없었고, 수선을 떨고 싶지도 않았고, 분명 약물이 불안, 의심, 설사, 현기증, 구토, 편집증적 생각과 감정을 악화시켰을 터였다. 하지만 상상 속의 일이 이미 예전에 일어난 일일 수도 있지.

그리고 그날 늦게, 황혼이 사물의 윤곽을 부드럽게 마모시키고 종말론적 수채화빛 하늘이 머리 위로 펼쳐질 때, 여자는 수영장(물속에는 단 한 번도 들어가지 않는다) 옆 플라스틱 라운지체어에 누워 남자를 올려다봤고, 대통령이 아니라 대통령을 닮은 대통령의 매부, 피가 섞인 형제처럼 꼭 닮은 남자가 여자에게 미소를 지으며 말했다. "매릴린. 다시 만났군요." 이 상냥하고 느끼한 전직 배우는 어떤 사람들에게는 호감의 의미로, 다른 사람들에게는 경멸의 의미로 '대통령의 포주'라고 알려져 있었다(여자도 알게 되었고, 적잖이 당황했다). 이 남자는 악마야. 근데 난 악마의 존재를 안 믿잖아? 여자는 무방비 상태였다. 체호프의 「세 자매」를 읽으며 마샤를 연기하는 상상을 하고 있었다. 뉴욕에서 인정받는 연극 감독이 육 주 한정 공연을 같이 해보자고 제안하자 여자의 낙관적 기운은 한번 해보라며 격려했고, 뭐 어때? 난 마샤처럼 휘파람을 불 수 있어! 마샤가 될 만큼 원숙해졌으니까, 비극을 소화할 만큼 원숙해졌으니까, 그러나 여자의 비관적-현실주의적 기운은 알고 있었다. 넌 또 실패할 게 뻔해, 괜한 위험 무릅쓰지 마. 여자의 커리어를 구성하는 일련의 **매릴린 먼로**식 성공은 여자의 입엔 실패의 맛이요 양잿물 맛이었다. 그런데 지금 여기 난데없이 '눈빛으로 여자를 게걸스럽게 먹어치우는' 대통령의 특사가 나타났다. 검정 비키니 차림으로『체호프: 희곡 걸작선』을 읽는 매릴린 먼로라니 이보다 더 웃기는 일이 있을까, 카메라만 있다면, 아이고야! 그는 음주/오입 동지인 대통령이 그 사진을 보며 포복절도하는 모습이 머릿속에 그려졌다.

남자가 **매릴린**에게 마실 것을 청해서 여자는 음료를 가지러 갔다(맨발이었고, 딱 달라붙는 검정 끈팬티 속에서 씰룩거리는 엉덩이와 젖가슴은 남자가 평생 보아온 **호모사피엔스** 암컷 중 가장 놀라웠다). 여자가 돌아오자 남자는 전혀 뜻밖의 얘기를 꺼냈다. 그달 말 매디슨 스퀘어 가든에서 열리는 대통령의 생일 기념 행사에서 〈Happy Birthday〉 노래를 불러달라고 **매릴린 먼로**를 초청할 예정이다. 역사상 가장 성대한 모금 행사가 될 것이며, 11월에 있을 대선에 대비해 만오천 명의 유료 손님과 100만 달러 이상의 후원금을 끌어모은다는 거창한 대의명분으로 민중의 정당인 민주당은 미국에서 가장 특별한 최상급 연예인들과 **매릴린 먼로를** 포함한 대통령의 특별한 친구들만 초청할 예정이다. 여자는 말끄러미 보고 있었다. 화장기 하나 없이 박박 씻은 평범하고 예쁜 얼굴, 돼지 꼬랑지처럼 하나로 묶어올린 머리, 거의 서른여섯 살인데도 훨씬 어리게, 아련하고 애처롭게 보이는 여자가 소심하게 말했다. "오 하지만 그분은 나를 더이상 조, 좋아하지 않는 줄 알았는데요? 대통령은?" 대통령의 매부는 깜짝 놀란 듯했다. "당신을 좋아하지 않는다고요? 진심으로 하는 소립니까, 매릴린? 당신을?" 여자가 너덜너덜한 엄지손톱을 물어뜯을 뿐 대답이 없자 그는 반박했다. "매릴린, 우리 모두 당신에게 홀딱 반했다는 거 잘 알잖아요. 다들 매릴린에게 푹 빠졌는데." 계략일지도 모른다고 생각하는지 여자는 미심쩍은 투로 말했다. "당신—당신들이?" "그렇고 말고요. 심지어 영부인도, 흔히들 애정어린 호칭으로 '얼음 여왕'이라고 부르는 그분도 당신 영화를 아주 좋아합니다." "영부인이요? 오. 저런." 남자는 음료를 비우고 껄껄 웃었다. 어린애가 내놓은 것처럼, 서툴게 스카치소다를 만들어 구색도 안 맞고 이가 나간 유리잔에 담아 내왔다. "'나쁜 건 보지도 말고 듣지도 말라.' 이건 저의 생존 전략이기도 하죠."

영화 촬영 중간에 뉴욕까지 날아갈 수는 없다고 여자는 말했다. 프로젝트에서 잘리기 직전이라고 여자는 말했다. 오, 아쉽다.

영광이지만, 일생에 단 한 번뿐인 영광이라는 사실은 잘 알지만, 해고의 위험을 감수할 수는 없고 솔직히 여유도 없다. 나는 편당 100만 달러를 받는 엘리자베스 테일러가 아니다. 10만 달러나 받으면 다행이고 그나마 이런저런 비용과 에이전트비와 또 누가 탈탈 털어가는지 신만이 아실 텐데 하여간 남는 게 거의 없다. 오 참 부끄러운 얘기지만 돈이 별로 없다. 당신이 대통령한테 대신 좀 설명드리면 안 될까? 사랑하는 이 집도 돈이 많이 든다, 정말이지 여유가 없다. 비행기표, 호텔 비용, 새 드레스, 오 세상에, 행사에 어울리는 특별한 드레스를 입어야 하지 않겠는가, 그럼 수천 달러가 들 텐데, 영화사 계약을 어겨가며 뉴욕에 가면 영화사에서는 당연히 드레스 비용을 보전해주지 않을 것이고, 영화사에서 비용을 부담해주지 않으면 고스란히 내가 내야 한다. 아니, 난 그럴 여유가 없다. 일생에 한 번뿐인 영광이지만, 못 간다. 그럴 여유가 없다.

어쨌든 대통령은 날 싫어하는걸. 나를 존중하지 않아. 내가 왜 그딴 패거리한테 이용당해야 하는데!

대통령의 포주는 여자의 손을 잡고 키스했다.

"매릴린. 그럼 다시 만날 때까지."

5천 달러가 든다.

5천 달러는 없었지만 대통령의 생일 기념 행사 조직위원회에서 드레스값을 포함해 제반 비용을 모두 보전해주겠다고 했으므로 (약속을 받았다!) 새로 옷을 맞추며 여자는 프롬드레스를 시착해

보는 여느 미국 여고생처럼 신나서 초조하게 들떴다. 게다가 이런
굉장한 프롬드레스라니! 가늘디가는 거미줄처럼 결이 고운 '살
색' 원단에 수백 개—수천 개?—의 라인스톤이 박혀 있어 **매릴린
먼로**는 매디슨 스퀘어 가든의 환상적인 소용돌이 조명 아래서 사
실상 폭발하듯 찬란하게 시리도록 빛날 것이다. 단연코 속에는 아
무것도 입지 않는다, **매릴린 먼로**가 보증한다. 여자는 부지런히
온몸의 털을 밀고 인형처럼 매끄럽게 단장했다. 오, 어릴 때 선물
로 받았던, 다리가 축 늘어지고 머리가 벗어진 그 낡은 인형! 그
러나 **매릴린 먼로**는 그 어디도 늘어지지 않았다, 아직은. 그리하
여 발 디딜 틈 없이 모여 환호하는 군중이 여자를, 대통령의 매혹
적인 태엽 섹스 인형을 빤히 쳐다보고, 여자는 플래티넘블론드 풍
선 인형처럼 보인다. 군중은 여자를 빤히 쳐다보며 실제로는 보이
지 않는 것을 상상하고, 상상하면서 볼 것이다, 저 감미로운 창백
한 크림색 허벅지 사이의 진한 그림자 속 보지! 진한 그림자 속 구멍!
진한 그림자 속의 무無! 그 그림자가 미스터리 가득한 성체라도 되
는 것처럼. 우연찮게도 이날 생일 기념 행사의 사회자는 다름 아
닌 대통령의 잘생긴 매부 또는 좀더 은밀하게는 대통령의 포주로
알려진 그자였고, 그는 턱시도 차림으로 만면에 웃음을 띠고 떠들
썩한 군중을 환호와 우레 같은 박수갈채와 휘파람과 발 구르기의
열띤 분위기로 능란하게 몰아가며 대통령의 매춘부 **매릴린 먼로**
를 소개했다.

　매릴린은 너무 취한 탓에 무대 뒤에서부터 누가 길을 알려줘야
했고, 활짝 웃는 표정의 사회자가 사실상 여자의 겨드랑이를 꽉

붙들고 마이크 앞에 데려다났다. 그 터무니없는 드레스를 워낙 타이트하게 꿰어맞춘데다 스파이크힐까지 신은 여자는 종종거리는 아기 걸음으로도 제대로 걷지를 못했다. 술과 코카인에 머리 꼭대기까지 절었는데도 너무 겁에 질려 도무지 눈의 초점이 잡히지 않았다. 으리으리한 장관이었다. 어마어마한 광경이었다. 부유한 민주당원으로 이루어진 만오천 명의 관객이 호감과 찬동의 소리를 질러댔다. 그게 악의 없는 조롱이 아니라면. 매릴-린! 매릴-린! 두 눈으로 똑똑히 보고도 못 믿을 저 여성은 생일 기념 행사의 대단원이었고 끝까지 기다린 보람이 있었다. 대통령조차, 앨라배마 출신 혼성 흑인 합창단의 감동적인 가스펠 아카펠라 공연 등 몇몇 축하공연 동안 꾸벅꾸벅 졸던 그조차 주목했다. 무대 위쪽 귀빈석에, 검정 넥타이를 맨 젊고 잘생긴 대통령은 난간 위에 발을 올리고 거대한 시가(최고급 쿠바산이다)를 입에 물고 무람없는 태도로 느긋이 앉아 있었다. 그 우유처럼 새하얗고 두툼한 치아라니. 대통령은 포유동물의 몸매에 반짝이는 '살색' 드레스를 입은 저 화려한 볼거리 **매릴린 먼로**를 빤히 내려다보았다. 매릴린은 6월 첫날 자신의 생일을 단둘이 은밀하게 축하하기 위해 대통령이 로스앤젤레스로 날아오지 않을까 궁금해할 시간이 있었을까, 아니, 그럴 시간은 없었을 것 같다, 어쩌다보니 망연히 마이크 앞에 서게 됐고 공연히 생글거리며 시린 눈으로 여기가 어딘지 이게 다 무슨 일인지 필사적으로 생각해내려는 듯 새빨간 립스틱을 칠한 입술을 빨고 스파이크힐 때문에 비틀거리다 당황스럽게 길다 싶은 정적 끝에 마침내 예의 **매릴린**의 새근거리듯 섹시하게 잠긴 음성으로 노래하기 시작했으니까.

HAP   PY   birth   day   to   YOU

Happy   birth   dayyyy   to   YOU

H-Hap   py   bir   th   day   mis   ter

PRES   i   dent

Hap   py   BIRTH   day   TOYOU

빙빙 도는 눈부신 조명과 귓속에서 아우성치는 소리와 지독히
건조한 입에도 불구하고 저 뻑뻑한 음절들이 어찌어찌 흘러나왔
고, 지금까지 마이크에 매달려 몸을 지탱하고 서 있던 여자는 이
제 쓰러지지 않기 위해 결사적으로 마이크를 꽉 붙잡았고, 여자의
뒤에 서 있는 턱시도 차림의 사회자는 여자를 도울 생각은커녕 정
력적으로 박수를 치고 반짝반짝 일렁이는 드레스를 입은 여자의
뒤태를 보면서 늑대 웃음만 흘렸다. **매릴린**이 저 위쪽 귀빈석에
응석받이 젊은 왕자처럼 나른히 앉아 있는 대통령에게 애틋한 사
랑의 눈빛을 보냈으며, 그 섹시하고 은근한 자장가 같은 노래는
분명 대통령만을 위해 부른 거라고 주장하는 이들도 있었지만, 대
통령은 감상적인 분위기가 아니라 파티 분위기였고, 친인척 라이
벌 형제들을 비롯해 소란스러운 수컷 친구들에게 둘러싸여 있었
으며, 영부인이 불참한 것이 확연히 눈에 띄었는데, 영부인은 매
디슨 스퀘어 가든에서 열리는 이런 저속한 모금 행사 같은 왁자지
껄한 행사를 경멸했고, 이런 어중이떠중이 파티광과 정치꾼보다

품위 있는 사교계 손님을 선호했다. 저런 막돼먹은 인간들이라니! 대통령이 유혹하듯 속삭이는 **매릴린 먼로**를 빤히 내려다보자 친구 중 한 명이 그의 옆구리를 찌르며 어이 대통령 저 여자가 노래보다는 섹스를 더 잘하기를 비네 하고 말했고, 재치 있는 대통령은 아니, 섹스할 때는 노래를 안 들어도 되잖아 하고 시가를 문 채 우물거렸으며, 그 말에 귀빈석에 앉아 있던 모두가 폭소를 터뜨렸다. 높은 줄 위에서 갑자기 현기증이 난 줄타기 곡예사가 떨어지길 기다리며 숨죽이고 지켜보는 관객들처럼, 이곳의 수많은 군중이 **매릴린 먼로**가 〈Happy Birthday〉의 한 줄도 아닌 두 줄의 후렴구를 간신히 부르는 모습을 귀를 쫑긋 세운 채 주시했지만 여자는 단 한 음정도 틀리지 않고 (아마도) 더듬거나 헤매지도 않고 끝까지 불렀고, 심지어 관객들을 일으켜세워 〈Happy Birthday〉를 합창하게 만들며 대통령에게 축하를 건네는 즐거운 피날레에 동참시켰다. 그날 밤 매릴린은 굉장했어요 환상적인 공연이었죠 매릴린 같은 사람은 없어요 자신에게 재능이 없다는 걸 빤히 아는 만오천 명의 사람들 앞에 서려면 배짱이 필요하거든요 아름답긴 했지만 늘 그렇듯 귀신처럼 창백해서 물에 빠진 사람처럼 보였어요, 수면 바로 아래서 떠다니는 시체랄까 그날 밤 우린 또다시 매릴린과 사랑에 빠졌어요 그 소시지처럼 몸에 꼭 맞게 재단한 괴상한 반짝이 드레스를 입은 매릴린을 보고 우린 말을 잃었고, 그 아련하고 가냘픈 목소리로 생각보다 잘 부르더라고요. 노래가 돌연 끝났다. 여자는 눈을 가늘게 뜨고 자신을 숭배하는 낯모르는 사람들을 바라본다. 자신을 향해 박수갈채를 보내며 환호하는 사람들. 대통령과 그의 친구들도 정력적으로 박수를 친다. 껄껄 웃으며 손뼉을 친다. 오, 저 사람들이 나를 좋아한다! 저 사람들이 나를 존중한다. 나는 아픈 상태에서 먼길을 온 게 아니었고 아무것도 두렵지 않다. 오늘은 내 생애 가장 행복한 날이에요 여자는 열심히 얘기한다 이제 난 행복하게 죽을 수 있어요, 너무 행복하네요 오 감사합니다! 군중에게 설명하려 애쓰는 데 턱시도 차림의 사회자가 웃음을 터뜨리며 여자를 재촉해 내보냈고, 감사합니다, 고마워요, 미스 먼로, 무대 뒤에서 올라온 스태프가 미스 먼로를 에스코트해 데려갔으며, 멍한 상태의 가엾은 여자는 낯선 이의 팔에 기댔고, 몸도 안 좋은데 공연에 온 힘을 다 쓰고 탈진했다는 게 누가 봐도 빤해서 옆에서 지켜보자니 참 짠하더라고요 남자가 부드럽게 미스 먼로? 여기서 눕고 싶진 않으시겠지요 하지 않았다면 그대로 바닥에 쓰러져 잠들었을지도 몰랐고, 문틀에 매달려 숨을 씨근덕거리고, 그다음엔 화장실 세면대에 기대어 겨우 몸을 지탱하고, 여자는 혼자였고, 치미는 구역질과 싸우는 중이고, 헬레나 드라이브 5길 12305의 욕실에서 거울 속의 핼쑥한 제 얼굴을 가만히 들여다본다. 내가 집을 안 떠났었나? 뉴욕으로 날아가 대통령을 위해 〈Happy Birthday〉를 부른 게 아니었나? 아니, 불렀다, 하지만 그건 며칠 전이고, 여자는 영화사에서 해고됐고, (〈버라이어티〉에 따르면) 100만 달러짜리 소송을 당했지만 여자는 역사적 순간을 함께했고, 옷장에는 그 기막힌 '살색' 라인스톤 드레스가 걸려 있고, 이렇게 아름다운 드레스는 철사 옷걸이가 아니라 천을 씌운 옷걸이가 필요하지만 집에는 하나도 없고, 혹은 있더라도 어디에 뒀는지 기억나지 않고, 오 맙소사 라인스톤이 잔뜩 떨어진 것을 보고 여자는 소스라치게 놀라고, 정말 비싼 드레스였는데, 그 사람들은 여자가 지불한 비용을 결코 '보전'해 주지 않을 것이다. 오, 여자는 알고 있었다!

특급배송
1962년 8월 3일

죽음이 여자를 향해 질주해오고 있었다. 하지만 여자는 그것이 언제 어떤 형태로 닥칠지 알지 못했다.

그날 저녁 캐스 채플린의 사망 소식이 다다른다.

소식을 들은 후 감각 없는 손으로 수화기를 내려놓은 여자는 한참을 미동도 없이 앉아 있었고, 목구멍 안쪽에서 찝찌름하고 싸한 맛이 느껴졌다. 캐스가 죽었어! 우린 작별인사도 한 적이 없는데. 캐스는 서른여섯 살이었고 여자와 동갑이었다. 여자의 쌍둥이. 사망 기사는 찰리 채플린 주니어, 리틀 트램프의 아들에게 우호적이지 않을 것이다.

"내 탓일까? 그건 아주 오래전이었는데."

죄책감을 느끼는 건 지금으로선 사치겠지. 살아 있음을 느끼는 건!

전화를 한 사람은 에디 G였다. 취한 목소리에 시비조였고, 누군지 바로 알 수 있었다.

맨 처음엔 이 번호를 어떻게 알았어, 전화번호부에 등록되지도 않은 번호인데, 하고 따지려 했는데 문득 전에 대통령이 리스트에 없는 전화번호는 없다고 지적했던 말이 떠올랐다. 얼어붙은 침묵 속에서 여자는 에디 G가 그저 캐스 채플린의 죽음을 전하기 위해 연락한 것임을 알고 가만히 들었다. 만약 에디 G가 죽었다면 캐스가 그 소식을 전하기 위해 연락했을 것이다.

그니까 캐스가 우리 중 첫번째야! 제미니 중에서.

여자는 처음부터 아기 아버지는 캐스였을 거라고 혼자 몰래 생각했다.

왜냐면 에디 G에게 줄 수 있는 사랑보다 더 많이 캐스를 사랑했으니까.

왜냐면 캐스는 매릴린 이전에 여자의 삶에 들어왔으니까. 여자가 '미스 골든 드림스'일 때, 온 세상이 여자 앞에 놓여 있을 때.

내 탓일까? 우린 모두 아기가 죽기를 바랐는데.

캐스가 오늘 새벽에 죽었다고 에디 G가 얘기한다. 검시관은 사망 시각을 새벽 세시에서 다섯시 사이로 추정했다. 캐스가 머물던 토팡가 드라이브의 어느 집에서였고, 에디 G는 가끔 그곳을 찾았다.

약쟁이의 죽음이 아니라 술쟁이의 죽음이었어, 에디 G는 여자에게 알렸다.

노마 진은 침을 꿀꺽 삼켰다. 오, 그런 건 알고 싶지 않았다!

에디 G는 계속 말을 이었고, 그의 목소리가 떨렸다. 묻혀 있던 감정과 눌러왔던 분노를 끌어올리는 배우의 모습, 처음엔 조용히, 기만적인 차분함으로, 그러다 서서히 고조되어 악다문 입, 목멘 음성. "캐스는 침대에 똑바로 누워 있었어, 밖은 서늘했고, 술을 마시고 있었어, 대체로 보드카였지, 곤죽 같은 덩어리는 에그롤과 차우멘이었을 거야, 토하기 시작했는데, 힘이 없어서 옆으로 돌아 눕지도 못하고, 옆에는 아무도 없고, 그래서 토사물에 숨이 막혀 질식했어. 전형적인 술쟁이의 죽음이잖아? 오늘 아침에 정오가 좀 못 되어서 그 집에 갔다가 내가 발견했어."

노마 진은 가만히 듣고 있었고, 무슨 소리를 들은 건지 잘 알 수 없었다.

그러다 이제 앞으로 몸을 숙이고, 주먹으로 입을 막는다.

에디 G가 소년 같은 다급함으로 얼른 말을 잇는다(사실 진짜 연락한 이유는 이것 때문이라는 듯, 노마한테 상처 주려는 게 아니라, 노마를 속상하게 하려는 게 아니라). "캐스가 너한테 유품을 남겼어, 노마. 가진 건 대부분 나한테 남겼는데—알다시피 난 캐스의 단짝이었잖아, 한 번도 캐스를 실망시킨 적이 없지, 그래서 캐스가 거의 다 나한테 줬어—근데 이 유품은, '이건 언젠가 노마를 위한 거야'라고 캐스가 말하곤 했거든. 캐스한테 아주 뜻 깊은 물건이었어. 캐스는 '노마는 항상 내 마음속에 있어'라고 종종 얘기했어."

노마 진은 아주 작게 말했다. "아니야."

"아니라니 뭐가?"

"나 그거 바, 받고 싶지 않아, 에디."

"받고 싶을지 아닐지 어떻게 알아, 노마? 넌 이게 뭔지도 모르잖아."

여자는 대답이 없었다.

"알았어, 베이비. 내가 보내줄게. 특급배송을 알아볼게."

죽음이 여자를 향해 질주해오고 있었다. 마침내 숨막히는 열기가 가득한 한낮이(그냥 짐작이다. 여자는 한 번도 문밖에 나서지 않았고 블라인드도 대부분 올리지 않았다) 시들고 이울어가는 빛을 받으며 죽음이 여자의 집 초인종을 누르자 기다림의 공포는 끝이 났다. 아니 곧 끝날 것이다. 죽음은 하얗고 두툼한 이를 드러내고 싱긋 웃으며 땀이 밴 이마를 옷소매로 스윽 닦았다. 칼테크 티셔츠를 입은 후리후리한 히스패닉 소년이었다. "마담? 소포입니다." 소년의 자전거는 속도를 위해 불필요한 장비를 다 떼어내 볼썽사나웠지만, 꽉 막힌 도로를 뚫고 빠르게 달려왔을 것이다. 여자에게 죽음을 배달한 이 낯선 소년은 정작 본인이 무엇을 갖다주었는지 꿈에도 모를 거라는 생각에 여자는 살풋 웃었다. 소년은 할리우드 배달 서비스 소속이었고, 이곳 브렌트우드의 배송지에서 넉넉한 팁을 기대하며 웃고 있었고, 여자는 소년을 실망시키고 싶지 않았다. 크리스마스 막대사탕처럼 하얗고 빨간 반짝이 줄무늬 포장지와 싸구려 새틴 리본으로 싼 가벼운 상자를 소년에게서 받아들었다.

'MM'

여자의 귀에 제 웃음소리가 들린다. 여자는 'MM'이라고 서명했다.

배달 소년은 이게 받는 분 성함인가요? 희한한 이름이네요? 하고 묻지 않았다, 소년은 분명 'MM'을 알아보지 못했다.

세탁은 했지만 다리지 않은 옷을 입고, 맨발에 발톱은 핑크색 페디큐어 끝이 벗겨지고, 뿌리 부분의 색이 짙어지고 빗지 않아 떡진 머리는 수건을 터번처럼 감아 숨겼다. 아주 까만 초대형 선글라스의 안경알은 네거티브필름 사진처럼 세상의 색을 모두 빼버렸다.

여자가 말했다. "잠깐만? 잠시 기, 기다려요."

여자는 가방을 찾으러 들어왔고, 가방 속이 아니라면 지갑은 어디 있는지, 오 어디에 뒀더라, 지난번 지갑처럼 누가 훔쳐간 게 아니기를, 너무 많이 없어지고, 잘못 두고, 사라지고, 빼앗긴다. 여자는 반짝이 포장지로 싼 상자가 전혀 특별할 게 없다는 듯, 올 줄 알고 기다렸으며 그 내용물이 뭔지도 잘 안다는 듯 상자를 계속 들고 다니고, 아랫입술을 깨문 채 어둑한 거실 안 어지럽게 흩어진 물건들 틈에서 그 빌어먹을 지갑을 찾는데 땀이 나기 시작하고, 아직 셀로판 포장지를 뜯지도 않은 전등갓이 소파 위에 있고,

초여름에 구입한 멕시코산 태피스트리는 아직 벽에 걸지도 않았고, 흙색 유약을 바른 도자기 화병, 오 지갑이 어디 간 거지? 캘리포니아주 운전면허증과 신용카드와 남은 현금이 들어 있는데? 욕실 안, 향수냄새와 뒤섞인 톡 쏘는 약냄새, 엎지른 파우더, 썩은 사과심은 요전날 밤 침대에서 굴러떨어진 게 틀림없고, 부엌에서 드디어 여자는 찾던 것을 발견하고, 기억나지 않는 친구에게 선물받은 고급 양가죽 지갑을 서툰 손길로 뒤져 마침내 지폐를 찾아서 허겁지겁 다시 현관문으로 돌아갔지만—

"오. 미안해라."

히스패닉 배달 소년은 그 땅딸막한 자전거를 타고 이미 사라졌다.

여자의 손에는 20달러짜리 지폐가 들려 있었다.

조그만 줄무늬 호랑이였다.

어린이용 장난감 인형. 에디 G가 아기를 위해 훔쳤던 그 인형.

"오 맙소사."

정말 오래전이다! 떨리는 손으로 반짝이 포장지를 벗기고 나서 맨 처음 든 생각은—오, 이건 말도 안 돼, 보육원에서 누가 훔쳐갔던 내 호랑이 인형 아닐까, 플리스가 샘이 나서 훔쳤다고 했는데 어쩌면(어쩌면!) 플리스가 거짓말을 했을지도, 근데 이거 싸구려 잡화점에서 산 재료로 내가 이리나에게 만들어줬던 호랑이는 아닐까, 해리엇은 고맙다는 말 한마디 없었지, 하지만 물론 에디 G가 진열창에서 집어왔던 그 호랑이일 수밖에 없다는 것을 잘 알고 있었다. 여자는 똑똑히 기억했고 그 가게가 눈에 선했다. **헨리 장난감가게. 수제 인형 전문**. 여자는 소스라치게 놀랐었다, 에디 G가 유리창을 깨부수고 그 작은 줄무늬 호랑이 인형을 훔쳤을 때, 노마 진이 그걸 갖고 싶다고 말했기 때문에, 자신과 아기를 위해서.

호랑이 인형을 여자는 하염없이 바라보았고, 심장이 너무 세게 뛰어 온몸이 흔들리는 게 느껴졌다. 어째서 캐스는 이걸 내게 주고 싶어했을까? 십여 년은 묵었을 텐데 새것 같았다. 어느 아이의 품에도 안긴 적 없고 손때 묻은 적 없는 인형. 분명 어느 서랍엔가 던져넣어놨겠지, 노마와 아기의 기념품으로, 하지만 캐스는 결코 잊지 않았던 것이다.

"하지만 너도 아기가 죽기를 바랐잖아. 네가 그랬다는 거 너도 알잖아."

여자는 에디 G가 인형과 함께 넣은 카드를 펼쳤다. 그것은 캐스가 자신의 죽음을 예견하고 타자기로 적은 카드였다.

자신의 삶을 사는 MM에게, 눈물 가득한 너의 아버지가

'우리는 모두 빛의 세계로 사라진다'

유령 스피넷. 여자는 필요할 때면 신속히 움직였다. 시간이 얼마 남지 않았을 때면. 두세 곳에 전화를 넣었다 & 새하얀 스타인웨이 스피넷은 레이크우드 정신병원으로 옮겨져 **글래디스 모텐슨**의 이름으로 면회실에 놓였다. 글래디스는 직원들이 알려준 이 영예로운 소식에 어리둥절한 것 같았지만 지금 같은 인생의 새로운 단계에서(글래디스는 예순둘이었고, 병원을 빠져나가거나 동료 환자 혹은 직원 사이에서 소란을 피우거나 심각한 자해를 하거나 하는 일은 오랫동안 없었고, 안정된 환자로서 모범이 되었다) 어른들의 기대에 부응하기 위해 미소로 답하는 어린애처럼 기꺼이 즐거워지려 했고, 또 즐거워진 듯했다. 사람들이 부추겨도 피아노 앞에 앉기는 거부했지만, 수줍게 건반을 만지며 딸이 그랬던 것처럼 조심스럽고 경건한 태도로 화음 몇 개를 치긴 했다. 노마 진은 원장 & 감탄하는 직원들에게 귀중한 악기라 완벽한 조율 상태를 유지하려 노력했어요, 음색이 아름답지 않나요? 했고, 사람들은 아름답다고 맞장구치며 무척 고마워했다. 어느 한 부분도 리허설한 적 없는 장면이었는데 무난히 진행됐다. 의외로 잘 풀렸다. 원장이 감사의 뜻을 표했고, 여자가 기억하는 것보다 더 많은 직원들 & 글래디스의 환자 친구들 중 의식이 또렷한 몇몇이 웃으며 블론드 방문객을 바라봤고, 그들은 이제 공공연하게 여자를 미스 먼로라고 불렀고, 여자는 자신의 진짜 이름을 고집해봤자 의미도 없고 바보 같은 짓 같았다. 면회실의 육중한 가구 사이에서 우아하고 아담한 피아노가 기억 속의 피아노처럼 파리하게 빛났다. 섬세한 영혼, 외로운 영혼에게는 음악이 중요하죠, 오 내게 음악은 아주 많은 의미가 있었어요, 여자는 이런 진부한 격려의 말을 주워섬기는 중이었고, 원장은 여자의 손을 두 번 세 번 다정하게 잡았는데 이 연예인 손님을 금방 떠나보내고 싶어하지 않는 기색이 역력했다.

그러나 여자는 또다른 약속이 있다고 양해를 구하고 어머니에게 키스하며 작별인사를 건넸다 & 글래디스는 키스와 포옹에 마주 화답하지 않았지만 미소를 짓긴 지었고, 딸이 키스 & 포옹하는 대로 가만히 내버려두었다―어머니들은 늘 이런 식이지, 알고는 있어―아마도 약물 때문이겠지만, 그래도 이 강력한 신경안정제가 뇌엽절리술이나 충격요법보다야 월등히 자비롭고 인간적인데다가, 무엇보다 조정되지 않은 날것의 감정에 비하면 차라리 나았다 & 노마 진은 곧 연락하겠다고, 다음에 오면 좀더 오래 있겠다고 약속한 다음 얼른 자리를 뜨면서 사람들이 자신의 눈을 보지 못하게 선글라스를 다시 썼다 & 젊은 시절의 준 헤이버처럼 불안한 미소를 띤 젊은 블론드 간호사가 과감히 주차장까지 따라 나오더니 수줍어서 차마 매릴린 먼로 얘기는 못하고 자신이 오 년 동안 피아노를 배웠으며 환자들한테 피아노를 가르치고 있다고 말했다. 하얀 피아노라니, 세상에! 그런 건 영화에나 있는 건 줄 알았어요 노마 진이 말했다 우리집 가보예요, 한때 프레드릭 마치의 소유였지요 젊은 간호사는 미간을 찡그리며 물었다 누구요?

벽난로. 그는 노마 진을 몹시 미워했고, 노마 진은 한때 그의 사랑을 받아들였듯 그의 미움도 받아들일 것이다. 그의 사랑을 실컷 누리고 그를 배신했으니 그럴 만도 했다. 어처구니없는 웃음거리였을 것이다, 여자를 물어뜯기 좋아하는 사람들이 알았다면 비웃었을 것이다 캐스 채플린이 먼로의 아버지인 척하면서 먼로한테 이상한 편지를 보냈는데 먼로는 그걸 진짜로 믿었대, 몇 년을 계속 그랬다는군. 그 편지들을 노마 진은 보물처럼 소중히 아꼈고, 화재 & 홍수 & 지진 & 세월의 침탈에도 안전하도록 조그만 금고에 보관했건만, 타자기로 쓰고 눈물 가득한 너의 아버지라고 서명한 그 편지들을 눈길 한번 주지 않고 헬레나 드라이브 5길 12305 집의 석조 벽난로 속에 던져 태워버렸다. 그게 먼로가 처음이자 마지막으로 그 벽난로를 사용한 거지.

놀이터. 사실 그 도시 & 웨스트할리우드 & 브렌트우드에는 걸어서 갈 수 있는 놀이터가 여러 곳 있었지만, 몇 해 전 맨해튼의 워싱턴 스퀘어 파크의 놀이터에서 노는 꼬마애들을 지켜보고 웃으며 아이들 이름을 물어보다가 사람들한테 들켰고, 갈라파고스 코브 & 지하실 추락 사건이 있기 몇 달 전인 그때는 괜찮았지만 지구의 축이 움직인 지금은, 그때처럼 정체를 들키고 주목받을까 봐 조심스러워진 지금은 현명하고 주의깊게 이 주나 열흘에 한 번 정도만 놀이터를 찾았다. 몇몇 아이들은 자주 봐서 얼굴을 알아볼 수 있을 정도였지만 대놓고 쳐다보진 않았다. 책이나 잡지나 일기장을 들고 가곤 했다. 미끄럼틀 & 정글짐 & 시소를 정면으로 마주보고 그네 근처에 앉았다. 가까운 거리에서 누가(애엄마나 보모 말고) 자신을 지켜보며 시선을 떼지 않고 몰래 사진을 찍거나 영상 촬영을 할지도 모른다는 사실은 감내했다. 밴에 타고 있는 저격수 또는 전직 운동선수(아직도 여자를 사랑하고 질투가 심한가?)가 고용한 사설탐정. 영원히 집안에 숨어 있는 것 말고는 스스로를 보호할 방법이 없는데, 그건 사양이었다. 놀이터로, 아이들이 여자를 끌어당겼다. 아이들의 고함소리 & 웃음소리를 듣는 게 좋았다 & 단지 그 이름, 그 발성이 듣고 싶어서 연인의 이름을 소리내어 말한다고들 하듯 애엄마들이 반복해서 애들 이름을 소리내어 말하는 게 듣기 좋았다. 어쩌다 누가 우연히 자연스럽게 말을 걸어오면, 아이가 옆으로 뛰어온다거나 공이 앞으로 굴러온다거나 하면 여자는 고개를 들고 빙그레 웃었다 & 변장을 하긴 했어도 이런 말이 나돌까 두려워 어른과는 시선을 맞추려 하지 않았다. 오늘 공원에서 본 그 여자 매릴린 먼로같이 생겼어 진짜야 더 나이들고 더 마르고 외로워 보이긴 했지만! 그래도 상황이 괜찮다면,

가령 아이가 옆으로 달려왔는데 엄마나 보모가 어느 정도 안전한 거리를 두고 있으면 안녕! 이름이 뭐니? 묻기도 했고 아이가 발을 멈추고 말을 걸면 받아주기도 했는데, 격의 없고 붙임성 좋은 애들도 있는 반면 작은 생쥐처럼 겁 많은 애들도 있었다. 이 호랑이 인형은 아무 애한테나 주지 않을 것이다. 어머니나 보모나 베이비시터에게 다가가 이렇게 묻는 일은 없을 것이다. 실례합니다만 이거 주인인 여자애가 이젠 인형을 갖고 놀기에 너무 커버려서요, 혹시 맘에 드세요? 깨끗해요! 얼룩 한 점 없어요! 수제 인형이에요! 악몽 속에서도 이런 말은 하지 않을 것이다, 실례합니다만 이 인형 주인인 여자애가 죽어서요, 혹시 맘에 드세요? 오 제발 이것 좀 가져가줄래요. 여자는 자존심이 너무 강했다 & 거절을 두려워했다. 거절당하는 건 견딜 수 없었다. 그리하여 여자는 미리 계획을 세운 대로 백인, 흑인, 히스패닉 아이들이 다 있는 로스앤젤레스의 어느 놀이터로 차를 몰고 가서 조그만 줄무늬 호랑이 인형을 제일 어린 아이들이 노는 모래밭 근처 야외 테이블 위에 놓은 다음 뒤도 돌아보지 않고 브렌트우드의 집으로 줄행랑을 쳤다. 이루 말할 수 없는 안도감이 들었고, 자유로이 & 깊이 숨쉴 수 있게 됐고, 인형을 발견할 꼬마 여자애 생각에 미소가 절로 나왔다…… 엄마 이거 봐! & 애엄마가 말한다 근데 누구 걸까, 주인이 있겠지 & 꼬마애가 말한다 내가 발견했어, 엄마, 이건 내 거야 & 애엄마가 주위 사람들에게 묻는다 이거 주인이세요? 혹시 주인 되시나요? & 그렇게 장면은 지나갈 것이다, 우리가 보지 않을 때도 장면이 지나가듯.

시간 여행자. 단련의 시간이었다. 반복되지 않는 시간이었으므로 그 순간순간이 모두 신성했다. 여자는 일기장에 시 & 동화를 쓰고 있었다. 학생 시절 일기장은 오래전에 다 썼다, 여자를 사랑했던 여인에게 받은 빨간 일기장, 페이지마다 노마 진의 글씨가 빼곡히 적혀 있고 이제는 새 종이를 낱장으로 끼웠다. 새로 끼운 낱장에 일기장 앞쪽에 적혀 있던 잉크가 희미해진 문장을 다시 베껴 적었다. 그렇게 나는 여행했다, 가끔가다 멈추면서 & 천 년이 넘는 크나큰 보폭으로, 지구의 운명이라는 미스터리에 빠져들고 묘하게 매혹되어 서쪽 하늘에서 점점 커지고 흐려지는 태양을 & 늙은 지구가 생을 다하고 스러지는 모습을 지켜보았다. 마침내, 삼천만 년 이상이 흐른후, 거대한 태양의 붉고 뜨거운 돔이 어스레한 하늘을 십 분의 일 가까이 가리게 되었다…… 극심한 추위가 나를 덮쳤다. 그래도, 여자는 살아 있었다.

클로로포름. 그것은 꿈이었고, 따라서 현실이 아니다. 여자는 알았다. 다른 증거는 없다. 환각을 본 게 아니다. 클로랄수화물은 안전한 진정제였다. 정신적으로 그런 상태는 아니었다. 여자는 유혹을 멀리하듯 전화기를 치웠다. 서랍장에 넣고 탁 닫았다. 이대로 전화벨이 울리면 아기 울음소리 같겠지. 전화벨소리에 넘어가지 않을 거야, 딱 한 사람 말고는 얘기하고 싶은 사람이 없는데 그 남자는 결코 전화하지 않을 테니까. 그리고 무슨 일이 있어도 절대 전화하지 않겠다고 맹세한 어느 번호로 전화를 걸기엔 자존심이 허락하지 않았다. 6월 중순쯤 확실히 생리가 멈췄고 그렇다면 분명 다른 이유가 있을 텐데 & 그 이유를 알아야 할 의무감을 느꼈다. 젖가슴을 확인했다. 갓 임신한 여자의 젖가슴이었다/아니었다. 그런 젖가슴에서는 대서양의 바다냄새가 났다. 갈라파고스코브는 오래전 의식이 고도로 각성된 상태에서 봤던 영화처럼 생생했다/아득했다. 늘 가던 병원 중 한 곳에 가서 물었더니 의사는 골반내진을 해야겠습니다, 미스 먼로 & 물론 임신 테스트도 같이, 라고 했고 그 어조가 자못 심각했다 & 여자는 얼른 말했다, 오 근데 오늘은 시간이 없어요. 그리고 다시는 그 병원에 가지 않았다. (겁이 났다, 저 의사 & 정신분석가! 저 사람들은 언젠가 나를 배신할 거야. 환자를. 먼로의 비밀을 세상에 까발릴 거야 & 무슨 비밀인지 모르면 만들어낼 거야.)

　여자는 폐경이 무엇인지 알고 있었고 임상적 관점에서 궁금했다, 시작된 건가? 이렇게 일찍? 제 나이(서른여섯)와 어머니의 나이(예순둘)가 헷갈렸다. 언뜻 보면 한 숫자가 다른 숫자의 두 배라고 생각하겠지만 그렇지 않다. 그래도 둘 다 똑같이 쌍둥이자리에 태어났고, 운명적으로 연결되어 있었다. 그리고 그날 밤 사람들이 왔다, 여자는 한 사람의 인기척밖에 느끼지 못했지만 분명두 명 이상이었고, 그들은 뒷문으로 여자의 집에 들어와 침대에 시트만 덮고 알몸으로 누운 여자가 동물적 공포로 마비되고 경직되어 근육을 움직이지 못할 때 클로로포름에 적신 천뭉치를 여자의 입 & 코에 대고 눌렀다 & 여자는 살기 위해 벗어나려는 몸부림도 치지 못하고 비명을 지를 숨도 들이마시지 못했다 & 집에서 업혀나와 대기하고 있던 차량에 실려 수술실로 옮겨졌고 그곳에서 외과의사가 대통령의 아기(기형이라 생존하지 못할 거라는 명목하에)를 떼어냈다 & 열다섯 시간 후 여자가 기진맥진 깨어났을 때 자궁에서 피가 났다 & 찝찔하고 걸쭉한 피가 알몸으로 자고 있던 시트 & 매트리스를 다 적셨고 아랫배가 생리통처럼 욱신거렸다 & 맨 처음 든 생각은 오 젠장 너무 기분 나쁜 **꿈이야**였고 그다음에 든 생각은 **꿈이어야 해, 그게 나아, 어차피 아무도 안 믿을 텐데**였다.

1941년 흰색 수영복. "그 가엾은 귀엽고 멍청한 애. 당연히 우리 다 걔를 잘 알죠. 그애가 새 수영복을 입고 왔는데, 앞에는 X자로 끈이 달리고 뒤쪽은 등허리를 훤히 드러낸 요염한 흰색 원피스 수영복이었어요. 남자들이 뿅 갈 만한 끝내주는 몸매였고 곱슬거리는 머리를 등뒤로 늘어뜨렸어요. 하지만 싸구려 원단으로 만든 수영복이라 물에 들어가니까(윌로저스 비치였죠) 거의 투명하게 비쳐서 음모 & 젖꼭지가 다 보이는데 걔는 그것도 모르는지 파도에 뛰어들어 꺅꺅거리고 버키가 얼굴이 새빨개져서 허둥거리다 기어이 뭐라고 말했나봐요, 버키가 그애를 진정시켜서 허리에 수건을 둘러매주고 자기 셔츠를 입혀줬거든요. 셔츠가 걔한테 너무 커서 바람에 부푼 텐트처럼 보였죠. 그때 걔는 완전 당황해서 그날 한마디도 안 했어요. 우리가 걔 앞에서 웃은 적은 한 번도 없어요, 엄청 웃긴 했지만, 우리끼리 재밌는 농담거리였으니까. 버키 & 걔 여자친구 노마 진이 없는 데서는 하이에나처럼 웃어대곤 했네요."

하이쿠.

　밤의 강

　& 나는 본다, 눈을 뜬다.

　슈와브. 몇 달 동안 넴뷰탈을 끊고 지내는 중이었다. 병원 두 곳에서 처방받은 클로랄수화물을 적당량 복용했다 & 그건 집에 잔뜩 있었다. 적어도 오십 캡슐쯤. 그날 밤 여자는 새 병원에서 넴뷰탈을 새로 처방받아 슈와브에 처방전을 내고 약이 조제될 동안 기다렸다 & 일흔다섯 알, 왜냐하면 몇 주간 해외여행을 갈 예정이었다 & 기다리는 동안 환하게 불이 켜진 드러그스토어를 초조하게 기웃거리면서도 번쩍번쩍 야단스러운 표지의 〈스크린 월드〉〈할리우드 태틀러〉〈무비 로맨스〉〈포토플레이〉〈큐〉〈스웽크〉〈서!〉〈피크〉〈퍼레이드〉 등의 연예지가 진열된 잡지 코너만은 피했다 & 그 지면에서 **매릴린 먼로**는 만화 같은 삶을 살았다 & 계산대의 젊은 여자는 기억할 것이다. 당연히 우리 다 미스 먼로를 잘 알죠. 종종 밤늦게 오곤 했는데. 나한테 이런 얘기를 했어요, 슈와브는 내가 세상에서 제일 좋아하는 곳이에요, 나의 첫 시작이 슈와브였거든요, 어떻게 된 건 줄 알아요? 하길래 어떻게 된 거냐고 물었죠, 그랬더니, 어떤 남자가 내 엉덩이를 알아챈 거지, 딴 거 있나요? 하고 웃더라고요. 절대 얼굴을 볼 수 없는 다른 대스타와는 달랐어요, 보통은 아랫사람을 시키거든요. 미스 먼로는 본인이 직접 왔고 항상 혼자였어요.

화장기 하나 없어서 다들 거의 못 알아봐요. 미스 먼로는 내가 아는 사람 중 가장 외로운 사람이었죠. 그날 밤에는 열시 반쯤 왔어요. 현금으로 냈는데 지갑에서 지폐와 동전을 하나하나 셌어요. 세다가 헷갈려서 처음부터 다시 해야 했죠. 미스 먼로는 늘 나를 웃는 낯으로 대했고 또래 친구한테 하듯 사근사근하게 말을 건넸어요, 그날 밤도 예외는 아니었고요.

안마사. 자정에 니코가 왔고 여자는 거의 잊고 있었다 & 문을 열고 나와서 미리 연락 못해서 미안하다고 사과하고 오늘밤에는 안 해도 된다고 했다 & 비용은 주겠다고 고집을 피우며 지폐를 한 움큼 쥐여줬다 & 나중에 세어보니 100달러나 되는 바람에 니코는 깜짝 놀랐다 & 평소에 받던 금액보다 훨씬 많았다 & 니코가 내일 다시 올까요 묻자 여자는 아니, 당분간 안 와도 된다고 했다 & 니코가 이유를 묻자 여자는 웃음을 터뜨리며 말했다. 오 니코, 당신은 내 몸을 완벽하게 만들어줬어.

묘약. 정체를 알 수 없는 각종 가루 & 리큐어를 섞어 여자는 돔 페리뇽처럼 제 입맛에 맞고 취기 오르는 묘약을 만든다.

동화.

불타는 공주

카리스마 왕자님은 거지 소녀의 손을 잡았다
& 소녀에게 명령했다 나와 함께 가자!

거지 소녀는 시키는 대로 따르는 수밖에 없었고
세상의 바다 위에서 반짝반짝 빛나는
붉은 태양의 아름다움에 넋을 잃었다.

나를 믿어라! 카리스마 왕자님이 말했다.
그래서 소녀는 그를 믿었다.

내게 순종하라! 카리스마 왕자님이 말했다.
그래서 소녀는 그에게 순종했다.

나를 숭배하라, 카리스마 왕자님이 말했다.
그래서 소녀는 그를 숭배했다.
나를 따라오라, 카리스마 왕자님이 말했다.
그래서 나는 그를 따라갔다.
고소공포증에도 불구하고 열심히
악명 높은 1001계단의 사다리를 올랐고
각 계단마다 모조리 화염에 휩싸여 있었다.

여기 내 옆에 서라! 카리스마 왕자님이 말했다.
그래서 나는 그 옆에 섰다.

이젠 겁이 났지만 &
집에 가고 싶었지만.

바람에 흔들리는 높은 단 위에서
환호하는 군중 위쪽 높은 곳에서
카리스마 왕자님이 마법 지팡이를 들었다.
흥행사의 마법 지팡이.

내가 말했다, 근데 당신은 누구지? & 그가 말했다,
나는 그대의 연인이다.

사람들이 나를 향기로운 물로 목욕시키자
내 몸의 불순물이 빠져나갔고,
내 몸의 틈새를 공들여 씻겼다.
내 머리의 보기 흉한 털에서 모든 색깔이
탈색되고 비단결처럼 고와졌다
& 내 몸의 털은 뽑혔다
& 내 몸은 향기로운 기름으로 뒤덮였다.
다른 사람들은 참지 못할 고통을 견딜 힘을 주는 기름.

마법의 기름이라고 흥행사는 약속했다.
온몸에 바르면 피지와 섞여
난자의 세포막처럼 얇지만 어떤 상처도 낼 수 없는

보호막이 껍질처럼 생긴다.

불에 타고 또 타지만 아프지는 않을 것이다.

흥행사가 말했다. 여기 그대가 마실 묘약이다.

나는 떨리는 손으로 잔을 받았고

환호하는 군중 위쪽 높은 곳에서 망설였다

& 카리스마 왕자님이 명령했다. 마셔라!

나는 무서워서 떨었다.

말하려 했지만 바람이 내 말을 날려버렸다.

자. 높은 단 끄트머리에서 흥행사가 말했다.

그 묘약을 마셔라, 명령이다.

되돌리고 싶어, 나는 말했다.

바람이 내 말을 날려버렸다.

마셔라, 그대는 어여쁜 공주가 될 것이다!

마셔라, 그대는 불멸자가 될 것이다.

나는 묘약을 마셨다.

약은 썼고 나는 사례들렸다.

잔을 다 비워라, 흥행사가 말했다.

마지막 한 방울까지.

그래서 나는 잔을 다 비웠다,
마지막 한 방울까지.

이제 그대는 앞으로 뛰어내릴 것이다, 흥행사가 말했다.
이제 그대는 어여쁜 공주다
& 불멸자다.

흥행사가 군중을 광란의 도가니로 몰아갔다.
까마득한 아래, 내가 뛰어들 물탱크가 있었다.
까마득한 아래, 밴드가 서커스 음악을 연주하고 있었다.
군중은 기다리다 못해 짜증이 났다.

흥행사가 횃불을 붙였다.
흥행사가 군중을 광란의 도가니로 몰아갔다.
아무런 고통도 느껴지지 않을 거야, 흥행사가 말했다.

나는 황홀한 화염에 넋을 잃었다—
시선을 돌릴 수가 없었다.

흥행사가 횃불을 내 머리에 갖다댔다
& 곧장 내 머리카락에 불이 붙었다

& 내 알몸에 불이 붙었다.

나는 두 팔을 들었다 내 머리가 타올랐다.

화염의 소용돌이.

군중은 이제 쥐죽은 듯 고요했다.

물끄러미 바라보는 거대한 짐승.

느낄 수 있는 감각을 넘어선 지독한 고통.

그 고통!

타오르는 내 머리카락, 타오르는 내 배, 타오르는 내 눈,

나는 불타는 내 몸뚱이를 영원히 뒤로할 것이다.

뛰어내려! 흥행사가 명령했다. 내게 순종하라!

나는 높은 단을 박차고 까마득한 아래 물탱크 속으로 뛰어들었다.

나는 불타는 보석, 땅으로 돌진하는 혜성이었다.

나는 불타는 공주, 불멸자였다.

나는 어둠 속으로, 밤 속으로 뛰어들었다.

내가 마지막으로 들은 것은 군중의 미친 함성이었다.

나는 맨발로 해변을 달렸다 & 머리칼이 바람에 휘날렸다.

베니스 비치였고, 이른 아침이었고, 혼자였다 &

불타는 공주는 죽었다.

& 나는 살아 있었다.

저격수. 검은 옷을 입고 복면을 쓴 저격수가 헬레나 드라이브 5
길 12305의 외딴 멕시코풍 집에 뒷문으로 침입했다. 그에게는 정
보원 R. F.가 지급한 열쇠가 있었다. 저격수는 지시에 따라 움직이
는 사람이었고 그 지시는 물리적 사실, 증거물과 관련이 있었다.
저격수는 자신이 받은 지시가 무슨 뜻인지 해석하는 사람이 아니
었다. 자신의 행동조차 해석하지 않을 것이다. 그는 열정도 연민
도 없었다. 도살자 새가 대기를 가르듯 저격수는 깃털처럼 가볍게
어둑한 집안을 기척 없이 돌아다닌다. 거울에도 비치지 않는다.
가느다란 손전등 불빛은 연필 굵기 정도지만 강력하고 흔들림이
없다. 저격수의 의지는 강력하고 흔들림이 없다. 악은 목표물을 일
컫는 말이다. 악은 우리가 우리의 목표물로 정한 것을 뜻한다. 정보국
에서 이 임무를 저격수에게 맡긴 목적이 대통령을 위협한 & 결과
적으로 '국가안보'를 위협한 대통령의 블론드 매춘부로부터 대통
령을 보호하고자 함인지, 아니면 오늘밤 수행하는 이 작전이 대중
에게 밝혀졌을 때 블론드 매춘부와 연루시켜 대통령에게 타격을
주고자 함인지, 저격수는 알지 못한다. 대통령 & 정보국이 언제
나 같은 편은 아니다. 대통령이 일시적 권력이라면, 정보국은 영
구적 권력이다. 저격수는 이 계집이 국내 & 국외에서 체제 전복
을 꾀하는 조직과 예전부터 연관이 있고 불순분자 유대인과 결혼
했으며 인도네시아의 공산주의자 수카르노와 성관계를 맺고
(1956년 4월 베벌리힐스 호텔에서 만남) 카스트로 같은 공산주

의 독재자를 공공연하게 옹호했다는 것을 알고 있었다. 그가 우직하고 열의에 찬 남자였다면 분노했을 만한 사실, 즉 그가 목숨을 걸고 지키는 조국의 정권에 도전하는 선동적인 청원에 이 계집이 서명했다는 것도 알고 있었다. 그럼에도 그는 예단하지 않는다. 그는 여행용 손가방에 증거물을 모아 전한다 & 윗선에서 그것을 조사하고 폐기할 것이다. 어떤 증거도 그가 직접 폐기하지 않는다. 범죄를 입증하는 일기장, 서류 & 잠재적인(혹은 실질적인) 협박 자료, 저격수는 그것들에 대해 전혀 아는 바가 없다. 증거품의 첫 항목은 거실의 꽃병에 꽂힌 먼지 쌓인 은박 장미였다. 그것을, 저격수는 손가방에 넣었다. 다음은 책, 시나리오, 신문, 지저분한 컵 & 유리잔 & 접시로 어수선한 조그만 식탁 위에 놓인, 낱장이 잔뜩 끼워진 일기장인지 수첩인지였다. 저격수는 그 일기장이 압수해야 할 증거품임을 알고서 페이지를 휘리릭 넘겼다. 정성스러운 여고생 글씨로 글자들이 '시'처럼 배열되어 있었다.

너무 높이 나는 새가 있었어
새는 더이상 말할 수 없었어. "이게 하늘이야."

저 눈먼 자가 볼 수 **있다면**
나도 **어쩌면?**

내 아기에게

네 안에서,
세계는 새로 태어난다.

네 전에는—
아무것도 없었다.

아기라니! 누군가에겐 위험천만한 얘기군.

일본인이 내게 준 이름.
몬짱은 그들이 지은 내 이름.
'소중한 작은 소녀'는 그들이 지은 내 이름.
영혼이 내게서 **빠져나갔을** 때.

일본놈이라니! 놀랍지도 않군.

살려줘 도와줘!
살려줘 생이 가까이 다가오는 게 느껴져

저격수는 빙그레 웃었다. 재킷 안으로 가만히 손을 넣어 심장에 가까운 안주머니에 넣고 다니는 6인치짜리 황금빛 검독수리 깃털을 만지작거렸다. 그다음에 암호임이 틀림없는 낱말 목록이 나왔고, 감쪽같이 속이려 똑같이 정성스러운 여고생 글씨로 써놓았다. Obfuscate obdurate plangent assurgent excoriate palingenesis / metempsychosis 이런 자료들을 저격수는 조심스럽게 손가방에 넣었다, 전문가들이 이 자료들을 해독하고 분석한 다음 적당한 때에 폐기할 것이다. 정보국으로 들어가는 모든 증거품은 정보국의 거대한 파쇄기에서 파쇄되거나 소각로에서 소각된다. (요원들 본인에게도 해당되는 얘기일까, 나중에 언젠가 정보국의 파일에서 삭제된다면? 애국자가 할 만한 질문은 아니다.)

남겨지는 것은 하나로 축약된 파일뿐이다 & 너무 간략하고 알수 없는 용어로 구성된 수수께끼 같은 이 파일은 대부분의 요원들조차 해독하지 못한다. 이어서 저격수는 집 안쪽의 어두운 침실로이동했다. 이곳 침대에 목표물의 본체가 누워 있고 잠든 것 같았다. 거칠고 불규칙한 숨소리로 판단하건대 완전히 의식이 없다고 믿을 만했다. 정보원 R. F.는 아주 자신 있게 말했었다, 블론드배우는 밤마다 약을 먹고 잔다 & 쉽게 깨지 않을 것이다. 1962년 8월의 저격수는 노련한 프로였다 & 아빠의 픽업트럭을 타고 목장을 달리고, 22구경 라이플의 공이치기를 당겨 쏘고, 사냥감을앞에 두면 그저 짜릿한 흥분을 느끼는 설익은 투박한 청년이 아니었다. 그리고 이번 사냥감은, 악명 높은 블론드 배우다. 이런 부류의 사냥감은 매번 '의식이 없는' 상태였다 & 위험을 알지 못하고위험에 무지했다. **목표물에 사감은 없다. 악은 사감이 없듯.** 대통령의 매춘부는 마약중독자 & 알코올중독자였고, 할리우드 & 그 인근에서 이런 죽음은 흔했다. 침대맡 협탁에 알약통, 물약병, 탁한액체가 반쯤 차 있는 유리잔 등 부도덕한 집합이 늘어서 있었다. 방안에는 조그만 창문형 에어컨이 웅웅거리며 진동하고 있었지만 코를 찌르는 진한 암컷냄새 & 엎질러진 파우더 & 향수 & 지저분한 수건 & 이불 & 눈물이 핑 돌 정도로 알싸한 약품 냄새를 없애기엔 역부족이었다. 저격수는 입 & 코를 막아 오염된 공기를 차단해주는 촘촘한 직물 마스크에 감사했다.

목표물은 아무 저항 없음. R. F.의 정보 확인됨.

여자는 이미 검시관의 시신 처리대 위에 누운 것마냥 하얀 시트만 덮은 채 알몸으로 누워 있었다. 시트가 여자의 열 있는 몸에 축축하게 달라붙어 복부, 엉덩이, 젖가슴의 윤곽이 드러났고, 보는 이에게 흥분 & 불쾌감을 자아냈다. 시트 속 두 다리는 한쪽 무릎을 약간 세운 채 음탕하게 벌어졌다. 사후경직 상태에서 저렇게 세운 무릎이라니! 젖가슴 한쪽이, 왼쪽이 거의 다 보였다. 저격수는 이불로 덮어주고 싶었을 것이다. 인형 같은 플래티넘 머리칼은 납작하게 눌렸다 & 유령처럼 파리해서 베개 위에선 거의 보이지도 않았다. 피부도 유령처럼 파리했다. 살아오면서 그는 이 계집을 수십 수백 번 보았고 이 하얀 살결 & 그 살결의 부자연스러운 매끄러움에 늘 충격을 받았다. 세상이 그 앞에서 벌벌 떨고 맹종하며 미인이라 칭하는 존재. 검독수리 & 참매 & 그 외 창공의 거대한 새들도 날고 있을 때는 아름답지만 결국 한낱 고깃덩이로 전락해 기둥에 매달린 사체가 된다. 자 이젠 네가 뭔지 알겠지. 이젠 저격수의 힘을 알겠지. 계집이 그의 생각을 듣기라도 한 듯 눈꺼풀을 파르르 떨지만 저격수는 겁날 게 없었다. 이런 상태의 목표물은 눈을 뜨더라도 보지 못한다, 꿈에 시달리고 정신이 제 주위에서 동떨어져 있으니까. 얼굴에 구멍이 뚫린 것처럼 입이 헤벌어졌다

& 뭔가 말하려는 것처럼 뺨의 근육이 씰룩거렸다. 사실 여자는 나직이 끙끙대며 신음을 흘렸다. 부들부들 떨었다. 머리를 감싸듯 왼팔을 머리 위로 올린 채 누워 있었다. 겨드랑이가 드러났다 & 살짝 구불구불한 다크블론드 털이 손전등 불빛에 반짝였고, 혐오스러웠다. 그는 여행용 손가방에서 주사기를 꺼냈다. 정보국 소속 의사가 액상 넴뷰탈을 채워 준비해준 것이다. 저격수는 장갑을 끼고 있었고 외과의사가 쓰는 것처럼 얇은 라텍스 장갑이었다. 저격수는 전혀 서두르지 않고 찬찬히 침대 주위를 돌며 어느 각도에서 찌를지 정했다. 지시받은 대로 신속히 & 한 치의 오차도 없이 찔러야 한다. 목표물 위에 올라타는 편이 이상적이긴 하다. 그러나 목표물을 깨우는 위험을 감수할 수는 없다. 마침내 그는 의식이 없는 여자의 왼편에서 몸을 숙였다 & 여자가 깊고 무거운 숨을 들이마시면서 갈비뼈가 올라갔을 때 6인치짜리 바늘을 여자의 심장 깊숙이 꽂아넣었다.

아시엔다. 불 꺼진 상영관! 가장 행복한 시간이었다. 옛날 어렸을 적 가던 그로먼스 이집션 극장을 알아본다. 그런 오후 나절엔 어머니가 회사에 있어도 외롭지 않았다 & 계속 눌러앉아서 동시 상영 영화를 다 봤다 & 어머니에게 얘기해주려고 최대한 머릿속에 담았다 & 카리스마 왕자님과 어여쁜 공주님에 대한 딸의 숨찬 얘기에 어머니는 빠져들었다 & 더 얘기해달라고 할 때도 있었다. 그로먼스 극장에서 노마 진은 남자 옆에 앉지 않았다. 혼자 온 남자. 그날 오후에는 쇼핑백을 든 두 아주머니와 가까운 좌석에 앉아서 마음을 놓았다 & 너무 행복했다! 영화는 어여쁜 공주님의 죽음으로 끝나긴 했지만. 공주님의 황금색 머리칼이 베개 위로 넘쳐흘렀고 카리스마 왕자님은 공주님을 내려다보았다 & 불이 켜지고 보니 아주머니들이 눈시울을 훔치고 있었다 & 노마 진도 눈물을 닦았다 & 두 손으로 코를 닦았다. 어여쁜 공주님의 아름다운 죽은 얼굴은 이미 희미해지고 스크린 속 이미지는 벌새의 날갯짓보다 더 실체감이 옅어졌지만.

누가 말을 붙이기 전에 잽싸게 영화관을 나왔다 & 가끔 그런 사람들이 있었다 & 땅거미가 지고, 가로등에 불이 들어오고, 뜻밖에 바람이 세고 습했다. 노마 진은 다른 계절 옷을 입은 듯 팔을 드러낸 짧은 면 소매에다 다리도 맨살 그대로 노출된 가벼운 차림이었다. 어머니가 말한 대로 도로변에 바싹 붙어 큰길을 따라 집으로 향했다. 도로엔 차가 거의 없었다. 전차가 시끄럽게 덜컹거리며 지나갔지만 승객은 한 명도 없는 것 같았다. 길을 잃을 리는 없었다. 길은 잘 알고 있었다. 그러나 어머니의 아파트 건물 앞에 와서 보니 여긴 **아시엔다**였다 & 아파트가 아니었다 & 노마 진은 시대를 혼동했음을 깨달았다. 여긴 라메사 스트리트가 아니라 하일랜드 애비뉴였다. 아니 그래도 여긴 라메사 스트리트였다. 왜냐면 글래디스가 흉물스럽다던 초록색 차양 & 불이 나서 누가 밟기라도 하면 무너질 거라고 농담하던 녹슨 비상계단이 달린 스페인풍 회벽 건물이 있었으니까. 마치 영화처럼 정문 앞 계단은 눈부신 조명으로 환히 밝혀지고 입구 주위는 어둠 속에 묻힌 **아시엔다** & 문득 노마 진은 두려워졌다.

계속 집중해 노마 진   한눈팔지 말고   그 빛의 원은 네 거야
네가 그 원으로 너 자신을 둘러싼 거지   어딜 가든 너는 그 원을 두
르고 다니는 거야   노마 진은 계단을 올랐고, 글래디스가 마중나
왔다 & 글래디스는 행복한 분위기로 미소 짓고 있었다. 글래디스
의 입술은 붉었다 & 뺨도 붉었다 & 꽃향기 비슷한 냄새가 났다.
젊은 시절의 글래디스였다. 일어나기로 되어 있던 일은 아직 일어
나지 않았다. 글래디스 & 노마 진은 못된 여자애들처럼 킥킥거렸
다. 너무 신난다! 너무 행복하다! 아파트에는 노마 진을 위한 깜
짝선물이 있었다. 손안에 갇혀 미친듯이 빠져나가려는 벌새처럼
심장이 뛴다. 저기 있다, 부엌 벽에 걸린 영화 포스터, 노마 진을
빤히 바라보는 〈시티 라이트〉의 찰리 채플린 & 그의 눈. 노마 진
을 응시하는 아름답고 감성 풍부한 다갈색 눈. 그러나 글래디스의
깜짝선물은 침실에 있었고, 글래디스는 노마 진의 손을 잡아끌더
니 사진 액자 속에서 미소 짓는 잘생긴 남자를 보라며 들어올렸
다, 그 순간 남자는 노마 진을 향해 미소 짓는 것 같았다. "노마
진, 보이지?—저 남자가 네 아버지야."

블론드 2

초판 인쇄 2022년 8월 11일
초판 발행 2022년 8월 24일

지은이 조이스 캐럴 오츠
옮긴이 엄일녀

펴낸곳 복복서가(주)
출판등록 2019년 11월 12일 제2019-000101호
주소 03707 서울특별시 서대문구 연희로11다길 41
홈페이지 www.bokbokseoga.co.kr
전자우편 edit@bokbokseoga.com
문의전화 031) 955-2696(마케팅) 031) 941-7973(편집)

ISBN 979-11-91114-29-4 04840
     979-11-91114-27-0 (세트)